Samariter

Jilliane Hoffman

Samariter

Thriller

Aus dem Englischen
von Sophie Zeitz

Weltbild

Die englische Originalausgabe erschien 2015 unter dem Titel *All the little pieces* bei HarperCollins Publishers, UK.

Besuchen Sie uns im Internet:
www.weltbild.de

Genehmigte Lizenzausgabe für Weltbild GmbH & Co. KG,
Steinerne Furt, 86167 Augsburg
Copyright der Originalausgabe © 2015 by Jilliane P. Hoffman
Copyright der deutschsprachigen Ausgabe © 2015 by Rowohlt Verlag GmbH,
Reinbek bei Hamburg
Übersetzung: Sophie Zeitz
Umschlaggestaltung: Johannes Frick, Neusäß
Umschlagmotiv: Arcangel Images (© Joana Kruse)
Gesamtherstellung: CPI Moravia Books s.r.o., Pohorelice
Printed in the EU
ISBN 978-3-95973-086-0

2019   2018   2017   2016
Die letzte Jahreszahl gibt die aktuelle Lizenzausgabe an.

SAMARITER

ERSTER TEIL

*Das Gegenteil von Liebe ist nicht Hass,
sondern Gleichgültigkeit.
Das Gegenteil von Kunst ist nicht Hässlichkeit,
sondern Gleichgültigkeit.
Das Gegenteil von Glaube ist nicht Unglaube,
sondern Gleichgültigkeit.
Das Gegenteil von Leben ist nicht Tod,
sondern Gleichgültigkeit.*

Elie Wiesel

1

Die regennasse Nachtluft roch giftig – bitter und rauchig – wie am Tag nach einem Wohnungsbrand, wenn die verkohlten Trümmer in chemischen Wasserpfützen vor sich hin schwelen. Der klebrige Geschmack schnürte ihr die Kehle zu. Er ließ sich nicht runterschlucken oder ausspucken.

Sie stolperte durch das Labyrinth des Zuckerrohrfelds. Ohne Mond, Sterne oder Lampe sah sie kaum die Hand vor Augen. Sie lief barfuß, und der rutschige Matsch war voller Steine, die sich wie Landminen anfühlten, wenn sie darauf trat, weil immer noch Glassplitter in ihren Fußsohlen steckten. Der Schmerz explodierte und schoss durch ihren Körper wie durch einen Blitzableiter bis in die Zähne. Wenn sie nicht mehr rennen musste, würde sie versuchen, die Scherben rauszuziehen. Aber so weit war sie noch nicht. Mit ausgestreckten Händen taumelte sie durch die Reihen der riesigen Zuckerrohrhalme, die ihre ein Meter sechzig weit überragten, in der Hoffnung, die würden sie auffangen, falls sie in etwas hineinlief.

Oder in jemanden.

Bei dem Gedanken fing sie zu zittern an. Ohnehin war ihr noch nie so kalt gewesen. Sie war in Florida aufgewachsen. Da wurde es nie kalt, selbst wenn von Kanada eine Wetterfront runterzog und die alten Leute und Nachrichtensprecher über die Eiseskälte klagten und um ihre Orangenbäume fürchteten. Jetzt war sie nass bis auf die Knochen, und der scheißkalte Wind dieses scheißkalten Sturms fuhr ihr durch die Glieder. Der Wind heulte durch das Feld und brachte die Zuckerrohrstangen zum Pfeifen, bis es klang, als schrien sie. Sie biss sich auf die Zunge, um das Klappern ihrer Zähne zu stoppen.

Es war schwer, den Impuls zu unterdrücken und um Hilfe zu rufen. Vielleicht war da ja jemand, irgendwo, hinter dem verdammten Zuckerrohr. Vielleicht nur ein paar Meter entfernt. Ein Haus. Eine Tankstelle. Eine Straße, die hier rausführte, aus diesen gottverdammten Feldern. Irgendwo in der Nähe war ein Acker niedergebrannt und abgeerntet worden. Das war der Geruch, den sie schmeckte – verbranntes Zuckerrohr. Vielleicht waren Leute da draußen, Farmer oder Saisonarbeiter, die in Zelten oder Hütten wohnten und abwarteten, bis der Sturm weiterzog und der Morgen anbrach, damit sie auch dieses Feld abbrennen konnten. Vielleicht würde sie jemand hören, ihr helfen, sie reinlassen.

Sie verstecken.

Doch bevor sie den Gedanken zu Ende gedacht hatte, wusste sie, dass er dumm war. Es sprach alles dagegen. Wahrscheinlich war sie weit weg von der nächsten Siedlung, weit weg von einem menschlichen Wesen. Wahrscheinlich war sie mutterseelenallein hier draußen, und ihre beste Chance war, sich im Zuckerrohr zu verstecken, bis die Sonne aufging und die Saisonarbeiter auf Pritschenwagen hergekarrt wurden. Wahrscheinlich wären die Einzigen, die ihre Hilfeschreie hören würden, die Männer, die sie jagten.

Sie dachte an die Gesichter ihrer Lieben: die süße kleine Ginger, die abends immer noch ein Fläschchen bekam, obwohl alle sagten, sie sei zu groß dafür. Luis, den Mistkerl – den eifersüchtigen, untreuen Mistkerl, der ihr öfter das Herz gebrochen hatte, als sie zählen konnte. O Gott, wie sie ihn liebte. Sie hatte ihn immer geliebt, würde ihn immer lieben. Mami, Papi, Abu, Cindy, Alonzo, Quina, Mae. Dann verdrängte sie die Gesichter. An sie zu denken, war wie eine Kapitulation, als würde sie sich im Geist schon von ihnen verabschieden.

Nein! Nein! Reiß dich zusammen!

Sie wischte sich über die Augen und schluckte das Schluchzen herunter. Die Männer waren irgendwo da draußen. Sie würden sie wimmern hören und einkreisen wie Geier, die dem Röcheln eines sterbenden Tiers folgten. Im Moment schritten sie die Felder ab, durch die sie irrte, und versuchten, sie per GPS zu orten, um das, was von ihr übrig war, aufzulesen. Sie versuchte, sich auf den Kiefernduft zu konzentrieren. Irgendwo unter dem Gestank von nassem, verbranntem Zuckerrohr atmete sie den frischen Geruch von Kiefern ein. Es war der Duft der Hoffnung. Dieser Richtung würde sie folgen. Keine sentimentalen Abschiede mehr. Sie war hart im Nehmen. Sie war weiter gekommen als die anderen.

Sie lebte noch.

Als sie sich den Weg durchs Zuckerrohr bahnte, schlugen ihr die Blätter ins Gesicht und gegen die Hände, als steckten sie mit ihren Verfolgern unter einer Decke. Sobald sie das abgebrannte Feld erreichte, würde sie rennen. Sie würde rennen, trotz der Schmerzen in den Füßen und der Todesangst. Natürlich hätte sie dann keine Deckung mehr. Wieder kamen ihr die Tränen.

Vielleicht warteten sie genau darauf, um sich die Mühe zu sparen, sie im Feld aufzuspüren. Diese Männer – diese Irren! – kannten sich wahrscheinlich aus in den Feldern. Deswegen hatten sie sie hierhergebracht. Sie kannten die Eingänge und die Ausgänge. Und dieses Haus. Dieses schreckliche Haus, in das sie sie gebracht hatten. Es war so mit Zuckerrohr zugewachsen, dass die Stangen sogar bis ins Innere wuchsen.

Hier kannst du nicht bleiben. Triff eine Entscheidung! Was ist schlimmer? Dich im Zuckerrohr verstecken und gefunden und zurückgebracht werden ... an diesen Ort? Oder wegrennen? Es zu einem der Häuser schaffen, die vielleicht direkt hinter dem Feld stehen?

Wegrennen. Lieber kämpfend untergehen. Das würde Luis ihr raten. Gott, sie wünschte, er wäre hier. Er würde es diesen Arschlöchern zeigen. Er würde sie zerstückeln, sie zwingen, sich gegenseitig aufzu ...

«Komm, Kätzchen, komm.»

Ihr Herz machte einen Aussetzer. Er war direkt hinter ihr. Er holte auf. Panisch sah sie sich um. *Wo zum Teufel war er?* Sie ließ sich auf Hände und Knie fallen, kroch unter die Stangen. Ein sengender Schmerz fuhr ihr durchs Bein, das mit den Scherben. Sie betastete ihren Fuß, fühlte die Stelle an der Ferse, wo sich die Haut ablöste, das warme Blut zwischen ihren Fingern. Sie biss sich auf die Hand, um den Schmerz zu ertragen. Die schlimmen Gedanken kehrten zurück. Die Gesichter ihrer Familie waren wieder da.

Wenigstens findet die Polizei Spuren von mir. Sie werden das ganze Blut finden und testen und wissen, dass ich hier war. Dann bin ich nicht einfach verschwunden. Keiner kann denken, ich wäre abgehauen, hätte Ginger sitzenlassen ...

Wieder so ein lächerlicher Gedanke. Sie könnte hier verbluten, und niemand würde je erfahren, wie sie sich im Dunkeln durch das Feld geschleppt hatte, auf der Flucht vor ihren Mördern. Der Regen würde alles wegwaschen. Die Landarbeiter, die hierherkamen, konnten direkt auf ihrem Grab stehen, doch solange die Irren ihre Leiche nicht hier liegen ließen, würde niemand je etwas erfahren. Und wenn sie sie nicht hier töteten, würden sie sie zurück an den Ort bringen, wo sie ihr all die grauenhaften Dinge angedroht hatten, und dann gäbe es erst recht keine Spur von ihr. Oder sie hackten sie in Stücke, die sie wie Streusel auf dem Feld verteilten, weil sie wussten, dass auch dieser Acker bald abgebrannt wurde. Und danach wäre von ihr nur mehr Asche übrig. Falls die Saisonarbeiter je über ein Stück von ihr stolperten und falls dann die Spurensicherung käme, um wie bei *CSI* Asche und Knochensplitter zu identifizieren, dann, nur dann, würde vielleicht eines Tages ein Ermittler hier rauskommen und versuchen, ihre letzten Augenblicke zu rekonstruieren. Vielleicht würde der wissen wollen, was genau passiert war. Sie biss sich fester in die Hand. Aber das war unmöglich. Weil sich niemand vorstellen konnte, was sie in diesem Moment erlebte. Das Grauen ging über jede Vorstellungskraft hinaus.

«Weißt du, warum der Hund die Katze jagt?»

Er war weniger als einen Meter entfernt. Sie hörte seine Stimme über dem Kreischen des Zuckerrohrs. Und er wusste,

dass sie ihn hörte – er schrie, aber seine breite Südstaatenstimme war ganz ruhig.
Kroch sie in die richtige Richtung?
«Weil sie wegrennt. Wenn die Katze nicht rennen würde, würde der Hund sie nicht jagen. Katze und Hund – die beiden könnten Freunde sein, Schätzchen. Aber wenn die Katze rennt ...» Er beendete den Satz nicht. «Du machst den Hund nur wütend – müde und verdammt wütend. Also, komm raus, Kätzchen, bevor ich stinksauer werde. Dann tut es nur noch mehr weh, du Schlampe.»
Das Licht seiner Lampe schnitt durch das Zuckerrohr – auf und ab, rechts und links. Sie blieb, wo sie war, rollte sich ein und machte sich ganz, ganz klein.
«Vielleicht versteckt sich die Katze. Und betet, dass der Morgen kommt und irgendwelche Honduraner auftauchen, die sie retten.»
Der Lichtkegel schien direkt in die nächste Reihe. Sie starrte zu Boden, damit das Licht nicht ins Weiße ihrer Augen fiel, und klammerte sich an eine Zuckerrohrstange.
«Das wäre dumm.»
Seine Stiefel schmatzten im Schlamm.
«Hunde haben eine feine Nase. Katzen können sich nicht verstecken, weil der Hund die Muschi riecht. O ja. Und wenn der Hund sie findet, dann reißt er ihr die Beine aus, weil sie es ihm so schwer gemacht hat.» Er fing zu glucksen an. Dann brach er in schrilles Gelächter aus.
Sie hielt sich die Ohren zu.
«Hast du sie gesehen?» Das war die andere Stimme. Der zweite Irre, der sich über ein Walkie-Talkie meldete.
«Noch nicht, Bruder», antwortete die Sumpfstimme. «Aber das ist mein Lieblingsteil. Wir finden sie und zeigen ihr, warum es gar nicht schlau war abzuhauen. Das wird lustig!»
Sie hielt sich den Mund zu, damit ihr Atem sie nicht verriet. Am Himmel donnerte es laut.
«Geh rüber zum Traktor», sagte die Sumpfstimme in das

Walkie-Talkie. «Pass auf, dass sie nicht durchkommt und die Straße erreicht. Wenn wir sie auf der Straße verlieren, sind wir am Arsch.»

Wieder donnerte es. Sie sah zum Himmel hinauf. *Bitte, bitte, bitte – kein Blitz. Sonst würde das ganze Feld aufleuchten wie ein Jahrmarkt ...*

Der Irre mit der Sumpfstimme hob schnüffelnd die Nase. «Aber ich sag dir eins, ich glaube nicht, dass sie weit gekommen ist, weil ich hier irgendwo Muschi rieche.»

Heiße Tränen rannen ihr über das schmutzige Gesicht. Sie hatte noch so viel vor in ihrem Leben. Wie oft hatte sie sich eine zweite Chance gewünscht, weil sie so viel Mist gebaut hatte. Sie war immer eine Enttäuschung gewesen.

«Dino-Forscher finden immer noch Dino-Spuren im Schlamm, Millionen von Jahren später ...»

Zusammengerollt wie ein Kind, die Hände auf den Ohren, wiegte sie sich vor und zurück. Jeden Tag hatte sie gesagt, sie würde sich ändern, würde alles besser machen – morgen. Und dann war morgen da – und wieder vorbei. Diesmal aber würde sie es wirklich tun. Für Ginger, die eine bessere Mama verdiente. Für ihre eigene Mutter, die sich immer so viele Sorgen um sie machte. Wenn sie morgen nur erlebte ...

Der Lichtkegel war direkt vor ihr, Zentimeter von ihrem Fuß entfernt. «Wie lange, glaubst du, bleiben deine Fußspuren im Schlamm, bevor der Regen sie weggewaschen hat, Schätzchen?» Der Lichtkegel glitt zwischen die Stangen, knapp an ihrer Jeans vorbei. Dann stapften die Stiefel weiter. Pitsch. Patsch. Pitsch. Patsch.

Plötzlich drehte er sich um, lief zurück, ging vor ihr in die Knie und hielt ihr die Taschenlampe ins Gesicht. «Hallo, Schlampe», gurrte er. «Ich hab sie!», schrie er triumphierend.

Noch nicht. Ein Morgen habe ich noch. Sie warf ihm eine Handvoll Schlamm und Steine ins Gesicht und stach mit einem Stock nach seinem Auge. Als er überrascht aufschrie, sprang sie auf und trat ihm, so fest sie konnte, ins Gesicht. Sie wünschte, sie hätte ihre Stiefel an. Dann hätte sie ihm ein paar Zähne eingetreten. Sie hätte ihm die Stiletto-Absätze in den hässlichen Schädel gerammt und ihm die roten, bösen Augen ausgestochen. Aber die Stiefel hatten sie ihr weggenommen.

Er sackte zu Boden, und sie trat ihm noch zweimal ins Gesicht, bevor sie durch das Zuckerrohr wegrannte.

«Schlampe!», heulte er.

Es war nicht weit bis zur Lichtung, das spürte sie. Der Kiefernduft wurde stärker. Es gab noch Hoffnung. Und dann, wie durch ein Wunder, blitzte es, und sie sah den Pfad, der durch das Feld geschlagen worden war. Jesus hatte genau im richtigen Moment Licht gemacht und ihr den Weg nach draußen gezeigt.

«Sie haut ab!», hörte sie die irre Sumpfstimme brüllen. «Verdammte Scheiße, sie hat mir was ins Auge gestochen! Ich kann nichts mehr sehen! Hol den Wagen! Sie darf es nicht in die Stadt schaffen!»

2

Faith Saunders spürte ihre Lider schwer werden und klatschte sich auf die Wange, um wach zu bleiben. Sie ließ das Fenster des SUV herunter und streckte das Gesicht in den Regen. Sie musste wach bleiben. Es führte kein Weg daran vorbei. Es war Mitternacht, und sie hatte noch eine weite Strecke vor sich. Anhalten war keine Option. Nicht hier draußen. Hier gab es nicht einmal eine Haltebucht. Sie richtete sich auf, drückte den Rücken durch und stemmte sich gegen das Lenkrad, während sie versuchte, sich trotz der Erschöpfung und der hämmernden Kopfschmerzen, die sich hinter ihren Augen zusammenballten, auf die Straße zu konzentrieren. Seit sie bei ihrer Schwester Charity in Sebring überstürzt aufgebrochen war, sah es draußen unverändert aus – nass und leer und schwarz. Unendliches Schwarz. Es war eine halbe Stunde her, seit sie den letzten Wagen auf der Straße gesehen hatte.

Der späte tropische Wirbelsturm Octavius hatte auf dem Weg nach Texas in weiten Teilen des Sonnenstaats einen Zwischenstopp eingelegt und machte den Bewohnern von Central und South Florida seit zwei Tagen das Leben schwer, mit Regen und Windböen von achtzig Stundenkilometern. Die meisten Leute waren klug genug, auf die Warnungen zu hören: Sie verließen die Häuser nicht und hielten sich von den Straßen fern.

Die meisten.

Faith nagte an ihrer Lippe. Sie hatte nicht unbedingt das Gefühl, dass sie sich verfahren hatte, aber sie wusste einfach nicht genau, wo sie war. Sie müsste auf der Route 441 sein, nur dass die Straße nicht wie die Route 441 aussah, die sie am Nachmittag auf dem Weg zu ihrer Schwester genommen hatte. Andererseits war sie bei Tageslicht zu Charity aufgebrochen, und ohne Straßenlaternen, Tankstellen, Schnellrestaurants, Motels oder andere Merkmale hätte sie die Strecke im Dunkeln eh nicht wiedererkannt. Hier gab es nichts als Hektar um Hektar Ackerland, und seit zig Kilometern fuhr sie durch unendliche Zuckerrohrfelder, deren buschige, hochaufragende Pflanzen sich bedrohlich über die Straße neigten. Das war Central Florida, weit ab vom Ballungsgebiet Orlando und der 140 000-Zimmer-Hotelopolis von Disney, Universal und SeaWorld. Central Florida bot nicht viel mehr als eine Handvoll Kleinstädte, Ackerland, den Okeechobee-See und die Everglades.

Direkt vor ihr zuckte ein gleißender Blitz über den Himmel, und sie schnappte nach Luft. Ihr Blick huschte auf die Rückbank, wo Maggie, ihre vierjährige Tochter, im Kindersitz schlief, den Daumen im Mund und den fadenscheinigen Stoffesel im Arm. Faith zählte im Kopf die Sekunden. Als der Donner kam, war er so laut und intensiv, dass sie ihn buchstäblich durchs Auto rollen spürte. Angespannt blickte sie in den Rückspiegel und rechnete mit einem neuen Heulkrampf. Aus heiterem Himmel von ihren Cousinen fortgerissen, hatte Maggie einen ihrer Tobsuchtsanfälle hingelegt und die erste Dreiviertelstunde der Fahrt gebrüllt, geheult und gegen den Beifahrersitz getreten, bis sie vor Erschöpfung eingeschlafen war. Faith sah, wie sie fester am Daumen saugte, die winzigen, schmalen Finger um die sommersprossige Nase gelegt. Zum Glück blieben die Augen zu.

Faith fiel ein Stein vom Herzen, und sie griff nach hinten, um Maggies nacktes Knie zu streicheln. «Cha-Cha», die uralte gehäkelte Babydecke, ohne die Maggie nicht das Haus verließ, war vom Kindersitz gerutscht. Faith streckte den Arm aus, fand sie am Boden und versuchte, sie über Maggies nackte Beine zu werfen. Stattdessen landete die Decke auf ihrem Kopf, sodass die Beine frei waren, dafür aber ihr Oberkörper bedeckt. Nicht das, was sie beabsichtigt hatte, aber vielleicht besser so, dachte Faith, als ein weiterer gezackter Blitz den Himmel aufriss, so bedrohlich nah, dass sie ihn beinahe hätte anfassen können. Cha-Cha dämpfte die Donnerschläge und bannte die teuflischen Blitze, die den Wagen schaurig aufleuchten ließen.

Auch wenn der Streit mit Charity nicht Faiths Schuld gewesen war – sie hatte sich das Ende der Geburtstagsfeier ihrer Schwester weiß Gott anders vorgestellt –, würde sie sich für Maggie eine Wiedergutmachung für den plötzlichen Aufbruch einfallen lassen müssen. Vor den Augen all der Fremden hinaus in den Sturm! Vielleicht würde sie Maggie morgen mit ins Kino nehmen oder auf die Eisbahn zum Schlittschuhlaufen. Vielleicht sollte sie sie den Kindergarten schwänzen lassen, und sie könnten zusammen Kekse backen. Maggie wäre sowieso nicht in den Kindergarten gegangen, wenn sie wie geplant in Sebring übernachtet hätten. Und nach allem, was heute passiert war, konnte auch Faith einen Ausruhtag gut gebrauchen.

Sie schluckte zwei Kopfschmerztabletten, die sie im Handschuhfach gefunden hatte, und spülte sie mit einem Schluck eiskalten Kaffee herunter, den sie nachmittags auf der Hinfahrt an der Tankstelle geholt hatte. War sie wirklich erst vor – wie vielen? – zehn Stunden hochgefahren? Seufzend versuchte sie, sich wieder auf das Fahren zu konzentrieren und wach zu bleiben, versuchte, die hässlichen Gründe zu vergessen, warum sie überhaupt in dieser stürmischen Nacht hier draußen war. Die Erinnerung tat weh. Sosehr sie vergessen wollte, kehrten ihre Gedanken immer wieder zurück – in die Küche ihrer Schwester, zu der glotzenden, feixenden Menge fremder Leute, die sich um die provisorische Bar in der Essecke drängten und das Familiendrama verfolgten, als wäre es Teil der Abendunterhaltung. Charity hatte ihren Weg gewählt, und sie hatte den Mann gewählt, mit dem sie ihn gehen wollte. Es war Zeit, dass Faith diese Wahl akzeptierte und aufhörte, die Probleme ihrer Schwester lösen zu wollen. Denn die wollte sie offensichtlich nicht gelöst haben. Jahrelang hatten alle Charitys Unglück auf Nick geschoben, ihren bescheuerten nichtsnutzigen Ehemann, aber vielleicht war es an der Zeit, die Verantwortung bei der richtigen Person zu suchen. Und heute Abend ... tja, heute Abend war das Fass übergelaufen. Wütende Tränen rannen Faith über die Wangen.

Selbst der schlechte kalte Kaffee verdeckte den unangenehm

süßlichen Geschmack der Hurricanes nicht, die Nick ihr aufgedrängt hatte, als der Abend jung, die Party in vollem Gang und alles gut gewesen war. Faiths Kehle fühlte sich an, als hätte sie Tapetenkleister mit Maracuja-Geschmack getrunken. Sehnsüchtig wanderte ihr Blick zum offenen Handschuhfach, wo sie die Kopfschmerztabletten gefunden hatte. Unter einem Bündel Servietten lag ein altes, halbleeres Päckchen Marlboro Lights. Sie hatte in der Schule mit dem Rauchen angefangen und versuchte seit dem College, damit aufzuhören. Doch erst mit der Morgenübelkeit hatte sie es das erste Mal geschafft. Dann hatte sie vier Jahre lang erfolgreich die Finger von den Zigaretten gelassen, bis der alles verändernde Anruf gekommen war. Das Erste, was sie nach dem Auflegen getan hatte, war, sich eine Zigarette anzuzünden. Es war, als würde sie einen alten Freund willkommen heißen, den sie in diesem Moment dringend nötig hatte. Ihre Lunge hatte kaum Widerstand geleistet, und in kürzester Zeit rauchte sie wieder ein Päckchen am Tag. Diesmal fiel ihr das Aufhören viel schwerer, zumal eine neue Schwangerschaft momentan kein Thema war.

Sie griff nach der Klappe des Handschuhfachs und schlug sie zu. Ganz gleich wie dringend sie den alten Freund gebrauchen konnte, es kam nicht in Frage. Nicht mit Maggie auf dem Rücksitz. Wenn sie sich in nächster Nähe der sauberen Lungen ihrer kleinen Tochter eine Zigarette anzündete, wäre sie offiziell die schlechteste Mutter der Welt. Stattdessen kaute sie an einer Nagelhaut.

Der Regen wurde stärker, und Faith drosselte das Tempo auf dreißig. In sechs Minuten brach Charitys große runde Dreißig an. Wie würde sie den Moment feiern? Lag sie bewusstlos auf dem Sofa? Waren Nicks bescheuerte Freunde noch da? Hatten sie wilden Geburtstags-Sex? Von dem Gedanken wurde ihr übel. War sie wenigstens ein bisschen traurig über den Streit mit Faith?

Ursprünglich hatte Faith Charity und ihre drei Kinder – die elfjährige Kamilla, die fünfjährige Kourtney und die zweijährige Kaelyn – nächstes Wochenende nach Disney World einladen wollen, um Charitys Dreißigsten mit ihr und Maggie dort nachzufeiern. Keine Ehemänner – nur die sechs Mädels und Micky Maus im Land der ewigen Glückseligkeit. Lange im Voraus hatte Faith zwei Zimmer im Walt Disney World Dolphin Resort gebucht. Natürlich würde sie alles abblasen, dachte sie, während sie sich die Tränen abwischte. Es bestand keine Chance, dass sie sich bis Freitag wieder versöhnten. Vielleicht würden sie sich nie wieder versöhnen.

Nach zehn Jahren Ehe hatte Nick Charity vielleicht endlich zeigen wollen, dass ihm etwas ihr lag. Oder er wollte Faith einen Strich durch den Disney-Ausflug machen. Oder die Party für Charity war einfach eine gute Ausrede, um sich mit seinen Kumpels zu besaufen – Charity selbst hatte kaum Freundinnen, mit denen er noch nicht geschlafen hatte. Aus welchen Gründen auch immer: Nick «Big Mitts» Lavecki, der Mann, der den Geburtstag seiner Frau öfter vergessen als er daran gedacht hatte, hatte beschlossen, in letzter Minute eine Überraschungsparty für Charity zu organisieren. Und in letzter Minute hieß, dass er Faith erst heute Morgen eingeladen hatte.

«Heute Abend, Nick?» Faith hatte auf die Uhr über dem Kamin gesehen, in ihrem Haus in Parkland, 250 Kilometer von Sebring entfernt. Es war halb elf am Sonntagmorgen.

«Es wird nichts Besonderes. Nur ein paar Freunde, weißt du, bisschen Bier, was vom Supermarkt, Würstchen und Chicken-Nuggets, so was. Und eine Torte. Die besorge ich auch, beim Supermarktbäcker. Eine Schokoladentorte. Die sollen ‹Happy Birthday, altes Haus› draufschreiben oder so was.» Er lachte. «Und vielleicht einen Zuckerguss-Rollstuhl danebenmalen oder so.»

Sie schauderte. «Im Ernst, Nick?»

«Nein! War nur ein Witz, Faithey. Ich nehme die Kinder mit, die können schwarze Luftballons und Pappteller aussuchen.» Er lachte wieder. «Charity wird sich totlachen.»

Faith sah aus dem Küchenfenster. Der Sonnenschirm war umgefallen, und das Polster der Liege trieb im Pool, der kurz davor war überzulaufen. Jarrod saß ihr gegenüber und fragte lautlos *Was ist los?* Sie schüttelte den Kopf. «Das Wetter ist ziemlich eklig, Nick.»

«Hier oben ist es gar nicht so schlecht. Alle haben zugesagt, dass sie trotzdem kommen.»

«Alle? Wie viele Leute kommen denn?»

«Weiß nicht, dreißig oder vierzig oder so.»

«Wow. Wann hast du denn zu planen angefangen?»

«Keine Ahnung. Vor 'ner Woche oder so.»

«Danke, dass du mir so zeitig Bescheid gibst.»

«Ach so, ich dachte, ich hätte es dir gesagt. Ich verstehe, wenn du es nicht schaffst. Wir wohnen ja so weit weg. Wie hat Jarrod gesagt? Am Arsch der Welt?»

Seit drei Jahren ritt Big Mitts auf diesem Kommentar herum, der nicht für seine Ohren bestimmt gewesen war. «Er hat nur Spaß gemacht, Nick.»

«Ich weiß schon. Ich nehme dich nur auf den Arm, Faithey. Hör zu, ich versteh schon, wenn du es nicht schaffst. Das Wetter ist scheiße, und es ist eine lange Fahrt. Kein Problem. Charity versteht das bestimmt auch.»

Natürlich hatte Nick Verständnis dafür, wenn Faith nicht kam, weil er gar nicht wollte, dass sie kam. Wahrscheinlich hatten ihn die Kinder den ganzen Morgen gelöchert, ob Tante Faith, Onkel Jarrod und Maggie auch zu Mommys Party kämen. Wahrscheinlich rief er nur deswegen an. Und weil Charity stinksauer gewesen wäre, wenn sie herausgefunden hätte, dass ihre einzige Schwester nicht zu ihrem dreißigsten Geburtstag eingeladen war.

«Ich komme», hatte Faith gesagt.

Was ist los?, fragte Jarrod wieder.

«Toll», hatte Nick mit wenig Begeisterung geantwortet.

«Reservier mir die Couch. Ich fahre morgen früh zurück.»

«Die musst du vielleicht mit einem Freund teilen, Faithey.» Sie hasste es, wenn er sie so nannte. *Hasste* es. Es war Charitys Spitzname für sie, seit sie klein waren, aber wenn Nick es sagte, hatte sie das Gefühl, er machte sich über sie lustig. «Ich glaube, T-Bone war

Erster», erklärte er glucksend, und sie wusste, dass er grinste. Die meisten von Nicks Kumpels hatten solche Spitznamen: T-Bone, Skinny, Slick, Gator. Dabei waren sie keine Gangster oder Mafiosi – sie waren einfach nur erwachsene Männer mit Spitznahmen. «Sag T-Bone, er kann im Wagen schlafen. Ich nehme die Couch.»

«Daddy, sag Tante Faif, sie soll Maggie mitbringen!», piepste eine lispelnde Stimme im Hintergrund.

«Wenn du kommst, bring Maggie mit», sagte Nick. «Die Kinder werden oben ins Kinderzimmer eingesperrt. Wir lassen sie nicht runter, wenn die Stripper kommen. Ehrenwort.»

«Du machst Witze, oder?»

«Ja, ich mach Witze. Ich hab meiner Frau keine Stripper bestellt. Zumindest keine, für die sie sich interessieren würde, auch wenn's 'ne witzige Idee wäre, und sie wäre 'ne tolle Frau, wenn sie so cool wäre. Den Kindern bestellen wir Pizza. Ach ja, Jarrod ist natürlich auch eingeladen», setzte er hölzern nach. «Ich, äh, hoffe, er kommt auch.»

Jarrod fragte nicht mehr, was los war, weil er es sich inzwischen selbst zusammengereimt hatte. Und er hatte nicht die geringste Lust auf Nicks Couch. Er lehnte sich zurück und verschwand hinter der Zeitung wie ein Kind in der Schule, das nicht aufgerufen werden wollte.

«Hast du mal aus dem Fenster gesehen?», fragte er, als Faith Maggie wenige Stunden später im Kindersitz festschnallte. Sie hatte ihren Stoffesel in einer Hand und ein Päckchen Fruchtsaft in der anderen.

«Sie wird dreißig, Jarrod. Du weißt, was sie mitmacht. All seine Freunde werden da sein – wahrscheinlich nur *seine* Freunde. Es würde Nick ähnlich sehen, wenn er auch seine aktuelle Geliebte einlädt. Das ist nur ein bisschen Regen, kein Problem.»

«Da du anscheinend keine Nachrichten gesehen hast, darf ich dich darauf hinweisen, dass da draußen ein tropischer Wirbelsturm tobt. Das ist das eine. Das zweite ist: Das sind keine normalen Leute, Faith. Und es wird keine normale Party.»

Jarrod war weder ein Fan von Nick noch von Charity. Faiths Schwester und ihr Mann waren in völlig anderen Kreisen unterwegs: Jarrod war ehemaliger Strafverteidiger, Nick ein Kleinkrimineller. Hauptberuflich Getriebe-Mechaniker, war er immer auf der Suche nach einer Abkürzung – um Arbeitslosengeld einzusacken, das Finanzamt zu betrügen oder sonst einer krummen Tour. Abgesehen vom Wetter und den Dolphins hatten die beiden nicht viel, worüber sie reden konnten, es sei denn, Nick war auf der Suche nach einem Anwalt. Eigentlich war Charity nicht so, aber seit sie so früh Mutter geworden war und Nick geheiratet hatte, war sie vollkommen abhängig von ihm und hatte sich verändert. Und das war die Charity, die Jarrod sah.

«Mach kein Drama draus», hatte Faith gesagt.

«Deine Schwester ist die Drama-Queen. Warte nur, bis sie Nick mit einer ihrer Freundinnen im Bad erwischt – dann habt ihr das Drama.»

«Jarrod ...», ermahnte sie ihn mit einem Blick auf Maggie, die plötzlich ganz still war und sie mit wippenden blonden Zöpfchen ansah, während sie versuchte, dem Gespräch zu folgen.

«Sorg dafür, dass keine Dolche herumliegen», hatte er noch gesagt.

«Du kannst gerne mitkommen.»

«Selten hatte ich so viel Lust, einen Antrag für ein Eilverfahren zu schreiben, wie heute.»

«Das glaube ich dir gern.»

«Noch lieber würde ich dir ausreden, in einem Tropensturm 250 Kilometer auf der Landstraße zu verbringen.»

«Ich wünschte, er hätte angerufen, bevor er die Party geplant hat», erwiderte sie. «Aber offensichtlich stand ich nicht mal auf der Liste der D-Gäste.»

«Bleib zu Hause, Faith. Bleib bei mir.»

«Komm mit.» Sie lächelte. «Nein, das wäre keine gute Idee. Du wärst kreuzunglücklich. Was machst du eigentlich den ganzen Tag allein bei so einem Regen?» Noch während sie die Frage stellte, wurde ihr flau im Magen. Sie hasste dieses Gefühl. Sie

hasste es, dass sie es nach all den Monaten immer noch nicht abstellen konnte. Sie fragte sich, ob sie ihren Mann je wieder mit gutem Gewissen allein zu Hause lassen könnte. Angespannt drehte sie sich um und blickte aus der offenen Garage.
«Ich bestelle mir eine Pizza und mache den Antrag fertig.»
Sie nickte.
Er stellte sich hinter sie und rieb ihr die Schultern. «Ich habe kein gutes Gefühl, das Wetter ist scheußlich», sagte er zärtlich und küsste ihr Haar. «Nächste Woche fährst du doch mit ihr nach Orlando. Deine Schwester würde es verstehen. Wir könnten was Schönes kochen und uns bei dem Regen einen gemütlichen Abend machen.»
«Ich kann ihre Party nicht schwänzen. Morgen Nachmittag sind wir ja wieder da.»
«Was ist mit dem Kindergarten?»
«Es ist nicht wie in der Schule. Maggie kann ruhig einen Tag verpassen. Sie besucht ihre Cousinen!», sagte sie und wandte sich mit einem Lächeln an ihre Tochter. «Das ist aufregend, oder?»
«Was sind Dolche?», fragte Maggie, als eine Windbö einen riesigen Palmwedel von der Königspalme riss. Der Palmwedel landete direkt vor der Garage, nur wenige Meter von der Stelle entfernt, wo sie und Jarrod standen.

Wieder zuckte ein Blitz über den Himmel und riss Faith aus ihren Gedanken zurück in die Gegenwart. Im gleißenden Licht sah sie, wie die Zuckerrohrstangen der schier endlosen Felder im Wind wogten – die engen, aufrechten Reihen wie eine Pflanzenarmee, die jeden Moment losmarschieren wollte. Dann war wieder alles schwarz.

Wo zum Teufel war sie? Sie konnte nur hoffen, dass sie sich noch auf der Route 441 befand, und nicht auf dem Weg nach Tampa. Sie dachte an das gruselige Zombie-Spiel, das Charity und sie als Kinder gespielt hatten. Man zählte mit geschlossenen Augen, und sobald man die Augen aufschlug, erstarrten die Zombies, die in der Zwischenzeit näher herangerückt waren.

Ein Schauer lief ihr über den Rücken, als sie tiefer in die endlose Finsternis fuhr. Unwillkürlich hatte sie Angst vor dem, was sie da draußen sehen würde, wenn der nächste Blitz zuckte.

3

Jarrod hatte recht. Charity war wirklich eine Drama-Queen. Drei Stunden nach Partybeginn, als Nicks Hurricanes und ein paar Gläser Wein die Hemmschwelle abgebaut hatten, legte sie los. Als sie mitbekam, wie er im Wohnzimmer ein junges Mädchen anmachte, war der Waffenstillstand beendet.

«Warum glotzt du sie so an?», wollte sie laut von ihm wissen, als er in die Küche kam, um sich ein Bier zu holen.

«Was ist los?», fragte er hörbar genervt.

«Die Kleine. Die in dem nuttigen Kleid. Warum musst du sie anlabern?»

«Das ist Gators Freundin. Mach mir bloß keine Szene, Char. Ich hab ihr nur gesagt, dass mir ihr Kleid gefällt.»

«Ach ja, oder eher die Möpse in dem Kleid? Wie alt ist sie, sechzehn? Sie könnte deine Tochter sein, weißt du das? Du bist widerlich.»

«Ich habe sie nicht gefragt, wie alt sie ist. Das Kleid steht ihr. Steht ihr echt gut. Wenn du in so einem Kleid gut aussehen würdest, würde ich dir das auch sagen.»

Irgendein Idiot warf ein provozierendes «O-oh» in die Runde.

«Was soll das heißen?», hatte Charity beleidigt gefragt und sich zwischen Nick und die Theke gestellt, auf der sich die Plastikwanne mit dem Bier befand.

«Du weißt genau, was das heißt», sagte er und griff um sie herum nach einem Bier. Dann pikte er ihr in den Bauch. «Lass die Finger von der Schokolade und der Torte, Honey, und irgendwann passt du vielleicht auch wieder in so ein Kleid.»

In der Küche herrschte für Sekunden peinliches Schweigen. Dann fing einer der Spitznamen an zu johlen und zu lachen. Alle hatten gehört, was Nick gesagt hatte, und alle warteten gespannt auf Charitys Reaktion. Ein Wurfgeschoss. Oder zumindest eine verbale Retourkutsche.

Doch keiner wartete schon so lange wie Faith. «Was zum Teufel …?», begann sie und sah Charity an, die neben ihr stand, hilflos und so bedrohlich wie ein Kätzchen. Nick hatte ihre Schwester nie geschlagen, aber Faith dachte oft, vielleicht wäre das besser gewesen. Könnte man den Schaden sehen, den er mit seinen Worten anrichtete, würde Charity vielleicht begreifen, wie sehr er sie misshandelte.

Charity fing an zu weinen. Sie verschränkte die Arme vor dem Bauch, und es war offensichtlich, dass sie sich für ihr Aussehen schämte.

Es war nicht Faiths Aufgabe gewesen. Das verstand sie jetzt. Sie hätte nichts sagen dürfen. Sie hätte wissen müssen, dass nichts Gutes dabei herauskommen würde. Alle hatten zu viel getrunken. Auch Faith. Aber nachdem sie ihre Schwester all die Jahre jammern und klagen gehört hatte, war ihr aufgestauter Ärger einfach übergekocht, und sie war explodiert wie ein Vulkan.

«Weißt du, Nick», hatte Faith gezischt, «du hast selbst ein paar Schwimmringe um die Rippen. Charity, wann jagst du dieses Arschloch von Ehemann bitte endlich zum Teufel?»

Aber Charity hatte ihren Mann nicht angeschrien, zum Teufel gejagt oder rausgeworfen. Sie hatte Faith nicht die Hand gedrückt und ihr für die Unterstützung gedankt. Stattdessen hatte sie sich mit rotem Kopf und funkelnden grünen Augen auf dem Absatz umgedreht. «Du willst, dass ich ihn verlasse!», hatte sie gebrüllt. «Das ist das Einzige, was dir dazu einfällt! Das ist immer deine Antwort! Hör auf, mir so was einzureden! Hör endlich auf damit! Du hast ja keine Ahnung, was hier los ist!»

Statt sich gegen Nick zu wehren, wehrte sich Charity gegen Faith. Faith war wie vor den Kopf gestoßen. Ihr fehlten die Worte. Im ganzen Haus war es still geworden. Selbst die Musik lief nicht mehr. «Ich will, dass du für dich einstehst», hatte Faith gesagt, als sie die Sprache wiedergefunden hatte. «Ich will, dass du ausnahmsweise Selbstachtung zeigst. Du bist besser als dieser Loser. Du bist besser ...», sie zeigte auf die volle Küche, «... als alle hier.»

Es war fürchterlich. Ihr wurde schlecht bei der Erinnerung, wie die Leute sie angestarrt hatten.

«Das ist echt nett. Leck mich am Arsch, Faith», hatte Charity gesagt.

Doch es wurde noch schlimmer.

«Diese Leute ... das sind nicht deine Freunde. Das sind *seine* Freunde. Sie ziehen dich runter, sie sorgen dafür, dass du den Scheiß glaubst, den er redet – als müsstest du dir so was gefallen lassen!»

«Vielleicht will ich es nicht anders. Hast du daran schon mal gedacht? Du denkst, weil mein Leben nicht so perfekt ist wie deins, muss ich es ändern? Ist es dir nicht gut genug? Ich finde in dieser Scheißstadt keinen Job, weil ich blöde Kuh nicht auf dem College war. Und dass mein Mann meine Freundinnen vögelt, ist das auch meine Schuld? Nie bin ich gut genug, nie mache ich was richtig, oder, Faith? Hör auf, mich zu verurteilen! Neben dir fühle ich mich noch schlechter als neben ihm!»

In diesem Moment hätte sie gehen sollen, sich freundlich verabschieden und gehen. Aber das tat sie nicht.

«Ach so, auf einmal bin ich die Böse? Ich hab nie was gesagt! Ich hab immer nur zugehört, wenn du mich vollgeheult hast. Wenn du dich beklagt hast, was für ein Schwein er ist. Aber wenn du nicht den Mut hast zu gehen, dann lass dir wenigstens nicht von ihm einreden, du wärst nichts wert, denn am Ende glaubst du es. Schau dich um – du hast was Besseres verdient! Was soll er noch sagen oder tun, damit du es endlich kapierst? Wenn er dir an deinem Geburtstag vor allen Leuten sagt, du bist dick und dumm, und alle lachen dich aus, und du begreifst es immer noch nicht, was soll er noch machen? Er *will*, dass du gehst – verstehst du das nicht? Er will, dass du gehst, damit er nicht der Arsch ist, der seine Frau und die drei Kinder sitzenlässt. Aber du verpasst ständig dein Stichwort!»

«Hey», mischte sich Nick ein, und sein haariges Gesicht wurde dunkelrot. «Du bist hier in meinem Haus. Du und dein Spießer-Anwalt, ihr haltet euch vielleicht für was Besseres, aber du bist hier in meinem Haus.»

Der Vulkan spuckte immer noch Lava. Sie konnte nichts dagegen tun. «Das Haus gehört der Bank, die es bald zwangsvollstreckt. Versuch mal, deine Raten zu bezahlen, Nick, dann kannst du es dein Haus nennen. Behalt mal einen Job länger als sechs Monate. Und wenn du schon einen auf Herr des Hauses machst und die perfekte Hausfrau willst, dann besorg ihr wenigstens ein Auto, damit sie zum verdammten Supermarkt fahren und dir dein verdammtes Sixpack holen kann. Und eins noch: Reiß dich am Riemen und hör auf, wie ein totales Schwein mit ihren Freundinnen rumzuvögeln. Oder hab wenigstens so viel Anstand und geh in ein Motel. Hey», rief sie dann quer durch den Raum. «Gator! Behalt lieber deine Teenager-Freundin im Auge, sonst bist du sie bald los.»

«Ich konnte dich nie leiden», gab Nick wütend zurück. «Genauso wenig wie deinen beschissenen Mann.»

Charity hatte sich neben Nick gestellt. Er hatte den Arm um sie gelegt.

«Hau ab, Faith», sagte Charity. «Hau ab. Ich will, dass du sofort unser Haus verlässt.»

Nick griff nach Charitys Hand, und sie nahm sie. Das war wahrscheinlich das, was am meisten weh tat – mehr als die Blicke und das Gelächter. Die Spitznamen und ihre besseren Hälften sahen zu, wie Faith zur Tür ging und nach Maggie rief. Und der schreckliche Moment wurde noch schlimmer, als Maggie zu heulen anfing, weil sie nicht gehen wollte: Faith musste ihre schreiende, strampelnde Tochter schließlich aus dem Haus tragen.

Im Chaos und der Eile des Aufbruchs hatte Faith zu allem Überfluss ihre Tasche und ihr Handy bei Charity vergessen. Erst als Maggie endlich eingeschlafen war und Faith sicherheitshalber nach dem Weg sehen wollte, fiel es ihr auf, doch da war es zu spät zum Umkehren. Was eigentlich keine Rolle spielte. Selbst wenn sie erst zwei Kilometer gefahren wäre, hätte sie nicht kehrtgemacht. Sie fühlte sich mehr als gedemütigt – sie war am Boden zerstört. Am Boden zerstört und tieftraurig. Charity musste ihr die Sachen schicken – wahrscheinlich nachdem Big Mitts ihr Portemonnaie geplündert und das Handy verkauft hatte. Jetzt liefen ihr die Tränen über das Gesicht. Sie würde nie wieder einen Fuß ins Haus ihrer Schwester setzen.

In diesem Moment rannte etwas auf die Straße, direkt vor ihr Auto. Faith riss das Steuer herum, hörte einen dumpfen Aufprall und landete im Zuckerrohrfeld, die Scheinwerfer ins Dickicht der Stangen gerichtet, die nur noch Zentimeter entfernt waren.

Ihr Herz klopfte wild. Die Gedanken an Charity, Nick und die Spitznamen, die ihr hinterhergesehen hatten, als sie von ihrer Schwester in die stürmische Nacht geschickt worden war, waren verschwunden. Alles Selbstmitleid war weg, jedes Sinnen auf Rache für ihre Demütigung. Nur ein Gedanke raste ihr durch den Kopf. Ein einziger.

Was zum Teufel hatte sie angefahren?

4

Mit schwitzenden Händen das Lenkrad umklammernd, spähte sie durch die hektisch wedelnden Scheibenwischer. Was es auch war, es war weg.

Es hatte ausgesehen wie ...?

Sie verdrängte den Gedanken, bevor ihr Gehirn ihn beenden konnte. Sie hatte es nur für den Bruchteil einer Sekunde gesehen. Es konnte kein Mensch gewesen sein. Ihre Scheinwerfer leuchteten stumm ins Zuckerrohrfeld.

Es musste ein Tier gewesen sein. Ein Reh. Ein Hund vielleicht. Immer wieder setzten Leute ihre Hunde in den Everglades aus. Es war schrecklich, aber so war es. Wahrscheinlich war sie mitten in den verdammten Everglades. Oder es war ein Bär. Sie hatte von einer Frau in Orlando gehört, die vor ihrer Haustür einen Bären dabei ertappte, wie er ihre Mülltonnen durchsuchte.

Was, wenn es noch da draußen war, unter dem Wagen?

Bei dem Gedanken wurde ihr schlecht. Der Himmel flackerte auf. Die finstere Zuckerrohr-Armee war im Dunkeln tatsächlich näher gerückt – die Stangen beugten sich bedrohlich über die Motorhaube und streckten die spitzen Blätter zornig nach dem Metall aus. Sie stellte das Radio ab und lauschte. Es war schwer, außer dem Prasseln des Regens, dem Rauschen des Zuckerrohrs und dem Pochen ihres Herzen irgendetwas auszumachen. Aber da war nichts. Kein Bellen, kein Winseln. Kein Stöhnen.

War sie eingenickt? Sie rieb sich die Augen und versuchte, den Nebel aus ihrem Kopf zu schütteln. Hatte sie sich nur eingebildet, sie hätte etwas gesehen? Es gab nur einen Weg, das herauszufinden. Sie drehte sich nach Maggie um – die unter ihrem Cha-Cha immer noch tief und fest schlief –, dann öffnete sie die Tür und stieg hinaus in den Regen. Mit weichen Knien watete sie zur Motorhaube und hielt den Atem an, als sie sich dem Zuckerrohrfeld und dem Kühler näherte.

Nichts. Da war nichts. Nichts klebte an der Motorhaube. Nichts hing im Kühler. Nichts lag auf dem Boden.

«Hallo?», rief sie in die Nacht.

Keine Antwort.

Sie sah unter dem Wagen nach, konnte aber nichts erkennen. Also stolperte sie zur Fahrertür zurück, wobei sie im schlammigen Boden versank, und stieg wieder ein, den Blick in das wütende Zuckerrohr gerichtet. Sie zitterte, und in ihrem Kopf drehte sich alles. Es schüttete wie aus Eimern, und die Scheibenwischer kamen kaum hinterher.

Ich muss es mir eingebildet haben.

Langsam fuhr sie auf die Straße zurück, mit angehaltenem Atem, jeden Muskel ihres Körpers angespannt. Die Scheinwerfer beleuchteten die Stelle, wo der SUV gestanden hatte. Nichts. Da war nichts. Endlich atmete sie auf.

Du bist müde, das ist alles. Müde und aufgewühlt. Du kannst nicht klar denken.

Sie legte den Gang ein und starrte in das Zuckerrohr. Die Pflanzenarmee wand und wiegte sich in dem riesigen Feld, als wollte sie sie zurückwinken.

Jetzt bekam sie Angst – sie war körperlich und emotional völlig erschöpft und fürchtete, sie würde am Steuer einschlafen. Sie hatte kein Handy dabei und war weit weg von der Zivilisation, auch wenn sie sich immer noch nicht eingestehen wollte, dass sie sich verfahren hatte. Allein der Gedanke versetzte sie in Panik. Sie spürte, wie das Grauen im Bauch sich den Weg nach oben bahnte. Faith versuchte, es herunterzuschlucken, zusammen mit dem klebrigen Geschmack der Hurricanes. Den letzten Drink bei Charity hätte sie sich sparen sollen, verdammt. Es war schwer, einen klaren Gedanken zu fassen. Der Tank war ein Viertel voll, was reichen müsste, um sie nach Hause zu bringen, aber was, wenn sie in die falsche Richtung fuhr? Was, wenn ihr hier draußen das Benzin ausging? Niemand wusste, wo sie war. Jarrod rechnete erst morgen Nachmittag mit ihr. Charity hatte ihm bestimmt nicht gesagt, dass sie sie rausgeschmissen hatte. «Ach, übrigens hat Faith ihr Handy und ihre Handtasche hier vergessen, als sie heulend rausgerannt ist.» Wahrscheinlich wusste Charity nicht einmal, dass sie ihre Handtasche vergessen hatte. Faith hätte gleich umkehren und zurückfahren sollen, doch ihr Stolz hatte sie zu einer Fehlentscheidung verleitet. Sie hätte sich in Sebring ein Hotelzimmer nehmen und am nächsten Morgen mit klarem Kopf zurückfahren sollen. Aber Maggie hatte so getobt, da wollte Faith einfach nur nach Hause. Das war alles – sie wollte einfach nur nach Hause.

Eine Reihe von Fehlentscheidungen hatte sie hierhergeführt. Panik würde alles nur noch schlimmer machen. Alles, was sie brauchte, war ein Wegweiser, mehr nicht. Und ein Telefon, um Jarrod anzurufen, damit jemand wusste, wo sie war. Vielleicht würde er kommen, sie finden, sie nach Hause bringen ...

Doch so schnell der Gedanke gekommen war, so schnell verscheuchte Faith die Vorstellung einer romantischen mitternächtlichen Rettung aus dem Sturm durch ihren Ehemann. Egal wie wütend sie auf Charity war, sie wollte nicht, dass Jarrod einen Grund hatte, ihre Schwester noch weniger zu mögen. Er war ohnehin kein Fan von ihr. Falls er erfuhr, was heute Abend passiert war, würde er das Charity nie vergeben. Und daran würde sich nichts mehr ändern – er hatte deutsche Wurzeln und war sehr streng in seinen Urteilen. Obwohl Faith sich nicht sicher war, wie es mit der Beziehung zu ihrer Schwester weitergehen würde, wollte sie nicht, dass ihr Mann sie zu einer Entscheidung drängte, für die sie nicht bereit war. Falls Faith und Charity sich wieder versöhnten – was ihnen nach früheren auch noch so heftigen Auseinandersetzungen gelungen war (immerhin waren sie Schwestern) –, würde Jarrod sie stets daran erinnern, wie Charity sie heute Abend behandelt hatte. Selbst wenn er es nicht aussprach, würde sie wissen, dass er von den Blicken, dem Gelächter und der Demütigung wusste. Und er würde es nicht nachvollziehen können, warum sie ihre Schwester möglicherweise wieder in ihr Leben ließ.

Trotzig wischte sie die Tränen ab. Charity war da gewesen, als Faith sie gebraucht hatte ... nach jenem Telefonanruf, der alles verändert hatte. Charity kannte zwar die hässlichen Details nicht, aber sie hatte sie unterstützt; dazu brauchte sie nicht genau zu wissen, warum Faith so verzweifelt war, warum ihr Herz gebrochen war. Faith hatte Charity Jarrods Affäre aus dem gleichen Grund verschwiegen, aus dem Jarrod nicht erfahren musste, was heute Abend bei Charity passiert war: Faith wollte nicht, dass ihre Schwester ihren Mann hasste, für den Fall, dass sie ihm verzieh. Und sie wollte nicht, dass Charity sie verachtete, weil sie bei einem Mann blieb, der sie betrogen hatte. Nach all den Ratschlägen, die Faith ihr über die Jahre hinweg erteilt hatte, wollte sie nicht als Heuchlerin dastehen. Verdammt, ihr dröhnte der Kopf von all den schmerzhaften Erinnerungen und Vertrauensbrüchen. Sie wollte einfach nur nach Hause und über alles in Ruhe nachdenken, ehe sie weitere Fehlentscheidungen traf. Die gingen ihr inzwischen zu gut von der Hand.

Dann sah sie es – das leuchtende, rot-gelbe Schild in der Ferne. Ein Fastfood- oder ein Hotel-Schriftzug, sie konnte es noch nicht genau erkennen. Jedenfalls irgendein Zeichen von Zivilisation. Zum dritten Mal an diesem Abend fiel ihr ein Stein vom Herzen.

Da vorne war Leben.

5

Faith folgte der Leuchtreklame durch das Asphaltlabyrinth, das sich durch das Zuckerrohr wand, bis sie eine altmodische Shell-Tankstelle mit zwei Pumpen erreichte. Sie lag einsam an einer Kreuzung in einer ansonsten gottverlassenen Gegend. Die Tankstelle war geschlossen.

Wieder verspürte Faith Panik, mit der gleichen fiebrigen Heftigkeit wie den Regen, der auf das Autodach prasselte. *Wo zum Teufel war sie? Was sollte sie tun?* Auf dem Straßenschild an der Ecke stand «Main Street». Na gut. Hauptstraßen liefen immer durch das Zentrum, oder? Der Gedanke war tröstlich, auch wenn sie sich unwillkürlich fragte, wie der Rest der «Stadt» wohl aussah, wenn das hier das Zentrum sein sollte. Dann entdeckte sie ein Straßenschild mit einem Pfeil: US 441/US 98.

Auf welcher Straße sie vorher auch gewesen war, ob sie sich wirklich verfahren hatte oder nicht – es spielte keine Rolle mehr, denn jetzt wusste sie, wie sie nach Hause kam. Sie folgte dem Pfeil die verlassene Main Street hinunter, vorbei an blinkenden, über der Kreuzung baumelnden Ampeln, bis sie in einer kleinen Stadt war – zumindest sah es wie eine kleine Stadt aus, wenn auch nur mit einer einzigen Straße. Einige Gebäude waren verrammelt, der Gemischtwarenladen hatte geschlossen, und beim China-Restaurant waren die Rollläden unten. Außerdem gab es einen Secondhand-/Friseur-/Eisenwarenladen. Eine Straßenlaterne, die nicht funktionierte. Eine Arztpraxis.

Die Häuser wirkten alt und heruntergekommen, stammten wahrscheinlich aus den Vierzigern oder Fünfzigern. Die Schilder der Geschäfte, die wohl noch in Betrieb waren, waren handgemalt: Chubs Barbecue, Waschsalon Sudsy, Franks Restaurant. Andere Läden schienen dichtgemacht zu haben. Vielleicht schon vor Jahren. Der Ort hatte seine Glanzzeit offenbar lange hinter sich. Weder auf der Straße noch auf den Parkplätzen standen Autos. Sie war völlig allein in dieser stillgelegten Stadt. Der Wind rüttelte an der zweiten – und letzten – Ampel über der Straße. Faith sah zu, wie sie an der Leitung vor- und zurückschwang wie ein Turner beim Felgaufschwung. Ein Blitz zerriss den Himmel und schlug beängstigend nahe ein. Kirschgroße Regentropfen begannen, auf den Wagen zu platschen, und es war unmöglich, mehr als ein paar Schritte weit zu sehen. Sie war mitten im Auge des Sturms. Dieses Regenband konnte sie weder abhängen noch umfahren. Resigniert rollte sie an den Straßenrand und blieb vor einem Schild mit der Aufschrift «Valdas Haar-Salon» stehen. Ob Valda nur für die Nacht oder für immer geschlossen hatte, ließ sich nicht sagen.

Der Adrenalinschub nach dem Abstecher ins Zuckerrohrfeld war abgeklungen. Nach dem Anflug von Panik setzte körperliche und mentale Erschöpfung ein. Und Mutlosigkeit, denn auch wenn sie nun auf der richtigen Straße war, war sie immer noch weit, weit weg von zu Hause.

Es war Zeit für eine kluge Entscheidung – vielleicht die erste an diesem Abend. Wahrscheinlich war es das Beste, wenn sie den Sturm aussaß und wartete, bis der schlimmste Sturzregen vorbei war. Sie wollte auf keinen Fall wieder vom Weg abkommen. Oder mit leerem Tank irgendwo liegen bleiben. Oder, noch schlimmer, einen Unfall bauen. Da draußen würde ihr keiner helfen. Also stellte sie den Motor ab, um Benzin zu sparen, drehte das Radio auf, damit Maggie das Donnern und den Regen nicht hörte, der inzwischen klang, als spielten einhundert Schlagzeuger auf dem Dach. Faith blickte zum Fenster hinaus: Die Wolken bewegten sich schnell; das Schlimmste wäre in zehn Minuten vermutlich vorbei.

Sie drehte sich um und beobachtete Maggie, die immer noch wie ein Gespenst unter ihrer Decke lag und friedlich schlief. Eine Hand war unter der Decke hervorgerutscht, und die kleinen Finger – deren Nägel ihre Cousinen leuchtend pink angemalt hatten, wie Faith bemerkte – hielten den Esel fest umklammert. Sie schlief tief und fest. Faith legte das Handtuch über Maggies nackte Beine. Wenn sie ihrer Tochter beim Schlafen zusah, fiel es ihr leicht zu vergessen, wie schwer es manchmal mit ihr war. Auch wenn die Rückseite des Beifahrersitzes eine andere Geschichte erzählte: Diesmal hatte Maggie bestimmt eine Delle hineingetreten. Maggies «Anfälle» waren einer der Gründe, weshalb Jarrod und sie beschlossen hatten, noch ein paar Jahre mit dem Neuwagen zu warten. Einem mit GPS. Sie wollten abwarten, bis Maggie die Trotzphase hinter sich hatte. Allerdings schien die sich nach und nach als Charakterzug zu entpuppen.

Faith lehnte den Kopf zurück und schloss die Augen. Heute Nacht hatte sie für weitere Sorgen keine Kapazitäten mehr. Sie wollte nicht mehr an Charitys Party denken, an Jarrods Praktikantin oder an die feixenden Spitznamen, die morgen früh bei einem Aspirin über sie lästern würden. Stattdessen konzentrierte sie sich auf die Dinge, die sie morgen tun würde: Sie musste den Stapel Bestellungen für die Sweet Sisters unterschreiben, den Werbetext für die Zeitung verfassen, und um vier hatte Maggie Ballett. Wenn sie auch noch einen Film ansehen wollten, müssten sie das vorher machen. Außerdem wartete ein voller Wäschekorb ...

Ein lauter, dumpfer Schlag gegen die Scheibe riss sie aus den Gedanken. Erschrocken sah sie sich um. Die Fenster waren beschlagen. Sie wischte sich die Spucke vom Mund und sah auf die Uhr am Armaturenbrett: *1:11.*

Bumm!

Am Fahrerfenster. Etwas hatte gegen die Scheibe geschlagen.

«Hilfe!», sagte eine Stimme.

Faith gerann das Blut in den Adern. Da draußen war jemand.

Es war immer noch dunkel, aber sie hörte den Regen nicht mehr. Sie fragte sich, ob sie träumte. Zögernd hob sie die Hand und begann, die beschlagene Scheibe mit den Fingern frei zu wischen. Das Glas war kalt. Und nass. Wasser rann ihr über die Hand und in den Ärmel ihrer Seidenbluse.

Etwas stimmte nicht. Etwas stimmte ganz und gar nicht.

Sie drückte das Gesicht an die Scheibe, um zu sehen, was draußen vor sich ging.

Und da begann der eigentliche Albtraum.

6

Draußen stand eine junge Frau und drückte die Hände an die Scheibe. Lange schwarze Strähnen klebten ihr an Gesicht und Hals. Unter dem schmutzigen, nassen T-Shirt zeichnete sich ein blauer Leoparden-BH ab. An ihren Ohrläppchen baumelten billige Libellen-Ohrringe. Sie starrte Faith aus hohlen braunen Augen an, darunter lief ihr die Wimperntusche in breiten Streifen über die Wangen. Sie drückte das Gesicht an die Scheibe. Ihre aufgeplatzten Lippen berührten das Glas. «Helfen Sie mir!», sagte sie mit rauer Stimme. Im Radio sang Katy Perry.

Erschrocken wich Faith zurück und schlug sich die Hüfte an der Mittelkonsole an. Sie sah sich um, aber alle Fenster waren beschlagen. Sie hatte keine Ahnung, wer oder was sonst noch da draußen war.

Die Frau warf einen Blick hinter sich. Ihr nasses Haar peitschte gegen das Fenster. Dann sah sie wieder zu Faith und trommelte gegen die Scheibe. Ihre Handflächen waren schmutzig. «Schnell! Verdammt! Lassen Sie mich rein!»

Sie schrie nicht. Sie redete nicht einmal laut. Sie klang aufgeregt, aber ihre Stimme war heiser und gedämpft. Faith rutschte von der Mittelkonsole, auf der sie gelandet war, und wischte mit dem Ärmel die Scheibe ab, um besser sehen zu können, was da draußen war. Das Gesicht der Frau war nur Zentimeter von ihrem entfernt; sie sah den Glitzerstein, den sie in der Unterlippe trug, den winzigen Ring in ihrer Nase. Zwei Silberringe durchbohrten eine Augenbraue. An der Innenseite des Unterarms reichte eine Reihe tätowierter blauer Sterne vom Handgelenk bis zum Ellbogen. Am Hals hatte sie das Tattoo eines rosa Herzen in Ketten. «Ich ... ich ... kann nicht», stammelte Faith und schüttelte den Kopf.

Die Frau gab ein Winseln von sich. «Er kommt!»

Plötzlich stand ein ganz in Schwarz gekleideter Mann neben ihr, der sich wie ein Vampir aus dichtem Nebel materialisiert zu haben schien. Er hatte dunkles, welliges schulterlanges Haar, das an seinem kantigen Kinn klebte, und Bartstoppeln, die älter als drei Tage waren. Er war schlank und groß – viel größer als das Mädchen. Seine langen Finger griffen nach ihrer schmalen Schulter, verschluckten sie, und er zog sie an sich. Sie stolperte rückwärts, stürzte beinahe, doch er fing sie auf. Dann drehte er sie um und drückte sie an sich. Ihre Füße zappelten in der Luft, als er sie hochhob. Faith sah, dass sie barfuß war; auch ihre Füße waren schmutzig. Der Mann setzte sie wieder am Boden ab und gab ihr einen festen Kuss auf den Mund. Dann sah er Faith an und grinste.

Die Szene war surreal, als würden sie das berühmte Cover des *Life*-Magazins nachstellen, auf dem der Soldat am Tag der Rückkehr die Krankenschwester begrüßt. Sie rieb sich die Augen. Sie hatte immer noch das Gefühl, dass sie träumte.

Inzwischen regnete es nicht mehr, und der Mond hatte sich hinter den Wolken hervorgeschoben, zumindest teilweise. Er war hell und gelb, gerahmt von dramatischen Wolken, als könnte jeden Moment eine Hexe vorbeifliegen. In der Ferne leuchteten lautlos Blitze auf, wie Bomben, die auf entfernte Städte hagelten. Ihr Blick fiel auf eine Gestalt, die sich zwischen den Bäumen auf dem verwilderten Grundstück gegenüber bewegte.

Im Mondlicht tauchten die zerfallenen Mauern und das bröckelnde Fundament eines alten Gebäudes auf, das, seit Jahrzehnten sich selbst überlassen, von Gebüsch und Kiefern überwachsen war. Ein Dach gab es längst nicht mehr. Hinter der Ruine befand sich ein Waldstück, und dahinter begannen wahrscheinlich die Zuckerrohrfelder. Der Maschendrahtzaun, der das Grundstück umgab, war verrostet und stellenweise heruntergetreten. Der Mann in dunklen Jeans, rot kariertem Hemd und einer weißen Baseballmütze tauchte zwischen den Kiefern neben dem Gemäuer auf.

Faith wischte hektisch über die Windschutzscheibe. Das rot

karierte Hemd des Mannes stand offen, darunter kam ein Bierbauch zum Vorschein. Als er das Mädchen und den Mann in Schwarz entdeckte, blieb er stehen, als wäre da unter den Bäumen eine Grenze, die er nicht übertreten durfte. Er beugte sich vor, die Hände in den Hüften, um Luft zu holen, während er die beiden anstarrte.

«Nein!», schrie die Frau.

Faith sah wieder zu ihr. Der Mann in Schwarz hatte ihr den Arm um die Schultern gelegt und ging mit ihr zur anderen Straßenseite, wo der Mann im roten Hemd vor dem verlassenen Gemäuer wartete. Sie hielt sich an ihm fest und sah aus, als würde sie hinken. Er drückte ihr das Gesicht ans Ohr.

Der Mann mit dem Bierbauch – ein Redneck, wie dem Film *Deliverance* entsprungen – kam den beiden bis zur Straße entgegen. Faith sah die struppigen Haarbüschel auf seinen Wangen. Kein richtiger Bart, und kein Schnurrbart. Er lief aufgeregt hin und her wie ein wütender Hund hinter einem unsichtbaren Elektrozaun. Er riss sich die Baseballkappe vom Kopf und fuhr sich über den kahlen Schädel. Sie sah, dass eine Seite seines Gesichts rot war.

Der Mann in Schwarz brachte die Frau zu ihm. Sie gestikulierte und klammerte sich an den ersten Mann. Die drei wechselten ein paar Worte, die Faith nicht hören konnte, und dann schubste der rote Mann das Mädchen zurück zu dem Mann in Schwarz, bevor er wütend abzog. Die Frau taumelte, und der Mann in Schwarz fing sie auf, streichelte ihr über den Kopf.

«Was gibt es da zu gucken!», schrie der Bierbauch plötzlich und zeigte in Faiths Richtung. Er spuckte auf den Boden. «Komm lieber her und spiel mit uns, Blondie. Nicht so schüchtern!» Dann trat er auf die Straße und kam auf sie zu. Der Elektrozaun war abgestellt.

Mit stark zitternder Hand griff Faith nach dem Schlüsselbund, das vom Zündschloss hing.

Der Mann in Schwarz stellte sich dem roten Mann in den Weg und gab ihm einen Stoß, der ihn rückwärts taumeln und auf die Straße stürzen ließ. «Ich habe dir gesagt, ich hab es unter Kontrolle!», rief er. «Reiß dich zusammen. Mach nicht alles noch schlimmer.»

Der Redneck rappelte sich hoch, packte das Mädchen am Arm und zog sie auf das verwilderte Grundstück, wo er hergekommen war. Faith hörte nicht, was er sagte, aber das Mädchen gestikulierte nicht mehr. Sie drehte sich um und warf einen letzten Blick in Faiths Richtung. Sie lächelte matt und nickte. Dann waren die beiden verschwunden.

Alles war innerhalb von Minuten passiert, vielleicht noch weniger. Aber was war eigentlich passiert? Ihr Herz schlug so laut, dass ihr das Blut in den Ohren rauschte. Sie sah sich nach Maggie um, dann fiel ihr der Mann in Schwarz wieder ein, und sie riss so schnell den Kopf herum, dass ihr Nacken knirschte.

Er stand direkt vor dem Fahrerfenster.

Wieder fuhr sie zurück und rammte sich die Mittelkonsole gegen die Hüfte.

Mit einem langen Fingernagel klopfte er an die Scheibe. Es machte ein kratzendes Geräusch.

Sie wollte schreien, aber die Angst schnürte ihr die Kehle zu. Nur ein Röcheln kam heraus. Faith zerrte an der Gangschaltung, doch es tat sich nichts. Der Motor lief nicht.

Er griff nach dem Türöffner. Sie hörte das metallische Klicken, als er die Tür zu öffnen versuchte.

Sie schaffte es nicht, die Finger um den Schlüssel zu legen, so sehr zitterte ihre Hand. Auch ihr Fuß zuckte wie verrückt. Auf die Bremse, von der Bremse, auf die Bremse, von der Bremse. Rauf, runter. Wie ein zappelnder Fisch auf dem Trockenen. Sie versuchte, ihr Knie festzuhalten.

Der Mann legte die Hand um die Augen, um ins Wageninnere zu sehen. Sie sah, dass er dunkelbraune Augen und lange Wimpern hatte. Er leuchtete mit einer Taschenlampe herein, schien ihr direkt ins Gesicht und blendete sie. Dann ließ er den Lichtkegel langsam über ihren Körper wandern. Zum Beifahrersitz. Als er nach hinten leuchtete, hellte sich sein Gesicht auf, als hätte er ein

Geschenk unter dem Weihnachtsbaum entdeckt. Er klopfte mit der Taschenlampe an die Scheibe und zeigte zum Rücksitz.

Faith drehte den Schlüssel im Zündschloss, und der Wagen sprang an. Sie trat aufs Gas, der Motor heulte auf, aber sie kam nicht von der Stelle.

Der Mann trat zurück, legte sich den Finger an die Lippen und lächelte. Kein breites Grinsen wie vorhin, sondern ein selbstgefälliges, schmallippiges, dunkles Lächeln, von dem sie Gänsehaut bekam.

Sie legte den Gang ein. Quietschend drehten die Reifen durch, und der Explorer sprang nach vorn. Sie konnte nichts sehen – die Scheibe war wieder beschlagen, weil sie hyperventilierte. Sie wischte mit der Hand ein Fenster frei, aber es war zu spät. Der Wagen war gegen eine Mülltonne gekracht. Polternd flog die Plastiktonne über den Bürgersteig und ergoss ihren Inhalt auf den Asphalt. Faith gab Gas und raste in eine Straße, betete, dass es keine Sackgasse war. Der Deckel der Mülltonne hatte sich unter dem Wagen verkeilt und kratzte über den Asphalt. Sie bog wieder ab. Und noch einmal.

Die Zuckerrohrarmee hieß sie begeistert in dem Labyrinth willkommen, die rauschenden Stangen flüsterten falsche Versprechungen von Sicherheit und verschluckten sie, als der Wind auffrischte und sich die Reihen hinter ihr schlossen.

7

Das Mädchen schaffte es aus dem Wäldchen und schleppte sich auf dem wunden Fuß und dem möglicherweise gebrochenen Bein auf die Straße. Sie hörte, wie der Motor aufheulte und die durchdrehenden Reifen quietschten, und dann den Knall, als der Wagen gegen etwas fuhr. *Halt, Lady, warten Sie! Bitte warten Sie auf mich!*

Sie sah den Irren, der in der Mitte der Straße stand und der Lady in dem SUV hinterherwinkte, als wäre sie seine Frau, die zum Supermarkt fuhr.

«Halt!», schrie sie, als der Explorer mit hohem Tempo die Straße hinunterfuhr. Doch sie brachte nur ein Krächzen hervor.

Einen Augenblick hatte sie gedacht, sie würde noch eine allerletzte Chance bekommen. Eine Chance, diesem Albtraum zu entkommen, in den sie sich vor zwei Tagen hineinmanövriert hatte, als sie so dumm gewesen war und für ein bisschen Kohle in den Wagen dieses gutaussehenden Irren eingestiegen war. Eigentlich hätte sie längst tot sein oder von dem Balken in dem Schuppen hängen müssen. Aber sie hatte es aus dem grauenhaften Haus geschafft, das nach Tod stank, mit seinen blutgetränkten Wänden und Böden, die mit herausgerissenen Fingernägeln und Scherben übersät waren. Ein Haus, aus dem es andere nicht herausgeschafft hatten. Und dann war es ihr gelungen, mitten in der Nacht und mitten in einem Tropensturm die Felder zu durchqueren. Sie war auf der Flucht vor den irren Typen in ein Auto gerannt und hatte überlebt. Sie war auf zerfetzten Fußsohlen gelaufen. Sie hatte es bis *hierher* geschafft. Sie war auf Zivilisation gestoßen, mitten im Nirgendwo, wo es nichts gab außer Zuckerrohr. Und dann hatte sie in diesem gottverlassenen Nest auch noch eine Frau gefunden, die in ihrem Wagen schlief. Es war wie ein Wunder gewesen. Ein Wunder. Sie war so kurz vor dem Happy End – hier konnte nicht Schluss sein. So durfte es nicht enden. «Halt! Bitte!», brüllte sie.

Sie sah die Bremslichter aufflackern und begann, vor Erleichterung zu weinen, aber dann bog das SUV in eine Straße ein. Und es war vorbei. Sie konnte nicht mehr. Sie sank auf die Knie, mitten im Müll, mit emporgestreckten Armen. Der Schmerz im Bein war unerträglich. «Komm zurück!», schrie sie. Doch es kam kaum ein Ton mehr aus ihrem Mund. Die Angst hatte sie stumm gemacht.

Das Sumpf-Vieh war hinter ihr her. Sie versuchte wegzukriechen, doch sie kam nicht weit. Er packte ihre Füße und schleifte sie wie ein Höhlenmensch zurück ins Gebüsch. Sie krallte die Fingernägel in den Asphalt.

Das Letzte, was sie sah, bevor die Bäume den Ort verschluckten und Schlamm, Blätter und Steine Nase, Mund und Augen füllten, war der andere Irre – der, den sie für schön gehalten hatte, als sie für ihn tanzte, mit seinen langen, dunklen Locken und den Bartstoppeln und den intensiven Augen. Er war durchtrainiert und hatte starke Hände. Hände mit einem dicken Bündel grüner Dollar-Scheine. Grün stand jedem Mann, wie ihre Freundin Loni sagte, dabei hatte es der große Fremde gar nicht nötig. Jetzt stand er auf der Straße und sah dem SUV hinterher. Er hatte die Arme zum Himmel gereckt und lachte. Während sie zur Schlachtbank geschleift wurde, lachte er den Regen an. Jetzt erkannte sie, wer er wirklich war, was er wirklich war. Er war der leibhaftige Teufel, ganz in Schwarz, der mit ausgestreckten Armen den lieben Gott herausforderte, vom Himmel herabzusteigen und für sein kleines verlorenes Lamm noch ein letztes Wunder zu vollbringen.

Aber es gab keine Wunder mehr. Nicht heute Nacht.

Die Wolken ballten sich zusammen, als hätte der Irre Macht über sie, und löschten den Mond aus. Wieder setzte biblischer Regen ein und spülte die Schleifspuren weg, die von ihr geblieben waren.

8

Faiths Herz klopfte so schnell, dass sie fürchtete, einen Herzinfarkt zu bekommen. Sie konnte kaum atmen. Sie bog in die nächste Straße. Und wieder die nächste. Sie hatte sich verfahren, aber war sie weit genug weg? War sie im Kreis gefahren? Waren sie hinter ihr her?

Selbst ein Kleinkind hätte die Geste verstanden – der Mann hatte sich den Finger an die Lippen gelegt, weil er wollte, dass sie den Mund hielt. Wie eine Lehrerin, die eine Schar kichernder Kinder zum Schweigen bringt. Doch er hatte auf den Rücksitz gezeigt. Er hatte auf ...

Maggie!

Der Gedanke war zu viel, und sie fing zu weinen an, als sie sich umdrehte. Maggie schlief noch immer. Die Decke war ihr vom Kopf gerutscht – wahrscheinlich als Faith gegen die Mülltonne gefahren war –, aber sie hielt immer noch Esel und Cha-Cha umklammert und lutschte am Daumen, das Gesicht in die Ecke des Kindersitzes gekuschelt. «Maggie, Liebes?», flüsterte sie vorsichtig. «Maggie, geht's dir gut, mein Schatz?»

Sie bekam keine Antwort. Faith seufzte erleichtert.

Was war passiert? Was hatte sie eben erlebt?

Sie sah in den Rückspiegel. Doch die Heckscheibe war beschlagen.

Wer waren diese Leute? Wo waren sie hergekommen?

Sie ließ das Fenster runter, damit die Scheiben klar wurden, und sah in den Seitenspiegel. Nichts. Niemand war hinter ihr her. Keine Scheinwerfer, die näher kamen. Sie lauschte dem Regen und dem Wind. Schweiß rann ihr über Gesicht und Nacken. Sie suchte nach ihrem Handy, bis sie sich erinnerte, dass sie es nicht dabeihatte. Eine Million Fragen schossen ihr durch den Kopf.

Wo war die Frau hergekommen?
Hatten die Leute schon länger vor dem Wagen gestanden und ihr beim Schlafen zugesehen?
Wie lange waren sie schon da?
Wer waren die Männer?
Was wollten sie?
Sie sah wieder in den Rückspiegel. Immer noch stockdunkel. Die Ereignisse der letzten fünf Minuten liefen immer wieder in ihrem Kopf ab. Szenen und Bilder überschlugen sich, jedes Detail kämpfte darum, zur Erinnerung zu werden.
Hilfe! Sie hörte die raue, heisere Stimme, sah die Hand, die an die Scheibe klopfte. Die wirren braunen Augen, der zuckende Mund mit dem Glitzerstein in der Lippe. Der Ring in der Nase. Und die zwei in der Braue. Die verdreckten Kleider. Die Tätowierungen. Sie dachte an das verwahrloste, besessene Mädchen aus dem Horrorfilm *Ring*, sah, wie es versuchte, durchs Autofenster einzusteigen. Sie schüttelte den Kopf.
Was war mit der Frau los gewesen?
Vielleicht hatte sie Drogen genommen. Vielleicht war sie betrunken.
Lief sie vor dem Mann davon? Vor beiden Männern?
Die verschmierte Schminke, die Tätowierungen und Piercings und die schmutzigen nackten Füße: Sie musste high gewesen sein. Wer würde mitten in der Nacht in einem Sturm so auf die Straße gehen, wenn er nicht auf Drogen wäre? Und diese Stadt – die erinnerte Faith an einen Horrorfilm.
Faith sah wieder in den Rückspiegel. Falls ihr jemand folgte, war sie leicht zu finden, selbst nach mehreren Kilometern. Sie war die Einzige, die auf der Straße war.
Er kommt! Lassen Sie mich rein!
Die Frau war wieder in ihrem Kopf. Faith rieb sich die Schläfen. *Was hatte sie damit gemeint? Hatte sie Ärger? Was hatte der zweite Mann, der im rot karierten Hemd, mit ihr vor? Wo hatte er sie hingebracht?* Faith starrte geradeaus, in die endlose Schwärze. Da draußen war nichts. Weit und breit nichts ...

Sie hatte Faith angelächelt. Die Frau hatte sie *angelächelt*. Und der Mann in Schwarz hatte gegrinst. Die beiden hatten sich geküsst. Was hatte das zu bedeuten? Es war alles so seltsam. Aber der dicke Redneck – der war definitiv unheimlich. Und er hatte wütend ausgesehen. Die Frau schien Angst vor ihm zu haben. Selbst Faith hatten die Haare zu Berge gestanden.

Sie riss die Nagelhaut ab, an der sie gekaut hatte. Sie schmeckte Blut. Die Uhr zeigte 1:40.

Wieder sah sie in den Rückspiegel, doch es war immer noch keiner da. Sie wurde nicht verfolgt. Hätte sie wirklich etwas Schlimmes gesehen, eine Vergewaltigung oder einen Überfall oder – sie hielt die Luft an – vielleicht etwas noch Schlimmeres, würden sie sie nicht längst verfolgen? Verbrecher ließen keine Zeugen ziehen. Wenn sie der Frau wirklich etwas antun wollten, dann hätten sie Faith nicht einfach wegfahren lassen. Der Mann in Schwarz hatte den Redneck sogar daran *gehindert*, näher an ihren Wagen zu kommen. Außerdem waren sie nicht bewaffnet. Sonst hätten sie Faith sicher aufgehalten. *Falls* sie der Frau etwas antun wollten, oder? Also waren sie nicht bewaffnet. Der Gedanke beruhigte sie ein bisschen. Bis die nächste Frage auftauchte.

Warum hast du sie nicht einsteigen lassen, Faith?

Ihr wurde übel. Ihr Hirn begann, einen Katalog von Entschuldigungen hervorzubringen:

Es ging alles so schnell.

Maggie saß auf dem Rücksitz. Sie konnte eine solche Frau – eine Fremde – nicht einfach einsteigen lassen, wenn ihre Tochter dabei war.

Was, wenn die Frau mit den Männern unter einer Decke steckte? Wenn der Hilferuf nur ein Trick war, um die Männer in den Wagen zu lassen?

Jarrod war früher Strafverteidiger in Miami gewesen. Er hatte Faith von den schrecklichen Verbrechen erzählt, die seinen Klienten vorgeworfen wurden: Autodiebstahl, Raub, Vergewaltigung, Entführung, Mord. Die Insider-Geschichten konnten einem verleiden, je wieder einen Fuß vor die Tür zu setzen. Wenn er erzählte, wie Verbrecher tickten, welche perversen Gedanken sie hatten, wie sie ihre Opfer auswählten, wie sie sie jagten, lief es ihr eiskalt über den Rücken. In mehr als einer Geschichte tauchten Komplizinnen auf, die an das menschliche Mitgefühl appellierten – die an der Tür standen und erzählten, sie wären bei einem Unfall verletzt worden, während ihre bewaffneten Freunde in den Büschen darauf warteten, dass der barmherzige Samariter die Kette von der Tür nahm und sie alle hereinließ.

Faith fuhr sich durchs Haar und versuchte, sich zu konzentrieren. Das war der andere Grund, warum sie die Tür nicht aufgemacht hatte: Sie hatte Angst gehabt. Nein, sie hatte Todesangst gehabt.

Endlich sah sie ein Schild: **West Palm Beach, 41 Meilen.** Sie war nicht nur auf der richtigen Straße, sie hatte die Zuckerrohrfelder fast hinter sich gelassen! Sie wusste, wo sie war. Außerdem kam ihr ein Auto entgegen. Es war das erste Fahrzeug, das sie seit Highlands County sah. Ein paar Kilometer weiter tauchten schließlich die goldenen Bögen von McDonald's auf und eine rot-weiße Neonschrift, die die Reisenden im Sunland Inn willkommen hieß. *Zimmer frei*, prangte darunter. Nach dem verlassenen Parkplatz zu urteilen, hatten sie mehrere Zimmer frei. Faith hielt an und blieb einen Moment regungslos im Wagen sitzen. Sie starrte durch die Glastür in die leere Lobby.

Der Regen war mit der Wetterfront weitergezogen, doch es war noch schrecklich windig – heulend pfiff der Wind am geöffneten Spalt ihres Fensters vorbei. Sie würde in das Motel gehen, dem Manager erzählen, was sie gesehen hatte, und ihn bitten, die Polizei zu rufen. Sollten die sich den Kopf darüber zerbrechen, was da draußen passiert war. Damit würde sie auf jeden Fall das Richtige tun. Doch als sie die Hand auf den Türöffner legte, tauchte eine letzte Frage vor ihr auf.

Was hatte sie da draußen angefahren?

Faith ließ den Türgriff los. *Nichts. Da war nichts gewesen.* Trotzdem wurden ihre Hände feucht, und ihr Herz schlug schneller. Sie sah sich auf dem beleuchteten Parkplatz mit den Kobra-köpfigen

Laternen um. Hier konnte sie ihren Wagen richtig in Augenschein nehmen. Der Gedanke hatte etwas Bedrohliches.

Du musst nachsehen. Du musst es wissen.

Sie stieg aus und ging zögernd zur Haube des Explorer. Der Wind zerrte an ihrem Haar, und sie verschränkte fröstelnd die Arme. Sie starrte die Schnauze des Wagens an. Ihr wurde flau im Magen, und ihre Knie wurden weich. Sie musste sich an der Motorhaube festhalten. Die Stoßstange hing schief und hatte eine Delle. Keine große Delle, aber die Delle war gestern noch nicht dagewesen. Auch der Kühler war eingedrückt. Sie war eindeutig gegen irgendetwas gefahren, es ließ sich nicht leugnen.

Die Mülltonne? Vielleicht war es die Mülltonne gewesen ...

Sie betastete eine kleinere Beule am Rand der Motorhaube, als könnte sie Ort und Zeitpunkt des Aufpralls erfühlen.

Vielleicht ist dir bei Charity jemand reingefahren, und im Dunkeln hast du den Schaden nicht gesehen.

Sie bückte sich und starrte den Kühler an. Sie fuhr mit den Fingern über die zerbeulte Stoßstange und sah ihre Hand an. Sie war nass vom Regen. Obwohl ihr Gehirn sie davor warnte, betastete sie vorsichtig die Unterseite der Stoßstange. Sie spürte die Stellen, die sie nicht sah, aufgerissenes Plastik und das Metall des Fahrgestells. Wieder sah sie ihre Hand an. Diesmal war da etwas Dunkles. Rotes. Es sah aus wie Blut. Faith fiel rückwärts auf den nassen Asphalt.

Ein Reh. Oder ein Hund. Es war nicht, was du denkst, Faith! O Gott, mach, dass es kein ...

Hastig wischte sie sich die Hand an der Jeans ab und stand auf. Ein kleiner Fetzen hing am verbogenen Kühler. Sie zupfte ihn ab. Es war ein dünner, weißer Stoffstreifen. Vielleicht von einem Lappen.

Oder von einem T-Shirt.

Sie biss sich in die Hand und unterdrückte einen Schrei, als ihr die Tränen wieder übers Gesicht liefen.

Was hatte sie getan? Was zum Teufel hatte sie da draußen in den Zuckerrohrfeldern überfahren?

9

Die Uhr zeigte 1:50. Fast eine Dreiviertelstunde war vergangen seit ... Faith starrte durch die Windschutzscheibe auf die Glastür des Motels. Die Polizei würde Fragen stellen. Auch Fragen, die sie nicht beantworten konnte.
«Wo waren Sie, Mrs. Saunders? Wie heißt der Ort? Wir können niemand rausschicken, wenn wir nicht wissen, wohin.»
Und dann waren da noch die anderen Fragen ...
«Mrs. Saunders, als die Frau an Ihr Fenster klopfte und um Hilfe bat, warum haben Sie sie nicht einsteigen lassen?»
«Sie hatten einen Unfall. Sie haben eine Beule an der Stoßstange und am Kühler. Haben Sie die Polizei gerufen? Sie wissen, dass Sie gesetzlich dazu verpflichtet sind!»
«Da ist Blut an der Stoßstange. Offensichtlich haben Sie ein Lebewesen angefahren. Könnte es ein Mensch gewesen sein?»
Verzweifelt sah sie sich auf dem Parkplatz um und suchte nach den richtigen Antworten. *Ich weiß es nicht! Da war nichts.*
«Wie gründlich haben Sie gesucht? Oder haben Sie Fahrerflucht begangen?»
Sie schüttelte den Kopf. *Da war nichts.*
«Mrs. Saunders, haben Sie getrunken?»
Sie schlug sich die Hand vor den Mund. Ja, sie hatte ein paar Gläser Wein getrunken. Und vielleicht einen Longdrink, aber keinen starken. Und diese Cocktails ... Sie versuchte, den schrecklichen süßen Geschmack herunterzuschlucken, aber sie wurde ihn nicht los. Ja, sie hatte getrunken, aber sie hatte auch nicht vorgehabt, Auto zu fahren. Sie war wieder völlig klar. Vielleicht war sie am Anfang, als sie aufgebrochen war, noch ein bisschen beduselt gewesen, aber das war Stunden her. Sie dachte daran, wie sich alles gedreht hatte, als sie im Zuckerrohrfeld aus dem Wagen gestiegen war. Sie atmete in ihre hohle Hand. Die gleiche

Hand, an der das ... *Zeug* ... von der Stoßstange geklebt hatte. Eine Welle der Übelkeit stieg in ihr auf, und sie wischte sich die Hand noch einmal an der Jeans ab, so fest, bis es weh tat.

Sie würden den Alkohol riechen.

«*Mrs. Saunders, bitte steigen Sie aus dem Wagen. Wir müssen ein paar Tests machen. Können Sie in einer geraden Linie gehen?*»

Sie würden sie ins Röhrchen blasen lassen. Faith könnte sich weigern, aber dann würden sie sie ohnehin verhaften. Sie biss sich auf die Lippe, legte die Stirn ans Lenkrad und schloss die Augen.

Sie würden ihren Führerschein überprüfen. An der University of Florida war Faith kurz vor dem Examen wegen Trunkenheit am Steuer und Fahrerflucht verhaftet worden. Sie war mit ihren Freunden aus gewesen. Irgendwo auf einer Party. Es gab zu viel Bier und zu viel Schnaps. Eigentlich hatte nicht sie, sondern eine Freundin aus der Studentenverbindung zurückfahren sollen, deswegen hatte sie so viel getrunken. Sie war im College – alle tranken zu viel. Aber dann verabschiedete sich Regina von Faith und ging mit irgendeinem Typ nach Hause. Zum Wohnheim waren es nur zehn Kilometer. Es war spät – es war sowieso niemand auf der Straße.

Der Wagen war ganz plötzlich aufgetaucht. Sie erinnerte sich nicht mehr an den Aufprall – nur an den Anblick der Limousine, die auf sie zukam, und dass sie gedacht hatte: «Mist, das wird knapp.» So knapp, dass sie seinen Blick sah, seinen offenen Mund, sein Gesicht. Er sah überrascht aus. Danach war sie mit einer verbogenen Achse und ohne Scheinwerfer zurück zum Campus gefahren. Der andere Wagen hatte sich überschlagen.

«Der alte Mann war glücklicherweise angeschnallt», sagte der Polizist, als er ihr auf dem Rasen vor dem Verbindungshaus die Handschellen anlegte. Sie weinte und hatte ein blutiges Knie, das sie sich an der Lenksäule aufgeschlagen hatte. «Sonst wäre es schlimmer ausgegangen, junge Frau. Viel schlimmer.»

Sie würden sehen, dass sie vorbestraft war. Sie würden den Wein und die Cocktails riechen. Sie würden den Kotflügel und den Kühler unter die Lupe nehmen und Proben von dem roten Zeug unter der Stoßstange ins Labor schicken. Faith schlug mit dem Kopf gegen das Lenkrad. Tränen liefen ihr übers Gesicht. Jarrod war Pflichtverteidiger; er wusste, wie die Polizei dachte: *Einmal schuldig, immer schuldig.*

«Die Kaution wird auf 100 000 Dollar festgesetzt», hatte der Richter entschieden, als er sie über seine dicke Brille hinweg anfunkelte, die ehrwürdigen, buschigen Augenbrauen zu einem richtenden Runzeln zusammengezogen. Selbst der junge Anwalt, der sie verteidigen sollte, hatte bei der Höhe des Betrages bestürzt nach Luft geschnappt. «Weil Sie, junge Dame, *einen* fatalen Fehler begangen haben: Sie haben den Mann da draußen einfach liegen lassen. Er hätte sterben können. Gott sei Dank hat er überlebt. Aber als es darauf ankam, haben Sie nicht das Richtige getan, und deshalb können wir uns nicht darauf verlassen, dass Sie zur Verhandlung erscheinen.» Sie hatte ein Jahr auf Bewährung bekommen, einhundert Stunden Sozialdienst, hatte sich entschuldigt, eine enorme Strafe bezahlt und acht Tage im Gefängnis verbracht, bevor ihre zutiefst enttäuschte Mutter endlich die Kaution stellte.

Sie schlug die Stirn noch fester gegen das Lenkrad. Es war egal, warum sie die Polizei rief – sie würde heute Nacht ins Gefängnis wandern. So viel war sicher. Tränen tropften ihr in den Schoß. *O Gott, wenn sie vor Maggies Augen verhaftet wurde! Was würde mit ihr passieren? Würden sie sie zu Pflegeeltern geben, bis Jarrod kam?* Faith stellte sich vor, wie Maggie schrie, wenn sie ihrer Mutter Handschellen anlegten und sie auf den Rücksitz eines Streifenwagens steckten, das Blaulicht auf Maggies tränenbenetztem Gesicht wie in einem Film. Und Jarrod – der sie schockiert und enttäuscht durch die kugelsichere Scheibe anstarrte und fragte, wie sie sich betrunken ans Steuer setzen konnte, wenn Maggie im Wagen war. Wie konnte sie so etwas Schreckliches tun?

Warum hatte sie heute Abend getrunken? Warum hatte Charity sie gehen lassen, obwohl sie wusste, dass Faith getrunken hatte? Wa-

rum hatte sie sich kein Hotel genommen? Warum hatte sie nicht auf Jarrod gehört und war zu Hause geblieben? Warum? Warum? Warum?

Eine Reihe von Fehlentscheidungen – eine nach der anderen. Die einzige richtige Entscheidung, die sie getroffen hatte, entpuppte sich als die schlimmste von allen: in diesem gottverdammten Horror-Nest anzuhalten. Verzweifelt sah sie sich um. Die Scheiben waren wieder beschlagen, und die Motel-Tür war nur noch verschwommen zu sehen. Sie saß in der Falle – in ihrem Wagen, auf diesem Parkplatz, im Netz ihrer schrecklichen Fehlentscheidungen. Panik schnürte ihr die Kehle zu. Ihr Blick fiel auf eine Gestalt, die sich durch die leere Lobby bewegte.

Sie haben einen fatalen Fehler gemacht.

Ich habe kein gutes Gefühl ...

Sie kniff die Augen zu. Eine Dreiviertelstunde war vergangen, seit sie in diesen Albtraum geraten war. Seit sie gesehen hatte, was sie gesehen hatte, was immer es war. Inzwischen waren sie alle längst verschwunden – die Frau mit den Tätowierungen und Piercings, den schmutzigen Händen und den nackten Füßen, und die zwei unheimlichen Männer. Man sollte keine Vorurteile haben, aber ... wer weiß, warum sie da draußen waren? Sie waren nicht bewaffnet. Die Frau sah selbst nicht gerade harmlos aus. Und sie hat nicht geblutet. *Sie hat nicht geblutet!* Das war die Hauptsache.

Faith holte tief Luft, wischte sich mit dem Ärmel die Tränen ab und legte den Gang ein, während ihr Hirn weiter Rechtfertigungen auswarf.

Vielleicht waren alle drei auf Drogen; vielleicht hatten sie einen Überfall geplant.

Sie fuhr vom Parkplatz hinunter und auf den Southern Boulevard.

Sie hätten Maggie etwas antun können. Sie hätten ihr weh tun können – oder Schlimmeres. Gott weiß, was passiert wäre, wenn du die Tür geöffnet hättest.

Sie entdeckte das Schild zum Florida's Turnpike.

Die drei sind längst nicht mehr dort. Außerdem weißt du nicht mal genau, wo dort *ist.*

Es war nach drei, als sie in die Einfahrt bog und in die Garage fuhr. Sie blickte zum Rücksitz. Maggie war wie Jarrod: Sie konnte alles verschlafen. Faith seufzte und spürte sowohl enorme Erleichterung, zu Hause angekommen zu sein, als auch überwältigende Scham – aus dem gleichen Grund. Wie eine Märchenfigur hatte sie den verwunschenen Wald mit all seinen Gefahren und Bösewichten hinter sich gelassen und war wohlbehalten im Schloss angekommen. Sie holte tief Luft und sah ein letztes Mal in den Rückspiegel. Die Rechtfertigungen funktionierten wie ein notdürftig repariertes Dach: Fürs Erste hielt es. Es hielt, aber wie lange, das konnte niemand sagen.

Sie drückte auf die Fernbedienung, um das Garagentor zu schließen, und sah mit einer dunklen Vorahnung zu, wie es mit einem schweren Seufzer die Nacht aussperrte.

10

«Hallo, Schatz», flüsterte Jarrod. Sein Atem war warm an ihrer Wange. «Wann bist du nach Hause gekommen?»

«Gegen drei», antwortete Faith leise und drückte das Gesicht in die Kissen. Sie hatte sich die flauschige Decke über den Kopf gezogen, ihre Augen waren noch geschlossen. Es war eiskalt im Haus; nachts schlief Jarrod gern wie im Iglu.

«Warum bist du nicht bei deiner Schwester geblieben?» Er klang zerstreut.

Sie roch Seife und sein Eau de Cologne von Bulgari. Sie hörte das saubere Rascheln der Anzugjacke, als er auf sein Handy sah und es einsteckte. Ohne die Augen aufzuschlagen, wusste sie, dass er vor Gericht musste und wahrscheinlich spät dran war.

«Lange Geschichte», murmelte sie. «Ich ... ich habe mich nicht wohlgefühlt. Ich wollte nicht bleiben.»

«Was war los?» Seine Hand fand ihren Arm. «Was ist passiert?»

«Nur mein Magen ... aber es geht schon wieder.»

«War dir schlecht?»

«Mir war einfach nicht gut. Jetzt geht es wieder. Alles in Ordnung.»

Sie wusste, dass er wieder aufs Handy sah. «Du hast sicher ein paar Schoten von gestern Abend.»

Faith vergrub sich tiefer im Kissen.

Er küsste sie auf die Wange. «Schlaf dich aus, es ist noch früh. Ich muss nach Palm Beach und bin spät dran. Ich bringe Maggie in den Kindergarten.»

«Ist Maggie schon wach?»

«Ja. Wach und schulfertig, und puh, sie ist wieder in Topform heute. Sie *will* in den Kindergarten. Mrs. Wackett kann sich freuen. Hat sie überhaupt geschlafen?», fragte er, und seine Stimme wurde leiser, als er zur Tür ging.

«Im Wagen.»

«Das muss eine Höllenfahrt gewesen sein ...», sagte er mit Betonung auf «Hölle», als er die Schlafzimmertür aufmachte und hinausging.

Sie schlug die Augen auf. «Hm?» Es war dunkel im Schlafzimmer bis auf einen schwachen Lichtstreifen, der durch die Lücke zwischen den Vorhängen auf den Teppich fiel.

«Ich liebe dich!», rief er von unten. Sie hörte, wie er Maggie eilig ins Auto packte, dann ging die Garagentür auf und wieder zu, und er war weg.

Als sie wieder aufwachte, war es immer noch dunkel im Schlafzimmer. Ein paar selige Sekunden hatte sie die Nacht vergessen – die Party, den Streit, den Sturm, die Frau, die unheimlichen Männer. Aber nach ein paar Lidschlägen verschwand das weiße Rauschen, und die Erinnerungen kehrten zurück. Und mit den Erinnerungen die Schuldgefühle, begleitet von einem unbehaglichen Gefühl im Bauch, als hätte sie Kleber getrunken. Sie sah auf die Uhr und setzte sich mit einem Ruck auf. Es war halb neun. So lange hatte sie seit Ewigkeiten nicht geschlafen.

Ihr Kopf dröhnte, und alles tat ihr weh. Emotional war sie genauso gerädert wie morgens nach einem Streit mit Jarrod, wenn sie die halbe Nacht geweint hatte. Nachdem sie Maggie gestern Abend ins Bett gesteckt hatte, hatte sie endlich die Zigarette geraucht, nach der sie sich gesehnt hatte, mit einem großen Schluck Wodka auf der Terrasse. Im Nachhinein wahrscheinlich eine schlechte Idee, aber als sie nach Hause gekommen war, hatte sie nicht schlafen können. Sie hatte ein paarmal nach dem Telefon gegriffen, es jedes Mal wieder weggelegt, ohne die Nummer der Polizei zu wählen. Inzwischen war es nach vier. Mit jeder Minute schien die Dringlichkeit zu schwinden.

Neun-eins-eins. Um was für einen Notfall handelt es sich? Na ja, wahrscheinlich ist es kein Notfall mehr, oder? Ich bin zu Hause, und die Leute sind längst über alle Berge. Wo? Keine Ahnung. Fahren Sie an der Zuckerrohrplantage links und dann ein paarmal im Kreis.

Dieselben von der Angst geschürten Rechtfertigungen schoben sich wieder in ihr Bewusstsein, verdrängten die Schuldgefühle, unterstützt und angestachelt von der Wirkung des Wodkas. Gegen fünf war sie nach oben gegangen und hatte die Schatten der Palmwedel angestarrt, die an der Decke tanzten, weil sie das Terrassen-Licht angelassen hatte.

Jetzt stand sie auf, ging zu den Vorhängen und zögerte, während sie den unscharfen Lichtstreifen auf dem Teppich betrachtete. Sie hoffte, es war sonnig und schön draußen – ein ganz normaler, beneidenswerter Tag in Florida. Strahlend blauer Himmel, weiße Wölkchen. Hoffte, der neue Tag wäre ganz anders als der vergangene – ein symbolischer Neuanfang. Doch als sie die Vorhänge zurückzog, war sie enttäuscht: Es war düster und verregnet. Tatsächlich sah es genauso aus wie gestern, bevor sie losgefahren war. Der Kleber rumorte in ihrem Magen. Sie starrte in den Garten. Alles sah genauso aus wie vor vierundzwanzig Stunden – dasselbe Liegestuhlpolster im Pool, dasselbe rosa Springkraut, dieselbe Schaukel in der Ecke, derselbe umgefallene Sonnenschirm.

Alles sah noch genauso aus. Und doch war alles völlig anders.

Sie stellte den Fernseher an und drehte die Lautstärke auf, damit sie unter der Dusche etwas mitbekam. Die Morgennachrichten waren vorbei, also schaltete sie auf einen Nachrichtensender. Der Dow Jones legte zu, ebenso wie der Ölpreis. Ein Kindermord von 1957 war endlich gelöst. Ein Wirtschaftskrimineller wurde verurteilt. Die Polarkappen schmolzen schneller, als die Wissenschaftler vorhergesagt hatten.

Keine Vermissten in Florida. Keine Frauenleiche, die in einem Zuckerrohrfeld gefunden worden war.

Unten setzte sie eine Kanne Kaffee auf und ging den *Sun Sentinel* durch – selbst den Sportteil für den Fall, dass das Mädchen von gestern Nacht vielleicht eine Highschool-Sportskanone war, die nicht zum Training erschienen war. Doch es wurde nirgends ein vermisstes Mädchen erwähnt, weder in Florida noch sonst wo. Sie fühlte sich ein bisschen besser, auch wenn sie wusste, dass etwas, das mitten in der Nacht geschehen war, morgens noch nicht in der Zeitung stehen konnte. Höchstens im Fernsehen, aber da war auch nichts gewesen. Faith würde in den nächsten Tagen weiter Zeitung lesen, im Internet surfen und die Nachrichten verfolgen. Wenn bis Mittwoch oder Donnerstag immer noch keine Meldung kam, hatte sie nichts zu befürchten. Dann wäre sie offiziell aus dem Schneider und konnte das, was gestern Nacht passiert war, als einmalige unglückliche Erfahrung verbuchen.

Sie schluckte drei Kopfschmerztabletten und spülte sie mit einem großen Schluck Kaffee herunter. Doch nichts half gegen das unangenehme Gefühl. Das Gefühl, dass etwas ... aus dem Lot war. Etwas war verkehrt. Fehl am Platz. Passte nicht. Sie sah sich in der Küche um. Die Milch stand noch auf der Theke, Cornflakes-Schüsseln weichten in der Spüle ein, der Toaster war aus. Aber es war weder die Unordnung vom Frühstück noch das Liegestuhlpolster, das im Pool trieb, was sie störte. Sie musste an Maggies Lieblingsbuch denken, *Der Kater mit Hut*. Es war, als wären gestern, während sie bei Charity war, Fremde hier gewesen, hätten im Haus ihr Unwesen getrieben, eine wilde Party gefeiert, und dann hätten sie alles aufgeräumt, jedes Ding wieder an seinen Platz gestellt und wären verschwunden, nur Augenblicke, bevor Faith durch die Tür kam. Alles war an seinem Platz ... dennoch stimmte etwas nicht.

Faith stellte die Milch zurück in den Kühlschrank und räumte die Spülmaschine ein. Die «Veränderung», die sie spürte und die natürlich für niemanden sonst sichtbar war, ging wohl auf ihr irisch-katholisches Gewissen zurück. Hoffentlich würde die Zeit die Schuldgefühle heilen, das unbehagliche Gefühl sich beruhigen und verschwinden. Faith sah sich in der Küche um. Spielte es wirklich eine Rolle, was gestern Nacht passiert war, solange alles wieder so aussah, wie es sollte?

In dem Moment erinnerte sie sich an ihren Wagen. Sie hielt sich an der Spüle fest und starrte die Tür zur Garage an. Nicht alles sah noch genauso aus wie gestern früh ...

Nachdem sie die Küche aufgeräumt hatte, ging sie nach oben in die Waschküche. Ihre Kleider von gestern Abend hatte sie tief in den Wäschekorb gestopft, auch die Jeans. Ihre Bluse roch nach Wein, Bier, Rauch und Party. Sie besprühte sie mit Febreze und zur Sicherheit auch noch mit Raumspray. Dann gab sie eine Portion Fleckenpaste auf den dunklen Fleck an der Jeans, warf alles in die Waschmaschine und sah zu, wie das Wasser einlief. Ein Neuanfang. Eine zweite Chance.

Sie ging wieder nach unten.

Das Haus hatte zwei Garagen, auf einer Seite die kleinere Garage, in der Jarrod seinen Infiniti parkte, und auf der anderen Seite eine Doppelgarage, in der ihr Wagen stand, mit einer Tür zur Küche. Sie zögerte einen Moment, als sie vor der Garagentür stand. Irgendwie hoffte sie immer noch, sie hätte letzte Nacht nur geträumt. Ein verrückter Albtraum, der sich besonders realistisch anfühlte. Oder ihre Erinnerungen waren grotesk übertrieben. Sie holte tief Luft, drehte den Türknauf und schaltete das Licht in der Garage an. Sie schauderte.

Der Kühler war eingedrückt, und die Stoßstange auch. Die Motorhaube zierten zwei Dellen mit tiefen Kratzern. Das Ganze war sehr, sehr real.

Sie fuhr mit der Hand über die Haube, und ihre Finger folgten den Kratzern. Auf einem Bord an der Wand stand eine Kiste mit Lappen. Sie nahm einen heraus, wischte unter dem Kotflügel entlang und sah ihn mit angehaltenem Atem an.

Nichts. Da war nichts. Kein Blut.

Sie atmete auf. Dann steckte sie den Kopf unter das Auto und wischte noch einmal – fester. Wieder sah sie nach. Nichts. Sie schrubbte. Der Lappen war schmutzig, aber er war nicht rot. Sofort waren die Rechtfertigungen wieder da.

Vielleicht war es doch kein Blut gewesen, das du gesehen hast. Vielleicht war es Motoröl.

Sie stand auf, ging zum Fahrerfenster und sah hinein. Sie erkannte die Streifen ihrer eigenen Finger, wo sie versucht hatte, die Scheibe sauber zu wischen, als sie die Frau bemerkt hatte.

Dann suchte sie die Außenseite der Scheibe ab, an die die Frau ihre schmutzigen Hände gedrückt hatte. Doch wie das dunkle Zeug unter dem Kotflügel waren die Handabdrücke, die sie dort zu finden befürchtet hatte, verschwunden.

Faith holte tief Luft und wrang den Lappen nervös in den Händen.

Dann wischte sie die Scheibe trotzdem ab.

11

«Das kann ich ausbeulen. Keine große Sache. Wir müssen nicht mal neu lackieren», erklärte der Mechaniker, auf dessen Namensschild «Sal» stand.

«Wirklich?» Faith atmete auf.

«Ja. Wird nicht wie neu, dafür müssten wir den ganzen Kotflügel ersetzen. Das Gleiche gilt für die Motorhaube, die kann ich Ihnen auch ausbeulen.»

«Das wäre toll. Und die ...?» Sie zeigte auf die Kratzer.

«Die schleife ich ab», antwortete er mit einem Lächeln, «dann kommt Kitt drauf, das müsste gehen.»

«Das klingt unkomplizierter, als ich befürchtet hatte.»

«Das Problem ist der Kühlergrill. Sie brauchen einen neuen.»

«Oh», sagte sie enttäuscht.

«Ach, Sie sind viel zu hübsch, um ein langes Gesicht zu machen. Heute muss Ihr Glückstag sein. Wahrscheinlich kann ich das Teil von einem Kumpel besorgen. Es sei denn, Sie wollen keinen gebrauchten; in dem Fall würde es ein paar Tage dauern.»

«Nein, nein, es muss kein neuer sein. Hauptsache, es sieht so aus wie vorher.»

«Sie meinen, bevor ...?» Offensichtlich wartete er darauf, dass sie den Satz beendete.

«Ein gebrauchtes Teil wäre gut», gab sie zurück.

Er nickte. «Sie zahlen bar, oder? Sie wollen es nicht über die Versicherung laufen lassen? Das hatten Sie am Telefon gesagt.»

«Ja. Sonst ... gehen die Beiträge hoch. Es wäre gut, wenn es so schnell wie möglich gemacht werden kann.»

Eine kurze Pause entstand. Er rieb sich mit dem schmutzigen Finger über die Nase, grinste und sagte: «Aha, ich verstehe.»

Sie trat von einem Fuß auf den anderen. «Was?»

«Ihr Mann soll nichts mitbekommen.» Er sah auf ihren Ehering.

«Erwischt.»
«Ja, so was höre ich öfters. Aber es ist schade.»
«Was ist schade?»
«Dass Sie verheiratet sind.»
«Danke, Sal. Vor sieben Jahren kannte ich Sie noch nicht.»
Er lachte. «Ich würde Ihnen den Wagen umsonst reparieren, egal wie oft Sie eine Beule reinfahren. Ich bin sehr nachsichtig. Falls Sie Ihren Mann je rausschmeißen, kommen Sie zu mir. Ich bin übrigens Lou, nicht Sal.» Er zeigte auf das Schild, das über der Werkstatt hing. *Lous Kfz-Werkstatt. Schnell. Freundlich. Zuverlässig.* «Sal ist mein Bruder. Er arbeitet auch hier. Wir wohnen zusammen. Sein Hemd war das erste, was ich heute Morgen aus dem Trockner gezogen habe. Verwechseln Sie uns nicht, wenn Sie zurückkommen, Mrs. ...?»
«Saunders.»
«Nur wenn Sie sich beschweren wollen, fragen Sie nach Sal», erklärte er mit einem herzhaften Lachen.
Faith sah sich in der Werkstatt um. Auf der Hebebühne stand noch ein Wagen, und auf dem Hof befand sich ungefähr ein Dutzend zerbeulte Fahrzeuge. «Meinen Sie, Sie schaffen es heute, Lou? Und die Klimaanlage auch?»
«Heute? Sind Sie verrückt?» Sie biss sich auf die Lippe. Offenbar war ihr die Verzweiflung anzusehen, denn er sagte: «Ihr Mann muss ein ziemlicher Stinkstiefel sein. Unfälle passieren nun mal.»
Sie nickte. «Ich könnte Ihnen was extra zahlen?»
Er musterte sie einen Moment, bevor er nickte. «Muss an Ihren blauen Augen liegen. Sie könnten mich zu allem überreden. Wenn Sie zwei fünfzig drauflegen, lasse ich alles stehen und liegen. Aber ich muss erst Jimmy fragen, ob er den Kühlergrill hat. Wenn nicht, müssten Sie Ende der Woche noch mal kommen, damit ich den Rest erledigen kann. Ich kann nichts versprechen.»
«Solange Sie die Beulen heute rausbekommen, wäre ich Ihnen sehr, sehr dankbar.»

«Was ist Ihnen denn vor den Wagen gelaufen?» Lou lag auf dem Boden, sah sich den Kotflügel an und betastete die Innenseite.

Ihr Herz schlug schneller.

Er stand auf und wischte sich die Hände am Blaumann ab. Ohne sie aus den Augen zu lassen, wartete er auf eine Antwort.

«Ein Reh», sagte sie leise.

Er nickte. «Oje. Aber nicht hier in der Gegend, oder?»

«Nein. Ich war auf dem Land, auf dem Rückweg von meiner Schwester auf der Route 441. Aber es war nicht tot. Es ist ... weggelaufen», antwortete sie leise.

«Machen Sie sich keine Sorgen.» Lou begleitete sie zurück ins Büro. «Rehe können einen ziemlichen Schaden anrichten. Sie hatten Glück, dass nichts weiter passiert ist. Wahrscheinlich war es nicht groß. Außerdem», erklärte er, als Faith mit Tränen in den Augen aus dem Fenster starrte, «kann ihm ja nicht viel passiert sein, wenn es einfach weggelaufen ist, stimmt's?»

12

Schon auf der Straße vor der Bäckerei duftete es nach frisch gebackenem Schokoladenkuchen. Der Duft stieg Faith in die Nase, kaum hatte sie die Taxitür geöffnet. Es war ein Geruch, von dem sie nie genug bekam – normalerweise beschwor er schöne Erinnerungen an warme Küchen, Ferien und das Backen mit Großmutter Milly herauf. Heute aber hatte sie das Gefühl, sie habe die behaglichen Erinnerungen nicht verdient. Die Normalität des Geruchs auf der Straße vor ihrer geliebten Bäckerei, wo sie den großen Teil jedes Tages verbrachte, machte sie genauso misstrauisch wie die Normalität zu Hause – misstrauisch und schuldbewusst.

Sie bezahlte das Taxi und betrat das Café durch den Hintereingang, wo sie an der Backstube vorbei direkt ins Büro ging. Aus dem Laden hörte sie Stimmen und Geklapper, ein gutes Zeichen, dass die Schlange lang und die Tische besetzt waren. Die Gäste hatten Regen und Wind getrotzt, um auf eine Crème brûlée und eine Karamell-Apfel-Latte vorbeizukommen. Finanziell war dieser Oktober ein guter Monat, selbst wenn Tief Octavius sein Bestes tat, um die Kunden zu vertreiben.

Das Büro war leer. Auf Vivians Schreibtisch standen ein Becher kalter Kaffee und ihr Schminktäschchen, doch ihre Handtasche fehlte, was hieß, dass sie unterwegs, aber nicht weit weg war. Vivian Vardakalis und Faith waren beste Freundinnen, seit sie sechs Jahre alt waren. Die Freundschaft hatte die Highschool überstanden, und später an der University of Florida waren sie Verbindungsschwestern gewesen. Seit drei Jahren waren sie nun Geschäftspartnerinnen. Faith kannte Viv so gut wie ihre eigene Schwester, und fast genauso lang – Vivian ging nie weit, ohne ihren Lippenstift und Concealer mitzunehmen. Wahrscheinlich holte sie sich nur schnell etwas zu essen, machte Erledigungen oder war kurz auf der Bank. Faith hatte ihr gestern auf der Fahrt zu Charity Bescheid gesagt, dass sie heute erst spät reinkäme, wenn überhaupt. Heute Morgen hatten sie noch nicht gesprochen. Auch wenn sie sich beide nicht mehr die Schürze umbanden, war immer mindestens eine von ihnen in der Bäckerei. «Man braucht ein Dorf, um ein Kind zu erziehen», sagte Vivian gern, «aber man braucht nur einen Angestellten mit der Hand in der Kasse, um ein Geschäft zu ruinieren.» Sie war gelernte Buchhalterin. «Ist die Katze aus dem Haus, tanzen die Mäuse auf dem Tisch. Denen ist völlig egal, ob sie zu viel Buttercreme auf die 3,50-Dollar-Cupcakes geben und wir mit unserer verderblichen Ware noch weniger verdienen.»

Auch über Charity wusste Vivian so gut wie alles, über all die Dramen, in die sie ständig zu stolpern schien. Die drei waren über die Jahre immer wieder beste Freundinnen gewesen, aber es war schwer, das Gleichgewicht aufrechtzuerhalten. Wie Faiths Mutter vor langer Zeit gewarnt hatte: Freundschaften zwischen zwei Leuten funktionieren gut, aber wenn die Zahl ungerade ist, steht immer einer im Abseits. In der Schule waren es meistens Vivian & Faith gewesen, und Charity durfte ab und zu mitkommen. Nach dem College, als Vivian ihren Mann Gus kennenlernte und mit ihm wegzog, hatten Faith und Charity wieder zusammengefunden. Dann hatte Nick Charity vor vier Jahren überredet, von Miami nach Sebring zu ziehen – an den Arsch der Welt, wie Jarrod sagte –, und seitdem führten Faith und ihre Schwester eine Fernbeziehung. Dafür hatte Gus bei Motorola angefangen, und Vivian war nach South Florida zurückgekehrt, wodurch sich die Konstellation der drei Freundinnen wieder geändert hatte. Damals war ihnen die Idee zum Sweet Sisters gekommen – bei einem Frauenabend, als sie feierten, dass Vivian mit ihrer Familie ein Haus in Parkland gekauft hatte, nur zwei Kilometer von den Saunders entfernt. Nach zwei Martinis schien die Idee, eine Bäckerei aufzumachen, gar nicht mehr so abwegig. Zwei Monate später, als beide völlig nüchtern waren, hatten sie die perfekte Immobilie gefunden, den Mietvertrag unterschrieben und mit den Umbauten begonnen. Heute hatten sie neben dem Laden ein florierendes Internet-Geschäft und dachten darüber nach, in Fort Lauderdale eine Filiale aufzumachen. Franchising war in den Bereich des Möglichen gerückt, und sie machten Witze darüber, dass sie eines Tages Starbucks überholen würden. Manchmal hatte Faith ein schlechtes Gewissen, weil ihr die Idee mit dem Sweet Sisters ausgerechnet in der Zeit gekommen war, als sich das Freundschaftsdreieck gedreht hatte. In ihrer finanziellen Situation hätte Charity zwar nicht investieren können, aber sie hätte sich auf andere Art an dem Geschäft beteiligen können, und dann wäre ihr Leben vielleicht anders verlaufen. Vielleicht war sie nur bei Nick geblieben und hatte sich mit seinem Mist arrangiert, weil sie keine alleinerziehende Mutter und das fünfte Rad am Wagen in Coral Springs sein wollte.

Als Faith die Tür hinter sich schloss und sich an den Schreibtisch setzte, versuchte sie, die Gedanken an ihre Schwester zu verdrängen. Im Moment hatte sie kein Mitleid mit Charity, in welcher Form auch immer. Doch an ihrem Computerbildschirm klebte ein Zettel, den Vivian geschrieben hatte: *Charity hat SCHON WIEDER angerufen. Sie hat dein Handy? Und deine Handtasche??? Sie sagt, es tut ihr leid, dass sie zickig war? Bin gespannt! Schätze, deswegen bist du nicht ans Telefon gegangen ...*

Faith kamen wieder die Tränen, als sie daran dachte, wie ihre Schwester Hand in Hand mit Nick dagestanden hatte und mit den anderen zugesehen hatte, wie Faith ihre weinende, strampelnde, tobsüchtige Tochter im strömenden Regen ins Auto zerrte. Sie wollte Vivian alles erzählen, aber dann drängte sich der Rest in ihre Erinnerung. Zuerst war da das gespenstische bleiche Gesicht dieser Frau. Wieder hatte sie das zähe, klebrige Gefühl im Magen. Und sie wusste, davon konnte sie ihrer besten Freundin nicht erzählen. Sie konnte niemandem davon erzählen. Nie.

An die Arbeit. Stürz dich in ein Projekt, dann legt sich das Bedürfnis, dich bei jemandem auszuheulen. Der Frau geht es gut. Maggie geht es gut. Alles ist gut.

Sie wischte sich die Tränen ab, bevor sie ihr übers Gesicht liefen. Dann zog sie den Ordner mit den Bestellungen heraus. Sie musste auch noch einen Anzeigentext für den *Sun Sentinel* schreiben und die Bewerbung für *Cupcake Wars* fertigstellen, den Backwettbewerb eines Privatsenders, an dem sie mit Sweet Sisters teilnehmen wollte. Und die Gehaltsabrechnungen. Mit all dem wäre sie im Büro beschäftigt, bis der Explorer fertig war. Heute konnte sie auf keinen Fall mit Charity sprechen, ohne die Fassung zu verlieren – entweder würde sie in Tränen ausbrechen oder explodieren. Es wäre jedenfalls keine ruhige Unterhaltung. Auch wenn sie am liebsten ihrer Schwester die Schuld an dem Unfall und dem zerbeulten Wagen gegeben und einen Teil ihres schlechten Gewissens auf sie abgewälzt hätte, wollte sie nicht, dass irgendjemand davon erfuhr, was gestern geschehen war, nachdem sie die Party verlassen hatte. Was sie getan hatte. Oder besser, was sie nicht getan hatte.

Nervös tippte sie mit dem Finger auf das Telefon und überlegte wieder, ob sie die Polizei benachrichtigen sollte. Aber was sollte das jetzt noch bringen? Die Zeit war nicht stehengeblieben. Die Typen und die Frau waren längst über alle Berge. Die Polizei würde immer noch Fragen stellen, auf die sie keine Antworten hatte. Selbst wenn sie den Alkoholtest jetzt bestand, war ihr Wagen in der Werkstatt. Wie würde das aussehen? Sie müsste Jarrod den Unfall erklären. Und warum sie ihn vertuscht hatte. Sie zog die Hand wieder vom Telefon zurück. Charity war blau gewesen, sternhagelvoll – und jetzt wollte sie sich entschuldigen? Das alles sollte also ohne Grund passiert sein? Der Gedanke machte sie so wütend, dass ihre Hände zitterten. Vielleicht wäre es erst mal das Beste, wenn sie ihrer Schwester von Vivians Handy eine SMS schrieb und sie bat, Tasche und Telefon mit der Post zu schicken – sie würde ihr auch das Porto erstatten.

Und das war es: Was sie noch mehr ärgerte, war die Tatsache, dass Charity sich wahrscheinlich nur entschuldigte, weil Nick sich heute Morgen wieder wie ein Arschloch aufgeführt hatte und sie sich über ihn und ihr Leben auskotzen wollte. *Reset drü-*

cken, und alles ist vergeben. Zurück zur Tagesordnung. Faith sah sich im Büro um: Wie zu Hause sah es hier noch genauso aus, wie sie es am Samstag verlassen hatte, aber es fühlte sich anders an. *Nicht heute, Charity. Die Reset-Taste funktioniert nicht.* Auf der anderen Seite der Wand hörte sie die Bäcker lachen und herumalbern. Sie beneidete sie um ihre Unbefangenheit.

Dass sie eines Tages eine Cupcake-Bäckerei eröffnen würde, hätte sich Faith Saunders nicht träumen lassen. Von ihrer Mutter Aileen hatte sie in der Küche jedenfalls nichts gelernt. Aileen konnte nicht einmal Wasser zum Kochen bringen, und die Liebe zum Backen war völlig an ihr vorübergegangen; eine Packung Schokoladenkekse aufzureißen, war schon viel verlangt. Faiths Vater hatte ihr schließlich ein paar Grundrezepte beigebracht, um zu überleben und sich vielleicht einen Ehemann zu schnappen. Patrick «Sully» Sullivan war ein verkappter Hobbykoch. Bis zum Examen hatte Faith gelernt, Fleisch zu grillen, Bratkartoffeln zu machen und Pasta zu kochen. Was den Nachtisch anging, hielt es Daddy mit seinen irischen Vorfahren – er beendete seine Mahlzeiten mit einem zwölf Jahre alten Jameson –, und so hatte Faith wenig Erfahrung mit dem Konditorhandwerk. Nachtisch hieß gewöhnlich, den Deckel einer Eiscreme-Packung abzupulen oder einen gefrorenen Fertig-Käsekuchen in die Mikrowelle zu schieben.

Eigentlich hatte Faith vorgehabt, nach der Journalistenschule an der University of Florida bei irgendeiner angesagten Zeitung die nächste Edna Buchanan zu werden und später die faszinierenden Kriminalfälle, über die sie berichtete, als Inspiration für Thriller zu benutzen, die sie in ihrem hippen Apartment in Manhattan schreiben würde, während Jarrod bei irgendeiner erfolgreichen New Yorker Anwaltskanzlei die Karriereleiter hinaufkletterte. Doch wie Steinbeck einmal festgestellt hatte, die besten Pläne gingen meist daneben, schief oder in Rauch auf. Die angesagten Zeitungen stellten niemanden ein, und Jarrod hatte beschlossen, Strafverteidiger in Miami zu werden. Das *Time Magazine* machte dicht, und New York war passé. Im ersten Jahr nach der Uni hatte Faith abends gekellnert und in der Aventura Mall einen Kiosk gemanagt, während sie eine Bewerbung nach der anderen rausschickte, ohne dass je das Telefon klingelte. Als ihr schließlich die Chefredakteurin des örtlichen Monatsmagazins *Gold Coast* eine halbe Redakteursstelle im Ressort Reportage anbot, hatte Faith sofort zugesagt, glücklich, endlich in ihrem Feld zu arbeiten. Sie hoffte, sie könnte ihren Lebenslauf aufbauen, damit sie später, wenn es mit dem Markt wieder aufwärtsging und die angesagten Printmedien wieder die Türen öffneten, das machen konnte, was sie immer gewollt hatte: investigative Reportagen schreiben.

Und dann war sie schwanger geworden.

Inzwischen war es acht Jahre her, dass sie mit dem Diplom in der Hand aus dem Uni-Städtchen Gainesville in die richtige Welt entlassen worden war. Durch die Verhaftung wegen Trunkenheit am Steuer hatte sie ein Jahr länger gebraucht und einen Studienkredit aufnehmen müssen, weil ihr das Stipendium entzogen worden war. Andererseits hatte sie in dem Extra-Jahr Jarrod kennengelernt, sodass die schreckliche Geschichte auch ihr Positives hatte. Neben den Recherchen und den fesselnden Artikeln für *Gold Coast* – beispielsweise zu der Frage, ob die Kunstszene in South Florida unter einem Mangel an wahren Künstlern litt – schaffte es Faith, ein paar Kapitel des Manuskripts zu schreiben, das immer noch in ihrer Schublade lag. Doch das war schon alles, was sie von ihrem ursprünglichen Plan umgesetzt hatte: ein paar Kapitel. Ja, sie hatte ein Kind bekommen, was sicherlich eine Leistung war, aber die großartige Idee zu einem großartigen Thriller war ihr nie gekommen; ein Besuch im Büro des Rennfahrers Hélio Castroneves war das Aufregendste, was ihr bei der *Gold Coast* passiert war. Nach Maggies Geburt hatte Jarrod vorgeschlagen, dass sie wenigstens ein paar Jahre zu Hause blieb. Was sie auch getan hatte. Währenddessen hatte sie versucht, durch ein paar Artikel über Mutterschaft in verschiedenen Elternzeitschriften beim Schreiben zu bleiben. Und dabei hatte sie bemerkt, dass ihre Erfahrungen als Mutter ganz anders waren als die der Durchschnittsmütter.

Als sie den Ordner mit den Bestellungen schloss, kam Vivian ins Büro gestürmt. Gestürmt, denn Viv tat nie etwas leise. Sie trug viel Make-up, viel Schmuck, riesige Handtaschen, schrille Kleider und schwindelerregende Stöckelschuhe, die man aus einem Kilometer Entfernung klappern hörte. Und obwohl sie schon mit sechs von Hoboken nach Miami gezogen war, war ihr New-Jersey-Akzent nicht zu überhören. Vivian grinste Faith an, während sie das Gespräch mit Albert, dem Bäcker hinter der Wand, fortsetzte. «Früchtebrot! Das will sie eben!» Sie ließ sich auf der Kante von Faiths Schreibtisch nieder, zeigte zur Wand und tippte sich an die Stirn.

«Das isst doch keiner!», schrie die Wand zurück.

«Dann mach eins, das gegessen wird! Sie kriegt, was sie will, es ist ihre verdammte Hochzeit! Schon gut, wir reden später drüber, Al.» Vivian warf sich das lange, dicke schwarze Haar über die Schulter und sagte für ihre Verhältnisse gedämpft zu Faith: «Back einfach das verdammte Ding, oder? Wenn ich Streit will, gehe ich nach Hause zu meinem Mann. Na ja, mit dem Früchtebrot muss ich ihm wohl helfen. Irgendwie kriegt man das bestimmt lecker hin – einfach genug Rum reinkippen, dann spielt der Geschmack keine Rolle mehr.»

Faith lächelte. «Ich rede mit Al. Für wann soll's sein?»

«Achtzehnter Dezember. Törtchenbaum mit Früchtebrot-Törtchen für zweihundertfünfzig Gäste. Das Motto der Hochzeit ist weihnachtlich, du hast jede Menge Zeit, dir was auszudenken. Also ... Ich habe die Wochenendeinnahmen zur Bank gebracht, anderthalb Stunden, es war die Hölle los! Die ganze Stadt war auf der Bank. Vom Regen hatten sie einen Wassereinbruch, und sämtliche hässlichen Bankmöbel standen in einer Ecke. Mit dem ganzen Geld, das die Bank of America hat, können sie sich keine schöneren Möbel leisten? Nur so einen Billig-Schrott, von dem sich die Beschichtung löst, sobald es feucht wird. Wie war's bei dir?»

Faith lehnte sich zurück und rieb sich die Augen. «Ich habe die Bestellungen und die Anzeige erledigt. Als Nächstes sind die Gehaltsabrechnungen dran.»

Vivian seufzte. «Die Gehaltsabrechnungen kann ich machen. Ich hoffe, du bist nicht deswegen zurückgekommen. Du siehst scheiße aus, Schätzchen. Nicht böse gemeint.» Sie griff nach Faiths Pferdeschwanz und untersuchte mit einem langen, roten Fingernagel ihr Haar. «Was ist mit deinen Haaren los? Keine Lust zu föhnen heute?» Vivian war immer perfekt angezogen, frisiert, maniküert und geschminkt. Immer. Selbst im Kreißsaal hatte sie ausgesehen wie aus dem Ei gepellt.

«Ist es so schlimm?»

Vivian nickte. «Ja. Na ja, du siehst müde aus. Die Augenringe ... wenn du willst, schmink ich sie dir weg.»

«Du bist zu gütig.»

Vivian winkte ab. «Also, was zum Teufel war gestern bei Charity los? Deswegen bist du doch so fertig. Und warum hat deine Schwester deine Handtasche und dein Telefon? Wofür entschuldigt sie sich? Ich will jede Einzelheit wissen.»

«Lange Geschichte.»

«Ich habe Zeit. Wann bist du zurückgekommen?»

«Gestern Nacht.»

«Gestern Nacht? Du bist in einem Tag zu Charity und wieder zurück gefahren? Was ist passiert? Mann, das wird gut.» Sie stand auf und holte sich ihren Kaffee vom Schreibtisch. Dann setzte sie sich auf Faiths Tischkalender. «Was hat Charity jetzt wieder angestellt? Nein – war es *Nick*?»

«Der ist kalt», sagte Faith mit einem Blick auf den Kaffee.

«Ich weiß», sagte Vivian und trank einen Schluck. «Also, was war los?»

«Wir haben uns gestritten, weil er sie vor allen runtergeputzt hat», antwortete Faith leise. «Im Grunde hat er gesagt, sie wäre fett und dumm. Da ist mir der Kragen geplatzt. Und dann bin ich nach Hause gefahren. Das war alles.»

«Das war alles? Nein, das kann es nicht gewesen sein.»

«Wie gesagt, es ist eine lange Geschichte. Am Schluss ... hielten sie Händchen, und ich konnte nicht bleiben. Ich habe ein paar Sachen gesagt, die ich wahrscheinlich nicht hätte sagen sollen, und er auch. Es war hässlich. Dann habe ich mir Maggie geschnappt und bin gegangen. Die Tasche habe ich im Schlafzimmer vergessen, aber es ist mir erst auf halber Strecke aufgefallen, und da war es zu spät zum Umkehren.» Am liebsten hätte sie Vivian genau erzählt, was in der Küche passiert war, aber sie hatte Angst, dass dann alles herauskommen würde. Es war schwer, den Deckel nur ein bisschen anzuheben – das Grauen, das im Topf brodelte, würde überkochen.

«Und da bist du nach Hause gefahren? Mitten in diesem Megasturm, der Banken überflutet, hässliche Möbel ruiniert und den Rückflug meines Bruders nach Chicago ausfallen lässt – der Gus übrigens in den Wahnsinn treibt. Aber du fährst einfach nach Hause? Wann bist du los?»

«Um elf.»

«Um elf? Wie lange hast du gebraucht?»

«Frag nicht. Ich bin den ganzen Weg dreißig gefahren.»

«Kein Wunder, dass du so aussiehst. Du hättest mich anrufen sollen! Lyle war schlecht, und ich war sowieso bis um drei auf. Gus hat natürlich fest geschlafen. Warum wollen Kinder immer ihre Mütter, wenn sie kotzen müssen? Warum nie ihren Daddy?»

Faith wollte Vivian am liebsten alles erzählen. Sie brauchte eine beste Freundin, die nickte und sagte, sie habe richtig gehandelt, sie an ihrer Stelle hätte das Gleiche getan. Faith wollte sich von ihr trösten lassen. Aber sie hatte Angst, dass Vivian etwas anderes sagen könnte. Oder ihr zustimmte, aber es nicht wirklich meinte. Vivian hätte die Tür bestimmt aufgemacht. Sie hätte der Frau geholfen und sich die Zweifel für später aufgespart. Auf jeden Fall hätte sie die Polizei gerufen, selbst wenn sie getrunken hatte, was sie nie getan hätte, wenn ihr Kind im Wagen gewesen wäre. Und sie hätte ihrem Mann Gus alles erzählt. Sie hätte den Wagen nicht heimlich in die Werkstatt gebracht. *Nein*. Es gab Geheimnisse, die Faith allein tragen musste. Sie biss sich auf die Lippe. «Oje. Geht es Lyle wieder besser?»

«Ja, bestens. Er hatte nur zu viel Schokoladeneis gegessen. Danke, Daddy! Charity ... diese Ziege», knurrte Vivian und schüttelte ihre Mähne. «Macht immer wieder den gleichen Fehler. Ich hab sie echt lieb, aber ... ich meine, du hast ihr immer geholfen und versucht, ihr zu zeigen, dass es ein Leben ohne diesen Blödmann gibt, hast ihr sogar angeboten, bei dir einzuziehen. Du hast viel mehr Geduld als ich. Nach der achten Rettungsmission hätte ich längst das Handtuch geworfen. Vielleicht würde sie es endlich begreifen, wenn er sie verprügelt.»

«Gott bewahre, Viv, ich hoffe nicht, dass es so weit kommt.»

«Ich auch nicht. Andererseits – ich mag Charity wirklich gern, aber vielleicht würde sie ihn dann endlich verlassen. Du bist eine Heilige, Faith. Du bist ein echt guter Mensch. Tut mir leid, was ich über deine Haare gesagt habe; ich wusste ja nicht, was für eine Nacht du hinter dir hast.»

Und jetzt kamen die Tränen. Und die Übelkeit. «Mir geht's nicht so gut», brachte Faith gerade noch heraus, bevor ihr der Kaffee hochkam und sie ins Bad rannte.

Nachdem sie Vivian durch die Tür versichert hatte, dass es ihr gut ging und sie nicht sauer auf Viv war, wusch sie sich mit kaltem Wasser das Gesicht und sah sich im Spiegel an. Die Frau im Spiegel sah in etwa so aus, wie Faith sich fühlte: kreidebleich, der Mund verbissen und angespannt. Unter ihren blauen Augen zeichneten sich dunkle Ringe ab. Eigentlich schminkte sie sich ordentlich, aber heute hatte sie nur ein bisschen Wimperntusche aufgelegt. Sie hatte sich einen Pferdeschwanz gemacht, ohne die Haare zu föhnen und zu stylen, wie sie es sonst tat. Wie Vivian sagte, sie sah scheiße aus.

Dann sah sie wieder die Frau vor sich, die sie mit wirren braunen Augen anstarrte. Der Glitzerstein in der Lippe bebte. Der Regen lief ihr über das Gesicht und hinterließ helle Streifen auf der schmutzigen Haut.

Faith schüttelte den Kopf, doch das Bild wollte nicht verschwinden. «Ich bin keine Heilige, Viv», flüsterte sie ihrem Spiegelbild zu, als sie sich die Tränen abwischte. «Ich bin kein guter Mensch.»

Die Frau im Spiegel weinte einfach weiter.

13

Der Spielplatz des Kindergartens war leer. Es regnete nicht mehr, aber der Boden war aufgeweicht, ein matschiger Sumpf mit Pfützen, so groß, dass man Boote darin fahren lassen konnte. Faith sah die verlorenen Gesichter von ein paar Vorschülern am Fenster, die sehnsüchtig die Rutschbahnen und das Klettergerüst anstarrten.

Vorsichtig schob sie die Tür auf, um kein Kind zu stoßen. Oder entwischen zu lassen. Maggie saß ganz allein da und spielte mit einem Plastikpony. Am anderen Ende des Tischs saß Ms. Ellen, eine der Mütter, die ehrenamtlich aushalfen, und beobachtete Maggie aufmerksam, während sie aus weißem Papier Halloween-Girlanden ausschnitt.

«Hallo, Maggie!», rief Faith.

Maggie antwortete nicht. Sie sah nicht einmal auf. Sie versuchte verbissen, dem Pony ein Barbie-Kleid anzuziehen. Es klappte nicht.

Faith rief noch einmal, mit dem gleichen Erfolg: nicht einmal ein Nicken als Zeichen, dass Maggie sie gehört hatte. Ms. Ellen sah Faith an, lächelte verlegen und zuckte die Achseln. Noch mehr Schuldgefühle. Faith hatte mit Maggie ins Kino gehen oder irgendetwas Besonderes mit ihr unternehmen wollen, aber der Tag war so schnell vergangen. Lou hatte den Wagen reparieren können, doch er war erst kurz vor sechs fertig geworden. Faith musste ordentlich Gas geben, um es bis um sechs zum Kindergarten zu schaffen.

Mrs. Wackett, die Kindergärtnerin, schmückte die Tafel mit Papier-Gespenstern. Mit Anfang siebzig, strahlend weißer Föhnfrisur und einem Engelsgesicht sah sie aus wie ein Seniorenmodel. Sie roch nach Rosenhandcreme und trug immer einen riesigen selbstgestrickten lila Pullover, selbst bei über dreißig Grad.

«Hallo, Mrs. Wackett», sagte Faith leise, als Maggie immer noch keine Notiz von ihr nahm. «Wie war es heute?»

Anscheinend nicht besonders gut. Mrs. Wackett legte die Papierhexe aus der Hand und ging zu dem Eingangskörbchen auf dem Lehrerpult. «Sie hat sich Mühe gegeben, Mrs. Saunders», begann sie mit bekümmertem Gesicht und einem tadelnden Blick auf die Uhr. Es war fünf vor sechs. «Aber es ist ein langer Tag für sie. Ein sehr langer Tag.» Sie reichte Faith einen Zettel mit einer Ampel. Die Ampel war rot. «Wir haben es mit einer Auszeit versucht, aber dann mussten wir sie mit Schwester Margaret in den Speisesaal schicken, weil sie weder auf Ms. Ellen noch auf mich gehört hat. Nach der Pause war es ein bisschen besser; ich habe sie spielen lassen, was sie wollte. Jetzt ist sie schon eine Weile mit dem Pony beschäftigt. So lange hat sie sich noch nie auf eine Sache konzentriert, wahrscheinlich ist das gut.»

«Tut mir leid. Ich hatte nicht vor, so spät zu kommen, Mrs. Wackett. Der Wagen war in der Werkstatt.»

«Das verstehe ich. So was kommt vor», antwortete sie, doch ihr finsterer Blick sprach Bände. «Wie besprochen, es geht darum, Grenzen einzuhalten und die Gefühle anderer Kinder zu achten, aber Maggie hat Melanie geschubst, und als sie ermahnt wurde, ist sie rausgerannt – aus dem Zimmer, auf den Flur, bis zur Eingangstür. Zum Glück hat der Hausmeister sie aufgehalten. Aber so etwas geht einfach nicht, Mrs. Saunders. Sie muss auf die Lehrer und Erwachsenen hören. Deswegen hat sie heute eine rote Ampel bekommen.»

Faith nickte betreten. Deswegen hat sie *heute* eine rote Ampel bekommen. Das Motivationssystem «eine Woche nur grüne Ampeln, und du darfst dir was aus der Schatzkiste aussuchen» funktionierte bei Maggie nicht – sie bekam öfters rot als gelb, und seit der ersten Kindergartenwoche hatte sie keine grüne Ampel gesehen.

«Vielleicht hat sie nicht genug geschlafen?», fragte Mrs. Wackett.

Gott segne Mrs. Wackett, die immer wieder versuchte, simple, natürliche Erklärungen dafür zu finden, dass Maggie ... tja, dass

Maggie so war, wie sie war. Auch wenn Mrs. Wackett so höflich war, es nicht laut zu sagen – noch nicht –, vermutete Faith, dass sie wie die meisten Leute Maggies Verhaltensauffälligkeiten der elterlichen Erziehung oder dem Mangel an Disziplin und Durchsetzungsvermögen zu Hause zuschrieb. Heute traf sie leider den Nagel auf den Kopf. «Wir sind wirklich spät heimgekommen gestern», gab Faith verlegen zu.

«Maggie hat erzählt, sie war bei ihrer Tante und dass es einen Streit gab und sie im Regen nach Hause fahren musste. Sie schien sehr traurig.»

Faith schluckte. «Ja, das stimmt. Sie ist im Auto eingeschlafen», sagte sie langsam. «Meine Schwester lebt in Sebring, und es war eine lange Fahrt. Maggie hat die ganze Zeit geschlafen.»

Eine lange, unangenehme Pause entstand. *Was hatte Maggie noch von gestern Abend erzählt?*

«Hoffentlich kommt sie heute früher ins Bett», sagte Mrs. Wackett schließlich. Sie musste nicht aussprechen, was sie dachte: Ein Kind spät in der Nacht durch die Gegend zu kutschieren und es am nächsten Morgen im Kindergarten abzuliefern, sodass sich die Kindergärtner damit auseinandersetzen mussten, war nicht in Ordnung. Erst recht nicht bei einem nicht ganz einfachen Kind wie Maggie.

«Komm, Maggie», sagte Faith und wappnete sich für den unangenehmen Protest, den es geben würde. «Es ist Zeit. Wir müssen noch einkaufen gehen.»

Maggie schüttelte den Kopf.

Faith setzte sich neben sie und spürte die kritischen Blicke von Mrs. Wackett und Ms. Ellen. «Du hast aber ein hübsches Ponymädchen», sagte sie leise.

«Es ist ein Junge!» Maggie schüttelte wieder trotzig den Kopf, dann stand sie auf und ging zur Spielzeugkiste.

«Wir müssen gehen, Maggie. Mrs. Wackett möchte auch nach Hause. Der Kindergarten macht zu.»

Wieder schüttelte sie den Kopf, diesmal noch heftiger. Der Pferdeschwanz wippte wie ein angriffslustiger Skorpion. «Nein!»

So war es fast jeden Tag. Und an Rote-Ampel-Tagen erst recht. Faith spürte, wie sie dunkelrot anlief. Sie folgte Maggie zur Spielzeugkiste. «Wir müssen jetzt gehen.»

«Nein!», schrie Maggie.

Als Nächstes würde das Pony durch die Luft fliegen. Und danach die halbe Spielzeugkiste. Dann würde sie mit dem Fuß aufstampfen und wie ein wildes Tier durchs Spielzimmer rasen. Und irgendwann würde sich Maggie im Kopf an den Ort zurückziehen, wo sie nichts mehr hörte.

In diesem Moment waren Faith alle Erziehungsmethoden egal – sie wollte nur nach Hause. Sie beugte sich zu Maggie. «Möchtest du ein Eis? Wäre das schön? Schokoladeneis? Wenn du willst, mit Marshmallows.»

Maggies Gesicht wurde rosig. «Ich will nicht zum Ballett. Ich mag Cecilia nicht.» Cecilia war ein kleines Mädchen, das Maggie aus irgendeinem Grund nicht leiden konnte.

«Wir gehen nicht zum Ballett. Wir gehen zum Supermarkt. Du kannst mir helfen, das Abendessen auszusuchen.»

«Ich will Eis.»

«Gut, wir gehen Eis essen. Aber nur, wenn du brav bist. Und wenn wir jetzt gehen. Kein Geschrei. Kein Theater. Sei ein braves Mädchen.»

Mrs. Wackett schüttelte enttäuscht den Kopf.

Mit Maggies Hand fest in ihrer ging Faith zur Tür. In der anderen Hand hielt Maggie das Pony. «Wir bringen das Pony morgen wieder, in Ordnung, Mrs. Wackett?»

Mrs. Wackett nickte. «Wie läuft es mit der Therapie, Mrs. Saunders? Geht sie noch hin?»

Faith nickte. «Sehr gut, danke. Bis morgen.» Dann ging sie mit Maggie zur Tür hinaus und überquerte den dunklen Parkplatz, während die Jungen mit den traurigen Augen hinter der Scheibe weiter warteten, bis sie von ihren Eltern abgeholt wurden.

14

«Ich mag sie nicht», sagte Maggie, als sie am Tisch des Spielcafés an ihrem Eis leckte und mit dem Pony spielte. «Sie ist gemein.»
Faith seufzte. «Wieso ist Mrs. Wackett gemein? Ich finde sie sehr nett.»
«Sie hat mir eine Auszeit gegeben.»
«Warst du böse zu dem neuen Mädchen?»
Maggie zuckte die Achseln. «Ich habe sie geschubst.»
«Warum?»
«Sie hat was Blödes zu mir gesagt. Und mich an den Haaren gezogen.»
Faith runzelte die Stirn. «Wirklich? Wann denn?»
«Als ich sie geschubst habe.»
«Wenn du sie nicht geschubst hättest, hätte sie dich vielleicht nicht an den Haaren gezogen und was Blödes zu dir gesagt.»
Maggies Gesicht verdunkelte sich. «Sie soll nichts Blödes zu mir sagen. Das ist nicht nett.»
Seufzend nippte Faith an ihrem Wasser und sah zu, wie Maggie Kreise in die Eispfützen malte, die sie auf den Tisch gekleckert hatte. Sie glich einem Engel mit ihrem milchweißen Gesicht, dem runden Kinn, den Apfelbäckchen, dem rosa Schmollmund und den hellblauen Augen, die oft aussahen, als träumten sie von einem anderen Ort. Das ungekämmte blonde Haar hatte natürliche Strähnchen, für die Frauen beim Friseur viel Geld hinlegen würden. Maggie hasste es, wenn Faith sie kämmen wollte, deshalb hatte sie gewöhnlich zwei Rattenschwänze. Eine Prise Sommersprossen auf der Nase vollendete das Bild.
Die Diagnose, wenn man es so nennen wollte, lautete «Entwicklungsverzögerungen» – ein ausweichender, schwammiger Begriff, der Maggie dumm klingen ließ, was sie nicht war. Die meiste Zeit wusste sie genau, dass sie etwas tat, was sie nicht

tun sollte, und tat es trotzdem. «Mangelhafte Impulskontrolle» nannte man dieses Symptom. Dann waren da ihre «kurze Aufmerksamkeitsspanne», die «Vergesslichkeit», die «innere Unruhe» und natürlich die Probleme mit der «Aggressionsbewältigung». Manche Meilensteine der Entwicklung hatte sie rechtzeitig erreicht, andere nicht: Mit drei Monaten rollte sie sich um die eigene Achse und mit sechs Monaten saß sie, doch sie krabbelte nicht und lernte erst mit fast vierzehn Monaten laufen.

Die Verhaltensauffälligkeiten, die ihnen Grund zur Sorge gaben, hatten nach dem zweiten Geburtstag angefangen. Vielleicht auch früher, aber weder Faith noch Jarrod hatten die Zeichen gesehen. Erst als Lyle, Vivians Sohn, der fast ein Jahr jünger als Maggie war, mit seinem Becher zu Faith gestolpert kam und um «mehr Milli» bat, regte sich bei Faith ein Verdacht. Maggie hatte noch nie ein Wort gesagt. Weder «Mama» noch «Dudu», noch sonst etwas, und sie war schon zweieinhalb. Sie zeigte auf die Dinge, die sie wollte, und schüttelte den Kopf, wenn sie etwas nicht wollte; Maggie verstand also und war nicht taub. Im Rückblick war es ironisch und tragisch zugleich, dass Faith zwar für Elternzeitschriften Artikel schrieb, mit Titeln wie «Wichtige Meilensteine für dich und dein Baby» und «Warum Krabbeln so wichtig ist», aber nicht merkte, dass ihr eigenes Kind die meisten Meilensteine verfehlte. Sie hatte die Probleme nicht gesehen, weil sie sie nicht sehen wollte. Bis zur letzten Sekunde hatte sie sich an die Hoffnung geklammert, dass Maggie nur am äußersten Rand des Durchschnitts war und dass sich irgendwann alles einpendeln würde.

Bis Maggie angefangen hatte, den Kopf gegen die Wand zu schlagen. Dieser Meilenstein fehlte in den Ratgebern. Zumindest in dem Ausmaß, wie Maggie es praktizierte. Wände, Boden, Hochstuhl – wenn sie frustriert war, war alles in Gefahr, was sich in Reichweite ihres Kopfes befand. Und das war im Alter von drei Jahren ziemlich vieles.

Kinderarzt Nummer eins schlug nach einer fünfminütigen Untersuchung vor, Maggie mit einem amphetaminhaltigen Medikament gegen Hyperaktivität zu behandeln. Doch Faith war dagegen, einem dreijährigen Kind Psychopharmaka zu geben. Sie holte ein paar weitere Meinungen ein, die zum Teil widersprüchlich waren, aber alle auf eine medikamentöse Behandlung hinausliefen, bis sie schließlich Dr. Michelson fand, der erklärte, dass ADS oder ADHS – oder wie das Kürzel auch hieß, das Maggie mit dem Kopf Löcher in die Wand schlagen und in Schwimmbecken springen ließ, obwohl sie nicht schwimmen konnte – frühestens im Alter von sechs oder sieben Jahren verlässlich diagnostiziert werden könnte. Er schlug eine glutenfreie Ernährung vor, Beschäftigungstherapie und Geduld. Sehr viel Geduld.

Das Kreisemalen war in Handschmieren übergegangen. Als großes Finale klatschte Maggie in die klebrige Pfütze, sodass ihr das Eis auf Kleider und Haare spritzte. Dann stand sie auf und wanderte mit wackelndem Kopf um den Tisch. Sie tanzte zu Musik, die außer ihr niemand hörte.

Faith nahm einen Stapel Servietten aus der Handtasche. «Bist du vor Mrs. Wackett und Ms. Ellen weggelaufen? Was hatten wir besprochen?»

«Kein Weglaufen.»

«Genau, Forrest – nicht weglaufen.» Maggie hatte lange gebraucht, bis sie laufen lernte, aber seit sie es konnte, lief und lief sie und blieb nicht mehr stehen. Jarrod hatte ihr den Spitznamen Forrest Gump gegeben, weil sie nicht anhielt, bis sie müde wurde, und das war ... nie. Faith gab ihr die Servietten.

Maggies Gesicht verdunkelte sich wieder. Die Servietten flatterten zu Boden. «Sag nicht Forrest Grump zu mir.»

Faith versuchte, nicht zu lachen.

«Das ist nicht lustig.» Maggie knallte die Eiswaffel mit dem Eis auf den Tisch und verschränkte die Arme. Jarrod nannte die Geste den Beleidigten Hulk.

Faith hatte Sekunden, um die Bombe zu entschärfen. «Du

hast recht. Niemand soll blöde Sachen zu dir sagen», erklärte sie, während sie die Servietten aufhob. «Das ist nicht nett. Bitte wisch dir die Hände ab.»
«Wie Melanie.»
«Ist das die Neue?»
«Blöder Name.»
«Warum magst du sie nicht?»
«Sie hat was Blödes zu mir gesagt.»
«Was denn?»
«Sie hat gesagt, ich bin komisch, und keiner will mit mir spielen, weil ich komisch spiele.»
Faith spürte einen Stich im Herzen. Sie zerdrückte die leere Wasserflasche, die sie in der Hand hielt. «Das ist nicht nett. Ich verstehe, dass du dich geärgert hast. Aber du darfst sie trotzdem nicht schubsen.»
Maggie drehte sich um und rannte zum Kugelbad, doch auf halbem Weg blieb sie stehen und rannte zurück. «Bist du böse?», fragte sie mit zur Seite geneigtem Kopf und sah Faith seltsam an.
«Ich bin böse darüber, dass jemand etwas Blödes zu dir gesagt hat. Und dass du nicht auf mich und nicht auf Mrs. Wackett hörst.»
«Gestern warst du böse», sagte Maggie langsam, als wüsste sie nicht, wie sie weitermachen sollte. Als hätte sie einen Gedanken und prüfte die Temperatur, um zu entscheiden, ob sie ihn auswerfen sollte. «Ganz, ganz böse.»
Faith schluckte. «Was meinst du?» Sie versuchte, sich die Anspannung nicht anmerken zu lassen. «Meinst du bei Tante Charity? Als wir losfahren mussten?»
Maggie trat unbehaglich von einem Fuß auf den anderen und sah sich im Spielcafé um.
«Ja, ich war böse, als wir bei Tante Charity waren», sagte Faith. «Ich war traurig, so wie du, als Melanie etwas Blödes zu dir gesagt hat. Sollen wir darüber reden?»
«Ich mag es nicht, wenn du böse bist», sagte Maggie mit vor-

geschobener Lippe und weit aufgerissenen Augen, die sich mit Tränen füllten. «Dann machst du mir Angst, Mommy.»

Bevor Faith sie an sich ziehen und fragen konnte, was sie meinte, waren die Tränen verschwunden, und Maggie rannte davon, vor Freude quietschend, als sie sich kopfüber in die Kugeln stürzte.

15

Sie lag im Bett, als sie das Rattern des Garagentors hörte, gefolgt von dem Piepton, mit dem Jarrod die Alarmanlage deaktivierte, und dem Schnappen der Tür. Dann klapperten Töpfe, und die Küchenschränke klappten auf und zu. Die Mikrowelle klingelte. Ein Teller wurde klirrend in die Spüle gestellt.

«Ich bin's!», rief Jarrod schließlich für den Fall, dass sich Faith mit der Pfanne in der Hand im Schrank versteckte, um dem dreisten Einbrecher eins überzuziehen, der sich erst etwas zu essen aufgewärmt hatte, bevor er nach oben ging, um nach dem Schmuck zu suchen.

«Hallo, Schatz», sagte er lächelnd, als er ein paar Minuten später mit einem Schokoriegel in der Hand ins Schlafzimmer kam. Er kam zu ihr ans Bett und küsste sie auf die Stirn.

«Hallo, du», antwortete sie und schaltete den Fernseher auf lautlos. «Es ist fast elf. Du hattest einen langen Tag.»

«Hast du meine Nachricht bekommen?»

Sie nickte.

«Wir sind erst vor zwanzig Minuten fertig geworden.»

«Habt ihr euch geeinigt?»

Er nickte. «Die Frau hat endlich nachgegeben. Sie war es, die den ganzen Betrieb aufgehalten hat. Sie wollte unbedingt die Strandwohnung in Santa Monica, die mein Klient seinerseits unbedingt behalten wollte. Am Ende ist Geld immer das beste Argument. Er hat der ersten Mrs. Valez einen Scheck über hunderttausend Dollar ausgestellt, ihr das Haus und die halbe Rente überschrieben, und das war's.»

«Oh», antwortete sie leise. «Sitzt die zweite Mrs. Valez schon in den Startlöchern?»

«Wer weiß», antwortete Jarrod vorsichtig, als ihm zu spät auffiel, dass er auf dünnem Eis gelandet war. Er war Scheidungsanwalt, und seine Kanzlei profitierte vom Zerbrechen von Beziehungen. Manchmal vergaß er, wie zynisch seine beiläufigen Bemerkungen sein konnten. «Wie war dein Tag?» Er zog sich die Krawatte aus und tat sein Bestes, das Gespräch in unverfänglicheres Fahrwasser zu lenken.

«Ganz gut. Wie lange waren sie zusammen?»

«Sechzehn Jahre. Aber keine Kinder.»

Faith nickte abwesend und sah ohne Ton fern. Sie hatte sich oft gefragt, ob es eine magische Zahl gab, die eine Ehe überwinden musste, um endlich vor der Scheidung sicher zu sein. Eine Boje, auf die man zuschwimmen konnte. Zehn Jahre? Zwanzig? Fünfzig? Seit Jarrod vom Strafverteidiger zum Anwalt für Zivil- und Familienrecht umgesattelt hatte, war ihr klar, dass es keine magische Zahl gab, keine sichere Ehe, und dass an einer Scheidung nichts zivil war: Wenn jemand rauswollte, konnte er so skrupellos und gefühlskalt sein wie ein Fremder mit einer Pistole, der einem Unbekannten die Uhr abnahm. Bevor Jarrod anfing, sein Geld mit dem Auseinandernehmen von Ehen zu verdienen, war Faith viel romantischer gewesen, beinahe naiv. Sie hatte an die ewige Liebe geglaubt. Sie hatte gedacht, Jarrod und sie wären anders als die anderen Paare; sie hätten keine der Krisen zu bewältigen, an denen fünfzig Prozent der Ehen scheiterten, weil sie es nie so weit kommen lassen würden. Sie hatte gedacht, wenn sie sich an ihr Gelübde hielt, wenn sie alles tat, was sie versprochen hatte, dann konnte auch eine Person allein eine Ehe zusammenhalten. Als Sandra, Jarrods Praktikantin, letztes Jahr aufgelöst und heulend angerufen hatte, zwei Tage nach der Weihnachtsfeier der Kanzlei, hatte Faith erst noch gedacht, Sandra hätte aus Versehen die Nummer ihres Chefs gewählt – vielleicht über die Wahlwiederholung oder eine falsche Taste in den Kontakten. Faith hatte versucht, sie beruhigen, und sie gebeten, langsam zu sprechen, hatte sie tröstend «Schätzchen» genannt, weil sie nicht verstand, was das Mädchen sagte. Was sich als Tatsache entpuppte – sie verstand einfach nicht, dass ihr Mann mit einer vierundzwanzigjährigen Jurastudentin schlafen konnte, wenn alles in ihrer Ehe perfekt schien. Es war, als hätte sie auf einem Krater gelebt. Ohne Vorwarnung hatte an diesem Morgen der Boden nachgegeben, und nach dem fünfminütigen Gespräch hatte das Loch, das sich unter ihr auftat, das ganze Leben, das sie kannte, verschluckt. Ihre Ehe war nicht angeschlagen gewesen, es gab keine Krise, die eine sexy Praktikantin am Anfang der Karriereleiter und möglicherweise auf der Suche nach einem Ehemann ausgenutzt hätte. Selbst Jarrod fiel keine Erklärung ein, warum er sie betrogen hatte – er konnte sich nur entschuldigen. Er versprach ihr immer wieder, dass die Boje da draußen war, irgendwo. Aber sie sah sie einfach nicht.

«Alles ist gut.» Jarrod gab ihr noch einen Kuss auf den Scheitel. «Keine Sorge.»

Sie nickte. «Hast du Hunger?»

«Ich habe unten was gegessen. Wie ich sehe, warst du beim Italiener.»

«Ich habe dir Lasagne mitgebracht. Maggie hat Eis gegessen.»

Jarrod schüttelte den Kopf und ging in den begehbaren Kleiderschrank, um sich umzuziehen. Eis zum Abendessen hieß gewöhnlich, dass es eine rote Ampel gegeben hatte.

Die Elf-Uhr-Nachrichten fingen an, und sie stellte die Lautstärke an, als die hübsche Ansagerin die Liste der heutigen Themen verlas. Der Explorer stand wieder in der Garage, die Wäsche war sauber und im Schrank, und UPS würde ihre Handtasche und das Telefon morgen früh bis 10 Uhr 30 liefern. Das war's. Nur noch die letzte Nachrichtensendung des Tages, um sicherzugehen, dass wirklich nichts passiert war.

«Bei einem schweren Verkehrsunfall auf der I95 sind drei Personen auf dem Rückweg von einem Meditations-Wochenende ums Leben gekommen. Die I95 wurde voll gesperrt. Außerdem erreichen uns Breaking News aus Loxahatchee: In einem Kanal im westlichen Teil von Palm Beach County wurde die Leiche einer jungen Frau entdeckt ...»

Faith setzte sich auf. Jedes Haar an ihrem Körper sträubte sich. Ihr Herz setzte einen Schlag aus.

«Wie war Maggie heute?» Jarrod war wieder da. Er stand vor ihr und verdeckte ihr die Sicht auf den Fernseher, als er sich die Manschettenknöpfe abnahm. «Will ich es wissen?»

«Rote Ampel.»

«Dachte ich mir.»

Hinter ihm begann die Moderatorin von den unglückseligen Meditations-Schülern zu sprechen.

«Was ist passiert?», fragte Jarrod.

«Sie ist aus dem Zimmer gelaufen, hat ein Mädchen geschubst, wollte sich nicht an die Auszeit halten – such dir was aus.»

Er seufzte und runzelte die Stirn. «Hast du Dr. Michelson angerufen?»

«Wir gehen am Donnerstag hin.»

«Die Therapie schlägt nicht an.»

«Das würde ich nicht sagen. Sie braucht Zeit.»

«Wenn ihr die Medikamente guttun ...», begann er.

«Nicht, bevor sie sieben ist.»

«Was hast du bloß mit dieser Zahl, Faith?»

Sie führten das Gespräch nicht zum ersten Mal. Er kannte die Antwort, doch er stellte die Frage trotzdem, in der Hoffnung, irgendwann würde sie einlenken. In der Hoffnung, dass Faith, wenn sie einsah, dass Maggie sowohl lerntechnisch als auch sozial zurückfiel und ihre Tobsuchtsanfälle schlimmer wurden, ihre Haltung zu den Medikamenten ändern würde. Zwar meinte es Jarrod gut, wenn er glaubte, dass Medikamente Maggie helfen konnten, wie andere Kinder zu sein, aber es gab keine Garantie dafür. Niemand wusste, was mit ihr nicht stimmte, und erst recht nicht, wie ihr zu helfen war.

«Ihr Gehirn ist noch in der Entwicklung, und es gibt nicht einmal eine offizielle Diagnose von ADS. Ihr jetzt Psychopharmaka zu verabreichen, um sie ruhigzustellen, würde unser Leben leichter machen, aber nicht ihres.»

«Du hattest doch Psychologie am College, Faith. Die Medikamente werden immer besser. Vielleicht ...»

«Ihre Probleme sind nur ein Problem für die Leute, die den

ganzen Tag mit ihr arbeiten müssen, und das ist nicht dein Problem. Ich habe mich nicht über sie beschwert; ich hab dir nur erzählt, was passiert ist.» Sie versuchte, nicht zu schroff zu klingen.

«Sie werden sie aus dem Kindergarten rauswerfen. Es war sowieso nur ein Entgegenkommen, dass sie in St. Andrews aufgenommen wurde.»

«Dann nehmen wir sie raus.»

Seufzend ging er ins Bad.

Sie hatte gewonnen. Wieder einmal. Es war kein gutes Gefühl. Sie sah ihm hinterher. Seit der Affäre gab er fast immer nach, vor allem in Dingen, die Maggies Wohl betrafen. Andere Männer kauften ihren Frauen teuren Schmuck oder ein Auto, um sich für ihre Untreue zu entschuldigen. Ihr Geschenk war Kontrolle. Und ein fügsamer Ehemann.

«Wie war's bei deiner Schwester? Was war gestern Abend los?», rief Jarrod aus dem Bad, um das Thema zu wechseln.

Ihr wurde flau im Magen. Lieber diskutierte sie darüber, wie Maggies emotionales Ungleichgewicht zu behandeln war. Doch bevor sie antworten konnte, erschien die Nachrichtensprecherin wieder auf dem Bildschirm und versuchte, ihr Megawatt-Lächeln hinter einer besorgten Miene zu verstecken, als sie die tragischen Neuigkeiten vortrug, die gerade aus dem Naturschutzgebiet in Palm Beach County hereinkamen.

16

Ein Reporter in einem gelben Regenmantel stand vor einem Dutzend Streifenwagen mit Blaulicht. «Trudi, ich stehe hier draußen an der Grassy Waters Preserve, einem Landschaftsschutzgebiet in West Palm Beach, wo vor ein paar Stunden ein Ehepaar beim Spaziergang auf einem der Naturlehrpfade einen grausigen Fund gemacht hat. Hier, direkt hinter mir, lag eine nackte Frauenleiche im Wasser. Wegen des Sturms waren am Wochenende nicht so viele Besucher wie üblich unterwegs, sonst hätten genauso gut Kinder die schreckliche Entdeckung machen können. Die Polizei hat bestätigt, dass es sich um die Leiche der achtzehnjährigen Desiree Jenners aus Wellington handelt, die am Samstag von ihrer Familie als vermisst gemeldet wurde. Einzelheiten zur Todesursache haben die Behörden noch nicht bekannt gegeben, doch es heißt, die Leiche habe weniger als einen Tag im Wasser gelegen, und das Morddezernat ermittelt.»

Faiths Finger krallten sich ins Bettlaken.

«Zuletzt wurde Desiree beim Verlassen der Walmart-Filiale gesehen, in der sie arbeitete, in Begleitung eines Mannes namens Owen Walsh, ihres Exfreunds, wie es heißt. Die Ermittler der Polizeibehörde von Palm Beach bitten die Bevölkerung um Mithilfe bei der Suche nach Walsh, der vorbestraft ist und in Miami-Dade County per Haftbefehl gesucht wird. Falls Sie irgendwelche Hinweise im Zusammenhang mit dem Verschwinden von Desiree Jenners oder zum Aufenthaltsort des fünfundzwanzigjährigen Owen Walsh haben, kontaktieren Sie bitte die Polizei von Palm Beach.»

Es war, als würde sie einen Horrorfilm sehen: Sie wollte sich die Decke über den Kopf ziehen, um nicht hinsehen zu müssen. Doch sie musste. Sie musste es wissen. Sie wand die Hände in die Laken, bis sie am Bett gefesselt war. Auf dem Fernsehbildschirm erschienen die Aufnahme einer lächelnden jungen Asiatin mit ihrem Hund und das Polizeifoto eines untersetzten rothaarigen Mannes mit finsterem Blick, darunter die Namen **DESIREE JENNERS** und **OWEN WALSH**.

Faith atmete auf und sank zurück in die Kissen. Doch so schnell die Erleichterung gekommen war, wurde sie von der Erkenntnis getrübt, dass Faith zwar den ganzen Tag die Nachrichten im Internet verfolgt, aber nichts von einer vermissten Frau in Florida gelesen hatte. Kein Wort. Nirgends war ein Mädchen namens Desiree erwähnt worden, das anscheinend schon seit Tagen verschwunden war.

Was wiederum bedeutete: Es wurde nicht über jedes Verbrechen berichtet, und auch nicht über jeden Menschen, der nicht nach Hause kam. Sonst wären die Nachrichten zwei Stunden lang und die Zeitungen sehr viel dicker. Und wenn nicht einmal über das Verschwinden der hübschen, unschuldigen Desiree Jenners aus dem reichen Städtchen Wellington berichtet wurde, warum sollte dann eine tätowierte, gepiercte Drogensüchtige eine Zeile wert sein?

Jetzt war die lächelnde Nachrichtensprecherin wieder da, mit dem Wettermann, der über das schöne Wettermuster sprechen wollte, das South Florida nun endlich erreichte. Faith sah zu, wie er mit der Moderatorin darüber plauderte, was sie bei dem langersehnten Sonnenschein vorhatten.

In diesem Moment kam Jarrod aus dem Bad, und Faith wickelte ihre schweißfeuchten Hände aus den Laken und schaltete den Fernseher und die Nachttischlampe aus. Nur weil nichts über die Frau aus jener Nacht berichtet wurde, hieß das nicht, dass es ihr gutging; ebenso wenig hieß es, dass es ihr *nicht* gutging. Es hieß nur, dass Faith wahrscheinlich nie erfahren würde, was passiert war, wer die Frau war, woher sie kam oder was sie da draußen zu suchen hatte, barfuß und hinkend mit diesen Männern im Sturm.

17

«War Charity überrascht?», fragte Jarrod, als er sein Licht ausmachte und ins Bett kam.

Faith nickte traurig, in Gedanken immer noch bei Desirees lächelndem Gesicht neben dem des Mannes, der sie wahrscheinlich ermordet und ihre Leiche in den Kanal geworfen hatte. «Ja», antwortete sie leise.

«Warum bist du gestern Nacht noch nach Hause gefahren? Ist alles in Ordnung?»

Sie hörte am zögernden, aber munteren Ton seiner Frage, was ihm wirklich Sorgen machte – dass sie vielleicht ohne Vorwarnung nach Hause gekommen war, um zu kontrollieren, ob er allein war. Dass sie ihm nach all den Monaten immer noch nicht vertraute.

«Charity und ich hatten eine kleine Meinungsverschiedenheit, da bin ich gegangen.»

«Ihr habt euch gestritten?»

«Nein, nichts Wichtiges. Sie hat nur so an Nick geklebt, dass ich es nicht ertragen habe, weil er sie so mies behandelt. Außerdem hatten sie kein Bett mehr frei: T-Bone und Gator und wer weiß noch haben sich auf der Couch einquartiert. Ich hatte keine Lust auf eine Pyjamaparty. Und ich hatte in der Bäckerei zu tun.»

«Hast du heute mit ihr geredet?»

«Wir haben uns SMS geschickt.»

«Alles wieder gut?»

«So gut wie.»

Sie hatte keine Lust, heute Abend noch mehr zu reden oder zu erklären. Im Kopf war sie die Ereignisse schon zu oft durchgegangen. Sie wollte einfach nur, dass der Tag zu Ende ging. Octavius war weitergezogen, aber es war immer noch windig. Durch den Spalt zwischen den Vorhängen fiel ein Lichtstreifen.

Sie sah zu, wie die Schatten der Palmwedel an der Decke tanzten. Sie hörte das Rascheln vor dem Fenster. Es erinnerte sie an das Zuckerrohr, und sie schloss die Augen und rollte sich auf die Seite.

«Wurde auf der Party viel getrunken?», fragte Jarrod leise.

Er war ein erfahrener Anwalt, der mit seinen geschickten Fragen schon viele Zeugen aus der Reserve gelockt hatte. Sie wusste, worauf er hinauswollte. «Nein», antwortete sie schlicht.

Er rutschte näher heran, nahm sie zärtlich in den Arm und schmiegte sich von hinten an ihren Körper. Er trug nur seine Boxershorts. Dann küsste er ihren Nacken. «Ich habe dich gestern Nacht vermisst», flüsterte er. Seine warme Hand glitt über ihren Oberschenkel, schob das Nachthemd hoch und streichelte die Wölbung ihrer Hüfte und die weiche Haut ihrer Taille. Mit den Fingerspitzen zeichnete er eine Linie vom Bauchnabel bis unter ihre Brüste und wieder zurück. Hin und her. Jedes Mal glitten seine Finger ein bisschen weiter in jede Richtung, bis er an ihrer Unterhose zupfte und sie Zentimeter für Zentimeter über ihre Hüften schob.

Bevor Sandra aufgetaucht war, hatte Faith den Sex mit Jarrod geliebt. Wenn er sie auf diese bestimmte Art ansah, mit zur Seite geneigtem Kopf, und mit seinen grünen Augen Dinge zu ihr sagte, von denen sie früher geglaubt hatte, sie wären nur für sie bestimmt, konnte er sie vom anderen Ende des Raums aus feucht machen. Er war auf diese schelmische Art attraktiv, mit verwuschelten, sandblonden Locken, magnetischen Augen, einem kantigen Gesicht und seinem Lausbubengrinsen. Körperlich hatte er sich kaum verändert, seit er im College Baseball spielte: Er hatte immer noch den v-förmigen Körper eines Sportlers, die unbehaarte Brust muskulös und an den richtigen Stellen modelliert. Er ging mehrmals in der Woche joggen und ins Fitnessstudio. Doch es war vor allem seine sinnliche, lässige Art, die Faith so anziehend fand – die Vorspeise für das körperliche Hauptgericht. Sein Charme war *ehrlich* – es fiel ihm leicht, Freundschaften zu knüpfen und Geschworene zu überzeugen, weil er diesen erfolgreichen, attraktiven, rundum tollen Typen verkörperte. Er konnte unglaublich sexy am Telefon sein, wenn er sie nur nach ihren Plänen fürs Abendessen fragte. Und im Bett brachte er sie dazu, Dinge zu tun, von denen sie nicht zu träumen gewagt hätte.

Eigentlich hatten sie sich nach der Affäre wieder versöhnt. Sie hatten sich ausgesprochen. Es war vorbei. Er hatte einen Fehler gemacht. Es war Zeit, nach vorn zu blicken, da weiterzumachen, wo sie aufgehört hatten. Und dazu gehörte auch, mit der gleichen Leidenschaft, Intensität und Häufigkeit Liebe zu machen wie früher.

Sie war nackt. Seine Hand lag auf ihrer Brust, er streichelte ihre harte Brustwarze mit den Fingerspitzen, während seine Zunge in ihr Ohr glitt. Sie spürte seinen Penis durch die Boxershorts, hart an ihrem nackten Po. Zärtlich drehte er sie auf den Rücken und legte sich auf sie, seine Lippen fanden ihre Brüste, und er schob die Hand zwischen ihre Schenkel.

Ihr Körper wollte ihn immer noch. Wenn er sie berührte, reagierte sie. Das Problem war ihr Kopf – er schien nicht über den Betrug hinwegzukommen, und über ihre eigene Dummheit, weil sie nichts geahnt hatte, bis seine Geliebte ihr die schmutzigen Details der dreimonatigen Affäre am Telefon mitgeteilt hatte. Sie hoffte, es wäre nur eine Frage der Zeit, bis ihr Körper und Geist sich auf der sexuellen Ebene wiederfinden würden, die sie früher hatten. Sie hoffte, wenn sie sich dazu zwänge, würde sie ihn mit der Zeit genauso lieben können wie früher. Sie wusste, dass manche Frauen in ihrer Position Sex-Entzug als Strafe einsetzten, aber als Faith die Entscheidung traf, die Ehe weiterführen zu wollen, traf sie auch die Entscheidung, nicht zu diesen Frauen zu gehören. Sie wäre keiner dieser verbitterten Drachen, die das Schlafzimmer zum Schauplatz ihrer passiv-aggressiven Wut machten. Faith wollte das Gegenteil davon sein. Sie würde mit ihm im Bett machen, was er wollte, wann er es wollte, um ihm zu zeigen, was für eine tolle Frau sie war, was für eine tolle Frau sie immer gewesen war und was für eine tolle Frau er beinahe verloren hätte, als er sich mit dieser Schlampe einließ. Ihr Körper war ihr Komplize. In der Zwischenzeit konnten ihre Gedanken für zwanzig Minuten anderswo hinwandern.

Sie griff ihm in die Locken und zog ihn von ihren Brüsten nach oben, bis sein Gesicht wenige Zentimeter von ihrem entfernt war. Im Dunkeln konnte sie seine Augen nicht sehen und wusste nicht, ob er sie ansah oder ob er sie geschlossen hatte. Sie fragte sich, ob er sich je fragte, was sie dachte. Sie spürte seinen warmen Atem auf der Haut, seine geöffneten Lippen, seinen Mund, der auf ihren nächsten Schritt wartete.

«Ich liebe dich», sagte er plötzlich.

Unten schlug die große Standuhr. Endlich brach der neue Tag an.

Sie zog seinen Kopf herunter, legte die Lippen auf seine und brachte ihn zum Schweigen, während sie ihm ihren Körper entgegenstreckte wie so viele Male zuvor.

18

Zwei Wochen später setzte Charity Nick vor die Tür.

Und da die Bank die Zwangsvollstreckung einleitete und niemand etwas dagegen unternommen hatte, stand die Räumung bevor, was hieß, dass auch Charity und die Kinder auf der Straße saßen. Charity wollte nicht mit ihrem Mann auf der Straße sitzen. Das von ihr erwirkte Kontaktverbot verlangte einen Abstand von mindestens 300 Metern zu Nicholas Lavecki.

Er hatte sie geschlagen. Sie hatte ihn zuerst geschlagen, aber er hatte zurückgeschlagen, und da war bei ihr endlich der Groschen gefallen. Er war mit seinen Kumpels trinken gewesen und hatte auf dem Futon geschlafen. In dieser Nacht war Charity sein Handy durchgegangen, was sie schon vor Monaten oder Jahren hätte tun sollen. Nick hatte sein Telefon weder versteckt noch gesperrt; Charity hatte nie nachgesehen, weil sie nicht sehen wollte, was alle anderen schon wussten.

Während er seinen Rausch ausschlief, hatte Charity aufgeräumt. Sie hatte die Nachrichten von mehreren Frauen gefunden und die Fotos gesehen. Dann hatte sie die Wettscheine in seiner Sockenschublade entdeckt und die Abrechnungen der Visa-Karte, von der sie nicht einmal wusste, dass sie existierte – die Ausgaben stammten hauptsächlich aus Bars und Stripteaselokalen. Sie steckten bis zum Hals in Schulden.

Als er wieder zu sich kam, hatte sie einen Baseballschläger in der Hand. Sie hatte selbst eine Flasche Wein getrunken. Die erste Runde ging an sie, die zweite an Big Mitts. Kamilla rief die Polizei. Beide wurden verhaftet – Charity rief Faith aus dem Gefängnis an. Es war das erste Mal seit der Geburtstagsparty, dass sie miteinander sprachen. Faith stellte die Kaution, sodass Charity vor ihm rauskam. Faith besorgte ihr einen Anwalt, sodass Charity das Kontaktverbot erwirkte. Als sie von der Anhörung kam, klebte das Pfandsiegel an der Haustür. Da wurde ihr klar, dass sie obdachlos war.

Charity war nicht in der Verfassung, ihr Leben selbst in die Hand zu nehmen. Sie konnte nur heulen und die Tage zählen, die ihr noch im Haus blieben, während ihre drei Töchter dafür sorgten, dass es Abendessen gab.

Faith hatte Charity über die Jahre mehrmals angeboten, bei ihr einzuziehen, aber das kam aus verschiedenen Gründen nicht mehr in Frage. Wenn Charity sich wirklich von Nick und dem Leben in Sebring lösen wollte, musste ein langfristiger Plan her, keine Notlösung. Emotional war sie schwach: Nick hatte ihr systematisch das Selbstvertrauen genommen, sodass sie unfähig war, sich eine Zukunft ohne einen Versorger vorzustellen – und der Versorger war er. Also musste von dem Augenblick an, wenn sie ihr altes Leben hinter sich ließ, in ihre Zukunft investiert werden – emotional, körperlich und finanziell. Und das hieß, dass sie auf keinen Fall ihr Lager auf der Couch ihrer Schwester aufschlagen durfte, wo sie ihren Schwager in den Wahnsinn treiben, sich in Selbstmitleid wälzen und die Zeit totschlagen würde, bis Nick wieder vor der Tür stand. Charity brauchte ein eigenes Leben, und sie musste lernen, dass sie in der Lage war, ihr eigener Herr zu sein.

Mit Vivians Hilfe fand Faith eine bescheidene Dreizimmerwohnung in Coral Springs in der Nähe der Bäckerei und fußläufig zur Grund- und Mittelschule. Ihre Mutter ließ sich breitschlagen, Charity ihren alten VW Jetta zu überlassen, da die Bank Charitys Minivan pfänden würde, sobald sie ihn in die Finger bekäme. Faith gab Charity einen Job im Sweet Sisters, während die Kinder in der Schule waren, und fand eine günstige Kindertagesstätte für die Kleinste nur wenige Häuser von der Bäckerei entfernt.

Und Faith zahlte für alles – unter der Bedingung, dass Charity einen Teil der monatlichen Ausgaben selbst übernahm –, bis sie wieder auf die Füße kam, ganz gleich, wie lang es dauerte. Jetzt musste sie ihre Schwester nur noch in Sebring abholen, bevor Nick auf freien Fuß kam. Am Tag, nachdem sie die Kaution überwiesen hatte, fuhr sie nach Sebring, mietete einen kleinen Umzugswagen und packte mit Kamillas Hilfe an einem einzigen Vormittag die Küche, die Kindersachen und Charitys Schrankinhalt in Kisten, lud alles in den Umzugswagen und fuhr zurück nach Coral Springs, Charity mit Sack und Pack im Schlepptau. Diesmal fuhr sie auf der Autobahn und vermied die Route 441 und die Nebenstraßen. Mit ein bisschen Glück müsste sie nie wieder in diese Gegend kommen.

Im Rückspiegel sah sie Charity im Umzugswagen, Kamilla auf dem Beifahrersitz, die missmutig aus dem Fenster starrte. Ohne Vorwarnung von ihrem Zuhause und ihren Freundinnen weggerissen, würde es vielleicht Jahre dauern, bis Kammy wieder lächelte. Faith konnte die Tränen nicht sehen, die ihrer Schwester über das Gesicht rollten, aber sie wusste, dass Charity weinte. Charity war klar, dass es keine Rückkehr gab. Dieser Teil ihres Lebens war unwiederbringlich vorbei.

«Ich habe Hunger, Tante Faif», sagte eine dünne Stimme vom Rücksitz aus. Es war ihre Nichte Kaelyn, die so still gewesen war, dass Faith sie fast vergessen hatte. Im Kindersitz daneben war die schlafende Kourtney festgeschnallt – oder «Unfall», wie Big Mitts sie liebevoll nannte. Charity nannte sie Boppy.

«Hallo, mein Schatz», sagte Faith in den Rückspiegel. «Ich habe gerade gesehen, dass ich tanken muss. Habt ihr schon zu Mittag gegessen?»

Kaelyn schüttelte den Kopf.

«Dann besorgen wir euch jetzt was. Ich wette, Mommy und Kammy haben auch Hunger. Hast du Lust auf einen Hamburger? Gehst du gern zu McDonald's?» Was für eine Frage. Charity war keine große Köchin. Ihre Vorstellung von ausgewogener Ernährung war Burger King zu Mittag und McDonald's zum Abendessen. Faith folgte einem Sattelschlepper, der an der nächsten Raststätte abfuhr.

Kaelyn nickte. Sie war so höflich und süß. Maggie und sie waren gleich alt und verstanden sich prächtig, wenn sie sich sahen. Ihre Nichte hatte eine Zahnlücke, pummelige, sommersprossige Wangen und hellbraune Wuschellocken, die ihr bis auf den Rücken fielen. Leider sah sie aus wie ihr Vater.

«Schön. Ich gehe erst tanken, und dann fahren wir zu McDoof.»

«Ich will lieber zu McDonald's», sagte Mini-Mitts mit piepsender Stimme. «Bitte.»

Faith lächelte. «Das meinte ich doch. Tante Faith hat nur versucht, witzig zu sein.» Offensichtlich ohne Erfolg.

«Ach so.» Kaelyn rieb sich die Nase.

Faith blieb an einer Zapfsäule stehen, und Charity hielt mit dem Umzugswagen hinter ihr. Faith ging zu Charitys offenem Fenster. «Wir tanken und besorgen den Kindern was zu essen, okay?», sagte sie. «Boppy schläft noch. Meinst du, sie wacht bald auf?»

«Nicht, wenn wir weiterfahren», sagte Charity abwesend. Jetzt sah Faith die Spuren der Tränen und ihre roten Augen.

«Alles in Ordnung?»

Charity nickte.

«Ich habe ein McDonald's-Schild gesehen. Die Kinder haben noch nichts gegessen. Vivian macht dir in der Wohnung den Kühlschrank voll, damit ihr morgen frühstücken könnt. Heute Abend können wir uns Pizza bestellen. Ich glaube nicht, dass jemand Lust hat zu kochen.»

Sie nickte wieder. «Wie du meinst. Ich habe keinen Hunger.»

Faith drückte ihrer Schwester die Hand. «Das ist kein Ende. Das ist ein Anfang.»

Charity wischte sich eine Träne ab, die ihr über die Wange rollte. «Danke.»

«Wie hält sich Kammy?», fragte Faith. «Kammy, wie geht's dir?»

Kammy antwortete nicht, und Charity verdrehte die Augen. Faith war froh, dass sie nicht mit ihnen im Wagen saß.

Sie tankte beide Autos voll und ging hinein, um zu zahlen. Unterwegs hielt sie einem älteren Mann in einem abgetragenen Mantel und hohen Turnschuhen die Tür auf. Er roch nach Bier. «Vorsicht», murmelte er wütend, als er sich an ihr vorbeidrängte. Sie wusste nicht genau, wen er meinte. Dann drehte er sich um.

«Sie wissen, was du getan hast!», schrie er sie an. Spucketröpfchen flogen durch die Luft.

«Wie bitte?», fragte Faith erschrocken. Sie wusste immer noch nicht, wen er meinte.

Er blinzelte sie an. «Hau lieber ab, Mädchen. Steig in dein Auto und sieh zu, dass du wegkommst!» Er hob die Nase und schnüffelte, dann nickte er, als würde jemand neben ihm stehen. Er senkte die Stimme zu einem Flüstern. «Deine Angst verrät dich, ich kann sie riechen. Du stinkst nach bösen Geheimnissen!»

«Skipper ...», rief der Mann von der Kasse. «Komm schon. Lass die Lady in Frieden.»

«Wenn sie sich das Pfund Fleisch holen, das du ihnen schuldest, wird es weh tun.»

Faith schüttelte den Kopf, als der Mann vor sich hin murmelnd hinauswankte. «Jeder muss zahlen. Wir müssen alle zahlen. Du kannst dich nicht drücken, wenn der Teufel seine Schulden eintreibt ...»

Sie sah ihm durch die Glastür hinterher, als er über den Parkplatz wanderte, im Selbstgespräch gestikulierend, als redete er mit jemandem, der neben ihm ging. Sie wollte sichergehen, dass er nicht auf ihren Wagen zusteuerte.

«Hören Sie nicht auf ihn», sagte der Kassierer. «Er ist ein armer, kranker, alter Mann. Trinkt zu viel. Ich glaube, er hat einen an der Klatsche. Er kommt ständig hier vorbei und sagt, wir sollen uns für das Ende der Welt bereit machen. Aber eigentlich ist er ganz harmlos.»

Faith nickte unbehaglich. Sie griff nach einem Päckchen Kaugummi und ein paar Schokoriegeln für die Kinder und suchte in der Tasche nach dem Portemonnaie. «Und noch ein Päckchen

Marlboro Lights, bitte. Ich hatte die Nummern fünf und sechs», sagte sie, während sie die Kreditkarte heraussuchte. «Der Umzugswagen und der schwarze ...»

Als sie aufsah, um dem Kassierer ihre Karte zu geben, stockte sie. Alles stockte – ihre Hand, ihre Worte, ihre Gedanken. Die Welt blieb stehen. Sie starrte den Zettel an der Wand hinter dem Kassierer an.

«Wir nehmen keine American Express. Haben Sie noch eine andere Karte?»

Faith war wie vor den Kopf gestoßen. Sie verstand nicht, was er sagte. Kein Wort. Ihre Knie begannen zu zittern.

«Eine andere Karte?», wiederholte er und zeigte auf die American-Express-Karte, die ihm Faith immer noch hinhielt. «Haben Sie noch eine andere Karte, Ma'am?»

Es war ein selbstgemachtes Flugblatt, wie man sie an Laternenpfosten oder Bäumen sieht, wenn jemand eine Katze gefunden hat oder Gerümpel verkauft. Doch diese Art von Zettel war es nicht. Er zeigte das Foto einer lächelnden jungen Frau mit dunkelbraunen Augen und langem dunklen Haar.

«Möchten Sie bar zahlen?»

An ihrem Hals war die Tätowierung eines rosa Herzen in Ketten.

«Ma'am? Hallo? Diese Karte kann ich nicht nehmen.»

Es war nicht irgendeine Frau. Es war nicht irgendein Steckbrief.

Handgeschrieben, in Blockbuchstaben, stand über dem Foto der lächelnden Frau, die sie vor ein paar Wochen im Regen um Hilfe angefleht hatte, das Wort **VERMISST**.

19

«Wer ist die Frau?», fragte Faith den Mann an der Kasse zögernd.
«He?»
«Die Frau. Auf dem Zettel», brachte sie heraus und zeigte zur Wand. «Da, hinter Ihnen. Wer ist das?»
Der Kassierer sah sich um, als wäre ihm der Zettel noch gar nicht aufgefallen. «Hm, weiß ich auch nicht. Ich meine, ich kenne sie nicht persönlich, aber ich habe sie schon mal hier gesehen. Ich glaube, ihre Mutter wohnt in der Gegend. Sie arbeitet im Animal. Nicht die Mutter, meine ich, sondern Angel.»

VERMISST
Angelina «Angel» Santri, 19
1,60 m, 50 kg
Vermisst seit Freitag, 17. Oktober

«Animal? Was ist das?»
«Animal Instincts. Ein Club, Sie wissen schon. Ein Herrenclub?» Er kicherte verlegen, weil sie ihn immer noch anstarrte. «Ein Stripclub. Sie tanzt da. Ihre Mutter hat, glaube ich, meinen Chef gefragt, ob sie den Zettel hier aufhängen kann. Sie hat wohl mal hier gearbeitet – nicht Angel, sondern die Mutter. Hier an der Kasse, verstehen Sie?»
Faith schüttelte den Kopf. *Nein, ich verstehe nicht!*, wollte sie schreien. Sie starrte den Steckbrief an. *Vermisst seit Freitag, 17. Oktober.* Dem Wochenende vor Charitys Geburtstag.
«Kennen Sie sie?», fragte der Kassierer.
«Nein, nein ...», antwortete sie schnell. «Ich kenne sie nicht.»
Er nahm den Zettel von der Wand. «Sind Sie sich sicher? Wollen Sie mal genau hinsehen?»
«Nein.» Sie wich von der Kasse zurück. «Sie sieht aus wie die

Tochter einer Freundin, von weitem. Daran musste ich denken. Aber, puh, sie ist es nicht.»

Er hielt ihr den Zettel hin. Wie ein scheues Tier näherte sie sich langsam seinem ausgestreckten Arm. Ihr Blick fiel auf die handgeschriebenen Zeilen weiter unten.

Unsere geliebte Angelina wurde das letzte Mal in dem Club Animal Instincts gesehen. Angel ist die liebende Mutter der 2-jährigen Ginger, die ihre Mama vermisst und will, dass sie bald nach Hause kommt! Sie trug Jeans, ein weißes T-Shirt, ein schwarzes Kapuzenshirt und schwarze Stiefel. Sie hat eine Tätowierung mit einem Herz in Ketten am Hals, blaue Sterne auf dem Arm und eine Schlange um den linken Knöchel. Wenn Sie irgendwelche Hinweise über Angels Verbleib haben, bitte rufen Sie an:
407-669-4322. $Belohnung$

«Wir nehmen keine American Express, haben Sie noch eine andere Karte?», versuchte der Kassierer es noch einmal, während sie las. Inzwischen klang er ungeduldig. «Wenn Sie einen Geldautomaten brauchen, da drüben steht einer.»

Faith nickte, legte den Zettel auf die Theke und stellte ihre Tasche daneben. Mit zitternden Fingern ging sie ihr Portemonnaie durch. Quittungen, Visitenkarten und Fotos landeten auf der Theke und dem Boden, bevor sie endlich ihre Visa-Karte fand.

«Warum dauert es so lange?», fragte Charity in ihr Ohr. Faith zuckte zusammen und warf einen Karton mit Kaugummis um. Ein Dutzend Kaugummi-Päckchen landeten auf dem Boden. Der Mann an der Kasse seufzte genervt.

«Herrgott, Charity! Du hast mich erschreckt. Ich bezahle gerade», sagte sie und bückte sich, um die Kaugummis und ihre Quittungen aufzuheben.

«Ich habe dich erschreckt? Wen hast du denn erwartet?»

«Ich weiß nicht ... da war so ein Mann an der Tür, der irgendwas gesagt hat», begann sie.

Deine Angst verrät dich. Du stinkst nach bösen Geheimnissen!
«Ich bin ein bisschen ... ich muss mit einer anderen Karte zahlen, das ist alles.»
Im Kopf sah sie das Mädchen an der Scheibe. Sie sah, wie sie die Worte formte: *Hilfe! Er kommt!* Die aufgesprungenen Lippen vor dem Fenster, der verschmierte Eyeliner, der ihr über die Wangen rann.
«Warum? Stimmt was nicht mit deiner Kreditkarte?», fragte Charity.
Der Kassierer reichte Faith den Beleg. Sie unterschrieb hastig.
«Nein, alles in Ordnung.» Sie musste hier raus; sie bekam kaum Luft. Sie konnte nicht denken. Sie stopfte die Kaugummipäckchen in den Karton zurück und griff nach ihrer Tasche.
«Wer ist das?», fragte Charity und zeigte auf den Steckbrief hinter der Theke.
«Niemand ... sie ist ... niemand», antwortete Faith, als sie zur Tür ging.
«Oh ...» Charity folgte ihr.
«Nein, sie ist nicht niemand», sagte Faith dann, als sie die Tür aufdrückte und auf Charity wartete. «Sie ist eine Frau, die vermisst wird. Ich, äh, ich habe mir den Zettel durchgelesen. Der Typ hat ihn mir gezeigt. Sie kam mir irgendwie bekannt vor, aber ...» Ihre Stimme verlor sich, als sie zurück zu den Wagen gingen.
«Woher solltest du jemanden von hier kennen?» Charity sah sich auf dem Parkplatz um. «Wo sind wir überhaupt?»
«Ich weiß nicht. Keine Ahnung, wo wir sind», antwortete Faith. Sie fuhr sich durchs Haar. In ihrem Kopf drehte sich alles. Sie durfte jetzt nicht die Fassung verlieren. Sie musste nach Hause. Sie musste nachdenken. Über den nächsten Schritt. *Was sollte sie tun? Was sollte sie bloß tun?*
Charity lachte trocken. «Ich verrate dir, wo wir sind», sagte sie und legte Faith den Arm um die Schultern. «Wir sind am Arsch der Welt. Das würde dein Mann dazu sagen. Woher zum Teufel solltest du ein Mädchen kennen, das mitten in der Pampa vermisst wird?»

20

Als Faith am nächsten Morgen aufwachte, schien ihr die Sonne in die Augen. Der Vorhang war zurückgezogen. Auf dem Balkongeländer saß ein Reiher vor einem taubenblauen Himmel mit weißen Schäfchenwolken. Sie reckte den Kopf, um auf die Uhr zu sehen, und fiel in die Kissen zurück. Es war fast acht. Von unten hörte sie, wie Jarrod Maggie zur Eile antrieb. Der Duft von frischem Kaffee zog aus der Küche herauf. Auf dem Nachttisch stand eine Tasse, daneben lagen eine Banane und eine Schachtel mit Kopfschmerztabletten. Sie berührte die Tasse. Sie war kalt. Einen Augenblick lang schien die Welt in Ordnung zu sein. Doch dann fiel ihr plötzlich wieder alles ein und sabotierte den trügerisch schönen Sonnentag. Sie schloss die Augen und blieb noch ein paar Minuten liegen.

«Auf geht's, Maggie», rief Jarrod. «Mach bitte den Fernseher aus und hilf mir, deinen Rucksack zu suchen.»

«Wo ist Mommy?»

«Sie schläft. Wir müssen los, ich muss zum Gericht. Und ich warte auf einen wichtigen Anruf.»

«Mommy soll mich fahren.»

«Mommy fühlt sich heute Morgen nicht wohl; sie war gestern ganz lange mit Tante Charity wach.» Er klang genervt. «Wir müssen los, Schätzchen. Herrgott – wo sind deine Schuhe?»

Im Haus klapperte und scheppterte es, als Teller in der Spüle landeten und Türen auf- und zugeklappt wurden auf der Suche nach Maggies Sachen. Maggie quengelte, Jarrod schnaubte. Endlich hörte Faith den Piepton der Alarmanlage, und es wurde still. Ein paar Minuten später setzte sie sich auf, nahm zwei Schmerztabletten und spülte sie mit kaltem Kaffee herunter.

Gestern hatte sie Charity in die neue Wohnung gebracht, und

alles hatte viel länger gedauert als erwartet. Der Schlüssel war nicht da, und sie mussten auf den Hausmeister warten. Dann war Vivian mit Maggie und Lyle gekommen, um Charity willkommen zu heißen, und die Kinder spielten. Sie hatten Pizza bestellt und eine Flasche Wein aufgemacht. Aus einer Flasche waren drei geworden. Als Faith endlich heimfuhr, war es nach neun. Sie musste Maggie ins Bett stecken, dann kam Jarrod nach Hause, und dann ... war es schon wieder zu spät gewesen. Zu spät für den Anruf.

Sie zog sich an und schickte Vivian eine Nachricht, dass sie heute später käme, vielleicht erst nach dem Mittagessen. Dann holte sie sich einen Block und einen Stift aus dem Arbeitszimmer und den Wäschekorb aus dem Bad. Sie würde die Waschmaschine anstellen, sich mit Stift und Zettel an die Küchentheke setzen und bei der Polizei anrufen. Wenn es sein musste, würde sie direkt aufs Revier fahren und eine Aussage machen. Sie ging die Treppe hinunter. *Also gut. Welches Dezernat? Wo war sie gestern gewesen, als sie den Steckbrief gesehen hatte?* Am Arsch der Welt, wie Charity gesagt hatte. Sie versuchte, sich an die nächste Autobahnausfahrt zu erinnern. Sie musste den Club googeln, wo diese Angelina arbeitete, das war alles. Dann würde sie die örtliche Polizei anrufen und nach dem Beamten fragen, der für die Vermissten zuständig war.

Als sie den Treppenabsatz erreichte, hörte sie den Fernseher im Wohnzimmer. Jarrod musste vergessen haben, ihn abzuschalten.

«... laufen noch. Die Polizei von Palm Beach gibt nur wenig Informationen über den Leichenfund heraus, außer dass die Verwesung stark vorangeschritten war. Die junge Mutter und angehende Künstlerin war vor etwa zwei Wochen von ihrer Familie als vermisst gemeldet worden ...»

Faith blieb mit dem Wäschekorb im Arm auf der Treppe stehen. Sie lehnte sich an die Wand. Sie sah den Fernseher nicht, konnte ihn nur hören. Auch wenn die Lautstärke heruntergedreht war, dröhnten die schrecklichen Worte des Reporters in ihrem Kopf, als würde er in ein Megaphon sprechen – direkt in ihre Ohren. Ihr Herz raste, und sie versuchte, keine überstürzten Schlüsse zu ziehen, nicht das Schlimmste anzunehmen, auch wenn sie wusste, dass das Schlimmste eingetreten war.

«... als sie nach ihrer Schicht als Tänzerin in einem Nachtclub in West Palm Beach nicht nach Hause kam ...»

Sie stellte den Korb ab und hielt sich die Ohren zu. Sie spürte den Impuls wegzurennen. *Weg hier, bevor alles zusammenbricht! Renn weg, bevor sie ihren Namen nennen!* Panisch suchte sie nach einem Fluchtweg, als wäre dies wirklich eine Option.

Aber es gab keinen Fluchtweg. Sie dachte an die unheimliche Begegnung mit dem alten Mann an der Tankstelle und seine prophetische Warnung: *Jeder muss zahlen, wenn der Teufel seine Schulden eintreibt ...* Sie spürte, wie ihre Beine nachgaben, und sank gegen die hübsche marmorierte Tapete, gefangen, während der Reporter eifrig von dem Grauen berichtete.

21

Der Tag, an dem ihr Vater gestorben war, war auch wunderschön gewesen.

Es war ein Samstag. An jenem Maimorgen wachte Faith auf, sah in den wolkenlosen kobaltblauen Himmel und dachte: «Strandtag!» Sie war siebzehn, bald fing der Sommer an, sie würde in den Ferien bei Abercrombie & Fitch arbeiten, und der Junge, in den sie heimlich verliebt war, hatte sie gefragt, ob sie abends mit ihm ins Kino gehen wollte. Dann rief ihre Mutter aus dem Krankenhaus an. Ihr Vater hatte über Schmerzen in der Brust geklagt und war selbst ins Baptist Hospital gefahren. Charity und Faith machten sich sofort auf den Weg. Faith setzte sich hinters Steuer, vergaß, wie man rückwärtsfuhr, und streifte den Briefkasten. Sie fluchte, weil die Sonne so hell war, dass sie nichts sehen konnte.

Als der Arzt aus dem Behandlungsbereich der Notaufnahme kam, wusste sie sofort, was er sagen würde. Vielleicht war es sein betretenes Gesicht oder das langsame Kopfschütteln, als er den Blick ihrer Mutter im Wartezimmer auffing. Faith wusste es. In diesem Moment wollte sie die Zeit anhalten. Einfach stoppen, wie eine Hexe im Film, die mit einem Zauberspruch den Moment anhalten kann. Denn sobald der Arzt den Mund aufmachen und die Worte aussprechen würde, «Es tut mir leid. Wir haben getan, was in unserer Macht stand», gäbe es kein Zurück mehr. Dann wäre es passiert. Es gäbe kein Zurück in die Zeit, als die Welt noch in Ordnung und ihr Leben normal war. Seitdem teilte Faith ihre Erinnerungen in zwei Kategorien auf: vorher und nachher.

Jetzt saß sie auf der Treppe und wollte wieder die Zeit anhalten – in dem Moment bleiben, wo sie sich einbilden konnte, es wäre alles okay, weil sie noch nicht wusste, dass gar nichts mehr okay war. Sie klammerte sich an die letzten Sekunden des Vorher. Und egal wie oft sie sich nach Charitys Geburtstagsfeier das schlimmste Szenario ausgemalt hatte, was aus der dunkelhaarigen Frau in dem Sturm geworden sein könnte, so hatte sie doch nie wirklich geglaubt ... dass so etwas passiert war.

Die Alarmanlage piepte. «Okay, ich bin mit dem Anruf fertig», rief Jarrod. «Hast du deine Schuhe gefunden, Maggie?»

Faith erstarrte.

«... die Ermittler versuchen, ihre letzten Stunden zu rekonstruieren ...»

Seufzend kam Jarrod ins Wohnzimmer. «Hast du sie überhaupt gesucht?»

«Daddy ...», sagte Maggie leise. Sie saß im Wohnzimmer.

Maggie saß im Wohnzimmer.

«Und du sollst dir diesen Mist nicht ansehen, die Nachrichten sind nichts für Kinder. Ich muss ins Gericht, mein Schatz. Komm, jetzt finden wir deine Schuhe ...»

«Daddy, ich kenne die Frau.»

«Welche Frau?»

Der Reporter fuhr fort: «... wieder. Soeben wurde der Name bekannt gegeben. Es handelt sich um die Leiche der neunzehnjährigen Angelina Santri ...»

«Die da», antwortete Maggie.

Ihre Beine waren zu schwach zum Laufen, also versuchte Faith, auf allen vieren die Treppe hinaufzuklettern und ins Schlafzimmer zu fliehen. Der Arzt kam aus dem Behandlungsbereich. Er zog die Gummihandschuhe aus. Sie hörte das Schnalzen. Sie roch das Desinfektionsmittel. Er schüttelte den Kopf. *Sag es nicht! Lass alles, wie es war!*

«Die Frau aus den Nachrichten?» Die Ungeduld war aus Jarrods Stimme gewichen. Er klang verwirrt. «Diese Frau? Du kennst sie?»

«Ja.»

Der Wäschekorb rutschte die mit Teppich ausgelegten Stufen hinunter.

«Woher kennst du sie?», fragte Jarrod.

«Das ist die Frau, der Mommy nicht helfen wollte», antwortete Maggie leise.

ZWEITER TEIL

*«Der fatalste Irrtum –
der Glaube,
die Dinge durch Tatenlosigkeit
bewahren zu können.»*

Freya Starke

22

Jarrod hörte einen dumpfen Aufprall. Als er sich umdrehte, sah er den Wäschekorb, der am Fuß der Treppe gelandet war. Die schmutzige Wäsche lag auf dem Boden verstreut. Er wusste, dass Faith da war, irgendwo, und zuhörte. Er wandte sich wieder an Maggie. Er hatte das Gefühl, jemand hätte ihm in den Magen geschlagen, doch noch konnte er atmen, und der Schmerz hatte noch nicht eingesetzt. Er sah Maggie an. «Was? Was hast du gerade gesagt?»

Maggie sah nervös zu dem Wäscheberg. Sie steckte sich den Daumen in den Mund. «Die Frau wollte, dass Mommy ihr hilft, aber Mommy wollte die Tür nicht aufmachen.»

Er warf einen Blick zum Fernseher. Unter dem Foto einer lächelnden jungen Frau mit dunklem Haar, dunklen Augen und einer Tätowierung am Hals stand: **ZWEITE LEICHE IM ZUCKERROHRFELD**. «Was meinst du damit? Ich verstehe dich nicht, Schatz. Nimm den Daumen raus und erzähl mir, was passiert ist.» Sanft zog er Maggie den Daumen aus dem Mund.

«Da war ein böser Mann. Er hat draußen auf sie gewartet. Er wollte der Frau weh tun, aber Mommy wollte die Tür nicht aufmachen.»

«Welche Tür? Die Haustür? Hier?»

«Nein, Daddy. Die *Auuutoootüüürrr*.»

«Die Autotür ...», wiederholte er.

«Die Frau hatte Angst. Der böse Mann hat sie weggebracht, und sie hat geweint.»

«Wer hat geweint? Mommy?»

Maggie sprach leise weiter. «Die Frau.» Sie zupfte an den weißen Bommeln ihres Rentierkleids. «Ich war traurig, weil sie so traurig war. Aber ich wollte nicht, dass Mommy wieder so schreit ...» Ihre Stimme verlor sich.

Jarrod kniete sich neben seine Tochter und legte die Hand auf ihre zarten Schultern, die aussahen, als trügen sie jetzt schon das Gewicht der Welt. «Mommy schreit nicht mehr, Maggie. Niemand schreit. Wann ist das passiert, Liebes? Weißt du das noch?»

Maggie schüttelte den Kopf.

«Sag es Daddy. Du brauchst keine Angst wegen Mommy haben. Alles ist gut. Sie ist oben. Sag mir, was du gesehen hast. Sag mir, wann das passiert ist.»

«Am Geburtstag von Tante Charity.»

«Als du mit Mommy zu Tante Charitys Überraschungsparty gefahren bist?»

Sie nickte.

«Ist es passiert, als ihr auf dem Weg zu ihr wart, oder auf dem Rückweg in der Nacht?»

«In der Nacht.» Ihre Unterlippe schob sich vor. «Es war dunkel, und ich hatte Angst.»

«War das, nachdem du wütend warst und gegen den Sitz getreten hast?»

Sie nickte wieder. Ihre Lippe zitterte.

Maggie hatte ihre Schwächen. Sie hatte Probleme im Kindergarten, aber das lag nur daran, dass sie nicht still sitzen und zuhören konnte, nicht daran, dass sie nicht intelligent wäre. War sie trotzig? Ja. Aufbrausend? O ja. Hyperaktiv? Das war Jarrods Theorie. Schwindeln gehörte jedenfalls nicht zu ihren Schwächen. Manchmal übertrieb sie allerdings maßlos oder erfand Märchen. Sie war erst vier, und kleine Kinder sahen die Welt anders als Erwachsene. Was war diesmal Phantasie und was Realität? Hatte sie die Geschichte aus Filmszenen zusammengesetzt, die sie gesehen hatte? Aus Geschichten, die sie irgendwo aufgeschnappt hatte? Aus Videospielen? Vielleicht hatte sie in der Zeitung oder in den Nachrichten ein Foto der Frau gesehen. Er rieb sich das Kinn. Faith hatte kein Wort von so einer Geschichte erwähnt.

«Maggie, denk fest nach. Die Frau im Fernsehen – bist du dir ganz sicher, dass das die Frau war, die du in der Nacht gesehen hast, als ihr von Tante Charity zurückgefahren seid? Ganz bestimmt?»

Sie nickte.

«Und sie hat Mommy um Hilfe gebeten? Bist du dir sicher?»

«Ja. Sie hat ans Fenster geklopft, Daddy. Sie war ganz nass, weil es so doll geregnet hat, und ich mag keinen Donner. Aber Mommy wollte die Tür nicht aufmachen. Sie hat ‹Nein› zu der Frau gesagt.»

«Was ist dann passiert?»

«Dann kam der böse Mann und hat die Frau weggebracht, und sie sah ganz traurig aus.»

«Was hat Mommy getan?»

«Nichts.» Maggie hielt inne und starrte auf den Boden, als schämte sie sich, es auszusprechen. «Sie hat zugesehen, wie der böse Mann die Frau weggebracht hat.»

«Hast du mit Mommy darüber geredet?»

Maggie schüttelte den Kopf. Tränen liefen ihr übers Gesicht. «Der Mann hat gesagt, ich darf nichts sagen.»

«Warte, warte, warte – du hast mit dem Mann gesprochen?» Er wischte ihr mit seinen großen Händen über die Apfelbäckchen.

«Er hat gesagt, ich darf nichts sagen», wiederholte Maggie und legte den Finger auf die Lippen. «Er hat pst gesagt.»

Zorn wallte in Jarrod auf. Ein kolossaler väterlicher Zorn bei der Vorstellung, dass ein fremder Mann seiner Tochter Angst gemacht hatte. «Hat er dich angefasst? Hat dieser Mann dich angefasst, Maggie?» Jarrod hörte, wie er laut wurde, konnte es aber nicht ändern.

Sie schüttelte den Kopf. «Er hat mit dem Finger auf mich gezeigt.»

«Und was hat Mommy getan, als der Mann pst gemacht hat? Als er auf dich gezeigt hat?»

«Sie ist weggefahren.»

«Sie hat die Frau bei dem unheimlichen Mann gelassen?»

Maggie nickte. «Tut mir leid, Daddy.»

«Es muss dir nichts leidtun.» Jarrod nahm seine Tochter in den Arm und drückte sie, was er längst hätte tun sollen. Er ging in die Knie, streichelte ihr Haar und atmete ihren Duft ein. Ein ekelerregendes Gefühl von Dankbarkeit, dass er das noch tun konnte, überwältigte ihn – wie jemand, der seinen Flug verpasst und hört, dass das Flugzeug abgestürzt ist. «Ich muss mit Mommy darüber reden», sagte er in ihre Schulter.

Maggie schüttelte den Kopf. «Dann wird sie böse.»

«Nein, sie wird nicht böse. Weiß Mommy, dass du die Frau gesehen hast?»

Maggie schüttelte den Kopf und sah wieder zu Boden. «Sie wird wieder böse wie bei der Frau. Die Frau hat wegen Mommy geweint, weil sie gemein war und nein gesagt hat. Mommy hat geschrien, weil ich nicht eingeschlafen bin und getreten habe. Und ich wollte nicht, dass sie wieder böse ist, weil ich wach bin, und da hab ich die Augen zugemacht und so getan, als ob ich schlafe, aber ich hab nur so getan.»

Jarrods Herz zog sich zusammen. Der Schlag in den Magen hatte ihm den Atem geraubt, und jetzt war der Schmerz da, und er war schlimmer, als er erwartet hatte. Die Geschichte, die Maggie erzählte, war nicht erfunden. Was sie gesehen hatte, war wirklich passiert. Und das jagte ihm eine Heidenangst ein. Denn schon Maggies Geschichte war haarsträubend. Aber das Ende ...

ZWEITE LEICHE IM ZUCKERROHRFELD

Er fuhr sich durchs Haar und versuchte, klar zu denken. Das Ende war grauenhaft. Vielleicht passten die Teile nicht ganz zusammen, vielleicht hatte Maggie ein paar Dinge durcheinandergebracht, aber so oder so – insgesamt entstand ein Bild. Vor einer halben Stunde war er wütend gewesen, weil er spät dran war, hatte über die heutige Verhandlung und die Telefonkonferenz nachgedacht, die er von der Garage aus hatte führen müssen. Jetzt erschien ihm das alles ... trivial. Belanglos. Obwohl er nicht genau wusste, was in jener Nacht passiert war, wusste er, dass der Schmerz nach dem unsichtbaren Schlag, den er abbekommen hatte, rasend sein würde. Er sah zu dem Wäscheberg, der sinnbildlich auf dem Boden verteilt war.

«Ich muss mit Mommy reden», wiederholte er.

Maggie schüttelte trotzig den Kopf. «Nein!»

«Doch. Ich muss herausfinden, was passiert ist.» Er stand auf und nahm Maggie auf den Arm. Sie vergrub das Gesicht an seinem Hals. «Faith?», rief er, als er durchs Wohnzimmer ging. «Faith!» Er kam um die Ecke und stieg über die Bluejeans und die Handtücher, die auf dem Boden lagen.

Und dort saß sie. Auf dem zweiten Treppenabsatz, mit dem Rücken an der Wand. Wie Maggie weinte auch Faith. Sie sahen sich eine gefühlte Ewigkeit in die Augen, und Jarrod wusste, dass die Sache schlimm war. Sehr, sehr schlimm.

«Jarrod», sagte sie mit schwacher Stimme. «Wir müssen reden ...»

23

«Wenn ich einen Zeichner herbitte, Maggie, meinst du, du könntest ihm beschreiben, wie der Mann ausgesehen hat?», fragte der kräftige Detective vom Morddezernat. Seine hängenden Schultern, die resignierten blauen Augen und das abgespannte Gesicht widersprachen seinem beschwingten Ton und der verbreiteten Meinung, dicke Menschen hätten ein fröhliches Naturell. Detective Bryan Nill sah aus wie jemand, der seinen Beruf schon lange ausübte, obwohl er vermutlich noch nicht alt war – Ende vierzig, wenn Faith raten müsste. Er wirkte wie ein Mann, der als Detective viele unschöne Dinge gesehen hatte – und sich am Ende jeder Schicht mit der frustrierenden Bürokratie des Polizei-Apparats herumschlagen musste, die ihm vielleicht noch mehr zu schaffen machte als die Leichen, die er fand, und die Mörder, die er jagte.

Maggie sah Jarrod an, nicht Faith, als sie im Vernehmungszimmer des Polizeireviers von Palm Beach um den Konferenztisch saßen; schon über eine Stunde waren sie hier. Außer ihnen drei waren zwei Mordermittler anwesend: Bryan Nill, der die Ermittlungen leitete, und Tatiana Maldonado, eine bildhübsche Latina Anfang dreißig, deren sanfte braune Augen nicht zu der hartgesottenen Rolle passten, die sie zu spielen versuchte.

«Glaubst du, du kannst dem Zeichner helfen, den Mann zu malen, Schätzchen?», fragte Jarrod.

Maggie nickte schüchtern und drückte ihren Esel an sich.

«Wie gut hast du den Mann gesehen? Wir wollen nicht, dass die Polizei das falsche Bild malt», sagte Jarrod.

«Entschuldigen Sie, Mr. Saunders», unterbrach Nill. «Ich weiß, dass Sie früher Strafverteidiger waren, aber das ist hier nicht Ihre Aufgabe.»

«Tut mir leid, Detective», antwortete Jarrod gereizt. «Aber sie ist meine Tochter, und meine Aufgabe hier ist, dafür zu sorgen, dass sie nicht noch mehr traumatisiert wird, als sie schon ist.»

Nill schüttelte den Kopf. «Niemand will Ihre Tochter traumatisieren, Mr. Saunders.» Er sah Faith an. «Oder Ihre Frau. Es klingt, als hätten sie beide ein schreckliches Erlebnis hinter sich. Aber wir wissen nicht, welche Rolle dieser Mann im Schicksal von Ms. Santri gespielt hat, verstehen Sie? Wir wollen ihn nur finden und uns mit ihm unterhalten.»

«Ich kann ihn malen, Daddy», bot Maggie an und griff nach einem Zettel und einem Stift. Sie fing mit so viel Druck zu zeichnen an, dass sich der Kuli durchs Papier bohrte.

Detective Nill lachte. «Warum überlassen wir das Malen nicht Officer Cuddy? Er ist ein ziemlich guter Zeichner. Und wenn du was vergessen hast, ist es auch nicht schlimm, genau wie dein Daddy gesagt hast. Dann sagst du Officer Cuddy einfach, dass du es nicht weißt.»

«Er war dünn. Und er hatte Mädchenhaare.» Sie verzog das Gesicht. «Und er war gemein.»

Detective Nill nickte. «Na, dann sind wir wohl bereit für Officer Cuddy. Du wirst ihn mögen. Ich hole ihn rein, damit ihr zwei euch anfreunden könnt.» Er sah Faith an. «Und deine Mutter auch. Sie hilft uns bei der Zeichnung. Wir machen es alle zusammen, damit das Bild so gut wie möglich wird. Wen hast du da auf dem Kleid? Bambi? Big Foot?»

«Nein! Rudolph das Rentier!», quiekte Maggie, hocherfreut, dass ein Erwachsener so falschliegen konnte.

Nill schlug sich an die Stirn. «Den hätte ich an der roten Nase erkennen müssen. Erinnert mich an die Rübe von meinem Papa. Der sieht haargenau so aus.»

Maggie sah ihn erschrocken an.

«War nur ein Witz, Kleine. Schlechter Witz. Du freust dich bestimmt schon auf Weihnachten, und mit dem Kleid bist du genau richtig angezogen.»

Doch Maggie war aufgesprungen und zum anderen Tischende gerannt, wo Spielzeug und Spiele lagen, die Faith von zu Hause mitgebracht hatte. «Ich will eine Elsa-Puppe», rief Maggie.

«Und ich will einen Porsche», sagte Nill, der sich schwerfällig auf den Weg zur Tür machte. «Hoffentlich erfüllt der Weihnachtsmann uns beiden unsere Wünsche. Du bist ein richtiges Energiebündel, dabei haben die Ferien noch nicht mal angefangen. Geben Sie der Kleinen bloß keinen Zucker mehr, Maldonado», rief er seiner Partnerin zu, als Maggie auf dem Drehstuhl Karussell fuhr und sich an der Tischkante abdrückte. In der Tür blieb er stehen und sah Faith an. «Mit dem Mädchen haben Sie wohl alle Hände voll zu tun, Mrs. Saunders. Sie schaffen das, oder? Sie sagten, Sie haben den Mann auch gut gesehen?»

Faith nickte.

«Wir lassen Ihre Tochter zuerst mit Cuddy arbeiten, danach sind Sie dran. Auf die Art kann das, was Sie gesehen haben, Maggies Erinnerung nicht beeinflussen. Wahrscheinlich können Sie eine genauere Beschreibung abgeben als eine Vierjährige, aber Ihre Tochter ist ein helles Köpfchen. Wir versuchen es einfach. Vielleicht gibt es sogar einen Treffer in der Verbrecherkartei. Weil Maggie noch so jung ist, möchte ich ihr auf keinen Fall Fotos von anderen Männern zeigen, bevor sie mit dem Zeichner gearbeitet hat, sonst kommt sie durcheinander. So wird zumindest die Verteidigung argumentieren, wenn wir den Typ finden. Heute muss man in alle Richtungen denken», sagte er und tippte sich an die Stirn. «Wir müssen denken wie Anwälte. Die Verteidiger lieben es, wenn sie uns das Wort im Mund umdrehen können. Sie stürzen sich auf jede Schwäche und können einen scheinbar wasserdichten Fall über den Haufen werfen – nicht wahr, Mr. Saunders?» Er grinste, dann machte er mit seinem Kaugummi eine Blase und trat hinaus in den mittäglichen Hochbetrieb auf dem Polizeirevier.

Als die Tür hinter ihm zuging, war alles wieder still. Maggie drehte sich auf dem Stuhl, Detective Maldonado steckte die Nase in ihre Unterlagen, und Jarrod starrte vor sich hin, die

Fäuste auf dem Tisch geballt. Faith legte den Kopf in die Hände. Es war die gleiche angespannte Stille wie auf der einstündigen Fahrt zum Polizeirevier heute Morgen. Angespannte Stille nach einem der schrecklichsten Gespräche, die Faith jemals hatte führen müssen ...

24

Jarrod hatte sich neben Faith auf die Treppe gesetzt und versuchte zu begreifen, was sie sagte. Sie schluchzte und war schwer zu verstehen. Oder vielleicht war es die Geschichte, die schwer zu verstehen war.

«Du bist also in einer Stadt eingeschlafen, von der du nicht weißt, wie sie hieß, weil du warten wolltest, bis der Tropensturm weiterzieht. Ein Sturm, wegen dem seit zwei Tagen die Flughäfen geschlossen waren?»

«Ich habe gewartet, bis die Regenfront weiterzieht, nicht der ganze Sturm, Jarrod. Ich bin eingeschlafen. Nicht lange, eine Dreiviertelstunde, eine Stunde ... ich weiß es nicht. Als ich aufgewacht bin, stand sie da.» Sie fuhr sich durchs Haar. «Du behandelst mich schon wieder wie einen deiner Zeugen. Du nimmst mich ins Kreuzverhör!»

«Im Regen?», fragte er.

«Es hatte aufgehört.»

«Wie sah sie aus?»

«Sie hatte schwarze Haare und war ganz nass», sagte Maggie.

«Sie war tätowiert», ergänzte Faith. «Und hatte Piercings. In der Nase und den Augenbrauen. Sie war ... ich hatte Angst. Sie sah fertig aus.»

Jarrod schüttelte den Kopf.

«Es war ein Uhr morgens. Ich hatte mein Kind im Wagen. Ich hatte *Maggie* im Wagen. Ich hatte keine Ahnung, wo ich war. Was hättest du getan?»

«Also ich nehme an, ich hätte die Tür aufgemacht.»

«Ja, aber du bist ein Mann. Du bist keine Frau, die sich in einem unheimlichen, gottverlassenen Nest mitten im Nirgendwo verirrt hat.»

Er nickte. «Eben», sagte er leise.

«Das ist unfair», schluchzte sie. «Es ging alles so schnell, ich hatte keine Zeit zum Nachdenken. Und dann war da dieser Mann, und ich dachte ... ich weiß nicht, vielleicht wollen sie mich überfallen oder so was. Die Frau, ich meine nur, tut mir leid, wenn es böse klingt, aber sie sah nicht gerade vertrauenerweckend aus.»

Jarrod nickte. Faith hatte recht, er war unfair. Hätte sie die Tür aufgemacht und die Frau reingelassen, wäre es vielleicht zu einer ganz anderen Tragödie gekommen. Vielleicht hätte dann die Zeitung heute über *seine* Familie berichtet. Der Gedanke war zu schrecklich. «Tut mir leid», sagte er und tätschelte ihr Bein. «Du hast recht. Du hast vollkommen recht. Ich bin froh, dass du die Tür nicht aufgemacht hast. Weiß Gott, was passiert wäre. Das Einzige, Faith, was ich nicht verstehe, ist, warum du nicht die Polizei gerufen hast. Du hast gerade gesagt, du dachtest, die Frau und der Mann wollten dich vielleicht überfallen.»

«Ich hatte mein Handy nicht dabei. Ich war erst Stunden später zu Hause. Es hatte keinen Sinn mehr ... Ich dachte, es hätte keinen Sinn mehr, sie wären längst über alle Berge. Ich meine, was hätte die Polizei schon tun können?»

«Wo war dein Handy?»

«Ich habe es bei Charity vergessen.»

Er verdrehte die Augen. «Und die Frau, Faith? Sie war immer noch da draußen.»

«Ich konnte doch nicht wissen, dass sie umgebracht wird, Jarrod!»

«Maggie ist vier, und sie hat etwas gesagt.»

«*Nachdem* die Frau in den Nachrichten war, nicht vorher. Vor heute Morgen hat Maggie auch kein Wort darüber gesagt.»

Er streichelte Maggie über den Rücken. «Geh nach oben und spiel in deinem Zimmer, Liebes, damit Mommy und Daddy sich unterhalten können.»

Er wartete, bis sie weg war und die Kinderzimmertür zuging, bevor er leise weiterredete. «Du kannst einer Vierjährigen keine

Vorwürfe machen, weil sie von sich aus nichts gesagt hat! Sie hatte Angst, dass du mit ihr schimpfst, das hat sie selbst gesagt.»

«Und warum hat sie es dir nicht erzählt, als ich nicht dabei war?»

«Wer ist hier jetzt unfair?»

Sie nickte verdrossen. «Was ich meinte, Jarrod, ist, bevor die Frau im Fernsehen war – bevor wir wussten, dass sie tot ist –, hat niemand geglaubt, dass etwas nicht stimmte. Aber du hast recht: Natürlich darf ich Maggie nicht vorschieben. Sie ist ein Kind. *Ich* habe nicht geglaubt, dass etwas im Argen lag – jedenfalls nicht genug, um zwei Stunden später die Polizei zu rufen. Niemand wusste, dass die Frau vermisst wurde. Vor heute kam nichts über sie in den Nachrichten. Oder hast du von irgendwelchen Vermissten aus Palm Beach gehört? Nein.» Sie schluckte. «Ich hatte keinen Grund zu der Annahme, dass der Frau da draußen etwas Schlimmes passiert sein könnte ...»

Er seufzte und rieb sich nachdenklich die Schläfen. In dem Puzzle fehlten immer noch ein paar zentrale Teile, aber er hatte das Gefühl, er wusste, welche es waren und warum sie fehlten. Er dachte an gestern Abend und die leere Weinflasche, die er tief im Mülleimer gefunden hatte, als er nach Hause kam. Er hatte sie zur Recycling-Tonne gebracht, zu den anderen sechs oder sieben Flaschen, die er gefunden hatte, seit die Tonne letzte Woche geleert worden war. Dann hatte er Faith von der Wohnzimmercouch nach oben ins Schlafzimmer getragen. Seit seinem Fehltritt mit Sandra trank sie immer mehr. Sie hatte immer schon viel vertragen, aber seit Weihnachten vor einem Jahr war es schlimmer geworden. Und er war schuld. Wie konnte er ihr Vorwürfe machen? Er hatte sie aus Gründen, die er weder erklären noch rechtfertigen konnte, betrogen. Er hatte ihr das Herz gebrochen. Seinetwegen war sie am Boden zerstört. Er hatte die Familie aufs Spiel gesetzt, für die er jederzeit sterben würde. Es war ihr gutes Recht, ein Ventil zu finden, bis er sie überzeugt hatte, dass er sich geändert hatte – dass Sandra ein schrecklicher, dummer Fehler gewesen war, der ihm nichts bedeutete. Dass Faith ihm immer noch vertrauen konnte und dass ihre Ehe wieder genauso gut werden konnte wie vor der Affäre.

Also hatte er nichts gesagt und sie nicht verurteilt. Er kam einfach ein wenig später von der Arbeit nach Hause, damit er nicht zusehen musste, damit er nichts sagen musste. Denn Faith war eine gute Frau – sie war liebevoll, zärtlich und großzügig. Sie war eine tolle Ehefrau und eine wunderbare Mutter für ihr kleines Mädchen, das einen Heiligen zur Weißglut bringen und jede Mutter und jeden Vater an ihrer Bestimmung zweifeln lassen konnte. *Er* hatte alles kaputt gemacht. *Er* hatte alles zerstört. Der Grund für sein Schweigen war also nicht Resignation, sondern ein logischer Schluss: Wenn alles wieder im Lot und er ein besserer Ehemann war, würde alles wieder so werden wie vor seinem dummen Fehltritt. Faith wäre wieder froh und würde nicht mehr trinken. Wenn A, dann B. Er wusste, was sie ihm aus jener Nacht verschwieg; allein die Frage, ob sie getrunken hatte, wäre übergriffig. Denn falls ja, war es seine Schuld. Er trug die Verantwortung für ... für alles. Deshalb fragte er nicht. Er kannte die Antwort sowieso.

«Na schön», hatte er schließlich gesagt. «Wie müssen jetzt zur Polizei.»

«Ja, ja, natürlich», antwortete sie schnell.

«Zieh dich an. Ich versuche inzwischen herauszufinden, an wen wir uns wenden müssen. Und ich gebe in der Kanzlei Bescheid, dass ich heute nicht komme.»

Langsam war Faith die Treppe hinaufgegangen, und er war nach unten zurückgekehrt. Er hatte sie in den Arm nehmen und an sich drücken und ihr sagen wollen, dass alles gut werden würde. Aber er tat es nicht. Aus irgendeinem Grund konnte er nicht. Als er die letzte Stufe der Treppe erreichte, stieg er vorsichtig über den Wäscheberg, der auf den Dielen verteilt war. Von oben hörte er, wie die Schlafzimmertür hinter ihr zuging.

Er wartete einen Moment, den Blick auf den Boden gerichtet. Dann fing er an, die schmutzige Wäsche einzusammeln, stopfte alles in den Korb und brachte ihn weg.

25

Eine Verkettung fataler Fehlentscheidungen. Eine Aneinanderreihung dummer Lügen. Wie Dominosteine, die sich nicht aufhalten ließen.

Faith konnte ihm nicht von dem zweiten Mann erzählen.

Jarrod war Anwalt. Er war Experte für Straf- und Zivilrecht, zählte im Ranking des *Chambers Global* zu den besten Verteidigern und wurde letztes Jahr vom *Think Magazine* zu einem der besten Prozessanwälte gekürt. Auch Faiths Vater war Rechtsanwalt gewesen – ein Mann für alle Fälle, der immer gern vor Gericht gezogen war. Sie hatte ihr ganzes Leben mit Anwälten verbracht, und alle teilten sie bestimmte Charaktereigenschaften. Erstens waren sie schnell in ihrer Reaktion – sie bildeten sich sofort eine Meinung, sobald sie Fakten bekamen, und waren ständig damit beschäftigt, ihre Plädoyers im Kopf zu überarbeiten und anzupassen. Anders als Ärzte, die sich zuerst alle Symptome anhörten, dann Untersuchungen durchführten und weitere Untersuchungen, bevor sie zu einer Diagnose kamen, waren Anwälte jederzeit bereit, den Schluss zu ziehen. Zweitens konnten sie sich im Stegreif schon die nächsten drei Fragen zurechtlegen, ehe der Zeuge die erste beantwortet hatte. Und drittens gaben Anwälte nicht nach. Selbst wenn man ihnen schriftlich vorlegte, dass Wasser nass war, hielten sie erfolgreich dagegen und verbrannten dir mit einem Stück Trockeneis die Hand, um zu beweisen, dass sie recht hatten. Und Strafverteidiger beherrschen noch eine besondere Kunst: Sie konnten sich ein abseitiges, unscheinbares Detail herauspicken und damit eine ganze Argumentation kippen – etwa die Wandfarbe ändern, um sie dem Schmutzfleck anzupassen, den sie an der Wand aufgespürt hatten. Sie konnten vor den Geschworenen einen Leumundszeugen zum Hauptverdächtigen machen, nur um begründeten Zweifel zu säen.

Als sie auf der Treppe saßen, wusste Faith, dass Jarrod sich automatisch Meinungen bildete, strategische Fragen formulierte, an seinem Plädoyer schliff, während sie ihm von der Nacht erzählte – das war seine Natur. Sie spürte die Wut in ihm aufkochen, sah, wie seine Muskeln zuckten, wenn sie bestimmte Einzelheiten beschrieb. Weil er das Ende bereits kannte: Die Frau war tot. Was er nicht wusste, war, wie es so weit kommen konnte. Er kannte die *Geschichte* nicht, also wusste er nicht, welche Punkte Bedeutung hatten. Sie erzählte vorsichtig und ausführlich, kämpfte sich durch seine Seufzer, Kommentare und emotionalen Einwürfe, als würde sie durch ein Minenfeld gehen. Es gab Dinge, die er nicht wissen musste – dass sie getrunken hatte, einen Unfall gehabt hatte und den Wagen hatte reparieren lassen. Sie musste die Landschaft beschreiben, ohne auf eine Mine zu treten.

Sie kannte ihn gut genug, um zu wissen, dass er wütend auf sich selbst war: wütend, dass er nicht mitgefahren war; wütend, dass er nicht darauf bestanden hatte, dass sie sich ein Hotel nahm und nicht bei ihrer Schwester auf der Couch schlief; wütend, dass sie noch keinen neuen Wagen mit GPS hatten. Und dann richtete sich seine Wut gegen andere: gegen Nick, weil er während eines Tropensturms eine Party feierte; Charity, weil sie ihre Schwester im Sturm nach Hause fahren ließ. Die Wut wich der Erleichterung, dass seiner Familie nichts passiert war, dass es nicht ihre Leichen waren, die am Morgen aus dem Zuckerrohrfeld getragen wurden.

Am Ende ließen Wut, Entrüstung und Erleichterung nach, und die Flut des Schocks versickerte und legte die Landminen bloß, die überall im Schlamm lagen. Jetzt kamen die Fragen. Schließlich war es das, was Jarrod am besten konnte.

«Um wie viel Uhr bist du abgefahren? Warum hast du nicht im Hotel übernachtet? Du hast gesagt, die Frau sah gefährlich aus – hatte sie eine Waffe? Hast du sie durchs geschlossene Fenster gehört? Warum hast du nicht versucht, den Mann umzufahren? Hatte er eine Waffe? Hast du Maggie gefragt, ob es ihr gut geht? Warum hast du nicht gemerkt, dass sie wach ist?»

Die Fragen kamen wie Trommelfeuer – er wartete kaum die Antwort einer Frage ab, bevor er die nächste stellte. Er wollte sie nicht in die Ecke drängen, sondern sprach nur aus, was ihm in den Kopf kam, ein Bewusstseinsstrom, der, weil er Anwalt war, aus Fragen bestand. Er zerlegte ihre Geschichte, noch bevor sie fertig erzählt hatte. Jede ihrer Handlungen oder Nicht-Handlungen wurde seziert. Noch hatte er ihn nicht gefunden, den belastenden Fleck an der Wand, aber es war nur eine Frage der Zeit.

Das war der Moment, als Faith beschloss, der nächsten Landmine auszuweichen.

«Dieser Mann», hatte Jarrod mit verschränkten Armen auf der Treppe gesagt, «als er versucht hat, die Wagentür zu öffnen, was hat die Frau getan? Stand sie einfach daneben?»

Maggie antwortete zuerst: Sie nickte.

«Sie ist nicht weggerannt?»

Maggie schüttelte den Kopf.

Auch Faith schüttelte den Kopf.

«Und als er auf dich gezeigt und pst gemacht hat, wo war da die Frau? Stand sie immer noch allein da?»

Maggie dachte kurz nach, dann nickte sie wieder.

Anscheinend hatte Maggie von der Rückbank durch die beschlagenen Fenster nicht bis zur anderen Straßenseite sehen können. Sie hatte nichts von dem unheimlichen Mann im rot karierten Hemd gesagt. Kein Wort darüber, wie er die Frau zurück auf das verwilderte Grundstück gezerrt hatte. Erst jetzt begriff Faith, dass Maggie den zweiten Mann nicht gesehen hatte.

Faith hatte Jarrod beobachtet, und ihr war ein Übelkeit erregender Gedanke gekommen: Wenn er sie jetzt schon mit diesem Blick ansah – mit kaum verhohlener Verachtung für ihr Schweigen und ihre Tatenlosigkeit –, wenn er jetzt schon an ihrer Behauptung zweifelte, sie hätte nicht ahnen können, dass die Frau in Gefahr war, als nur *ein* Mann da draußen war, was würde er erst von Faith halten, wenn er erfuhr, dass es noch einen zweiten Mann gab?

Das war der Fleck an der Wand.

Und so saß sie auf der Treppe ihres hübschen Hauses und starrte die Familienfotos an, die an der Wand hingen. Dann wanderte ihr Blick nach unten ins Wohnzimmer, an die Stelle, wo Jarrod und sie immer den Weihnachtsbaum aufstellten, zu der Couch, auf der sie sich Dutzende von Malen geliebt hatten, zur Haustür, über deren Schwelle er sie beim Einzug getragen hatte. Die Erinnerungen an das Leben, wie es früher war – vor Sandra –, brachen über sie herein. Zu gerne würde sie daran glauben, dass sie es wiederfinden würden. Eine kalte Angst ergriff sie – die Erkenntnis, dass all das zu Ende sein könnte. Für immer. Er war schon einmal gegangen. Er hatte etwas mit dieser Praktikantin angefangen und emotional ihre Ehe verlassen, als alles noch perfekt war. Jetzt, da ihre Ehe nicht mehr perfekt war – da *Faith* nicht mehr perfekt war –, was hielt ihn noch?

Warum sollte er bleiben?

Und da verlor sie die Nerven. Jarrod hatte sie noch nie so angesehen, wie er sie heute ansah. Es war ein Blick, der preisgab, was er dachte: *Ich kenne dich nicht mehr. Ich mag dich nicht – die Dinge, die du getan hast, die du nicht getan hast. Du bist nicht der Mensch, den ich zu kennen geglaubt habe.*

Er sah sie an wie eine Fremde.

Vielleicht war es ein verrückter, verzweifelter Gedankengang, aber wenn sie zugab, dass da draußen noch ein Mann gewesen war, der die Frau gegen ihren Willen ins Gebüsch gezogen hatte, würde Jarrod sie nie wieder so ansehen wie früher. In seinen Augen hätte sie die Frau genauso gut selbst umbringen können, und das wäre endgültig das Ende ihrer Ehe. Könnte sie die Zeit zurückdrehen und die Nacht noch einmal erleben, andere Entscheidungen treffen, die Polizei rufen, sich den Konsequenzen stellen, nachdem sie auf einer Party zu viel getrunken hatte, weil sie traurig gewesen war – sie würde es tun. Sie würde es, ohne zu zögern, tun.

Aber sie konnte es nun mal nicht.

Also hatte sie im Bruchteil einer Sekunde eine weitere Entscheidung getroffen, die womöglich genauso dumm war wie die zuvor. Nämlich den zweiten Mann zu verschweigen – zumindest vor Jarrod. Es war keine Lüge – sie behielt nur ein Detail für sich. Eine Lüge wurde erst daraus, als sie ein paar Stunden später auf der Polizeiwache ihre Aussage machte ...

«Mrs. Saunders, haben Sie auf der Straße sonst noch irgendjemanden gesehen außer diesem, äh, Mann in Schwarz?», fragte Detective Nill, während Detective Maldonado mitschrieb. Der Stuhl quietschte unter seinem Gewicht, als er sich ihr zuwandte. «Weitere Zeugen?»

Sie hatte geglaubt, man würde sie und Maggie getrennt vernehmen, ohne dass Jarrod dabei war. Nur sie und die Ermittler, wie bei *Law & Order*. Und sie hatte wirklich vorgehabt, den Ermittlern von dem Mann im rot karierten Hemd zu erzählen. Sie würde dem Detective erklären, warum sie nicht wollte, dass ihr Mann davon erfuhr. Er würde sie verstehen. Er würde ihr die Verbrecherkartei zeigen, und sie könnte in aller Ruhe nach dem zweiten Mann suchen. Und der Fall wäre erledigt.

Doch es kam anders. Wieder einmal ging ein guter Plan schief. Die Vernehmung fand im Konferenzraum statt, und sie waren alle beisammen: die beiden Detectives, Maggie, Faith und Jarrod. Und das Ganze wurde auf Tonband aufgenommen.

Sie warf ihrem Mann einen Blick zu, der sie vom anderen Tischende eindringlich beobachtete, während die Detectives auf eine Antwort warteten. Mit ihrer Aussage auf Tonband machte sie die Lüge offiziell. Keine Halbwahrheit, keine Ungenauigkeit oder Ausflucht, sondern eine *Lüge*.

[xxx]Noch eine Lüge.

Ihre Hände schwitzten, und ihr Mund war staubtrocken. Händeringend suchte sie nach einer Lösung für das Chaos, aber die ganze Wahrheit und nichts als die Wahrheit war keine Option. Zumindest nicht in diesem Moment. Sie würde morgen nach Palm Beach zurückkommen und eine neue Aussage machen. Sie würde Detective Nill den Fehler erklären, und dann würde sie alles tun, was er von ihr verlangte: die Verbrecherkartei durchgehen, mit dem Zeichner arbeiten, ihre Aussage revidieren, begründen, warum sie gelogen hatte. Aber in diesem Moment, jetzt und hier, stand ihre Ehe – ihr ganzes Leben – auf dem Spiel. Sie hatte keine Wahl. Sie musste lügen.

Als Faith antwortete, wich sie Jarrods Blick aus und sah Nill an. «Nein», sagte sie leise. «Ich habe in der Nacht da draußen sonst niemanden gesehen, Detective.»

26

«Detective Nill, darf ich fragen, wie Angelina Santri gestorben ist?», fragte Jarrod, als die fünf das Vernehmungszimmer verließen. «Wurde sie schon obduziert?»

«Die Obduktion wird heute Nachmittag durchgeführt, Mr. Saunders. In zwanzig Minuten fahre ich rüber in die Gerichtsmedizin.»

«Aber es besteht kein Zweifel, dass sie ermordet wurde?»

Nill nickte grimmig. «Nein. Daran besteht kein Zweifel.»

«Und die Todesursache …?», hakte Jarrod nach.

Nill blieb stehen und hielt Faith und Jarrod zurück, während er Detective Maldonado und Maggie vorausgehen ließ. «Angelina Santri wurde besonders grausam ermordet, Mr. Saunders. Es sieht so aus, als wäre sie gefoltert worden. Ich kann nicht weiter ins Detail gehen, aber sie wurde schwer verstümmelt. Wie Sie sich vorstellen können, stürzt sich die Presse jetzt schon darauf. Und ich fürchte, bald wird es noch schlimmer.»

«Was meinen Sie, Detective?», fragte Jarrod langsam. «Nicht wegen Maggie, oder?»

Nill schüttelte den Kopf. «Ich bin mir sicher, die Presse wäre entzückt von Ihrer Tochter, besonders, falls ihre Hilfe uns tatsächlich zu einem Verdächtigen führt, aber ich glaube nicht, dass sie der Grund für das Medienspektakel wäre.» Er senkte die Stimme. «Es ist noch nicht offiziell, Mr. und Mrs. Saunders, und es soll nicht an die Öffentlichkeit, das heißt, falls es rauskommt, bevor wir an die Presse gehen, weiß ich, wo es durchgesickert ist. Ich sage es ganz offen: Ich habe Grund zu der Annahme, dass Angelina Santri nicht das erste Opfer war.»

Faith schnappte nach Luft.

«Nicht das erste Opfer?», fragte Jarrod ungläubig.

«Es gibt noch weitere Mordopfer. Möglicherweise gehen drei

Frauen auf sein Konto. Dass Sie und Ihre Tochter heute zu uns gekommen sind, Mrs. Saunders ... also, ehrlich gesagt, ist das unser erster Lichtblick. Endlich haben wir ein Gesicht, mit dem wir rausgehen können. Vielleicht erkennt ihn jemand. Vielleicht haben wir Glück und bekommen einen Namen – hoffentlich bevor sich der Irre das nächste Opfer sucht.»

Faith packte Jarrods Arm.

«Daddy!», rief Maggie von der Tür zur Eingangshalle.

«Mrs. Saunders, morgen früh sehen wir uns die Gegend an, die Sie beschrieben haben. Es ist ein paar Wochen her, ich verspreche mir also nicht allzu viel, aber ich schicke die Spurensicherung hin, sobald wir den Ort gefunden haben.»

Sie nickte nervös. Sie war blass geworden und sah aus, als wäre ihr übel.

«Ich komme mit, Detective», sagte Jarrod. «Ich möchte dabei sein.»

«In Ordnung», antwortete Nill, als sie durch die Glastür traten. «Danke, dass du hergekommen bist», wandte er sich an Maggie und tätschelte ihren Kopf. «Du hast uns sehr geholfen, kleine Lady. Du bist eine echte Heldin. Es ist nicht immer einfach, das Richtige zu tun.»

An der Wand hinter dem Detective hing eine Vitrine, die fast die ganze Breite des Raums einnahm. Darin befand sich eine Pinnwand voller Steckbriefe des Florida Department of Law Enforcement, des FBI, der Drug Enforcement Administration, des Zolls und des US Marshals Service. Auf manchen waren Polizei-Fotos zu sehen, auf anderen Farbfotos von vermissten Kindern. Dann gab es körnige Bilder von Verdächtigen aus Überwachungsvideos, zum Beispiel Bankräubern, und gezeichnete Phantombilder. Es waren so viele, dass sie übereinanderhingen.

«Ist das auch ein böser Mann?», fragte Maggie und zeigte auf eine Skizze, dann auf die nächste. «Und der?»

«Keine Angst vor diesen Jungs», sagte Detective Nill und führte sie von der Vitrine weg. «Du brauchst nicht noch mehr Gesichter für deine Albträume.»

«Daddy, was ist eine Heldin?», fragte Maggie kichernd.

«Sei nicht albern. Du weißt, was eine Heldin ist.»

«Das ist jemand, der sehr tapfer ist», schaltete sich Detective Maldonado ein. «Und, wie Detective Nill gesagt hat, jemand, der das Richtige tut.»

«Wie Superman. Oder ein Powder Puff Girl», erklärte Nill.

Maggie sah ihn verständnislos an.

Detective Nill machte ein entgeistertes Gesicht. «Was? Du hast noch nie von den Powder Puff Girls gehört? Das waren die coolsten Mädels, als meine Töchter klein waren. Sie hatten rosa Umhänge und haben gegen das Verbrechen gekämpft. ‹Wie du, Daddy!›, haben meine Mädchen gerufen. Das hat mir gefallen. ‹Wie du!› Kennst du Kim Possible? Die war auch eine Heldin. Sie und ihr Freund, der Nacktmull, haben die Welt vor Bösewichten gerettet.»

Detective Maldonado schüttelte den Kopf. «Sie werden alt, Detective Nill. Ihre Mädchen sind fast auf dem College. Versuchen Sie es mit Elsa und Anna aus ...»

«*Frozen!*», schrie Maggie.

«Na also», sagte Maldonado und hielt ihnen die Tür auf. «Außerdem hießen die Powerpuff, Detective Nill, nicht Powder Puff.»

«Hab ich das nicht gesagt? Kinder, wie die Zeit vergeht», seufzte Nill, als die Familie das Polizeigebäude verließ. Der Vater hatte das Kind an der Hand, während die Frau/Mutter/Hauptbelastungszeugin ein paar Schritte hinterherlief. Die Körpersprache war nicht schwer zu lesen: Sie war schon den ganzen Tag die Außenseiterin, selbst bei ihrem eigenen Kind.

«Maldonado, versuchen Sie mal, sich irgendwann an die Lieblingssendungen Ihrer Kinder zu erinnern und dabei nicht alt zu klingen.»

«Das wird interessant», gab sie zurück. «Die Sendungen, an die ich mich dann nicht erinnern werde, sind noch nicht einmal produziert.»

«Sie sind viel zu jung, um Detective zu sein», schnaubte er.

«Meinen Sie, wir haben ein Gesicht?», fragte Maldonado, während sie zusah, wie die Familie auf den Parkplatz trat.

Er sah in die Akte, die er in der Hand hielt. Cuddys Skizze war so detailliert wie ein Foto. «Ich glaube schon. Ich hoffe nur, dass es gut genug ist, um uns einen Namen zu liefern.»

«Wissen sie, dass wir einen Serienmörder suchen?»

«Ich habe es den Eltern gesagt. Sie waren ziemlich entsetzt. Die Mutter wurde weiß wie die Wand. Das Ganze setzt ihr ziemlich zu.»

«Sie scheint nicht so kalt zu sein, wie sie klingt, aber ich habe Schwierigkeiten zu begreifen, warum sie nicht früher zu Polizei gegangen ist. Irgendwas behält sie für sich.»

«Möglich», erwiderte Nill, «aber sie hat auch einen ziemlichen Brocken zu verdauen. Könnte sein, dass sie und ihr Kind um ein Haar Opfer Nummer fünf und sechs geworden wären. So was kann einen fertigmachen. Und ich habe das Gefühl, bei ihr und ihrem Gatten hängt der Haussegen schief. Seien wir also nicht so streng mit ihr.»

«Das Kind ist wirklich tapfer», sagte Maldonado sanft.

Er nickte, während sie zusahen, wie die Familie in einen Infiniti stieg und vom Parkplatz fuhr.

Es dauerte nicht lang, und die ganze Welt würde ihre Meinung teilen.

27

Nicht das erste Opfer.
Jarrod umklammerte das Lenkrad und starrte durch die Windschutzscheibe auf den Anhänger des blauen Tiefladers, der vor ihm auf der I95 fuhr. Er versuchte, sich auf den Verkehr zu konzentrieren, aber die Worte des Detective verfolgten ihn.
Nicht das erste Opfer.
Möglicherweise noch drei tote Frauen.
Erst jetzt wurde ihm klar, was der Detective angedeutet hatte: Der Mann war vielleicht ein Serienmörder. Ein *Serienmörder*. Seine Frau und seine vierjährige Tochter waren nicht Zeuge bei einem Streit zwischen einem Mädchen und seinem Freund geworden – möglicherweise hatten sie eine Frau in den Fängen eines Serienmörders gesehen. Sie hatten vielleicht ihre letzten Augenblicke erlebt, bevor sie ... *gefoltert* wurde. Bevor sie *verstümmelt* wurde. Bevor sie *ermordet* wurde. Bei dem Gedanken begannen seine Hände zu zittern, deshalb hielt er das Lenkrad krampfhaft fest.
Vielleicht haben wir Glück und bekommen einen Namen – hoffentlich bevor sich der Irre das nächste Opfer sucht.
Jarrod warf einen Blick auf Faith, doch er sah nur ihren Hinterkopf – sie starrte aus dem Beifahrerfenster. *O Gott, es hätte sie treffen können*, dachte er. Der Typ hätte den Wagen öffnen und sie rauszerren können – sie *foltern*. *Verstümmeln*, hatte der Detective gesagt. *Verstümmeln*. Er wusste nicht genau, was Nill damit meinte, jedenfalls verband er mit dem Wort keine guten Assoziationen. Aufschneiden? In Stücke hacken? Ausweiden? O Gott. Von den drastischen Bildern, die ihm durch den Kopf gingen, wurde ihm schlecht. «Gott sei Dank ...», sagte er unwillkürlich laut.
Faith drehte sich nicht um. «Was?», fragte sie nur leise.

«Gott sei Dank», wiederholte er sanft. «Gott sei Dank hast du die Tür nicht aufgemacht.»
Er hörte sie schniefen, und obwohl er ihr Gesicht nicht sah, wusste er, dass sie weinte. Ungeschickt strich er ihr übers Haar.
Und Maggie ... *O Gott, was hätte der Mann mit einem Kind getan?* Sein Gehirn weigerte sich, den Gedanken weiterzuspinnen. Als Pflichtverteidiger in Miami hatte er üble Gestalten vertreten. Die meisten waren Kleinkriminelle und Drogensüchtige, die die falschen Entscheidungen getroffen hatten, weil sie in miesen Gegenden aufwuchsen, keine Vorbilder hatten, als Kind geschlagen wurden und von Gangs großgezogen wurden. Doch er hatte in jenen fünf Jahren auch eine Handvoll abgrundtief böser Individuen vertreten – Menschen, die keine sentimentalen Entschuldigungen für ihren schlechten Charakter hatten: Psychopathen, Sadisten und Soziopathen, die Vergnügen daraus zogen, anderen Menschen Schmerz zuzufügen. Das waren die Typen, wegen denen er weg aus Miami wollte, sein Amt als Verteidiger niedergelegt und das Strafrecht hinter sich gelassen hatte. Weil er als Prozessanwalt zu gut war und häufig gegen junge Staatsanwälte antrat, die im Gerichtssaal noch unerfahren waren. Eines Tages, als er mal wieder den Sieg seines Klienten feierte – eines Einbrechers/angehenden Vergewaltigers –, hatte er eine Erleuchtung gehabt: Manche Leute sollten einfach nicht frei in der Gesellschaft herumlaufen. Politisch und moralisch war er gegen die Todesstrafe, doch insgeheim fand er, dass es ein paar ausgewählte Menschen gäbe, die sie doch verdienten. Unmenschen, ohne die die Welt besser dran wäre – Killermaschinen ohne Gewissen, die aus reiner Mordlust Jagd auf andere Menschen machten, nicht aus Not. Selbst eine lebenslängliche Haftstrafe bot nur eingeschränkten Schutz – jeder, der innerhalb des Systems mit ihnen in Kontakt kam, war in Gefahr. Und Gott bewahre, falls die Strafe verkürzt, ausgesetzt oder herabgesetzt würde und sie wieder auf freien Fuß kämen ...
Allein bei dem Gedanken bekam er Gänsehaut.

Er sah im Rückspiegel nach Maggie, die im Kindersitz saß, mit Kopfhörern eine DVD schaute und ungewöhnlich still war. Die Rückfahrt vom Revier verlief genauso wie die Hinfahrt: schweigend und angespannt. Faith starrte weiter aus dem Fenster und dachte über Gott weiß was nach.

Gott sei Dank hatte sie die Tür nicht aufgemacht. Gott sei Dank. Aber warum hatte sie nicht die Polizei gerufen? Warum hatte sie ihm nicht gleich alles erzählt, als sie in der Nacht nach Hause gekommen war? Oder am nächsten Morgen? Er glaubte, die Antwort zu kennen, aber jetzt wollte er sie hören. Er wollte, dass sie es aussprach, dass sie ihren Fehler zugab – zugab, betrunken Auto gefahren zu sein. Damit er wenigstens wusste, dass sie etwas aus ihrem Fehler gelernt hatte. Weil er wissen wollte, dass es einen *Grund* für diesen ganzen Albtraum gab. Aus irgendeinem Grund war es tröstlicher zu wissen, dass sie betrunken Auto gefahren war und es ihr leidtat, als der Gedanke, dass sie völlig apathisch gewesen war.

Er sah wieder zu ihr hinüber. Er wollte sie fragen. Fragen, ob sie betrunken gewesen war. Vielleicht würde es die Spannung lösen, wenn er die Frage aussprach. Vielleicht würde sie antworten, und vielleicht würden sie dann reden – richtig reden. Oder schreien. Das wäre okay – sogar ein Streit wäre ihm recht.

Eine überwältigende Traurigkeit stieg in ihm auf, gemischt mit einem Anteil von Scham, und er verkniff sich die provozierende Frage. Die Wahrheit war, sie redeten nicht mehr viel. Sie sagten Worte und tauschten Nettigkeiten, und sie hatten selten Streit. Es lag an ihm. Es waren die Folgen seines Fehltritts. Er gab in fast allem nach und diskutierte nicht, weil er das Gefühl hatte, er schuldete es ihr. *Nach einer Affäre die Beziehung zu kitten, braucht Zeit*, hatte ihm ein Freund geraten – ein Freund, der es wissen musste. *Es kann Jahre dauern, bis das Vertrauen wiederhergestellt ist, und der kleinste Fehltritt – der kleinste Zweifel – macht alles wieder kaputt, was du bis dahin aufgebaut hast. Also hab Geduld und benimm dich mustergültig.*

Er betrachtete ihr schönes honigblondes Haar. Heute war es

schulterlang, aber früher war es in von Sonne und Strand gesträhnten Locken auf ihren Rücken gefallen. Er hatte sein Gesicht darin vergraben, wenn sie ihm im Schlaf den Rücken zukehrte – um den Fresienduft ihres Lieblingsshampoos einzuatmen, vermischt mit Miss Dior und dem Geruch nach ... *ihr*. Er hatte ihren Duft geliebt, konnte nie genug davon bekommen. Er schüttelte den Kopf. Die Spannung im Wagen war zu viel.

«Er ist immer noch da draußen», sagte er plötzlich.

Faith drehte sich vom Fenster weg und sah ihn an.

«Sie haben die Leiche gefunden, und jetzt erscheint bald das Phantombild, und er wird eins und eins zusammenzählen», erklärte er leise, nüchtern, als würde er mit einem Klienten reden, von dem er endlich die Wahrheit hören wollte – eine Wahrheit, die er verteidigen konnte. «Der Detective hat von drei anderen Morden gesprochen, die der Mann vielleicht begangen hat, was ihn zu einem Serienmörder macht, Faith. Der Detective hat recht – die Presse wird sich darauf stürzen, und das Phantombild wird überall veröffentlicht werden. Und wenn die Medien rausfinden, dass es nach der Beschreibung einer Vierjährigen erstellt wurde, dann stehen auch du und Maggie im Rampenlicht. Ich will nicht, dass das passiert, aber es wird passieren. Das ist genau die Art von Story, die die ganze Welt lesen will.»

Wieder füllten sich ihre Augen mit Tränen.

«Selbst wenn niemand das Phantombild in der Zeitung oder im Fernsehen erkennt, oder wo sie es sonst noch zeigen – *er* wird es erkennen. Weil er darauf wartet. Und er wird genau wissen, wer der Polizei geholfen hat. Er weiß, dass er Zeugen hatte, und jetzt weiß er, dass sie geredet haben. Zwei Zeugen: meine Frau und mein Kind. Den Rest herauszufinden – Name, Adresse, Telefonnummer – wird nicht schwer sein ...»

Sie drehte sich zum Fenster und weinte wieder. «Wenn du versuchst, mir Angst zu machen, hast du es geschafft.»

Genau das hatte er gewollt. Er wollte ihr Angst machen, damit sie von allein zugab, was er sie nicht zu fragen wagte. Er wollte ihr klarmachen, wie absolut grauenvoll die Sache war. Wie unerträglich die Vorstellung, sie an einen verrückten Mörder zu verlieren. Sie zu verlieren, Punkt.

Aber die Worte kamen falsch heraus, wie alles, was er in den letzten zehn Monaten gesagt hatte.

Also umklammerte er das Lenkrad noch fester, sagte nichts mehr. Und behielt die schlimmste Tatsache für sich, mit der er die Wahrheit aus ihr hatte herauspressen wollen.

Die Tatsache, dass Serienmörder keine Zeugen mochten.

28

Gemma Jones starrte das Phantombild auf der ersten Seite des Lokalteils im *Sun Sentinel* an. Dann blickte sie auf, über die Wand ihrer Arbeitswabe, und musterte den jungen Mann, der seinen Schreibtisch am anderen Ende des Großraumbüros hatte.

Das Bild sah Derrick verdammt ähnlich.

Aber Derrick Poole? Niemals ... Er war ... zu still. Zu langweilig. Zu schlau. Zu süß. Zu ... alles, was einen ganz normalen Typ ausmachte, den man gerne seiner Mutter vorstellen würde. Den sie tatsächlich gerne ihrer Mutter vorstellen würde – wenn er sie bloß ansprechen würde.

Gemma kaute auf dem Deckel ihres Kugelschreibers. War es nicht genau das, was in Krimis immer passierte? War nicht immer der stille Typ der Mörder? Der schlaue, unauffällige? Bundy war ein gut aussehender Jura-Student gewesen. Rader war Gemeindepräsident seiner Kirche. Scott Peterson war werdender Vater und Düngerverkäufer. Sie rollte den Kulideckel im Mund herum. **POLIZEI BITTET UM MITHILFE IM FALL DER ERMORDETEN TÄNZERIN AUS PALM BEACH.**

Mörder arbeiteten nicht als Schuldnerberater, oder? Sie halfen anderen Menschen nicht, ihren Haushalt zu konsolidieren. Gemma hatte nur einen wertlosen College-Abschluss in Englisch, aber Derrick – er war gelernter Buchhalter, wenn sie sich recht erinnerte. Buchhalter waren keine Mörder. Anwälte, Ärzte, Postbeamte – ja, die konnten vielleicht ihre eigene Mutter vierteilen, aber Buchhalter niemals. Sie waren zu penibel, zu genau. Sie waren gut in Wahrscheinlichkeitsrechnung, und das Risiko, gefasst zu werden, war ihnen zu hoch. Sie wollten keine Sauerei machen. Gemma grinste in sich hinein, weil sie die Vorstellung eines säuberlichen, akkuraten Mörders irgendwie komisch fand.

Derrick war höflich, freundlich und zurückhaltend. Wenn sie ihn möglicherweise für einen Psychopathen hielte, würde sie sich in der Kantine nicht neben ihn setzen, ihr gutes Parfüm auflegen und sexy Blusen tragen in der Hoffnung, er würde sie endlich nach ihrer Nummer fragen. Sie würde spüren, dass etwas nicht stimmte.

Andererseits war die Botschaft jeder True-Crime-Geschichte, die sie las, klar: Man konnte eben nie wissen. Zufall oder nicht, vor genau zwei Wochen hatte sich Derrick den Stoppelbart abrasiert, den er eine Weile getragen hatte. Seine Kantinen-Erklärung? «Hat mir nicht gestanden. Meine Mutter fand ihn nicht gut.» Gemma fand es unglaublich niedlich, dass ein neunundzwanzigjähriger Mann Wert auf die Meinung seiner Mutter legte. Sie tippte mit dem Kuli auf das kleine Phantombild. Der Mordverdächtige hatte einen Bart. Die Tänzerin war seit einer Weile tot, hieß es in dem Artikel.

Sie spähte wieder über die halbhohe Wand ihres Arbeitsplatzes. Er stand an seinem Schreibtisch und telefonierte. Verdammt. Er war echt süß. Nicht auf den ersten Blick, aber auf den zweiten – wie ein Gemälde, das man eine Weile ansah, bis einem auffiel, wie schön der Porträtierte war. Groß, dunkelhaarig und auf den zweiten Blick schön – das war Derrick Poole. Sie beobachtete ihn, wie er telefonierte. Das ungezwungene Lächeln, das gebügelte weiße Hemd mit der glänzenden blauen Krawatte. Mit den Bartstoppeln und dem Pferdeschwanz hatte er rebellisch gewirkt. Jetzt war er glatt rasiert, aber umso mehr sexy. Am Tag Buchhalter und nach Sonnenuntergang Rockstar. Wenn er das weiße Hemd und die Krawatte auszog und mit nacktem Oberkörper auf der Gitarre rockte, die muskulöse Brust voll mit bunten Tattoos, von denen keins seiner «Mom» gewidmet war ... Sie musste über ihren Tagtraum grinsen.

Oder Buchhalter am Tag und mordender Vergewaltiger in der Nacht.

Schade. Jetzt träumte sie nicht mehr von einem Rendezvous. Na ja, sie wollte immer noch, dass er sie fragte, aber sie würde sich nicht mit ihm treffen, bis sie definitiv wusste, dass er kein Mörder war. Sie musste die Polizei anrufen. Die würden ihre Polizeiarbeit tun – seinen Hintergrund durchleuchten, Fingerabdrücke und DNA-Proben nehmen, nahm sie an – und entweder bestätigen oder ausschließen, dass er der Mann war, den sie suchten.

Falls er ein Vergewaltiger war, dann hatte die Sache ohnehin keinen Sinn, weil sie sich ihm gewaltlos hingeben wollte. Wenn sich dagegen rausstellte, dass es eine Verwechslung war – wovon sie zu 95 Prozent überzeugt war – und Derrick einen Doppelgänger mit einer dunklen Seite und einer Schwäche für Stripperinnen hatte, dann wäre das irgendwie ... sexy. Nicht, dass Derrick ein Mörder war, sondern dass der süße, harmlose, große, dunkle Buchhalter ein bisschen wie ein böser Bube *aussah* und ein bisschen weniger wie ... ein Buchhalter. Er sah aus wie ein Kerl, dem ein Mord vorgeworfen wurde, und das machte ihn irgendwie härter, zäher, stärker, männlicher. Natürlich nur, solange er kein echter Mörder war. Das wäre wie eine Torte ohne die verdammten Kalorien.

Aber zuerst musste sie sichergehen, dass er kein Mörder war. Sie wollte Mama Jones keine Hoffnungen machen, wenn der Kandidat später auf dem elektrischen Stuhl landete. Nach all dem Spott, den sie für den letzten Versager geerntet hatte, den sie ihrer Mutter vorgestellt hatte, stand der Sonntagsbraten im Kreis der Familie erst an, wenn die Weste ihres knallharten Buchhalters erwiesenermaßen weiß war. Außerdem musste sie ihren Namen raushalten. Niemand sonst sah ihn heute Morgen komisch an oder klebte an der Zeitung. Falls Derrick erfuhr, dass sie es war, die wegen des Phantombilds die Polizei gerufen hatte – tja, dann wäre er sicherlich nicht mehr besonders scharf auf ein näheres Kennenlernen. Es gäbe ein paar handfeste Vertrauensprobleme, die sie überwinden müssten.

Gemma faltete den Lokalteil zusammen, steckte ihn sich unter den Arm und nahm ihr Handy vom Tisch. Sie lächelte Derrick zu, als sie das Großraumbüro verließ. Er telefonierte immer noch, lächelte aber zurück. Sie spürte seinen Blick, als sie den Flur hinunterging und das Gebäude verließ.

Ziemlich spannend, das Ganze, dachte sie aufgeregt, als sie sich eine Zigarette anzündete. Ein Krimi am Arbeitsplatz, und der Tag verging wie im Flug. Sie setzte sich in ihren Wagen und wählte die Nummer, die in der Zeitung stand.

«Palm Beach Morddezernat. Detective Evans am Apparat. Wie kann ich Ihnen helfen?»

«Ja. Also, Detective Nill bitte. Vom Morddezernat.» Oh, das machte Spaß.

«Einen Moment, bitte.»

Es wurde still in der Leitung. Nicht mal Fahrstuhlmusik. Richtig so – sie telefonierte mit dem Morddezernat, das war eine ernste Sache. Es wäre irgendwie unpassend, bei irgendeinem Popsong mitzusummen. Gemma klappte den Kosmetikspiegel herunter und überprüfte ihr Lächeln und ihren Atem.

«Morddezernat. Detective Maldonado.»

«Detective Nill, bitte.»

«Kann ich fragen, worum es geht?»

«Das Phantombild im *Sun Sentinel* heute Morgen», antwortete Gemma, die Stimme zu einem Flüstern gesenkt, obwohl niemand in der Nähe war. Sie versuchte, sich die Aufregung nicht anmerken zu lassen.

«Dafür bin ich auch zuständig. Haben Sie einen Hinweis?»

«Also, ich habe einen Kollegen, der der Zeichnung ziemlich ähnlich sieht. Von diesem Typ, der die Stripperin ermordet hat.» Sie klappte den Spiegel wieder hoch, und ihr Herz machte einen Aussetzer.

Vor ihrem Wagen stand Derrick Poole.

Und er sah gar nicht erfreut aus.

29

Leonard Dinks. Derrick Poole. Fred Hutchings. Der Typ aus dem Fitnessstudio. Der Typ in dem Mustang, der heute Morgen neben mir an der Ampel stand. Mein Exmann, in einem bestimmten Winkel im Badezimmerlicht.

Detective Bryan Nill überflog die länger werdende Liste der Hinweise im Fall Angelina Santri, die Tatiana ihm auf den Tisch gelegt hatte. Es standen bereits 82 «Personen» darauf – von denen manche keinen Namen hatten, sondern nur eine vage Beschreibung wie «der Typ in dem Mustang an der Ampel». Der hatte wenigstens ein Kennzeichen. Cuddys Phantombild und der Artikel über den Mord waren vor drei Tagen in allen Lokalzeitungen von Orlando bis Miami erschienen, und seitdem liefen die Drähte heiß.

Bryan seufzte und tunkte seinen Donut in den Kaffee. Selbst wenn Cuddy der beste Zeichner der Wache war, riskierte man völlig abgedrehte Meldungen, sobald man ein Phantombild oder das verschwommene Standbild eines Überwachungsvideos rausschickte. In einem potenziell öffentlichkeitswirksamen Mordfall wie diesem mussten sie jedem Hinweis nachgehen – selbst dem verrücktesten –, für den Fall, dass der Mörder ausgerechnet doch der Typ in dem Mustang war und sich gerade sein nächstes Opfer suchte. Einem Hinweis nachgehen hieß allerdings: Führerscheinfoto kommen lassen, Polizeiakte anfordern, Leute vernehmen, lauter zeitraubender Mist – selbst wenn es in 99,9 Prozent der Fälle darauf hinauslief, dass man eine Menge Stunden und Einsatzkräfte verschwendete, um den Kerl im Mustang aufzuspüren, von dem jemand beim Grab seiner Mutter schwor, er sähe «genauso» aus wie der Bösewicht auf dem Phantombild, nur um festzustellen, dass er ihm kein bisschen ähnlich sah.

Bei vier toten Frauen hatte er weder Zeit noch Einsatzkräfte zu verlieren. Aber da seine einzige Spur ein Phantombild nach der Beschreibung einer Vierjährigen und ihrer verstockten Mutter war, konnte er es sich nicht leisten, auch nur einen Hinweis zu überspringen. Und obwohl er es im Urin hatte, dass der Fall öffentlichkeitswirksam war, waren sein Sergeant und die Entscheidungsträger des PBSO – des Palm Beach Sheriff's Office – bis jetzt leider anderer Meinung. Und so gab es immer noch keine Taskforce, keinen Einsatzraum voller Sonderermittler, die mit Pinnwänden, Zeitstrahlen, Landkarten und Tatortfotos an der Wand systematisch jedem einzelnen Hinweis nachgingen. Bis jetzt waren es er und Tatiana Maldonado und sonst keiner. Und er hatte Glück, dass sie da war – sie war erst vor zwei Wochen von Special Investigations ins Morddezernat versetzt worden. Statt sie herumsitzen und warten zu lassen, bis ein neuer Fall auf ihrem Tisch landete, hatte der Sergeant nach dem Auftauchen von Angelina Santris Leiche zugestimmt, sie an Nill auszuleihen, damit sie ihm bei der Fleißarbeit half und auf diese Weise auch gleich in die Truppe eingeführt wurde. Glücklicherweise hatte Maldonado bei der Special Investigations Division zwei Jahre in der Abteilung Gewaltverbrechen gegen Kinder gearbeitet und zwei bei Wirtschafts- und Finanzkriminalität, sie hatte also Erfahrung als Ermittlerin. Unglücklicherweise hatte sie noch keine Erfahrungen mit Mord – nur ein paar Fortbildungen in Forensik und dem juristischen Prozedere. Doch Polizist war Polizist, und die beiden kamen gut miteinander aus. Morgens brachte sie ihm einen Kaffee und einen Donut mit, was er sehr nett von ihr fand. Und es schadete nicht, dass sie achtundzwanzig und nicht unansehnlich war, auch wenn sie diese Tatsache mit ihrem burschikosen Pferdeschwanz und kaum Make-up kaschierte. Blazer, Hemd und Hose versteckten ihre hübsche Figur. Ihr Spitzname war «Totts», was Nill zu nahe an «Tits» war – besonders in einer reinen Männertruppe, in der die meisten noch älter waren als er. Ihm gefiel Maldonado, auch wenn es ein bisschen lang war. Maldy klang zu sehr nach «moldy», schimmelig. Fürs Erste blieb er also bei Maldonado, Tatiana oder einfach «hey». Er trank einen Schluck Kaffee und überflog die Akte, die Tatiana für ihn vorbereitet hatte. Leonard Dinks, Alter 47, aus Deerfield Beach. Neben die ausgedruckten Informationen hatte sie in ihrer ordentlichen Mädchenschrift Notizen gemacht:

> Dinks, Leonard Christopher, geb. 22.4.67. LKW-Fahrer für die Fa. CF Freight. Weiß, männlich, 1,65 m. Keine Vorstrafen. Verheiratet mit Susan Dinks. Sie sagt, er sei am Abend des 18.10. nicht nach Hause gekommen, sondern erst fast eine Woche später. Er sei «ausweichend» gewesen, als sie ihn fragte, wo er war; hätte seine Ladung bis 20.10. abladen und wieder zurück sein müssen, kam aber erst am 23.10. Sie sagt, als er wieder da war, habe er zuallererst seine Kleider in die Waschmaschine gesteckt, und danach habe die Waschküche gestunken, als «wäre etwas darin gestorben».

Bryan sah sich das Führerscheinfoto an. Lenny war zu alt und zu kahl, um als Verdächtiger in Frage zu kommen, aber Haare konnten wachsen, es gab Perücken, und jeder wusste, dass die Automaten bei der Straßenverkehrsbehörde die unvorteilhaftesten Fotos machten. Vielleicht sah der Mann in Wirklichkeit jünger aus. Und auch wenn sich rausstellte, dass er nicht der Zuckerrohrkiller war, verdiente der seltsame Bericht seiner Frau einen näheren Blick. Er legte Lenny auf den Stapel mit den B-Verdächtigen, um die sich Maldonado kümmern sollte. Sie konnte die fehlenden Informationen besorgen, die Lücken füllen, bei Mr. und Mrs. Dinks vorbeifahren, einen Bericht schreiben, und er würde ihn durchwinken. Falls ihr etwas Interessantes auffiel, würde er noch mal nachhaken.

Bryan hatte weder eine Taskforce noch eine Pinnwand, sondern nur einen großen Pappkarton, in dem die Ermittlungsakten zu den Mordfällen an drei Frauen lagen: Silvia Kruger, Emily Foss und «Jane Doe», wie sie alle namenlosen Frauenleichen nannten. Silvia Kruger, 24, und Emily Foss, 20, beide vorbestrafte Prostituierte, waren 2013 im westlichen Teil von Palm Beach County tot in den Zuckerrohrfeldern gefunden worden. Auch Kruger hatte getanzt, in irgendeiner Absteige in Miami und eine Zeitlang bei Mr. T in einer Seitenstraße der Gun Club Road in West Palm. «Jane Doe» war ein ungelöster Mord aus dem Jahr 2012, über den Bryan gestolpert war, auch wenn er eigentlich in die Zuständigkeit von Glades County gehörte, Palm Beach Countys «Nachbar» auf der anderen Seite des Okeechobeesees. In einem abgebrannten Zuckerrohrfeld südöstlich von Moore Haven war der verkohlte Torso einer nicht identifizierten Frau gefunden worden. Er warf einen Blick auf die braune Fächermappe, die er für Angelina Santri angelegt hatte. Sie enthielt grausige Fotos vom Fundort und der Leiche, den Bericht der Gerichtsmedizin, Cuddys Zeichnung und alle vorläufigen Berichte und Zeugenformulare mit den Aussagen von Freunden, Familienmitgliedern, Kolleginnen sowie Maggie und Faith Saunders. Mit Angelina Santri hatten sie vier Opfer.

Oder auch nicht.

Bryan war sich nicht hundertprozentig sicher, dass ein und derselbe Mann alle Frauen umgebracht hatte, aber der Eindruck drängte sich auf – ihm zumindest. Er wusste nicht genau, ab wann man eine Häufung von brutalen Morden offiziell zum Werk eines Serienmörders ernennen durfte. Bis jetzt hielten sich seine Vorgesetzten im PBSO mit Bezeichnungen, die in diese Richtung gingen, zurück. Bryan hatte das Gefühl – hoffte –, dass der Mord an Santri seinen Sergeant und den Lieutenant und den Rest der Würdenträger endlich zwingen würde zu sehen, was er sah: Die Tatsache, dass in den letzten zwanzig Monaten vier tote, verstümmelte Frauen in den Zuckerrohrfeldern gefunden worden waren, konnte kein Zufall sein. Bryan war 23 Jahre bei der Polizei, 17 davon als Detective und neun Jahre im Morddezernat, doch mit einem Serienmörder hatte er es noch nie zu tun gehabt. Er hatte zahlreiche Morde aufgeklärt, begangen von Gangmitgliedern und Ehemännern, hatte ein paar Serieneinbrecher überführt, und als er bei den Sexualdelikten war, hatte er zwei Serienvergewaltiger gefasst. Aber noch nie einen Serienmörder. Und das traf nicht nur auf ihn zu – niemand beim PBSO hatte damit Erfahrung. Als Mark Felding, der Serienmörder, den sie Picasso nannten, 2009 draußen in Belle Glade mehrere ausgerissene Teenager gefangen gehalten und ermordet hatte, hatte das Florida Department of Law Enforcement eine Taskforce aus Miami darauf angesetzt, und das PBSO hatte nur Unterstützung geleistet, als Feldings Leiche aufgetaucht war.

Im Gegensatz zu dem, was in unzähligen Thrillern und Fernsehserien wie *Criminal Minds* vermittelt wurde, waren Serienmörder extrem selten, auch wenn Miami in den letzten Jahren gewiss seinen Anteil gehabt hatte: Cupido, Cunanan, Picasso, Morpheus, der Tamiami-Strangler. Aber Miami war ein Sündenpfuhl, der Verrückte regelrecht anzog. Andrew Cunanan war mit dem Auto von Michigan nach Miami gefahren und hatte unterwegs vier Menschen umgebracht, bevor er Versace auf der Treppe zu seiner Villa in South Beach erschoss. Palm Beach County lag jedoch gut achtzig Kilometer nördlich des Sündenpfuhls. Palm Beach gehörte zur Treasure Coast und war bekannt für diskreten Reichtum und altes Geld. Wenn man Palm Beach hörte, dachte man an das Anwesen der Kennedys, Worth Avenue und Mar-a-Lago. Polo-Ponys und High Society. Das Durchschnittsalter in Palm Beach County lag bei 41,7, auch wenn man in manchen Orten – vor allem im Winter – eher auf siebzig tippen würde. Das mittlere Jahreseinkommen betrug 52 806 Dollar und war das höchste aller Countys in Florida. In der schicken Stadt Palm Beach waren es 174 889 Dollar. Und das war nur das Einkommen, nicht das Vermögen. Es gab auch rauere Gegenden in Palm Beach – Riviera Beach, Royal Palm, Belle Glades und ein paar Ecken in Lake Worth –, aber im Großen und Ganzen war die Zahl der Gewaltverbrechen überschaubar, und Morde kamen relativ selten vor.

Nicht, dass Bryan Däumchen drehte: Riviera Beach hatte ein Gang-Problem, und häusliche Gewalt kam in allen Gesellschaftsschichten vor. Wenn mitten in der Nacht sein Telefon klingelte, war wahrscheinlich irgendein Drogen-Deal schiefgegangen. Die Rezession führte außerdem dazu, dass verzweifelte Menschen verzweifelte Maßnahmen ergriffen, und Überfälle und Einbrüche hatten nicht immer ein Happy End. Auf seinem Tisch lagen siebzehn Morde in verschiedenen Ermittlungs- und Verhandlungsstadien, und sie nahmen jede Minute seiner Vierzig-Stunden-Woche ein – und noch einige mehr. Meistens legte er pro Woche zehn oder zwanzig unbezahlte Überstunden drauf, weil er zum Kontrollfreak neigte und lose Enden nicht ausstehen konnte. Bryan trank einen großen Schluck Kaffee. Außerdem hatte er sowieso keinen Grund mehr, um fünf Feierabend zu machen.

Siebzehn Morde auf dem Schreibtisch, und nur drei davon ungelöst: Kruger, Foss und jetzt Santri; Jane Doe gehörte immer noch zu Glade County. Silvia Krugers nackte Leiche war im März 2013 in einem Zuckerrohrfeld bei Lake Harbor gefunden worden, einer kleinen Gemeinde östlich von Clewiston, der Zuckerhauptstadt der USA. Sie hatte eine Kugel im Herzen. Identifiziert wurde sie anhand ihrer Fingerabdrücke – den Kopf hatte man erst drei Wochen später in einem nahegelegenen Abflussgraben gefunden. Kruger war sexuell misshandelt worden, sowohl vaginal als auch anal, hatte Fesselspuren an Händen, Füßen und Torso. Emily Foss' zum Teil verkohlte Leiche wurde vier Monate später, im Juli 2013, von Saisonarbeitern nördlich von Canal Point in einem niedergebrannten Feld an der Hole in the Wall Road entdeckt. Sie hatte zahlreiche Stichverletzungen, und ihre Hände fehlten, die ein paar Wochen später in einem benachbarten Feld auftauchten. Auch sie war vergewaltigt worden, so brutal, dass sowohl Gebärmutterwand als auch Darm perforiert waren. Nachdem Foss' Leiche gefunden wurde, hatte Bryan eine Suche auf ViCAP durchgeführt – dem Violent Criminal Apprehension Program, einer Datenbank des FBI für Gewaltverbrechen – und war dabei auf Jane Doe gestoßen, die nicht identifizierte weibliche Leiche, die im

September 2012 in einem abgebrannten Feld an der State Road 720 südlich von Moore Haven in Glade County gefunden worden war. Jane Does Torso war so schwer verbrannt, dass es unmöglich war, die Todesursache festzustellen, oder ob sie vergewaltigt worden war. Auch der Todeszeitpunkt, oder wie lange sie schon in dem Feld lag, ließ sich gerichtsmedizinisch nicht ermitteln. Der Rest ihrer Leiche, unter anderem der Kopf, war nie aufgetaucht.

Und jetzt war da Angelina Santri. Ihre teilweise unbekleidete, verwesende Leiche war in einem Zuckerrohrfeld in Pelican Village südöstlich von Pahokee gefunden worden. Sie war mit ihrem eigenen BH erwürgt worden, und man hatte ihr das T-Shirt über das Gesicht gezogen, sodass man zuerst nicht sah, was der Mörder mit ihrem Gesicht gemacht hatte. Man hatte sie mit einem Gegenstand brutal geschlagen, den der Gerichtsmediziner für ein Gartenwerkzeug hielt, wahrscheinlich einen Grubber. Unter der Leiche hatte man ihren Führerschein gefunden, durch den sie identifiziert wurde. Santri war vor ihrem Tod über einen längeren Zeitraum gefoltert worden – sie hatte Verbrennungen am Gesäß, wahrscheinlich von Zigaretten, und Glasscherben in den Fußsohlen, in verschiedenen Stadien der Heilung. Wahrscheinlich war sie nicht am Fundort ermordet worden; die Verwesung hatte eingesetzt, aber sie war noch nicht weit fortgeschritten. Eine Schulter war ausgekugelt, und sie hatte einen Haarriss im Oberschenkelknochen. Am linken Fuß war die Achillessehne durchtrennt. Auch sie war vergewaltigt worden.

Vier tote Frauen – auf verschiedene Arten mit verschiedenen Tatwerkzeugen ermordet und an verschiedenen Orten aufgefunden, Kilometer, ja, Countys voneinander entfernt. Das war eine Sichtweise, und deshalb hatte Bryan bis jetzt weder Taskforce noch Pinnwand. Oder vier tote Frauen, alle Prostituierte oder Stripteasetänzerinnen, alle vergewaltigt, mindestens zwei von ihnen gefoltert, die Leichen in entlegenen Zuckerrohrfeldern entsorgt, die entweder abgebrannt worden oder kurz davor waren, abgebrannt zu werden. Das war Bryans Sichtweise.

Leider hatten sie bislang noch keine Verbindungen zwischen den Opfern gefunden. Foss und Kruger arbeiteten nicht auf demselben Strich, nicht einmal in derselben Stadt. Da Bryan nicht wusste, wer Jane Doe war, wusste er nicht, ob auch sie Prostituierte gewesen war; und Angelina Santri war nicht aktenkundig, wenn auch bekannt war, dass die Tänzerinnen aus dem Animal Instincts für hundert Dollar extra mehr taten als nur tanzen. Die Frauen kamen aus verschiedenen Städten, und es gab keinen Hinweis darauf, dass sie einander kannten.

Doch der wahre, unausgesprochene Grund, warum keine Parade an Detectives und Special Agents vom PBSO und FDLE aufmarschierte, um den skrupellosen Mörder mit dem Spitznamen «Zuckerrohrkiller» zu jagen, war der, dass die Opfer «nur» Prostituierte und Stripperinnen waren. Hätte Bryan vier zerstückelte Studentinnen der University of Florida auf dem Tisch oder vier tote Hausfrauen aus Boca Raton, gäbe es die Taskforce längst. Prostituierte aber waren die perfekten Opfer, und daher hatten Serienmörder eine Vorliebe für sie. Gary Ridgway hatte zwanzig von ihnen ermordet und ihre Leichen in und am Green River in Washington State entsorgt, bevor man eine Taskforce organisierte. Wie Einwegrasierklingen gab es Prostituierte billig und im Dutzend. Sie hatten einen von Natur aus gefährlichen Beruf und manchmal von Natur aus gefährliche Kunden. Viele der Frauen waren drogensüchtig. Niemandem fiel es auf, wenn eine aus dem Pack verschwand, weil es niemanden kümmerte.

Während die drei Morde sich einerseits in Stil, Methode und Ausführung unterschieden – am auffälligsten waren die verschiedenen Mordwerkzeuge, was untypisch für einen Serienmörder war –, gab es eine Konstante: das Fehlen jeglicher Spuren. Keine Fingerabdrücke, keine DNA, keine Haare, keine Fasern, keine Körperflüssigkeiten, kein Sperma. Und keine Zeugen.

Bis jetzt.

Der jüngste Durchbruch mit Hilfe von Mommy Saunders und ihrem Kind war ein unglaublicher Glücksfall. Plötzlich hatten sie eine Beschreibung und ein Phantombild der Person, mit der Santri zuletzt lebend gesehen wurde. Auch wenn die Mutter irgendetwas zurückhielt und das Kind erst vier war. Als Zeugen waren sie nicht perfekt, aber Bryan hatte noch nie einen perfekten Zeugen gesehen. Falls er das Phantombild in einen lebendigen, atmenden Verdächtigen verwandeln konnte, wäre das ... ein sehr guter Anfang.

Bryan wischte sich die Krümel von der Krawatte, nahm die hauchdünne Akte des nächsten Kandidaten von Maldonados Stapel und schlug sie auf.

Dann lehnte er sich in seinem quietschenden Stuhl zurück und strich sich nachdenklich über das Kinn.

Das Foto auf Derrick Allan Pooles in Florida ausgestelltem Führerschein sah Cuddys Porträt verdammt ähnlich.

30

Bryan ging Maldonados Aufzeichnungen durch:

Tipp einer Kollegin. Findet, Poole sieht aus wie das Phantombild. Arbeitet als Buchhalter?? bei einer Schuldnerberatung namens Debt Destroyers in Lake Worth, eine «Umschuldungs»-Firma. Tippgeberin heißt Gemma Jones, Alter 26, geb. 4.6.88 – will ANONYM bleiben. POOLE, DERRICK: männlicher Weißer, Alter 28–30, Größe? «Groß, mindestens 1,80, eher darüber». Dunkles Haar. Hatte «eine Art Dreitagebart», den er kürzlich abrasiert hat – noch ein Grund für ihren Anruf. Sie wirkt okay, ein bisschen zu froh, Zeugin zu sein; findet Morddezernat anscheinend aufregend, aber Tipp kam telefonisch, wer weiß?

Maldonado hatte die Analystin bereits gebeten, alle Informationen aus dem Verkehrszentralregister herunterzuladen und Derrick Pooles Führerscheinfoto auszudrucken, beides befand sich in der Akte. Außerdem war ein detaillierter CLEAR-Report da, der alle Grundbuch- und Besitzeinträge, Versorgungsdienstverträge, Telefonnummern, Gläubiger, Künstlernamen, alte und gegenwärtige Adressen, Übertragungsurkunden, Haftbefehle und Strafzettel, mögliche Verhaftungen und laufende Verhandlungen zusammentrug, die auf seinen Namen liefen. Glücklicherweise war Derrick Poole kein so gängiger Name wie etwa Bob Smith, sonst hätte der Report womöglich Dutzende von Einträgen. Doch hier gab es nur einen: Er war 29, wohnhaft in West Boca Raton.

Bryan legte das Führerscheinfoto, auf dem Poole eine dicke schwarze Hornbrille trug und glatt rasiert war, neben das Phantombild. Abgesehen von Haar und Brille war die Ähnlichkeit verblüffend. Mit 1,82 Metern passte die Statur, und auch die Haarfarbe stimmte. Er hatte knochige, auffällige Züge – «markant» war wahrscheinlich ein gutes Wort –, genau wie ihn Faith Saunders beschrieben und Cuddy gezeichnet hatte. Die Haarlänge ließ sich auf dem Foto nicht erkennen, da er sie zurückgekämmt trug, aber Haare wuchsen und konnten jederzeit abgeschnitten werden, also spielte es keine große Rolle. Er war ein gutaussehender Typ, was Bryan irritierte. Nicht weil er noch nie einen gutaussehenden Typen verhaftet hatte oder weil attraktive Menschen keine Mörder waren, aber Poole wirkte zu sauber und gepflegt – fast langweilig. Keine Gang-Verbindungen, keine Bürgerwehr-Sympathien. Ein eingetragener Republikaner. Er warf noch mal einen Blick in Maldonados Notizen. Der Typ war ... Buchhalter?

Sorgfältig ging er den CLEAR-Report durch. Poole hatte in ganz Florida gelebt. In Deltona hatte er 2001 mit sechzehn den Führerschein gemacht. Drei Monate später änderte sich die Adresse, als er nach Haines City zog. 2003 Umzug nach Tallahassee, wahrscheinlich zum Studium an der Florida State University. Ein Ausflug nach Atlanta von 2008 bis 2010. Rückkehr nach Florida im November 2010. Wellington bis Januar 2012, und dann die derzeitige Adresse in Boca Raton. Er besaß kein Wohneigentum. Es lief kein Verfahren gegen ihn. Er hatte ein paar Strafzettel, einen davon aus Martin County, den er nicht bezahlt hatte, woraufhin man ihm den Führerschein sperrte, bis er den Betrag beglich. Nichts Besonderes – bis auf das Alias «Derrick Freeley» und ein Kreuzchen auf dem Datenblatt neben «Vorstrafen». Bryan warf einen Blick in das Vorstrafenregister der zentralen Datenbanken FCIC/NCIC, dem Florida und National Crime Information Center.

Poole hatte eine Jugendstrafe in Haines City verbüßt, die Akte war versiegelt.

Zum Glück – für die Polizei – hieß versiegelt nicht gelöscht. Gelöscht hieß «nur schwer zu bekommen», versiegelt hieß «nicht allzu schwer zu bekommen». Haines City war eine kleine Stadt mit einem ziemlich kollegialen Polizeirevier. Bryan machte einen Anruf, sprach mit dem Lieutenant, und in weniger als einer Stunde faxte ihm der diensthabende Officer eine Kopie von Pooles Festnahmeprotokoll.

Bryan las es noch am Faxgerät. Dann rief er Maldonado an. Sie war nach dem zweiten Klingeln am Apparat.

«Was gibt's?»

«Ich brauche Sie hier. Ich bin auf etwas Interessantes gestoßen.»

«Ich esse gerade zu Mittag.»

«Mittag? Wie viel Uhr ist es?» Blinzelnd sah Bryan auf die Uhr und versuchte, die Zeit abzulesen. In ein paar Monaten wurde er fünfzig, und das war scheiße. Als Nächstes würde ihn sein Gehör im Stich lassen. Hoffentlich nicht auch die Haare – sein Vater hatte immer noch volles Haar. Es war zwar schlohweiß, aber es war dicht. «Sind Sie im Kindergarten? Niemand isst um halb elf zu Mittag.»

«Ich schon. Ich habe Hunger. Machen Sie bloß keine Witze.»

«Was ist los, sind Sie schwanger?», zog er sie auf.

«Sie dürfen mir solche Fragen nicht stellen», schoss sie mit einem starken spanischen Akzent zurück, der neu war.

«Schon gut. War nur ein Witz. Wo kommt plötzlich die Sofia Vergara her, Maldonado? Haben Sie gestern zu viel *Modern Family* gesehen?»

«Sie ist Kolumbianerin. Ich klinge kein bisschen wie sie. Ich bin Kubanerin. Mein Vater ist mit einem Floß und einem Gebet rübergekommen, okay? Sie bringen Ihre Latinos durcheinander.»

Bryan hielt den Hörer weg und zog eine Grimasse. «Na gut. Jetzt verstehe ich, warum Sie was essen müssen, Maldonado. Sie haben schlechte Laune, und ich will nicht am Ende von Ihnen verklagt werden, weil Sie sich über einen blöden Witz geärgert haben. Kommen Sie einfach, wenn Sie fertig sind, damit wir zusammen den Typen durchgehen können, den Sie mir auf den Schreibtisch gelegt haben.»

«Ich habe Ihnen gesagt, Sie können mich Totts nennen, oder Tatiana.» Sie klang immer noch gereizt. Er hörte sie im Hintergrund kauen.

«Okay», antwortete er.

«Wir sind keine Fernseh-Cops», sagte sie mürrisch.

Er verdrehte die Augen. «Sie haben vielleicht eine Laune.»

«War ein harter Tag.»

«Wollen Sie darüber sprechen?», fragte er linkisch. Er kannte die Frau erst seit zwei Wochen und war nicht scharf darauf, dass sie ihm das Herz ausschüttete, aber irgendwie hatte er das Gefühl, sie wollte reden.

«Nein!», antwortete sie bissig. Jetzt klang sie überrascht und gereizt.

Offensichtlich war er kein Frauenflüsterer. «Na gut, also, was ich hier rausgefunden habe, rettet Ihnen vielleicht den Tag. Oder lenkt Sie zumindest von anderen Sorgen ab», sagte er versöhnlich. «Wo sind Sie überhaupt?»

«Machu Picchu.»

«Oh ...»

«Was ist?», fragte sie trotzig, während sie kaute.

«Da hab ich mir mal eine Lebensmittelvergiftung geholt», antwortete er mit einem boshaften Lächeln. «Guten Appetit noch, Maldonado.»

Dann steckte er sich den Rest seines Donuts in den Mund und legte auf.

31

«Poole», sagte Tatiana und wedelte mit einem Pommes frites herum, als sie vor seinem Schreibtisch stand. «Ich wusste, dass Sie ihn meinen. Er guckt so intensiv.»

«Das sagen Sie nur, weil ich Ihnen den Haftbefehl gezeigt habe. Ich fand, er sah langweilig aus», gab Bryan zurück.

«Heute Morgen hätte ich gesagt, er sieht aus wie eine Schlaftablette, aber seit ich weiß, dass er seine eigene Großmutter die Treppe runtergeschubst hat, finde ich ihn irgendwie abgründig. Ein kleiner Charlie Manson der frühen Tage.»

«Nachdem er versucht hat, sie zu vergewaltigen.»

Tatiana verzog das Gesicht, als sie sich den Rest der Vorwürfe auf dem Haftbefehl durchlas: «Versuchter Mord, schwere Körperverletzung, versuchte Vergewaltigung, Tierquälerei. Wie alt war er da?»

«Sechzehn. Die Geschichte, die ich hier lese, lautet: Erst hat er bei seiner Mom in Deltona gelebt. Dad hat die Familie sitzenlassen, als Poole vier war. Wahrscheinlich sieht der Psychologe darin den Auslöser, falls er unser Mann ist. Merken Sie sich meine Worte, Maldonado. ‹Daddy war weg, und alles ging den Bach runter. Ich hatte keine Vaterfigur.› Dann zieht er im Januar der elften Klasse zu seiner Großmutter nach Haines City. Was sagt uns das? Mir sagt es, dass Mom es nicht mehr mit ihm ausgehalten hat.»

«Oder es ist ihr etwas passiert», überlegte Tatiana. «Vielleicht ist Mom durchgedreht, hatte Drogenprobleme, wurde krank, ist gestorben oder hat wieder geheiratet.»

«Nein. Lesen Sie weiter. Da steht nichts von Knast, Entzugsklinik oder Irrenhaus. Da steht: ‹Umzug zur Großmutter auf Wunsch der Mutter.› Das heißt, er war ein Problem für sie. Sie waren doch bei den Gewaltverbrechen gegen Kinder, Sie wissen, dass Kinder ständig an die Großeltern verpfändet werden, weil die Eltern nicht mit ihnen zurechtkommen. Er ist drei Monate da, geht zur Schule, verschreckt wahrscheinlich die Cheerleader mit seinen Charlie-Manson-Glotzern. Er kriegt keine ab, ist frustriert und wirft ein Auge auf Grandma.»

Tatiana sah von dem Bericht auf und zog die Braue hoch. «Davon steht hier nichts drin», sagte sie. «Das ist reine Spekulation.»

«Dann hat er vor ihren Augen Grannys Pudel im Pool ertränkt. Der Pudel hieß Princess. Tierquälerei. Das steht im Bericht.»

«Vergewaltigung ist ein Verbrechen aus Zorn, nicht aus Leidenschaft.»

«Stimmt. Aber ich mache das schon eine ganze Weile, und ich würde meinen Arsch darauf verwetten, dass unser Junge an der neuen Highschool nicht ankam, immer mehr Frust und Wut anstaute, vor allem auf die Mädchen, und schlechte Noten schrieb. Er fand keine Freunde und ließ den geballten Zorn an Grandma aus, die wahrscheinlich wie seine Mutter aussieht, die er insgeheim hasst. Mom hat er nicht gekriegt, also hat er im Eifer des Gefechts seine Gefühle auf Grandma übertragen.»

Tatiana legte den Bericht zurück. «Das sind ganz schön viele Informationen, die Sie aus einem Haftbefehl und ein paar Unterlagen rausziehen. Ich weiß nicht, ob ich das unterschreiben würde. Was, glauben Sie, ist dann passiert? Offensichtlich ist er draußen und in der Gesellschaft integriert. Er ist staatlich geprüfter Buchhalter, hat also irgendwann Nachhilfe bekommen, wenn er so schlecht in der Schule war, wie Sie meinen.»

Bryan zuckte die Schultern. «Laut Schlussbericht wurde der Vergewaltigungsvorwurf fallen gelassen. Grandma weigerte sich auszusagen; sie dachte, er hätte ein Drogenproblem, und wollte, dass er Hilfe bekam. Also kam er wegen schwerer Körperverletzung vor Gericht, einem Tatbestand, den die Staatsanwaltschaft ohne Kooperation der Großmutter verfolgen konnte. Das mit der Tierquälerei wurde auch fallen gelassen. Er wurde zu einer Jugendstrafe in der Orange Youth Academy in Orlando verurteilt, einem Hochsicherheits-Jugendknast. Dort war er zwei Jahre. Heraus kam er als neuer Mensch mit Highschoolabschluss und einem neuen Namen: Derrick Alan Poole. Im gleichen Jahr wurde die Akte versiegelt, damit er noch einmal neu anfangen konnte.»

«Verhaftet wurde er als Derrick Alan Freeley. Wo hat er den Poole her?»

«Sehen Sie sich die Opferliste an.»

Sie griff wieder nach dem Haftbefehl und blätterte zu der Seite mit den Opfern und Zeugen. «O Mann! ‹Linda Sue Poole› – der Mistkerl hat den Nachnamen seiner Großmutter angenommen. Anscheinend hat er sich aufs Passiv-Aggressive verlegt, als er mit der Aggressivität nicht weiterkam.»

Bryan zuckte die Schultern. «Seinen Namen zu ändern, ist nicht verboten.»

«Ich bezweifle, dass Grandma ihn noch zum Thanksgiving-Essen einlädt.»

«Ich bezweifle, dass Grandma noch irgendwelche Dinner ausrichtet – sie lebt in einem Heim für frühmanifeste Alzheimer-Patienten. Zu seiner Verteidigung, Linda Sue war eine ziemlich junge Großmutter, als er sich an sie rangemacht hat.»

Tatiana verzog das Gesicht und griff nach dem nächsten fettigen Pommes. «Tut mir leid – das macht's nicht besser. Woher wissen Sie das alles?»

«Ich habe einen CLEAR-Report angefordert, eine Adresse gefunden und angerufen. Sie ist seit vier Jahren dort.»

«Dann können wir Ihre ‹Übertragungstheorie› nicht überprüfen. Grandma erinnert sich wahrscheinlich nicht mal an seinen Namen, geschweige denn daran, dass er sie vor zwölf Jahren vor dem Treppensturz angefummelt hat.»

«Wir haben immer noch die Mutter, Maldonado. Vielleicht redet sie mit uns. Ich habe auch was über sie: Sie wohnt in Phoenix. Ist 2003 in den Wilden Westen gezogen – einen Monat, bevor Derrick aus dem Knast kam. Interessant, oder?»

Tatiana nickte nachdenklich und sah sich den Haftbefehl an.

«Die Großmutter? Igitt. Ich habe schon einiges gehört, aber das noch nie.»

«Der Kerl gefällt mir immer besser, Maldonado.»

«Totts», sagte sie.

Er nickte.

«Der Großteil Ihrer Ausführungen steht hier nicht drin – den haben Sie sich ausgedacht», stellte sie fest.

«So was nennt man Profiling. Was zählt, ist, dass er wie das Phantombild aussieht und früher in Wellington gewohnt hat, einen Katzensprung von den Zuckerrohrfeldern in Belle Glades entfernt, in der Nähe von mehreren der Leichenfundorte. Er ist wegen versuchter Vergewaltigung aktenkundig, und er tötet Tiere, was ein klassisches Anzeichen für eine psychopathische Persönlichkeitsstörung ist.»

«Und jetzt?», fragte sie, während sie die Pommestüte zusammenknüllte und über den Schreibtisch in den Mülleimer warf.

«Wir gehen die anderen Namen auf der Liste durch, damit alles seine Ordnung hat. Ich besorge sämtliche Informationen, die es über Poole gibt: Schul- und Arbeitszeugnisse, und was sie im Jugendknast über ihn haben. Dann fahre ich raus zu diesem Animal Club und höre mich um, ob jemand den Knaben bei einer Gegenüberstellung identifizieren könnte. Wir beobachten ihn ein paar Tage und sehen, ob er uns irgendwo Interessantes hinführt. Serientäter kehren manchmal an den Tatort zurück», sagte er.

Tatiana runzelte die Stirn und sah den Pappkarton an, auf den er in großen Blockbuchstaben ZUCKERROHRKILLER geschrieben hatte. «Serienmörder, hm? Sie denken wirklich, Sie haben einen Serienmord auf dem Tisch?»

«Ja, das tue ich. Und bis Amandola Ihnen Ihre eigenen Fälle gibt, haben wir ihn zusammen auf dem Tisch.» Lieutenant George Amandola war Leiter des Morddezernats.

«Was sagt er zu der Idee, dass unser Täter ein Serienmörder ist?»

«Vielleicht überzeugt ihn die nächste Leiche.» Bryan richtete sich in seinem Stuhl auf und tippte mit dem Kuli auf den Karton. «Geht es Ihnen wieder besser?»

Sie starrte ihn ein paar Sekunden an. Er wusste nicht, ob sie ihn erwürgen oder umarmen wollte, und bereute die Frage sofort. «Sie klangen ein bisschen angespannt, das ist alles.» Entschuldigend hob er die Hände. «Tut mir leid, dass ich gefragt habe.»

«Ja, danke», antwortete sie schließlich. «Dank Ihres fürsorglichen Hinweises auf die Lebensmittelvergiftung hatte ich nur ungefähr zehn Tortilla-Chips und eine Portion Pommes zum Mittagessen und bin am Verhungern.»

«In drei Stunden wird mir Ihr Magen dankbar sein, verlassen Sie sich drauf. Ich lade Sie als Entschädigung zum Mittagessen ein.»

Sie zog die Braue hoch.

«Wenn Sie bessere Laune haben. Und bis dahin gibt es Chips und Schokoladenkekse im Automaten am Ende des Flurs.»

Sie gab ihm den Haftbefehl zurück. «Wollen Sie eine Gegenüberstellung mit dem Kind und der Mutter? Eine positive Identifizierung?»

«Ich will das Mädchen nicht durcheinanderbringen. Es ist noch so klein. Auf dem Führerscheinbild sieht der Mann völlig anders aus. Der Verteidiger kann sie als Zeugin jetzt schon leicht zerlegen; geben wir ihm mit einer verpfuschten Identifizierung nicht noch mehr Munition.»

«Was haben Sie dann vor?»

«Wir legen der Mutter Fotos vor. Wenn sie ihn identifiziert, tragen wir Beweismaterial gegen Poole zusammen. Danach können wir immer noch eine Gegenüberstellung mit der Kleinen machen, wenn wir es ihr zutrauen.»

«Glauben Sie, die Mutter wird ihn identifizieren? Sie verschweigt uns doch irgendwas.»

Bryan schob den Bericht in den Hefter, den er in Santris Fächermappe schob, dann legte er das Ganze in den Pappkarton. «Vielleicht hat sie ein schlechtes Gewissen wegen dem, was mit

Santri schließlich passiert ist», antwortete er nachdenklich. «Vielleicht hat sie auch persönliche Gründe, warum sie sich nicht gemeldet hat, bis ihr Kind was gesagt hat. Ich glaube schon, dass sie ihn identifiziert. Jetzt, wo sie weiß, was er mit seinem letzten Opfer gemacht hat. Ich glaube nicht, dass sie die Verantwortung dafür tragen will, was er mit dem nächsten Opfer anstellen mag.»

32

Obwohl Faith gewusst hatte, dass die Polizei das Phantombild in allen Zeitungen von Orlando bis Key West veröffentlichen wollte, erschrak sie, als es ihr auf der ersten Seite des Lokalteils im *Sun Sentinel* entgegenstarrte, direkt unter der Schlagzeile:

**POLIZEI BITTET UM MITHILFE
IM FALL DER ERMORDETEN TÄNZERIN
AUS PALM BEACH**

Und obwohl Jarrod vorausgesagt hatte, dass der Fall über den Lokalteil hinaus Wellen schlagen würde, war sie nicht darauf vorbereitet, das gleiche Phantombild in den Nachrichten zu sehen. Oder zu hören, wie der Reporter eine «zweiunddreißigjährige Frau aus Parkland und ihre vierjährige Tochter» als Zeugen der Entführung und Ermordung von Angelina Santri porträtierte. Auch wenn sie nicht namentlich genannt wurden und keine Anfahrtsskizze zu ihrem Haus neben dem Phantombild erschien, musste sie sofort an Jarrods düstere Warnung denken: *Er weiß, dass er Zeugen hat, und jetzt weiß er, dass sie geredet haben. Den Rest herauszufinden – Name, Adresse, Telefonnummer – wird nicht schwer sein ...*

Sie trank einen Schluck aus dem Flachmann, den sie mit Wodka gefüllt hatte, und starrte das Anmeldeformular für *Cup Cakes* auf dem Computerbildschirm an, an dem sie seit über einer Stunde arbeitete. Bis jetzt hatte sie drei Zeilen. Sie konnte sich nicht konzentrieren. Doch sie war nicht in der Bäckerei gewesen, seit Angelinas Leiche gefunden worden war; die Arbeit stapelte sich, und sie konnte nicht alles auf Vivian abwälzen. Obwohl sie nicht wusste, was los war, war Vivian sehr verständnisvoll gewesen und hatte Faith versichert, sie könne sich so viel

Zeit nehmen, wie sie brauchte, aber sie konnte – durfte – Vivians Toleranz nicht überstrapazieren. Sie hatten eine Firma, die sie am Laufen halten mussten. Eine expandierende Firma. Gestern hatte die Immobilienmaklerin angerufen, um Faith zu melden, dass sie in Fort Lauderdale in Strandnähe das perfekte Lokal für die erste Sweet-Sisters-Filiale gefunden hatte. Heute Nachmittag war der Besichtigungstermin.

Faith kam sich vor wie ein ungezogener Teenager, weil sie donnerstagmorgens um zehn heimlich im Büro Alkohol trank. Aber niemand konnte sich vorstellen, unter welchem Druck sie stand. Ihre Nägel waren abgekaut, unter der Dusche fielen ihr die Haare aus. Sie rauchte fast ein Päckchen am Tag, selbst wenn sie sich immer noch einredete, sie würde bald wieder aufhören. Um ihre geschundenen Nerven zu beruhigen, fand sie, war ein Schluck Schnaps immer noch besser, als sich eine Handvoll Xanax einzuwerfen, wie es viele Frauen taten, die neben ihr im Stau standen. Es war nur weniger akzeptiert.

Eine junge Frau war tot, und sie war schuld. Die Rechtfertigungen, die sie sich eingeredet hatte, bevor Angelina Santris Leiche gefunden worden war, funktionierten nicht mehr. Die schreckliche Erkenntnis fraß an ihrem gelähmten Gewissen und brachte sie immer näher an einen Zusammenbruch, wie Wellen, die einen Felsen abtrugen, indem sie immer wieder mit voller Kraft dagegenbrandeten. Ihr Leben lief Gefahr, Stück für Stück auseinanderzufallen. Und dann waren da all die Lügen. Und die kopflosen Lügen, mit denen sie die ersten Lügen vertuscht hatte. Schuldgefühle drangen in ihren Schlaf, verzerrten ihre Träume zu Albträumen – selbst wenn sie sich am Morgen nicht mehr erinnerte, wachte sie mit dem heiseren Hilferuf der Frau im Ohr auf. Ihr verschmiertes, verzweifeltes Gesicht schaffte es irgendwie in jeden ihrer Träume, und sei es nur als ein Gesicht in der Menge. Letzte Nacht hatte Faith die Hand nach dem Türgriff ausgestreckt, nur um sie im letzten Moment zu verriegeln und zuzusehen, wie die Frau schreiend von dem Redneck aus *Deliverance* in die Büsche gezogen wurde. Als sie aufwachte, hatte sie selbst geschrien und seine kratzigen Koteletten an der Wange gespürt, seinen Atem, der nach feuchter Erde stank, die Arme, die sie in die Dunkelheit zerrten.

In Wirklichkeit war es Jarrod gewesen, der versuchte, sie zu beruhigen, als sie strampelnd im Bett lag, nach unsichtbaren Dämonen schlagend. Er hatte versucht, sie zu trösten, ihr zu sagen, es sei nur ein Albtraum gewesen, nichts davon sei real. Er hatte wissen wollen, was sie geträumt hatte, doch sie hatte ihn weggeschoben und war ins Bad geflohen. Sie konnte es ihm nicht sagen.

Es war zu spät.

Der Plan war, Detective Nill alles zu erzählen, wenn sie am Tatort waren: von dem zweiten Mann im Gebüsch, der Tatsache, dass sie getrunken und Angst vor dem Gefängnis gehabt hatte – selbst den Unfall wollte sie beichten. Sie wollte alles sagen. Wollte ihm erklären, warum sie nicht gleich zur Polizei gegangen war, nicht gleich die Wahrheit gesagt hatte: erst aus Angst, verhaftet zu werden, dann aus Angst, ihren Mann und ihre Familie zu verlieren. Das war der Plan. Doch dann war Jarrod mitgekommen. Er saß mit ihr und den beiden Detectives im Wagen, als sie da draußen durch die Straßen fuhren, die bei Tag viel weniger bedrohlich wirkten als in jener Nacht. Die Zuckerrohrfelder, die sich damals unheilschwanger über die Straßen geneigt und Faith in dem klaustrophobischen Asphalt-Labyrinth eingeschlossen hatten, waren geerntet und zum Teil abgebrannt worden. Die Straßenschilder, die sie im strömenden Regen vergeblich gesucht hatte, standen plötzlich überall. Dann hatten sie den Ort gefunden – Pahokee. Es gab zwei Ampeln, und das Städtchen hatte eindeutig bessere Tage gesehen, aber mit Menschen auf der Straße und offenen Geschäften wirkte es ganz anders als die winzige, unheimliche Geisterstadt, an die sie sich erinnerte. Auch die bescheidenen Häuschen, die sie in den Nebenstraßen passierten, eins neben dem anderen, mit Autos in der Einfahrt und Schaukeln im Garten – sie hatte sie in der Nacht nicht gesehen. Sie war durch ein Wohnviertel gefahren. Ja, der Ort war klein, konzentriert auf ein paar Häuserblocks, aber es war kein totes, von Zombies bevölkertes Tschernobyl. Die Realität bei Tageslicht tat weh: Sie schämte sich nur noch mehr für ihre Tatenlosigkeit, zweifelte an ihrer eigenen Wahrnehmung. Und Jarrod saß die ganze Zeit neben ihr und den Detectives – hörte zu, machte sich Notizen, stellte Fragen, machte Fotos mit den Technikern der Spurensicherung. Es war fast so, als wäre er wieder in die Rolle des Strafverteidigers geschlüpft und sammelte Informationen für sein Plädoyer. Also verwarf Faith in letzter Minute ihren Plan: Sie schluckte das Geständnis herunter, das ihr die Last von den Schultern genommen hätte.

Im Flur hörte sie Vivians klappernde Absätze und das Klimpern ihres Schmucks. Hastig kippte sie einen Schluck Wodka in ihren Kaffee und ließ den Flachmann hinten in der Schreibtischschublade verschwinden. Vivian wäre es egal, aber da sie nicht wusste, was los war, würde sie vielleicht stutzig werden.

Die Tür ging auf. «Da bist du!», begann Viv mit einem breiten Lächeln. «Linda hat gesagt, dass du hier hinten bist. Wo warst du, Mädchen?»

Faith versuchte zurückzulächeln, aber die Tränen liefen ihr schon über die Wangen. Sie ließ den Kopf in die Hände sinken. Jarrod und sie hatten sich geeinigt, mit niemandem über den «Vorfall» zu sprechen. Sie hatten auch Maggie erklärt, dass sie den anderen Kindern, Cousinen oder Erzieherinnen nichts erzählen durfte. Bis sie wussten, wie der Fall vor Gericht verhandelt wurde, war es das Beste stillzuhalten. Doch das Gewicht war plötzlich zu schwer für sie.

«Faith! Schätzchen! O Gott! Was ist denn los? Ist es Maggie? Geht es ihr gut? Ist was mit Jarrod? Ist alles in Ordnung?» Vivian kniete sich vor sie und nahm sie in die Arme.

«Ich muss dir was sagen», begann Faith. «Es ist etwas Schlimmes, Vivian. Es ist ... o Gott, es ist so schrecklich ...»

«Ist es Krebs? Ist jemand krank?», fragte Vivian und hielt sie noch fester. «Mir kannst du es sagen, Faith!»

In diesem Moment klopfte es an die Tür. «Mrs. Saunders?»

«Nicht jetzt!», rief Vivian ungeduldig. «Egal wer es ist, nicht jetzt! Gehen Sie!»

«Tut mir leid, Mrs. Vardakalis», antwortete die junge Stimme verunsichert. «Es tut mir wirklich leid, aber da sind, also, da sind zwei Detectives, von der Polizei. Und sie wollen mit Mrs. Saunders sprechen.»

33

«Wir glauben, wir haben einen Verdächtigen», sagte Detective Nill, als seine Partnerin die Tür hinter ihnen schloss.

Faith starrte ihn an. Sie saß am Schreibtisch. Auf dem Bildschirm wartete das *Cupcake-Wars*-Formular immer noch darauf, ausgefüllt zu werden. Die Bestellungen unter der Kaffeetasse mussten fertiggestellt werden. Ihre Beine begannen zu zittern. Sie dachte an den Moment im Krankenhaus. Wieder ging ein Vorher zu Ende. Alles wurde anders. «So schnell?», fragte sie und trank einen großen Schluck Kaffee.

«Ich würde Ihnen gern ein paar Fotos zeigen», begann Detective Nill und zog sich einen Stuhl heran. Er warf Vivian einen Blick zu, die sich in die Ecke zurückgezogen hatte.

«Faith, was ist hier los? Soll ich Jarrod anrufen?», fragte Vivian besorgt.

Faith schüttelte langsam den Kopf.

«Vielleicht wollen Sie das lieber alleine machen?», fragte Detective Maldonado.

«Nein. Sie kann bleiben. Ich muss mir nur Fotos ansehen, oder?», fragte Faith mit einem matten Lächeln, den Blick fest auf den Hefter in Detective Nills Hand gerichtet, den er gleich aufschlagen würde.

Detective Nill zuckte die Schultern. «Wenn Ms. ...?»

«Vivian Vardakalis», antwortete Vivian.

«Das ist mal ein Name», sagte Detective Nill. «Wenn Ms. Vardakalis kein Wort sagt, solange Sie sich die Fotos ansehen.»

Vivian schüttelte den Kopf und zog sich weiter in ihre Ecke zurück.

Der Detective schlug den Hefter auf und legte ihn vor Faith auf den Schreibtisch. «Lassen Sie sich Zeit und schauen Sie sich die Fotos in Ruhe an. Sagen Sie uns, ob Sie den Mann erkennen, der in der Nacht mit Angelina Santri zusammen war.»

Und dann war von einer Sekunde zur nächsten alles anders.

Sechs Passbilder verschiedener Männer, vielleicht Polizei- oder Führerscheinfotos, waren nebeneinander aufgereiht. Alle waren schlank und weiß, zwischen 20 und 35, mit dunklem Haar. Sie erkannte ihn sofort. Ihr lief ein Schauer über den Rücken, und ihr Herz schlug schneller. Sie sah zu, wie ihr zitternder Zeigefinger auf das mittlere Bild in der oberen Reihe deutete. «Er. Das war der Mann.»

«Das ist der Mann – sind Sie sicher? Nummer drei?»

«Ja, das ist er. Er hatte längeres Haar und Bartstoppeln, wie ich es beschrieben hatte, aber das ist sein Gesicht. Er ist es.»

«Wer ist der Typ?», fragte Vivian ängstlich aus der Ecke des Büros.

«Werden Sie die Fotos auch Maggie zeigen?», fragte Faith. Sie verschränkte die Hände unter dem Tisch, um das Zittern zu stoppen.

«Maggie?», flüsterte Vivian verwirrt.

Detective Nill sah Vivian an, ehe er antwortete. «Wir werden möglicherweise in naher Zukunft eine Gegenüberstellung machen.»

«Aber das ist der Mann, oder?» Faiths Stimme kippte. «Ist er das? Ihr Verdächtiger? Oder ist es einer der anderen? Habe ich auf den Falschen gezeigt?»

«Haben Sie schon einmal den Namen Derrick Alan Poole gehört, Mrs. Saunders?»

«Derrick ... Poole? Nein», antwortete sie.

«Er lebt in West Boca. In einer Seitenstraße der Yamato Road in Boca Raton. Kennen Sie die Gegend?»

«Nein. Also, ja, ich weiß, wo das ist, aber ... West Boca ... das ist gleich um die Ecke ... das ist gleich hier ...», murmelte sie. West Boca war ein riesiges Wohngebiet westlich der Stadt Boca Raton. Keine zehn Kilometer nördlich von Parkland. Die Vorstellung, dass der Mann kaum zehn Kilometer entfernt lebte, war mehr als beunruhigend – es war ein Albtraum.

«Es ist nicht weit von hier, das stimmt.»

«Hat ihn jemand auf dem Phantombild erkannt?», fragte Faith.

«O Gott! Der Mann, der die Stripperin im Zuckerrohrfeld ermordet hat!», rief Vivian. Der Name Angelina Santri hatte ihr nichts gesagt, aber offensichtlich hatte auch sie von der Geschichte gehört, die an diesem Morgen in aller Munde war – die ganze Stadt spekulierte, wer die beiden Zeugen aus Parkland waren, die gesehen hatten, wie die arme ermordete junge Mutter entführt wurde.

Detective Nill ignorierte Vivians Kommentar. «Wir haben Hinweise von verschiedenen Leuten erhalten, die glauben, die Person auf dem Phantombild zu kennen. Wir gehen allen Hinweisen nach.»

«Was passiert jetzt?», fragte Faith. Sie trank einen großen Schluck Kaffee. «Verhaften Sie ihn?»

Der Detective nahm sich Zeit mit der Antwort. «Wir ermitteln noch.»

«Aber ich habe ihn identifiziert – Sie werden ihn doch verhaften, oder?»

«Es besteht noch kein dringender Tatverdacht, der für eine Mordanklage reichen würde. Wir müssen erst nachweisen, dass er mit Angelinas Tod zu tun hatte.»

Faith grub ihre kurzen Fingernägel in die Armlehnen des Stuhls. «Warten Sie ... das ist Wahnsinn. Er läuft da draußen herum? Er wohnt zwanzig Minuten von hier, sagen Sie, und er läuft frei herum? Das ist doch verrückt. Das ist Wahnsinn. Was ist mit den anderen ermordeten Frauen, von denen Sie erzählt haben? Können Sie ihn nicht deswegen verhaften?»

«Andere ermordete Frauen! O Gott!», rief Vivian. Dann schlug sie sich die Hand vor den Mund, aber sie konnte den Ausruf nicht mehr zurücknehmen.

Nill sah Vivian an, dann Faith. «Wie gesagt, Mrs. Saunders, und das sage ich auch Ihnen mit Nachdruck, Ms. Vardakalis, diese Information ist nicht offiziell. Außerdem darf ich mit Ihnen nicht über laufende Ermittlungen in anderen Fällen sprechen, auch wenn sie vielleicht mit diesem zusammenhängen.»

«Und er läuft einfach frei herum, während Sie ermitteln? Was ist mit mir und meiner Tochter? Mit meiner Familie? Weiß er von uns?», fragte Faith ängstlich und sah zu Detective Maldonado hinüber, als könnte sie ihr eine Antwort geben. Sie rang um Fassung, doch ihre Stimme war schrill.

Vivian kam und streichelte ihr die Schulter. «Alles wird gut, Liebes.» Doch sie klang nicht besonders überzeugt.

«Er hat mich davor gewarnt, etwas zu sagen. Deshalb habe ich nichts gesagt», murmelte Faith. «Er hat den Finger an die Lippen gelegt. Ich habe nichts gesagt, weil ich Angst hatte. Aber jetzt ... jetzt ... o Gott. Er findet raus, wo ich wohne! Wer meine Tochter ist!»

«Ich gehe nicht davon aus, dass Mr. Poole von den Ermittlungen gegen ihn weiß, Mrs. Saunders», antwortete Detective Nill ernst. «Auf jeden Fall weiß er nicht, dass Sie ihn identifiziert haben. Es war ein anonymer Tipp. Ich bezweifle, dass er ahnt, dass wir ihn als möglichen Verdächtigen handeln.»

Sie dachte wieder an Jarrods Warnung. Sie dachte an die aufgeregte Stimme des Reporters in der gestrigen Nachrichtensendung, und wie leichtfertig er von den Zeuginnen bei der Entführung von Angelina Santri berichtet hatte. Um ein Haar hätte er ihren Namen herausgeplappert. Sie starrte einen Punkt an der Wand an. «Aber er wird es erfahren, Detective. Mein Mann war früher Strafverteidiger, ich kenne die Rechtslage», sagte sie erschöpft. «Er hat ein Recht auf die Namen der Zeugen, die gegen ihn ausgesagt haben, und das bedeutet, dass er meinen Namen und den Namen meiner Tochter erfahren wird. Sie sind verpflichtet, sie ihm zu geben. Oder liege ich da falsch, Detective?»

34

Bryan Nill legte den Feldstecher beiseite und strich sich nachdenklich über das Kinn. Durchs Fenster des Reihenhauses sah er immer noch das Flackern der bunten Farben auf Derrick Pooles Wohnzimmer-Fernseher, auch wenn er ohne den Feldstecher die Gesichter auf dem Bildschirm nicht mehr erkannte. Oder das ausdruckslose Gesicht von Derrick Poole, der unbeweglich auf dem Sofa saß und fernsah.

So wie er es seit fünf Tagen jeden Abend tat.

Außer zur Arbeit ging der Kerl nicht aus dem Haus. Niemand besuchte ihn. Er wärmte sein Essen in der Mikrowelle auf und bezahlte seine Rechnungen online. Er spielte Videospiele, sah jeden Abend zur Primetime fern und ging vor den Elf-Uhr-Nachrichten ins Bett. Er hatte keinen Hund, oder falls er einen hatte, ging er nie mit ihm spazieren. Er hörte keine laute Musik. Er stellte donnerstagmorgens den Müll vor die Tür und schob die Tonne am gleichen Abend zurück in die Garage. Er hatte einen beigen Honda Accord und fuhr nicht zu schnell. Falls die letzten fünf Tage ein korrektes Bild abgaben, war Derrick Poole von außen betrachtet so uninteressant, wie man sich einen Zahlenfresser vorstellte.

Die positive Identifizierung durch Faith Saunders war ein Riesendurchbruch – aber sie allein stellte keinen hinreichenden Grund für eine Mordanklage dar. Der letzte Mensch zu sein, der in Begleitung einer Frau gesehen wurde, die später tot aufgefunden wurde, war kein Verbrechen. Es war verdächtig. Und in der Meinung der Öffentlichkeit mochte es zur Überführung ausreichen. Aber es reichte nicht, um dem Betreffenden Handschellen anzulegen. Dafür brauchte Bryan mehr, und deswegen saß er jetzt vor Pooles Haus, mit einem Feldstecher, einem Sixpack Red Bull und einem Hamburger in der Tüte.

Wahrscheinlich würde die Identifizierung ausreichen, um einen Durchsuchungsbeschluss für Pooles Reihenhaus und den Wagen zu erwirken. In der Hoffnung, dass sie kistenweise belastendes Beweismaterial finden würden, einen Wandschrank, hinter dem sich eine Folterkammer verbarg, und die Gliedmaßen der Frauen, an deren Leichen ein paar Originalteile fehlten – doch die Chancen standen ziemlich schlecht. Die Chancen, irgendwas zu finden, standen schlecht, fürchtete Bryan. Falls der Mann ein Serienmörder war, war er schlau, berechnend und organisiert. Er hatte im Lauf eines Jahres mit Erfolg drei Frauen entführt und ermordet, ohne irgendwelche Aufmerksamkeit zu erregen und ohne Spuren zu hinterlassen. Beim letzten Mord hatte er den schwerwiegenden Fehler begangen, zwei zufällige Zeugen laufen zu lassen. Wahrscheinlich passte ein so disziplinierter Mörder höllisch auf, hatte in seinem makellosen Häuschen in West Boca keine Schatztruhe mit Beweisen herumstehen, die ihn auch nur mit einem Verkehrsdelikt in Verbindung bringen könnten, geschweige denn mit einem Mord. Zumal er wusste, dass es Zeugen gab. Irgendwo, kilometerweit weg von hier, hatte er vermutlich einen geheimen Ort, wo er seine Opfer gefangen hielt und sein teuflisches Werk verrichtete. Ein Schlachthaus, randvoll mit vernichtenden Beweisen.

Das war der Ort, auf den es Bryan abgesehen hatte.

Anstatt mit einem Durchsuchungsbefehl hereinzuplatzen und Poole auf die Nase zu binden, dass sie ihn im Visier hatten, hatte er beschlossen, das Reihenhaus unter Beobachtung zu stellen und ein paar Tage Informationen zu sammeln. Ahnungslos würde Poole ihn vielleicht an den Ort führen, von dem aus er seine Opfer jagte oder wo er die fehlenden Körperteile aufbewahrte, oder zu der mutmaßlichen Folterkammer. Bryan hatte nicht viel Zeit – der konkrete Anfangsverdacht, dass «der Zweck der Durchsuchung am zu durchsuchenden Ort erreicht werden konnte», in diesem Fall dem Reihenhaus, hatte ein Verfallsdatum, und später würde der Richter vielleicht keinen Durchsuchungsbeschluss mehr ausstellen. Außerdem waren die Informationen, die Bryan durch die Beobachtung zu sammeln hoffte – Pooles Gewohnheiten, seine alltäglichen Wege, die Orte, die er aufsuchte, und die Leute, mit denen er Kontakt pflegte –, unzuverlässig und wertlos, sobald Poole mitbekam, dass er auf dem Radar der Polizei war.

Das größte unmittelbare Risiko, das die taktische Entscheidung zu warten mit sich brachte, bestand allerdings darin: Falls Poole herausfand, dass er verdächtigt wurde, bevor Bryan den Gerichtsbeschluss hatte, konnte er mögliches Beweismaterial, das sich im Haus befand, zerstören. Während Bryan mit seinem Abendessen und dem Feldstecher im Wagen saß und auf Derrick Pooles Flachbildfernseher *Criminal Minds* sah, könnte der intelligente, berechnende Mörder im Bad stehen und die belastenden Fotos seiner Opfer in der Toilette hinunterspülen. Und das Schlimmste an diesem Szenario war: Bryan würde nie davon erfahren. Er griff wieder zum Feldstecher, während er sich mit der Faust auf die Brust schlug, um den letzten Bissen des Burgers herunterzubefördern. Allein der Gedanke, die Sache könnte jetzt schon schiefgehen, verursachte Sodbrennen.

Er und Maldonado hatten die Zeugen aller vier Fälle erneut vernommen, um abzuklopfen, ob es irgendeine Verbindung zwischen Poole und den Opfern gab. Es gab keine. Sie hatten Pooles Foto im Animal Club herumgezeigt, doch niemand konnte mit Sicherheit sagen, dass er ihn erkannte. Nur die zwei Türsteher, die in der Nacht von Angelinas Verschwinden Dienst gehabt hatten, sagten, sie hätten auf dem Parkplatz eine Person mit Pferdeschwanz herumhängen sehen, auf die Pooles Beschreibung passte. Bryan hatte sich seine Telefonverbindungen geben lassen und seine SMS-Korrespondenz durchgesehen. Nichts daran war auffällig. Der nächste Schritt war, Pooles Mutter in Arizona zu kontaktieren und seine Großmutter im Pflegeheim zu besuchen, aber Bryan versprach sich von keinem der beiden Gespräche viel.

Er hatte sich eine Frist von einer Woche gesetzt. Fünf Tage waren bereits vergangen, und er hatte das Gefühl, dass er entweder auf dem Holzweg war oder dass Poole ihn an der Nase herumführte, denn Poole tat *nichts*. Vielleicht hatte ihm jeder, der ihm über den Weg lief, gesteckt, wie ähnlich er dem Phantombild sah, und da er das selbst nicht abstreiten konnte, ging er davon aus, dass ihn irgendwer gemeldet hatte, und hielt den Ball flach. Oder das Mädchen, das angerufen hatte – Gemma Jones –, hatte es ihm selbst erzählt. Bryan und Maldonado hatten sie gestern zu Hause besucht, nur um sich anhören zu müssen, das «schlechte Licht» im Büro ließ sie glauben, das Phantombild sähe wie Derrick aus, aber es stimme gar nicht, und sie wisse, dass er «keiner Fliege etwas zuleide tun» könne. Dann hatte sie besorgt gefragt, ob er erfahren würde, wer der Polizei den Tipp gegeben hatte. Es war nicht schwer, zwischen den Zeilen zu lesen – Gemma Jones und Derrick Poole hatten was miteinander. Oder fingen gerade damit an. Oder wie man es sonst nannte, wenn junge Leute aufeinander standen.

Kurzum: Die Ermittlungen stockten. Bryan öffnete noch eine Dose Red Bull und stellte sich auf eine weitere lange, langweilige Nacht ein. Eine Woche war zu lang; er musste bald in die Gänge kommen. Es war frustrierend. Er wusste, dass Poole sein Mann war. Sein dicker Bauch sagte es ihm einfach.

Doch die unangenehme Realität sah so aus, dass er es ihm vielleicht nie würde nachweisen können.

35

Gemma, die blöde Schlampe.

Derrick sah in den Rückspiegel, als der Wagen hinter ihm ausparkte. Er wusste, dass sie ihm folgten. Gestern war er ihm zum ersten Mal aufgefallen: der schwarze Ford Taurus mit den getönten Scheiben, der sich immer zwei Wagen hinter ihm hielt, bloß nicht zu auffällig.

Er wusste an dem Tag, an dem das Phantombild in der Zeitung erschienen war, dass Gemma bei den Cops geplaudert hatte: als sie in ihrem Wagen saß, grinsend wie die Katze, die den Kanarienvogel gefressen hat, die Zeitung auf dem Schoß, von der ihm sein Bild entgegenstarrte. Dann hatte sie ihn gesehen, und das Grinsen war ihr vergangen. Er hatte sie danach gefragt, als er sie zwei Tage später im Büro auf der Toilette vögelte, abends, als alle anderen weg waren.

«Hey», hatte er gesagt, «findest du, ich sehe aus wie das Phantombild, das in der Zeitung war?» Er hatte ihr Gesicht nicht gesehen, weil er sie von hinten nahm, aber er hatte ihre Anspannung bis in die Titten gespürt.

«Welches Phantombild?», hatte sie versucht, sich rauszureden.

«Das in der Zeitung, die bei dir in der obersten Schreibtischschublade liegt.»

«Ich wusste gar nicht, dass da eine Zeitung ist. Muss sie versehentlich reingelegt haben, ich sehe eigentlich nie da rein. Ich lese die Zeitung nicht mal. Welches Phantombild?»

Bla, bla, bla. Die Lügen kamen in holprigen Sätzen heraus. Es war gut, dass er ihr Gesicht nicht sehen musste, sonst hätte er ihr die Faust in den Mund gesteckt, damit sie endlich aufhörte. «Die Cops suchen einen Mörder», hatte er ganz sanft geantwortet.

«Oh.» Mehr brachte sie nicht heraus.

«Und Vergewaltiger», hatte er ihr ins Ohr geflüstert, als sie kam. Das Phantombild war überall. Es war komisch, sein eigenes Gesicht in den Nachrichten zu sehen, als wäre er irgendein Comicheft-Schurke. Er fragte sich, wie viele Leute außer Gemma ihn noch erkannt und die Cops gerufen hatten. Allzu viele wahrscheinlich nicht. Die meisten Menschen bemerkten ihn nicht, wenn er einen Raum betrat, und erinnerten sich nicht an ihn, wenn er ging. Er war ein Einzelgänger und redete nicht mit den Nachbarn. Er wechselte jede Woche den Supermarkt und besuchte nie ein Restaurant oder einen Club zweimal. Seine Firma hatte nur dreißig Angestellte, und er allein war die ganze Buchhaltung. Anders als die Leute von der Personalabteilung, dem Verkauf oder der Kundenbetreuung musste er sich weder mit Kunden noch mit Kollegen herumplagen; die Löhne wurden direkt überwiesen. Niemand kannte den Mann von der Buchhaltung.

Er hatte gerade gefrühstückt, als er das Phantombild in der Zeitung entdeckt hatte. Als er es sah, musste er kotzen. Zwei Sekunden lang hatte er überlegt, ob er die Stadt verlassen sollte – Koffer packen, auf die I95 fahren und so schnell wie möglich die Fliege machen. Aber das wäre einem Schuldeingeständnis gleichgekommen. Es war nur eine Zeichnung, kein Foto. Hätten sie seinen Namen, würden sie vor der Tür stehen, sagte er sich, und nicht die Öffentlichkeit um Hilfe bitten. Also hatte er beschlossen, weiterzumachen wie bisher.

Als er an jenem Morgen ins Büro kam, ohne von einem SWAT-Team festgenommen zu werden, war seine Angst in Wut umgeschlagen. Er hatte die Frau gewarnt, den Mund zu halten. Andere Zeugen gab es nicht; es konnte also nur sie gewesen sein: Blondie. Er hätte sie und ihr kleines Gör in tausend Stücke hacken und in den Feldern verstreuen können, wie der Prof verlangt hatte, aber er hatte es nicht getan. Er war so bescheuert gewesen, sie zu verschonen. Er war ein netter Mensch gewesen.

Das war das letzte Mal, dass ihm das passierte.

Gemma, die blöde Schlampe. Sie würde nie mehr etwas über ihn sagen. Aber den Schaden, den sie angerichtet hatte, konnte er nicht mehr ungeschehen machen – deswegen fuhr der Ford Taurus hinter ihm her.

Als hätten sie seine Gedanken gelesen und begriffen, dass die Tarnung aufgeflogen war, explodierte in seinem Rückspiegel Blaulicht, gefolgt vom Heulen der Sirene. Er hielt auf dem Parkplatz einer Drogerie, nahm den Gang raus und griff nach seiner Brieftasche. Seine Hände zitterten, und das machte ihn wütend.

Es klopfte an die Scheibe. «Lassen Sie die Hände, wo ich sie sehen kann, Sir.»

Er legte beide Hände zurück aufs Lenkrad.

«Öffnen Sie bitte das Fenster.»

«Sie haben gesagt, ich soll die Hände nicht bewegen», gab er zurück.

«Steigen Sie bitte aus.»

Derrick öffnete das Fenster und versuchte zu erklären. Er hielt eine Hand hoch. «Sie haben gesagt, Sie wollen meine Hände sehen, das habe ich gemeint. Worum geht's, Officer? Was habe ich getan?»

Sie war hübsch, aber unauffällig. Eine Latina, wie jede Zweite in South Florida. Langes Haar in einem Pferdeschwanz. Sie trug Hosen und einen taillierten Blazer. Um ihren Hals hing eine goldene Dienstmarke.

«Sie haben nicht geblinkt, als Sie auf die Jog Road abgebogen sind, Sir», antwortete sie sachlich.

«Oh, okay. Muss ich vergessen haben. Hören Sie, es tut mir leid. Ich arbeite nicht weit von hier und habe gerade Feierabend. Kann ich versprechen, dass es nie wieder vorkommt?» Lächelnd schob er seine Brille hoch.

«Leider nicht. Führerschein und Fahrzeugpapiere, bitte.»

Er reichte ihr die Dokumente.

«Bitte steigen Sie aus dem Wagen, Mr. Poole», sagte sie, ohne auch nur einen Blick auf seinen Führerschein zu werfen.

«Kein Problem.» Auch seine Beine zitterten. Er öffnete die Wagentür und stieg aus. «Worum geht es hier? Ist es wirklich wegen dem Blinker?»

«Warum zittern Ihre Beine, Mr. Poole? Sind Sie nervös?», fragte sie, fast spöttisch.

Er hörte auf zu lächeln und starrte sie an. Er spürte, wie sein Blutdruck stieg. *Du wirst gleich zittern, du Schlampe*, wollte er sagen. Er biss auf die Zähne. Dann hörte er das Knirschen von Schritten.

«Hallo, Derrick», sagte ein stämmiger Mann in Anzughosen und Sakko, der auf ihn zukam. Auch um seinen dicken Hals hing eine goldene Marke. «Ich bin Detective Bryan Nill vom Palm Beach Sheriff's Office. Detective Maldonado haben Sie schon kennengelernt.»

«Worum geht es hier?», wollte Derrick wissen, den Blick immer noch auf die Polizistin gerichtet, der er am liebsten das Genick gebrochen hätte.

«Nun, Sir, Sie haben gegen die Verkehrsordnung verstoßen, deswegen haben wir Sie angehalten», erklärte Nill. «Und Ihr Führerschein ist gesperrt, weswegen wir Sie mitnehmen könnten, Sie haben also ein Problem, junger Mann.»

«Mein Führerschein ist nicht gesperrt.»

«Doch, das ist er.»

Die Polizistin hatte den Blickkontakt unterbrochen, also sah er den dicken Detective an. «Aber deswegen haben Sie mich nicht angehalten.»

«Ich möchte mit Ihnen über einen Fall sprechen, in dem Detective Maldonado und ich ermitteln. Wahrscheinlich handelt es sich um ein Missverständnis, aber wir dachten, Sie können uns helfen, es aufzuklären.»

«Oh. Was für ein Fall?»

«Es geht um einen Mord.»

«Ein Mord?», rief er. «Und was hab ich damit zu tun?»

«Sie sehen einer Person ziemlich ähnlich, die in Begleitung einer jungen Frau gesehen wurde, bevor sie ermordet wurde», sagte Detective Maldonado.

Er konnte sie nicht mehr ansehen. Die Art, wie sie redete, wissend und hämisch, war wie das Kratzen von Nägeln auf einer

Schiefertafel. Der dicke Detective zog das Phantombild heraus, wegen dem er in die Küchenspüle gekotzt hatte.

«Wie ein Straftäter auszusehen und ein Straftäter zu sein, sind zwei Paar Stiefel, Derrick», sagte Detective Nill leutselig. «Das ist mir klar. Ehrlich gesagt habe ich einen ganzen Haufen Leute, die wie das Phantombild aussehen. Ich muss Ihnen allen die gleichen Fragen stellen. Können Sie uns sagen, wo und mit wem Sie die Abende des siebzehnten, achtzehnten und neunzehnten Oktober verbracht haben?»

«Siebzehnter, achtzehnter und neunzehnter Oktober?», wiederholte Derrick.

Die Frau schien mit einer Taschenlampe auf den Rücksitz seines Wagens und spähte neugierig durchs Fenster, die Hände über die Augen gelegt. «Das waren ein Freitag, ein Samstag und ein Sonntag», warf sie ein. «Es ist erst ein paar Wochen her, kann also nicht so schwer sein, Mr. Poole.»

«Wenn wir Ihre Angaben bestätigen können, gehen wir unserer Wege und Sie gehen Ihrer», sagte Detective Nill. «Dann tut es mir leid, dass wir Ihre Zeit verschwendet haben.»

Derrick versuchte zu lächeln. «Machen Sie Witze? Ich weiß nicht mal mehr, was ich heute Morgen gefrühstückt habe.»

«Ich wette, es würde Ihnen einfallen, wenn Sie sich anstrengen», gab Nill zurück.

«Vielleicht sagen Sie es mir, Detective.»

Der Dicke starrte ihn an. Jetzt wirkte er überrascht.

«Ich habe Sie gesehen, wissen Sie.» Derrick wusste, dass sie ihn nicht in Ruhe lassen würden, egal was er sagte. Er wusste auch, dass sie nichts gegen ihn in der Hand hatten, sonst hätten sie ihm längst Handschellen angelegt. Vielleicht nahmen sie sich wirklich jeden vor, auf den das Phantombild passte. Vielleicht auch nicht. Auf jeden Fall fühlte es sich so an, als hätten sie nur ihn im Visier, und er würde ihnen nicht die Nägel für seinen Sarg liefern. «Ich will einen Anwalt», sagte er, bevor einer der Detectives die Sprache wiedergefunden hatte.

Der Dicke zog die Brauen hoch. «Immer mit der Ruhe,

Derrick. Wofür brauchen Sie einen Anwalt? Wir wollen Ihnen nur ein paar Fragen stellen. Die gleichen, die wir den anderen stellen. Sie müssten mir nur sagen, wo Sie waren und mit wem. Wenn das geklärt ist, sehen Sie mich nie wieder.»
Derrick schüttelte den Kopf. «Ich will einen Anwalt. Sie können mich mitnehmen, Sie können mir einen Strafzettel geben, oder Sie können mich laufen lassen, aber wenn Sie mit mir über etwas anderes reden wollen als das Wetter oder wie die Dolphins gespielt haben, berufe ich mich auf mein Recht zu schweigen, damit Sie mir nichts falsch auslegen können. Tut mir leid.»
Er erwartete nicht, dass sie ihn gehen lassen würden, und er behielt recht. Folglich war er nicht überrascht, als sie ihm Handschellen anlegten und die Kavallerie riefen. Fünf Minuten später waren ein halbes Dutzend Streifenwagen versammelt. Auf der Rückbank des Polizeiwagens, der ihn ins Gefängnis bringen würde, starrte er aus dem Fenster, wohl wissend, dass jeder seiner Atemzüge aufgenommen wurde. Er beobachtete, wie die Cops seinen Wagen abschleppten, um ihn später zu durchforsten, mit dem Durchsuchungsbefehl, den sie mit Sicherheit bekommen würden.
Und er dachte bei sich, wenn das alles vorbei war, wenn er auf Kaution aus dem Gefängnis kam, wo er wegen irgendeines konstruierten Verkehrsdelikts landete, wenn er sich beruhigt und die Dinge durchdacht hatte, dann würde er Blondie einen kleinen Besuch abstatten.
Vielleicht würde sie das nächste Mal gehorchen, wenn ein Mörder ihr sagte, sie solle die verdammte Klappe halten.

36

«Irgendwas im Wagen?» Bryan schob sich auf der Treppe, die zu Derrick Pooles Schlafzimmer führte, einen Streifen Nicorette in den Mund. Als Audrey ihn verlassen hatte, hatte er wieder mit dem Rauchen angefangen und es trotzdem geschafft, zwanzig Kilo zuzunehmen. Dann hatte sein Internist ihm mitgeteilt, dass zwei seiner Arterien verstopft seien und sein Blutdruck nur noch mit Tabletten in Schach zu halten sei. Er musste mit dem Rauchen aufhören. Und mit dem Essen. Seit er die Finger von den Kippen ließ, hatte er weitere zehn Kilo zugelegt und bekam immer noch keine Luft. Er hielt das Telefon weg, damit Tatiana ihn nicht keuchen hörte.

«Wir haben Fasern gefunden», antwortete Tatiana. Sie war im kriminaltechnischen Labor des PBSO, wo Pooles Honda untersucht wurde. «Im Kofferraum. Und ein paar im Fußraum auf der Beifahrerseite und zwischen den Sitzpolstern.»

«Wie viele?»

«Neun im Kofferraum und ein Dutzend im und um den Vordersitz. Rot und schwarz. Vielleicht passen sie zu Santris Jacke. Damit gäbe es eine Verbindung zwischen ihr und dem Auto.»

«Santris Jacke war nicht zerrissen. Aber wir haben weder ihre Unterhose noch ihre Jeans gefunden.»

«Und ihr BH?», fragte sie.

«Blaues Leopardenmuster. Das T-Shirt war weiß.»

«Was ist mit dem Stück Stoff, das die Spurensicherung auf dem Grundstück in Pahokee gefunden hat?», fragte sie.

Das war in der Tat interessant: Die Spurensicherung hatte sich die Gegend angesehen, wo Faith Saunders ihrer Aussage nach Santri und Poole begegnet war, mitsamt dem verwilderten Grundstück auf der anderen Straßenseite. Weil seitdem fast drei Wochen vergangen waren, war es unmöglich zu sagen, was eine

Spur war und was eine Bierdose, die seit Jahren dort herumlag. Also hatten sie einfach alles mitgenommen – darunter auch einen nicht allzu verrotteten Fetzen karierten Stoffs, der auf dem Grundstück neben einem gefällten Baum gelegen hatte.

«Gute Idee, Maldonado. Mal sehen, ob Ihre Fasern zu dem Stoff gehören. Wenn es passt, schicken wir den Stofffetzen ans FDLE-Labor, die sollen versuchen, DNA-Spuren zu finden. Der Stoff war allerdings eine Weile den Elementen ausgesetzt, kann sein, dass nichts mehr dran ist.»

«Sie haben bei Poole im Schrank nicht zufällig ein zerrissenes kariertes Hemd gefunden?», fragte Tatiana. «Das wäre der Hattrick: Fasern im Kofferraum passend zum Stofffetzen am Tatort und dem Hemd im Schrank des Verdächtigen.»

«Ein Hattrick wäre es erst, wenn wir Fasern unter den Fingernägeln des Opfers, den Stofffetzen am Tatort und das passende blutverschmierte Hemd in Pooles Schrank hätten. Aber das wird wohl nichts. Hier ist alles sauber, Maldonado», sagte Bryan seufzend und sah sich in Pooles ordentlichem minimalistischem Schlafzimmer um. Genau wie unten hingen gerahmte Filmposter an weißen Wänden – offensichtlich war der Kerl ein Filmliebhaber. Serien- und Spielfilm-Memorabilien von *The Walking Dead, The Office, Der Pate* und *Criminal Minds* füllten die freistehenden Regale. Alles war noch originalverpackt und stand da wie zum Verkauf. Auch der Schrank wirkte wie eine Ladenauslage: gebügelte Kleidungsstücke, nach Farben geordnet, polierte Schuhe. Im oberen Fach war ein bisschen mehr los. Dort lag eine Auswahl an Sportgeräten und Fanartikeln: Tennisschläger, Golfschuhstollen, Baseballhandschuhe, ein Football, Knieschoner, Mützen, ein Lacrosse-Schläger, ein Fußball. Es waren sogar Schlittschuhe und Rollerblades dabei. Wenn man ihn sah, wirkte er gar nicht wie ein Sportler. Nicht nur, weil er Buchhalter war. Er war groß und dünn, fast schlaksig um die Brust, und mit der Brille und dem langweiligen, praktischen Auto würde man meinen, er hätte nicht genug Testosteron in den Adern, um sich für irgendeinen Sport zu begeistern. Außerdem hatte Bryan ihn seit fünf Tagen nichts tun als Video spielen sehen. Er nahm die Ausrüstung in die Hand. Das meiste wirkte, als wäre es nie benutzt worden. Es gab ein eigenes Fach für Trikots mit Autogrammen – Hockey, Football und Basketball –, alle in der schützenden Plastikfolie. Junge, das wäre ein gefundenes Fressen für die Psychiater.

«Seid ihr in der Wohnung fertig?», fragte Tatiana.

«Noch nicht, sie packen gerade unten ein. Falls er hier je irgendwas Belastendes hatte, Maldonado, ist er es losgeworden, sobald ihm klar war, dass wir ihn im Visier haben.»

«Ist er schon wieder draußen?»

Sie hatten ihn nur wegen einer Ordnungswidrigkeit mitnehmen können. Zwar durften sie Poole ins Gefängnis bringen, aber er würde dort nicht lange bleiben. «Wahrscheinlich schon. Als wir mit dem Durchsuchungsbeschluss kamen, war jedenfalls niemand hier. Ich hatte ein paar Kollegen vor dem Haus postiert, bevor wir ihn angehalten haben, für den Fall, dass er jemanden anruft, der bei ihm aufräumen soll. Aber es war niemand da. Wahrscheinlich wartet er, bis wir fertig sind, weil er weiß, dass wir sowieso nichts finden.»

«Hören Sie auf, sich ein schlechtes Gewissen zu machen. Die Überwachung war eine kluge Entscheidung», sagte sie.

«Danke. Na ja, wenigstens habt ihr die Fasern. Im Moment wäre mir alles recht, das Santri irgendwie mit dem Auto in Verbindung bringt. Vielleicht taucht ja noch was auf.»

«Wie wäre es mit drei Haarsträhnen?»

«Sie verarschen mich.»

«Im Kofferraum. Und nein, das würde ich nie tun.»

«Ihr habt Santris Haare im Kofferraum gefunden?» Zum ersten Mal an diesem Tag lächelte Bryan.

«Na ja, wir müssen noch die Bestätigung aus dem Labor abwarten, aber sie sind lang und dunkel, und ein paar Haare sind lila, was, wenn ich mich recht erinnere, zu Santris Strähnen passt. Und damit haben wir sie nicht nur in Pooles Wagen – wir haben sie im *Kofferraum*. Was zum Teufel hatte sie da wohl zu suchen?»

37

Alles wirkte plötzlich sonniger. Das war gut. Das war riesig. Es gab nicht viele Erklärungen dafür, wie die Haare eines toten Mädchens in jemands Kofferraum gelangten. Und falls die Fasern im Wagen zu dem Stofffetzen passten, hatten sie die Verbindung zwischen Poole und dem verwilderten Grundstück, wo Angelina verschwunden war, was Faith Saunders' Identifizierung bestätigte. Vielleicht reichte das sogar für eine Mordanklage.

«Und jetzt die weniger guten Nachrichten», sagte Tatiana zögernd.

Bryan ließ die Schultern hängen und wappnete sich für den Schlag. «Ich wusste, es war zu schön, um wahr zu sein.»

«Ich habe gerade einen Anruf von Carl Edmunds vom Riviera Beach PD bekommen. Sie haben eine Vermisstenmeldung: Noelle Langtry, 17 Jahre alt. Sie wohnt mit ihrer Mutter in einem Trailerpark in Southern Court. Ihre Mutter sagt, sie sei seit drei Tagen verschwunden. Teenager laufen ständig weg, aber für uns interessant ist die Tatsache, dass sie im Sugar Daddy's getanzt hat. Ihre Mutter sagt, sie hat ein falsches Alter angegeben, um den Job zu bekommen. Sie hat die Highschool abgebrochen. Weil sie noch so jung ist, sind Polizei und Presse ein bisschen wacher als bei irgendeiner x-beliebigen Stripperin. Edmunds hat deinen Marker im System gesehen, deshalb wurde der Anruf zu mir durchgestellt.»

«Seit drei Tagen? Das war Samstag.» Vor drei Tagen hatte er bis acht Uhr morgens vor Pooles Reihenhaus gesessen. *Scheiße.* «Hat sie am Samstag noch gearbeitet?»

«Ja. Hat ihre Schicht gemacht und ist um eins gegangen. Kam nie zu Hause an. Anscheinend muss das noch nicht viel heißen, weil die Mutter ihr Verschwinden erst zwei Tage später gemeldet hat, aber seitdem hat niemand mehr von ihr gehört. Und ihr Wagen stand immer noch auf dem Parkplatz.»

Ach du Scheiße. Wenn es eine Entführung war, war Poole aus dem Schneider. So einfach war das. Oder so kompliziert. Falls die Kleine tot in einem Zuckerrohrfeld auftauchte, konnte es Poole nicht gewesen sein. Bryan hatte die gesamte Nacht hindurch sein Haus beobachtet, und der Kerl war die ganze Zeit da gewesen. Was hieße, sie hätten den falschen Mann im Visier.

Aber Faith Saunders hatte ihn identifiziert! Im Kofferraum von Pooles Auto hatten sie lange lila Haare gefunden. Derrick Poole weigerte sich, ein Alibi zu nennen, weil er offensichtlich keines hatte. Viele Puzzlesteine fehlten, aber ein paar hatte er. Er wusste nur nicht genau, wie sie zusammenpassten.

«Sind Sie noch da?», fragte Tatiana. «Haben Sie gehört, was ich gesagt habe?»

Sein Hirn überschlug sich mit Worst-Case-Szenarien. Oder vielleicht war die kleine Langtry aus den üblichen Gründen verschwunden, wegen denen Stripperinnen und Prostituierte verschwinden: Drogen, Zuhälter, ein neuer Freund. Noch war nicht gesagt, dass sie ein Opfer war. Noch war nicht gesagt, dass es einen Zusammenhang mit *diesem* Fall gab.

«Doch, ich habe Sie gehört», antwortete er leise und ging die Treppe hinunter. Er musste das Team der Spurensicherung ziehen lassen, die das Haus auf den Kopf gestellt und nichts gefunden hatten.

«Wahrscheinlich hat es nichts mit unserem Fall zu tun», sagte sie zögernd. «Wollen Sie, dass ich zum Sugar Daddy's fahre und mich umhöre?»

«Nein. Das mache ich, wenn ich hier fertig bin. Ich melde mich später», antwortete er schnell.

Ein deprimierender Gedanke ging ihm durch den Kopf, als er sich an den Frühstückstresen setzte, um die enttäuschende Liste der Gegenstände zu vervollständigen, die sie mitnahmen und über die sie morgen vor Gericht Bericht erstatten mussten. Vielleicht suchte er nach einem Serienmörder, weil er sich einen Serienmörder *wünschte*. Einen Fall, der wichtiger war als ein gewöhnlicher Mord. Der *ihn* wichtiger machte als einen gewöhnlichen Detective. Einen Fall, der ihn und sein Leben aufregender machte, damit sich Audrey vielleicht wieder für ihn interessierte. Er könnte der Rockstar unter den Detectives werden. Zumindest in Palm Beach. Er würde in den Schlagzeilen stehen, in Talkshows sitzen und vielleicht später ein Buch darüber schreiben. Wie ein gemobbter Teenager, der auf Rache sinnt – eines Tages wollte er wieder jemand sein, und dann würde er es ihr zeigen.

Der Gedanke war schwer verdaulich, aber er musste ehrlich mit sich sein. Vor allem, wenn die Ermittlungen gegen Poole jetzt schon hinkten. Vielleicht war der Zuckerrohrkiller seiner Phantasie entsprungen, weil er nicht darüber nachdenken wollte, wie beschissen sein Leben war. Seit Audrey ihn vor vierzehn Monaten mehr oder weniger aus heiterem Himmel um die Scheidung gebeten hatte, hatte er dreißig Kilo zugenommen. Früher, vor jenem schrecklichen Tag, war er mit ihr und den Mädchen in den Ferien an Orte wie den Grand Canyon oder die Smoky Mountains gefahren. Am Wochenende Garagenflohmarkt oder Auto- und Hundewäsche in der Einfahrt des Hauses, für das er sich abrackerte, er hatte den Nachbarn zugewinkt, die er seit Jahren kannte. Sie waren mit anderen Paaren essen gegangen, und er hatte die Kollegen bei der Truppe aufgezogen, die schon bei Ehefrau Nummer drei oder vier waren.

Jetzt wohnte er in einer Wohnung ein paar Kilometer von dem zweistöckigen Haus im Key-West-Stil entfernt, das Audrey einst ihr «Traumhaus» genannt hatte. Er war mit sich und dem Budget bis ans Äußerste gegangen, nur um das Lächeln auf ihrem Gesicht zu sehen – das Lächeln, das ihm durch Mark und Bein ging. Nun aß er auf seinem gemieteten Sofa Mikrowellengerichte oder rief den Lieferservice an. Die Möbel konnte er an einer Hand abzählen. Seine Töchter sah er mittwochs und jedes zweite Wochenende. Er bekäme sie gern öfter zu Gesicht, aber sie waren immer beschäftigt. Sie waren siebzehn, und er war sich nicht sicher, ob es an ihrem Alter oder an seiner Figur lag, jedenfalls fielen sie ihm nicht mehr um den Hals, wenn er überraschend bei ihren Softball-Spielen und Lacrosse-Trainings auftauchte, um sie anschließend zum Essen auszuführen. Früher hatten ihn die Zwillinge noch cool gefunden und seinen Beruf auch – jetzt war es ihnen peinlich, wenn er sie in der Öffentlichkeit in den Arm nahm. Wenn er an der Tür des Hauses klingelte, für das er so viele Überstunden gemacht hatte, bemerkte er, wie seine ehemaligen Nachbarn es vermieden, ihn zu grüßen, während sie in ihren Einfahrten die Autos und Hunde wuschen, weil, wie Audrey sagte, «es eine unangenehme Situation für alle ist, Bryan». Zweiundzwanzig Jahre, und sie liebte ihn einfach nicht mehr. Es lag nicht an ihr, es lag nicht an ihm. Es war so einfach. Und das war bitter.

«Wir sind fertig, Detective», rief Styles, der Techniker der Spurensicherung, von der Haustür rüber.

Bryan stand auf und sah sich in der leeren Küche um. Er fühlte sich unglaublich einsam. «Ich auch», antwortete er leise. Er sammelte die Papiere ein und nahm seine Tasche.

Es war unmännlich zu weinen, selbst wenn es keiner sah.

Deshalb weinte er nie.

38

Faith nahm sich einen Einkaufswagen und schob ihn in den vollen Supermarkt, wobei sie einen höflichen Bogen um die Frau machte, die Kostproben des Publix-Rezeptdes-Tages verteilte. Sie hatte eine Dreiviertelstunde Zeit, um Shampoo, Toilettenpapier und Lebensmittel für das Abendessen einzukaufen und Maggie anschließend vom Ballett abzuholen. Manchmal durften die Eltern in den Saal kommen, um zuzusehen, was die Mädchen am Nachmittag gelernt hatten, und falls Faith dabei sein wollte, hatte sie nur 35 Minuten.

Maggie hatte schon vor dem «Vorfall» beim Ballett Theater gemacht. Manchmal wollte sie partout nicht, dass Faith blieb, und schob sie praktisch aus der Tür, weil sie behauptete, sie könne es allein; dann wieder verlangte sie, dass Faith die ganze Zeit zusah, obwohl die Eltern während der Stunde draußen bleiben mussten. Die meisten Mütter warteten im Vorraum und unterhielten sich oder lasen – was Faith für gewöhnlich ebenfalls tat, trotz Maggies Unabhängigkeitserklärungen. Aber heute wollte sie den Einkauf zwischendurch erledigen, damit sie Maggie später nicht müde und hungrig mitschleppen musste. Außerdem hatte sie keine Lust, sich mit irgendwem zu unterhalten. Sie wollte nicht, dass jemand sie zu lange ansah. Sie hatte das Gefühl, sie war kurz vor dem Zusammenbruch, und falls eine der anderen Mütter anfing, niedliche Kindergeschichten zu erzählen oder nach Jarrod zu fragen, würde Faith womöglich in Tränen ausbrechen. Und sollte irgendwer die Tänzerin aus Palm Beach erwähnen oder über die Identität der zwei Zeugen aus Palm Beach spekulieren, würde sie wahrscheinlich kollabieren. Vor aller Augen. So zerbrechlich war sie.

Sie steuerte die Shampoo-Abteilung an und sah auf die Uhr. Hoffentlich war kein Stau auf der University Street, wenn sie zurück zum Ballett fuhr. Egal wie Maggie vorhin gelaunt war, sie würde völlig ausrasten, wenn nach der Stunde die Tür aufging und Faith nicht mit den anderen Müttern wartete. In einer Minute war sie extrem anhänglich, in der nächsten lief sie vor Faith davon, als wäre sie eine Fremde. Gewöhnlich wenn Jarrod nach Hause kam, sodass Faith nicht wusste, ob sie sich bei Jarrod einschmeicheln wollte oder ob sie sich bei Faith eingeschmeichelt hatte, während sie auf die Rettung durch ihren Daddy wartete. Vielleicht war Maggie «entwicklungsverzögert», aber wie alle Kinder witterte sie instinktiv die Schwächen ihrer Eltern und nutzte sie zu ihrem Vorteil aus. Sie war vier und noch nicht groß genug, um zu begreifen, dass die Schwäche ihrer Mutter ihr nicht nur einen Schokoladenkeks von Daddy einbrachte, den sie von Mommy nicht bekommen hätte – sie scheuerte außerdem an dem dünnen Gewebe der Ehe ihrer Eltern. So weh es Faith tat zuzusehen, wie ihr kleines Mädchen von ihr zu Jarrod rannte, Jarrod tat es wahrscheinlich noch mehr weh, seine Tochter vor ihrer Mutter weglaufen zu sehen, selbst wenn er es war, der von ihrer Zuneigung profitierte. Faith wusste nicht, welchen Stand sie bei ihrer Tochter hatte, und so konnte sie nur stillhalten – darauf warten, dass Maggie ihr ein Zeichen gab, zusehen, wohin sie lief, manchmal zu ihr, manchmal von ihr weg. In der Zwischenzeit breitete sich die Spannung im Haus aus wie Kohlenmonoxid, schleichend, heimtückisch, und vergiftete sie alle drei. Aber weil sie das Gas nicht riechen, schmecken oder hören konnten, war es leichter, so zu tun, als wäre alles in Ordnung. Es gab keinen Streit. Es gab keine Vorwürfe. Es gab kein Geschrei. Keiner erwähnte den «Vorfall». Sie standen auf, verrichteten ihr Tagewerk und gingen ins Bett, während sich das Gift weiter im Haus ausbreitete.

Im Supermarkt piepten die Scanner und die Kassen, und von oben waren die Lautsprecheransagen der Feinkost- und der Bäckertheke zu hören. Auf dem Weg zur Drogerie-Abteilung entschied sie, was es zum Abendessen gab: Spaghetti mit Fleischklößchen. Schnell und einfach. Sie nahm eine Packung fertige

Fleischklöße aus dem Kühlregal, ging hinüber in den Pasta-Gang und warf unterwegs eine Packung Cornflakes und zwei Dosen Hühnerbrühe in den Wagen. Bei Publix war es unmöglich, nur das zu kaufen, was auf der Einkaufsliste stand. Jarrod war noch schlimmer. Sie schickte ihn los, um Milch zu kaufen, und er kam mit dem halben Laden zurück. Nur ohne die Milch. Unwillkürlich lächelte sie. Und er nahm immer eine Packung Ben & Jerry's Chubby Hubby mit – ihre Lieblingseissorte. Immer. Sie wischte sich über die Augen, ehe ihr die Tränen kamen. Bei Publix wollte sie nun wirklich nicht zusammenbrechen.

Rums! Ihr Wagen war gegen einen anderen gedonnert.

«Oh, tut mir leid», begann sie. «Ich habe nicht aufge ...» Dann versagte ihr die Stimme.

Direkt vor ihr, hinter dem Wagen, der ihr den Weg versperrte, stand der Mann in Schwarz.

«Schon gut», antwortete er lächelnd und schob sich die Brille hoch. «Unfälle kommen vor.»

Sie fing am ganzen Körper zu zittern an.

«Solange Sie sich entschuldigen und schwören, dass Sie es nie wieder tun», sagte er.

Faith sah sich wortlos um. Die anderen Kunden setzten ihren Einkauf fort, als wäre nichts geschehen. Kontrollierten Preise und Verfallsdaten. Im nächsten Gang hörte sie lautes Gelächter. Über den Lautsprecher pries der Manager das frische Brathähnchen an der Feinkosttheke an.

«Entschuldigen Sie», sagte eine Frau, die sich an ihnen vorbeischob. Im Korb des Wagens saß ein kugelrundes Baby in einen rosa Schlafsack gehüllt, das brabbelnd an einer rosa Rassel lutschte.

«Wie süß», sagte der Mann in Schwarz und winkte dem Baby.

Faith öffnete den Mund, doch es kam kein Ton heraus.

«Danke», sagte die Mutter. Sie schüttelte die Rassel und schob den Wagen mit den Ellbogen weiter.

Der Mann legte den Finger an die Lippen. «Pssst», sagte er, als die beiden vorbei waren. Er hatte Faith die ganze Zeit nicht aus den Augen gelassen.

Den Einkaufswagen umklammert, wich Faith zurück und rempelte einen Kunden an.

«Aua! Passen Sie doch auf», rief ein älterer Herr. Faith war ihm über den Fuß gefahren. Seine Frau funkelte sie an.

«Der Mann da, er ist ... er hat ... eine Frau ...», stammelte Faith. Endlich hatte sie ihre Stimme wiedergefunden, doch sie war so dünn, dass sie sie selbst nicht erkannte. Sie zeigte auf den Mann.

«Entschuldigen Sie sich einfach», schimpfte die Frau. «Sie sind ihm über den Fuß gefahren, und er ist Diabetiker.»

«Tut mir leid», sagte Faith, «aber der Mann ...» Wieder hob sie den Finger.

Der Mann in Schwarz war fort.

Die Frau schüttelte den Kopf. «Unverschämtheit», sagte sie laut. Dann nahm sie ihren Mann am Ellbogen und führte ihn weg. Er humpelte an Faith vorbei und schob den Wagen um die nächste Ecke.

Faith fischte ihr Handy heraus und überlegte fieberhaft, wen sie anrufen sollte. Jarrod? Detective Nill? Vivian? Der Gang war leer. Sie stand ganz allein da, das Telefon in der Hand, gelähmt vor Angst. Sie konnte nicht denken. Sie ließ den Wagen stehen und lief zum Hauptgang zurück. An den Kassen wanden sich mehr als ein Dutzend Schlangen um Wühlkisten voller Saisonware: Bratensoße, kandierte Früchte, Dosenkürbis. In einer Woche war Thanksgiving. Panisch sah sie sich um, doch er war weg.

Jemand berührte ihre Schulter. «Faith!», sagte eine aufgekratzte Stimme. «Es ist eine Ewigkeit her ...»

Sie schrak zusammen.

«Alles in Ordnung, Faith?», fragte die Fremde, die sie offenbar kennen sollte. «Sie sehen ein bisschen blass aus.»

Faith schüttelte den Kopf, hielt sich die Ohren zu und rannte an der langen Supermarktschlange vorbei durch die automatischen Türen ins Freie, als wäre der leibhaftige Teufel hinter ihr her.

39

«Bitte, Mister. Bitte! Ich sage nichts, lassen Sie mich gehen. Ich will nach Hause. Ich will zu meiner Mom ...», flehte das vormals hübsche Mädchen wimmernd. Ungeschickt hielt sie die Käfigstangen umklammert.

Ed hockte sich hin und neigte den Kopf zur Seite.

«Ich verrate nichts, ich schwöre es!», bettelte sie.

Er schüttelte den Kopf. «Wir wissen beide, dass das nicht stimmt, Schätzchen.»

«Doch! Doch!»

«Nein! Nein!», äffte er ihre weinerliche Stimme nach. Er hatte Kopfschmerzen. Er hatte einfach nicht so viel Geduld wie Derrick. Wenn sie guter Cop/böser Cop spielten, war immer er der Böse.

«Meine Mom braucht mich, Mister. Sie ist krank. Ich muss mich um sie kümmern. Sie hat sonst niemanden.»

«Ich hatte auch mal 'ne Mom», gab Ed zurück. «Jeder hat 'ne Mom. Das ist nichts Besonderes.» Er zündete sich eine Zigarette an.

«Ich sage nichts!»

«Das hab ich schon öfter gehört.» Er sah sich in dem von Kerzen erleuchteten Raum um und seufzte genervt. Er dachte an die blonde Schlampe, als er am Schloss herumfingerte.

«Ich will zu meiner Mom!»

Ed musterte sie lange. «Wie alt bist du ...? Wie heißt du noch mal, irgendwas aus 'nem Weihnachtslied, oder?»

«Ja, Mister, ich heiße Noelle. Noelle Marie. Meine Mutter ist katholisch. Sie glaubt an Gott. Wir glauben beide an Gott.»

Er verdrehte die Augen. «In dem Schuppen, wo du arbeitest, glaubst du bestimmt nicht an Gott.»

«Ich bin siebzehn! Ich bin erst siebzehn!», schluchzte sie.

Er nickte. «Das ist jung. Du bist die Jüngste bis jetzt. Hast dein ganzes Leben noch vor dir. Na gut ... Ich sag dir was: Du hast mich überzeugt, ich geb dir noch 'ne Chance – 'ne Art von Chance. Wir spielen ein Spielchen. Es heißt ‹Vertrau mir›. Du zeigst mir, ob ich mich auf dich verlassen kann. Wenn du besser bist als die anderen, wenn du ehrlich bist, lass ich dich vielleicht gehen. Weil, Ehrlichkeit bedeutet mir viel. Ich bin so oft angelogen worden. Und das tut weh.»

«Ich tue Ihnen nicht weh! Ich bin anders als die andern. Ich bin ehrlich», wimmerte sie. «Ich bin anders. Ich kann Geheimnisse bewahren. Ich hab schon schlimmere bewahrt.»

«Das klingt interessant. Na ja, es wär unfair, dir die Sünden der anderen vorzuwerfen. Ich bin nicht *loco*, weißt du? Man kann mit mir reden. Ich nehm dir die Handschellen ab, weil die wahrscheinlich weh tun, und dann mach ich den Käfig auf und geh raus, Noelle. Ich geh zur Tür raus. Und wenn ich wiederkomme, will ich dich genau hier drin sehen, hier, in deinem Käfig. Vielleicht komm ich in fünf Minuten oder in fünf Stunden oder in fünf Tagen. Aber wenn du noch genau hier bist, wenn ich wiederkomme, dann weiß ich, dass ich mich auf dich verlassen kann, und lass dich gehen. Wir hatten ja schon unsern Spaß, du und ich. Wenn du niemandem was erzählst und ich keinen Ärger kriege, dann kann ich mit unserem kleinen Geheimnis leben.»

Sie nickte weinend. Sie schaute weg von der Wand vor ihr, aber er wusste, dass sie die Fesseln und Werkzeuge gesehen hatte. Er wusste, dass sie sich vorstellen konnte, was mit ihren verlogenen, treulosen Schwestern passiert war. «Ich werde hier sein. Sie können sich darauf verlassen, Mister. Ich schwöre es.»

«Das sehen wir dann, Schätzchen. Du darfst keinen Zentimeter aus deiner Kiste raus. Das ist deine Höhle, hast du mich verstanden?»

Sie nickte wild.

Er tat, was er versprochen hatte, öffnete das Vorhängeschloss des Käfigs, und sie streckte ihm die Hände hin. Er schloss ihr die Handschellen auf und rieb ihre wunden Handgelenke. Dann gab er ihr einen Kuss auf den Kopf. «Aber enttäusch mich nicht, Noelle Weihnachten. Ich erwarte Großes von dir.»

Dann stand er auf, blies die Kerzen aus und ging.

Zu ihrer Verteidigung: Es dauerte fast zwei Stunden, bis sich die Tür langsam öffnete. Er sah auf die Uhr. Er an ihrer Stelle hätte sich nach einer Sekunde aus dem Staub gemacht, aber er wusste ja auch, wozu er fähig war. Er drückte die Zigarette aus, bevor ihn die Glut in der pechschwarzen Finsternis verriet. Grinsend beobachtete er durch das Nachtsichtgerät an seiner Armbrust, wie sie sich in panischer Angst umsah. Dann rannte sie ungelenk wie eine Fledermaus die wackelige Verandatreppe herunter, nackt bis auf das Hemd. Er ließ sie bis an den Rand des Zuckerrohrfelds kommen, dann jagte er ihr einen Pfeil ins Bein.

«Nein! Nein!», kreischte sie, als er sie packte und sich über die Schulter warf.

«Hier hört dich keiner, Schätzchen. Ihr seid doch alle gleich», grunzte er, als er die knarrende Treppe hinaufstieg und mit dem Fuß die Tür auftrat.

«Es tut mir leid! Es tut mir leid! Ich sage nichts!»

«Kann keiner von euch trauen. Aber diesmal hab *ich* gelogen, wenn es dich tröstet, Schätzchen. Ich hätte dich sowieso umgebracht», sagte Ed, als er die Tür hinter sich schloss und die Dunkelheit sie verschluckte. «Es hätte vielleicht nur weniger weh getan.»

40

Bryan kam sich vor, als hätte ihn die Schuldirektorin einbestellt. Elisabetta Romolo, von den Strafverteidigern heimlich Maleficent genannt, lauschte dem Detective mit gerunzelter Stirn und geschürzten Lippen, als wäre sie entweder ganz gebannt oder zunehmend verärgert über das, was sie hörte. Die stellvertretende Leiterin der Abteilung für Schwerverbrechen bei der Staatsanwaltschaft von Palm Beach County trug eine schicke Brille, die zu ihren dunklen Augen passte, und einen teuren Hosenanzug, der weit über das Budget eines Staatsanwalts hinausging. Bryan kannte sich mit Marken nicht aus, aber auf ihrer Brille stand Prada, und ihre Handtasche hatte das Karomuster, nach dem Audrey immer geschielt hatte, wenn sie am Burberry-Outlet in Sawgrass vorbeikamen. Die Staatsanwältin trug ihr langes schwarzes Haar in einem Pferdeschwanz, der wie ein Accessoire über ihrer Schulter lag. Die meisten Männer fanden Elisabetta Romolo attraktiv – es sei denn, der Mann stand wegen Mordes vor Gericht, und sie war die Anklägerin. Oder er war leitender Ermittler in einem Mordfall, und sie war die Anklägerin.

«Wir haben Angelina Santris Haare im Kofferraum gefunden. Gestern sind die Laborergebnisse gekommen. Die Fasern im Wagen passen zu dem Stofffetzen, den wir in Pahokee gefunden haben», fuhr Bryan fort, als sie nichts sagte. «Allerdings konnten wir das Hemd oder Kleidungsstück nicht finden, zu dem es gehört.»

Elisabetta blinzelte zwei Mal. «Und Sie haben die zwei Zeugen, die Poole mit dem Opfer gesehen haben: Faith Saunders und ihre Tochter.» Sie warf einen Blick in den Polizeibericht, der vor ihr lag. «Ihre vierjährige Tochter.» Sie seufzte. «Ich hasse Kinder. Als Zeugen», fügte sie nach einer Sekunde hinzu.

«Ja. Es sind Indizien, und ich wünschte, wir hätten die Mordwaffe, aber zusammengenommen sind die Teile überzeugend, finde ich.»

Sie tippte mit einem langen roten Fingernagel auf den Bericht der Gerichtsmedizin. «Ansonsten haben Sie nichts im Kofferraum gefunden, Detective? In Anbetracht der Gewalt, die Angelina Santri angetan wurde, müsste da doch mehr sein. An ihrer Leiche und im Kofferraum.»

Bryan nickte. «Vielleicht war sie nach ihrem Tod nicht mehr im Kofferraum. Vielleicht lag sie nur vorher da drin. Vielleicht hat er sie k. o. geschlagen und im Kofferraum nach Pahokee gebracht, bevor er sie abgeschlachtet hat. Sie konnte sich befreien, hat Faith Saunders in ihrem Wagen gesehen und wurde dann zu Fuß an den Ort gebracht, wo sie ermordet wurde.»

«Hat man ihre Leiche nicht in Belle Glade gefunden?»

«Doch.»

«Tja, er wird sie nicht gezwungen haben, zu Fuß von Pahokee nach Belle Glade zu gehen. Wie ist die Leiche an den Fundort gekommen? Sie wurde irgendwie transportiert. Und zu diesem Zeitpunkt musste sie voller Matsch gewesen sein, wenn nicht voller Blut.»

«Ich weiß, was Sie meinen. Wahrscheinlich wurde die Leiche verpackt, in einer Plane oder einer Decke, und deswegen finden wir keine Spuren», antwortete er gereizt. Es war, als würde er von der Verteidigung gegrillt.

«Oder sie wurde irgendwie anders, in einem anderen Wagen beispielsweise, dorthin gebracht, Detective. Verstehen Sie mich nicht falsch, mir gefallen die Haare. Sie sind ein starkes Argument, und sie stellen eine Verbindung zu seinem Wagen her. Aber sie machen keinen wasserdichten Fall daraus. Ehrlich gesagt ist der beste Beweis, den Sie haben, zugleich der problematischste – Ihre Zeugen. Reden wir mal über diese Mom, die Sie als verschlossen beschreiben. Warum hat sie zwei Wochen gewartet, bis sie zur Polizei ging? Und auch das erst, nachdem ihr Kind geredet hat? Das ist nicht sehr ermutigend. Es sagt mir – nein, es sagt den Geschworenen –, entweder: a) die bezeugte Interaktion zwischen Poole und Santri war nicht wirklich alarmierend, was unserem Fall nicht gut bekäme und nicht zu dem passt, was ihr Kind sagt; oder b) sie ist ein kalter Unmensch, der Besseres zu tun hatte, als die Polizei zu rufen und der Frau zu helfen; oder c) sie hält etwas zurück.»

«Was ist mit d? Sie hatte panische Angst vor dem Kerl und wollte nicht, dass er sie aufspürt.»

Sie nickte. «Zu Recht. Genau das ist gerade passiert.»

«Diese Begegnung im Supermarkt war kein Zufall.»

«Natürlich nicht. Sehr unangenehm. Aber nicht schlimm genug, um ihm Zeugenmanipulation vorzuwerfen.»

Er schüttelte den Kopf. «Natürlich kann ich niemanden verhaften, weil er im selben Supermarkt einkauft wie eine mögliche Zeugin in einem Fall, der noch nicht mal zur Anklage gekommen ist. Er hat zu ihr gesagt, sie soll aufpassen. Die Botschaft ist angekommen: Ich glaube, die Lady steht kurz vor dem Zusammenbruch.»

«Verständlich. Er weiß, wo sie einkaufen geht; bestimmt weiß er auch, wo sie wohnt. Ihr Phantombild hatte Wirkung, Detective – die Presse interessiert sich für den Fall. Bald weiß die ganze Welt, wer Faith Saunders ist.» Sie seufzte und tippte auf ein Foto des blutigen Opfers. «Trotzdem, zwei Wochen zu warten, bevor sie den Mund aufmacht, macht mich skeptisch, Detective. Es lastet viel zu viel auf dem kleinen Kind. Und ich bin nicht die Einzige, die keine Kinder mag – manche Richter lassen sie im Gerichtssaal gar nicht zu. Kinder sind notorisch schlechte Zeugen. Was mich zur nächsten Frage führt: Warum haben Sie Poole noch nicht von *Maggie* Saunders identifizieren lassen?»

«Ich dachte, wir machen lieber eine Gegenüberstellung. Ich wollte die Kleine nicht mit Fotos von anderen Männern und einem alten Führerscheinfoto von Poole durcheinanderbringen.»

«Sie wissen, dass Sie am Arsch sind, wenn das Kind Poole nicht identifiziert, oder? Es kann Ihnen das Genick brechen, vor allem bei dieser Mutter, von der wir beide wissen, dass sie eine schlechte Zeugin ist. Die Haare? Poole wird argumentieren, dass sie an seiner Jacke hingen, weil er Santri zum Abschied umarmt hat, die – Achtung! – eine willige Prostituierte war, wie er behaupten wird. Dann hat er seine Jacke in den Kofferraum gelegt und ist nach Hause gefahren. Es gibt zu viele harmlose Erklärungen, Detective.» Sie machte eine Pause. «Und weniger harmlose. Vielleicht wird er behaupten, *Sie* hätten ihm die Haare in den Kofferraum gelegt – um ihm was anzuhängen.»

Bryan spürte, dass sein Gesicht heiß wurde und Wut in ihm aufkochte. Er zeigte auf Pooles Akte aus dem Jugendgefängnis. «Sie haben seine Akte gesehen», antwortete er ruhig. «Sie wissen, mit wem wir es zu tun haben.»

«Interessant, aber unzulässig. Reden wir über die anderen Morde, von denen Sie mir erzählt haben. Gibt es irgendeine Verbindung zu Poole? Die leiseste Spur?»

Er schüttelte den Kopf. «Wie gesagt, gleicher Opfertyp, ähnlicher Fundort. Verschiedene Tötungsarten, aber Verstümmelungen in drei Fällen. Und alle Leichen waren sauber, nicht die geringste Spur.»

Elisabetta nickte nachdenklich. «Die vierjährige Zeugin macht Santri für die Presse interessant, und jetzt, da der Fall in den Nachrichten ist, melden sich vielleicht noch mehr Zeugen. Natürlich würde auch die Angst vor einem Serienkiller, der in Palm Beach sein Unwesen treibt, die Telefone heiß laufen lassen, aber ich habe was gegen diese Strategie, solange wir keine Beweise haben, Detective.»

Die Schuldirektorin hatte ihn zurechtgewiesen. Bryan mochte Elisabetta Romolo nicht, auch wenn sie vor Gericht eine der besten Anklägerinnen war. Sie hatten vor Jahren bei einem Raubüberfall miteinander zu tun gehabt, als sie gerade angefangen hatte und noch sehr viel bescheidener und umgänglicher gewesen war als jetzt. Er erinnerte sich nicht mehr an die Einzelheiten, nur dass sie zurückhaltend und freundlich war und schöne Beine hatte. Dann hatte sie, so die Gerüchteküche, einen reichen, fiesen Anwalt geheiratet, der sie betrog, und war auf die böse Seite gewechselt. Bei der Scheidung sackte sie die Hälfte seines Vermögens ein – daher die schicken Kleider. Die andere Hälfte ging ans Finanzamt, als er wegen Steuerhinterziehung in den Knast wanderte, nachdem irgendein Vögelchen etwas von Auslandskonten gezwitschert hatte.

Bryan wusste, dass man es als Polizistin oder Staatsanwältin in den von Männern dominierten Gerichtssälen nicht leicht hatte. Aber wenn einmal bewiesen war, dass man es mit den Großen aufnehmen kann, gibt es keinen Grund mehr, jeden Schwanzträger anzupinkeln – inklusive der Detectives, auf die sie angewiesen war.

Ohne ein weiteres Wort stand Elisabetta auf, ging zur Tür und öffnete sie.

Da er nicht das Gefühl hatte, dass sie irgendwohin wollte, packte er die Santri-Akte zusammen und erhob sich. Offensichtlich war das Gespräch beendet. «Was kommt als Nächstes?», fragte er, als er die Akte in den Zuckerrohrkiller-Karton schob.

«Was brauchen Sie für eine Mordanklage? Egal was, ich besorge es Ihnen. Ich kriege das hin.»

«Wir machen eine Gegenüberstellung mit dem Kind. Mal sehen, ob die ihn auch identifiziert.»

«Okay. Und wenn nicht?»

Sie musterte ihn über die schicke Brille hinweg. Während sie ihm die Tür aufhielt, trommelten ihre Absätze ungeduldig auf den Dielen. Mit einem Nicken zeigte sie auf den Pappkarton. «Wenn nicht, dann ist Poole vielleicht nicht Ihr Mann, und es gibt einen Grund dafür, dass Sie keine weiteren Spuren finden – oder eine Verbindung zu den vier anderen Morden, Detective. Nämlich, weil es keine gibt.»

41

«Bist du dir ganz sicher, dass er es ist? Der Mann mit der Nummer fünf?», fragte Bryan sanft. Innerlich hüpfte er vor Aufregung. Das Mädchen hatte nicht mal gezögert. Das Ganze hatte zwei Minuten gedauert.

Maggie nickte und rieb sich die Nase. «Ja. Wegen ihm hat die Frau geweint», flüsterte sie und starrte durch die Scheibe auf die fünf dunkelhaarigen, sauber rasierten Männer in Schwarz, von denen er befürchtet hatte, sie würden in den Augen des Kindes wie Fünflinge aussehen.

«Okay», sagte Bryan in die Gegensprechanlage. «Fünf kann zurücktreten.»

«Er kann mich nicht sehen, oder? Sonst schimpft er mit mir», sagte Maggie kleinlaut.

«Nein, Liebes», antwortete Tatiana, «keiner von ihnen kann dich sehen.» Sie klopfte Maggie auf die Schulter. «Gut gemacht.»

«Gut, dass du heute hergekommen bist und so mutig warst», erklärte Bryan schnell. Derrick Pooles Anwalt lauerte irgendwo hinten im Raum, leise genug, um kurz vergessen zu werden – was genau das war, was er bezweckte. «Warum gehst du nicht schon mal mit deinem Dad zu dem Snackautomaten vor meinem Büro, und ich komme in ein paar Minuten nach?», sagte er und schob Maggie und Jarrod zur Tür. Jarrod, selbst ehemaliger Verteidiger, kannte die Regeln gut genug, um nichts zu sagen. Er nahm Maggies Hand, und sie gingen zusammen den Flur hinunter.

«Sie haben ihr gesagt, dass sie den Richtigen genommen hat», beschwerte sich Richard Hartwick, Pooles Anwalt, als sie weg waren. Er hatte Triefaugen wie ein Basset – alles hing in seinem langen Gesicht. Selbst nach einem Freispruch sah der Mann aus wie das wandelnde Elend.

«Ich bitte Sie, Richard», gab Elisabetta knapp zurück. «Sie hatte sich sofort festgelegt. Sie sind nur sauer, weil es jetzt nicht mehr einer, sondern zwei Zeugen sind, die Ihren Klienten identifiziert haben.»

«Ich bitte *Sie*, Elisabetta», schoss Hartwick zurück und griff nach seiner Aktentasche. «Eine davon ist vier. Und was hat sie gesehen? Dass er mit einer Frau zusammen war, die später gestorben ist? Das Opfer war dafür bekannt, dass es sich während und nach der Arbeit einvernehmlich auf Aktivitäten einließ, die nicht auf dem Dienstplan standen. Gehen wir davon aus, dass sie genau das mit meinem Klienten getan hat. Sie hatten ihren Spaß, jeder ist seiner Wege gegangen, und sie haben einander nie wiedergesehen. Tragisch für sie. Mein Klient war bestürzt, als er von ihrem Ableben erfuhr.»

«Ach ja? Dann erklären Sie mir mal, Richard, weshalb er plötzlich auf die Idee kam, im Supermarkt meiner Zeugin einkaufen zu gehen, wo er rein zufällig mit ihr zusammenrumpelte? Wollen Sie mich für dumm verkaufen?»

«Ich weiß, dass Sie ihm allzu gern etwas anhängen würden, Elisabetta. Deshalb muss es Sie gewaltig wurmen, dass er Ihre Zeugin nicht bedroht hat, damit Sie ihn wenigstens heute festnehmen könnten. Aber er hat Sie nicht bedroht, und Sie können ihn nicht festnehmen, und deshalb spazieren wir beide heute hier raus. Rufen Sie mich an, wenn Sie irgendwas in der Hand haben.»

«Was zum Teufel hat er draußen in Pahokee gemacht, Richard?», rief sie, als er zur Tür ging. «Kommen Sie. Eine Spritztour während eines Tropensturms? Ein bisschen weit weg von Boca und Riviera Beach, finden Sie nicht? Und wie lang hat diese einvernehmliche Aktivität gedauert? Zwei Tage?»

Richard drehte sich noch einmal um. Er war etwas größer als Maleficent, aber er wirkte klein neben ihr, trotz der Wut in seiner Stimme. «Ihr Problem ist, Elisabetta, dass Ihre *Zeugen* nicht Zeugen eines Verbrechens waren», blaffte er. «Sie haben nicht gesehen, wie die Frau gegen ihren Willen verschleppt wurde. Sie haben keine Waffe gesehen. Sie haben nicht gesehen, wie ihr Gewalt angetan wurde. Davon steht nichts in den Berichten. Und falls es so wäre, würde es in den Berichten stehen.» Er sah Bryan Nill an. «Ich weiß, dass Sie vorhaben, ihm auch noch irgendwelche anderen Morde anzuhängen, die Sie auf dem Tisch haben, Detective Nill. Sie wollen alle Ihre losen Enden zu einem handlichen Päckchen verschnüren, weil Sie sich einbilden, dann würde Ihr Fall besser klingen. Aber damit werden Sie nicht weit kommen. Sie haben nichts in der Hand als ein paar unzusammenhängende Morde, also schrecken Sie die Bewohner von Palm Beach nicht auf, indem Sie den Nachrichtensendern das Stichwort Serienmörder liefern. Ich warne Sie, ich bin bereit, Sie wegen Diffamierung zu verklagen.»

«Sagen Sie mir nicht, wie und in welchen Fällen meine Detectives ermitteln sollen», ermahnte Elisabetta ihn scharf, bevor Bryan ausfällig werden konnte. «Ihre Drohung bewirkt genau das Gegenteil.»

Hartwick schnaubte und ging zur Tür.

«Und Sie haben mir immer noch nicht die Frage beantwortet, auf die auch die Geschworenen eine Antwort hören wollen, Richard», rief sie ihm nach. «Was zum Teufel wollte er in Pahokee?»

«Ich helfe Ihnen nicht bei Ihrer Arbeit, Elisabetta», schoss er zurück, die Hand auf dem Türgriff. «Das Warum, Wer, Wo und Wie müssen Sie schon selbst ermitteln. Ich kann Ihnen nur einen Rat geben, bevor Ihr berüchtigtes Temperament mit Ihnen durchgeht und Ihr Urteilsvermögen trübt: Ihre Beweise müssen über jeden Zweifel erhaben sein. Viel Glück dabei.»

42

«Nehmen Sie ihn jetzt fest?», fragte Faith und starrte nervös über den Parkplatz zum Polizeirevier. Jedes Mal, wenn die Glastür aufging, hielt sie die Luft an, bis sie sah, wer herauskam. Der Mann war noch drin. Die beängstigende Frage war: *Würde er herauskommen?*

Jarrod seufzte und schüttelte den Kopf. «Ich weiß es nicht, Faith.»

Sie standen zwischen ihrem Explorer und seinem Infiniti am Ende des Parkplatzes, wo die Streifenwagen parkten. Maggie war schon in Jarrods Wagen auf dem Kindersitz festgeschnallt, wo die Klimaanlage und ihr Lieblingsfilm *Frozen* liefen. Detective Maldonado hatte ihr die DVD geschenkt, als sie das Revier verließen. Maggie war sofort in den Film vertieft und hörte ihre Eltern gar nicht mehr.

Faith strich ihr abwesend über das Haar. «Jarrod, was hat der Detective gesagt, als Maggie den Mann identifiziert hat? Sie hat den Richtigen erkannt, oder? Derrick Poole?»

«Sie halten keine Namensschilder hoch, Liebling. Detective Nill hat angedeutet, dass Maggie auf den richtigen Mann gezeigt hat. Ich habe danach mit Elisabetta gesprochen. Anscheinend gibt es Probleme.»

«Wer ist Elisabetta?», fragte Faith ausdruckslos und versuchte, ihre plötzliche Eifersucht bei der Vertrautheit, mit der er den Namen der fremden Frau aussprach, zu verbergen.

«Die Staatsanwältin, Elisabetta Romolo. Ich kenne sie noch aus Miami. Ich hatte mal einen Klienten, der in Palm Beach vor Gericht stand. Sie war die Anklägerin.»

«Oh. Was hat sie über den Fall gesagt?»

«Dass sie mehr Beweise braucht.»

«Was? Sie haben Haare im Kofferraum gefunden, das hat mir der Detective erzählt.»

«Ja, aber die Haare allein genügen nicht. Die kann man wegerklären. Außerdem haben sie rote und schwarze Fasern gefunden, die anscheinend mit einem Stofffetzen übereinstimmen, der in Pahokee gefunden wurde, aber die DNA, die sie an dem Stoff gefunden haben, passt nicht zu Poole.»

«Aber wir haben ihn mit der Frau gesehen! Maggie und ich!»

«Es geht nicht um die Identifizierung. Sie glauben euch, dass ihr den Typ da draußen gesehen habt. Das Problem ist, ihr habt keine Straftat beobachtet, sagt Elisabetta. Ihr habt nicht gesehen, wie er ihr Gewalt angetan oder sie gegen ihren Willen verschleppt hat. Ihr habt keine Waffe gesehen. Sie hat um Hilfe gebeten und geweint, aber dann hat er sie umarmt und ist mit ihr weggegangen. Das allein ist nicht belastend. Du hast selbst gesagt, du hast nicht gedacht, dass er der Frau weh tun würde, und deshalb hast du die Polizei nicht gerufen. Elisabetta weiß, dass die Verteidigung es so hindrehen wird. Der letzte Mensch zu sein, mit dem eine Stripperin-Schrägstrich-Prostituierte lebend gesehen wurde, bevor sie starb, reicht nicht für eine Verurteilung wegen Mordes – man muss immer noch beweisen, dass er den Mord auch begangen hat. Und sobald er verhaftet wird, fängt die Uhr zu ticken an. Sie haben ab dann nur 180 Tage, um ihn vor Gericht zu bringen. Das sind sechs Monate. Wenn sie nicht genug Beweismaterial haben und den Fall aussetzen in der Hoffnung, mehr zu finden, tickt die Uhr weiter. Und wenn er vor Gericht steht, und sie verlieren den Fall ... Das Gesetz schreibt vor, dass niemand wegen desselben Verbrechens zweimal angeklagt werden kann. Die Staatsanwaltschaft hat nur einen Versuch, und falls Poole ein Serienmörder ist, falls er auch für die Morde an den drei anderen Frauen verantwortlich ist, dann wollen sie den einzigen Fall, in dem es wenigstens ein paar Indizien gibt, die ihn mit dem Opfer in Verbindung bringen, nicht in den Sand setzen. Denn soweit ich verstehe, haben sie bei den anderen drei Fällen gar nichts, außer dass es ein ähnlicher Opfertyp ist – Prostituierte und Stripperinnen – und dass sie in einem Zuckerrohrfeld gefunden wurden.»

«Also kommt er heute Abend hier raus?» Faith sah mit Tränen in den Augen zur Glastür des Polizeireviers.

«Solange sie nicht mehr belastende Beweise finden oder Elisabetta ihre Strategie ändert, fürchte ich, ja.»

Aus irgendeinem Grund spürte sie jedes Mal, wenn er diesen Namen aussprach, einen Stich im Herzen. Doch Eifersucht war das Letzte, was sie im Moment gebrauchen konnte, und sie ärgerte sich über sich selbst.

«Es ist nur eine Frage der Zeit, bis sie mehr gegen ihn finden», fügte er hinzu, als sie nichts sagte. «Sie geben nicht auf, Faith. Ich bin überzeugt, dass sie sein Leben auseinandernehmen, bis sie auch den kleinsten Hinweis finden, den sie gegen ihn verwenden können. Glaub mir, ich habe gesehen, wie Staatsanwälte andere Fälle mit weniger Material vor Gericht gebracht und gewonnen haben. Aber wegen der anderen Morde, derer er verdächtigt wird, wollen sie nicht vorschnell Anklage erheben. Und wenn sie nicht mehr finden, bringen sie ihn wahrscheinlich trotzdem vor Gericht. So war es bei Lynne Friend – es hat fast zwanzig Jahre gedauert, bis ihr Exmann angeklagt wurde, und sie hatten nicht mal eine Leiche.»

Faith nickte. Lynne Friend war eine Frau aus Miami, die 1994 mitten während der Scheidung spurlos verschwand, nachdem sie bei ihrem Exmann vorbeifahren wollte, um den Unterhaltsscheck abzuholen. Sie fanden ihren Wagen mit ihrer Handtasche und den Schlüsseln, aber kein Blut oder sonst einen Hinweis auf ein Verbrechen. Am Abend, als sie verschwand, hatte die Küstenwache zehn Kilometer vor der Küste von Miami Beach ein Boot angehalten, das sie für ein Schmuggelschiff gehalten hatten. Die Beamten hatten gesehen, wie zwei Männer an Bord ein relativ großes Paket ins Wasser warfen. Als sie das Schnellboot erreichten, das zunächst geflohen war, stellte sich heraus, dass Lynne Friends Exmann am Steuer war. Achtzehn Jahre später wurde Clifford Friend ohne weitere Beweise oder ein Geständnis wegen Mordes angeklagt. Letztes Jahr wurde er verurteilt, obwohl Lynne Friends Leiche nie gefunden wurde.

Jarrod griff nach ihren Händen. «Du bist eiskalt, obwohl es über zwanzig Grad warm ist. Was ist los?», fragte er lächelnd. Er zog sie an sich, und sie ließ es geschehen. «Alles wird gut», sagte er und umarmte sie fest. «Die Polizei regelt das. Gott sei Dank, dass dir und Maggie nichts passiert ist.» Sie spürte seinen Bizeps und die warmen Hände an ihrem Rücken, als er sie an sich drückte.

Es war das erste Mal seit Wochen, dass er sie umarmte, und sie ... fühlte sich augenblicklich schlechter. Sie sehnte sich nach seinen starken Armen, wünschte, dass er ihren kleinen Körper mit seinem verschluckte, sie vor dem Monster beschützte, das jeden Moment aus dem Gebäude kommen würde. Sie wollte seinen Herzschlag hören und sein Aftershave riechen und seine Muskeln durch das gestärkte Hemd spüren. Sie wollte sich in seiner Umarmung verlieren wie so viele Male zuvor. Aber gleichzeitig wusste sie, dass sie es nicht verdient hatte – sie verdiente nicht, dass er sie liebte, sie beschützte, sie akzeptierte. Seine Arme fühlten sich an wie ein Schraubstock der Schuld, der ihr den Atem raubte. Und dann war da die Praktikantin. Hatte er sie auch so umarmt? Sie an sich gedrückt? Ihr gesagt, dass alles gut werden würde? Sie bezweifelte, dass er Sandra drei Monate lang gevögelt hatte, ohne sie einmal zu umarmen, ohne ihr süße Worte ins Ohr zu flüstern. Immerhin hatte das Mädchen behauptet, sie liebte ihn.

Sie machte sich los. «Ich muss nach Fort Lauderdale. Ich habe einen Termin mit der Maklerin. Kannst du Maggie in den Kindergarten bringen?»

Er nickte. Er sah verletzt und verwirrt aus, und sie fühlte sich noch schlechter, aber auch irgendwie besser.

«Sag Mrs. Wackett, dass ich Maggie kurz nach vier abhole. Bis dahin müsste ich fertig sein», erklärte sie. «Ich gehe dann mit ihr in den Park.»

Er drehte sich zum Wagen.

«Das ist alles ... so schwer», war alles, was sie noch sagen konnte.

«Für uns beide», antwortete er sanft. «Bleib zuversichtlich, Faith. Alles wird gut.»

Es wäre der perfekte Moment, ihm von den Lügen zu erzählen, ihm zu vertrauen, den Schritt zu tun, zu dem ihr wahrscheinlich jeder Therapeut geraten hätte, damit sie ihm die Affäre vergeben konnte und sich selbst ihre Fehler. Aber sie brachte nur ein Nicken zustande, bevor sie eilig zu ihrem Wagen ging.

Weil sie wieder den Blick auf die Glastür des Polizeireviers gerichtet hatte: In diesem Moment trat die dunkelhaarige Person in dem schwarzen Anzug heraus in die strahlende Sonne Floridas.

43

«Es sind 120 Quadratmeter. Vorher war hier ein Imbiss, deshalb gibt es schon eine kleine Küche, was wunderbar ist. Ich finde, als Cupcake-Bäckerei hat es Riesenpotenzial.» Die Immobilienmaklerin trug hübsche Sandalen, die allerdings dringend neu besohlt werden mussten. Als sie den Raum abschritt, um Faith die Details des fast leeren Lokals zu zeigen, das nach altem Frittieröl roch, klickten die Absätze metallisch auf die Fliesen wie ein Specht, der eine Blechdose bearbeitete.

Faith nickte abwesend.

«Und die Lage am Las Olas Boulevard ist unschlagbar», fuhr sie munter fort und zeigte zum Schaufenster, das auf den von Bäumen gesäumten Boulevard mit Cafés und Boutiquen ging, der vom Zentrum von Fort Lauderdale zum Strand führte. Allerdings waren die Fenster und die Tür noch mit braunem Packpapier zugeklebt. «Hier hat Ihr Laden jede Menge Laufkundschaft.»

Eine lange Pause entstand, während die Maklerin darauf wartete, dass Faith etwas sagte.

«450 Dollar pro Quadratmeter sind ... eine Menge Cupcakes, die wir verkaufen müssen, um die Miete reinzubekommen.» Ihre Stimme verlor sich. Durch einen Riss im Packpapier konnten sie die vielen Touristen sehen, die Eis aßen, Kinderwagen schoben und die Schaufenster betrachteten. Im Vorübergehen kamen mehrere ans Fenster und spähten durch einen Riss nach drinnen. Faith erwartete, dass jeden Moment Derrick Pooles Gesicht auftauchen würde, die Augen mit den Händen abgeschirmt, um den Raum nach ihr abzusuchen. Sie stellte sich hinter eine Säule.

«Sie sagten doch, Sie suchen etwas auf dem Las Olas Boulevard ...? Faith? Haben Sie es sich anders überlegt? 450 ist der gängige Preis hier. Die Ladenzeilen in der Stadt und am Strand liegen mehr oder weniger in der gleichen Preisklasse. Falls Sie vielleicht etwas auf der Federal Road wollen, das ist weiter im Norden, eine Gegend, die sich gerade rasant verändert ...»

Die Maklerin redete weiter, doch Faith hörte nicht mehr zu. Es war schwer, mit Enthusiasmus die Zukunft zu planen, wenn sie so ungewiss war. «Tut mir leid, Jackie, aber ich ...», sagte sie, als eine weitere erwartungsvolle Pause entstand. «Ich, also, ich ... ich kann mich heute einfach nicht konzentrieren. Ich habe so viel im Kopf, das ist alles. Es hat nichts mit dem Laden zu tun.»

Sie riss den Blick vom Fenster los und sah sich in dem verlassenen Imbiss um. Über der Stelle, wo wahrscheinlich einmal ein Kühlschrank gestanden hatte, hing immer noch das Schild «Izzy's Monster Subs». Die Stühle waren auf ein paar einsame Tischchen gestapelt, als hätte der Laden nur über Nacht geschlossen, nicht für immer – als müsste nur jemand kommen, das Packpapier von den Scheiben reißen, den Grill anfeuern und das «Geschlossen»-Schild an der Tür umdrehen. Der Laden würde weitergehen, aber nicht Izzy's Monster Subs: Izzy hatte den Vertrag gekündigt und die Stadt verlassen; den Kühlschrank hatte sie wahrscheinlich mitgenommen. Wenn Faith die 120 Quadratmeter nicht mietete, würde jemand anderes kommen und einen Süßigkeitenladen, eine Weinbar oder eine Tierhandlung aufmachen. Eine Welle der Traurigkeit stieg in ihr auf. Alles konnte neu erfunden werden; jeder konnte ersetzt werden.

Es war Zeit, Detective Nill anzurufen und ihm von dem zweiten Mann zu erzählen. Sosehr sie das auch wollte, sie konnte nicht weiter den Kopf in den Sand stecken. Die Fasern aus Pooles Wagen, die mit dem Stofffetzen aus dem Gebüsch übereinstimmten, mussten von dem zweiten Mann stammen – dem Mann mit dem rot karierten Hemd, der Angelina weggezerrt hatte, nachdem sie «Nein!» geschrien hatte. Es war Zeit, endlich zuzugeben, was sie damals vor dem verwilderten Grundstück wirklich gesehen hatte, sowohl vor dem Detective als auch vor sich selbst. Es war Zeit, reinen Tisch zu machen und das schreckliche Chaos aufzuräumen, das sie zu ersticken drohte, das jeden

Aspekt ihres Lebens vergiftete und mit all den Lügen jeden ihrer Gedanken verschlang. Sie musste das Richtige tun, egal mit welchen Konsequenzen sie zu rechnen hatte. Sie musste tun, was sie konnte, um Poole und seinen Partner/Freund von der Straße zu bekommen, nicht nur, damit sie nachts wieder schlafen konnte, sondern auch wegen der anderen Frauen, denen die beiden in Zukunft weh tun würden. Nein. Keine Euphemismen mehr. Mach die Augen auf und sieh hin. Das Wort war *ermorden*. Wegen der anderen Frauen, die die beiden Männer *ermorden* würden. Sie bedankte sich bei der enttäuschten und verwirrten Jackie, sagte ihr, sie würde sich im Lauf der Woche melden, und folgte ihr durch die Hintertür auf eine Gasse.

Dann ging sie vor zum Las Olas Boulevard, wo ihr Wagen stand, und versuchte, sich mental darauf vorzubereiten, was als Nächstes kommen würde. Sie zündete sich eine Zigarette an, inhalierte tief und wartete, dass das Nikotin ihren Kreislauf erreichte, seine Wirkung entfaltete und sie beruhigte. Bald würde sich alles ändern. Sie hatte keine Ahnung, was Jarrod tun würde, wenn er von den Lügen, dem Trinken und dem zweiten Mann hörte. Vielleicht würde er zu dem Schluss kommen, dass es Zeit war, die Sachen zu packen – dass es nichts mehr gab, das sich zu retten lohnte, dass es Zeit war, die Türen zu schließen und woanders neu anzufangen. Mit jemand anderem. Faith versuchte, den Kloß, den sie im Hals hatte, herunterzuschlucken. Falls es so weit kam, würden sie sich das Sorgerecht für Maggie wahrscheinlich teilen. Einer der Gründe, warum sie nach der Affäre mit Jarrod zusammenbleiben wollte, war, dass sie Maggie genau das ersparen wollte. Sie wollte ihrer Tochter nicht am Telefon einen Gutenachtkuss geben oder sie samstagabends nicht bei sich haben, weil es «sein» Wochenende war. Sie wollte nicht allein ins Bett gehen und in die fremde, unheimliche Welt der Partnersuche zurückgeworfen werden. Sie wollte keine Verabredungen mit Männern, die sie nicht kannte. Sie wollte nicht, dass sich etwas änderte. Deswegen hatte sie ihre Wut heruntergeschluckt und einfach weitergemacht.

Aber jetzt ... jetzt hatte sie keine Kontrolle mehr über die Veränderungen. Diesmal hatte sie den Schaden angerichtet. Die Richtung, die ihre Beziehung nahm, die ihre Zukunft nahm, die Maggies Zukunft nahm, lag in Jarrods Händen. *Er* würde entscheiden, ob es vorbei war, *er* würde entscheiden, ob sie eine Teilzeitmutter sein würde, wie ein ungewollter Fisch, zurückgeworfen in das Becken der geschiedenen und verbitterten Frauen, die in ihrer Ehe versagt hatten.

Gedankenverloren ging sie an ihrem Wagen vorbei. Vor dem Royal Pig Pub blieb sie stehen. Auf der Terrasse räumten die Kellner gerade das Mittagessen von den Tischen und deckten für den Abend ein. Sie sah auf die Uhr. Es war halb drei. Das Schaufenster des Restaurants wurde geputzt, und sie konnte die große Bar im Innern sehen, die riesigen Fernseher, die überall hingen. Der nächste Laden war Starbucks. Das iPhone, das sie in der verschwitzten Hand hielt, war rutschig geworden. Für den Anruf, der ihr bevorstand, brauchte sie flüssigen Mut, und den gab es nicht Form von Frappuccino – sie wünschte, es wäre Koffein, das ihr fehlte. Und etwas zu essen würde ihr guttun, sagte sie sich. Sie hatte noch nicht zu Mittag gegessen.

Sie betrat das «Royal Pig – Gastro Pub & Kitchen» und ging auf die Empore mit dem imposanten rechteckigen Holztresen zu, das Herzstück des Restaurants, das eher Pub als Kitchen war. Riesige Flachbildschirme bedeckten die Wände, und jeder zeigte eine andere Sportart. Das Lokal brummte vor Aktivität, auch wenn kaum ein Gast da war – ein paar vereinzelte Personen an der Bar und in den Nischen ein paar Leute, die ihr Mittagessen beendeten. Faith fand einen Platz am Ende des Tresens, außer Sichtweite neugieriger Augen, die vielleicht durch die sauberen Schaufenster spähten, um zu sehen, wer dort war.

Sie suchte Detective Nills Nummer heraus und tippte sie ein. Dann legte sie das Telefon vor sich auf den Tresen. Sie musste nur noch die Wähltaste drücken.

Fast war sie so weit.

Doch zuerst bestellte sie einen Wodka Cranberry.

44

Viele Menschen erinnern sich genau an den Moment, als sie wussten, dass ihr Partner der Richtige war. Der erste Kuss, der sie atemlos machte, der Augenblick, in dem die Flugzeuge im Bauch abhoben, die Sekunde, als sie dachten: Mit ihm hätte ich gerne Kinder.
Faith erinnerte sich nicht.
Nicht, dass ihr erster Kuss nicht magisch gewesen wäre oder dass sie beim ersten Mal, als sie sich liebten, nicht gewusst hätte, dass er der Richtige war.
Sie konnte sich nur nicht daran erinnern.
Der Salty Dog Saloon auf der University Avenue war halb leer gewesen. Es war Mitternacht an einem Donnerstagabend, und die junge, wilde College-Horde hatte sich früher als sonst aufgelöst. Es war Examenswoche, und ein guter Teil der Studenten hatte am Freitag noch Prüfungen. Es war der 20. Oktober 2005.
«Na, du. Wie heißt du?» Der Typ mit den blonden Locken und den roten Wangen saß plötzlich neben ihr an der Theke.
Faith musterte ihren fröhlichen Nachbarn auf dem Barhocker. Er war süß: groß, schlank, muskulös in einem engen T-Shirt. Er sah aus wie ein Biker – kein Harley-Fahrer, sondern ein Mountainbiker. Nein ... eher wie ein Surfer, mit dem von der Sonne gebleichten Haar, auch wenn der Strand mehrere Stunden von Gainesville entfernt war. Nach seiner Bräune zu urteilen, stammte er eindeutig aus Florida. Oder Kalifornien. Auf jeden Fall hatte er keine italienischen Wurzeln und war nicht ihr Typ. Sie ignorierte ihn.
«Komm schon, wie heißt du?», fragte er wieder. «Du siehst aus, als wär dir langweilig.» Er neigte auf komische Art den Kopf und stützte ihn in die Hand, den Ellbogen auf der Theke. Doch er rutschte ab und wäre beinahe mit dem Kinn auf dem Tresen gelandet.

«Du siehst aus, als wärst du betrunken», gab sie zurück.

Er sah sich um und nickte. «Meine Freunde sind weg. Das ist echt traurig. Ich habe keine Freunde. Dabei standen wir uns so nahe. Sie waren wie Brüder für mich. Sag schon, wie heißt du?»

«Faith», antwortete sie.

«Im Ernst? ‹Cause you gotta have faith!›», grölte er laut und schief. Es klang kein bisschen wie George Michael.

«Das habe ich schon tausendmal gehört», sagte sie. «Wenn du schon schief singst, lass dir was Originelleres einfallen.»

«Okay, okay. ‹Reach out and touch faith!›» Wieder traf er keinen Ton. Hätte sie diese Zeile nicht auch schon tausendmal gehört, hätte sie den Song nicht mal erkannt.

«Das war die Depeche-Mode-Version», erklärte er grinsend. «Soll ich mal die von Marilyn Manson singen? Ich bin echt gut. Zum Glück sehe ich nicht aus wie er. Unheimlicher Typ.» Er schüttelte sich.

«Aber das Lied ist das gleiche», gab sie lächelnd zurück.

Er schlug mit der Hand auf den Tisch. «Drei Songs über deinen Namen! Über meinen Namen gibt es überhaupt keine Songs. Du Glückliche.»

«Echt beeindruckend. Für jemanden, der so hacke ist. Erstaunlich, dass du dich an den Text erinnerst.»

«Ich bin nicht hacke, ich bin Jarrod», antwortete er mit einem niedlichen Lachen.

Eindeutig nicht italienisch. Sie lächelte trotzdem zurück.

«Bist du auch an der UF?», fragte er weiter. «Was ist dein Hauptfach? Lass mich raten – Arch-ä-ologie!», erklärte er und lachte noch lauter. Offensichtlich war es ein Insider-Witz, den er wahnsinnig komisch fand. «Du siehst aus, als könntest du noch einen Drink gebrauchen, Faith. Noch einen! Von dem, was sie hatte!», rief er dem Barmann zu. «Was ‹Ya gotta have Faith› hatte!» Dann griff er nach ihrem Drink und betrachtete ihn. «Dieses rosa Zeug. Mach zwei! Und für alle ihre Freunde auch!», erklärte er und sah sich an der Theke um. «Haben sie dich auch sitzenlassen? Wie traurig. Wir haben so viel gemeinsam, du und ich – wir wurden beide sitzengelassen.»

«Du willst meinem Freund einen Drink spendieren?» Er sah sich wieder an der Theke um und grinste. «Freund? Ich sehe keinen.»

«Er ist auf dem Klo, aber er kommt gleich zurück. Und dann hast du ein Problem – er trinkt Scotch.»

Der Surfer verzog das Gesicht wie ein Zweijähriger, der zum ersten Mal Spinat probiert. «Scotch? Der muss ja *uralt* sein.»

«Ich mag alte Männer. Und er mag teuren Scotch.»

Er schüttelte den Kopf. «Ich glaube dir kein Wort. Wenn dein Freund hier wäre, würde er dich keine Sekunde allein lassen – du bist viel zu hübsch. Aber nur zur Sicherheit ... Barmann! *Drei* Scotch! Welcher ist ein guter Scotch? Ich bin kein Scotch-Trinker. Ich glaube, hier gibt es überhaupt keinen Scotch», verkündete er so laut, wie er vorher gesungen hatte. «Keiner hier ist alt genug für Scotch; die sind nicht mal alt genug zum Trinken, die Anfänger. Man muss schon steinalt sein und Wollpullover tragen, um das Zeug zu trinken. Chivas, oder? Das Zeug trinkt mein Großvater. Du bist kein Erstsemester, oder? Nicht böse gemeint.»

Faiths Freunde waren vor einer halben Stunde abgehauen. Wer weiß, wohin. Sie hatte keinen Freund. Und ein Drink, spendiert von einem süßen Jungen, der sie zum Lachen brachte, konnte nicht schaden.

Er lächelte sie an und stieß mit seinem Bier gegen ihren Seabreeze, als der Barmann drei kleine Gläser vor sie stellte und nach dem Chivas griff. «Sie sind ein guter Mann, mein Lieber! Schenken Sie nach, bis einer von uns umfällt! Hoffentlich nicht ich. Aber falls es meine wunderschöne neue Bekannte hier ist, keine Sorge: Ich trage sie nach Hause!»

Am nächsten Morgen war sie in einem fremden Bett aufgewacht, nackt und in weiße Laken verheddert. Der blonde Surfer, an dessen Namen sie sich nicht erinnerte, schlief neben ihr, und sein nackter Po guckte unter der armeegrünen Decke hervor. Sie schreckte hoch. Wo zum Teufel war sie? Ihr Kopf dröhnte. Sie wickelte sich in das Laken, rannte ins Bad und übergab sich. Dann spülte sie sich den Mund über einem vor Schmutz starrenden Waschbecken aus. Mehrere Zahnbürsten steckten in einem Plastikbecher auf einer Resopalplatte voller Brandflecken, zwischen Kämmen, einer Dose Haarwachs und verschiedenen Flaschen Männerparfüm. Auf dem Spülkasten stand ein Aquarium mit einem armen Fisch im trüben Wasser. Auf dem Boden lagen alte Handtücher und Männerunterhosen herum. Sie öffnete den Spiegelschrank, ohne in das übernächtigte Gesicht zu sehen, das ihr entgegenblickte. Trojans, Vaseline, Rasierschaum, Aftershave. Sie biss sich auf die Wange. Sie war in einer Jungswohnung. Jungs – Plural. O Gott ... war sie in einem Verbindungshaus gelandet?

Wie viel hatte sie getrunken? Anscheinend genug, um mit einem Kerl, den sie nicht kannte, nach Hause zu gehen und Sex zu haben. Sie erinnerte sich nicht einmal an seinen Namen. Wie hieß er bloß? Es war nichts Italienisches – so viel wusste sie noch, mehr aber auch nicht. Sie zog das Laken enger um sich und sah sich im Bad nach einem Notausgang um. Sie fühlte sich so verkommen. Egal, in welchem Stockwerk sie war, hätte es ein Fenster gegeben, wäre sie weg.

Sie musste hier raus, bevor der Typ und seine Verbindungskumpel aufwachten, bevor irgendwer ihr Gesicht sah. Hoffentlich gab es keine Fotos oder Videos. Leise öffnete sie die Badezimmertür.

«Hallo», sagte er mit einem schiefen Lächeln und rieb sich den Kopf. Er stand splitternackt vor ihr. «Ich bin Jarrod. Tut mir echt leid, aber ... wie heißt du noch mal? Ich weiß, dass es ein Lied über dich gibt. Mandy? Cecilia?»

Sie war zu verlegen, um davonzulaufen. Und er hatte sie auch nicht gebeten zu gehen. Also war sie geblieben. Er lief nach unten – nachdem er sich Shorts angezogen hatte – und kam mit Kaffee, zwei Bagels und einer Packung Kopfschmerztabletten zurück. Dann fragte er sie, ob sie einen Film sehen wollten. Es war

Freitag, sie hatte keinen Unterricht und sagte ja. Ein Film führte zu zwei und dann zu einem *Der-Pate-* und *Rocky*-Marathon. Sie bestellten Pizza und aßen bei ihm im Zimmer. Sie schliefen miteinander, und diesmal erinnerte sie sich. Und als er sie küsste, hatte sie eindeutig Flugzeuge im Bauch.

Sie erfuhr, dass er mit Nachnamen Saunders hieß, im zweiten Jahr Jura studierte und Prozessanwalt werden wollte. Er hatte einen Bruder und eine Schwester, und er war in Illinois aufgewachsen. Seine Familie lebte immer noch in der Nähe von Chicago. Er hatte mit einem Baseball-Stipendium an der Purdue-University in Indiana angefangen, aber nach einem Schultersehnenriss konnte er nicht weiterspielen und wollte weg aus der Kälte, und so hatte er sich für die UF entschieden, um Jura zu studieren. Vorher hatte er ein Jahr für seinen Vater gearbeitet, und er wusste genau, dass er nicht nach Chicago zurückwollte. Vor einem Monat hatte er mit seiner Freundin Schluss gemacht, mit der er ein Jahr zusammen gewesen war. Er hasste Paprika. Am liebsten aß er Italienisch. Seine Familie stammte aus Irland und Deutschland, weswegen er das Oktoberfest und St. Patrick's Day feierte. Irgendwann wollte er nach New York ziehen. Sein Lieblings-Baseball-Team waren die Chicago Cubs, und er liebte die Dolphins, auch wenn er nicht wusste, wieso, denn sie waren eine grottenschlechte Mannschaft, spielten grottenschlecht und würden grottenschlecht bleiben bis ans Ende seiner Tage. Er liebte Hunde und wollte einen Schäferhund, den er Dante nennen würde, wenn er eine eigene Wohnung hätte.

Erst am Sonntagmorgen kehrte sie in ihre eigene Wohnung zurück, und seitdem waren sie ein Paar. Jarrod und sie waren das Paradebeispiel dafür, wie man keine Beziehung anfing. Am ersten Tag war sie geblieben, um zu zeigen, dass sie keine verkommene Schlampe war, dass sie nichts bereute. Eine Frau wie aus *Sex and the City*, auch wenn Faith noch nie einen One-Night-Stand gehabt hatte. Und vielleicht hatte Jarrod sie nicht vor die Tür gesetzt, um zu zeigen, dass er kein Arschloch war.

Letzten Monat war es neun Jahre her. Und vor sieben Jahren, an einem eiskalten Tag in Key West, drei Tage nach Weihnachten, hatte sie ihm vor einem atemberaubenden Sonnenuntergang das Versprechen gegeben, ihn zu lieben, zu achten und zu ehren, in Armut und Reichtum, in guten wie in schlechten Zeiten, in Gesundheit und Krankheit, bis dass der Tod sie schied. Und er hatte es ihr versprochen. Und als der Friedensrichter sie zu Mann und Frau erklärte und Jarrods weiche warme Lippen auf ihren lagen, hatte der Himmel in Flammen gestanden wie beim Feuerwerk am vierten Juli. Der Tresen des Royal Pig war voll, alle Tische waren besetzt, Kellner und Kellnerinnen rannten mit Tabletts aus der Küche. Es herrschte Hochbetrieb. Was war passiert? Sie reckte den Kopf, um hinter dem Barmann aus dem Fenster zu sehen – es war schon dunkel. Sie wusste nicht mehr, wie viel Wodka Cranberry sie getrunken hatte, und sie wollte es auch nicht wissen. Sie schob das letzte Glas, das noch halb voll war, von sich weg. Und war stolz auf sich, dass sie ging, ohne das Glas leer zu trinken.

Dann nahm sie das iPhone vom Tresen und schob es in ihre Tasche.

Es war Zeit, nach Hause zu fahren.

45

«Mr. Saunders? Hier spricht Irma Wackett vom St. Andrew's Kindergarten. Also ... es ist niemand gekommen, um Maggie abzuholen, und jetzt ist es schon sechs!»

Jarrod starrte auf die Uhr an seinem Computer. Es war 18:03 Uhr. Vor dem Fenster seines Büros war es dunkel. Er musste Luft holen, bevor er antworten konnte. «Okay», sagte er langsam und tippte gleichzeitig eine SMS an Faith:

Wo bist du? Alles in Ordnung??

«Ich bin schon unterwegs, Mrs. Wackett. Ich bin in fünfzehn Minuten da. Meine Frau muss aufgehalten worden sein.» Er schlug den Laptop zu, packte seine Aktentasche und stürzte aus dem Büro, ohne auf das Winken eines Kollegen zu reagieren, der ihm auf dem Flur entgegenkam.

So muss es gewesen sein, versuchte er sich einzureden. Wahrscheinlich war Faith noch mal in die Bäckerei gefahren und hatte Papierkram oder Personalfragen zu erledigen, Oder sie hatte sich mit Vivian verquatscht. Oder mit ihrer Schwester. Die drei waren wie Teenager: Sie konnten die ganze Nacht reden und hatten sich am nächsten Morgen trotzdem noch was zu erzählen. Der Grund, warum sie nicht ans Telefon ging, war, dass der Akku leer war. Sie hatte vergessen, es aufzuladen. Nichts Besonderes.

Aber dann hatte er in der Bäckerei angerufen, und das Mädchen an der Kasse hatte gesagt, Faith sei nicht da. Er hatte Charity erreicht, die ihm gesagt hatte, dass Faith den ganzen Tag nicht im Laden gewesen war und dass sie seit Mittag versuchte, sie zu erreichen, aber Faith ging nicht ans Telefon und beantwortete auch ihre SMS nicht. Als er zu Mrs. Wackett kam, hatte er auch mit Vivian telefoniert, und Panik breitete sich in ihm aus.

Maggie saß allein an einem Tisch im Spielzimmer und drückte ein Pony an sich. Ihr Rucksack stand abholbereit auf dem winzigen Tischchen. Ihre Unterlippe zitterte, und in ihren blauen Augen standen Tränen. Kaum hatte sie ihn gesehen, rannte sie auf ihn zu. Als Mrs. Wackett mit der Handtasche über der Schulter und der Hand am Lichtschalter verärgert begann, ihm eine Strafpredigt über Pünktlichkeit zu halten, ohne auch nur nachzufragen, ob alles in Ordnung war, ignorierte er sie und drückte Maggie an sich. Und als die Erzieherin andeutete, Maggie würde unter emotionaler Vernachlässigung leiden, weil ihre Eltern einmal im Jahr zehn Minuten zu spät zum Abholen kamen, ging er schweigend zur Tür. Doch als sie ganz offen sagte, der Mangel an Disziplin und Struktur zu Hause sei vielleicht an Maggies Verhaltensauffälligkeiten schuld, fragte er zurück, wann und wo sie Psychologie studiert habe. Dann erklärte er wütend, dass sie sich um Maggie keine Sorgen mehr zu machen brauche, denn sie komme nicht zurück.

Er beeilte sich, nach Hause zu kommen, weil er hoffte, Faith würde in der Küche stehen und kochen, mit irgendeiner seltsamen Erklärung dafür, warum sie vergessen hatte, ihre Tochter abzuholen. Oder sie lag mit einer fürchterlichen Migräne im Bett und schlief sich aus. Doch das Haus war leer; sie war den ganzen Tag nicht da gewesen. Die schlimmsten Szenarien kamen ihm in den Sinn. Er rief Detective Nill an und sprach ihm auf den Anrufbeantworter, dass er Faith nicht erreichen konnte und sich Sorgen machte und deshalb um Rückruf bat. Mrs. Wacketts schnippischem, vorurteilsbehaftetem Kommentar zum Trotz rief er die Babysitterin von nebenan, damit sie für Maggie Abendessen kochte. Dann stieg er ins Auto und machte sich auf die Suche nach seiner Frau.

Immer wieder kehrten seine Gedanken zu der Szene auf dem Polizei-Parkplatz zurück. Zu der Frage, die sie ihm mit Tränen in den Augen gestellt hatte: *Verhaften sie ihn jetzt?* Er hatte ihr die juristischen Gründe genannt, warum Poole nicht verhaftet wurde, und gehofft, er könnte ihre Ängste damit zerstreuen.

Statt sie zu trösten, hatte er den Anwalt gespielt, der dem Richter seelenruhig erklärte, sein Klient würde für die Öffentlichkeit keine Gefahr darstellen, obwohl er genau wusste, dass das Gegenteil der Fall war.

Derrick Poole war mindestens so gefährlich wie die mordenden Klienten, für deren Freiheit Jarrod sich früher eingesetzt hatte. Mit einem entscheidenden Unterschied: Wenn er damals einen Klienten aus dem Gefängnis geholt hatte – gegen Kaution, nach einem Freispruch oder einer fallengelassenen Anklage –, wusste Jarrod, dass er der Letzte war, dem sein Klient Böses wollte, denn er war der Retter, der ihn rausgeholt hatte. Als Verteidiger hatte er nichts zu befürchten, wenn ein Mörder auf freien Fuß kam.

Jetzt befürchtete er das Schlimmste.

Er hatte leichtsinnig sein Vertrauen in ein System gesetzt, von dem er selbst wusste, dass es fehlerhaft und kaputt war. Und statt sich mit Faith und Maggie im Haus zu verbarrikadieren und sich bewaffnet ans Fenster zu stellen, hatte er seine Frau zu einem Termin mit einer Maklerin fahren lassen, während er Maggie in den Kindergarten brachte und zu einem Meeting ging, als wäre nichts geschehen. Als bestünde nicht die entfernteste Möglichkeit, dass ein mutmaßlicher Serienmörder vielleicht auf die Jagd nach den einzigen zwei Zeugen ging, die eine Verbindung zwischen ihm und einem seiner Opfer herstellen konnten. Jarrod hatte sich etwas vorgemacht. Und jetzt hasste er sich dafür. Er hätte seine Familie beschützen müssen und hatte nichts dergleichen getan. Jetzt war Faith verschwunden.

Als er über die 441 nach Boca raste, klingelte sein Handy.

«Detective?»

«Mr. Saunders. Ich habe gerade Ihre Nachricht abgehört.»

«Wo ist Poole?» Er bemühte sich, ruhig zu klingen.

«Mr. Saunders? Was ist passiert?»

«Wissen Sie, wo er ist? Ich habe nichts von Faith gehört, ich kann sie nicht finden. Und ich ... ich drehe ein bisschen durch.

Ich wollte wissen, ob Sie Poole beobachten, weil mir lauter schlimme Bilder durch den Kopf gehen.» Er boxte gegen die Mittelkonsole.

«Ganz ruhig, Mr. Saunders – Jarrod –, hören Sie mir zu. Beruhigen Sie sich. Ihre Frau, sie hat mir heute Nachmittag eine Nachricht auf der Mailbox hinterlassen. Sie sagte, sie wolle mit mir über den Fall sprechen, aber als ich zurückrief, war nur ihre Mailbox dran. Ich habe es ein paarmal versucht, aber ich konnte sie nicht erreichen.»

«Wo ist Poole?», beharrte Jarrod. Der Detective klang viel zu normal. Viel zu ruhig in Anbetracht dessen, was er gerade sagte.

«Haben Ihre Leute überhaupt eine Ahnung, wo er steckt?»

«Er ist zu Hause. Wir beobachten ihn rund um die Uhr, Jarrod.»

«Das will ich mir ansehen.»

«Warten Sie – wo sind Sie?» Plötzlich klang der Detective etwas nervös.

«Ich fahre gerade in seine scheiß Straße.»

«Sie sind bei ihm zu Hause? Herrgott noch mal, ist das Ihr Ernst, Jarrod? Machen Sie, dass Sie da wegkommen. Ihre Frau ist nicht hier. Ganz sicher nicht. Poole war tagsüber mit seinem Anwalt zusammen, und vor einer halben Stunde ist er mit einer Pizza nach Hause gekommen. Fahren Sie weiter.»

«Wo ist meine Frau, Detective? Warum ist er draußen? Warum haben Sie ihn nicht verhaftet? Und warum kann ich sie nicht finden?»

«Jarrod, ich verstehe Ihre Sorge, aber ich garantiere Ihnen, sie ist nicht bei Poole. Es ist erst halb neun. Sie können noch nicht mal eine Vermisstenanzeige aufgeben. Warten Sie ein paar Stunden, rufen Sie ihre Freundinnen an, vielleicht ist sie dort. Vielleicht ...» Er zögerte. «Ich weiß nicht.»

«Was? Was wollen Sie sagen, Detective?»

«Ist bei Ihnen zu Hause alles in Ordnung?»

«Wie bitte?»

«Ich habe das Gefühl, der Haussegen hängt bei Ihnen etwas

schief. Tut mir leid, das war vielleicht ein wenig zu direkt. Ich stecke selbst mitten in einer Scheidung, und manchmal sehe ich Probleme, wo keine sind.»

Jarrod sagte nichts. Er nickte nur.

«Ich weiß, Sie stehen beide unter starkem Stress, vor allem Ihre Frau.» Er ließ eine lange Pause. «Ich will ehrlich sein: Ich glaube, Faith hat getrunken, als sie mich anrief. Ich glaube, sie ist irgendwo unterwegs, vielleicht mit Freunden in einer Bar, vielleicht lässt sie ein bisschen Dampf ab. Könnte das sein, Jarrod? Kam so was schon mal vor?»

«Oh» war alles, was Jarrod herausbrachte. Er sah aus dem Fenster. Im Haus Nummer 2330 auf der Nightingale Lane brannte Licht. Der Fernseher lief. Ein Mann stand am Fenster und sah heraus, die Hälfte von ihm vom Vorhang verdeckt. Jarrod fuhr vorbei.

Er versprach dem Detective, ihn auf dem Laufenden zu halten. Dann fuhr er zurück auf die 441. Als er Fort Lauderdale erreichte, hielt er auf dem Las Olas Boulevard und den Seitenstraßen nach ihrem Explorer Ausschau. Er sah den Wagen nicht, aber der konnte genauso gut in einem Parkhaus stehen, dachte Jarrod, als er an den beliebten Bars Timpanos, The Royal Pig, Yolo, Vibe und Grille 401 vorbeifuhr. Menschen drängten sich auf dem Bürgersteig vor den Restaurants und Pubs. Für einen Dienstagabend ging es hoch her.

Er fand den Imbiss, den sie sich mit der Maklerin angesehen hatte. Dann beschloss er, den Weg abzufahren, den sie wahrscheinlich nach Hause genommen hatte. Vielleicht hatte der Detective recht, und sie hatte an einem der vielen Lokale haltgemacht, die den Boulevard säumten. Vielleicht hatte sie zum Mittagessen einen Drink bestellt, weil es ein mieser Tag gewesen war. Vielleicht hatte sie auf dem Heimweg einen Unfall gehabt.

Enttäuschung verdrängte die schreckliche Angst. Er fuhr vom Sawgrass Expressway auf den Coral Ridge Drive in Parkland und wollte gerade an der Ampel wieder umkehren und es auf einer anderen Route versuchen, als das Telefon klingelte. Er erkannte die Nummer nicht, doch er wusste, wer dran war, bevor er ihre Stimme hörte.

«Jarrod?», fragte sie matt, sobald er am Apparat war.

«Faith! Gott sei Dank! Wo bist du? Ich habe mir solche Sorgen gemacht!»

Sie fing hysterisch zu schluchzen an.

Er fuhr an den Rand und atmete durch, obwohl er wusste, dass das, was sie sagen würde, ihm gleich wieder den Atem verschlagen würde. «Liebling, was ist los? Faith, wo bist du?»

«Ich ... ich bin im Gefängnis. Sie haben mich verhaftet, Jarrod, wegen Alkohol am Steuer. Sie haben mich ins Gefängnis gesteckt ...»

46

Früher war Thanksgiving Bryans Lieblingsfeiertag gewesen. Er war als Erster aufgestanden, hatte Kaffee aufgesetzt und den Truthahn vorbereitet, während im Fernseher die *Today-Show* lief und live aus New York von den Vorbereitungen zur Thanksgiving-Parade berichtete. Für die Füllung briet er Speck an, warf Sellerie, Zwiebeln und Pilze dazu und schob zwischendurch den Kürbiskuchen in den Ofen – dessen geheime Zutat ein Schluck Baileys war. Im Haus breiteten sich die besten Gerüche aus. Audrey sagte jedes Mal, sie wolle richtig ausschlafen, aber der Feiertagsduft zog bis ins Schlafzimmer und lockte sie in die Küche. Dort erwartete sie eine dampfende Tasse Kaffee, während im Fernsehen die Parade lief. Alle waren glücklich: das Team der *Today-Show*, der Beagle Fudge, Audrey und die Mädchen, die es kaum erwarten konnten, bis bei der Parade ihre Lieblings-Riesenballons ins Bild kamen. Wie immer wurde das Ende des Festzugs von Santa Claus gekrönt, der vor dem Kaufhaus Macy's offiziell die Weihnachtszeit einläutete. Gegen drei trudelten Familie und Freunde bei den Nills ein, bis acht waren vom Truthahn nur noch die Knochen übrig, ab neun wurden Weihnachtslieder auf dem Klavier angestimmt, und alle blieben bis Mitternacht. Seit die Zwillinge zwölf waren, hatte sich die Familie sogar in den Black-Friday-Wahnsinn gestürzt, dem traditionellen Shopping-Tag nach Thanksgiving, an dem die Geschäfte schon um Mitternacht ihre Pforten öffneten. Sobald sich der letzte Gast verabschiedet hatte, ließen sie einfach alles stehen und liegen und fielen im Einkaufszentrum ein.

Dieses Jahr hatte Audrey die Mädchen und Fudge, und dazu einen Freund, den die Mädchen «John Dingsda» nannten.

Bryan hatte für sich allein ein Stück Truthahn gemacht, nur um den Geruch in die Wohnung zu kriegen. Er hatte die halbe

Parade angesehen und dann auf einen Batman-Film umgeschaltet. Tatiana hatte ihn zwar zu ihrer Tante eingeladen, und auch sein Bruder hatte gefragt, ob er rauf nach New Jersey kommen wolle, doch Bryan hatte beide Einladungen ausgeschlagen, weil er dachte, so schlimm konnte es nicht werden. Er hatte sich geirrt.

Also machte er einen zweistündigen Spaziergang, der ihn fast umbrachte, aß seinen Truthahn mit Salat und sah noch einen Batman-Film. Dann holte er die alten Foto-Alben hervor, die Audrey gemacht hatte, bevor Fotos auf USB-Sticks, Handys und Computern landeten. Nach der Trennung wollte sie nichts davon behalten. Erst verunstaltete er ein paar Bilder mit Filzstift und Schere, dann ließ er seine Wut mit der Faust an der langweiligen weißen Wand seiner langweiligen Mietwohnung aus. Das tat weh. Als die Freude über Audreys geschwärzte Augen auf den Ferienfotos verpufft war wie eine Silvesterrakete und der sengende Schmerz in seiner Hand einem dumpfen Pochen wich, beschloss er, dass er etwas unternehmen musste, bevor er am Ende noch im Dunkeln auf dem Boden saß und apathisch das Licht an- und ausknipste. Er war kurz davor, verrückt zu werden. Er wollte sein Leben zurück – das Leben, das er und Audrey zusammen geführt hatten –, doch es gab nichts, was er dafür tun konnte.

Es war endgültig vorbei. Und es war Zeit, dass er sich den Tatsachen stellte und akzeptierte, dass er machtlos war. Es war Zeit, seine Rache zu planen.

Also nahm er ein paar alte Fotos von sich aus den Alben, auf denen er noch gut aussah – braun gebrannt, muskulös und irgendwie größer. Er schnitt Audrey heraus, tapezierte den Kühlschrank mit den Bildern des Bryan, der er wieder sein wollte, und schwor sich, ein Comeback zu starten. Vielleicht würde er ein Jahr brauchen, um die dreißig Kilo zu verlieren, aber wenn Audrey eines Tages vor ihm stünde, um ihm mitzuteilen, dass sie die zukünftige «Mrs. John Dingsda» wäre, wäre der alte Bryan zurück, und dann würde sie bereuen, dass sie ihn vor die Tür gesetzt hatte. Doch er würde sie abblitzen lassen, und während er ihr die Tür vor der ehemals hübschen Nase zuschlug, würde er ihr noch einen fiesen Kommentar mitgeben, dass sie obenrum Botox und untenrum eine Verjüngungskur brauchte, weil sowohl ihr Gesicht als auch ihre Vagina bessere Tage gesehen hätten.

Die einsame Wohnung stank nach Truthahn und dem Kürbiskuchen, den er in den Müll geworfen hatte, um seine Vorsätze nicht gleich wieder zu brechen. Und weil er sich verboten hatte, sich mit einem Sixpack Heineken zu trösten, beschloss er, vor die Tür zu gehen und etwas Konstruktives zu tun.

Stripclubs waren wie Krankenhäuser und Tankstellen – sie machten nie zu. Nicht an Weihnachten und nicht an Thanksgiving. Das Animal Instincts hatte schon seit Mittag geöffnet und würde erst in den Morgenstunden schließen. Zudem lockte es mit Gratis-Truthahn und Kürbiskuchen. Trotzdem war Bryan überrascht, dass auf dem Parkplatz fünfzehn Wagen standen – immerhin war Thanksgiving, das größte Familienfest des Jahres. Und, na ja ... das hier war das Animal. Auch wenn er kein Kenner der Szene war, wusste er, dass das Animal am ehesten mit einem Autobahnmotel zu vergleichen war: bequem, billig und meistens sauber – Adjektive, die auch auf die Tänzerinnen zutrafen.

Mit diesen Gedanken zog er die verbundene Hand, die womöglich angebrochen war, aus der Tüte mit den Eiswürfeln. Autsch. Er schluckte noch zwei Schmerztabletten, trocknete sich die Hand ab und dachte an die Zeile aus dem Film *Animal House*: «Fett, blau und dumm bringst du es nicht weit, mein Sohn.» Dabei war Bryan nicht mal blau gewesen, als er seine Wohnung zum Duell herausgefordert hatte.

Er hatte vor, Pooles Foto herumzuzeigen und vielleicht jemanden zu finden, der auch am Abend vor Angelinas Verschwinden im Club gewesen war. Oder jemanden, der sich erinnerte, dass Poole ein paar Tage vor ihrer letzten Show verdächtig herumgehangen war. Jemanden, der vielleicht was gehört, irgendwas gesehen hatte. Wie sein Pa ihm beigebracht hatte, der zwanzig Jahre in der Bronx Polizist gewesen war: *Geh denselben Weg zurück, wenn du rausfinden willst, wo du gestolpert bist.* Einen Versuch war es wert – er hatte nichts zu verlieren, und er wurde nirgends vermisst. Außerdem schlief er sowieso nicht viel in letzter Zeit.

Er erkannte dieselben Türsteher, den Manager, die Kellnerinnen, die Tänzerinnen. Er hatte sie alle schon befragt, und als er jetzt wieder mit ihnen sprach, erzählten sie alle die gleiche Geschichte. Um die Bühne saßen etwa dreißig männliche Gäste und starrten eine Tänzerin an, die sich wie eine Brezel um die Stange wand. Als Bryan gerade mit ihnen weitermachen wollte, entdeckte er eine Barkeeperin, die er noch nicht gesehen hatte. Sie war oben ohne und vollbusig, Brust und Arme mit Tätowierungen übersät.

«Was darf's sein?», fragte die Barkeeperin seufzend, als sie seine Marke sah, und verschränkte die Arme über ihrer großen Brust.

«Ich bin nicht vom Drogendezernat», wehrte er ab, «und es ist mir egal, was bei euch im Hinterzimmer los ist. Ich ermittle im Fall Angelina Santri, sie hat hier getanzt.»

«Ich kannte Angie.» Sie nickte. Ihre Haltung entspannte sich, und sie begann, mit beneidenswerten Bizepsen Gläser abzutrocknen, die so dick waren wie die Schenkel der meisten Frauen. Unfreiwillig fiel ihm auf, dass die Tätowierungen auf ihrer Haut lauter tote Musiker und Schauspieler darstellten: Jimi Hendrix, Marilyn Monroe, Elvis. «Nettes Mädchen. Echt nett. Ich glaube, sie hatte ein Kind. Verdammte Schande.»

«Wann haben Sie sie zuletzt gesehen?»

«An ihrem letzten Abend – in der Nacht, als sie verschwand. Ich habe ihr einen Sour-Apple Martini gemacht, als sie mit ihrer Schicht fertig war.»

«Wirklich? Der Manager hat mir den Dienstplan gegeben – ich dachte, ich hätte mit allen gesprochen. Wie heißen Sie?», fragte er.

«Amber Kurtz. Ich hatte keinen Dienst, ich habe nur hinter der Bar ausgeholfen, als der Ansturm zu groß wurde. Ich habe auf Elvira gewartet – die andere Barfrau –, weil sie bei mir übernachten sollte. Wir wollten nach ihrer Schicht noch ausgehen.»

Bryan zog das Foto von Poole heraus. «Erinnern Sie sich, ob Sie an dem Abend diesen Mann gesehen haben?»

Sie nahm das Foto und betrachtete es im Licht einer der Lampen hinter der Bar. «Ja. Das Arschloch habe ich gesehen. Er saß an der Theke. Er war auf jeden Fall da, als Angelina getanzt hat. Hat sie nicht aus den Augen gelassen.»

Bryan spürte, wie sein Puls schneller wurde. Damit hatte er Poole nicht nur in der Nacht von Angies Verschwinden im Animal Instincts, sondern auch die Bestätigung, dass er sie *beobachtet* hatte. «Hat er irgendwas gesagt?», fragte er aufgeregt. «Sie haben ihn Arschloch genannt. Warum? Haben Sie ihn später mit Angelina gesehen?»

«Nein, nein, nein, er hat nichts gesagt. Und ich habe ihn auch nicht mit Angie gesehen. Wenn ich es mir recht überlege, war sein Freund das Arschloch. Hat einen blöden Kommentar über meine Titten gemacht. Der hier», sie zeigte auf Pooles Foto, «hat ihm gesagt, er soll den Mund halten.»

Bryan runzelte die Stirn. «Ein Freund? Woher wissen Sie, dass sie Freunde waren?»

«Weil sie zusammen gelacht haben, und, na ja, sie waren eben zusammen hier. So was sieht man.»

«Crown Royal, mit einem Schuss Ginger Ale», rief ein Gast vom Barhocker nebenan. Amber trat zurück, um den Drink zu mixen.

«Haben Sie seinen Namen gehört?», fragte Bryan, als sie zurückkam. «Den des Freundes?»

Sie schüttelte den Kopf. «Nein. Von keinem von beiden. Zehn», sagte sie zu dem Mann, der ihr ein Bündel zerknitterte Dollarscheine gab. Sie verzog das Gesicht und zählte kopfschüttelnd das Geld.

«Wie haben sie bezahlt?», fragte Bryan. «Der Mann und sein Arschloch-Freund?»

«In bar. Wie die meisten hier, aber sie haben mir wesentlich mehr Trinkgeld gegeben als zwei Dollar», sagte sie laut in Richtung des Crown Royal und verdrehte die Augen. «Die waren echt großzügig. Ich glaube, der Nettere, der auf dem Foto, war schwarz angezogen. Er hat mit einem Fünfzig-Dollar-Schein bezahlt und mir für ein paar Bier zwanzig Dollar Trinkgeld dagelassen. Das war eine Überraschung.»

«Haben Sie den noch? Den Fünfzig-Dollar-Schein?»

Sie machte eine Grimasse.

«Manche Leute behalten große Scheine.»

Sie schüttelte den Kopf. «Ich nicht. Hab meine Miete damit bezahlt.» Sie klopfte auf den Tresen. «Ach ja, und dann hab ich die beiden draußen gesehen, als Elvira und ich gegangen sind. Sind auf dem Parkplatz rumgelungert und haben sich unterhalten, als würden sie auf jemanden warten. Und jetzt sage ich Ihnen, was ich für einen beschissenen Gedanken hatte, Detective. Als ich sie da stehen sah, hab ich gedacht: ‹Wenn ich schon zwanzig für ein paar Bier gekriegt habe, wird er für 'ne Muschi wahrscheinlich ein paar große Scheine hinlegen. Schade, dass ich keine Schwänze mag. Heute hat ein anderes Mädchen ihren Glückstag.›»

47

Langsam fügten sich die Puzzleteile zusammen. Und jetzt fragte sich Bryan, warum er es nicht gleich gesehen hatte, das Bild in dem Hologramm, das die ganze Zeit da war: *Was, wenn Poole einen Partner hatte?* Das erklärte die Fasern auf dem Beifahrersitz – die Fasern von dem Stofffetzen aus dem Gebüsch mit der DNA, die weder zu Poole noch zu Angelina Santri passte.

Es war äußerst selten, dass Serienmörder im Team unterwegs waren, aber es kam vor. Angelo Buono und Kenneth Bianchi, die mordenden Cousins, die als Hillside Stranglers bekannt wurden; die Freunde Charles Ng und Leonard Lake, die in einem selbstgebauten Verlies in Nordkalifornien gemeinsam fünfundzwanzig Menschen ermordeten, darunter auch Babys; das psychopathische Ehepaar Fred und Rose West mit ihrem Gloucester House of Horrors; die Landstreicher und Lover Henry Lee Lucas und Ottis Toole, die behaupteten, sie hätten gemeinschaftlich 108 Menschen umgebracht; Lawrence «die Zange» Bittaker und Roy Norris, die sadomasochistischen Werkzeugkasten-Killer. Die gängigen Handbücher und kriminalistischen Leitfäden zum Thema Mord befassten sich kaum mit Serienmorden, weil Serienmorde nur etwa ein Prozent aller Morde ausmachten. Serienmörder-Teams waren noch seltener. Selbst in der sehr begrenzten Fachliteratur über Serienmörder, die Bryan bekannt war, wurden Partnerschaften nur am Rande erwähnt. Von dem bisschen, was er gelesen hatte, wusste er, dass ein Team noch skrupelloser sein konnte als ein «gewöhnlicher» Serienmörder. Der psychologische Mechanismus dahinter ähnelte dem jeder Geschäftsbeziehung, Freundschaft oder Ehe: Wenn du springst, springe ich auch. Die geteilte Verantwortung machte den Einzelnen kühner und ließ ihn Dinge tun, die er nicht täte, wäre da niemand hinter ihm, der ihm den Rücken stärkte und ihn anstachelte. Im Fall von

Kriminellen war diese Dynamik hochgefährlich. *Ein frauenverachtender, gewissenloser Psychopath mit lebhafter Phantasie war schlimm genug, aber taten sich zwei zusammen, konnten die Verbrechen, die sich die beiden ausdachten, die Grenzen des Vorstellbaren überschreiten.* Ermutigt durch ihren Partner und süchtig nach Bestätigung, entwickelte sich ein finsterer Wettbewerb der Selbstdarstellung. Die Beziehung zwischen Serienpartnern war so intim wie die einer Ehe oder Geschäftspartnerschaft, zementiert durch die gefährlichen Geheimnisse, die jeder gegen den anderen in der Hand hatte. Mordende Geister erkannten einander nicht über einem Bier. Falls Poole einen Partner hatte, hieß das, sie waren alte Freunde, Geliebte oder Verwandte.

Amber Kurtz gab ihm eine Beschreibung des Mannes, den sie mit Poole gesehen hatte: männlicher Weißer, durchschnittlich groß, schmale Schultern, «älter als der Mann auf dem Foto, vielleicht 40, 45», in einem langärmeligen weißen T-Shirt und schwarzen Jeans oder Hosen. Sie meinte, sich an schiefe Zähne und graue, ungepflegte Koteletten zu erinnern. Er trug eine Art schwarzen Cowboyhut und eine getönte Brille, sodass sie den Rest seines Gesichts nicht sah. Als Amber klarwurde, dass sie einen Mann beschrieb, der vielleicht mit dem brutalen Mord an Angelina zu tun hatte, und dass sie die Erste war, die den Cops von ihm erzählte, wurde sie nervös. Ihre Beschreibung, die bis auf die Koteletten auf die Hälfte der männlichen Bevölkerung zutreffen konnte, blieb enttäuschend ungenau. Als Bryan sie bat, mit einem Polizeizeichner zusammenzuarbeiten, erfand sie Ausflüchte.

Gegen Mitternacht, als in den Einkaufszentren im ganzen Land die Weihnachtszeit eingeläutet wurde, verließ Bryan das Animal und fuhr gen Westen. Er hatte vor, jeden Tatort noch einmal zu begehen – beginnend mit dem Zuckerrohrfeld in Lake Harbor, einem abgelegenen 200-Seelen-Ort am südlichen Ufer des Okeechobeesees, wo Silvia Kruger, das erste Opfer des mutmaßlichen Zuckerrohrkillers, gefunden worden war. Vielleicht lieferten ihm die Fundorte der Leichen die Verbindung zwischen den Morden. Vielleicht gab es eine Kreuzung, eine Straße oder ein Rasthaus, das alle gemeinsam hatten. Von Lake Harbor fuhr er nach Belle Glade, wo man später Krugers Kopf in einem Graben entdeckt hatte. Dann ging es nach Canal Point im Norden, einem weiteren abgelegenen Nest mit 525 Einwohnern, wo die brutal zugerichtete Leiche von Emily Foss, Opfer Nummer zwei, im Zuckerrohrfeld gelegen hatte. Jedes Mal hielt er an, stieg aus, lief herum, versuchte, ein Gefühl dafür zu bekommen ... *warum hier?* Dann ging er und fuhr zum nächsten Ort, ohne eine Antwort zu finden.

Er fuhr durch endlose Zuckerrohrfelder, lange Strecken auf leeren Straßen, den Suchscheinwerfer ins Zuckerrohr gerichtet, das so dicht stand, dass man kaum hinter die erste Reihe sehen konnte. Ernte- und Verarbeitungssaison der über 70 000 Hektar Zuckerrohr in Palm Beach war von Oktober bis April; manche Felder waren bereits niedergebrannt und abgeerntet, sodass sich zwischendurch kilometerweite Ödnis auftat. Nach Canal Point ging es Richtung Süden in die Felder rund um Pelican Lake, einer unabhängigen Gemeinde südöstlich von Pahokee, wo Angelinas verstümmelte Leiche aufgetaucht war. Laut der Internetseite des FDLE galt der Ort als eine Art Mekka für vorbestrafte Sexual- und Gewaltverbrecher, denn hier lebten innerhalb weniger Straßen über dreißig registrierte Sexualstraftäter. Idyllisch. Bryan hatte jeden von ihnen durchleuchtet, bevor er sich auf Poole als Verdächtigen konzentrierte. Doch jetzt, wo er nach einem Partner suchte, musste er sie sich alle noch einmal vornehmen und abklopfen, ob es irgendeine Verbindung zu dem gutaussehenden Buchhalter aus Boca gab. Es war vier Uhr früh, als er durch die leeren Straßen von Pahokee fuhr und vor dem Friseur an der Hauptstraße anhielt, wo Faith Saunders in jener Nacht gestanden hatte. Auf der anderen Straßenseite lag das verwilderte Grundstück, wo die Spurensicherung den Stofffetzen sichergestellt hatte. Der Boom der Stadt lag in der Zeit, als in den Everglades das große Zuckergeschäft blühte. Doch seit sich Umweltschützer gegen die Phosphatbelastung und die Trockenlegung von Teilen der Everglades einsetzten, ging es mit Orten wie Pahokee und Canal Point bergab. Es gab keine Jobs mehr, die meisten Leute zogen weg. Bryan dachte an das Everglades Regional Medical Center, ein Krankenhaus, das 1950 mit großem Tamtam eröffnet worden und 1998 ohne viel Aufhebens geschlossen worden war. Von Unkraut überwuchert, das Innenleben geplündert und verwüstet, sah es heute aus wie die Kulisse von *The Walking Dead*. Leider ließ sich das Gleiche auch über viele der bescheidenen Wohnhäuser und Läden hier sagen.

Bryan saß im Wagen, trank Kaffee und dachte nach. Vor ein paar Wochen hatten Tatiana und er in jedem geöffneten Laden auf der Hauptstraße nachgefragt, ob es eine Überwachungskamera gäbe, aber kein einziges Geschäft hatte eine. Auch an keiner der fünf Ampelkreuzungen gab es Kameras. Hier draußen war ein Rottweiler die Alarmanlage und ein Jagdgewehr die Versicherung.

Mit den Saunders waren sie bei Tageslicht hier gewesen, waren mit der Spurensicherung die Straßen und das verwilderte Grundstück abgegangen, doch nachts wirkte alles ganz anders. Er sah durch das Fenster seines Wagens, wie es Faith in jener Regennacht getan hatte. Sie musste zu Tode erschrocken sein, als sie aufwachte und eine Frau gegen das Fenster hämmerte und um Hilfe rief, hier draußen, mitten in der Wildnis, ohne Telefon, mit einem kleinen Kind auf dem Rücksitz. Verdammt, selbst er hätte einen Herzinfarkt bekommen. Er wusste, was Tatiana und Elisabetta dachten, und ja, Faith Saunders war irgendwie durch den Wind. Aber sie tat ihm leid. Er hatte das Gefühl, die beiden waren strenger mit ihr, weil sie eine Frau war. Aber dieses harte Urteil war ein Verteidigungsmechanismus. Bryans Credo lautete: *Versetz dich erst mal ein paar Minuten in ihre Lage.* Hinterher war man immer klüger, und alle bildeten sich ein, sie wären zum Helden mutiert, als der Verrückte im Joker-Kostüm im Kino herumballerte. Aber so läuft es nicht, wenn man Angst hat und überrascht wird. In den wenigen Wochen, die er sie kannte, war Faith Saunders um zehn Jahre gealtert. Und das Wissen, dass

Poole da draußen war, frei herumlief, auch wenn er unter Beobachtung stand – dass er wusste, wer sie war und wo er sie finden konnte –, das reichte, um jeden paranoid zu machen. Bryan konnte verstehen, dass sie sich seltsam benahm, und er konnte verstehen, dass ihr Mann ausflippte und auf Poole losgehen wollte, als seine Frau nicht nach Hause kam. Tatsache aber war, dass die Frau ein Alkoholproblem hatte. Das hatte Bryan schon gesehen, noch bevor Faith Saunders vor zwei Tagen wegen Trunkenheit am Steuer auf dem Revier gelandet war. Und er war sich ziemlich sicher, dass sie das Problem schon hatte, bevor Angelina Santri sie aus dem Schlummer weckte; auch wenn vielleicht erst der ansteigende Druck seit jener Nacht aus einem kontrollierbaren Zustand eine ausgewachsene Krankheit gemacht hatte. Bryan hatte von Anfang an darauf getippt, dass Faith ordentlich einen im Tee gehabt hatte, als sie von ihrer Schwester in Sebring nach Hause gefahren war, und angehalten hatte, um ihren Rausch auszuschlafen. Aber sie hatte immer wieder geleugnet, mehr als ein Glas Wein angerührt zu haben. Und bis sie von selbst damit rausrückte, konnte sie niemand zu einem Geständnis zwingen, nicht mal ihr Mann – der entweder sah, was los war, und nichts sagen wollte oder nichts sehen wollte, damit er nichts sagen musste. Bryan spürte die Spannung zwischen den beiden seit dem Augenblick, als sie vor seinem Schreibtisch gestanden hatten. Etwas köchelte unter der Oberfläche der attraktiven Ken-und-Barbie-Ehe.

Er stellte den Motor ab und stieg aus. Es roch nach feuchter Erde und Nachtjasmin. Dann überquerte er die Straße, knipste die Taschenlampe an und trat ins Gebüsch auf dem verwilderten Grundstück, wo die Spurensicherung das Stück Stoff gefunden hatte. Die Erde knirschte unten seinen Schuhen und gab nach. Unter dem wuchernden Dickicht der Äste und Schlingpflanzen hatte jemand eine Art Pfad freigeschnitten. Mit einer Hand hielt er die Taschenlampe, mit der anderen schützte er sein Gesicht vor den Ästen und Palmwedeln. Er schluckte die Angst herunter, die in ihm aufstieg. Bevor Audrey ihn verlassen hatte, war er nie so mutig gewesen – oder so dumm. Sie hatte sich immer große Sorgen um ihn gemacht, deshalb war er nie ein Risiko eingegangen. Jetzt fühlte er sich wie Mel Gibson in *Lethal Weapon*: durchgeknallt, abgestumpft, ausgestoßen. Nicht nur war es ihm egal, er forderte die Gefahr geradezu heraus: indem er seine Gesundheit mit Essen, Trinken und Rauchen aufs Spiel setzte oder morgens um halb fünf einen Spaziergang durch die Everglades machte, wo ihm jederzeit ein Bär, eine Schlange oder ein flüchtiger Mörder begegnen konnte. Er wollte nicht sterben, aber wenn es passierte, war es ihm egal.

Er fand den Stamm der Virginia-Eiche, wo die Spurensicherung das Stück Stoff gefunden hatte. Sie hatten außerdem kistenweise anderen Müll gefunden, der sich über die Jahre hier angesammelt hatte: Plastikflaschen, Farbdosen, Bonbonpapiere, Bierdosen, Schnapsflaschen, Zigarettenkippen. Das Grundstück war wahrscheinlich der Treffpunkt gelangweilter Teenager, die Joints rauchen, trinken oder vögeln wollten. Er setzte sich auf den Baumstamm, knipste die Taschenlampe aus und lauschte in die Nacht.

Er war nicht allein.

Irgendwo in der schwarzen Dunkelheit hörte er die unheimlichen Geräusche der Nachtwesen, die ihrer Jagd nachgingen. Schlangen, Waschbären, Eichhörnchen, Salamander raschelten, knackten, huschten, gruben – und beobachteten vielleicht, wie er sie beobachtete. Fragten sich, was zum Teufel er hier draußen suchte. Er dachte an die arme Angelina, die womöglich hier an diesem Baumstamm gekauert hatte. Falls sie auch hier gestorben war, hatte Mutter Natur alle forensischen Spuren, die ihr Körper vielleicht hinterlassen hatte, verschluckt und der Erde zurückgegeben. Der Gedanke war ernüchternd. Bryan hatte in seiner Karriere schon zu oft genau an der Stelle gestanden, wo ein Mensch gestorben war.

Angelina war höchstwahrscheinlich nicht an dem Ort im Zuckerrohrfeld ermordet worden, wo man sie gefunden hatte. Wo also war der Henkersplatz? Sie war schon über einen Tag verschwunden, bevor Faith Saunders sie mit Poole gesehen hatte, barfuß und humpelnd. Nachdem der Gerichtsmediziner ihr bei der Obduktion die Erde von den Füßen gewaschen hatte, hatte er tiefe Wunden in den Fußsohlen entdeckt und Steinchen und Glasscherben daraus entfernt – Verletzungen, die er auf die Flucht zu Fuß zurückführte. Die durchtrennte Achillessehne war wahrscheinlich die Strafe für den Fluchtversuch und sollte verhindern, dass sie es wieder tat. Auch wenn der Gerichtsmediziner wegen des fortgeschrittenen Verwesungsstadiums den genauen Todeszeitpunkt nicht bestimmen konnte, konnte er mit Sicherheit sagen, dass ihre Leiche keine zwei Wochen in dem Feld gelegen hatte. Sonst wäre nicht mehr viel von ihr übrig gewesen. Die Elemente und die Hitze in Florida ließen einen Leichnam enorm schnell verwesen. Was nahelegte, dass Angelina längere Zeit irgendwo festgehalten wurde, wo man sie in aller Ruhe gefoltert, vergewaltigt und vielleicht dafür bestraft hatte, dass sie weggelaufen war.

Und falls sie festgehalten worden war und fliehen konnte, bevor sie Faith Saunders begegnete, konnte der Ort nicht sehr weit von dem Baumstamm entfernt sein, auf dem er jetzt saß. Barfuß durch die Zuckerrohrfelder hätte sie höchstens ein paar Kilometer laufen können. Er dachte an Noelle Langtry, die verschwundene Tänzerin aus dem Sugar Daddy, von der Bryan gehofft hatte, sie würde lebend wieder auftauchen. Doch Noelle Langtry war weder lebend noch tot wieder aufgetaucht. Jetzt, da er wusste, dass Poole vielleicht einen Partner hatte und sie ihre Opfer an einem geheimen Ort verwahrten und dass dieser Ort wenige Kilometer von der Stelle entfernt war, wo er saß ...

Er stand auf und schüttelte den Kopf. Die Vorstellung, dass ein junges Mädchen hier draußen sein könnte, gefesselt, in einen Käfig gesperrt oder angekettet, in diesem Moment vielleicht gefoltert oder vergewaltigt wurde, war zu viel.

Die ersten Strahlen des Sonnenaufgangs färbten den schwarzen Himmel tiefviolett. Die nächtliche Fauna witterte den Tagesanbruch und verkroch sich in ihren Höhlen. Nichts hatte Bryan angegriffen. Er ging zu seinem Wagen zurück und kratzte sich die Beine, die höllisch juckten, weil er von einer Horde von Moskitos zerstochen worden war. Verdammt. Er hoffte zumindest, dass es Moskitos waren.

Er stieg in den Wagen, schluckte noch drei Schmerztabletten und machte sich auf den Heimweg. Auf den gewundenen Sandpisten leuchtete der Suchscheinwerfer immer noch in die Felder. Er wollte gerade in die Lucky Bottom Road einbiegen, als er fast völlig versteckt in der üppigen Vegetation das Dach einer Art Scheune entdeckte, die ein Stück von der Straße zurückgesetzt lag. Verlassene Gebäude wie das Everglades Regional Hospital und die Ruinen der Touristenattraktion Gatorland an der US 27 in South Bay waren keine Seltenheit hier in der Gegend. In der Dunkelheit hätte er die Hütte nie gesehen. Und wenn der Suchscheinwerfer nicht zufällig auf das Dach gefallen wäre, wäre er vermutlich vorbeigefahren. Instinktiv trat er auf die Bremse.

Er bog in eine lange unbefestigte Straße ein und gelangte an eine Art ehemaligen Parkplatz, der von Gebüsch und Unterholz überwuchert und unpassierbar war. Am Ende des Parkplatzes war ein Metalltor mit einem verrosteten BETRETEN-VERBOTEN-Schild. Das Schloss war kaputt. Er drückte gegen das Tor, und es öffnete sich ächzend. Als er den Suchscheinwerfer ausrichtete, sah er, dass er keine Scheune vor sich hatte, sondern ein großes einstöckiges Gebäude aus Zement und Holz, das deutlich tiefer als breit war. Das Licht fiel auf ein verblasstes handgemaltes Schild über der Eingangstür. Das Holz war kaputt, und ein Brett war abgefallen, sodass nur ein Teil des Schilds übrig war.

IVE GATOR WRESTL

Der Adrenalinschub, den er bei seinem Gespräch mit Amber Kurtz im Animal verspürt hatte, meldete sich zurück. Er war sich zwar nicht sicher, was er hier vor sich hatte, aber er wusste, dass es groß war. Es lief ihm kalt den Rücken runter, doch er schüttelte die böse Vorahnung ab, die ihm die Knie weich machte, als er durch das Tor in den Dschungel trat, der ihn bei lebendigem Leib zu verschlucken schien.

48

Fenster und Türen waren mit Sperrholz verbarrikadiert. Das Geländer der vorderen Veranda war eingestürzt. Der ramponierte Rahmen einer Fliegengittertür ohne das Fliegengitter lag neben dem Geländer am Boden. Daneben ein Schild. Es war aus Metall. Er wischte mit dem Schuh den Dreck ab und leuchtete mit der Taschenlampe darauf:

FRISCHE ERDBEEREN, ZUCKERROHR
SOUVENIRS

Hier war eine Art Geschäft gewesen – ein Andenkenladen. Nach dem Schild über dem Tor hatten im hinteren Teil des Ladens wahrscheinlich Alligator-Showkämpfe stattgefunden, wie früher in Gatorland. Oder ein Wildkatzengehege. «Archäologische» Sandgruben für Kinder, die indianische Artefakte ausgraben konnten. Die Hütte sah aus, als stammte sie aus den vierziger oder fünfziger Jahren – einer Zeit, als Jungverheiratete und Familien ihre Flitterwochen in Florida verbrachten und mit Propellerbooten durch die Everglades röhrten. Damals hatten Tante-Emma-Läden alles Mögliche verkauft: Kuchen und frisches Obst, mit Flamingos verzierte Aschenbecher und präparierte Alligatorenzähne. Bryan stellte sich das Klimpern der Windspiele vor und das Ächzen der Verandadielen, wenn übermütige Kinder nach einer langen Fahrt heraufrannten, um zu sehen, was sie sich für ihre fünfzig Cent Souvenirgeld leisten konnten. In Florida gab es bis heute viele derartiger Läden, aber dieser hier war offensichtlich den veränderten Gewohnheiten der Touristen zum Opfer gefallen, die nun lieber mit ihren Kindern nach Disney World fuhren.

An der verblichenen roten Tür hing ein rostiges Vorhängeschloss. Es war abgeschlossen. Er ging zurück zum Wagen und kam mit Hammer und Brecheisen zurück. Wahrscheinlich müsste er sich einen Durchsuchungsbeschluss besorgen, aber auf welcher Grundlage? Eine unheimliche Hütte, die eine unheimliche Ahnung bei ihm auslöste? Das war ein hinreichender Grund für Sodbrennen, aber nicht für einen Durchsuchungsbeschluss. Hier handelte es sich eindeutig um ein leerstehendes Gebäude. Den Besitzer zu ermitteln war so gut wie unmöglich. Er schob das Brecheisen zwischen Schloss und Öse und schlug mit dem Hammer zu. Das Schloss brach auf und fiel zu Boden.

Er drückte die Tür auf. Sie quietschte wie in einem Geisterhaus. Im Innern war es stockfinster. Draußen kletterte die Sonne über den Horizont, aber die zugenagelten Fenster ließen kein Tageslicht herein. Sein Herz pochte bis in die Schläfen. Hilary, seine Tochter, war ein Fan von *The Walking Dead*; sie guckten die Serie sonntagabends zusammen, wenn sie am Wochenende bei ihm war. Jetzt spürte er förmlich die Zombies im Dunkeln lauern, die ihn riechen konnten und hungrig hervorkrochen. Oder eine Kolonie von Crack-Süchtigen. Oder Ratten. Oder Schlangen. Oder gar nichts – nur die Relikte eines altmodischen Geschäfts, das vor dreißig Jahren langsam zugrunde gegangen war.

Hinter ihm schlug die Tür zu. Er stand in einem engen Vorraum, der alt und widerlich roch, nach Schimmel und Schmutz und altem Haus und verwesendem Stinktier. Er leuchtete mit der Taschenlampe herum, versuchte, sich zu orientieren, Meter für Meter. Seine Hand tat höllisch weh – er hatte sie beim Aufbrechen des Schlosses belastet, obwohl er den Hammer in der Linken gehalten hatte. Er durchquerte den Vorraum und leuchtete einen alten Holztresen an, über dem ein großer Topfaufhänger von der Decke hing, mitsamt den alten Haken. Er entsicherte die Glock, die er im Holster trug. Falls er schießen musste, würde er die linke Hand benutzen müssen. Das war scheiße. Noch dazu im Dunkeln. Schweiß lief ihm über die Stirn und in den Nacken. Er ignorierte die Stimme der Vernunft, die wollte, dass er umkehre.

Er trat um die Ecke und spürte, dass er in einem weitläufigen Raum stand. Dann machte er einen Schritt nach vorn und fiel.

Es ging nur einen knappen Meter runter, und glücklicherweise landete er auf dem Hintern. Aber aus irgendeinem Grund hatte er trotzdem starke Schmerzen. Er hatte das Gefühl, er wäre auf Messer gefallen. Noch bevor er nachsehen konnte, was unter ihm war und wie schwer er verletzt war, schlug ihm der Gestank entgegen: grauenhafter, fauliger Verwesungsgestank. Er wusste sofort, was es war. Es war der Tod.

Er kam auf die Füße und richtete sich auf. Seine rechte Hand pulsierte immer noch, aber jetzt spürte er auch einen stechenden Schmerz in der Linken und richtete die Taschenlampe auf den Boden. Auf dem Zementboden glitzerten Glasscherben. Von seiner Hand tropfte Blut. Er leuchtete um sich herum: Er war in eine Art Grube gestürzt, die voller Glasscherben war. Um die Grube liefen die Reste eines Metallgeländers. Er richtete die Lampe auf die Wände der Grube und schnappte nach Luft.

Bryan sprang auf und griff mit zitternden Händen nach dem Telefon. Er drückte eine Taste – kein Netz. Dann ließ er das Telefon fallen. Er spürte, wie ihm das Blut am Hintern und den Beinen hinunterlief. Die Scherben hatten durch die Hose geschnitten.

In der Dunkelheit raschelte es, und er spürte, dass etwas in seiner Nähe war. Er riss den Kopf herum, und sein Nacken knackte. Dann leuchtete er mit der Taschenlampe durch den Raum. Eine fette Ratte schoss im Zickzack durch den Lichtkegel und verschwand in einer Ecke. Eine zweite blieb sitzen und starrte ihn herausfordernd an. Er beleuchtete die Wände des Raumes. Die Decke. Das Grauen war überall.

Endlich fand er die Holzstufen, die aus der Grube führten. Er versuchte, sich zu erinnern, aus welcher Richtung er gekommen war. Verschiedene Gänge führten aus dem Raum – falls er im Finstern den falschen erwischte, würde er vielleicht an einem noch schlimmeren Ort als einer Grube voller Glasscherben landen. Er drückte sich den Ärmel vor Mund und Nase, um den Gestank nicht einatmen zu müssen. Das Funkgerät war im Wagen, falls er es dorthin zurückschaffte. *Warum hatte er niemandem gesagt, wo er war?* Er war nicht Mel Gibson. Er war ein Idiot.

Am Topfaufhänger vorbei fand er den Vorraum und warf sich gegen die Tür. Taumelnd landete er auf der demolierten Veranda. Draußen war mit aller Pracht der Morgen angebrochen, orange und goldene Streifen ließen den Himmel im Osten erstrahlen. Blinzelnd gewöhnte er sich ans Licht. Er saugte die frische Luft ein. Noch nie hatte Erde so gut gerochen. Am liebsten hätte er den Boden geküsst.

Er humpelte zum Wagen und griff nach dem Funkgerät. «Palm Beach 1642.» Er betastete seine Hose – sie war blutdurchtränkt.

«1642, kommen», antwortete die Zentrale.

«Ich bin hier draußen, in der Nähe von ... von Pelican Lake – nein, Ecke Muck City und ... verdammt, ich weiß nicht, wie die Straße heißt. Ich weiß die Querstraße nicht ...» Er hielt inne, als er in Richtung der Hütte blickte, die er vor Sekunden verlassen hatte. Selbst im wärmer werdenden Licht war sie fast unsichtbar, verschluckt von Bäumen und Gebüsch. Es fiel ihm schwer, einen klaren Gedanken zu fassen.

«1642, fordern Sie eine Einheit an?»

«Ja, ja, ich brauche Verstärkung.»

«Wo sind Sie?»

«In einer Seitenstraße der State Road 717 – Muck City Road – ungefähr drei Kilometer östlich von Barfield. Ich habe den Namen der Querstraße nicht, Palm Beach. Es handelt sich um ein Gebäude, das von Bäumen und Unterholz verdeckt ist, ein Stück von der Straße weg. Ich stelle das Blaulicht an, damit Sie mich hier draußen finden», sagte er.

«Roger. Wir schicken eine Einheit. Wie ist die Lage, 1642?»

Bryan wischte sich mit dem Ärmel über das Gesicht. Seine zerschnittene Hand blutete, er suchte im Wagen nach einem Taschentuch oder einer Serviette. «Eine Einheit reicht nicht, Palm Beach. Schicken Sie mehrere. Ich brauche genug Einheiten, um das ganze Gebiet abzusperren. Und die Spurensicherung. Ich brauche die Spurensicherung. Hier ist eine Riesensauerei, Palm Beach. Ich stehe mitten in einer Riesensauerei.»

«Brauchen Sie einen Rettungswagen, 1642?»

Er schüttelte den Kopf. Falls sie jemanden in der Hütte fänden, käme der Notarzt zu spät. «Nein.»

«Habe verstanden, 1642. Alle verfügbaren Einheiten sind unterwegs.»

Das Funkgerät begann zu knistern, als verschiedene Streifenwagen antworteten und ihre geschätzte Ankunftszeit durchgaben.

Er blickte zurück zu dem Gebäude, aus dem er gekommen war. Er hatte gefunden, wonach er heute Nacht gesucht hatte.

Er war mitten in das Schlachthaus gestolpert.

49

Faith sah den schwarzen Taurus in der Einfahrt, als Jarrod in die Greenview Terrace einbog. Hätte sie am Steuer gesessen, hätte sie eine Kehrtwende gemacht und wäre geradewegs wieder aus Heron Bay rausgefahren. Der Wachmann, den sie eben am Tor passiert hatten und der ihnen sogar zugewinkt hatte, sollte sie eigentlich informieren, wenn sie Besuch hatten. Anscheinend galt das nicht für Besuch von der Polizei.

«Warst du mit ihnen verabredet?», fragte Jarrod leise und sah sie an.

Sie schüttelte den Kopf.

Am Mittwochmorgen hatte Jarrod sie gegen Kaution aus dem Gefängnis geholt, anschließend waren sie wie geplant nach Chicago gefahren, um Thanksgiving bei seiner Schwester zu verbringen. Es war eine anstrengende Reise gewesen und anstrengende drei Tage im Trubel der Familie, die sie seit dem letzten Thanksgiving nicht gesehen hatten. Zum Reden kamen sie jedenfalls nicht viel. Faith wusste nicht, was und wem Jarrod von den Ereignissen der letzten zwölf Monate erzählt hatte – von seiner Affäre, dem «Vorfall» und jetzt ihrer Verhaftung wegen Trunkenheit am Steuer. Daher verbrachte sie die meiste Zeit oben im Gästezimmer und spielte mit Maggie, wenn deren Cousins und Cousinen, die Teenager waren, keine Lust mehr hatten. Oder sie machte lange Spaziergänge, allein, und grübelte, wie sie das sich auftürmende Chaos in ihrem Leben in den Griff bekommen sollte.

Nach ihrer Verhaftung, der Leibesvisitation und der Nacht im Gefängnis war ein Ausflug zu Jarrods Familie, wo sie so tun musste, als wäre alles in Ordnung, das Letzte, was sie gebrauchen konnte. Aber sie war nicht in der Position, sich Jarrods Wünschen zu widersetzen. Also hatte sie ein paar Sachen in eine Tasche geworfen, war mit in den Wagen gestiegen und zum Flughafen gefahren. Das Positive an der Reise war: Sie hatte ein paar Tage Galgenfrist, bevor sie über das Geschehene sprechen und sich seinen Vorwürfen stellen musste, die er ihr mit Sicherheit wegen des Trinkens machen würde. Und sie war 1500 Kilometer entfernt von Derrick Poole und dem immer mehr ausartenden Horrorszenario in Florida.

Mit Ausnahme von Jarrods griesgrämigem Vater, der in ihrer Gegenwart nur auf Deutsch vor sich hin grummelte, verstand Faith sich mit seiner Familie gut: mit Jarrods Mutter, seiner Schwester Birgitte und ihrem Mann Glen und seinem Bruder Steffen mit seiner Frau Sherry. 1500 Kilometer Distanz halfen, Beziehungen oberflächlich und freundlich zu halten. Faith half, den Tisch zu decken und den Weihnachtsbaum zu schmücken, den Birgitte bereits aufgestellt hatte. Sie sorgte dafür, dass niemandes Glas leer war, und trank aus ihrem, wenn keiner hinsah. Und sie versuchte, den Gedanken zu verdrängen, dass es in den gedämpften Gesprächen, die abbrachen, wenn sie den Raum betrat, um sie ging.

Man unterhielt sich entspannt über allgemeine Themen, vor allem über die Kinder und die Ferien. Bis sie am Freitagabend im Ristorante Volare saßen und Steffen die neuesten Nachrichten aus Palm Beach ansprach, die er am Morgen auf CNN gesehen hatte: In den Everglades war ein «Schlachthaus» entdeckt worden, das im Zusammenhang mit einer Mordserie zu stehen schien. Offenbar waren ein kleines Mädchen aus Parkland und seine Mutter dem Mörder und seinem letzten Opfer begegnet. Sie stellten die Hauptbelastungszeugen in dem Kriminalfall dar.
Ist das euer Parkland? Habt ihr von der Sache gehört?

Während Jarrod den Fragen vorsichtig auswich, entschuldigte sich Faith, um aufs Klo zu gehen, und las die Geschichte auf ihrem Smartphone nach. Dann übergab sie sich. Am nächsten Tag fuhren sie nach dem Frühstück ab. Als das Flugzeug über Fort Lauderdale zum Landeanflug ansetzte, spürte sie die Druckveränderung – und das nicht nur in der Kabine. Mit jedem Kilometer, den sie sich ihrem Zuhause näherten, lief die Auszeit von dem Albtraum ab, der ihr Leben zurzeit war. Offiziell vorbei war sie, als sie in der Einfahrt hielten, wo die Detectives Nill und Maldonado bereits auf sie warteten.

Jarrod führte die beiden Detectives ins Haus und brachte Maggie nach oben in ihr Zimmer, wo er ihr einen Film einlegte.

Sie setzten sich um den Esstisch.

Das war's. In Faiths Magen rumorte es.

Detective Nill verschwendete keine Zeit. «Es gibt neue Entwicklungen», sagte er, als Jarrod dazustieß.

Sie sah in ihren Schoß und nickte. «Ich habe davon gehört», sagte sie matt. «Es kam auf CNN, und auf Fox. Es ist ... überall.»

«Ja. Wir haben einen Tatort gefunden. Ich wollte nicht, dass es so rauskommt; die Presse hat den Polizeifunk abgehört. Jetzt versuchen wir, den Informationsfluss zu kontrollieren. Wie Sie bereits wissen, haben wir auf dem verlassenen Anwesen forensische Beweise gefunden, die uns Grund zu der Annahme geben, dass Angelina Santri und möglicherweise drei weitere Frauen dort ermordet wurden. Vielleicht auch eine vierte. Es gibt eine vermisste junge Frau, und wir befürchten, dass auch Spuren von ihr dort sind.»

Faith nickte und holte tief Luft, ohne etwas zu sagen.

«Ich habe von Ihrer Verhaftung am Dienstag gehört. Ihr Promillewert lag doppelt so hoch wie erlaubt. Das ist hart.»

Jetzt liefen ihre Tränen. «Es tut mir leid», flüsterte sie.

«Sie stehen unter starkem Stress.»

Sie nickte wieder.

Der Detective tippte mit dem Kuli auf den Tisch. «Ich will ehrlich sein, Faith. Ich sage Ihnen, was für Spuren wir da draußen gefunden haben, damit Sie wissen, wovon wir hier reden – womit wir es zu tun haben –, und damit Sie verstehen, worum es mir geht. Wir haben Fasern gefunden: rote und schwarze Fasern. Sie passen zu dem Stück Stoff von dem verwilderten Grundstück in Pahokee und zu den Fasern in Pooles Kofferraum und auf seinem Beifahrersitz. Wir haben sehr viel Blut an den Wänden und am Boden gefunden, und wir lassen es analysieren, aber wir gehen davon aus, dass es zu den DNA-Proben der toten Frauen und der vermissten jungen Tänzerin passt. Wir haben Gliedmaßen in Eimern gefunden und Angelinas schwarze Stiefel.»

Faith schlug sich die Hände vor den Mund, den Blick immer noch starr in den Schoß gerichtet. Sie bekam kaum Luft. Nichts konnte sie vorbereiten auf das, was jetzt kam.

«Das Gebäude stammt aus den frühen Fünfzigern», fuhr Detective Nill fort. «Es war über die Jahre unter anderem ein Restaurant, aber in den Siebzigern und Achtzigern wurde im hinteren Teil Zuckerrohr gelagert, während sich vorne ein Souvenirladen befand. Bis in die späteren Siebziger fanden dort auch Alligatoren-Kämpfe, Hahnenkämpfe und Glücksspiel statt. Seit 1994 ist das Grundstück verlassen. Die Besitzer haben ihre Sachen gepackt und sind nach Wisconsin gezogen. Sie haben sich nicht mehr darum gekümmert und das Gebäude verfallen lassen. Im Innern haben wir Ketten und Verschläge gefunden, die ursprünglich wohl für die Alligatoren und Hähne dienten. Wir glauben, dass die Frauen dort gefangen gehalten wurden, bevor sie ermordet wurden.»

«O Gott», stöhnte Jarrod, den Kopf in den Händen.

«Ich habe eine Theorie, über die ich mit Ihnen reden will, Faith. Sagen Sie mir, wenn ich falschliege. Ich glaube, auf dem verwilderten Grundstück gegenüber der Stelle, wo Sie in jener Nacht standen, wurde Angelina zusammengeschlagen. Sie hat sich gewehrt und ihrem Angreifer ein Stück vom Hemd abgerissen; so gelangte wahrscheinlich ihr Blut auf den Stoff. Dann wurde sie zu Pooles Honda Accord gebracht und in den Kofferraum gelegt, lebend, aber wahrscheinlich bewusstlos. Wie Sie wissen, haben wir ihre Haare im Kofferraum gefunden. Damit kein Blut im Kofferraum landete, wurde sie wahrscheinlich in eine Plane gewickelt. Die Person, deren Hemd sie zerriss, ist mit in Pooles Wagen gestiegen, und Poole und diese Person fuhren zu dem besagten verlassenen Gebäude. Angelina wurde angekettet, gefoltert und am Ende ermordet. Sie war bereits einen Tag lang verschwunden, bevor Sie ihr begegneten. Vielleicht wurde sie gleich dort hingebracht, nachdem sie vom Parkplatz des Animal Instincts entführt worden war, und konnte vorübergehend fliehen. Sie lief barfuß durch die Zuckerrohrfelder, was ihre schmutzigen Füße erklärt. Dann ist sie auf Sie gestoßen, Faith, als Sie im Wagen geschlafen haben.»

Faith nickte.

Jarrod sah sie an, dann sah er den Detective wieder an. «Warten Sie. Sie sagten, jemand sei zu Poole in den Wagen gestiegen. Sie glauben, dass es einen zweiten Verdächtigen gibt? Die sind *zu zweit*?»

Nill ließ Faith nicht aus den Augen. «Wir haben DNA-Spuren an dem Stoffstück gefunden. Die Blutspritzer gehören zu Angelina Santri, Schweiß und Hautschuppen gehören zu einer männlichen Person, die *nicht* Derrick Poole ist. Wir wollen Pooles Haus noch ein weiteres Mal unter die Lupe nehmen. Deswegen sind wir hier: Wir müssen wissen, wonach wir suchen, wenn wir wieder dort sind.»

«Faith?», fragte Jarrod.

«Sie wissen, worauf ich hinauswill, oder, Faith?», fragte der Detective.

Sie nickte wieder und wischte sich mit dem Ärmel die Tränen ab.

«Eine der Barfrauen im Animal Instincts hat Poole am Abend von Angelinas Verschwinden im Club gesehen», drängte er. «Er war nicht allein, er war mit einem Freund da.»

«Faith?», fragte Jarrod wieder.

«In der Nacht des Sturms war Poole nicht allein unterwegs, und ich glaube, Sie haben seinen Begleiter gesehen, Faith. Das ist meine Theorie. Ich weiß nicht, warum Sie mir nicht von Anfang an von ihm erzählt haben, aber meine erste Sorge ist, ihn zu finden, weil er ein Mörder ist. Er und Poole jagen Frauen, und sie wechseln sich beim Foltern und Morden auf verschiedene, abartige Weisen ab. Mein Problem mit Derrick Poole – der Grund, warum er immer noch nicht hinter Gittern sitzt – ist, dass wir bis jetzt keine hinreichenden Beweise haben, die ihn direkt mit Angelinas Tod in Zusammenhang bringen. Wir haben nur Sie und Ihre Tochter, die ihn gesehen haben, als Angelina noch lebte. Doch gegen den Mann in dem rot-schwarz karierten Hemd habe ich Beweise. Seine DNA und das Blut des Opfers sind auf dem Stück Hemdstoff, das ganz in der Nähe des Tatorts gefunden wurde. Des Orts, wo fünf Frauen brutal gefoltert, zerstückelt und ermordet wurden, wie ich glaube. Aber ich muss Derrick Poole mit Angelinas Mord in Verbindung bringen; ich muss ihn mit dem Unbekannten in Verbindung bringen. Ich brauche mehr Beweise, weil da immer noch zu viel Raum für eine Gegendarstellung ist.»

Sie begrub das Gesicht in den Händen und begann zu schluchzen.

Nill beugte sich über den Tisch und reichte ihr ein Päckchen Taschentücher. «Ich weiß, dass Sie einen Grund hatten, mich neulich anzurufen, Faith. Ich glaube, Sie wussten genau, was Sie mir sagen müssen. Ich muss wissen, zu wem die DNA von dem Stück Stoff gehört, Faith. Und Sie werden mir helfen, es herauszufinden.»

50

«Er kam aus dem Wald», begann sie, das Gesicht hinter dem Taschentuch versteckt.

«Wer ist er?», fragte Nill.

«Der andere Mann. Sie ist mit ihm gegangen. Ich dachte nicht, dass er ihr weh tun würde ...»

Jarrod rückte mit dem Stuhl vom Tisch ab.

Nill beugte sich vor. «Bei allem Respekt, Faith, aber so funktioniert das nicht. Selbst Ihr Kind wusste, dass Angelina Santri Todesangst hatte. Lassen Sie es mich offen sagen: Uns fällt es ziemlich schwer zu verstehen, warum Sie keine Hilfe geholt haben. Der Staatsanwältin, mir, Detective Maldonado, Ihrem Mann. Wenn das rauskommt, wenn die Presse an dem Fall dranbleibt – und wir sind uns ziemlich sicher, dass sie das tun wird –, dann wird es auch der Öffentlichkeit schwerfallen, Sie zu verstehen. Auch wenn Sie immer wieder behaupten, Sie hätten es nicht besser gewusst, das wird Ihnen irgendwann auch nicht mehr helfen. Sie sind doch eine nette Lady. Sie wohnen in einem netten Haus, haben einen netten Mann und ein tolles Kind. Sie sind schlau und kreativ. Sie sind Geschäftsfrau. Ihr Mann hat uns erzählt, Sie sammeln ausgesetzte Hunde ein und kümmern sich um Ihre Schwester. Sie müssen also auch ein großes Herz haben.» Lächelnd tätschelte er ihren Arm. «Ich glaube, ich weiß, warum Sie uns nicht alles sagen. Sie wurden am Dienstag nicht zum ersten Mal wegen Trunkenheit am Steuer verhaftet.»

Er schlug eine Akte auf und schob ihr ein Blatt hin. Es war ihr Vorstrafenregister. Es war hart, es schwarz auf weiß zu sehen. Faith schloss die Augen.

«Ich erzähle Ihnen mal meine Theorie, was in jener Nacht passiert ist, Faith. Sie sagen mir, ob ich richtigliege. Sie waren bei Ihrer Schwester, hatten ein paar Drinks, vielleicht mehr als ein paar, weil Sie ursprünglich vorhatten, dort zu übernachten, wie Sie sagten. Dann ist etwas vorgefallen, es kam zu einem Streit, oder Maggie hatte einen Wutanfall oder wollte nach Hause, wie dem auch sei. Sie sind bei Ihrer Schwester aufgebrochen und haben sich auf den Heimweg gemacht, obwohl Sie nicht mehr hätten fahren sollen. Ich verstehe das. Dann haben Sie sich verfahren und haben sich an den Straßenrand gestellt, um Ihren Rausch auszuschlafen, aber plötzlich steht Angelina Santri vor Ihrem Fenster und mischt sich in Ihr Leben. Vielleicht hatten Sie Angst, dass Sie wieder wegen Trunkenheit am Steuer verhaftet werden, hm? Stimmt das Szenario so in etwa?»

Sie nickte.

«Du hast ein Alkoholproblem», sagte Jarrod ausdruckslos.

Sie legte den Kopf in die Hände.

Detective Maldonado sah Jarrod an und schüttelte den Kopf.

«Können Sie den anderen Mann beschreiben?», fragte Nill.

Faith nickte, ohne den Kopf zu heben. «Er war Ende dreißig, vielleicht Anfang, Mitte vierzig. Er hatte einen Bart, aber keinen Vollbart, eher Koteletten. Ich glaube, der Bart war grau oder hellbraun. Er trug Jeans und ein dunkles Hemd – vielleicht kariert. Es stand offen, und er hatte einen, also, einen Bierbauch, obwohl er schmächtig war. Er trug eine Baseballkappe, aber sie flog ihm vom Kopf, darunter hatte er eine Glatze, kein Haar auf dem Kopf. Vielleicht rasiert, ich weiß es nicht. Er war normal groß, kleiner als Poole, vielleicht einen Meter achtzig.»

«Warten Sie», unterbrach sie der Detective. «Was für eine Baseballkappe trug er?»

«Es war eine weiße Yankees-Kappe. Ich habe das Logo gesehen.»

Jarrod stand auf und ging ans Fenster. Er fuhr sich durchs Haar und seufzte laut. «Du hast ein Alkoholproblem, Faith, du brauchst Hilfe», sagte er. «Es liegt in deiner Familie. Vielleicht kannst du nichts dafür, vielleicht ist es eine Krankheit, aber wir müssen uns damit auseinandersetzen. Das müssen wir.»

Sie hielt sich die Ohren zu. Sie konnte nicht mehr.

«Du bist mit Maggie im Wagen betrunken gefahren, Faith. Unsere Tochter saß im Wagen. Du hättest einen Unfall bauen können, diese Männer hätten ...» Seine Stimme verlor sich. «Eine Frau ist tot, Faith ...»

«Es liegt nicht in der Familie!», schrie sie ihn plötzlich an. «Lass meinen Vater aus dem Spiel! Es liegt an dir. Siehst du das nicht? Du bist der Grund, warum ich abends ein Glas Wein nach dem anderen trinke. Wenn ich dasitze und warte, bis du nach Hause kommst. Du und dieses ... *Mädchen*. Das habe ich ständig vor Augen, Jarrod! Du hast alles kaputt gemacht. Alles, was wir hatten. Ich war dir einfach nicht genug.»

Jarrod schüttelte den Kopf. «Nicht jetzt», sagte er leise.

Die Detectives wechselten einen unbehaglichen Blick.

«Mein Vater ist nicht schuld – du bist schuld.» Sie sah Detective Nill an und wischte sich aufgebracht mit dem Ärmel die Tränen weg. «Ich wollte Ihnen von dem zweiten Mann erzählen, als wir aufs Revier kamen, aber ich wusste, dass Jarrod es nicht verstehen würde. Er hätte mich genauso angesehen, wie er mich jetzt ansieht, wie er mich seit Tagen ansieht: Ich bin Abschaum, Detective Nill. Ich war ohnehin nicht gut genug, aber jetzt bin ich auch noch betrunken mit seiner Tochter im Auto gefahren, und ich habe vergessen, sie im Kindergarten abzuholen, also bin ich eine schlechte Mutter. Und ich habe dieser Frau nicht geholfen, also bin ich ein schlechter Mensch.»

«Faith ...», sagte Jarrod. «Tu das nicht.»

Sie schüttelte den Kopf. «Was hätte mein rechtschaffener Ehemann gedacht, was hätte er getan, wenn er gewusst hätte, dass *zwei* Männer mit dem Mädchen da draußen waren und ich nichts unternommen habe? Ich wusste nicht, was die Männer mit ihr vorhatten, Detective. Ich habe nicht gedacht, dass sie sie umbringen würden, Herrgott noch mal. Aber ich hatte Angst. Und ich wollte nicht vor Maggies Augen verhaftet werden, deshalb habe ich nichts getan. Nachdem klar war, dass sie tot ist, klang es schon so schrecklich, als Maggie von *einem* Mann erzählte. Ich hatte Panik. Ich konnte Ihnen nicht von dem zweiten Mann erzählen, weil ich wusste, dass Jarrod mich verurteilen würde – dann hätte er endlich einen objektiven Grund, mich zu verlassen. Und auch wenn ich manchmal will, dass er geht, weil ich ihn dafür hasse, was er mit dieser verdammten Praktikantin getan hat, mit dieser Frau, mit der ich mich auf seiner Weihnachtsfeier unterhalten habe, während er grinsend danebenstand, für die ich sogar bei Bloomingdales ein Paar Ohrringe gekauft und einpacken lassen habe, ich kann es nicht. Ich hasse ihn für das, was er getan hat, für all seine Lügen, für jedes Mal, das er mich angefasst hat, nachdem er mit ihr zusammen war und ich nichts davon wusste. Ich hasse ihn, aber ich schaffe es nicht allein. Ich bin nicht stark genug, Detective. Ich bin nicht besonders schlau, wie Sie vorhin behauptet haben. Ich brauche ihn, so jämmerlich und so bescheuert und traurig das ist. Ich brauche ihn. Und ich bin noch nicht bereit, ihn gehen zu lassen.

Und dann wollte ich es Ihnen am nächsten Tag erzählen, als wir rausgefahren sind nach Pahokee, aber wieder war Jarrod dabei, und ich konnte nicht. Danach war es zu spät. Jedes Mal, wenn ich es sagen wollte, habe ich den Mund gehalten, weil es zu spät war. Am Dienstag habe ich Sie angerufen, als ich in der Bar saß, aber als Sie zurückriefen, war es schon wieder zu spät. Ich dachte, Sie würden den zweiten Mann von allein finden. Ich dachte, Poole würde gestehen und Ihnen von seinem Freund erzählen, würde einen Deal mit der Staatsanwaltschaft machen und alles zugeben. Jarrod hat immer gesagt, neunzig Prozent der Fälle kommen nie vor Gericht. Als er noch Strafverteidiger war, erzählte er ständig von Klienten, die ‹auspackten›, und dass es ‹unter Verbrechern keine Ehre› gäbe. Ich habe es verbockt. Ich bereue das alles so sehr …»

Detective Maldonado war die Erste, die das Schweigen brach. «Das war schwer für Sie, Mrs. Saunders. Das weiß ich.»

«Faith …», begann Jarrod. «Es tut mir so leid. Ich wünschte, ich könnte alles ungeschehen machen …» Vielleicht gingen ihm die Worte aus, denn er brach einfach ab.

«Ich halte Sie auf dem Laufenden, was wir diesmal bei Poole finden», sagte Detective Nill, als er sich erhob. Er klopfte ihr auf die Schulter. «Hoffentlich läuft Poole nicht mehr lange frei herum.»

Faith schüttelte den Kopf. «Es geht nicht um mich, Detective. Ich dachte, Poole würde Ihnen von seinem Partner erzählen, dann wäre alles vorbei, und ich hätte nichts mehr damit zu tun. Aber es wird alles immer schlimmer, selbst dann, wenn ich glaube, es geht nicht mehr, und jetzt sagen Sie mir, dass noch eine Frau verschwunden ist.» Sie sah aus dem Fenster zu Maggies Schaukel, die sie kaum benutzte, zu den hübschen Terrassenmöbeln, über deren Streifenmuster sie so lange nachgedacht hatte. Sie schämte sich, dass ihr solche trivialen Dinge so viel bedeutet hatten. «Ich bin nicht religiös, Detective», sagte sie mit matter, resignierter Stimme. «Auch wenn es wohl besser wäre. Vielleicht finde ich ja zu Gott zurück. Aber Sie sollen wissen, dass ich bete, Detective. Ich bete, dass die vermisste Frau gesund zu ihrer Familie zurückkommt. Und dass nicht auch noch ihr Blut an meinen Händen klebt.»

51

Derrick wusste, dass etwas im Gang war. Er hatte es im Urin. Er stand hinter den Vorhängen im Wohnzimmer und spähte hinaus, doch es war nichts zu sehen. Er wusste, dass die Cops ihn beobachteten. Nur weil er sie nicht sah, hieß das nicht, dass sie nicht da waren und mit ihren Gewehren auf seinen Kopf zielten. Warteten, dass er eine falsche Bewegung machte, damit sie einen Grund hatten, ihn abzuknallen. An Thanksgiving hatte er während der Fahrt nach Ormond Beach vier Stunden lang in den Rückspiegel gestarrt und nach dem schwarzen Taurus drei Autos hinter ihm Ausschau gehalten. Dann hatte er die ganze Nacht hinter den Vorhängen gestanden, die nach gekochten Eiern rochen, in der Ferienwohnung von Gemmas alter Tante, auf der Suche nach dem gleichen Taurus, denn es war immer ein Taurus, und er war immer schwarz. Seine Ferien waren im Arsch.

Und dann hatte er gestern Nachrichten gesehen, und jetzt *wusste* er, dass sie da draußen waren.

Sie hatten das Nest gefunden. Vom Bett seines kargen Motelzimmers in La Quinta aus hatte er zugesehen, wie die Clowns der Spurensicherung in seinem Versteck herumtrampelten, in Schutzanzügen mit Gesichtsmasken, Handschuhen und schwarzen Tüten mit ... Zeug. Der Anblick hatte ihn wütend gemacht – es war irgendwie übergriffig. Dann wurde er nervös. Er war wieder zum Fenster gegangen und hatte nach dem verdammten schwarzen Taurus auf dem Parkplatz gesucht. Die ganze Nacht hatte er da gesessen, Zigaretten geraucht und Wache gehalten. Er und Gemma waren vor Sonnenaufgang aufgebrochen und nach Boca zurückgefahren.

Es gab keine Spuren, aber das würde sie nicht davon abhalten, ihm die Sache anzuhängen. Oder sie richteten die Zielfernrohre auf ihn und warteten auf das Zucken, das sie als Griff zur Waffe auslegen konnten; um das Problem mit einem gezielten Schuss zu eliminieren, bevor sie mit der Anklage scheiterten. Er zog an seiner Zigarette und blies den Rauch durch den Vorhangspalt. Alles, was sie hatten, waren ein paar Fasern. Ein paar Fäden, die zum Prof führten, aber nicht zu ihm. *Er* hinterließ keine Fasern wie ein beschissener Hänsel seine Brotkrumen, um der Polizei im ganzen Land den Weg zu weisen. Die Fasern besiegelten das Schicksal des Profs – falls sie ihn fassten –, aber gegen Derrick hatten sie nichts in der Hand. Nichts. Weil *er* keine Fehler machte.

Er rieb sich die Schläfen. Sein Kopf dröhnte.

Das Problem war, sie hatten den Prof nicht. Die verdammten Krumen hatten zu Derricks Wagen geführt, nicht zu dem des Profs, und dann zu seiner verdammten Tür. Irgendjemanden mussten sie zur Rechenschaft ziehen, irgendjemand musste für den Tod dieser Schlampen zahlen, selbst wenn sich keiner für sie interessiert hatte, als sie noch am Leben waren. Und dieser Jemand würde er sein: Derrick Poole. Die Cops hatten seine Mutter angerufen und versucht, mit seiner verrückten Großmutter zu reden, waren zu jeder Schule gefahren, die er besucht hatte, um irgendwen zu finden, der erzählte, Derrick hätte als Kind Tiere gequält und Badezimmer angezündet. Sie versuchten eindeutig, ihm die Sache anzuhängen. Er hatte sich keine großen Sorgen gemacht, bis er gestern die Nachrichten gesehen hatte. Und obwohl er wusste, dass er keine Spuren hinterlassen hatte, hatte er Zweifel wegen des verdammten Profs – was eine Ironie des Schicksals war, denn der Prof sollte sein Mentor sein. Derrick warf die Zigarette in eine halbleere Kaffeetasse. Selbst wenn sie keine Spuren von ihm fanden, war es nur eine Frage der Zeit, bis sich die schwarzen Taurusse vor seiner Tür versammeln und klingeln würden. Und Fragen stellen.

Gemma stand von der Couch auf und ging in die Küche. «Willst du ein Bier?», fragte sie süß. «Oder noch Kaffee?»

Er zuckte die Schultern.

«Ist da draußen irgendwas los?» Sie versuchte, entspannt zu

klingen. Er wusste, dass auch sie nervös war. Auch sie hatte die Nachrichten gesehen.

Er drehte sich um und starrte sie an. «Nein.»

«Kann ich irgendwas für dich tun?»

«Danke, du hast schon genug getan.»

Es war die verdammte Gemma gewesen, die ihm die Bullen auf den Hals gehetzt hatte. Sie wusste nicht, dass er es wusste, und trotzdem riss sie sich ein Bein aus, um es wiedergutzumachen. Sie putzte seine Wohnung, versuchte, für ihn zu kochen, ließ sich auf jede Art ficken, die ihm einfiel. Vielleicht hatte sie Angst, ihn zu verlieren, wenn er herausfand, dass sie ihre Klappe nicht hatte halten können. Vielleicht hatte sie Angst vor ihm.

«Ich schätze, dann gehe ich mal», sagte Gemma und schob die Finger durch die Gürtellaschen ihrer Jeans.

Er zuckte wieder die Schultern, woraufhin sie ins Schlafzimmer ging. Er drehte sich vom Fenster weg. Die Post lag verstreut auf dem Esszimmertisch. Erst holte sie seine Post aus seinem Briefkasten, ohne zu fragen, ob er wollte, dass sie seine Post holte; dann warf sie sie auf den Tisch, ohne zu fragen, wo er seine verdammte Post haben wollte. Er knirschte mit den Zähnen. Dann entdeckte er den Prospekt eines Ford-Händlers in Orlando. Er tippte auf das Bild eines Ford Explorer.

Blondie, Blondie, Blondie. Was machen wir bloß mit dir?

Das ging auf sein Konto. Der Prof hatte sie und das Kind abmurksen wollen. Sie fesseln, langsam töten und an die Alligatoren verfüttern, aber Derrick legte keine Kinder um. Er war kein Monster. Er stand nicht auf Mütter und kleine Mädchen. Und was hatte er nun davon, dass er Gnade vor Recht hatte ergehen lassen? Er rieb sich die dröhnende Stirn. «Ich brauche noch ein Aspirin», rief er.

Wie kam es, dass Eds hässliche Visage nicht neben seiner Karikatur im Lokalteil aufgetaucht war? Wie kam es, dass die Cops nicht von zwei Mördern sprachen, sondern nur von einem? Derrick hatte ihr das Leben gerettet, und sie hatte ihm die Cops auf den Hals gehetzt. Als hätte sie ein reines Gewissen. Als stünde sie über allem. Es machte ihn so wütend, dass er kaum klar denken konnte.

Er starrte den Prospekt an. Die kalte Nachtluft ... Die Bäume trieften, Blitze zuckten über den schwarzen Himmel. *Bitte schlachtet mich nicht ab! Bitte lass mich nicht mit dem Typ allein! Ich habe ein kleines Kind! Ich sage niemandem, was ihr mit den anderen gemacht habt, versprochen! Tut der Frau nichts! Sie hat ein Kind im Wagen – ich habe es gesehen!*

Er hasste es, wenn sie heulten. Es ging ihm auf die Eier.

Blondie hatte Geheimnisse – hässliche Geheimnisse. Er hatte gesehen, wie sie die Stripperin über den Haufen gefahren und sich aus dem Staub gemacht hatte, als wäre nichts gewesen. Er wusste, dass sie blau war und wahrscheinlich ihren Rausch ausschlief, als ausgerechnet das Mädchen, das sie eine Stunde vorher überfahren hatte, angehumpelt kam und sie um Hilfe anflehte, auf dieser einsamen, gottverlassenen Straße. Nur um eiskalt abgewiesen zu werden.

Er zerknüllte den Prospekt. Es gab keine Verbindung zwischen ihm und dem Nest oder den Frauen. Es war alles Ed. Sein einziges Problem war eine Hausfrau und Säuferin, die der Polizei möglicherweise helfen konnte, den Prof mit seinem Schüler in Verbindung zu bringen. Er hasste es, es zugeben zu müssen, aber der Prof hatte recht gehabt: Sie hätten das Problem im Keim ersticken sollen. Jetzt war es ein bisschen komplizierter – zumindest für Derrick. Er lächelte in sich hinein. Wenn Blondie schon Angst hatte, in den Supermarkt zu gehen, weil sie ihrem nicht allzu netten Nachbarn nicht begegnen wollte, dann sollte sie mal abwarten, bis sie dessen Lehrmeister kennenlernte.

«Hier, Schatz», sagte Gemma und hielt ihm zwei Schmerztabletten und ein Glas Wasser hin. Sie hatte ihre Jacke an und die Handtasche über der Schulter. Bereit zur Flucht.

Er schluckte die Pillen trocken, ohne Gemma aus den Augen zu lassen. Bevor sie fragen konnte, ob sie gehen durfte, klopfte es laut an die Tür.

«Polizei!»

Gemma sah ihn fragend an, als wollte sie öffnen, doch er schüttelte den Kopf – sie hatte schon genug angerichtet. Er schob sie beiseite, als es wieder klopfte, und dann flog mit einem donnernden Schlag die Tür auf. Vor ihm standen der dicke Detective von der Fahrzeugkontrolle und eine Armee von Anzügen und Uniformen.

«Hallo, Derrick. Ich dachte, Sie hätten uns nicht gehört», sagte Nill.

«Sie können hier nicht so reinkommen!», rief Gemma. «Sie können nicht einfach die Tür eintreten! Sie haben die Tür kaputt gemacht! Scheiße! Was soll das?»

«Wohnen Sie hier, Gemma?», fragte Nill stirnrunzelnd, während die Armee hinter ihm aufrückte.

«Das spielt keine Rolle! Er hat Rechte! Sie können nicht einfach ...»

«Dachte ich mir.» Nill nickte zu der Tasche über ihrer Schulter und zeigte auf einen Polizisten in Uniform. «Wie ich sehe, wollten Sie gerade gehen. Officer Kilpatrick zeigt Ihnen den Weg. Auf Wiedersehen.»

«Ich habe nichts zu sagen!», schrie Derrick, als Gemma durch den Vorgarten weggeführt wurde. Kriminaltechniker mit blauen Handschuhen, Khakihosen und Polohemden kamen ihnen entgegen. «Ich habe einen Anwalt! Reden Sie mit meinem Anwalt!»

«Kein Problem», antwortete Nill und reichte Derrick den Durchsuchungsbeschluss, während die Armee ausschwärmte und in sein Schlafzimmer einfiel. «Ich bin sowieso nicht zum Reden hier.»

52

«Woher wussten Sie, wo Sie suchen mussten?», fragte Tatiana und biss in den dicksten, saftigsten Burger, den Bryan je gesehen hatte. Mayonnaise, Ketchup und Senf quollen an allen Seiten heraus und landeten mit einem abtrünnigen Champignon auf ihrem Teller. Bryans Magen schlug aus wie ein Peilsender, und zwar nicht wegen des Salats auf seinem Teller. Die Durchsuchung von Pooles Apartment war zwei Tage her.

«Ich hasse die Yankees», antwortete er, stocherte in seinem Salat herum und ignorierte seinen empörten Magen. «Ich mochte Jeter, als er noch bei den Yankees war, aber ich hasse die Yankees. Als ich zum ersten Mal vor Pooles Wandschrank stand, dachte ich: ‹War ja klar, dass der Kerl ein Yankee ist›, und hab es mir gemerkt. Und als Faith Saunders von der Yankees-Kappe erzählte, dachte ich: ‹Hmmm ... vielleicht.› Jetzt werden wir sehen, ob es dieselbe Kappe ist. Sie lag noch genau da, wo ich sie gesehen hatte, zusammen mit ein paar anderen Kappen und Sportgeräten, vom Lacrosse-Schläger bis zu den Schienbeinschonern, einem Fußball, einem Tennisschläger, und nichts davon sah benutzt aus. Bisschen seltsam.»

«Ziemlich seltsam», sagte sie und biss wieder in den Burger. «Ein Möchtegern-Sportler?»

«Die meisten schlauen Kerle mit wenig Muskeln, die sauer sind, weil sie es nicht in die Schulmannschaft geschafft haben, werden später Arzt oder gehen an die Wall Street; ihre Rache ist der finanzielle Erfolg. Aber ich bin weder Psychologe noch Profiler, Maldonado. Ich habe keine Ahnung, was die Tatsache, dass der Typ Sportgeräte hortet, mit unserem Fall zu tun hat. Außer dass er vielleicht vorhat, das Zeug irgendwann zu benutzen. Er hat auch jede Menge Kino-Andenken. Vielleicht ist er ein verkappter Sammler.»

«Oder ein Messie. Ich sehe mir manchmal diese Sendung an – die sind total durchgeknallt.» Sie zuckte die Schultern. «Vielleicht fasziniert ihn der Ruhm. Sportler, Filmstars», überlegte sie, während sie ihren Schokoladenmilkshake schlürfte.

Er resignierte vor dem Hasenfutter und goss sich Milch in den Kaffee. «Ich habe an der Highschool Football gespielt. Dachte, ich würde es vielleicht in die Profiliga schaffen. Dann bin ich ans College gegangen und war der kleinste drittklassige Quarterback auf der Bank. Ich habe auf dem Spielfeld um mein Leben gefürchtet.»

Sie zog die Braue hoch.

Er klopfte sich auf den Bauch. «Natürlich hatte ich damals noch nicht so viel Gepäck dabei, verstehen Sie? Den habe ich von meiner zukünftigen Exfrau. Aber bald bin ich ihn wieder los.»

«Ich habe es schon bemerkt – keine Pommes mehr für Sie. Und keine Schokoriegel im Schreibtisch.»

«Ach, da sind sie gelandet.»

Sie grinste. «Diese zukünftige Exfrau. Hat sie gut gekocht?»

«Nein. Meistens hab ich gekocht. Sie konnte gerade mal Wasser kochen, aber sie war eine echte Schönheit, deshalb hab ich ein Auge zugedrückt.»

«Ziemlich sexistisch. Das Karma schlägt auf den seltsamsten Wegen zurück, nicht wahr?», fragte sie und trank mit einem durchdringenden Schlürfen den letzten Schluck ihres Shakes.

«Ja. Als sie ging, habe ich meine Sorgen ertränkt, ohne dass mir klar war, wie viele Kalorien so ein Vollrausch hat.»

«Mir ist aufgefallen, dass Sie ein paar Pfunde abgenommen haben.»

«Das glaube ich Ihnen nicht.»

«Doch, wirklich. Ich wusste nur nicht, ob Sie wollen, dass es jemandem auffällt.»

«Na dann, danke. Ich will auch wieder joggen gehen, aber der Arzt sagt, erst muss etwas Gewicht runter, bevor ich anfange, sonst mache ich mir die Knie oder sonst was kaputt. Ob Sie es glauben oder nicht, früher bin ich Halb-Marathon gelaufen. Joggen hilft, Stress abzubauen.» Er sah auf ihren Teller. Der Burger und die große Portion Pommes waren verschwunden. Der Milkshake war Geschichte.

Sie schob den leeren Teller weg. «Wenn wir DNA an der Baseballkappe finden und ein Profil haben, was dann?» Tatiana wurde wieder ernst.

«Wir geben es ins CODIS und die FDLE-Datenbank ein und sehen, ob wir auf was stoßen.» Das Florida Department of Law Enforcement pflegte eine Datenbank mit DNA-Proben, die aus gelösten und ungelösten Verbrechen im Staat Florida stammten; inklusive Speichelproben von Kriminellen, die wegen bestimmter Verbrechen verurteilt worden waren, darunter Einbruch, sexuelle Nötigung, unsittliches Verhalten, Raub, Freiheitsberaubung und Mord. CODIS stand für Combined DNA Index System, die nationale DNA-Datenbank, die vom FBI geführt wurde.

«Und wenn wir keinen Treffer landen?», fragte sie.

«Ich rechne nicht mit einem Treffer – das wäre das Sahnehäubchen. Die Wahrscheinlichkeit ist hoch, dass der Typ nicht aktenkundig ist, auch wenn es nicht seine erste Tat war. Vor Santri und den Fasern waren die Fundorte und die Leichen blitzsauber. Das sagt mir, dass einer oder beide Erfahrung hatten, bevor ihnen Emily Foss und Jane Doe in die Hände fielen. Wir haben ein Stück gute alte Polizeiarbeit vor uns, Maldonado. Jetzt, da wir wissen, dass Poole einen Partner hatte, nehmen wir sein Leben auseinander, bis wir ihn finden. Poole hat sich nicht mit irgendeiner Zufallsbekanntschaft aus der Kneipe zur Jagd auf Frauen verabredet. Der Schlüssel liegt in der Beziehung zwischen den beiden. Seit Wochen suche ich nach einer Verbindung zwischen Poole und den Opfern, dabei geht es eigentlich um ihn und seinen Partner. Deshalb bin ich nicht fündig geworden: Vielleicht ist es sein Partner, der die Opfer auswählt», endete er, als sie für das Essen zahlten und zum Wagen zurückgingen.

«Und um den Typen mit den Koteletten zu finden ...»

«Die er sich höchstwahrscheinlich längst abrasiert hat. Vor allem, nachdem das Phantombild seines Kumpels Derrick in der Zeitung war.»

Sie nickte und stieg auf der Beifahrerseite ein. «Na gut. Aber solche Koteletten sind ziemlich selten, denke ich. Die Leute erinnern sich, wenn sie jemanden mit merkwürdiger Gesichtsbehaarung sehen, oder? Ein Phantombild könnte uns bei der Suche helfen, so wie bei Poole.»

«Ich habe auch vor, ein Phantombild zu bringen, und solange Faith Saunders ihn so gut beschreiben kann, wie sie und ihre Tochter Derrick Poole beschrieben haben, kommt vielleicht was dabei raus. Das Problem ist, wir haben bei Poole unwahrscheinliches Glück gehabt – so was kommt nicht oft vor. Zweitens ist inzwischen mehr als ein Monat vergangen, und ich wette, die Koteletten sind längst Geschichte, wenn sie überhaupt echt waren. Vielleicht hatte er sich verkleidet. Drittens, in der Provinz sind Koteletten nicht so selten wie in Miami. Viertens und letztens, Poole ist kein besonders geselliger Typ; ich bezweifle, dass sein Freund in dieser Hinsicht anders tickt. Um ihn zu finden, müssen wir uns Pooles Freunde, Kollegen und Verwandte ansehen, glaube ich.»

«Haben wir das nicht schon getan? Ich kann seinen Lebenslauf auswendig.»

«Wir haben den Topf gespült; jetzt müssen wir ihn schrubben», gab Bryan zurück, als sie vom Parkplatz fuhren. «Serienmörderpaare sind selten. Es ist schwer, jemanden zu finden, der nicht nur deine abartigen Gedanken teilt, sondern auch willens ist, das Zeug in die Tat umzusetzen. Jemanden in deine kranken Phantasien vom Abschlachten von Frauen einzuweihen, ist ein großer Schritt – und ein noch größerer ist es, zum Messer zu greifen und sie tatsächlich auszuweiden. Ich bin kein Experte, aber wie gesagt, historisch gesehen sind das extrem enge Beziehungen. Wenn wir uns jeden vornehmen, der mit Poole zu tun hatte, können wir die Namen mit den Opfern abgleichen und sehen, ob irgendeine Gemeinsamkeit rauskommt: Schulkameraden, Leute aus dem Jugendknast, Kollegen bei allen Jobs, die er je hatte. Und dann die sozialen Medien; das ist ein Brocken. Wir haben seine Festplatte konfisziert. Ich glaube, wir müssen sie uns noch ein bisschen genauer ansehen, nach Namen suchen, die öfters auftauchen, geheimen Chatrooms, seltsamen Verbindungen. Vielleicht einen Abgleich mit der Liste der Kollegen und Freunde machen.»

«Puh. Das klingt nach Knochenarbeit.»

Bryan zuckte die Schultern. «Sieht aus, als würden wir unsere Taskforce doch noch kriegen. Dem Schlachthaus sei Dank. Wahrscheinlich hat der Pressemob vor Ort auch geholfen. Noch bevor gestern die DNA-Proben zurückkamen, hatte Veerling mit den Sheriffs von Hendry und Glades telefoniert.» Gordon Veerling war der Sheriff von Palm Beach. «Als wir dann die Ergebnisse hatten und bestätigen konnten, dass das Blut aller drei Opfer dort an der Wand klebt – von Foss, Kruger und Santri –, war die Sache geritzt. Jetzt müssen wir nur noch rausfinden, wessen Fuß in dem Eimer lag. Und die anderen ... Teile.»

Tatiana verzog das Gesicht. «Das ist mehr als abartig. Und Sie waren ganz allein da drin, im Dunkeln ... Mir läuft es eiskalt über den Rücken.»

«Ach, wie süß – Sie haben sich Sorgen gemacht.»

Sie schüttelte den Kopf. «Abartig. Gott sei Dank war ich nicht dabei. Wessen Fuß ist es? Und wessen ... Eingeweide?»

«Ich tippe auf Noelle Langtry; wir bekommen von ihrer Mutter eine DNA-Probe für den genetischen Abgleich. Dann sehen wir, zu wem die Gliedmaßen passen. Es wird ein paar Tage dauern. Vielleicht gab es noch mehr Opfer, Maldonado, aber weil wir nicht wissen, dass sie vermisst werden, haben wir nicht nach ihnen gesucht. Es ist der reine Wahnsinn.»

«Warum läuft der Typ immer noch frei herum? Können Sie mir das sagen?»

«Die Staatsanwaltschaft will Beweise, die Poole eindeutig mit dem Tatort oder den Opfern in Zusammenhang bringen. Oder wenigstens mit dem Partner und damit wieder zum Tatort, weil der Partner die Stofffasern dort abgeschüttelt hat wie Winterfell. Romolo meint, im Moment reicht es immer noch nicht für eine Mordanklage gegen Poole. Sie verliert nicht gern. Wenn sie die Todesstrafe fordert, wäre lebenslänglich eine Niederlage für sie.»

«Ich verstehe das nicht», sagte Tatiana kopfschüttelnd. «Irgendwie schon, irgendwie aber auch nicht. Der Mann war der letzte Mensch, der mit einer Frau gesehen wurde, die ermordet wurde und deren Blut überall in dem Schlachthaus ist. Wann kommt die Kavallerie?»

«Morgen findet das Treffen der Sheriffs von Glades und Hendry statt. Und Amandola gibt uns Genovese.» Pat Genovese war ein erfahrener Mordermittler, der zwei Tische weiter saß. «Und Sie sind natürlich auch dabei, Maldonado, wenn Sie noch Lust haben. Außer Sie wollen abheuern und wieder zurück zu Ihrem Kinderkram.»

«Jetzt bin ich gerührt, Nill. Lieb, dass Sie an mich denken. Natürlich hab ich Lust. Habe ich eine Wahl?», sagte sie mit einem leicht nervösen Schnauben. Sie ließ das Fenster herunter.

Er schaute sie nachdenklich an. Die zweite Wohnungsdurchsuchung bei Poole hatte Tatiana wegen eines Arzttermins verpasst. Ob ihr doch etwas Ernsteres fehlte? «Im Moment sehen Sie nicht so aus, als hätten Sie Lust dazu. Sie sind ein bisschen grün um die Nase.»

«Ich habe an die Gliedmaßen in dem Eimer gedacht und gerade einen Burger gegessen. Wer hätte gedacht, dass es so viel Böses in der Welt gibt? Mir ist schlecht.»

«Und Sie wollen Mordermittlerin sein? Sie brauchen einen neuen Beruf, Maldonado», sagte er, als die Ampel grün wurde.

«Nein, mir ist wirklich schlecht. Halten Sie mal an.» Sie hatte den Kopf aus dem Fenster gestreckt und hielt mit flatterndem Haar wie ein Hund die Nase in den Wind.

«Verdammt! Ich halte gleich!» Er stoppte, sie sprang aus dem Wagen und verschwand in den Büschen auf der Australian Avenue.

Während sie davonstürzte, klingelte das Telefon. «Nill», antwortete er und schloss das Fenster, damit er sie nicht würgen hören musste.

«Detective, hier spricht Dave Sniga von der Serologie im Labor. Ich habe Ihnen gerade den Bericht geschickt, aber ich dachte mir, dass Sie die Ergebnisse lieber sofort hören wollen.»

Tatiana stieg wieder in den Wagen. «Sie sehen glücklich aus», sagte sie erschöpft, als er das Gespräch beendet hatte.

«Sie nicht», gab er zurück.

«Sie können jetzt weiterfahren», sagte sie und zeigte auf die Straße. «Was ist? Ich habe eine Darmgrippe.»

«Ach ja?» Er sah sie misstrauisch an. «Spucken Sie's aus – Sie sind schwanger, oder?»

«Nur weil ich eine Frau bin und mich übergeben habe, heißt das nicht automatisch, dass ich schwanger bin. Mir wird schlecht von Ihrem Scheiß-Fahrstil, Sie bremsen zu viel.» Sie lehnte die Stirn ans Fenster.

«Wann ist der Termin?»

Sie seufzte. «Mai.»

«Darf ich fragen, wo der Vater ist? Wer der Vater ist? Ist es einer von uns?»

«Ich dachte schon, Sie wollen fragen, wie es passiert ist», gab sie mit einem müden Lachen zurück. «Er ist ein Blödmann; er ist weg. Und er ist kein Polizist. Ich ziehe das allein durch. Ich darf die Stelle nicht verlieren; ich habe zu hart dafür gearbeitet. Ich wollte schon immer ins Morddezernat. Jedes zweite Mädchen will Tierärztin werden, aber ich wollte Mörder fangen. Ich sage dem Lieutenant und dem Chief erst Bescheid, wenn ich in den Kreißsaal muss, und am Montag drauf sitze ich wieder am Schreibtisch. Die werden gar nicht merken, dass ich weg war.»

«Na schön, Wonder Woman. Ich lasse Sie nicht auffliegen.»

«Warum grinsen Sie immer noch so? Weil Sie dahintergekommen sind, dass ich einen Braten im Ofen habe? Bravo, Detective.»

«Nein. Auch wenn ich ziemlich stolz darauf bin, wo Sie so zugeknöpft sind. Ich grinse, weil das Labor angerufen hat, während Sie mit Kotzen beschäftigt waren.»

«Ach ja? Und was gibt es Neues?»

«Sieht aus, als hätten wir heute Abend ein Date mit Pooles Adressbuch und Facebook-Seite. An der Yankees-Mütze wurde DNA gefunden. Sie stammt von demselben Kerl, der uns ein Stück von seinem Hemd dagelassen und die Fasern in der Hütte verteilt hat. Langsam kommt ein Bild zustande. Poole hat definitiv einen Partner, Mama Maldonado. Jetzt müssen wir nur noch rausfinden, wer er ist.»

53

Falls Bryan sich Illusionen gemacht hatte, es wäre ein Kinderspiel, die Verbindung zu Pooles Partner zu finden, hatte er sich geirrt.

Selbst mit einer Taskforce, die Pooles Leben systematisch auseinanderpflückte, seit er krabbeln konnte, stießen sie auf nichts. Die beiden Detectives aus Hendry und Glades – Austin Velasquez und Dave Minkhaus – fuhren nach Deltona, um mit seinen Lehrern, Schuldirektoren und Klassenkameraden von der Grundschule bis zur Mittelstufe zu reden. Sie hatten gehofft, mit einer langen Liste an Freunden zurückzukommen, die Poole über die Jahre gemacht hatte, ehe er nach Haines City gezogen war – nichts dergleichen. Es gab keine.

Die Taskforce ließ sich die Daten der Sozialversicherung und seine Steuerbescheide kommen, woraufhin die Detectives persönlich jeden Ort im Staat Florida abklapperten, wo Poole je gearbeitet hatte: Walgreens, Dunkin' Donuts, Starbucks, AMC Theaters, ein Sommerjob bei den Universal Studios, H&R Block, Ernst & Young. Von Imbissbuden zu Collegepraktika zu ersten Karriereschritten – kein Mensch tauchte auf. Kein Mensch, mit dem Poole regelmäßig Mittagspause gemacht hatte oder ein Bier trinken gegangen war. Kein Mensch, mit dem er sich privat getroffen hatte. Bis auf die Namen von ein paar Mädchen, mit denen er hin und wieder ausgegangen war, war nichts zu finden; und von den Frauen, die sich überhaupt an ihn erinnerten, sagten alle dasselbe: Er war ruhig, zurückhaltend, schüchtern. Nichts Besonderes. Leicht zu vergessen. Derrick Alan Freeley Poole war ein eingefleischter Einzelgänger.

Bryan wusste, dass die wichtigste Autorität in Pooles Vergangenheit seine Mutter war, Brittany Freeley. Zuerst versuchte er, mit ihr zu telefonieren, doch sie stellte sich stur. Also war er nach

Phoenix geflogen, um mit ihr zu reden. Am nächsten Tag war er zurück. Die Frau war so gesprächig wie ein Fisch – sie wollte nicht einmal bestätigen, dass sie ihren Sohn seit über zehn Jahren nicht gesehen hatte. Und was den Versuch anging, der Großmutter Informationen zu entlocken: Bei Linda Sue Poole war nichts mehr zu holen. Sie erinnerte sich nicht mal an ihren eigenen Namen.

Die Genies vom Computerlabor nahmen Pooles Facebook-Kontakte auseinander – es gab 87, und davon waren die meisten Firmenseiten wie die jeder größeren Football- oder Baseball-Mannschaft oder die Fanseiten von Filmen, Fernsehsendungen und Videospielen. Wenn man bedachte, dass die meisten jungen Leute in Pooles Alter Hunderte, wenn nicht Tausende von Facebook-Freunden hatten und sich ihr Leben hauptsächlich in den sozialen Medien abspielte, war die Tatsache, dass er so gut wie keine Kontakte hatte, beunruhigend. Auch seine E-Mails und Chat-Room-Besuche wurden analysiert, seine Cookies und Surf-History durchsucht. Dann wurde seine Festplatte unter die Lupe genommen, ob interessante Dateien kürzlich gelöscht oder überschrieben worden waren.

Der bequemste Ort, um sich mit ähnlich gesinnten Soziopathen anzufreunden, dachte Bryan, war wahrscheinlich die Gruppentherapie für Sexualstraftäter im Knast. Tatiana und Pat Genovese scannten jeden Mithäftling aus den zwei Jahren, die Poole an der Orange Youth Academy verbracht hatte, und machten Listen von denen, die noch lebten, die irgendwo einsaßen, die draußen waren, die wieder straffällig geworden waren und die zurzeit im Staat Florida lebten. So konnten sie die Namen auf 39 eingrenzen, die sie nun einzeln durchgingen. Sie verglichen die Polizeifotos von vor zehn Jahren mit dem neuen Porträt, das Cuddy mit Faith Saunders' Hilfe erstellt hatte, und behandelten jeden Namen, als wäre er Pooles Partner, um die Beziehung vom anderen Ende her aufzurollen. Die Tatsache, dass noch nichts aufgetaucht war, war sowohl enttäuschend als auch frustrierend.

Also fuhr Bryan selbst zur Orange Youth Academy, um sich

mit dem Gefängnisdirektor Ravi Lee zu treffen, der die Einrichtung seit 1999 leitete, also schon da war, als Poole dort einsaß. Bryan wollte sich den Jugendknast ansehen, einen Blick in die Archive werfen, die 2004 noch nicht im Computer gespeichert wurden, und mit dem Personal sprechen, das vielleicht noch hier arbeitete und Poole gekannt hatte. In seinem mikroskopischen Büro lehnte sich Lee in einem müden Vinylstuhl zurück. Wenn das die Bude war, die der Boss bekam, wollte Bryan sich nicht die Schuhkartons vorstellen, in denen der Rest der Belegschaft arbeiten musste. Es roch nach Schimmel und altem Papier.

«Ich habe mir nach Ihrem Anruf die Akte vorgenommen, Detective. Ich musste spicken, weil ich ehrlich gesagt keine selbständige Erinnerung an einen Derrick Poole von vor zehn Jahren habe. Wir haben zu jeder Zeit 48 Jungs hier. Kein Bett ist je leer, was den desaströsen Zustand der Jugend von heute offenbart und wie schlecht sich die Eltern um sie kümmern. Jedenfalls habe ich in die Akte durchgesehen und mein Gedächtnis aufgefrischt, aber ich muss sagen, ich habe keine schlechten Erinnerungen: Derrick war ein Vorzeigehäftling. Er hat bei uns den Highschool-Abschluss nachgeholt, hat Zusatzkurse belegt, darunter Spanisch und Tischlern. Er hat sich gut mit den Wärtern verstanden. Ich habe Ihnen eine Liste von Angestellten zusammengestellt, die damals hier arbeiteten, und von den Ehrenamtlichen von draußen, mit Fotos. Jeder, der hier arbeitet, unterrichtet oder das Gelände besucht, muss einen Ausweis und ein Lichtbild abgeben, und die Fotos verbleiben in unserem Archiv. Es sind noch ein paar Leute da, aber die meisten sind längst woanders. Ich habe Ihnen auch die Liste der Besucher aus der Zeit, als Mr. Poole hier war, dazugelegt. Vielleicht hilft Ihnen das.»

«Danke», antwortete Bryan, als er die Liste der Mitarbeiter durchblätterte. Sie war ziemlich dick. «Die Besucher könnten interessant sein.»

«Der Fall, in dem Sie ermitteln, ist … also, ziemlich beunruhigend», bemerkte Lee.

«Genau wie der Fall, der Mr. Poole hierhergeführt hat. Vorzeigehäftlinge sind noch lange keine Vorzeigemenschen; sonst würde man sie nicht einsperren.»

Der Direktor nickte.

Nill legte die Liste der Angestellten zur Seite und blätterte durch die Ehrenamtlichen mit zahlreichen Fotos und Dossiers. Er wollte gerade beides mit in ein Vernehmungszimmer nehmen, damit er sie durchgehen konnte, ohne sich dabei beobachtet zu fühlen, als sein Blick auf ein Bild fiel. «Wer ist das?»

Der Direktor nahm ihm den dicken Hefter ab. «Hmmm. Das ist Ed Carbone. Er war ehrenamtlich hier, hat Nachhilfe gegeben und Spanisch unterrichtet. Er war Mr. Pooles Lehrer, aber ich glaube, er war für den Jungen eher so was wie ein Mentor. Er war noch jung, nur etwa zehn Jahre älter als die Jungs. Normalerweise bevorzugen wir ältere Mitarbeiter, aber er war so was wie ein Vorbild für sie.»

«Nicht so schnell», murmelte Bryan, als er Cuddys Zeichnung herauszog und neben das Foto des ehrenamtlichen Mitarbeiters hielt. «Wo ist er jetzt?»

«Ich habe keine Ahnung», antwortete Lee. «Ed verließ uns vor etwa fünf Jahren. Er ist mit niemandem in Kontakt geblieben.»

«Ich fürchte, da bin ich anderer Meinung, Mr. Lee.» Er nahm das Telefon heraus und rief zuerst Tatiana an. «Maldonado», sagte er, bevor sie antworten konnte.

«Ich wollte dich gerade anrufen», sagte sie finster.

«Du musst jemanden für mich durchs System laufen lassen, rausfinden, wo er sich aufhält, wer er ist», begann er. «Ich habe hier vielleicht was.»

«Wir haben auch was», gab sie zurück. «Verlasquez sagt, sie haben in Hendry County in einem Graben in der Nähe der US 27 gerade eine Leiche gefunden. Er glaubt, es ist der Rest von Noelle Langtry.»

«Verdammt!» Bryan schlug mit der Hand auf den Hefter. Dossiers und Fotos rutschten auf Lees Tisch. Er hatte nicht wirklich geglaubt, dass sie Noelle Langtry lebend finden würden, erst recht nicht nach dem Blutbad, das er in dem Schlachthaus gesehen hatte; aber es tat trotzdem weh, dass ein schönes kleines Mädchen im Alter seiner Töchter nie mehr nach Hause kommen würde. Er starrte das Gesicht an, das passenderweise zu seinen Füßen gelandet war. «Umso mehr Grund, dass wir richtig loslegen, Maldonado. Könnte sein, dass ich Pooles Partner gefunden habe. Sein Name ist Ed Carbone.»

54

«Die Baseballkappe ist ein Treffer: dieselbe DNA wie an dem Stofffetzen im Dickicht», begann Bryan. «Die Fasern im Wagen und in der Hütte stammen vom selben Stoff.» Er stand in Elisabetta Romolos Büro – sie hatte ihn nicht gebeten, sich zu setzen. Sie saß an ihrem Schreibtisch, las etwas. Ihre Prada-Brille balancierte gefährlich auf der Nasenspitze, als sie zu ihm aufsah.

«Wessen DNA ist es?», fragte sie.

«Ich habe ein Profil. Ich glaube, sein Name ist Ed Carbone. Er war Pooles Lehrer und Mentor, als Poole im Jugendknast war. Die beiden haben viel Zeit miteinander verbracht.»

«Wo ist Carbone?»

«Wir haben ihn noch nicht gefunden. Letztes Jahr hat er in Okeechobee gewohnt. Hat auf einem Schrottplatz gearbeitet, schwarz. Vor zwei Monaten ist er abgetaucht. Niemand weiß, wo er ist.»

Elisabetta nahm die Brille ab. «Außer, dass er Pooles Mentor war, wie kommen Sie darauf, dass der Mann sein Partner sein könnte?»

«Er hatte was mit einer Prostituierten, die 2013 tot in einem Zuckerrohrfeld in Palm Beach County aufgefunden wurde, Emily Foss. Oder er hat es zumindest versucht. Jedenfalls hing er so oft in der Strip-Bar in Miami herum, wo sie arbeitete, dass sie bei der Polizei ein Kontaktverbot erwirkt hat und nach Palm Beach gezogen ist. Danach wurde er in der Bar nicht mehr gesehen, und ein Jahr später verschwand sie. Hier in Palm Beach wusste niemand von dem Kontaktverbot, weil es über Miami lief, und sie hat es nicht gemeldet. Ich bin darauf gestoßen, als ich seinen Namen durchs FCIC laufen ließ. Das ist die Verbindung, Elisabetta. Emily Foss war das erste Opfer. Wenn Jane Doe, der verkohlte Torso, der 2012 in Glade gefunden wurde, auch sein Opfer ist, könnte er sie ermordet haben, bevor er sich mit Poole zusammengetan hat. Von ihr haben wir keine Spur in der Hütte gefunden. Jedenfalls haben die beiden gemeinschaftlich vier Frauen ermordet, vielleicht noch mehr.» Er schob das Foto aus dem Jugendgefängnis und Cuddys Zeichnung über den Tisch. «Faith Saunders hat ihn heute Morgen auf dem Foto identifiziert. Ich habe ihn zur Fahndung ausgeschrieben. Die Puzzleteile passen zusammen.»

Sie nickte.

«Ich erhebe Anklage gegen Unbekannt, basierend auf dem DNA-Profil. Wenn Sie Carbone gefunden haben, muss er eine Speichelprobe abgeben.»

Bryan legte die Bilder in die Akte zurück. «Ich sammele Poole heute ein. Das dürfte reichen, mehr gegen ihn finden wir sowieso nicht.»

«Ein Serienmörderpaar in Palm Beach. Ein Schlachthaus in den Everglades.» Elisabetta dachte laut nach, als sie sich mit dem Stuhl zum Fenster drehte und zum Gerichtsgebäude auf der anderen Straßenseite sah, wo geschäftiges Treiben herrschte. «Das wird eine Riesensache, Detective. Seien Sie bereit.»

55

Elisabetta wickelte sich die graue Spiralschnur des Telefons um die langen, in der Farbe «Black Pearl» lackierten Fingernägel. Durchs Fenster sah sie das schöne Glas-und-Marmor-Gebäude auf der anderen Straßenseite, das eher wie ein modernes Strandhotel aussah als wie ein Gericht, mit dem riesigen, imposanten Säulenportal, das sich über drei Stockwerke erhob, einem zehn Meter hohen Wasserfall in der Lobby und raumhohen Fenstern in einigen Zimmern. Die Aussicht auf Downtown Palm Beach und das Wasser war in manchen Gerichtssälen so spektakulär, dass sie es hasste, dort zu verhandeln, weil es die Geschworenen ablenkte, die selbst an guten Tagen eine begrenzte Aufmerksamkeitsspanne hatten.

«Die Nachrichtenagenturen rufen schon an, Arnie. Vertrau mir, das ist ein Riesending», sagte sie leise. «Alle Zutaten stimmen, und der Fall gehört mir.»

«Wie heißt er?»

«Derrick Poole. Wahrscheinlich hast du von dem Schlachthaus gehört.»

Eine kurze Pause entstand. «Ja, klar habe ich was von dem Schlachthaus in den Everglades gehört, das die Polizei bei euch da unten ausgehoben hat. Ohne Scheiß, das ist dein Fall?»

«Ich habe gerade seine Verhaftung autorisiert. Er ist ein Serienmörder. Und ich erhebe Anklage gegen einen unbekannten Partner, von dem wir die DNA haben.»

Arnie Greenburg richtete sich auf wie eine Blume, die gegossen wurde. «Zwei Serienmörder? Im Ernst? Wie viele haben sie ermordet?»

«Mindestens drei. Wir warten auf die Ergebnisse einer DNA-Analyse, um die vierte zu identifizieren. Und es gibt eine fünfte, die wir ihnen im Moment zwar nicht nachweisen können, aber wir wissen, dass sie es waren.»

«Nicht sehr viel für einen Serienmörder.»

Sie verdrehte die Augen. «Wir denken, das ist nur der Anfang; es könnten noch viel mehr sein», sagte sie.

«Wie haben sie sie umgebracht?»

«Auf verschiedene Arten. Die Frauen wurden gefoltert, manche von ihnen in Stücke geschnitten. Am Ende haben sie die Leichen in den Zuckerrohrfeldern entsorgt. Das Schlachthaus war scheußlich – die Presse weiß noch gar nicht, wie scheußlich. Wie du dir vorstellen kannst, hält sich die Staatsanwaltschaft bedeckt.»

«Geständnis?»

«Ich wünschte, es wäre so einfach. Nein. Poole wird sich niemals schuldig bekennen, die Sache muss vor Gericht.»

«Wo ist der andere? Dessen DNA ihr verfolgt? Habt ihr einen Namen?»

«Ich habe einen Namen, aber der Typ ist untergetaucht. Aus formalen Gründen erhebe ich Anklage gegen Unbekannt, aber die Ermittler gehen davon aus, dass die DNA zu dem Verdächtigen gehört. Was wir nachweisen werden, sobald wir ihn hier haben.» Ihr Gewissen machte sich bemerkbar – sie hatte noch nie vertrauliche Informationen einer laufenden Ermittlung weitergegeben. «Der Name wird bald bekannt gegeben.»

«Wer sind die Opfer? Wie lange sucht ihr schon nach den Tätern?»

«Die Morde sind innerhalb eines Jahres geschehen. Die Opfer sind allesamt Prostituierte und Stripperinnen. Palm Beachs ureigener Green River Killer.»

«Dazu fehlen dir noch ungefähr 45 Opfer. Andererseits ist die Sache mit dem Partner spannend, und das Schlachthaus mit der Folterkammer. Ja, doch, ich erinnere mich, dass hier oben so was in den Nachrichten kam.» Er schnalzte mit der Zunge, während er nachdachte.

Hier oben. Elisabetta verdrehte wieder die Augen. Man musste die New Yorker einfach lieben. *If you can make it there, you can make it anywhere* – das galt auch für die Nachrichten. «Wir sind hier in Palm Beach, Arnie, vergiss das nicht. Hier gibt es keine Verbrechen. Frag die Kennedys. Oder die Trumps.» Sie schloss die Augen. Sie klang verzweifelt.

«Die Konkurrenz schläft nicht, Elisabetta. Ich wollte dir schon Bescheid sagen: Ich habe gehört, dass Rachel Cilla, die Bundesanwältin, die letztes Jahr den Mädchenhändler-Ring in L.A. ausgehoben hat, den Hut in den Ring geworfen hat. Im Moment liegt sie vorn. Natürlich hätten sie am liebsten C.J. Townsend gehabt, aber die hat abgelehnt.»

Elisabetta schüttelte den Kopf. *Nein! Nein! Nein!*, fluchte sie still. Seit Arnie Greenburg angerufen hatte, ihr alter Kommilitone aus dem Jurastudium, der inzwischen Literatur- und Künstleragent bei Janklow & Nesbit in New York war, und ihr davon erzählte hatte, konnte sie an nichts anderes mehr denken: CNN suchte nach einer Rechtsexpertin, die eine neue Kriminal-Show moderieren sollte. Nachdem sie in sich gegangen war, war ihr klargeworden, dass sie nichts auf der Welt mehr wollte. Und auch wenn sie wünschte, es wäre ihr egal, ärgerte es sie, dass C.J. Townsend, ihre Kollegin von der Staatsanwaltschaft in Miami, die den Serienmörder Cupido vor Gericht gebracht hatte, den Job vor ihr angeboten bekommen hatte. Und abgelehnt hatte. Ganz gleich wie tragisch C.J. Townsends Geschichte war, ihre fünfzehn Minuten Ruhm sollten endlich ein Ende haben. «Die Zeugin, mit deren Hilfe unser Serienmörder entlarvt wurde, ist ein vier Jahre altes Mädchen, Arnie.»

«Was?»

«Vier Jahre alt. Blonde Locken, Zöpfe, zuckersüß. Sie sieht aus wie Drew Barrymore in *E. T.* Sie saß mit ihrer Mutter im Auto und hat gesehen, wie Poole und sein Partner eine der Frauen entführt haben, deren Blut später an den Wänden des Käfigs klebte.»

«Ein Käfig? Sie haben sie in Käfige gesperrt?»

«Mit diesem Fall bekomme ich die Publicity, von der du gesprochen hast, Arnie. Was hast du gesagt – wie Fairstein nach Chambers, Townsend nach Cupido, Guilfoyle nach dem tödlichen Hundeangriff in San Francisco? Ich weiß, es ist schwer vorherzusagen, welche Fälle zur Sensation werden, aber nach zehn Jahren bei der Staatsanwaltschaft hat man ein Gefühl dafür, welche das Potenzial haben.» Gott, sie hasste, wie sie klang – wie ein Gebrauchtwagenhändler, und der Kunde wollte gerade gehen.

«Elisabetta, ich muss dir das nicht sagen – die Kamera liebt dich. Du hast den perfekten Look, du bist genau, was sie suchen. Du bist schlau, kannst eigenständig denken, bist clever, temperamentvoll und charmant. Und ich bin überzeugt, dass es toll ist, dir bei Gericht zuzusehen. Ich bin auf deiner Seite, deswegen habe ich sofort angerufen, als ich von der Show gehört habe. Aber du hast noch keinen Namen, Schätzchen. Sie wollen einen Namen – nicht jemanden, der sich vielleicht einen Namen macht, falls die Öffentlichkeit geneigt ist, den Fall zu verfolgen.»

«Der Angeklagte ist ein attraktiver weißer Buchhalter mit einer dunklen Vergangenheit, die auch auf den Tisch kommt», fuhr sie fort. «Er hat versucht, seine Großmutter zu vergewaltigen, Arnie. Sein Partner bei den Morden war ehrenamtlicher Spanischlehrer, der ihm geholfen hat, die Hochschulreife zu erreichen. Siehst du, was ich meine? Die Sache hat ... also, ich weiß, dass das ein Riesending wird.»

«In Ordnung. Ich treffe mich nächste Woche sowieso mit Woodsen und werde es reinwerfen. Mal sehen, wo dein Fall in der Zwischenzeit ist.»

Sie nagte an einem Fingernagel. «Wann wollen sie die Entscheidung treffen?»

Arnie gähnte. «Entschuldige. Ich habe nicht viel geschlafen. Sie wollen die Show nächsten Herbst drehen, das heißt, sie brauchen Anfang 2015 einen Namen.»

«Bis dahin ist der Fall nicht vor Gericht. Nicht, wenn es um Mord geht.»

«Oh», gab er zurück. Eine lange Pause entstand. «Na dann, sieh zu, was du tun kannst, um die Schlagzeilen anzuheizen und deinen Namen rauszubringen. Natürlich ohne den Fall zu kompromittieren. Das will keiner.»

«Natürlich nicht», antwortete Elisabetta mit einem müden Seufzer, denn sie wusste genau, dass das der Preis war, den sie zahlen würde. Sie legte auf und entwirrte die Finger aus der Telefonschnur. Und sie dachte an etwas, das ihre Mutter vor langer, langer Zeit zu ihr gesagt hatte.

Gib bloß keinen Rabatt, Elisabetta, denn wenn du deine Seele an den Teufel verkaufst, gibt es keine Zinsen.

56

Als Faith ihren Vater zum ersten Mal betrunken erlebt hatte, war sie fünf oder sechs Jahre alt gewesen. Eigentlich erinnerte sie sich mehr an das Geschrei ihrer Mutter als an den Rausch ihres Vaters. Er hatte den Sieg eines großen Falls gefeiert und war sehr spät nach Hause gekommen. Charity war krank und konnte nicht schlafen; ihre Mutter kam jede Stunde ins Kinderzimmer, um nach ihr zu sehen und Fieber zu messen. Faith hörte, wie ihr Vater die Haustür zuschlug und in seinem weichen irischen Tonfall ein Liedchen trällerte – als Teenager hatte er in Dublin in einer Band gesungen und war in Pubs und bei Hochzeiten aufgetreten. Er kam die Treppe herauf, langsamer als sonst. Die Schuhe schleiften über das Holz, zum Kinderzimmer. Die Tür quietschte, und gegen das Licht im Flur sah Faith nur seine Silhouette, nicht sein Gesicht. «Ich habe euch lieb, meine kleinen Ladys», sagte er ins Dunkel, lauter, als er wahrscheinlich vorgehabt hatte.

«Schau dich an!», hatte Aileen im Flur geschimpft. «Es ist ein Uhr früh, Herrgott noch mal. Ich habe dir gesagt, dass Charity krank ist! Ist dir alles egal?»

«Es gab was zu feiern!», hatte er fröhlich geantwortet.

«Patrick, lass mich! Ich tanze nicht mit dir. Du bist betrunken. Du stinkst nach billigem Whiskey.»

«Er war nicht billig», verteidigte er sich mit einem herzlichen Lachen.

«Na, großartig.»

«Ich hab gefeiert, und wenn schon! Ich habe meinen Fall gewonnen, das darf ich wohl noch feiern. Verdammt, Aileen, ist feiern verboten? Immer diese miese Stimmung hier.» Er begann wieder zu singen. «Wenn du den Scheck siehst, beruhigst du dich, das kannst du mir glauben. Wenn Geld reinkommt, sind alle froh.»

Die Stimme ihrer Mutter, voll Abscheu und Resignation, wurde leiser, als sie zum Schlafzimmer ging: «Das Problem ist, du hast immer irgendwas zu feiern, Patrick.» Sie schlug die Schlafzimmertür hinter sich zu. Diese Nacht hatte ihr Vater in Faiths Zimmer geschlafen, auf dem Boden zwischen den Kinderbetten.

Trunkenheit war bei ihrem Vater kein Ausnahmezustand, es war eine Einstellung, eine Daseinsform. Er liebte seinen Jameson, und er machte aus der Zuneigung keinen Hehl. Er trank nicht heimlich oder versuchte, sich künstlich einzuschränken. Im Haus waren keine Flaschen versteckt, und er mischte seinen Whiskey nicht mit Orangensaft oder füllte Wasserflaschen mit Fusel, um zu verschleiern, was er trank. Er war kein gescheiterter Jammerlappen, kein gewalttätiger Säufer, keine sentimentale Heulsuse. Bis auf einige wenige böse Sauftouren war Sully, soweit Faith sich erinnerte, nicht anders, wenn er getrunken hatte, als wenn er nüchtern war – was bedeutete, dass er entweder ständig trank oder viel vertrug. Wie sich herausstellte, was beides der Fall gewesen.

Ihr Vater schlief häufig im Kinderzimmer auf dem Boden. Oder Faith legte sich zu Charity und überließ ihm ihr Bett. Sie roch den Alkohol in seinem Atem, wenn er schnarchte; seine Fahne erfüllte das Zimmer wie ein Raumparfüm. Sie hasste den Geruch – bis er starb. Dann wurde selbst seine Alkoholfahne zum nostalgischen Detail in ihrer Erinnerung, so wie der Duft seines Aftershaves. Weil ihr Vater immer so entspannt und gut gelaunt war, wenn er trank, war das Schlimmste für sie der Ärger zwischen ihren Eltern. Faith wünschte, einer von ihnen würde einfach aufhören – mit dem Trinken oder mit dem Geschrei. Dann wäre endlich Schluss. Aber während ihr Vater immer mehr vertrug und ein gewisser Pegel zum Normalzustand wurde, wurden die Streitereien immer schlimmer und häufiger.

Faith suchte Zuflucht bei Vivian. Sie verbrachte ganze Wochenenden dort, und manchmal nahm sie auch Charity mit. Dann konnte ihr Vater sich ein Bett aussuchen.

Aileen gab sich währenddessen alle Mühe, ihre Töchter dazu zu bringen, ihren Vater wegen des Trinkens zu hassen. Sie schimpfte über ihn und zeterte: «Du hast keine Ahnung, was los ist, wenn er zu viel getrunken hat, Faith. Das Geld, das er aus dem Fenster wirft, die Zeit, die er verschwendet, die Dinge, die er tut.» Manchmal erzählte sie ihr von diesen Dingen. Dann weinte sie.

Aber während Charity ihre Mutter leidtat, hatte Faith kein Mitleid mit ihr, auch wenn sie gern welches gehabt hätte. Und sie war wütend auf ihre Mutter, weil sie wusste, dass auch sie keine Abstinenzlerin war. Sie trank Wein statt Scotch, und nicht so viel und so oft wie ihr Mann, aber auch Aileen trank. Faith sah die leeren Weißweinflaschen im Küchenmülleimer. Es gab Nächte, da trug ihr Vater ihre Mutter ins Bett, weil sie auf dem Sofa eingeschlafen war. Doch deswegen stritten sich ihre Eltern nie. Aileen tat einfach so, als wäre nichts passiert.

Faith und Charity gelobten, nie einen Tropfen anzurühren. Sie würden niemals so werden wie ihre Eltern. Natürlich waren sie noch sehr jung, als sie einander dieses Versprechen gaben, in Charitys Bett unter der Decke versteckt, flüsternd, damit ihr Vater nichts hörte. Die Schwestern hatten solche Angst, dass sie von nur einem Tropfen wie ihre Eltern wurden, dass sie nicht einmal an einer Weinschorle nippten, als die meisten ihrer Freunde längst wussten, was ein Kater war. Doch es war, als hinge ein Fluch über ihnen, und wie im Märchen konnten sie ihrem Schicksal nicht entrinnen. Manche Dinge waren offenbar vorbestimmt.

«Bekennen Sie sich schuldig?», fragte der Richter. Der kleine chaotische Gerichtssaal im Zentrum von Fort Lauderdale war voll besetzt mit Angeklagten, Anwälten, Angehörigen. Obwohl der Richter sprach, beruhigte sich der Geräuschpegel nicht, und Anwälte flüsterten weiter mit ihren Klienten oder tauschten Informationen mit den Staatsanwälten aus. Ein stetiger Strom von Anzugträgern wanderte an den Tischen der Anklage und der Verteidigung vorbei, um einen Blick auf den Verhandlungskalender am Tisch des Gerichtsschreibers zu werfen, der sich direkt unterhalb der Richterbank befand.

«Nicht schuldig, Euer Ehren», sagte Faiths Anwalt. Er hob die Hand, um Faith davon abzuhalten, etwas zu sagen. «Wir fordern die Vorlage des Beweismaterials und eine Schwurgerichtsverhandlung.»

«Stattgegeben. Fünfzehn Tage. Ich brauche ein Verhandlungsdatum.»

«Meldung am siebten Januar 2015, Verhandlungsbeginn zwölfter Januar», sagte der Gerichtsschreiber.

«Danke», sagte der Richter. «Der Nächste?»

«Der Staat gegen David Hoyt, Seite sechzehn», rief der Gerichtsschreiber.

Faiths Anwalt schob sie sanft vom Podium und führte sie an den Tischen der Verteidigung und der Staatsanwaltschaft vorbei, während der nächste Angeklagte mit seinem Anwalt heraufkam. Jarrod wartete in der ersten Reihe der Galerie auf sie. Zu dritt traten sie hinaus auf den Flur, wo es genauso geschäftig zuging. Und das war es: Sie wurde angeklagt. Sie fühlte sich, als hätte sie eine weitere Leibesvisitation hinter sich, nur diesmal vor Publikum.

«Danke, Jack», sagte Jarrod zu seinem Partner, der Faiths Anwalt war. Bevor er bei Krauss & Lynch angefangen hatte, war Jack Lark der Mann für Trunkenheit am Steuer bei der Kanzlei Greenburg & Traurig gewesen.

Jack nickte. «Mal sehen, was sie anbieten. Weil Faiths Alkoholspiegel über dem Doppelten des Erlaubten lag, werden sie es zuerst auf die harte Tour versuchen, nur damit ihr gewarnt seid. Das ist die Strategie des Hauses. Lasst mich rausfinden, wer den Fall übernimmt. Hoffentlich kein Anfänger – die reden gern von Gefängnis und tun so, als gäbe es keinen Verhandlungsspielraum.»

«Gefängnis?», rief Faith.

«Nein, nein. Keine Sorge. Du bekommst Bewährung und Sozialdienst, da bin ich mir sicher. Niemand wurde verletzt, es gab keinen Unfall, es gibt keinen Grund für eine Gefängnisstrafe. Das letzte Mal ist ja zehn Jahre her. Ich meine nur, die blutjungen Staatsanwälte müssen sich was beweisen, und deshalb hauen sie erst mal auf den Tisch. Aber das erste Angebot ist nicht das letzte. Es kann ein paar Wochen dauern, aber das ist alles. Keine Sorge, Faith.»

Jarrod griff nach ihrer Hand. «Keine Sorge», wiederholte er.

Sie verließen das Gericht und machten sich auf den Weg zum Wagen, der drei Straßen entfernt stand. Auch wenn er weiter ihre Hand hielt und sie seine, sprachen sie kein Wort miteinander. Nach dem Zusammenbruch vor Nill und Maldonado war Jarrod zu ihr gekommen und hatte sich für die Affäre entschuldigt. Er war vor ihr auf die Knie gegangen und hatte geschworen, dass Sandra ihm nichts bedeutet hatte; dass er nicht wusste, wie er es hatte zulassen können; dass er sie seither nicht mehr gesehen hatte; dass er nach vorn blicken wolle, nicht immer in den Rückspiegel, weil er es leider nicht ungeschehen machen konnte. Es wäre die perfekte Gelegenheit für sie gewesen, ebenfalls auf die Knie zu gehen, sich ihm anzuschließen, zu gestehen, was auf ihrem Gewissen lastete, zusammen zu weinen, um anschließend großartigen Versöhnungssex zu haben, und alles wäre gut gewesen.

Aber so funktionierte das Leben nicht. Nicht jedes Märchen hatte ein Happy End.

Wie ein verängstigter Vogel, der die lauernde Katze in der Nähe spürt, huschte ihr Blick auf dem Weg zum Parkplatz in alle Richtungen, während sie versuchte, die fremde Umgebung des Broward County Courthouse abzuschätzen. Der Bürgersteig war voller Menschen. Am Haupteingang wartete eine lange Schlange vor dem Metalldetektor. In den Büros der Kautionsvermittler auf der 6th Street herrschte Hochbetrieb, genau wie in den Cafés und Imbissen. Sie wusste, dass sich das Gefängnis direkt um die Ecke befand. Überall hier waren Verbrecher in Straßenkleidung, die sie beobachteten. Sie hatte das Gefühl, sie starrten sie an. Warum? Vielleicht erkannten sie in ihr eine von ihnen. Vielleicht sah man ihr an, dass sie eine Kriminelle war und frisch von der Anklageerhebung kam. Oder sie spürten ihre Angst, und dass sie ein gutes Opfer abgab. Es waren so viele fremde Gesichter! Allein die Straße entlangzugehen, fühlte sich auf surreale Art gefährlich an. Derrick Poole mochte vielleicht rund um die Uhr unter Beobachtung stehen, aber sein Partner nicht. Soweit sie wusste, hatte die Polizei keine Ahnung, wo sich der Mann aufhielt, der, wie man ihr mitgeteilt hatte, früher Pooles Lehrer gewesen war. Er konnte überall sein, glattrasiert in einem schicken Anzug, die Augen hinter einer Sonnenbrille versteckt. Er konnte direkt hier sein, zwischen all den anderen Kriminellen, und sie im Visier haben, während sie ahnungslos auf ihn zustolperte. Mit der Hand in der Tasche streichelte er vielleicht die Klinge des Messers, das er schon bei den anderen Opfern benutzt hatte. Und dann würde er es ihr im Vorbeigehen, ohne mit der Wimper zu zucken, in den Bauch rammen.

Ihr Griff um Jarrods Hand wurde fester, als derselbe weiße Transporter zum zweiten Mal an ihnen vorbeifuhr. Sie bildete sich ein, sie hätte ihn schon heute Morgen bei ihrer Ankunft gesehen. Und vielleicht auch vor der Bäckerei? Sie sah sich um, nach rechts und nach links.

«Alles in Ordnung?», fragte Jarrod, als sie den Parkplatz erreichten.

Sie nickte.

«Ich weiß, dass es viel auf einmal ist, aber Jack kümmert sich um alles. Er weiß, was er tut. Alles wird gut.»

Sie stieg ein, wollte tausend Dinge sagen, doch stattdessen starrte sie schweigend die Autos auf der Straße an.

Als er vor ihr auf den Knien um Vergebung gebeten hatte, hatte er sie außerdem gebeten, zu den Anonymen Alkoholikern zu gehen, und sie hatte höflich gesagt, sie würde darüber nachdenken. Innerlich hatte sie natürlich gedacht: *Jetzt? Du willst, dass ich ausgerechnet jetzt mit dem Trinken aufhöre? Wenn zwei Serienmörder da draußen herumlaufen, die wissen, wo wir wohnen? Die mich und unsere Tochter liebend gern tot sehen würden? Wenn diese schreckliche Verhandlung gerade erst anfängt und ich vielleicht vor Gericht aussagen muss? Wenn unsere Ehe den Bach runtergeht? Wenn ich vielleicht sogar ins Gefängnis muss? Du denkst wirklich, jetzt wäre eine gute Zeit, den Rettungsring wegzuwerfen – wenn das Schiff zu sinken beginnt und alle in den Abgrund trudeln?* Aber sie sagte nichts, weil er sie niemals verstehen würde, genauso wenig wie sie verstand, was ihm mit der Praktikantin «passiert» war. Sie waren in einer Sackgasse; jeder bat den anderen, den nächsten Schritt zu tun, und keiner bewegte sich. Ja, vielleicht hatte sie ein Alkoholproblem, oder sie war – verständlicherweise – so gestresst, dass sie fast den Verstand verlor. Aber jetzt war jedenfalls nicht die Zeit, mit etwas aufzuhören, das die Ängste erträglicher machte, das Zittern linderte und den Schmerz betäubte. Es war nicht die Zeit aufzuhören, und es war nicht die Zeit, darum zu bitten. Ja, sie würde weniger trinken. Wie beim Rauchen konnte sie sich auf einen Drink am Tag beschränken, nicht mehr, als der Rest der Welt auch trank, und darüber konnte sich keiner beschweren. Sie hatte es schon früher getan – als das Trinken Teil ihrer täglichen Lösungen wurde –, und sie würde es wieder schaffen.

Er hatte nicht mehr davon gesprochen. Sie war seitdem nicht mehr betrunken gewesen, und sie rauchte oder trank nicht vor ihm. Auf Außenstehende wirkten sie wie ein ganz normales Paar. Aber die emotionale Distanz zwischen ihnen wuchs wie eine Felsspalte, die sich zwischen ihnen auftat, und jeder sah zu, wie der andere sich entfernte, während sie sich über dem Abgrund noch an der Hand hielten. Es gab nur zwei Möglichkeiten: entweder sie ließen los und wurden auseinandergerissen, oder einer zog den anderen im letzten Moment auf seine Seite. Oder eine dritte Möglichkeit, dachte Faith, als Jarrod das Radio anstellte und der Sprecher von den neuesten Nachrichten aus Palm Beach berichtete.

Einer riss den anderen über die Kante, versuchte, ihn hochzuziehen, konnte aber sein Gewicht nicht halten, und sie beide stürzten in die Tiefe.

57

«Heute berichten wir von dem verstörenden Fall aus Palm Beach hier unten in Florida», begann die Moderatorin mit unüberhörbarem Südstaaten-Akzent.

Faith saß auf der Bettkante und starrte den Fernseher an. Sie wusste, dass sie abschalten sollte, dass sie aufstehen und Maggie ein Buch vorlesen sollte oder Wäsche waschen oder in ihrem Schrank die Schuhe aufräumen – alles, nur nicht die Nachrichten sehen. Dann sollte sie ins Arbeitszimmer gehen und den Computer ausschalten, um dem Wirbel im Internet und in den sozialen Medien zu entgehen. Sie sollte an ihrem Telefon das Wi-Fi abstellen und das Zeitungs-Abo kündigen. Aber sie tat nichts davon. Sie saß wie hypnotisiert vor dem Fernseher und starrte dem Zug entgegen, der sie jeden Moment überrollen würde. Detective Nills unheilvolle Warnung hallte in ihren Ohren: *Uns fällt es ziemlich schwer zu verstehen, warum Sie keine Hilfe geholt haben ... Wenn das rauskommt, wenn die Presse an dem Fall dranbleibt – und wir sind uns ziemlich sicher, dass sie das tun wird –, dann wird es auch der Öffentlichkeit schwerfallen, Sie zu verstehen.*

Die Nachricht von Derrick Pooles Festnahme beherrschte schon den ganzen Tag die Medien, sowohl in den Lokalsendern als auch in den Kabelprogrammen. Viele örtliche Sender unterbrachen ihr Programm, um live von der Pressekonferenz am Nachmittag zu berichten, die die Staatsanwaltschaft gegeben hatte. Auf dem Podium standen der Sheriff von Palm Beach, der Staatsanwalt von Palm Beach und seine hübsche Kollegin, die Faith bei der Gegenüberstellung kennengelernt hatte – mit der Jarrod per du war –, Elisabetta Romolo. Daneben waren außer den Sheriffs von zwei weiteren Countys Bryan Nill, Tatiana Maldonado und eine Reihe von Leuten in dunklen Anzügen mit finsteren Mienen zu sehen. Im Lauf des Tages schien das Medieninteresse zu wachsen, als Ermittlungsdetails durchsickerten und Einzelheiten der entsetzlichen Brutalität bekannt wurden, auf die die Spuren in dem verlassenen Gebäude schließen ließen. Dem Begriff «Mörder» das Wörtchen «Serie» voranzustellen, funktionierte anscheinend wie Brandbeschleuniger. Das Interesse der Medien loderte auf, und die eifrigen Reporter fächelten Luft in die Flammen, damit das Feuer auf die Öffentlichkeit übersprang.

«Ja, wir sind wieder einmal in Florida, Heimat von Monster Mom, Cupido, Picasso, Cunanan, Bundy und Rollings. Ich zähle nicht alle auf, weil es schon zu viele sind. Und jetzt gibt es Neuzugänge. Richtig gehört – wir haben *zwei* weitere Namen für die ominöse Liste. Die Polizei von Palm Beach County hat vor wenigen Stunden eine Festnahme im Fall des Everglades-Schlachthauses bekannt gegeben, das die Polizei vor zehn Tagen entdeckt hat und wo mit hoher Wahrscheinlichkeit zahlreiche Frauen brutal gefoltert und ermordet wurden. Es handelt sich um den neunundzwanzigjährigen Derrick Alan Poole aus Boca Raton, dem der Mord an Angelina Santri zur Last gelegt wird, einer neunzehnjährigen Mutter, die nach ihrem Auftritt als Tänzerin in einem Nachtclub in Loxahatchee spurlos verschwunden war. Die Polizei hat gemeldet, dass außerdem ein zweiter Mann gesucht wird, mit dem Poole zusammengearbeitet haben soll: der sechsunddreißigjährige Eduardo Carbone aus Okeechobee.»

Ein Video zeigte, wie Derrick Poole von Nill und Maldonado und mehreren uniformierten Polizisten in Handschellen zum Gefängnis von Palm Beach County gebracht wurde. Er hatte den Kopf gesenkt und die Anzugjacke über den Kopf gezogen, sodass sein Gesicht im Schatten lag. Sie hatten ihn vor seinen Kollegen bei der Arbeit festgenommen.

«Serienmörder. Und noch dazu zwei, die seit über einem Jahr in Palm Beach County Frauen entführen, foltern und abschlachten, ohne dass es jemand mitbekommen zu haben scheint. Warum hat niemand Alarm geschlagen, als sich die Leichen in den Zuckerrohrfeldern westlich von Palm Beach stapelten? Warum kam niemand auf die Idee, dass vielleicht derselbe Täter am Werk war? Jetzt haben wir erfahren, wie die Polizei dem mörderischen Duo endlich auf die Schliche kam, und wir sind zutiefst schockiert, meine Damen und Herren. Es brauchte den Mut einer *Vierjährigen*, die offenbar Zeugin von Angelinas Entführung wurde. Sie vertraute sich ihrem Daddy an, als sie Angelinas Foto in den Nachrichten sah, nachdem deren Leiche in einem Zuckerrohrfeld gefunden worden war. Und jetzt kommt das Unfassbare, meine Damen und Herren.»

Es passierte wirklich. Der Zug raste auf sie zu, und Faith konnte nicht wegrennen, obwohl sie wusste, dass er sie zermalmen würde. Loni Hart, die Reporterin aus New Orleans, die inzwischen bei CNN eine eigene Talkshow hatte, hatte den Mord an der zweijährigen Caylee Anthony aus Orlando mehr oder minder im Alleingang von einer lokalen Tragödie zur landesweiten Nachrichtensensation gemacht. Sie hatte die Öffentlichkeit dazu gebracht, die angeklagte Mutter Casey Anthony zu hassen, der sie den Spitznamen «Monster Mom» gab. Faith wusste, dass die Medien Macht hatten und jeden Fall in jede beliebige Richtung drehen konnten, je nachdem, wo sie die größte Schaulust witterten. Faith hielt die Luft an.

«Das kleine Mädchen saß mit seiner Mutter im Wagen, als die sich offenbar mitten in der Nacht im Sturm Octavius verfahren hatte und am Straßenrand hielt, um den Regen auszusitzen. Da tauchte Angelina Santri auf, klopfte ans Fenster und bat um Hilfe. Doch Mommy half ihr nicht. Schlimmer noch, sie reagierte überhaupt nicht. *Sie tat nichts.* Ich weiß nicht, was mich mehr entrüstet: die Polizei, die das Verschwinden mehrerer Frauen unter ähnlichen Umständen nicht bemerkt haben will und nicht viel früher eine Taskforce einsetzte; oder diese Frau, die weder geholfen noch die Polizei gerufen hat; oder die Männer, die sie folterten, vergewaltigten, in einen Käfig sperrten, brutal ermordeten und anschließend zerstückelten. Ich bin ratlos.»

In der oberen rechten Ecke wurde ein Foto von Noelle Langtry eingeblendet.

«Und hier ist möglicherweise das fünfte Opfer: Vor ein paar Tagen wurde die Leiche der siebzehnjährigen Noelle Langtry in einem Zuckerrohrfeld in Hendry County gefunden. Sie verschwand, nachdem Angelinas Leiche gefunden worden war und bevor die Detectives von Palm Beach Poole oder Carbone im Visier hatten – dank dieser Frau. Ich frage mich, ob sie Noelles Tod hätte verhindern können.»

Wo das Foto von Noelle Langtry gewesen war, erschien plötzlich ein Bild von Faith. Faith schnappte nach Luft. Es stammte aus dem Gemeindeblatt *Our Town News*, das die örtlichen Geschäftsinhaber herausgaben. Auf der Titelseite war ein Foto von Faith und Vivian gewesen, mit Schürzen und Kochlöffeln in der Hand und der Schlagzeile: *Die Cupcake-Queens von Coral Springs: Ein süßes Geschäft*. Vivian hatte man abgeschnitten, sodass nur noch Faith zu sehen war, die selbstsicher in die Kamera lächelte.

«Das ist die eiskalte Mutter: Faith Saunders aus Parkland.

Ihr gehört eine Bäckerei, und sie hat eine kleine Tochter. Ich weiß, es gibt kein Gesetz, das uns dazu verpflichtet, den barmherzigen Samariter zu spielen. Aber wir leben in einer Gesellschaft, die uns Menschen dazu ermutigen will, einander zu helfen. Und genau das war hier nicht der Fall. Hier haben wir eine unbarmherzige Samariterin: eine Frau, die nicht half, ja, die nicht einmal die Polizei rief, und deswegen sind zwei Frauen tot. Wenigstens hatte ihre vierjährige Tochter den Mut, sich zu melden, sonst hätten wir heute vielleicht noch mehr Leichen zu beklagen.» Loni schüttelte ihre berühmte rote Mähne. Das perfekt gestylte Haar bewegte sich keinen Millimeter. «Die Ereignisse überschlagen sich, meine Damen und Herren, und ich werde für Sie dranbleiben.»

Zuerst kamen die Reporter, die über die Festnahme und die Details berichteten, die inzwischen durchsickerten. Dann würden die Rechtsexperten, Kommentatoren und Talkshow-Moderatoren die Nase aus dem sicheren Nest des Senders strecken und eine Meinung testen, während sie verzweifelt versuchten, den Puls des amerikanischen Nachrichtenjunkies zu finden und auszubeuten. Loni Hart hatte die Diskussion eröffnet – unweigerlich würden andere folgen, falls die Meute mitmachte und sich die Flammen planmäßig ausbreiteten.

Faith legte sich aufs Bett und rollte sich zitternd zusammen. Heute war zum ersten Mal ihr Name gefallen. Entweder hatte ihn die Presse selbst herausgefunden, oder die Detectives hatten ihn herausgegeben. Detective Nill hatte sie gewarnt, dass er ihren und Maggies Namen nicht schützen könne, weil es kein Gesetz dagegen gab, dass die Presse Namen von Zeugen nannte – selbst wenn die Zeugen Kinder waren. Es fühlte sich an, als hätte man sie heimlich in einer kompromittierenden Lage hinter verschlossenen Vorhängen gefilmt und den Film bei YouTube hochgeladen. Würde man sie wegen eines einzigen Ausfalls verurteilen? Wegen eines Fehlers, den sie ungeschehen machen wollte seit dem Moment, da er ihr passiert war?

Loni Hart hatte Faith landesweit an den Pranger gestellt und ihre Zuschauer mit selektiven Fakten gefüttert, um ihren Appetit und ihren Zorn zu schüren. Jetzt lag es an der Öffentlichkeit zu entscheiden, was mit Faith geschehen sollte. Falls die Menschen es gut meinten, hätten sie Mitleid mit ihr: eine verängstigte Mutter ohne Handy, die in eine schlimme Situation gestolpert war und ihr Kind zu schützen versuchte, indem sie stillhielt. Auch sie würde zum Opfer, das wegen der mörderischen Taten anderer nicht verdammt werden konnte.

Wenn aber die Öffentlichkeit weniger wohlwollend war, würde man sie dämonisieren wie die Mörder selbst, ihre Mitmenschen würden sie meiden, und sie wäre eine Ausgestoßene.

Faith wischte sich die Tränen ab. Sie wünschte, sie wäre heute Abend nicht allein. Sie wünschte, sie hätte nicht das Gefühl, das ganze Land hätte ihr den Krieg erklärt. Eigentlich müsste sie erleichtert sein, weil Poole endlich hinter Gittern saß. Stattdessen graute es ihr vor der Welt, die sie morgen früh vor der Tür erwarten würde.

Loni Hart hatte den ersten Stein geworfen.

Wer würde der Nächste sein?

58

«Mommy? Was hast du?» Maggie stand im dunklen Schlafzimmer neben dem Bett und zupfte an ihrem Arm. Das Licht des Fernsehers beleuchtete ihr ängstliches Gesicht, der Ton war abgestellt.

Faith setzte sich auf und schnäuzte sich mit dem Taschentuch, das sie immer noch in der Hand hielt. «Nichts, mein Schatz, alles ist gut. Warum bist du wach? Geht es dir nicht gut?»

«Du weinst so viel, Mommy.»

«Wie bitte?»

«Ich habe gehört, wie du weinst. Warum weinst du?»

«Ich habe an was Trauriges gedacht, mehr nicht. Du musst dir keine Sorgen machen.»

Maggie kletterte ins Bett und schmiegte ihren kleinen Körper an Faith, wie ein kleiner Welpe. «Mir ist kalt», sagte sie.

Faith legte sich zurück und zog ihre Tochter an sich. Sie rieb ihr wärmend den Arm, spürte Maggies Atem an ihrer Brust; ihre Wimpern kitzelten, wenn sie blinzelte. Sie strich ihr über die langen blonden Ringellocken, wickelte sie sich um den Finger und sang leise Sullys altes irisches Lieblingslied: *When You and I Were Young, Maggie.* Sie hatte es Maggie als Gutenachtlied vorgesungen, als sie noch ein Baby war. Sie begrub das Gesicht in Maggies Haar und atmete tief ein: Die Babyjahre waren vorbei, doch unter dem Erdbeershampoo roch sie immer noch den süßen, unbeschreiblichen Säuglingsduft.

Faith hätte den Augenblick am liebsten in eine Flasche gefüllt, für immer konserviert, damit sie jederzeit daran riechen und sich erinnern konnte, weil solche Augenblicke so selten waren. Maggie war kein verschmustes Kind. Das war sie nie gewesen. Und seit dem Tag, als sie zur Polizei gingen, hatte sie sich noch mehr zurückgezogen, verständlicherweise. Faith hatte sich nicht aufgedrängt, weil sie hoffte, wenn sie ihr Raum gab, würde das Vertrauen irgendwann zurückkehren, wie bei einem scheuen Tier. Schon als Baby hatte Maggie nicht gern gekuschelt und war lieber am Bauch gehalten worden. Bevor sie krabbeln konnte, saß sie im Wagen oder im Laufstall, statt sich herumtragen zu lassen. Als sie dann größer wurde und laufen lernte, hatte sie keine Zeit mehr für Zärtlichkeiten – sie war zu beschäftigt, hatte zu viele Ideen in ihrem kleinen Kopf, und ihr kleiner Körper war immer in Aktion.

So sah es zumindest Jarrod: Aufmerksamkeitsdefizit-Syndrom – ADS – oder Aufmerksamkeitsdefizit-Hyperaktivitäts-Syndrom – ADHS – oder das Ergebnis dessen, was Dr. Michelson mit dem Sammelbegriff «Entwicklungsverzögerung» meinte. Trotzdem gab Faith sich die Schuld für den Mangel an ... Nähe zwischen ihr und Maggie. Bei anderen Müttern sah die Beziehung, die *Bindung*, so leicht aus. In ihren Artikeln für das Elternmagazin klang auch bei Faith die Bindung natürlich, magisch, spontan und ewig. Die Botschaft zwischen den Zeilen war, falls eine Mutter etwas anderes erlebte, stimmte etwas nicht mit ihr – die Verfasserin eingeschlossen.

Sie fuhr mit der Fingerspitze Maggies Ohr nach. Maggie hatte Sullys Ohren – sie standen ein wenig ab. Sie hatten es nicht auf ein Baby angelegt, das sollte erst viel später kommen. Faith war geschockt, als sie herausfand, dass sie schwanger war, was dank ihres unregelmäßigen Zyklus erst Ende des vierten Monats passierte. Ihr war bewusst, dass sie in den sechzehn Wochen, als sich die Arme, Beine, Organe und Gehirnzellen ihres Babys entwickelten, ein paarmal zu tief ins Glas geschaut hatte. Manchmal hatte sie die morgendliche Übelkeit für einen Kater gehalten. Nach dem Schock kam die Vorfreude, aber die Sorge blieb. Für den Rest der Schwangerschaft rührte sie keinen Tropfen mehr an.

Als ihr die Schwester im Kreißsaal Margaret Anne Sullivan Saunders in die Arme gelegt hatte, hatte sie jeden Quadratmillimeter ihrer rosa Haut untersucht, hatte ihre Finger und Zehen gezählt, und als die Ärzte Maggie sieben von zehn Apgar-Punkten gaben, war Faith endlich der Stein vom Herzen gefallen, den sie fünf Monate lang mit sich herumgeschleppt hatte. Doch als Maggie größer wurde und die emotionalen Probleme anfingen – Probleme, die sich jeder eindeutigen Diagnose entzogen –, begann Faith sich zu fragen, ob zu normal mehr gehörte als perfekt geformte Finger und Zehen und ein regelmäßiger Herzschlag. Im Internet stieß sie auf eine ganze Reihe von Seiten, die eine beängstigende Diagnose nahelegten. Sie hatte vom fetalen Alkoholsyndrom gehört, aber das kam bei schweren Alkoholikerinnen vor, und die Kinder kamen mit charakteristischen Gesichtszügen zur Welt, weit auseinander stehenden Augen, einer dünnen Oberlippe und einem kleinen Kopf. Maggie hatte keine körperlichen Fehlbildungen, aber ihre Entwicklungsverzögerungen, die kognitiven Defizite und Verhaltensauffälligkeiten fielen alle in das Spektrum des fetalen Alkoholsyndroms: Hyperaktivität, Aufmerksamkeitsdefizit, gestörte Feinmotorik, Sprachverzögerung, Sturheit, Impulsivität, mangelhafte soziale Fähigkeiten. Sie wog bei der Geburt unter 2700 Gramm und fiel in Größe und Gewicht bei jeder Untersuchung in die unteren 40 Prozent. Natürlich konnten die neurologischen Probleme, Entwicklungsverzögerungen und Verhaltensauffälligkeiten viele andere Gründe haben, und natürlich hatte nicht jedes klein geratene Kind mit ADS oder ADHS, das nicht gern kuschelte, das fetale Alkoholsyndrom. Maggies Probleme konnten ein Zufall der Embryonalentwicklung sein, wie Charakter, Intelligenz, Muskeldystrophie oder ein offener Rücken. Oder aber sie waren das Ergebnis zu vieler wilder Nächte, bevor Faith erfuhr, dass sie schwanger war. Es gab keinen Bluttest, keinen Kernspin, die eine definitive Antwort liefern könnte. Kein Arzt hatte das fetale Alkoholsyndrom je angesprochen oder auch nur gefragt, ob sie während der Schwangerschaft getrunken hätte. Außerdem gäbe es für solche Fälle keine spezielle «Therapie»; die Behandlung wäre die gleiche, die Maggie wegen ihrer Probleme ohnehin bekam oder in Zukunft bekommen würde. Ihre Hyperaktivität und ADS würden nicht anders therapiert – irgendwann bekäme sie wahrscheinlich Ritalin oder Adderall verschrieben. Wenn sie älter wurde, bekäme sie Förderunterricht, falls sie ihn brauchte. Sie würde zu den besten Ärzten und Therapeuten und Psychologen gehen, Nachhilfe bekommen und Privatschulen besuchen, um ihre Lernschwäche zu kompensieren. Es hatte keinen Sinn, Maggie zu stigmatisieren, wenn die Behandlung ohnehin die gleiche wäre.

«Mehr, Mommy», sagte Maggie und zog an Faiths Haar. Sie steckte sich den Daumen in den Mund.

Sie war eine schlechte Mutter gewesen, von Anfang an. Nicht absichtlich, doch es war passiert. Selbst wenn Maggies Probleme verbreitet waren und viele Eltern Ähnliches durchmachten, fühlte sich Faith ursächlich verantwortlich für diese Probleme. Jeden Tag musste sie Entscheidungen treffen, die das seelische und körperliche Wohl eines anderen Menschen betrafen, und sie war nicht besonders gut darin, egal wie viel Mühe sie sich gab, egal wie leicht es in den Artikeln über Elternschaft klang. Jarrod redete davon, mehr Kinder zu haben, aber Faith hatte es selbst vor der Affäre davor gegraut, ein zweites Mal zu versagen.

Doch es waren seltene Momente wie dieser, für die sie lebte. Für die alle Eltern lebten. Wenn ihr Kind sich an sie schmiegte und sie wusste, dass sie seine Welt war und es ihre. Und sie wusste, sie könnte nichts auf der Welt mehr lieben als diesen Menschen in diesem Moment, denn er war ein Teil von ihr.

Faith atmete Maggies Duft und streichelte ihr den Kopf. Tränen der Traurigkeit und Freude liefen ihr über die Wangen. Sie wünschte, sie könnte reparieren, was in diesem Köpfchen falsch lief. Sie wünschte, sie könnte die Drähte richten. Wie in so vielen Bereichen ihres Lebens wünschte sie, sie könnte die Reset-Taste drücken, beim nächsten Versuch alles richtig machen.

Denn das würde sie, dachte sie, als sie die Augen schloss und das Gesicht in den Nacken ihrer wunderschönen Tochter drückte.

Beim nächsten Versuch würde sie alles richtig machen.

59

Der Sturzregen begann, als Jarrod in die Einfahrt fuhr. Den ganzen Tag über hatte Regen gedroht, und jetzt löste Mutter Natur ihr Versprechen ein. Er saß eine Minute im Wagen und lauschte, wie die Tropfen gegen die Garagentür prasselten.

Er hatte Faith heute nicht allein lassen wollen, aber er war um das Wohltätigkeits-Dinner des Gouverneurs nicht herumgekommen, obwohl er es versucht hatte. Als er vor einem Monat die Tickets gekauft hatte, hatte sie versprochen mitzugehen. Selbst als feststand, dass ihre Anklageerhebung am Morgen stattfand, war sie noch fest entschlossen gewesen – sie hatte sich sogar ein neues Kleid gekauft. Aber dann war Poole verhaftet worden, die Medien hatten sich auf die Story gestürzt, und Faith hatte sich ins Schlafzimmer zurückgezogen.

Er fürchtete sich vor dem, was er vorfinden würde, wenn er ins Haus ging. Auch wenn sie seit ihrer Festnahme nicht mehr vor ihm getrunken hatte, tat sie es wahrscheinlich heimlich. Sie hatte ihm zwar versprochen, über die Anonymen Alkoholiker nachzudenken, aber sie klang nicht überzeugt oder auch nur nervös dabei, und er wusste, dass sie nicht die Absicht hatte hinzugehen. In ihren neun gemeinsamen Jahren hatte es Zeiten gegeben, als ihr Alkoholkonsum von gesellschaftlich akzeptiert zu problematisch eskalierte, und sie hatte es immer allein geschafft. Sie hatten nicht mehr davon gesprochen, weil alles in Ordnung war. Es gab sogar eine Zeit, als sie gar nicht trank. Im Rückblick sah er für jede Eskalation einen Auslöser: Sie verlor ihren Job; sie fand keinen Job. Der Umzug. Die Eröffnung der Bäckerei. Maggie war krank. Seine Affäre. Jetzt aber gab es zu viele Auslöser auf einmal, und Jarrod glaubte nicht, dass sie es auch diesmal allein schaffen würde. Bis auf den Tod ihres Vaters hatte sie noch nie so viel zu bewältigen gehabt. Faith war einer der stärksten Menschen, die er kannte, aber im Moment war sie auch einer der verletzlichsten.

Er ging ins Haus. Es war nach Mitternacht, und alles war still. Das Erdgeschoss lag im Dunkeln. Er sah in den Mülleimer – keine Flaschen. Das war gut. Er atmete auf. Andererseits, wenn sie ihm zeigen wollte, dass sie alles im Griff hatte, würde sie natürlich keine Flaschen in den Mülleimer werfen. Sie würde sie verstecken, und das Haus war groß genug.

Er schlich nach oben, um zuerst nach Maggie zu sehen. Als er sich über das Disney-Prinzessinnen-Bett beugte, um seiner Tochter einen Kuss zu geben, setzte sein Herz aus. Das Bett war leer. Er lief über den Flur zum Elternschlafzimmer.

Dort brannte kein Licht, aber der Fernseher lief, wenn auch ohne Ton. Er sah eine Gestalt im Bett. Als er näher kam, erkannte er, dass es zwei waren. Sie hatten einander das Gesicht zugewandt, und Maggie war wie ein Baby zusammengerollt an Faith geschmiegt. Ihr Gesicht ruhte an Faiths Brust, und Faith hatte schützend den Arm um sie gelegt.

Jarrod lehnte sich an die Wand und seufzte erleichtert. Maggie kam nie zu ihnen ins Bett. Sie hasste es zu kuscheln, außer wenn sie Angst hatte, und sobald der Schreck vorbei war, zischte sie wieder ab. Die beiden wirkten so friedlich miteinander, so schön, dass Jarrod plötzlich ein schrecklicher Gedanke kam. Langsam ging er auf Faiths Seite des Betts. Er beugte sich hinunter und küsste Maggie vorsichtig auf die Wange – Gott sei Dank, sie war warm. Sie bewegte den Arm. Dann küsste er Faith und strich ihr zärtlich das Haar aus dem Gesicht. Auch ihre Wange war warm. Er lächelte. Gott sei Dank. Sie atmete tief ein und aus. Da roch er es. Unterschwellig, verdeckt von Mundwasser oder Zahnpasta oder einem Pfefferminzbonbon. Er spürte, wie seine Hoffnung in sich zusammenfiel.

Er stand auf und durchsuchte ihren Nachttisch. Nichts. Dann seinen Nachttisch. Nichts. Die Badezimmerschränke, unter dem Bett, die Vitrine, die Kommode. Nichts. Er betrat den Wandschrank und fand den Stiefelkarton mit den alten Fotos und

Briefen und Dingen, die ihrem Vater gehört hatten, und endlich wurde er fündig: eine halbleere 1,75-Liter-Flasche Absolut Raspberry. Er kehrte ins Schlafzimmer zurück, setzte sich in den Sessel und beobachtete die beiden beim Schlafen, während er die Flasche hin und her schwang und lauschte, wie der Wodka gegen das Glas klatschte.

Faith hatte recht: *Er* war schuld. *Er* hatte den Dominostein umgeworfen, er war der Auslöser gewesen. Vielleicht war sie genetisch vorbelastet, was Alkohol anging, aber das hier ging auf sein Konto. Vor Sandra war alles gut gewesen. Wirklich. Maggie war schwirig, aber er und Faith führten eine stabile Ehe. Und er konnte immer noch nicht erklären, warum er alles aufs Spiel gesetzt hatte. Sandra war eines Abends länger geblieben, um ihm bei einem Mandat zu helfen, und dann saß sie plötzlich da, mit dem Hintern auf seinem Schreibtisch, ihr Gesicht ganz nah an seinem. Sie hatte ihn geküsst, und er war nicht zurückgewichen. Und als sie sich an die Bluse griff und begann, die Knöpfe zu öffnen, hatte er sie nicht aufgehalten. Er hatte sich nicht bewegt. Statt aus dem Zimmer zu gehen, hatte er zugesehen, wie sie ihren BH aufhakte, aus dem Rock stieg und den Slip abstreifte. Dann hatte sie sich selbst gestreichelt, und er hatte sich immer noch nicht bewegt. Und als dieselben Finger nach dem Reißverschluss seiner Hose griffen, hatten seine Hände ihr beim Ausziehen geholfen. Er hatte nicht angefangen, aber er hatte sich auch nicht gewehrt. So hatten sie das erste Mal miteinander geschlafen, in seinem Büro an der Wand, ihre Hände unter dem Bild von San Francisco, das Faith für ihn gekauft hatte, während er sie von hinten nahm. Die schrecklichen Schuldgefühle hatten sich erst beim Anziehen gemeldet, und er hatte sich geschworen, dass es nie wieder passieren würde. Doch es passierte wieder. Viele Male noch. Bald war er es selbst, der die Bürotür absperrte. Er knöpfte ihr die Bluse auf, er streifte ihr den Slip ab. Er wusste nicht, warum es angefangen hatte, aber er wusste, warum es weiterging. Und obwohl er immer noch Schuldgefühle hatte, weil er sie weiter vögelte, freute er sich insgeheim schon auf die nächsten Überstunden.

Es brauchte die Implosion seiner Ehe und Sandras Kündigung, um zu erkennen, welchen Schaden er angerichtet hatte. Danach war es, als würde er mit einem Hubschrauber über ein von einem Sturm verwüstetes Gebiet fliegen: Endlich sah er das Ausmaß der Zerstörung, die er zu verantworten hatte.

Es gab kein Zurück, wie er zu Faith gesagt hatte, als er sich noch einmal bei ihr entschuldigt hatte. Es gab nur die Zukunft. Er musste versuchen, den Schaden wiedergutzumachen. Das schuldete er ihr. Er musste sie überzeugen, dass sie Hilfe brauchte, damit sie es gemeinsam schaffen und wieder so gut sein konnten, wie sie früher einmal waren.

Er kippte den Wodka ins Waschbecken im Bad. Dann zog er sich aus, schlüpfte in die Pyjamahose und stieg ins Bett, wo er die Arme um seine Familie legte und sie ganz fest hielt.

60

As Bryan den Auflauf an Übertragungswagen vor dem Gericht sah, dachte er erst, sie wären wegen einer Anhörung im John-Goodman-Fall gekommen – dem Polo-Tycoon aus Palm Beach, der 2010 auf dem Heimweg vom Player's Club mit seinem 200 000-Dollar-Bentley in den Wagen eines Collegestudenten gerast war. Der Junge war im Kanal gelandet und gestorben. Seitdem folgte dem Fall ein gewaltiger Medienzirkus. 2012 fand der erste Prozess wegen fahrlässiger Tötung statt, der zu lange dauerte, aber zu einem Schuldspruch führte, der nur kurz währte: Ein Geschworener ging ins Gefängnis, der Angeklagte nicht. Dann versuchte Goodman, seine Freundin zu adoptieren, um seine Millionen zu retten. 2014 kam es zum Wiederaufnahmeverfahren, und erst vor kurzem wurde der Schuldspruch bestätigt – gefolgt von einer weiteren Berufung. Jedes Mal, wenn Goodman oder einer seiner sehr teuren Anwälte jammerte (und das war oft der Fall), waren Kameras in der Nähe und hielten drauf. So erklärte sich Bryan das Spektakel, als er sich der morgendlichen Menge anschloss, die ins Gerichtsgebäude strömte.

Dann stieg er im neunten Stock aus dem Fahrstuhl und begriff, dass die Kameras wegen des Falls *Der Staat Florida gegen Derrick Alan Poole* gekommen waren.

Bis auf besonders schwere Verbrechen wird in Florida bei den meisten Vergehen eine Kaution festgelegt, gegen die ein Beschuldigter bis zum Prozessbeginn aus dem Gefängnis entlassen wird. Bei den Delikten, die davon ausgenommen sind – Mord, Freiheitsberaubung, bewaffneter Raubüberfall –, findet ein sogenanntes Arthur Hearing statt. Bei dieser Art Mini-Verhandlung und Beweisaufnahme wird festgestellt, ob die «Beweislage eindeutig und die Wahrscheinlichkeit hoch» sind, dass ein Verbrechen vorliegt und der Beschuldigte der Täter ist. Wenn die

Staatsanwaltschaft diese Hürde nimmt, kann der Richter bestimmen, ob der Angeklagte bis zur Hauptverhandlung ohne die Möglichkeit einer Kaution in Haft bleiben muss. Die Anklage erfolgt dann normalerweise durch das Einreichen der Anklageschrift durch den Staatsanwalt beim zuständigen Richter, der sogenannten *information*. Bei Mord oder Jugenddelikten dagegen, die vor einem Erwachsenen-Gericht verhandelt werden, entscheidet über die Anklage die Grand Jury.

Poole war vor zwei Wochen festgenommen worden. Elisabetta sollte seinen Fall am Mittwoch der Grand Jury vortragen, die nur einmal im Monat zusammenkommt. Pooles Verteidiger Hartwick hatte das Arthur Hearing aus strategischen Gründen vorher angesetzt, weil er wusste, dass kein Richter im ganzen Haus seinen Klienten auf Kaution rauslassen würde, sobald seine Anklage offiziell war. Dies war die einzige Chance, Poole vor dem Prozess auf freien Fuß zu bekommen. Und weil ein Arthur Hearing mehr ist als eine routinemäßige Verlesung des Haftbefehls, hilft es der Verteidigung auch dabei, der Staatsanwaltschaft in die Karten zu sehen und herauszufinden, was die in der Hand hat.

Der ehrenwerte Richter Delmore Cummins war floridianisches Urgestein, ein nüchternes Faktotum am Gericht. Er hatte bereits auf der Richterbank gesessen, lange bevor Bryan seine Marke bekommen hatte. Und er war damals schon alt gewesen. Da Cummins der einzige Richter war, der Arthur Hearings durchführte, und das auch nur montag- und mittwochnachmittags, war sein Kalender notorisch voll. Doch weil er so alt war und keine Zeit zu verschwenden hatte, ging es zügig voran. Außerdem war er ein Griesgram und hatte es nicht gern, wenn gegen die altehrwürdige Gerichtssaal-Etikette verstoßen wurde – er sah Frauen gerne in Röcken und Männer in Anzügen, und er verabscheute jede Technologie, die nach 1985 entwickelt wurde. Während sich Bryan den Weg durch die Galerie bahnte, die heute vollbesetzt war, fragte er sich, ob irgendwer Richter Cummins darüber in Kenntnis gesetzt hatte, dass in seinem Gerichtssaal ein Dutzend Kameras standen.

Er fand Elisabetta vor der Richterbank, wo sie sich mit zwei weiteren Staatsanwälten unterhielt. Der Kalender auf dem Tisch der Gerichtsschreiberin war dick. «Sind die alle wegen uns hier?», fragte er leise und warf einen Blick in den Gerichtssaal.

«Sieht so aus.» Sie blätterte in einer Akte. «Wir sind auf Seite sechzehn.»

Bryan wusste selbst nicht, warum er überrascht war. Seit er das Schlachthaus gefunden hatte, ließ die Presse nicht locker. Nach Pooles Festnahme war der Rummel explodiert wie bei keinem seiner Fälle bisher. Die Taskforce erhielt Interview-Anfragen und Bitten um Akteneinsicht von jedem Kabelnachrichtensender: CNN, Fox, MSNBC. Der Pressesprecher des Polizeibehörde bekam Anrufe von AP und Reuters, sogar von der Londoner *Daily Mail* und dem *Spiegel* in Deutschland. Die Medien gierten nach blutigen Informationen und schlüpfrigen Einzelheiten. Es war, als hätte sich jemand über einem von Haien wimmelnden Gewässer in den Finger geschnitten: Die ersten paar Blutstropfen hatten einzelne Tiere angelockt, doch das stetige Rinnsal der Details, die durchsickerten, trieb die Haie zur Raserei, und aus allen Ecken schwammen mehr heran, um Fetzen aufzuschnappen und zu verschlingen. Fakten, Meinungen oder Gerüchte – ganz egal. Wenn schon ein Arthur Hearing, eine normalerweise langweilige, unscheinbare Veranstaltung, so viel Aufmerksamkeit auf sich zog, wollte Bryan nicht wissen, was bei der Hauptverhandlung los sein würde.

Auch wenn er befürchtet hatte, dass sich der Medienzirkus vor allem auf Faith Saunders stürzen würde, tat es ihm leid, dass sie den geballten Zorn der Öffentlichkeit abbekam. Ein Journalismus-Professor könnte es vermutlich besser erklären, aber in einer Welt der Instant-Nachrichten, in der Tag für Tag von brutalen Verbrechen, Seuchen und Kriegen live berichtet wird, gibt es bei jedem Fall, der länger in den Schlagzeilen bleibt, einen bestimmten Aspekt – ein *Argument*, warum er die Massen fasziniert. Bei O.J. Simpson, Phil Spector und Oscar Pistorius sah Bryan ein, dass es der Promi-Faktor war. Bei Trayvon Martin und Michael

Brown waren es Rassismus und die Gesichter der unschuldigen schwarzen Teenager. Bei Dennis Rader, Jeffrey Dahmer und Bill Bantling waren es die unfassbare Grausamkeit der Taten und die vollkommene Willkür bei der Wahl ihrer Opfer. Und dann gab es Fälle wie Casey Anthony, Scott Peterson, Jodi Arias und Justin Ross Harris, bei denen es keine auf der Hand liegende Erklärung gab, warum sie plötzlich in aller Munde waren und ihre Verhandlungen live im Fernsehen übertragen wurden. Es gab Hunderte ähnliche Morde, die es kaum in die Lokalnachrichten brachten. Irgendein Detail, irgendeine Facette der Angeklagten, ihrer Opfer oder der Umstände traf bei der Öffentlichkeit einen Nerv und schaffte es, die Aufmerksamkeit zu halten.

Bryan sah, dass sein Fall genau diese Art von fanatischem Interesse erzeugte. Die Medien würden der Öffentlichkeit jeden Brocken, den sie ergatterten, zuwerfen, um sie bei der Stange zu halten. Als herauskam, dass nicht Faith Saunders, sondern ihre niedliche vierjährige Tochter Angelina Santris Entführung gemeldet hatte, hatten sich alle darauf gestürzt, von Loni Hart über Nancy Grace zu Sunny Hostin. Und auch wenn Bryan bei seinen Racheplänen gegen Audrey davon geträumt hatte, der Rockstar unter den Detectives zu sein, hatte er nicht gewollt, dass diese Frau und ihre Familie dafür unter die Räder kamen. Es war sonnenklar, dass sie ein Alkoholproblem hatte; sie hatte Angst, und sie war in diese Sache zufällig hineingeraten. Eigentlich müsste Bryan die Prügel einstecken, nicht diese arme Mutter, die zur falschen Zeit am falschen Ort gewesen war und die falschen Entscheidungen getroffen hatte.

«Haben Sie das erwartet?», fragte er Elisabetta.

«Nein», antwortete sie leise. Für eine Anklägerin, die am laufenden Band Medienfälle verhandelte, wirkte sie reichlich nervös und aufgeregt, und Bryan glaubte ihr nicht. Vielleicht war Maleficent eine verkappte Rampensau. Zuzutrauen wäre es ihr. Immerhin hatte auch er seine Gründe, warum er den Fall gern in den Nachrichten sah. Sie blickte von der Akte auf und musterte ihn. «Schick sehen Sie aus. Hübscher Anzug.»

«Richter Cummins hat den Vorsitz. Wie ich sehe, zeigen Sie Knie.»

«Es gibt keinen Grund, ihn vor den Kopf zu stoßen. Haben Sie abgenommen oder so was?»

Bryan zuckte die Schultern. «Ich arbeite daran.»

«Sind Sie bereit hierfür?», fragte sie dann.

Bevor er antworteten konnte, ging die Tür zum Gerichtssaal auf.

«Erheben Sie sich!», rief der Gerichtsdiener.

Richter Cummins schlurfte zur Richterbank, und sein altes Gesicht verfinsterte sich, als er prüfend in den Saal blickte. Es war schwer zu sagen, ob er über die eigentlichen Kameras überrascht war oder ob er von oben Weisung erhalten hatte, Kameras in seinem Gerichtssaal zuzulassen, und sich ärgerte, dass von ihm Gehorsam erwartet wurde.

Bryan war nervös. Sie hatten gute Argumente gegen Poole, aber der Fall war bei weitem nicht wasserdicht. Sie hatten Indizienbeweise, mehr nicht. Er wünschte, er hätte Ed Carbone in Gewahrsam und eine DNA-Probe von ihm, die zu der Probe von der Yankee-Kappe und dem Stofffetzen passte, aber das hatte er nicht. Die Taskforce hatte alles auseinandergenommen, was sie über Carbones Leben wussten, und es gab immer noch keine Spur von ihm. Der Großteil der Informationen, die er bei seiner Beschäftigung an der Orange Youth Academy angegeben hatte, entpuppte sich als Lügen, darunter seine früheren Adressen und sein beruflicher Werdegang. Am Volunteer State Community College in Gallatin, Tennessee, wo er angeblich seinen Abschluss gemacht hatte, gab es keine Aufzeichnungen über ihn. Die Überprüfung seiner Sozialversicherungsnummer ergab, dass er als Fernfahrer für die Spedition Central Freight in Memphis, Houston und Orlando gearbeitet hatte und zwischendurch drei Monate verheiratet war. Maldonado hatte seine Exfrau in Little Rock ausfindig gemacht: Sie hatte seit zehn Jahren nichts von Carbone gehört, aber sie erzählte den Detectives, dass er als Teenager bei der Familie seiner Mutter in Mexiko gelebt hatte und fließend Spanisch sprach. Durch den Besitzer von Abe's Scrap, dem Schrottplatz, wo Carbone zuletzt gearbeitet hatte, hatte Bryan herausgefunden, dass Carbone Erfahrung als Jäger und Trapper hatte. Angeblich hat er monatelang in den Appalachen gelebt wie Eric Rudolph, der Terrorist und Olympia-Attentäter – was bedeutete, dass Carbone gut darin war unterzutauchen. Jede Polizeidienststelle in Florida und das FBI suchten nach ihm, doch es gab weit und breit keine Spur. Es war, als hätte ihn der Erdboden verschluckt.

«Das Gericht hat entschieden, einen Fall unplanmäßig vorzuziehen», verkündete die Gerichtsschreiberin. «*Der Staat gegen Derrick Alan Poole*, Seite sechzehn.»

Elisabetta klappte ihre Akte zu und ging selbstbewusst an den Tisch der Anklage, während die Kameras zu filmen begannen. «Assistant State Attorney Elisabetta Romolo im Namen des Staats.»

«Richard Hartwick für den Angeklagten Derrick Poole», erklärte Hartwick, als er an den Tisch der Verteidigung trat.

«Wo ist der Angeklagte?», bellte Richter Cummins.

«Er ist auf dem Weg, Euer Ehren», antwortete ein Vollzugsbeamter.

Der Richter klatschte ungeduldig in die Hände. «Bringen wir es hinter uns.»

Vielleicht war es gut, dass die Presse hier war, dachte Bryan, als die Tür zum Geschworenenzimmer aufging und ein demütig auftretender Derrick Poole hereingeführt wurde, der einen orangen Overall und Ketten trug.

Denn bei einem Fall, der alles andere als perfekt war, hätte der Richter vor den zahlreichen Kameras vielleicht Skrupel, einen Mörder auf freien Fuß zu setzen ...

61

Elisabetta wusste, wie Richter Cummins entscheiden würde, noch bevor Detective Bryan Nill mit seiner Aussage fertig war. Sie hatte oft genug vor ihm gestanden, um seinen düsteren von seinem trotzigen Blick unterscheiden und die Bedeutung einer hochgezogenen Braue und eines Kopfschüttelns interpretieren zu können. Und sobald ihr das klar war, versuchte sie, den Karren aus dem Dreck zu ziehen, indem sie Nill auch zu den Morden an Foss, Kruger und Jane Doe befragte. Natürlich ging Hartwick auf die Barrikaden, weil Poole diese Fälle noch gar nicht zur Last gelegt wurden, und Richter Cummins gab ihm recht.

Sie biss sich auf die Lippe. Die vier Tassen Kaffee, die sie am Morgen getrunken hatte, nachdem sie um fünf Uhr aufgestanden war, rumorten in ihrem Magen. Anders als andere Richter, die ihre Fälle und sich selbst nur zu gern im Fernsehen sahen, hatte Delmore Cummins ganz offensichtlich etwas dagegen. Die Kameras machten ihn wütend. Er war ein pensionierter Richter, der nicht mehr abgewählt werden konnte, und er war zu alt, um sich um die Meinung der Massen zu kümmern oder sich von der Öffentlichkeit beeinflussen zu lassen. Außerdem war er reizbar und passiv-aggressiv, sodass er gern genau das Gegenteil dessen tat, was die Leute wollten oder erwarteten, nur um zu zeigen, wer in seinem Gerichtssaal das Sagen hatte.

Als er begann, die Bedeutung von «eindeutiger Beweislage und begründetem Verdacht» zu erläutern, wusste sie, dass es vorbei war. Sie wusste außerdem, dass ihre Reaktion genau beobachtet wurde und sie die Fassung bewahren musste, ganz gleich, was er sagte. Sie war es nicht gewohnt zu verlieren, und in diesem Fall hatte sie nicht damit gerechnet. Besonders nicht in diesem Fall.

«Die Beweislast, der die Anklage heute nachkommen muss, damit der Beschuldigte ohne die Möglichkeit einer Kaution in Gewahrsam bleibt, ist besonders schwer – sie muss über jeden begründeten Zweifel erhaben sein», fing der Richter an. «Die Beweise für seine Schuld müssen eindeutig und die Wahrscheinlichkeit seiner Schuld hoch sein, wenn er bis zum Prozess in Haft bleiben soll, bevor er schuldig gesprochen wird. Denn die Haft vor der Verhandlung widerspricht unserem wichtigsten Rechtsgrundsatz – dass ein Mensch so lange unschuldig ist, bis seine Schuld als erwiesen gilt. Doch nun zur Beweislage.»

Der Richter schob die Finger unter seine dicken Brillengläser und rieb sich die Augen, bevor er fortfuhr. «Die Beweise, und dazu gehört auch die Identifizierung von Mr. Poole durch Faith und Maggie Saunders in Anwesenheit von Detective Nill, sind schlüssig. Andererseits ist das Gericht irritiert von der zweiwöchigen Verzögerung, bevor der Vorfall der Polizei gemeldet wurde, und den Gründen dieser Verzögerung. Das Gericht stellt fest, dass einer der Zeugen ein Kind ist und dass keiner der Zeugen heute hier ist. Die Geschworenen werden andere Möglichkeiten haben, die Glaubwürdigkeit der Zeugen und die Gründe für die verspätete Meldung bei der Polizei zu beurteilen. Aber im Hinblick auf die Beweislage muss dieses Gericht zum Schutz des Angeklagten anerkennen, dass das, was die Zeugen gesehen haben, nicht so eindeutig war, wie die Staatsanwaltschaft es heute darstellen möchte.

Die Haare und die Fasern, die im Wagen des Beschuldigten gefunden wurden, sind interessant. Doch leider sind sie der einzige physische Beweis, über den die Anklage verfügt, der das Opfer direkt mit Mr. Poole in Verbindung bringt. Die Yankee-Mütze, die von einem Zeugen vor Ort gesehen wurde, fand man zwar im Besitz des Angeklagten, doch ohne dessen DNA-Spuren. Der Mann, dessen DNA darauf sichergestellt wurde, wurde noch nicht lokalisiert. Aus Sicht des Gerichts hätte Mr. Poole die Mütze auch am Straßenrand finden und seiner Andenken-Sammlung beigesteuert haben können. Und schließlich, auch wenn die Anklage das Gericht gerne dazu brächte ...», er hielt inne und sah mit herausforderndem Blick in die Kameras, «... in Betracht zu ziehen, dass der Angeklagte weiterer Morde verdächtigt wird, die möglicherweise auf jenem Grundstück verübt wurden, wurde der Beschuldigte dieser Morde bis jetzt nicht angeklagt. Daher kann das Gericht sie in diesem Fall nicht als Beweis heranziehen. Da der Beschuldigte dieser Morde nicht angeklagt ist, muss das Gericht sogar von der naheliegenden Alternative ausgehen, nämlich dass eine andere Person für jene Morde verantwortlich ist. Besonders problematisch ist dabei das Verschwinden der ermordeten Noelle Langtry, das sich ereignete, während Mr. Poole unter Beobachtung stand, wie der Ermittler zugibt. Allein diese Tatsache stützt das Argument der Verteidigung, dass ein Dritter für die Morde verantwortlich ist.

Es mag sein, dass die Staatsanwaltschaft genügend Beweise hat, um bei der Hauptverhandlung ihrer Beweislast nachzukommen, aber heute reichen sie nicht aus. In Anbetracht der Schwere der Vorwürfe und der Fluchtgefahr, vor allem nachdem die Staatsanwältin darauf hingewiesen hat, dass sie für den Beschuldigten die Todesstrafe anstrebt, setze ich eine Kaution in Höhe von 250 000 Dollar fest. Darüber hinaus muss der Beschuldigte seinen Reisepass abgeben und darf keinen Kontakt mit den Zeugen haben.»

«Euer Ehren», meldete sich Elisabetta zu Wort. Das war schlimmer als schlimm. Sie erlebte zwar nicht zum ersten Mal, dass Cummins bei einem Arthur Hearing eine Kaution festlegte, aber nicht in einem Fall wie diesem. Nicht in dem Fall, der *ihr* großer Auftritt war.

Richter Cummins winkte ab. «Die Zeit für Einwände ist vorbei, Ms. Romolo. Und ein warnendes Wort sowohl an die Anklage als auch an die Verteidigung, denn ich weiß nicht genau, wer *dafür* verantwortlich ist», er zeigte in den Saal, ohne Elisabetta aus den Augen zu lassen. «Dieser Gerichtssaal ist kein Zirkus. Das hier ist keine Reality-Show für jemandes fünfzehn Minuten Ruhm, meine Damen und Herren. Egal wie viele Kameras in diesen Saal gezerrt werden, ich lasse mich nicht davon beeinflussen, also stellen Sie meine Geduld nicht noch einmal auf die Probe. Haben Sie verstanden?»

Bevor Elisabetta antworten konnte, ließ er die Gerichtsschreiberin den nächsten Fall aufrufen. Während sie noch am Tisch der Verteidigung stand, die Akte in der Hand, und vor laufenden Kameras die Tränen der Wut niederkämpfte, kam schon der nächste Ankläger, um sie abzulösen.

62

Faith starrte den Smiley an, den Vivian ihr auf den Tischkalender gemalt hatte. Ihr war übel. Auf der anderen Seite der Bürotür hörte sie Geschirr klappern und Gelächter aus der Bäckerei. Weihnachten stand vor der Tür, und ihre Angestellten schmückten den Gastraum mit Zuckerstangen und Girlanden. Vor ein paar Wochen hatte Charity vorschlagen, den Laden in Richtung Internet-Café umzugestalten, mit Schwerpunkt Kaffeespezialitäten, und Sandwiches auf die Speisekarte zu setzen. Jetzt war ständig etwas los, und ein geschäftiges Summen lag in der Luft, während die Gäste an ihren Computern chatteten und arbeiteten.

«Faith? Sind Sie noch da?», fragte Detective Nill aus dem Hörer.

Sie stand vom Schreibtisch auf und ging ins Bad des Büros. «Wie konnte das passieren?», fragte sie leise. Sie spähte durch das Metallrollo aus dem winzigen Fenster auf den hinteren Parkplatz. «Ich verstehe das nicht, Detective: Wie kann er auf freien Fuß gesetzt werden, wenn er des Mordes angeklagt ist, nach all den grauenhaften Dingen, die Sie in dem Schlachthaus gefunden haben ...»

«Der Richter hat eine Kaution festgesetzt, Faith. Es ist eine hohe Summe – 250 000 Dollar –, aber anscheinend kann er sie irgendwie auftreiben. Seine Freundin hat wohl eine Erbschaft gemacht. Ich wollte Ihnen nur Bescheid sagen – falls Sie es noch nicht wissen.»

«Ich habe keine Nachrichten gesehen, Detective.» Ihre Stimme kippte. «Es kommt nie etwas Gutes in den Nachrichten.»

«Wir beobachten ihn, das wissen Sie.»

Faith nickte und rieb sich die Schläfen. Es klopfte an der Tür.

«Faith?» Es war Charity.

«Ich muss los, Detective Nill.»

«Natürlich. Und, Faith?», sagte der Detective mitfühlend. «Versuchen Sie, sich keine Sorgen zu machen.»

Sie wusste nicht, wie sie darauf antworten sollte. Verzweifelt hatte sie versucht, die Einzelteile ihres Lebens zusammenzuhalten, wie ein Kind, das hastig seine Lieblingsspielzeuge zusammenrafft, wenn es gesagt bekommt, dass es jetzt gehen muss. Aber es war einfach zu viel, sie konnte nicht so viel tragen. Eins nach dem anderen fingen die Teile an, ihr zu entgleiten. Ihre Ehe, die Beziehung zu ihrem Kind, ihre Freundschaften, die Karriere – alles stürzte ab. Und schlimmer noch, die Dinge entglitten ihr nicht nur, sondern manches zersprang in Millionen von Scherben, die sie nie wieder auflesen, geschweige denn kleben konnte.

Das Klopfen wurde lauter. «Faith? Kann ich reinkommen?»

«Ich habe telefoniert, Charity. Warte einen Moment.» Sie wischte sich über die Augen und holte tief Luft.

Nicht aufgeben. Halt fest. Halt noch fester. Lass bloß nichts fallen ...

Sie öffnete die Tür, und Charity stolperte herein. «Alles okay?», fragte sie.

Faith nickte. «Was gibt's?»

«Tut mir leid, dass ich dich störe, aber da ist eine Frau, die dich unbedingt sprechen will. Ich habe gesagt, dass du beschäftigt bist, aber sie sagte, sie würde warten.»

«Schon gut. Wer ist sie?»

Charity zuckte die Schultern. «Ich glaube, es geht um die Hochzeit ihrer Tochter, aber sie will nur mit dir reden. Vivian ist bei Costco, sonst hätte ich die vorgeschickt. Du siehst fertig aus. Kann ich was für dich tun?»

«Es geht schon. Ich musste nur kurz telefonieren. Danke», antwortete Faith, als sie aus dem Büro nach vorn in die Bäckerei ging. Man musste nur die Nachrichten einschalten oder die Zeitung lesen, um zu wissen, was los war und warum sie so gestresst aussah, aber niemand – auch Charity und Vivian nicht – sprach sie darauf an, was in der Nacht passiert war, als sie und Maggie

Derrick Poole begegnet waren. Bei Charity war es wahrscheinlich das schlechte Gewissen – immerhin hatte sie zugelassen, dass Faith ihre Party verließ. Faith hatte das Gefühl, jemand habe ihr einen Sprenggürtel umgelegt und sie auf eine volle Straße geschickt: Alle behielten sie im Auge, aber niemand wollte zu nah rankommen. Jeder ging in Deckung und bot aus sicherer Entfernung Hilfe an, aber keiner konnte etwas tun, außer zuzusehen, wie der Countdown ablief.

«Das ist sie, die Dame in Rot», sagte Charity, als sie in den vollen Gastraum traten.

«Kann ich Ihnen helfen?», fragte Faith, als sie auf die Frau zuging. Sie hatte gehofft, sie würde sich erinnern, worum es ging, wenn sie ihr Gesicht sah, aber sie kam ihr nicht bekannt vor.

«Faith Saunders?»

«Ja. Meine Schwester sagte, Sie wollten ...»

Eine schallende Ohrfeige landete in Faiths Gesicht. Das ganze Café schnappte nach Luft.

«Vor vier Wochen ist meine Tochter nicht nach Hause gekommen», sagte die Frau. «Sie sollte bei ihrem Freund sein, aber das war sie nicht. Sie war erst siebzehn! Die Polizei sagte, sie hätte in irgendeiner Kaschemme getanzt – als Stripperin. Ich habe nichts davon gewusst. Also habe ich überall nach ihr gesucht. Ich war bei ihrem Freund, ich war in dem schrecklichen Loch, wo sie gearbeitet hat. Ich habe sogar bei dem Dreckschwein geklingelt, der ihr die Drogen verkauft hat. Ich habe eine Belohnung ausgesetzt. Ich habe um Informationen *gebettelt*, weil ich sie, wenn ich sie schon nicht mehr im Arm halten durfte, wenigstens anständig beerdigen wollte. Ich *wusste*, dass ihr etwas passiert war, verstehen Sie? Ich habe es hier gespürt.» Sie schlug sich mit der Faust auf die knochige Brust. «Ich wusste, dass sie tot war.»

«Es tut mir leid, Ma'am, aber ...»

«Wie konnten Sie das nur zulassen? Wie konnten Sie einfach *nichts tun*?»

«Ich weiß nicht, was Sie meinen», rief Faith verwirrt. «Wer ist Ihre Tochter? Was hätte ich tun können?»

«Meine Tochter ist – *war* – Noelle Langtry.»

Faith fehlten die Worte. Was hätte sie auch sagen sollen?

«Sie haben selbst eine Tochter. Und doch haben Sie diesem Mädchen nicht geholfen, das Sie um Hilfe angefleht hat. Sie haben sie da draußen sterben lassen, mit diesen Männern, in diesem schrecklichen Haus mit den Käfigen. Sie haben nicht mal die Polizei gerufen. Sogar Ihr Kind wusste, dass da etwas nicht stimmt. Ihre vierjährige Tochter wusste, dass es falsch war, nichts zu sagen ... nichts zu *tun*!»

In dem Moment kam Vivian nach vorne geeilt. «Einen Moment!» Sie ließ die Tasche und die Einkaufstüten auf den Boden fallen. «Was ist hier los?» Als sie den roten Abdruck auf Faiths Wange sah, wusste sie Bescheid. «Faith, Liebes, geh nach hinten. Und wir alle beruhigen uns erst mal.»

«Sie hätte gerettet werden können! Mein Mädchen, mein Baby, wäre noch am Leben, wenn *Sie* etwas gesagt hätten! Wie können Sie nachts schlafen? Wie können Sie mit sich leben? Was, wenn es Ihre Tochter gewesen wäre?»

Faith sah den Button am Hemd der Frau mit dem Foto eines lächelnden Teenagers, der einen Teddybär an sich drückte. Darunter stand: *Gib nie die Suche auf. Gib nie die Liebe auf. Noelle Langtry.*

Charity schloss sich Vivian an. «Miss, ich muss Sie bitten zu gehen», sagte sie und versuchte, die Frau zur Tür zu begleiten.

«Sie haben sie geschlagen wie ein Tier! Sie haben sie zerstückelt und ihre verstümmelte Leiche in einen Graben geworfen! Sie haben sie vergewaltigt! Ich habe nicht mal ihre ganze Leiche. Ich habe nicht alles von ihr ...» Die Frau riss sich von Charity los. «Wie kann jemand so etwas tun?!», rief sie, während die schockierten Gäste dasaßen und zusahen.

Faith fing zu weinen an. «Es tut mir leid. Es tut mir so leid ...»

«Das reicht nicht, Ma'am! Das reicht nicht!», rief Noelle Langtrys Mutter, als sie die Bäckerei verließ. «Sie können es nie wiedergutmachen.»

63

Faith hatte ein halbes Päckchen Zigaretten geraucht und war im Kreis gefahren – vom Sawgrass Expressway zur I95 auf die Road 595 und wieder auf den Sawgrass Expressway –, um die rasende Verzweiflung zu lindern, von der sie buchstäblich Herzschmerzen hatte. Sie hatte gehofft, wenn sie durch die Gegend führe, bis ihre nervöse Energie erschöpft wäre, würde irgendwann die körperliche und geistige Erschöpfung einsetzen – wie bei einem hyperaktiven Kind; würde der unstillbare Durst in ihren Eingeweiden, der sich anfühlte, als wollte sich ein Tier aus ihrem Brustkorb scharren, endlich aufhören, damit sie heimgehen und ins Bett fallen konnte. Doch egal, wie weit sie fuhr und wie sehr sie gegen das Gefühl ankämpfte, sie konnte es nicht besiegen. Der physische Schmerz, den der Stress auslöste, war einfach zu viel. Sie wusste, würde sie jetzt eine Flasche Alkohol kaufen, könnte sie nicht nach einem Schluck oder einem Glas aufhören – sie hätte die halbe Flasche geleert, bevor ihr klar wäre, was sie tat. Aber in einer Bar, so redete sie sich ein, könnte sie einfach nur ein Glas trinken. Ein Glas würde reichen, um der Panik die Schärfe zu nehmen und den Stress zu lindern. Nur ein Schluck, und sie könnte wieder atmen, und dann würde sie gehen. Das wäre ein verantwortungsvolles Verhalten.

Sie erinnerte sich nicht, den wievielten Wodka Raspberry sie vor sich hatte – Nummer drei oder vier oder fünf. Seit dem ersten Schluck hatte sie ein schlechtes Gewissen – als würde sie jemanden betrügen und es genießen. Davon tat ihr die Brust noch mehr weh. Also bestellte sie noch einen. Und jetzt war es egal, der wievielte es war. Sie wollte still in der Ecke sitzen und trinken, bis sie nichts mehr spürte – keine Scham, keine Schuld, keinen Schmerz, keine Wut, keine Angst und keine Demütigung. Sie wollte nichts mehr spüren.

Sie hatte so lange versucht, sich zusammenzureißen, zu funktionieren, so gut sie konnte. Obwohl in den Nachrichten, in den Talkshows, in der Schlange auf der Bank über sie geredet wurde, war sie ihrem Tagewerk nachgegangen, als wüsste sie nicht, was über sie gesagt wurde, als wäre es ihr egal, dass die ganze Welt sie verurteilte. Sie schwor sich, sie würde die Dinge richtigstellen, soweit es ihr möglich war, und den Detectives und der Staatsanwältin helfen, die Mörder zu fassen. Trotzdem saß keiner der Männer im Gefängnis, und auch wenn es nicht in ihrer Macht stand, war sie schuld daran – denn der Fall gegen Poole wackelte, wie der Detective es ausgedrückt hatte, weil sie nicht früher zur Polizei gegangen war. Sie rührte mit dem Plastikstäbchen die Eiswürfel in ihrem leeren Glas. Sie wollte sich nicht in Selbstmitleid suhlen. Dazu hatte sie kein Recht. Immerhin war sie noch am Leben.

Sie können es nie wiedergutmachen.

Sie schloss die Augen. Noelle Langtrys Mutter hatte recht. Egal was sie tat oder sagte, sie konnte es nie wiedergutmachen. Nichts würde ihre Tochter zurückbringen. Faith hatte Noelle nicht umgebracht, und doch klebte ihr Blut an ihren Händen.

Der Countdown an ihrem Sprenggürtel lief ab. Der Alkohol dämpfte das Ticken, aber es war da, im Hintergrund. Jeden Tag konnte die Bombe explodieren und alles um sie herum zerstören, auch die Menschen, die in Deckung gegangen waren und zusahen. Sie trank den letzten Schluck geschmolzener Eiswürfel aus dem Glas und gab dem Barkeeper ein Zeichen, ihr die Rechnung zu bringen. Sie war noch nüchtern genug, um zu wissen, dass sie nicht mehr fahren konnte. Sie hatte ihren Führerschein nur auf Bewährung, und sie würde nicht das Risiko eingehen und sich wieder ans Steuer setzen. Sie würde ein Taxi nehmen und ...

Jarrod. O Gott, wie sollte sie ihm so gegenübertreten? Sie biss sich in die Hand. Er würde wissen, dass sie getrunken hatte. Dass sie viel zu viel getrunken hatte. Dass sie nicht aus ihren Fehlern lernte. Dass sie wieder gescheitert war.

Der Barkeeper stellte ihr ein volles Glas hin.

«Nein, ich gehe», sagte sie. «Nur die Rechnung bitte, und ein Taxi. Bitte rufen Sie mir ein Taxi.»

«In Ordnung», sagte der Barkeeper. «Sagen Sie einfach, wann. Das hier ist von ...»

«Hallo, junge Frau», sagte der Mann neben ihr. «Ihr Glas sah irgendwie leer aus. Ist alles in Ordnung?»

«Von ihm», beendete der Barkeeper den Satz und ging davon. «Ich bringe Ihnen die Rechnung.»

Faith sah nicht auf. Sie griff nach ihrer Tasche und begann, in ihrem Portemonnaie nach der Kreditkarte zu suchen. «Ich muss gehen. Trotzdem vielen Dank.»

«Sie sehen nicht aus, als wollten Sie gehen», sagte der Fremde. «Sie sehen aus, als bräuchten Sie noch einen. Wollen Sie mir erzählen, was los ist?»

Sie wischte sich mit der Cocktailserviette über das Gesicht. «Tut mir leid. Ich will nicht unhöflich sein, aber ich möchte allein sein. Ich muss nach Hause. Ich bin verheiratet. Mein Mann wartet auf mich.» Ihre Gedanken verschwammen mit Erinnerungen – guten und schlechten –, und die Sätze kamen genuschelt heraus.

Er hob kapitulierend die Hände. «Kein Problem. Alles cool. Ich hab nur gedacht, Sie sehen traurig aus. Wenn Sie reden wollen, ich bin ein guter Zuhörer», sagte er, als er von seinem Barhocker aufstand, um zu gehen. «Ich habe auch meine Probleme mit Frauen, glauben Sie mir. Vielleicht können wir voneinander lernen.»

Sie schüttelte den Kopf, sah ihn nicht einmal an. Ihr Blick war auf die frischen Eiswürfel gerichtet, die in dem roten Drink vor ihr zur Ruhe kamen.

Der Barkeeper brachte die Rechnung, und sie schob ihm die Visa-Karte hin. «In zehn Minuten kommt das Taxi.»

Sie starrte das Glas an wie ein Hund den Knochen. Der Durst war wieder da. Das Tier in ihr wollte mehr. Sie trommelte mit den Fingern auf die Theke und wünschte, der Barkeeper würde sich beeilen, damit sie gehen konnte. Das Wasser lief ihr im

Mund zusammen. Das Taxi war unterwegs – einer mehr würde sie nicht umbringen. Sie musste Jarrod so oder so entgegentreten, er würde so oder so wütend sein. Ein Drink mehr würde eher helfen als schaden.

Sie griff nach dem Glas und hob es an die Lippen. Dann schloss sie die Augen, während der kalte Alkohol durch ihre taube Kehle rann und das Wesen in ihr beruhigte. «Danke», sagte sie leise.

Doch es war mehr niemand da, der sie hörte. Der Fremde war fort, der Barkeeper war zu einem anderen Gast gegangen. Sie saß in einer Spelunke, an deren Namen sie sich nicht erinnerte, in einer Straße, die sie nie wieder finden würde. Trotz der Menschen um sie herum war sie mutterseelenallein, saß an der Bar und trank mit ihren Dämonen.

64

«Ich hab sie. Keine Sorge», sagte der Mann. Der Barkeeper zuckte die Schultern.

Alles drehte sich. Rundherum, wie ein Karussell. Faith hielt sich den Kopf.

«Ich helfe Ihnen, junge Frau. So, einen Fuß vor den anderen.» Ihre Beine fühlten sich an wie Wackelpudding.

«Das Taxi müsste draußen warten», sagte der Barkeeper.

«Ich setze sie rein», rief er. «Ich hab Sie», sagte er beruhigend zu Faith. «Sie brauchen nur ein bisschen frische Luft. Ich glaube, Sie haben zu viel getrunken. Wie heißen Sie?», fragte er. Er hatte einen Südstaatenakzent. Südstaatler waren immer so freundlich.

«Faith», brachte sie heraus. Die Menschen in der Bar und am Billardtisch waberten. Sie hielt sich am Arm des Fremden fest.

«Wie geht es Ihnen, Faith? Können Sie mich verstehen?»

«Es geht», antwortete sie – sie *dachte*, dass sie antwortete, aber die Wörter kamen nicht so aus ihrem Mund, wie sie sie im Kopf hörte. Das Gehen fiel ihr schwer. Es war, als ginge ihr der Strom aus, einem Körperteil nach dem anderen. Sie hatte Angst, sie würde umfallen, wenn der Fremde sie losließ. Der Raum drehte sich und tanzte.

Die Tür ging auf, und sie waren draußen auf dem Parkplatz. «Sagen Sie mir, wo Sie hinmüssen, ich fahre Sie. Wollen Sie nach Hause?», fragte er.

Sie nickte. Das Taxi stand vor dem Eingang der Bar, nur ein paar Schritte entfernt, doch der Fremde brachte sie in die andere Richtung.

«Ich muss nach Hause», sagte sie und versuchte, dem Taxi zuzuwinken, doch ihr Arm war zu schwer. Er gehorchte ihr nicht. Sie folgten einer Gasse auf den Parkplatz hinter dem Gebäude.

«Nur noch ein Stück, dann können Sie sich ausruhen. Ein Nickerchen machen.»

Sie hörte das Piepen, als ein Wagen entriegelt wurde.

«Sie können es gebrauchen», sagte er. «Es wird eine lange Nacht, Faith.»

Sie nickte, weil es zu schwer war, etwas zu sagen. Sie war sehr müde. Alles drehte sich. Sie musste sich hinlegen und die Augen schließen, sonst würde ihr schlecht.

Er lehnte sie gegen den Pick-up und öffnete die Beifahrertür. Sie sah sich um, versuchte, sich zu konzentrieren. Das war nicht ihr Wagen. Das war kein Taxi. Plötzlich hatte sie Angst, aber sie wusste, dass sie die Angst bald vergessen würde, weil sie gleich einschlafen würde. Sie versuchte wegzulaufen, doch ihre Beine gehorchten ihr nicht. Sie sackte zu Boden.

«Noch nicht, Blondie. Gleich kannst du schlafen.» Der Fremde hob sie hoch und trug sie zum Beifahrersitz. Er hatte eine getönte Brille auf, die seine Augen verdeckte, obwohl es dunkel draußen war. Er lächelte sie mit schiefen Zähnen an. «Und wenn du aufwachst, haben wir ein bisschen Spaß zusammen. *Venga.*»

65

«Ich bin auf der Suche nach meiner Frau. Haben Sie heute Abend diese Frau hier gesehen?», fragte Jarrod, als er dem Barkeeper ein Foto von Faith zeigte. Er hatte ihren Explorer auf dem Parkplatz entdeckt, und da es in der Ladenreihe nur eine Bar gab, wusste er, dass er am richtigen Ort sein musste. Er sah sich in der zwielichtigen Bar um, die für einen Laden namens The Hole eine ganz annehmbare Klientel hatte.

Der Barkeeper sah ihn erst misstrauisch an, dann nickte er. «Ja, die war eine Weile hier. Sie ist erst vor ein paar Minuten gegangen. Hat mich gebeten, ihr ein Taxi zu rufen.»

«Danke», sagte Jarrod und wandte sich zum Ausgang.

«Ach, Kumpel, da war so ein Typ, der ein Auge auf sie hatte. Er hat sie zum Taxi gebracht. Sie hatte ziemlich einen sitzen. Nur so zur Info.»

Jarrods Herz klopfte schneller, als er nach draußen lief. Das Taxi fuhr gerade vom Parkplatz auf den Sunrise Boulevard. Es verschwand im Verkehr, nach Osten in Richtung Strand. *Verdammt.* Er sah auf sein Telefon, mit dem er ihr Telefon geortet hatte – so hatte er sie überhaupt gefunden. Doch ihr Telefon bewegte sich nicht. Es befand sich immer noch in der Nähe. Er sah sich an der U-förmigen Ladenzeile um. Die meisten Geschäfte hatten geschlossen: eine Tierhandlung, ein Kommissionsladen, ein Imbiss, ein Möbelgeschäft. Am anderen Ende des U waren eine Pizzeria und ein Sushi-Laden, gegenüber von der Bar befand sich ein Thai-Restaurant. Alle waren geöffnet, weshalb der Parkplatz wahrscheinlich so voll war. Er zoomte Faiths Telefon heran. Es befand sich auf dem Parkplatz hinter dem Kommissionsladen und bewegte sich langsam.

Er lief durch die Gasse, die den vorderen Parkplatz mit der Ladenrückseite verband, wo wahrscheinlich die Besucher des Kinos am Sunrise Boulevard parkten, wenn das Parkhaus voll war. Hier war es leerer als vorne – und viel dunkler. Der Parkplatz war eingezäunt, doch es gab weder Straßenlaternen noch Parkplatzbeleuchtung.

Er hörte das Piepen eines Wagens und rannte über die Straße, so schnell er konnte, auf den Mann zu, der Faith eben hochgehoben hatte und zu seinem Pick-up trug. Ihr Kopf lag auf seiner Schulter.

«Was zum Teufel machen Sie da?», rief Jarrod im Laufen.

Der Mann drehte sich nicht zu ihm um. «Ich fahre sie heim. Sie ist besoffen, Mann», rief er, als er Faith zur Beifahrerseite trug.

«Was soll der Scheiß? Sie fahren sie nirgendwo hin. Das ist meine Frau, Sie Mistkerl!»

Plötzlich machte der Mann einen Schritt zurück von der offenen Tür und schleuderte Faith gegen den Camry, der neben seinem Pick-up parkte. Ihr Kopf schlug gegen den Wagen, und sie landete mit einem lauten Rums auf dem Boden. Der Mann schlug die Beifahrertür zu und rannte zur Fahrerseite.

Jarrod lief zu ihr, sie lag schlaff neben dem Reifen des Camry, das Gesicht im Kies. Sie bewegte sich nicht. «Faith? Was zum Teufel?», schrie er. Er wollte ihn schlagen, das Schwein aus dem Wagen zerren und ihn windelweich prügeln, weil er ihr weh getan hatte, doch er konnte Faith nicht so liegen lassen. «Faith?», rief er verzweifelt, kauerte neben ihr und versuchte, sie aufzurichten. «Wie viel hast du getrunken? Rede mit mir! Wie viel? Komm schon, Liebling. Komm schon!»

Ihr Kopf fiel in seinen Schoß. Ihre Augen rollten nach hinten. Sie begann zu zittern.

«Wie viel hat sie getrunken?», schrie Jarrod dem Fremden nach, der den Motor anwarf und mit quietschenden Reifen zurücksetzte, sodass der Kies aufspritzte. Er wirbelte eine Staubwolke auf, und Jarrod wurde von den Heckscheinwerfern geblendet. In dem Moment wurde ihm klar, dass der Pick-up vorhatte, sie beide zu überfahren. Mit einer schnellen Bewegung packte er Faiths leblosen Körper und rannte auf die Lücke zwischen zwei geparkten Wagen zu. Der Pick-up raste hinter ihnen her.

Jemand schrie, ganz in der Nähe: «Ey, bist du bescheuert, Mann?»

Ein lauter Knall war zu hören, und das Kreischen von Metall. Der Kombi neben ihm schwankte.

«Verdammte Scheiße! Der Typ ist einfach in den Wagen gekracht!»

Der Pick-up fuhr vom Parkplatz und hinterließ eine große Staubwolke.

Jarrod hielt das Ohr an Faiths Mund. Ihr Atem ging langsam und schwer. Er griff nach dem Handy.

«9-1-1, um was für einen Notfall handelt es sich?»

«Ich brauche einen Krankenwagen! Meine Frau ... sie hat getrunken. Ich weiß nicht, wie viel. Sie reagiert nicht; sie ist bewusstlos. Jemand hat sie gegen einen Wagen geworfen, und sie ist mit dem Kopf aufgeschlagen.»

Eine junge Frau kam von der anderen Seite des Kombis. «Da ist jemand, Phil! Sind Sie in Ordnung?»

Jarrod hörte ein lautes Quietschen, als der Pick-up auf den Sunrise Boulevard bog. «Äh ... The Hole», sagte er ins Telefon. «Ich bin hinter der Bar. Auf dem Parkplatz. Am Sunrise Boulevard. Eine kleine Kneipe. Ich habe ihr Telefon hierher verfolgt. Sie ist nicht nach Hause gekommen und ging nicht ans Telefon. Ich habe mir solche Sorgen gemacht, dass ich sie geortet habe», murmelte er zusammenhanglos ins Telefon.

Und in diesem Moment wurde ihm klar, wer in dem Pickup saß. Er ließ das Telefon fallen und wiegte Faiths Kopf in seinem Schoß. Nur das Weiße ihrer Augen war zu sehen. «Ich hatte Angst, ich hatte solche Angst», rief er. «O Gott. Er wollte sie umbringen!»

Leute, die den Unfall gehört hatten, hatten sich auf dem Parkplatz versammelt. «Ist alles in Ordnung mit ihr?», rief jemand.

«Hat jemand das Kennzeichen aufgeschrieben?», fragte ein anderer.

«Ich konnte nicht, es ging alles so schnell. Vielleicht hat es der Mann gesehen», antwortete eine Frau. «Es war ein Pickup. Hinter dem Honda liegt eine Frau. Ich glaube, sie ist verletzt ...»

Die Telefonistin des Notrufs sprach noch immer mit Jarrod, doch der hörte sie nicht mehr. Das Telefon lag im Kies, und er konnte Faith nicht loslassen. «Jemand soll einen Krankenwagen rufen, bitte! Sagen Sie ihnen, wo wir sind. Sagen Sie ihnen, sie sollen schnell machen!» In der Ferne hörte er Sirenen.

«Sie sind unterwegs, Mann», sagte jemand, der sich aus der Starre der Zuschauer gelöst hatte und hinter dem Kombi hervorkam. «Ich habe angerufen, und sie schicken den Notarzt. Ist sie in Ordnung? Hat er sie angefahren?»

«Hast du gehört? Halt durch, Faith. Sie sind unterwegs, Liebling», sagte Jarrod zärtlich und wiegte ihren Kopf in seinem Schoß. Blut rann aus ihrer Nase, und seine Augen füllten sich mit Tränen. «Sie blutet ...»

«Der Rettungswagen ist unterwegs», wiederholte der Mann unbehaglich und zog sich wieder in die Menge zurück. Einige Leute filmten die Szene mit ihren Smartphones, während immer mehr Menschen dazukamen.

Jarrod nickte. «Halt durch, Liebling. Wir schaffen das. Wir schaffen das zusammen», flüsterte er ihr ins Ohr, während er sie in seinen Armen wiegte und die aufgeregte Menge aus sicherer Entfernung zusah.

66

Jarrod zupfte an dem riesigen Blumenstrauß, der am Fenster mit Blick auf den Parkplatz des Broward General Hospital stand. «Du hättest sterben können», sagte er leise.

Sie antwortete nicht. Sie berührte ihre brennende Kehle. Das Sprechen tat weh.

«Sie haben dir den Magen ausgepumpt.»

«Ich erinnere mich nicht. Ich erinnere mich an kaum etwas.»

«Du hast eine Gehirnerschütterung. Du warst beim Doppelten der Promillegrenze und hattest Rohypnol im Blut.»

«Ich weiß nicht mal, was das ist.»

«Roofies – k.-o.-Tropfen. Er hat dir was in den Drink getan, Faith. Zusammen mit dem Alkohol ...» Er brach ab. Die Rose, die er zurechtschob, brach ab. «Fast wäre es zum Schlimmsten gekommen. Er hätte dich nicht nur vergewaltigt, er hätte dich ...» Wieder verlor sich seine Stimme. Er konnte den Satz nicht beenden.

«Du weißt es nicht», flüsterte sie und drehte das Gesicht zum Kissen. «Wir können nicht wissen, ob ...»

Er sah sie an. «Er war es, Faith. Es war Ed Carbone – der Mann, nach dem gesucht wird, der Mann, den du da draußen mit Poole gesehen hast.»

Sie schüttelte den Kopf.

«Oder er hat jemanden geschickt, um dich aus dem Weg zu räumen. Er hatte dich beinahe im Wagen. Ich war da. Vor dem Zimmer steht ein Polizist. Detective Nill sagt, er kommt heute, um deine Aussage aufzunehmen, auch wenn ich ihm erzählt habe, dass du dich wahrscheinlich an nicht viel erinnerst.»

«Nein ...», sagte sie und wischte sich über die Augen.

«Als du nicht nach Hause gekommen bist, habe ich dein Telefon geortet. Charity hat mir erzählt, was in der Bäckerei passiert ist. Ich wusste, dass du fix und fertig sein musst, und habe geahnt, dass du versuchen würdest ... dich zu verarzten. Ich habe dich angerufen, fünfzigmal, aber du hast nicht zurückgerufen. Ich habe dir Nachrichten geschickt – nichts. Ich wollte für dich da sein, mit dir sprechen, aber du lässt mich nicht rein. Du lässt niemanden rein. Du lässt *mich* nicht rein.»

Sie rollte sich weg, vergrub sich in das Kissen. «Ich kann nicht ...»

«Ich kann es nicht rückgängig machen, Faith. Ich kann nicht. Es tut mir leid. Ich kann nicht ungeschehen machen, was ich getan habe. Ich will, dass wir wieder wir sind. Ich will dahin zurück, wo wir waren, aber allein kann ich es nicht. Schon gar nicht, wenn du trinkst und mich nicht an dich ranlässt. Du hast viele Gründe zum Trinken, und einer davon ist, dass du dich nicht mit mir auseinandersetzen willst. Ich verstehe das.»

Sie schwieg. Er hörte, wie sie leise ins Kissen weinte.

«Und ich weiß, wie schwer das alles für dich ist. Dass du so was nie gewollt hast. Ich weiß, dass du dich wie eine Ausgestoßene fühlst. Die Frau hätte diese Dinge nicht zu dir sagen dürfen, Faith. Oder dich schlagen dürfen. Egal, was sie durchmacht, sie hatte kein Recht dazu.»

«Doch, das hat sie, Jarrod. Und davor kann ich mich nicht verstecken. Ich kann nicht die Augen davor verschließen.»

«Du hast ihre Tochter nicht getötet, Faith. Du hast auch Angelina Santri nicht getötet.» Er umklammerte die Metallstange des Krankenhausbetts. Die Blätter der Rose, die er immer noch in der Hand hielt, fielen auf das Bett. «Die Leute müssen aufhören, nach einem Sündenbock zu suchen. Die Medien müssen aufhören, dich als Schuldige hinzustellen. Es ist nicht fair.»

«Die Rosen sind wunderschön», flüsterte sie. «Ich liebe Rosen.»

Er seufzte und streichelte die Blüte in seiner Hand. «Du hast ein Alkoholproblem, und du brauchst Hilfe. Ich habe ein Programm gefunden. Stationär. In einem anderen Staat. Du gehst unter einem anderen Namen hin. Dort bist du in Sicherheit.»

Sie schüttelte den Kopf.

«Du hast keine Wahl, Faith. Es gibt nur diesen Weg. Ich kann nicht länger zusehen, wie du dich zerstörst, darauf warten, bis du endlich am Tiefpunkt bist, damit ich die Scherben einsammeln kann, die von dir übrig sind. Ich dachte dauernd, du wärst schon da – als du verhaftet wurdest, dachte ich: ‹Das war's. Das ist der Weckruf.› Aber jedes Mal habe ich mich geirrt. Jetzt hat dich jemand unter Drogen gesetzt, beinahe entführt, vergewaltigt und ermordet, und ich glaube, du bist immer noch nicht ganz unten angekommen. Er hatte dich fast in seinem Wagen. Sekunden später wärst du für immer weg gewesen. Begreifst du das? Ich kann nicht länger zusehen. Und ich kann nicht zulassen, dass Maggie zusieht.»

Sie schüttelte wieder den Kopf, stöhnte ins Kissen und rollte sich zusammen wie ein Embryo.

Er fand ihre Hand und griff danach, drückte sie fest. Er hatte das Gefühl, als hätten sie eine lange, lange Reise hinter sich, und nun näherte sich der Zug der Zielstation, wo die Fahrt endgültig zu Ende war. Selbst wenn die Reise manchmal anstrengend war und nicht immer so, wie er es sich vorgestellt hatte, gab es viele gute Zeiten und unerwartet schöne Momente neben den anstrengenden, die es auch gegeben hatte. Als hätte der Schaffner die Passagiere gerade aufgefordert, ihr Gepäck einzusammeln, und da hätte ihn eine überwältigende Traurigkeit ergriffen. Als wollte er sie bitten, gleich wieder mit ihm zu verreisen, obgleich er wusste, es wäre nie mehr so wie auf der Reise, an deren Ende sie gerade angekommen waren. Vielleicht würde es besser werden, vielleicht schlimmer, aber es würde nie mehr dasselbe sein.

«Jarrod, nein. Schick mich nicht weg. Bitte», flehte sie.

«Ich liebe dich, Faith, ich liebe dich so sehr. Ich liebe dich seit unserer ersten gemeinsamen Nacht. Als du in meinem Bett aufgewacht bist, deine Beine mit meinen verschränkt, dein Kopf auf meiner Brust, war ich so glücklich, dass du nicht gegangen warst. Und als du irgendwann in dein Wohnheim zurück bist, habe ich dich vermisst. Gott, ich habe alles an dir vermisst. Ich liebe es, wie du riechst, wie du schmeckst und wie du dich anfühlst. Ich liebe es, wie du denkst, wie du lachst, wie du schreibst. Ich liebe es, Filme mit dir zu sehen. Ich liebe es, dir mit Maggie zuzusehen, und ich weiß, dass es schwer mit ihr ist. Ich weiß, sie ist ein sehr schwieriges Kind, und aus irgendeinem Grund machst du dir deswegen Vorwürfe. Aber ich liebe es, wie viel Mühe du dir mit ihr gibst. Und ich liebe es, wie viel Mühe du dir mit mir gibst, mit uns, selbst nach ...» Er holte tief Luft, bevor er fortfuhr, und seine Augen füllten sich mit Tränen. «Und ich bin hier und warte auf dich, wenn du rauskommst, aber ich werde nicht mehr da sein, wenn du nicht hingehst.» Er beugte sich vor und küsste sie auf die Wange. «Du hast die Wahl. Ich habe meine getroffen.»

Dann stand er auf, legte die Rose neben sie auf den Nachttisch und ging aus der Tür.

DRITTER TEIL

*Es sind viele gute Taten nötig,
um einen guten Ruf aufzubauen,
aber nur eine schlechte,
um ihn zu verlieren.*

Benjamin Franklin

67

Elisabetta verlagerte unbehaglich das Gewicht, als Hartwick gegenüber am Tisch der Verteidigung aufstand. Nervös wäre eine krasse Untertreibung bei der Beschreibung ihres Zustandes. Im Zeugenstand saß die zuckersüße Maggie Saunders in einem kobaltblauen Kleid mit glänzenden Lackschuhen und drückte sich ein Stofftier an die Brust, als wäre es ein Kruzifix und Hartwick der leibhaftige Teufel.

Elisabetta hasste Kinder im Zeugenstand. Sie mochte Kinder sowieso nicht besonders – sie selbst hatte keine, und entgegen der Überzeugung der Gesellschaft und der meisten Männer, die sie datete, war sie glücklich mit dieser Entscheidung. Und aus juristischer Sicht waren sie einfach grauenhafte Zeugen. Mit schlechtem Gedächtnis, zappelig und leicht abzulenken – ein geschickter Verteidiger konnte mit den richtigen Fragen, im richtigen Ton gestellt, ihre Aussage in jede beliebige Richtung drehen. Auf Richard Hartwick trafen viele unvorteilhafte Adjektive zu, aber ungeschickt war er nicht.

Elisabetta hatte die ganze Zeit damit gerechnet, dass Hartwick den Antrag stellen würde, Maggie als Zeugin für untauglich zu erklären. Das Kind war fünf; es glaubte noch an die Zahnfee und den Weihnachtsmann. Doch obwohl sie damit gerechnet hatte, war sie auf die heutige Anhörung nicht vorbereitet. Genau das war nämlich die Krux bei Kinderzeugen: Man konnte sie coachen bis zum Abwinken und hatte doch keine Ahnung, was aus ihrem kleinen Mund kommen würde, wenn sie ihn im Zeugenstand aufmachten. Jetzt, da Hartwick Maggie Saunders' Zeugnisfähigkeit in Frage stellte, musste das Gericht ermitteln, 1) ob sie intelligent genug war, um die Vorfälle zu erfassen, zu denen sie sich in Pooles bevorstehender Verhandlung äußern sollte, sich an sie zu erinnern und davon zu berichten, und 2) ob sie begriff, dass sie verpflichtet war, die Wahrheit zu sagen. Falls sie in einem der Punkte durchfiel, wäre sie als Zeugin nicht zugelassen, und falls das passierte, wäre die Sache für Elisabetta gelaufen. Die einzige weitere Zeugin, die Angelina Santri eindeutig mit Derrick Poole zusammen gesehen hatte, bevor sie ermordet wurde, und die *einzige* Zeugin, die den immer noch auf freiem Fuß befindlichen Ed Carbone identifizieren konnte, war die Mutter des Kindes – frisch aus der Entzugsklinik und auf Bewährung wegen Trunkenheit am Steuer. Elisabetta konnte es sich einfach nicht leisten, Maggie zu verlieren. Außerdem war das Mädchen der Liebling der Medien. Wenn sie mit ihrer unheimlichen, fesselnden Geschichte die Herzen von Millionen von Fernsehzuschauern für sich gewinnen konnte, würde sie bei den Geschworenen Wunder wirken. Falls sie die Chance bekam, vor ihnen zu erscheinen ...

«Hast du gesagt, du bist vier Jahre alt?», begann Hartwick so liebevoll, wie es seine Körpergröße zuließ.

«Fünf», antwortete Maggie mit niedergeschlagenen Augen. «Ich bin fünf.» Elisabetta beobachtete, wie Maggie zu ihrem äußerst attraktiven Vater blickte, der in der ersten Reihe des halbleeren Gerichtssaals saß.

Das war eine weitere Sorge: Seit vor vier Monaten Anklage gegen Poole erhoben worden war, war der Fall aus dem Fokus der Öffentlichkeit gerutscht, weil aktuellere Tragödien und Nachrichten die Schlagzeilen dominierten. Der Medienrummel, der Pooles Verhaftung und das Arthur Hearing begleitet hatte, war zwar nicht völlig versandet, doch er hatte deutlich nachgelassen. Die Galerie war nur zur Hälfte mit Zuschauern besetzt, und es waren nur zwei Kamerateams da, beide von örtlichen Sendern. Einerseits war es eine Erleichterung, nicht mehr unter so intensiver Beobachtung zu stehen wie beim Arthur Hearing – vor allem bei dem, was heute auf dem Spiel stand. Doch die Frage, ob die Kameras zurückkämen, war ein zusätzliches Problem für Elisabetta. Mit Hilfe eines ungeduldigen Hartwick – der den Fall über die Bühne haben wollte, bevor die Polizei Carbone schnappte –, hatte sie die Termine so schnell angesetzt, wie es bei einem Kapitalverbrechen nur möglich war, und sie wäre außer sich, wenn niemand gekommen wäre, um zuzusehen. Arnie hatte berichtet, dass das Management bei CNN die Entscheidung aufgeschoben hatte, um abzuwarten, was mit Poole passierte. Was im Klartext hieß: *Sehen wir uns die Einschaltquoten an und fragen die Öffentlichkeit nach ihrer Meinung zu der neuen hübschen Staatsanwältin aus Florida.* Falls Elisabetta nicht an C.J. Townsends Ruf herankäme – oder schlimmer noch, falls die Leute sich ihren Namen nicht merken konnten –, würde sie von der Liste fliegen. Und die nächste Rechtsexpertin mit eigener Show hieße Rachel Cilla, die aufsehenerregende Anklägerin vom Mädchenhändler-Prozess in L.A.

«Wann hast du Geburtstag?», fuhr Hartwick fort und stellte sich absichtlich in die Blickachse zwischen Maggie und ihrem Vater. «Wann bist du fünf geworden?»

«Januar.»

«Januar. Das ist lange her, nicht wahr?»

Maggie zuckte die Schultern.

«Welchen Monat haben wir jetzt?»

Wieder zuckte sie die Schultern.

«Das Schulterzucken soll bitte ins Protokoll. Weißt du, welchen Monat wir im Moment haben?»

«Nein», antwortete Maggie nervös. «Kann ich gehen?»

«Noch nicht, Schätzchen», antwortete Hartwick mit fester Stimme. «Man möge ins Protokoll aufnehmen, dass heute der dreißigste März ist. Weißt du, wie lange es noch dauert, bis du sechs wirst? Wie viele Monate sind es bis dahin? Wie viele Jahreszeiten noch, Sommer, Winter, Herbst?»

«Einspruch», sagte Elisabetta. «Irrelevant.»

«Die Frage dient zur Klärung, ob die Zeugin in der Lage ist, Ereignisse einzuordnen», gab Hartwick zurück.

«Ich lasse die Frage zu, aber übertreiben Sie es nicht», warnte Richter Guckert.

«Wenn ich heute die richtigen Sachen sage, kriege ich Elsa und Anna zum Geburtstag», platzte Maggie spontan heraus. «Ich hatte keine Prinzessinnen bei meinem letzten Geburtstag, weil Mommy nicht da war, und es wäre nicht lieb, Prinzessinnen ohne sie zu haben, weil sie krank war. Aber jetzt können wir noch mal Geburtstag feiern, weil sie wieder da ist.»

Elisabetta zuckte zusammen. Hartwick lächelte. Richter Guckert sah verwirrt aus. «Wer sind Elsa und Anna?», fragte er.

«Aus *Frozen*», antwortete Maggie.

«Euer Ehren», sagte die Gerichtsschreiberin mit einem Lächeln. «Das sind Figuren aus einem Disney-Film – Prinzessinnen. Ich habe eine achtjährige Tochter.» Die Zuschauer kicherten.

«Ach so», sagte der Richter. «Jetzt verstehe ich.»

Doch Hartwick witterte seine Chance. «Ach so, Maggie, wenn du heute die richtigen Sachen sagst, bekommst du eine große Party mit Prinzessinnen?»

«Ja», antwortete Maggie grinsend.

Elisabetta wurde rot. «Einspruch! Er verdreht die Aussage der Zeugin!»

«Das Gefühl habe ich nicht», sagte der Richter.

Maggie war offensichtlich verwirrt. «Nein», sagte sie. Das Lächeln verschwand.

Hartwick nickte. «Wann hast du Geburtstag, Maggie? Am wievielten Januar?»

Maggie suchte hinter dem Verteidiger nach Jarrod.

«Sieh nicht deinen Daddy an, Schätzchen», sagte Hartwick streng. «Wenn du die Antwort nicht weißt, sag einfach: ‹Ich weiß es nicht.› Das ist nicht schlimm.»

Maggies Lippe begann zu zittern. «Ich weiß es nicht.» Sie drückte das Gesicht an den Kopf ihres Esels.

«Schon gut. Versuchen wir es mal so: An welchem Wochentag war dein Geburtstag? War es ein Montag? Ein Dienstag?»

«Weiß ich nicht!», rief sie trotzig.

Elisabetta stand auf. «Einspruch! Ich kann mich auch nicht daran erinnern, an welchem Wochentag mein letzter Geburtstag war, Richter, und ich bin nicht fünf.»

«Genau deswegen sind wir hier, Richter, denn die Zeugin *ist* fünf», sagte Hartwick. «Ich würde ja gerne, aber ich darf hier kein Auge zudrücken, nur weil sie so jung ist.»

«Können wir das mit dem Geburtstag hinter uns lassen?», fragte Elisabetta. «Es ist irrelevant. Die Zeugin hatte einen langen Tag, sie hat bereits vor Gericht ausgesagt, sie ist müde, und die Verteidigung nutzt diese Tatsache aus.»

«Jetzt machen Sie mal halblang, Kollegin», schoss Hartwick zurück. «Dieses kleine Mädchen ist die Hauptzeugin der Anklage in einem Mordprozess, und Sie fordern die Todesstrafe. Die Staatsanwaltschaft hat meinen Klienten in der Presse an den Pranger gestellt, ihn in der Öffentlichkeit vorverurteilt, ihn vor jeder Kamera, in die sie ihr hübsches Gesicht halten konnte, einen Serienmörder und Sadisten genannt, und sie führt das arme Kind in Rüschenkleidchen und Zöpfen vor, um das Bild in der Öffentlichkeit zu beeinflussen. Und jetzt will sie mich durch meine Befragung hetzen, weil die Hauptzeugin ein Nickerchen braucht? Es spielt eine Rolle, was für ein Konzept von Zeit und Raum dieses Kind hat. Ihre Fähigkeit, Fakten auseinanderzuhalten und vor Gericht wiederzugeben, spielt eine Rolle. Ihre Aussage kann darüber entscheiden, ob ein Mann lebt oder stirbt. Wenn sie sich nicht erinnert, wann ihr Geburtstag ist oder wann Januar war oder in welchem Monat wir sind, wie kann sie dann von einem Vorfall berichten, der Monate zurückliegt? Ich meine, ich befrage sie hier nicht zu der politischen Lage in der Ukraine, Euer Ehren, aber ich möchte doch sichergehen, dass ihre Antworten ihre eigenen sind und keine, die eine ehrgeizige Staatsanwältin ihr eingetrichtert hat.»

«Die Verteidigung versucht, mich zu verunglimpfen!», rief Elisabetta. «Ich habe Präzedenzfälle vorgelegt. Es gibt Strafprozesse, in denen sogar Dreijährige als Zeugen zugelassen wurden.»

«Und wie die Staatsanwaltschaft wohl weiß, sind diese Fälle so selten, dass man sie an einer Hand abzählen kann», konterte Hartwick. «Außerdem waren diese Zeugen Opfer von Kindesmissbrauch, und das Kind kannte den Täter, es ging nicht um die Identifizierung eines Fremden. Die Anklage steht und fällt mit der Identifizierung meines Klienten durch Maggie Saunders und mit ihrer Wahrnehmung dessen, was sie in jener Nacht gesehen zu haben glaubt.»

«Wir haben auch Faith Saunders' Aussage», warf Elisabetta ein.

«Sie wollen das kleine Mädchen benutzen, um die Aussage der Mutter zu validieren und umgekehrt? O nein», gab Hartwick kopfschüttelnd zurück. «Jeder Zeuge muss für sich allein stehen; sie können sich nicht gegenseitig stützen.»

«Schon gut, es reicht. Sie haben mit dem Geburtstag gezeigt, was Sie wollten. Kommen Sie zum nächsten Punkt, Mr. Hartwick», erklärte der Richter. «Ich glaube, Sie beide muten unserer kleinen Zeugin zu viel zu.»

Maggie hatte sich hinter dem Esel verkrochen, einen finsteren, ängstlichen, verwirrten Ausdruck im Gesicht.

«In welcher Stadt wohnst du, Maggie?», fragte Hartwick.

Maggie zuckte die Schultern.

«Du weißt nicht, wo du wohnst?»

«Bei meinem Daddy.»

«In welchem Staat wohnst du?»

«Ich habe den bösen Mann gesehen», rief Maggie pflichtbewusst und sah Elisabetta anerkennungsheischend an.

Elisabetta wurde rot. Sie hasste Kinder im Zeugenstand.

«Den bösen Mann?», fragte Hartwick.

«An Mommys Fenster. Aber er ist heute nicht hier, also muss ich keine Angst haben.»

Hartwick warf Elisabetta einen süffisanten Blick zu. «Die Anklägerin hat dir gesagt, dass der böse Mann heute nicht da sein wird? Das ist interessant. Lass uns später darüber reden, was du gesehen hast, als der ‹böse Mann› da war. Im Moment habe ich noch andere Fragen. Gehst du in den Kindergarten?»

«Ja. Kann ich jetzt gehen?», fragte Maggie.

«Noch nicht. In welchen Kindergarten gehst du?»

«Ich gehe nicht in den Kindergarten. Früher schon, aber jetzt nicht mehr.»

«Wie heißt deine Erzieherin?»
«Mrs. Wackett, aber sie ist nicht mehr meine Erzieherin.»
«Warum gehst du nicht mehr in den Kindergarten?»
«Weil ich böse war. Mommy ist nicht gekommen, um mich abzuholen, und da habe ich das Pony geworfen und geweint.»
Elisabetta schüttelte den Kopf.
«Hattest du Probleme im Kindergarten?», fragte Hartwick. «Ich meine, hast du manchmal Schimpfe bekommen?»
Maggies Unterlippe schob sich vor. «Kann ich jetzt runter?»
«Noch nicht, Schätzchen.»
«Daddy, ich will weg hier!», schrie sie. Sie blickte verzweifelt in alle Richtungen auf der Suche nach einem Fluchtweg.
«Maggie, darf man lügen?»
«Nein», sagte sie und schüttelte nachdrücklich den Kopf.
«Und wenn jemand zum Beispiel etwas anhat, das du nicht schön findest. Einen hässlichen Pullover zum Beispiel. Würdest du der Person sagen, dass der Pullover hässlich ist?»
«Nein. Dann weint sie vielleicht.»
«Würdest du ihr sagen, dass der Pullover hübsch ist, um die Person froh zu machen?»
«Ja.»
«Auch wenn du wüsstest, dass es nicht stimmt? Du würdest jemand etwas sagen, was er gerne hören will, weil du lieb bist?»
«Ja.» Sie kratzte sich wieder am Ohr. Ihre Beine baumelten wild. Sie sah sich um wie ein eingesperrtes Tier.
Jarrod beugte sich über das Geländer des Zuschauerraums. «Sie wird müde», sagte er ungeduldig zu Elisabetta. «Sie schafft das nicht mehr.»
Aber Hartwick ließ nicht locker. Er war in seinem Element. «Also ist es manchmal okay zu lügen?»
«Ja», antwortete Maggie.
«Was passiert, wenn du lügst? Wirst du dafür bestraft?»
«Mrs. Wackett sagt es Mommy.»
«Passiert dann etwas Schlimmes? Bekommst du Strafe?»
Maggie zuckte die Schultern. «Ich kriege keinen Nachtisch.»

«Hast du ein schlechtes Gewissen, wenn du lügst?»

«Wer lügt, darf nicht zur Schatzkiste und sich ein Spielzeug aussuchen. Das darf man nicht. Wenn Mrs. Wackett mir das Spielzeug wegnimmt, schäme ich mich und sage Entschuldigung, und dann werde ich böse, weil es ungerecht ist.»

«Das heißt, wenn du das Spielzeug trotzdem haben dürftest, hättest du kein schlechtes Gewissen?»

«Nein.» Sie zuckte die Schultern. «Ich will jetzt gehen.»

«Maggie, wenn du lügen würdest, um jemand froh zu machen, hättest du dann ein schlechtes Gewissen?»

«Ich weiß nicht.»

«Zum Beispiel, wenn du Ms. Romolo sagst, dass du den bösen Mann gesehen hast. Du willst, dass sie froh ist, oder?»

«Einspruch!» Elisabetta stand auf.

«Ja. Sie hat schöne Haare», sagte Maggie trotzdem.

«Abgelehnt.»

«Reden wir über die Nacht, als du den ‹bösen Mann› gesehen hast. Du hast erst mal niemandem erzählt, was du in der Nacht gesehen hast, als ihr von Tante Charity zurückkamt, oder?»

Maggie suchte den Blick ihres Daddys, der wieder hinter dem Verteidiger verborgen war.

«Sieh mich an, Schätzchen. Sieh mich an», verlangte Hartwick streng.

«Mommy wäre wütend geworden.»

«Du musst ja oder nein sagen», sagte Hartwick. «Als ihr nach Hause gekommen seid, hast du irgendjemandem erzählt, dass der Frau etwas Schlimmes passiert ist, die du vor dem Fenster deiner Mommy gesehen zu haben glaubst?»

«Einspruch. Die Zeugin braucht eine Pause. Herrgott noch mal, sie ist fünf, Richard!»

«Abgelehnt. Lassen Sie sie antworten, danach kann sie eine Pause machen.»

Maggie hielt sich die Ohren zu. «Nein!», schrie sie.

«Du hast deinem Daddy oder deiner Erzieherin nichts erzählt?»

«Nein! Ich will jetzt gehen!»

Lieber Himmel – das Kind war kurz vor einem Totalzusammenbruch hier vor Gericht. Elisabetta versuchte es noch einmal. «Können wir jetzt bitte Pause machen, Euer Ehren?»

«Nein, Ms. Romolo. Setzen Sie sich», warnte der Richter.

«Aber du hast gesagt, du hättest gewusst, dass die Frau weint und Angst hat, oder?», fragte Hartwick.

«Ich will jetzt runter! Runter! Runter!», schrie Maggie und zog an ihren Ohren.

«Aber du hast deinem Daddy nichts davon erzählt, als du nach Hause gekommen bist, oder? Wie lange hast du gewartet, bis du deinem Daddy etwas erzählt hast?»

Jarrod beugte sich zu Elisabetta vor. «Sie müssen jetzt aufhören!», sagte er wütend. «Sie schafft das nicht.»

Maggie schüttelte den Kopf und stand auf. Am anderen Ende des Gerichtssaals ging quietschend die Tür auf, als sich ein Zuschauer in die letzte Reihe schlich.

«Du musst dich setzen, junge Dame!», sagte Richter Guckert streng. «Ich bestimme, wann du aufstehen darfst. Kommen Sie zum Ende, Mr. Hartwick.»

«Als du deinem Daddy erzählt hast, dass auf der Heimfahrt von deiner Tante alles gut war, hast du gelogen, oder?»

Maggie schlug mit voller Wucht den Kopf gegen die Balustrade des Zeugenstands. Die Zuschauer schnappten nach Luft. Dann tat sie es wieder und wieder und wieder.

«Maggie!», schrie Jarrod.

Sie sah auf und suchte nach ihrem Vater. Blut und Tränen rannen ihr übers Gesicht.

«O Gott!», rief Elisabetta.

Jarrod sprang über das Geländer des Zuschauerraums und lief zum Zeugenstand, doch es war zu spät.

Maggie war aufgesprungen und rannte, so schnell sie ihre kleinen Beine trugen, durch den Mittelgang, vorbei an den schockierten Zuschauern, auf die Tür zu, die sich am Ende des Gerichtssaals langsam schloss.

68

«Hier entlang, bitte», sagte die Sekretärin zu Faith und Jarrod, als die beiden Hand in Hand zum Besprechungszimmer der Staatsanwaltschaft gingen. Jarrod streichelte mit dem Daumen ihre schweißfeuchte Handfläche.

Um den Konferenztisch saßen bereits sieben Personen. Faith erkannte die Anklägerin Elisabetta Romolo und die Detectives Nill und Maldonado. Die anderen vier Männer kannte sie nicht. Einer von ihnen – wahrscheinlich ein Anwalt – trug einen Anzug, die übrigen drei waren offensichtlich von der Polizei, in Khakihosen und Hemden mit goldenen Dienstmarken und Pistolengürtel um die Hüften.

«Jarrod, Faith», stellte Elisabetta vor, als die Anwesenden sich erhoben. «Das ist Gareth Williams von der Staatsanwaltschaft, der mit dem Morddezernat zusammenarbeitet; Gareth wird mir im Prozess gegen Poole zur Seite stehen. Ich weiß nicht, ob Sie schon alle Mitglieder der Taskforce kennengelernt haben. Das sind Detective Austin Velasquez von der Polizei in Hendry County und Detective Dave Minkhaus aus Glades County. Die Detectives Nill und Maldonado sowie Lieutenant Amandola kennen Sie bereits.»

Während sie und Jarrod Hände schüttelte, kam ein auffällig schlankerer Detective Nill um den Tisch. Seine warme Pranke verschluckte Faiths winzige Hand. «Wie halten Sie sich, Faith? Geht es Ihnen gut?», fragte er leise, und sie hörte echtes Mitgefühl in seiner Stimme.

Das war die Eine-Million-Dollar-Frage – die Frage, auf die jeder eine Antwort wollte: Jarrod, Charity, ihre Mutter, Vivian, Jarrods Familie. Und das waren nur diejenigen, die die Frage auch aussprachen. Daneben gab es noch die Leute, die sie mit einem mitleidigen Lächeln ansahen, als würden sie verstehen, was Faith durchmachte, und ihr dabei viel Glück wünschten. Faith hatte das Gefühl, jeder Mensch auf der Welt kannte ihre Probleme, vom Postboten über den Bankbeamten bis hin zu vollkommen Fremden, die sie auf der Straße anstarrten. Zurück in Florida, fühlte sie sich wie bei einem Klassentreffen, bei dem sie das Namensschild trug: *Faith Saunders, Alkoholikerin*. Alle konnten es lesen, und alle bildeten sich ein, sie wüssten genau, wer sie war. Das Etikett definierte sie.

Vor einer Woche war sie aus der Klinik entlassen worden, und Faith war sich selbst nicht sicher, was die Antwort auf die Eine-Million-Dollar-Frage war. Die Wunschantwort lautete: «Toll! Nach vier erholsamen Monaten in der Meadows-Klinik im wunderschönen, entspannenden Arizona geht es mir viel besser. Ich bin braun gebrannt und fühle mich wie neugeboren. Ich habe Bewältigungsstrategien erlernt und mit Tai-Chi angefangen.» Aber falls es ihr wirklich besser ging, spürte sie es nicht. Es war nicht wie die Genesung nach einer Grippe oder Blinddarmentzündung, wenn die Viren oder das kranke Organ weg sind und man sich wieder wie sein altes Selbst fühlt. Tatsächlich fühlte sie sich manchmal sogar schlimmer als vorher, als fehlte ihr ein Teil. Körperlich kam sie sich ... angeschlagen vor. Und sehr viel älter als zweiunddreißig. Emotional war es, als wäre eine gute alte Freundin gestorben, und sie durfte nicht einmal um sie trauern. Stattdessen sollte sie sich mit den anderen freuen, dass *diese* Faith endlich fort war. Sie hatte Heimweh, seit sie nicht mehr trinken durfte – sie vermisste den Geschmack und den Geruch, die tröstliche Geste, das Glas an die Lippen zu setzen, noch bevor der Alkohol überhaupt zu wirken begann. Denn wie beim Schlucken einer Schmerztablette bei rasenden Kopfschmerzen half schon das Wissen, dass in zwanzig Minuten alles besser wäre. Es war diese Art euphorischer Ruhe, die ihr fehlte und die kein Tai-Chi ersetzen konnte – auch wenn sie es nicht wagte, diesen Gedanken zu artikulieren. Sie konnte nicht sagen, dass es ihr besser ging, auch wenn sie wusste, dass die Leute das hören wollten. Also nickte sie nur und sagte: «Es geht.» Das fasste es ungefähr zusammen.

Sie lächelte Detective Nill an. «Es geht. Wow. Ich habe Sie fast nicht erkannt. Ist es so lange her?», fragte sie. Dann war ihr die Frage peinlich, und sie wurde rot. Ihr Blick fiel auf Detective Maldonado und ihren schwangeren Bauch. «Ja, sieht ganz so aus.»

Die Anwesenden lachten.

«Bryan ist unter die Zauberer gegangen: Er löst sich vor unseren Augen in Luft auf», sagte der Lieutenant.

«Und bei der Kollegin Totts bekommt die Polizei zwei Gehirne zum Preis von einem», erklärte Detective Minkaus.

«Wie Sie vielleicht gehört haben, Faith», begann Elisabetta mit ernstem Ton und beendete das Geplauder, «hat Derrick Poole ein beschleunigtes Verfahren beantragt. Das heißt, ich habe nur ein begrenztes Zeitfenster für die Verhandlung. Mr. Williams und ich werden ab Montag die Geschworenen auswählen. Ich schätze, es dauert drei bis vier Tage, wobei das ganz von der Vorauswahl abhängt. Wie Sie wissen, hat der Fall ziemlich viel Publicity.»

Faiths Wangen wurden wieder heiß, und sie blickte in ihren Schoß.

Elisabetta klopfte nachdenklich mit dem Kuli auf ihren Block, bevor sie fortfuhr. «Es wird schwierig, vierzehn Leute zu finden – zwölf Geschworene und zwei Ersatzgeschworene –, die noch nicht von dem Fall gehört und sich noch keine Meinung gebildet haben. Die Verteidigung hatte einen Ortswechsel beantragt, der abgelehnt wurde, wir bleiben also in Palm Beach. Sie sind heute hier, Faith, damit wir Ihre Aussage durchgehen können. Wie Sie wissen, ist Ihre Aussage von enormer Bedeutung. Sie haben Angelina Santri mit Derrick Poole zusammen gesehen, nachdem sie entführt wurde. Und Sie sind die einzige Zeugin, die den zweiten Verdächtigen Eduardo Carbone identifizieren und mit dem Tatort in Zusammenhang bringen kann.»

«Genau das macht mir große Sorgen, Elisabetta», sagte Jarrod. «Faith ist wieder in der Stadt, und Carbone läuft immer noch frei herum. Er weiß, wo sie ist; er weiß, wo wir wohnen. Er ist ihr gefolgt – sowohl er als auch Poole haben sie verfolgt. Carbone hat bereits versucht, sie zu entführen ...»

«Das wissen wir nicht, Jarrod», gab Elisabetta zurück. «Die Identität des Mannes, mit dem Faith die Bar The Hole verlassen hat, konnte nicht festgestellt werden.»

«Ich weiß, dass er es war», erwiderte Jarrod verärgert. «Ich weiß es.»

«Ich bin nicht freiwillig mit ihm mitgegangen», sagte Faith leise. Alle sahen sie an. «So war es nicht. Ich bin nicht freiwillig mitgegangen. Er hat mir etwas in den Drink gemischt.»

«War es Ed Carbone?», fragte Elisabetta scharf. «War es der Mann, den Sie mit Poole im Wald gesehen haben?»

«Ich habe sein Gesicht nicht gesehen. Und dann ... ich erinnere mich nicht an das, was draußen auf dem Parkplatz passiert ist.» Faith wünschte, sie hätte nichts gesagt. Elisabetta Romolo sah sie an, las das unsichtbare Etikett und zog ihre eigenen Schlüsse, was in jener Dezembernacht passiert war.

«Sorgen wir dafür, dass nur ein Minimum an Menschen erfährt, dass Sie zurück sind», schlug Detective Nill vor. «Und ich rede mit der Polizei in Parkland, damit sie Ihr Haus im Auge behalten. Sie wohnen in einer geschlossenen Wohnanlage, oder?»

Jarrod zog die Braue hoch.

«Immerhin ein weiteres Hindernis, das die Typen überwinden müssten, Jarrod. Eine Abschreckung. Ich rede mit den Wachleuten und sorge dafür, dass sie besonders aufmerksam sind. Aber wir glauben, dass Carbone die Gegend verlassen hat. Es gibt keine Spur von ihm, seit er nicht mehr auf dem Schrottplatz arbeitet. Interpol sucht ihn in Mexiko; er hat dort Familie.»

«Deswegen will Hartwick ein beschleunigtes Verfahren», erklärte Elisabetta. «Bevor wir Carbone finden. Sie waren selbst Strafverteidiger, Jarrod, Sie kennen sicher die Strategie des ‹unbekannten Dritten›. Poole wird alles auf diesen anderen schieben, den mysteriösen Dritten, oder in unserem Fall besser gesagt auf den unrasierten, schmerbäuchigen Yankees-Fan aus dem Gebüsch. Ohne Carbone können wir die DNA nicht überprüfen und nicht mit Sicherheit sagen, dass er die Yankees-Kappe getragen hat, und damit nutzt uns auch die Verbindung zwischen Ed

Carbone und Derrick Poole an der Orange Youth Academy nicht. *Sie* sind die einzige Zeugin, Faith. Sie können ihn erkennen, Sie können im Zeugenstand sein Foto identifizieren. Und dann können wir wiederum anführen, dass Ed Carbone das erste Mordopfer Emily Foss kannte und gestalkt hat.»

«Aber Poole ist nicht wegen des Mordes an Foss angeklagt, sondern nur wegen des Mordes an Santri», warf Nill ein. «Wird Hartwick nicht argumentieren, dass die Erwähnung eines anderen Mordes Rufschädigung und Beeinflussung ist?» Er sah seine Kollegen entschuldigend an. «Ich versuche, nicht zu oft wie ein Anwalt zu denken, aber es kommt vor. Auf schlechte Neuigkeiten bin ich lieber vorbereitet, als mich überraschen zu lassen.»

«Ja», antwortete Gareth Williams, «aber wenn wir durch Faith Saunders' Aussage nachweisen, dass Carbone auf dem Grundstück war, und dann zeigen können, dass Poole und Carbone einander aus der Zeit kennen, als Poole im Jugendgefängnis einsaß, können wir überzeugend darlegen, dass die beiden zusammengearbeitet haben, und die Strategie des ‹unbekannten Dritten› widerlegen. Poole und der nicht identifizierte DNA-Träger sind beide des Mordes an Santri angeklagt, auch wenn bis jetzt nur Poole vor Gericht steht. Das belastende Material aus dem Schlachthaus kann Poole nicht verschwinden lassen. Außer Santris Blut haben wir auch das von Foss, Kruger und Langtry gefunden. Wenn wir die Verbindung zwischen Emily Foss und Carbone nachweisen können, stützen wir damit Mrs. Saunders' Identifizierung von Carbone und somit die Argumentation, Poole und Carbone haben zusammengearbeitet. Die Zeugenaussage und unsere Argumentation stützen sich gegenseitig, aber in diesem Fall ist das legal.»

«Mit Ihrer Aussage passen die Puzzleteile zusammen, Faith», sagte Elisabetta. «Und Ihre Glaubwürdigkeit ist extrem wichtig. Ich bin nicht gern die, die es ausspricht, aber einer muss es tun: Sie sind keine Musterzeugin. Sie haben sich nach dem Vorfall nicht gemeldet. Sie haben die Information zurückgehalten, dass ein zweiter Mann mit Poole da draußen war. Sie wurden selbst verhaftet, und Sie haben gerade eine Entziehungskur hinter sich.»

«Sachte, Elisabetta», schaltete sich Jarrod ein. «Sie ist seit einer Woche wieder zu Hause, und sie hat sich Hilfe geholt. Das sagt viel. Die Presse ist brutal mit ihr umgesprungen. Das musst du jetzt nicht fortsetzen.»

«Wenn du findest, dass ich hart mit ihr umgehe, dann warte ab, wie rabiat Hartwick sein wird, Jarrod», erwiderte Elisabetta. «Er hat gute Argumente. Tut mir leid, wenn es Ihre Gefühle verletzt, Faith, aber es stimmt. Er wird sich auf jede Lüge, jede verschwiegene Information, jede Falschaussage stürzen. Er wird behaupten, Sie wären da draußen völlig betrunken gewesen, und keiner sollte Ihnen glauben.»

«Sie hat es sich nicht ausgesucht, Zeugin eines Verbrechens zu werden.»

«Das ist sie aber», sagte Elisabetta kalt.

«Was ist mit Maggie?», fragte Faith und sah Jarrod an. Er hatte ihr von Maggies Zusammenbruch vor Gericht am Vortag erzählt, aber anscheinend hielt er Details über das Ausmaß der Katastrophe zurück – schließlich hatte Maggie eine Platzwunde an der Stirn, die mit fünfzehn Stichen genäht werden musste.

«Richter Guckert hat seine Entscheidung heute Morgen bekannt gegeben», antwortete Elisabetta. «Maggie wurde für zeugnisunfähig erklärt. Nehmen Sie es nicht persönlich, Faith. Wie Ihr Mann Ihnen erklären wird, ist das ein juristischer Begriff. Sie hat dem Verhör nicht standgehalten, und es ist klar, dass sie vor Gericht nicht aussagen kann. Ich bin nicht gern so hart, Faith, und ich wünschte, ich könnte Ihnen sagen, auch Sie brauchen sich nicht ins Gewimmel zu stürzen, wenn Sie die Hitze des Gefechts nicht aushalten. Aber das geht nicht. Dieser Mann ist ein Serienmörder. Wenn er rauskommt, tötet er weiter, ob er sich mit seinem Partner wieder zusammentut oder nicht, denn das ist seine Natur. Es steckt in ihm. Und das möchte ich nicht auf meinem Gewissen haben. Mein Fall hängt allein von Ihnen ab, Faith. So einfach ist das, und genau so schwer. Alles hängt von Ihnen ab. Also gehen wir an die Arbeit und geben alle unser Bestes, damit wir den Kerl in die Todeszelle bekommen, wo er hingehört.»

69

«Wie geht's?», fragte Charity mit dem übertrieben heiteren Ton einer Altenpflegerin, als sie das Büro der Sweet Sisters betrat. «Laurie hat gesagt, dass du da bist.»

«Ganz gut», sagte Faith und blickte vom Schreibtisch auf. «Wer ist Laurie?»

«Laurie? Oh, sie ist neu. Hat vor einem Monat angefangen.»

«Aha. Schön. Ich wollte die Bestellungen und die Bestände durchgehen. Mich wieder einarbeiten und sehen, was ich verpasst habe, weißt du. Zu Hause drehe ich durch.»

«Ich habe die Bestellungen gestern gemacht.»

«Du machst die Bestellungen?»

Charity nickte grinsend. «Ja. Und wie man die Gehaltsabrechnungen macht, habe ich auch gelernt.»

«Toll. Ich bin wirklich beeindruckt, Char. Hier sieht es gut aus. Wirklich.»

«Danke, Faithey. Freut mich, dass es dir aufgefallen ist. Es läuft super, und ich hoffe, du hast dir nicht allzu viele Sorgen gemacht, als du weg warst. Viv ist so ein Schatz, wir verstehen uns prima.»

Faith biss sich auf die Lippe. «Schön. Freut mich sehr. Ich dachte, vielleicht gehe ich in die Backstube und backe heute selber, probiere was Neues aus. Irgendwas Frühlingshaftes, was meinst du? Erdbeertörtchen mit Zitronencreme und Mohnstreuseln.»

«Ooh. Das klingt gut. Buster steht mit Al am Ofen. Kennst du ihn schon? Buster? Er ist echt gut. Richtig kreativ.»

Faith schüttelte den Kopf. «Oder vielleicht was mit Blaubeeren ...» Sie sah sich auf dem Tisch um. Neben den Fotos von Maggie standen Fotos von Kamilla, Kaelyn und Kourtney.

Charity nippte an ihrem Kaffee. «Ich habe heute Morgen die

Eröffnungsplädoyers im Fernsehen gesehen. Darfst du zusehen?»

«Nein. Ich darf den Gerichtssaal erst betreten, wenn ich in den Zeugenstand muss. Nicht, dass ich Lust darauf hätte.»

«Ja, stimmt, das macht Sinn. Ich hatte den Fernseher laufen, als ich mich fertig gemacht habe. Hast du Angst davor, in den Zeugenstand zu treten?»

«Es geht.» Eine verlegene Pause entstand. Das ganze Gespräch fühlte sich gezwungen an. Normalerweise hatten sie und Charity immer viel zu reden, aber nicht heute. «Wie läuft es mit Nick?», fragte Faith.

«Mit wem?» Charity lächelte. «Ich dachte, er kümmert sich ein bisschen, weißt du. Will seine Kinder sehen, mir auf die Pelle rücken, mich zurückgewinnen, aber er ist kein einziges Mal hier aufgetaucht. Ich höre nichts von ihm. Also habe ich mir einen Anwalt genommen.»

«Wirklich?»

«Vivian hat mir geholfen. Ich reiche die Scheidung ein. Es ist vorbei. Diesmal endgültig.»

Faith nickte. «Gut gemacht. Jarrod hat gesagt, du hast dich am Broward College für eine Fortbildung angemeldet?»

«Ja. Ich muss endlich einen Computerkurs machen. Selbst die Kleine kann mit dem iPad umgehen und Spiele spielen. Und Kamilla ist fast ein Teenager. Ich muss sie im Auge behalten; sie lebt praktisch im Computer. Vielleicht schaffe ich es, ein Diplom zu machen. Dauert ewig, aber das macht ja nichts.»

Faith nickte. Dann entstand wieder eine unbehagliche Pause.

Charity ging zur Tür. «Ich muss wieder raus. Wenn du irgendwas brauchst, sag Bescheid, Faithey.»

«Danke.»

Sie hörte durch die Wand, wie gelacht und geredet wurde. Früher hatte um drei Uhr Flaute geherrscht, jetzt war der Laden voll. Die Mittagszeit ging in die Koffein-Happy-Hour über – noch eine Idee von Charity. Außerdem fanden Signierstunden und Spieleabende in dem neuen Teil des Ladens statt, den sie hinzugemietet hatten, als in Faiths Abwesenheit die Boutique nebenan zugemacht hatte.

Es war viel während ihrer Abwesenheit passiert. Die 120 Tage fühlten sich für Faith an wie drei Jahre. Maggie hatte Fahrradfahren gelernt. Jarrod hatte einen wichtigen Fall gewonnen. Das Sweet Sisters hatte die Belegschaft – *ihre* Belegschaft – fast komplett gewechselt. Jetzt waren lauter Bäcker am Werk, die sie nicht kannte, und Baristas, die sie noch nie gesehen hatte. Mit Vivians Hilfe hatte Charity das Unmögliche geschafft: Sie hatte sich von Big Mitts emotional freigestrampelt und die Scheidung eingereicht. Sie ging zum College und lernte, Gehaltsabrechnungen und Bestellungen zu erledigen. Sie und Vivian waren ein gutes Team. Die Bäckerei hatte expandiert und sich in ein richtiges Café verwandelt. Sweet Sisters sah nicht einmal mehr aus wie der gleiche Laden.

Faith kaute auf ihrer Lippe. Beinahe liefen die Dinge besser, seit sie fort war.

Nur Maggie hatte immer noch dieselben Probleme. Eine Woche nach der Prüfung ihrer Zeugnisfähigkeit sah ihre Stirn immer noch schrecklich aus. Wahrscheinlich würde eine Narbe zurückbleiben. Maggie war sehr zurückhaltend in Faiths Gegenwart – «distanziert» war das Wort, mit dem das Therapeutenteam in The Meadows Maggies emotionale Reaktion auf Faiths lange Abwesenheit erklärte. Für ein kleines Mädchen, das schon immer reserviert gewesen war, hieß das zehn Riesenschritte zurück in Sachen Zärtlichkeit. Faith und Maggie lebten zusammen wie entfernte Verwandte, nicht wie Mutter und Kind. Und Faith wusste nicht, wie sie das ändern sollte. *Geben Sie sich Zeit*, hatten ihr die Therapeuten geraten. *Gehen Sie die Sache langsam an, gewinnen Sie Maggies Vertrauen zurück, das Vertrauen, dass Sie nicht wieder weggehen werden. Sie hat Angst. Aber Kinder sind zäh; es dauert nur eine Weile.* Doch die Therapeuten in Arizona kannten Maggie nicht. Sie wussten nichts von ihren ... *Besonderheiten*. Von den Bindungsproblemen, die sie immer schon hatte. Also wusste Faith nicht, ob es nur eine Weile dauern oder ob die emotionalen Narben bleiben würden.

Sie zog die Schreibtischschublade auf, um nachzusehen, was sich in ihrer Abwesenheit noch veränderte hatte, und fand ein gerahmtes Foto von ihr und Jarrod auf den Bahamas, mit Piña Coladas am Poolrand. Sie erinnerte sich an den Moment, als der britische Tourist sie geknipst hatte. Sie erinnerte sich genau. Jarrod hatte sich zu ihr gebeugt, um sie zu küssen, und sie hatte gelacht. Nach seiner Affäre hatte sie das Foto weggeräumt. Sie fuhr mit dem Finger über das Glas. Jarrod hatte sie in Arizona abgeholt, mit einem Blumenstrauß in einer Hand und einem Koffer voller neuer Kleider in der anderen. Eigentlich erlaubte das Programm der Klinik nur eingeschränkten Kontakt mit Familie und Freunden, aber Jarrod hatte jeden Abend angerufen, um ihr gute Nacht zu sagen. Und er war während der Familienwoche gekommen. Er strengte sich an. Gott weiß, er strengte sich an. Doch sie war sich nicht sicher, ob seine Bemühungen von Schuldgefühlen, Verpflichtung oder dem echten Wunsch herrührten, zu kitten, was kaputtgegangen war. Es gab viele Abende, in denen sie hinaus in die weite schwarze Wüste geblickt und sich gefragt hatte, ob er sich in seiner Einsamkeit an Sandra wandte oder vielleicht an eine Neue. Aber sie hatte die Blumen trotzdem genommen und die hübschen neuen Kleider getragen und sich emotional an seine Schulter gelehnt, auf die beschränkte Art, zu der sie fähig war.

Sie sah sich den Tischkalender an, der April anzeigte, die Notizen in einer ihr fremden Handschrift und Vivians komische Zeichnungen, die sie für Charity, nicht für sie gemalt hatte. Sie kämpfte gegen eine Welle der Eifersucht und rieb sich die brennenden Augen, bevor die Tränen überliefen.

Die Dinge schienen tatsächlich besser gelaufen zu sein, als sie weg war.

Sie fühlte sich wie ein Geist, der ein paar Wochen nach seiner Beerdigung herumschwebte, um nachzusehen, wie das Leben ohne ihn lief, und überrascht feststellte, dass es allen gut ging. Blendend sogar. Und dann dachte sie an ihre alte Freundin, die, um die sie nicht trauern und die sie nicht vermissen durfte. Vier

Monate Therapie und Entzug, und ihre einzige wahre Erkenntnis am Ende war, dass sie anders war als die Leute dort. Sie war keine Alkoholikerin. Sie sagte das Wort, weil es von ihr erwartet wurde, aber sie war keine von ihnen. Ihre Situation war anders. Sie war nicht als Kind missbraucht oder von ihren Eltern misshandelt worden. Sie hatte nicht getrunken, bis sie obdachlos war, hatte sich nicht prostituiert oder ihren Job verloren, war morgens nicht aufgewacht, ohne zu wissen, wo und wie sie die letzten Wochen verbracht hatte. Sie hatte sich unter Kontrolle, und ihre Teilnahme an einem Programm mit lauter dysfunktionalen Menschen hatte ihr genau das gezeigt. In ihrer Situation würde jeder ab und zu einen trinken oder Tabletten nehmen. Sie musste nur die Verhandlung überstehen, sich auf Maggie konzentrieren und an ihrer Ehe arbeiten. Sobald der Stress, wegen dem sie trank, vorbei war, ging es ihr wieder gut. Bis dahin musste sie sich auf ihre Willenskraft und ihre Selbstkontrolle verlassen.

Ihr klingelndes Handy riss sie aus den Gedanken.

«Hallo, Faith. Hier spricht Detective Tatiana Maldonado. Ich wollte Ihnen sagen, dass Detective Nill heute Nachmittag in den Zeugenstand tritt. Die Staatsanwältin rechnet damit, dass Sie am Mittwoch dran sind. Nur damit Sie Bescheid wissen und vorbereitet sind.»

Faith nickte. Sie legte das Bahamas-Foto zurück in die Schublade.

«Faith?», fragte die Polizistin, als Faith nicht antwortete. «Alles in Ordnung bei Ihnen?»

«Ja, ja», antwortete Faith leise und schloss die Schublade. «Es geht schon.»

70

«Schwören Sie, die Wahrheit zu sagen, die reine Wahrheit und nichts als die Wahrheit, so wahr Ihnen Gott helfe?», fragte der Gerichtsdiener.

Faith hob die rechte Hand. «Ich schwöre.»

Unter den Augen der Geschworenen und der Zuschauer nahm sie ihren Platz in dem vollen Gerichtssaal ein. Sie hatte die Übertragungswagen vor dem Gebäude gesehen, als sie und Detective Minkhaus vorgefahren waren, doch glücklicherweise kannte der Detective einen Seiteneingang, sodass sie nicht an den Kameras und Reportern vorbeimussten, die den Haupteingang belagerten. Er hatte ihr versichert, dass die Presse wahrscheinlich wegen des Goodman-Prozesses da war, in dem heute Morgen ebenfalls eine Anhörung stattfand, aber Faith hatte das Gefühl, er wollte sie nur beruhigen. Als die Fahrstuhltüren im achten Stock aufgingen, kam die Gewissheit: Aus allen Richtungen wurde sie auf dem Weg zum Gerichtssaal mit Fragen bestürmt, man hielt ihr ein Dutzend Mikrophone ins Gesicht. Sie hatte immer geglaubt, außer bei Prominenten gäbe es solche dramatischen Szenen nur im Film, wenn eine Meute angriffslustiger Reporter Zeugen, Angeklagte und Anwälte mit Fragen bombardierte. Jetzt wusste sie es besser. Seit Maggie für zeugnisunfähig erklärt worden war, nahmen die Rechtsexperten und Talkshow-Moderatoren beim Frühstücksfernsehen wieder jedes Detail des Falls *Der Staat Florida gegen Derrick Poole* auseinander – vor allem alles, was mit Faith zu tun hatte. Die Aufregung der Menge war spürbar, obwohl der Richter dem Gerichtssaal Ruhe verordnet hatte. Ein elektrisches Summen hing in der Luft. Es fehlte nur noch das Popcorn. Die Szene war surreal. Sie war nicht das Opfer, sie war nicht die Angeklagte. Sie war nur eine zufällige, unfreiwillige Zeugin, die zur falschen Zeit am falschen Ort gewesen war und etwas gesehen hatte, was sie nicht hätte sehen sollen. Und dann war ... *das* daraus geworden. Sie holte tief Luft und erinnerte sich daran, dass das hier nur eine vorübergehende Situation war; sie würde nicht – konnte nicht – ewig dauern.

Gegenüber, am Tisch der Verteidigung, saßen Derrick Poole und sein Anwalt. Poole war frisch rasiert – das ehemals lange wellige Haar war jetzt klassisch kurzgeschnitten, was ihn jünger machte. Er trug eine randlose Brille und einen gut sitzenden anthrazitgrauen Anzug, ein weißes Hemd und eine silberne Krawatte. Vielleicht hatte er Sport getrieben, denn er wirkte nicht mehr so schlaksig wie in jener Nacht, ganz in Schwarz, vom Regen durchnässt, mit dem irren Blick in den ansonsten unscheinbaren braunen Augen.

Elisabetta stand vom Tisch der Anklage auf. Sie sah Faith an, als wollte sie sagen, «*Alles in Ordnung. Halten Sie sich ans Drehbuch. Sagen Sie nur das, was wir besprochen haben, und ich kriege Sie hier durch.*» Elisabetta hatte sie bei der Vorbesprechung letzte Woche gewarnt, dass sie Faith auseinandernehmen musste, um anschließend ihren Ruf und ihre Glaubwürdigkeit vor den Geschworenen wieder aufbauen zu können. Sie hatte ihr versichert, dass es das Beste wäre, wenn Faith von Anfang an zu ihren Fehlentscheidungen stünde und ihre Gründe dafür erklärte, auch wenn es zunächst weh täte. Damit hätten sie einen Vorsprung vor der Verteidigung und würden die Wucht des Gegenangriffs abfangen. Sie verglich es mit der «Lance-Armstrong»-Therapie unter den Krebsbehandlungen: Töten, um zu retten. Nach der Diagnose eines metastasierenden Hodenkrebses im Stadium IV, der bereits auf Lunge, Hirn und Bauchraum übergriff, hatten die Ärzte Lance Armstrong mit giftigen Chemikalien praktisch umbringen müssen, um sein Leben zu retten. Anschließend hatte der Mann sieben Mal die Tour de France gewonnen. Es war Detective Nill, der einwarf, dass Lance Armstrong vielleicht kein Paradebeispiel war, wenn es darum ging, seinen Ruf wieder aufzubauen.

Wie versprochen leitete Elisabetta Faith zuerst durch den leichtesten Teil: Name, Alter, Beruf, Ausbildung. Wie lang war sie verheiratet? Wie alt war ihre Tochter? Erzählen Sie uns von Sweet Sisters.

Dann kam sie auf die Nacht des neunzehnten Oktober 2014 zu sprechen, und die Fragen wurden persönlicher, die Antworten weniger gefällig. Faith hatte das Gefühl, sie würde ihrer Schwester in den Rücken fallen, als sie Charitys schlechte Ehe beschrieb und den Grund für den Streit auf der Party, Nicks hässlichen Kommentar über Charitys Figur, und den Grund, warum Faith mitten in der Nacht bei einem tropischen Wirbelsturm aufgebrochen war, so überstürzt, dass sie sogar ihr Handy und ihre Handtasche vergessen hatte. Es war illoyal genug, Charitys Geschichte mit Jarrod oder Vivian zu erörtern, aber das Privatleben ihrer Schwester vor all diesen Fremden, vor all den Kameras, letztlich vor Millionen von Fernsehzuschauern auszubreiten, bereitete ihr fast körperliche Übelkeit.

Dann bohrte Elisabetta tiefer. Sie fragte nach Faiths Trinkverhalten: Wie viel hatte sie auf Charitys Party konsumiert? War sie betrunken? Warum hatte sie nicht in einem Hotel übernachtet? Wie kam es, dass sie sich verfahren hatte?

Sie führte sie bis zu dem Moment, als Angelina vor ihrem Fenster stand und um Hilfe bat. Dann ging sie die schicksalhaften fünf Minuten auf der Hauptstraße von Pehokee Sekunde für Sekunde mit ihr durch. Alles ging relativ emotionslos über die Bühne bis zu dem Moment, in dem Faith wegfuhr und erst wieder in den Rückspiegel sah, als Pehokee, Angelina Santri, der Mann in Schwarz und der schmerbäuchige Yankees-Fan weit hinter ihr lagen.

Jetzt fuhr Elisabetta die Krallen aus. *Töten, um zu retten. Denken Sie daran.*

«Warum haben Sie die Frau nicht einsteigen lassen? Warum haben Sie nicht die Polizei gerufen? Warum haben Sie Ihrem Mann nichts erzählt? Warum haben Sie der Polizei und Ihrem Mann die zweite Person verschwiegen?»

Alles kam auf den Tisch: ihre Verhaftungen wegen Trunkenheit am Steuer. Ihre vier Monate in der Entzugsklinik. Maggies emotionale Probleme. Jarrods Affäre mit Sandra und ihre Ängste, dass er sie verlassen könnte, selbst jetzt noch. Als Elisabetta fertig war, saß Faith im Zeugenstand, als hätte man sie skalpiert, und alle sahen zu. Die privatesten, schmerzhaftesten Einzelheiten – Dinge, die sie bis jetzt keiner Menschenseele erzählt hatte – wurden vor laufender Kamera breitgetreten und im Gerichtsprotokoll festgehalten, waren für immer im öffentlichen Archiv zugänglich. Faith war tödlich verwundet – Elisabetta hatte sie umgebracht.

Und nun musste sie versuchen, Faith zu retten.

Es begann, wo es aufgehört hatte – auf einer dunklen, verlassenen Straße in einer kleinen Stadt mitten im Nirgendwo. Der Moment, der ihr Leben verändert hatte, war auch der Moment, an dem Elisabetta mit den lebensrettenden Maßnahmen begann, um ihren Ruf wiederherzustellen.

«Der Mann in Schwarz, der Angelina Santri von Ihrem Fenster wegzog, ist er heute hier im Gerichtssaal anwesend?»

Faith wischte sich die Tränen weg. «Ja», sagte sie und zeigte auf einen distanziert dreinblickenden Derrick Poole, der nicht mit der Wimper zuckte. «Das ist er.»

Elisabetta nickte Faith zu und deutete ein Lächeln an, als wollte sie sagen, sie hätte das Schlimmste überstanden – jetzt würde die Wunde nur noch genäht. Dann sah sie die Geschworenen an und wiederholte, was jeder gesehen hatte: «Bitte nehmen Sie ins Protokoll auf, dass die Zeugin den Angeklagten Derrick Alan Poole identifiziert hat.»

71

«Mrs. Saunders», sagte Richard Hartwick, als er sich erhob. «Sie haben den ganzen Tag im Zeugenstand verbracht, und Sie haben sehr unangenehme, private Informationen preisgegeben. Ich nehme an, Sie haben nicht an einen Tag wie heute gedacht, als Sie vor sechs Monaten die Party Ihrer Schwester verließen, nicht wahr?»

«Nein», antwortete Faith, «das habe ich nicht.»

«Nun, ich möchte hier nicht noch einmal alle Details mit Ihnen durchgehen – vor allem die privaten nicht. Außerdem gehe ich davon aus, dass Sie die Details des heute hier Gesagten mehr als ein Mal mit der Anklägerin durchgesprochen haben, nicht wahr?»

«Ja, ich habe mich mit Staatsanwältin Romolo getroffen», antwortete Faith argwöhnisch und warf einen Blick zum Tisch der Anklage.

«Und Sie haben ausführlich besprochen, was Sie heute hier sagen würden, oder?»

«Wir haben über meine Aussage gesprochen, ja.»

«Und Sie machen keinen Hehl aus Ihren zwei Verurteilungen wegen Trunkenheit am Steuer, von denen die letzte auf die Verhaftung am 25. November 2014 zurückgeht, nur ein paar Wochen, nachdem Sie mit Ihrem Mann und Ihrer Tochter das erste Mal bei der Polizei waren, ist das richtig?»

«Ja.»

«Sie haben auch ausgesagt, dass Sie kürzlich eine 120 Tage dauernde Entziehungskur in einer Einrichtung namens The Meadows in Wickenburg im Staat Arizona gemacht haben, korrekt?»

«Ja.»

«Das ist eine lange Zeit in einer Entzugsklinik. Sie geben also zu, dass Sie Alkoholikerin sind?»

«Ich hatte ein Alkoholproblem. *Hatte*, Sir.»

Hartwick nickte. «Sie waren sehr ehrlich mit der Anklägerin, als Sie zugaben, dass Sie in der fraglichen Nacht getrunken hatten, bevor Sie das Haus Ihrer Schwester verließen. Und dass Sie befürchteten, bei einer Alkoholkontrolle durchzufallen, richtig?»

«Ja. Ich fühlte mich nicht betrunken, aber ich hatte Angst, wenn ich in ein Alkoholtestgerät blasen müsste, würde das Ergebnis vielleicht über dem gesetzlich erlaubten Grenzwert liegen. Ich hatte Angst, vor den Augen meiner kleinen Tochter verhaftet zu werden.»

«Sie geben also zu, dass Sie mit Ihrer Tochter durch die Gegend gefahren sind, obwohl Sie vor dem Gesetz als betrunken galten?»

Sie blickte in ihren Schoß. «Ja.»

«Sie sind heute hier also sehr ehrlich gewesen, auch wenn es schwer sein muss, solche unangenehmen Informationen zu enthüllen.»

«Ja.»

«Andererseits sind die Akten ihrer zwei Verhaftungen und die zwei Verurteilungen öffentlich einsehbar, nicht wahr? Was bedeutet, ein Blick ins Archiv des Department of Law Enforcement würde Ihr Strafregister zutage fördern, nicht wahr? Es ist nicht so, dass Sie etwas verbergen könnten, wenn Sie wollten, richtig?»

«Nein. Es ist alles öffentlich zugänglich. Ich war ehrlich, weil es die Wahrheit ist.»

«Das Gleiche gilt für Ihren Ausflug nach Arizona. Den hätten Sie auch schlecht verbergen können, oder? Immerhin waren Sie vier Monate lang weg.»

«Diese Information ist nicht öffentlich. Ich habe sie freiwillig offengelegt.»

«Auf den Rat der Anklägerin?»

«Ja.»

«Danke, dass Sie in diesem Punkt so ehrlich sind, Mrs. Saunders. Also, Sie scheinen eine nette Frau zu sein, die in der

Nacht des neunzehnten Oktober 2014 in Unannehmlichkeiten verwickelt wurde. Falscher Ort, falsche Zeit. Und jetzt sind Sie hier. Wie gesagt, ich wette, das hätten Sie sich auf der Geburtstagsparty Ihrer Schwester nicht träumen lassen. Und Sie waren ganz offen und ehrlich, als Sie Ms. Romolo gestanden, dass Sie, bevor Sie sich mit Ihrer vierjährigen Tochter auf dem Rücksitz hinters Steuer setzten und versuchten, in einem schweren Tropensturm 250 Kilometer nach Parkland zurückzufahren, getrunken hatten. Sehr ehrlich. Knallharte Ehrlichkeit.»

«Einspruch. Führt das zu einer Frage, oder führt Mr. Hartwick Selbstgespräche?», fragte Elisabetta.

«Mr. Hartwick, führen Sie keine Selbstgespräche», verlangte der Richter.

«Aber Sie waren nicht *immer* ehrlich, oder, Mrs. Saunders?» Hartwick kam auf den Zeugenstand zu. «Als die Detectives Sie anfangs fragten, ob Sie getrunken hätten, haben Sie es geleugnet, nicht wahr?»

«Ja. Ich hatte Angst davor, was mein Mann denken würde, wenn er davon erfuhr.»

«Oha. Sie wirken wie eine nette Lady, dabei sind Sie gar nicht immer so nett, wie es scheint.»

Elisabetta stand auf. «Einspruch!»

«Abgelehnt. Kommen Sie zur Sache, Mr. Hartwick. Keine Selbstgespräche, es sei denn, es führt zu etwas», warnte Richter Guckert.

«Nachdem Angelina Santri zu Ihnen an den Wagen kam, ans Fenster klopfte und Sie um Hilfe anflehte, aber Sie die Tür nicht öffneten und sie nicht hereinließen ...»

«Ich hatte Angst. Ich werde die Entscheidung für immer bereuen, aber meine Tochter saß im Wagen!»

«Die Tochter, mit der Sie zugegebenermaßen betrunken durch die Gegend fuhren?»

«Ja», antwortete sie widerwillig.

«Nachdem Sie also Angelina Santri abgewiesen hatten und erfolgreich die zwei ‹bösen Männer› hinter sich gelassen hatten, während Sie und Ihre Tochter nicht mehr in Gefahr waren, haben Sie aber nicht die Polizei gerufen, oder?»

«Ich hatte kein Handy dabei, Sir.»

«Aber Sie geben zu, dass Sie an einem Motel vorbeikamen, das geöffnet hatte und wo Sie vermutlich telefonieren, die Polizei hätten rufen können, wenn Sie gewollt hätten?»

«Ja. Ich habe mich dafür entschuldigt.»

«Ja, das haben Sie getan. Wir haben Ihre Entschuldigung gehört. Und Sie haben zugegeben, dass Sie die Polizei auch nicht gerufen haben, als Sie gegen drei Uhr morgens sicher zu Hause ankamen.»

«Auch das bedaure ich.»

«Das kann ich mir vorstellen. Und Sie haben am nächsten Tag nicht angerufen oder am übernächsten, nicht einmal eine Woche später. Tatsächlich gingen Sie erst zur Polizei, nachdem Ihre vierjährige Tochter endlich den Mund aufgemacht und Ihrem Mann erzählt hatte, was geschehen war, richtig?»

«Ja. Das stimmt.»

«Es gibt vieles, wofür Sie sich entschuldigen. Vieles, das Sie bereuen.»

«Ja. Ich bereue viel.»

Hartwick hielt einen Moment inne. «Sie sind also immer ehrlich, Mrs. Saunders, wenn es in Ihrem Interesse ist, oder?»

«Einspruch! Beeinflussung!»

«Stattgegeben.»

«Ich habe einen Fehler gemacht, Mr. Hartwick. Ich habe eine falsche Entscheidung getroffen, die ich für immer bereuen werde. Aber ich kann sie nicht zurücknehmen. Ich wünschte, ich könnte es.» Sie zwirbelte das Taschentuch, das sie in der Hand hielt.

«Na gut, Mrs. Saunders. Jeder macht mal einen Fehler. Jeder hat etwas zu bedauern. Trotzdem: Sie waren nicht sehr ehrlich mit den Detectives, als Sie das erste Mal eine Aussage machten.»

«Nein.»

«Sie haben Detective Nill erzählt, Sie hätten nur Mr. Poole mit Angelina Santri gesehen. Sie haben ausdrücklich geleugnet, dass Sie dort draußen in der Nacht noch eine weitere Person gesehen haben. Stimmt das?»

«Ja.»

«Es war also kein Versehen, es war eine Lüge, richtig?»

«Ja. Ich habe gelogen.» Sie unterdrückte einen ungeduldigen Seufzer. Die Staatsanwältin hatte sie gewarnt, dass die Verteidigung die gleichen belastenden Fragen wieder und wieder stellen würden, mit leichten Variationen, nur damit die Geschworenen immer wieder hörten, dass sie gelogen hatte. *Halten Sie Ihre Frustration zurück und beantworten Sie einfach die Fragen, Faith. Irgendwann sind es die Geschworenen leid, wieder und wieder dasselbe zu hören. Sie werden Ihre Offenheit und Geduld zu schätzen wissen.*

«Obwohl Sie so nah an dem zweiten Mann da draußen waren, dass ein Polizeizeichner anhand Ihrer Beschreibung ein Phantombild dieses Mannes anfertigen konnte.»

«Ja.»

«Und Sie waren nah genug, um den Mann später auf einem zehn Jahre alten Foto zu identifizieren, das Ihnen die Ermittler vorlegten, obwohl er sein Äußeres in der Zwischenzeit verändert hatte.»

«Ja, aber wie ich schon erklärt habe, mein Mann und ich hatten zu dieser Zeit Probleme in unserer Ehe, und ich hatte Angst, dass er ... Ich hatte Angst, er verlässt mich, wenn er erfährt, dass ich noch einen *zweiten* Mann da draußen gesehen habe und der Frau trotzdem nicht geholfen habe. Ich war vollkommen entsetzt, als ich erfuhr, dass sie tot ist, Mr. Hartwick, vielleicht, weil ich nichts unternommen hatte. Und ich dachte, wenn mein Mann das erfährt, würde er unsere Ehe beenden. Aus heutiger Sicht mag das irrational klingen, aber so habe ich damals gedacht. Außerdem dachte ich, ich hätte noch die Gelegenheit, mich Detective Nill anzuvertrauen.»

«Zu einem Zeitpunkt, wenn es für Sie zum Vorteil wäre?»

«Wenn mein Mann nicht dabei gewesen wäre. Aber dazu kam es nicht. Mein Mann war immer dabei. Er ist mit mir und den Detectives zum Tatort gefahren.»

«Also haben Sie erst ausgepackt und endlich die volle Wahrheit gesagt, als Detective Nill Sie mit konkreten Beweisen konfrontierte, dass da noch ein Mann war, als Angelina entführt wurde?»

«Ich dachte, er käme auch ohne mich dahinter. Ich dachte, Ihr Mandant würde sich schuldig ... Ich ... ich wollte nie in diese Sache verwickelt werden. Das alles geriet immer mehr außer Kontrolle. Mein ganzes Leben war darin verstrickt.»

Hartwick lehnte sich an den Zeugenstand. «Damit ich das richtig verstehe: Als Ihre Tochter Angelina Santris Bild in den Nachrichten sah und Ihrem Mann erzählte, dass Angelina Sie um Hilfe angefleht hatte, und Ihr Mann Sie darauf ansprach, haben Sie die Wahrheit gesagt – aber nicht die volle. Und dann, als Detective Nill Sie mit den Spuren eines unbekannten Verdächtigen konfrontiert hat, haben Sie noch etwas mehr Wahrheit gesagt. Die erste Lüge sollte also Ihre Tochter davor schützen, mitansehen zu müssen, wie Sie wegen Trunkenheit am Steuer verhaftet werden, und die zweite Lüge sollte Ihre Ehe retten, weil Sie zu feige waren, Ihrem Mann gleich die ganze Wahrheit zu erzählen. Und dann haben Sie einen Alkoholentzug gemacht – weil hinter allem, was passiert ist, der Alkohol steckt. Und auch wenn Sie nicht zugeben, dass Sie Alkoholikerin sind, geben Sie immerhin zu, dass Sie ein Alkoholproblem *hatten*, das wahrscheinlich Ihr Urteilsvermögen beeinträchtigt und Sie zum Lügen gebracht hat. Aber jetzt sind Sie ein besserer Mensch, und das sollen wir glauben. Ist es das, was Sie der Staatsanwältin gesagt haben?»

«So habe ich es nicht formuliert.»

«Sie sind also fertig mit den Lügen? Es gibt keine Lügen mehr?»

«Ich sage die Wahrheit, Mr. Hartwick. Ich schäme mich für das, was ich getan habe, und für das, was ich nicht getan habe.

Wie gesagt, es wird mir ewig leidtun. Aber jetzt gibt es keine Geheimnisse mehr.»

Hartwick schüttelte den Kopf. «Falsche Antwort, Mrs. Saunders.» Er ging zurück an den Tisch der Verteidigung und hielt ein Blatt hoch. «Haben Sie in jener Nacht mit Ihrem Wagen einen Unfall gehabt? Auf der Rückfahrt von Ihrer Schwester? In der Nacht vom neunzehnten auf den zwanzigsten Oktober?»

Faith gefror das Blut in den Adern.

Elisabetta und Gareth Williams rückten näher zusammen. «Einspruch», rief Elisabetta.

«Grund?»

«Das Beweisstück, das Mr. Hartwick in der Hand hält, wurde uns nicht vorgelegt.»

«Weil ich es noch nicht eingeführt habe, Frau Staatsanwältin», sagte Hartwick mit einem trockenen Lächeln. «Aber das werde ich jetzt tun.»

«Überrascht zu werden ist kein Grund für einen Einspruch», sagte Richter Guckert. «Abgelehnt.»

Hartwick wandte sich wieder an Faith. «Mrs. Saunders, haben Sie mit Ihrem Ford Explorer, Baujahr 2009, in jener Nacht jemanden angefahren?»

Sie ließ den Kopf hängen.

«Die Zeugin muss die Frage beantworten», erklärte der Richter.

«Es war niemand da. Ich habe nachgesehen», antwortete Faith mit matter Stimme.

«Wie bitte?», sagte Hartwick. «Das ist keine Antwort auf meine Frage. Hatten Sie mit Ihrem Wagen in der Nacht des neunzehnten Oktober 2014 einen Unfall?»

Faith sah die Geschworenen an. «Ich habe einen Schlag gehört. Ich habe angehalten, bin ausgestiegen und habe nachgesehen, aber es war niemand zu sehen. Da war nichts.»

Hartwick ging wieder zurück zum Tisch der Verteidigung und hielt ein weiteres Papier hoch. «Angelina Santri erlitt einen Oberschenkelbruch, eine Knochenprellung, eine Schulterluxation und einen Spiralbruch des rechten Handgelenks. Diese Verletzungen, die im Obduktionsbericht dokumentiert sind, stimmen mit der Abwehrhaltung eines Menschen überein, der versucht, sich gegen den Aufprall eines auf ihn zukommenden Kraftfahrzeugs zu schützen ...»

«Einspruch! Der Verteidiger ist kein Arzt! Er kann keine professionelle ärztliche Meinung vertreten!»

«Ich stehe damit nicht allein, Herr Richter. Ich möchte den Gerichtsmediziner als Zeugen aufrufen.»

«Sie können aufrufen, wen Sie wollen, wenn es so weit ist, Herr Verteidiger», entschied Guckert. «Aber im Moment behalten Sie Ihre medizinische Meinung für sich, denn Sie sind kein Arzt, und Sie sind kein Zeuge. Nächste Frage.»

«Mrs. Saunders, haben Sie nach dem Unfall die Polizei gerufen?», fragte Hartwick.

«Da war nichts», wiederholte Faith. Tränen rannen ihr übers Gesicht.

«Mrs. Saunders, haben Sie Ihrem Mann erzählt, dass Sie einen Unfall hatten?»

«Da war nichts.»

«Mrs. Saunders, haben Sie den Detectives Nill und Maldonado erzählt, dass Ihnen etwas vors Auto gelaufen war? Dass Sie in der Nacht jemanden angefahren haben?»

«Da war nichts», beharrte sie.

«Mrs. Saunders, wenn da nichts war», sagte Hartwick, baute sich vor dem Zeugenstand auf und schob ihr einen Zettel hin, «können Sie uns dann erklären, warum Sie gleich am nächsten Tag bei Lou's Automotive den Kühlergrill ersetzen, eine Delle im Kotflügel und zwei in der Motorhaube ausbeulen und zwei tiefe Kratzer an der Haube Ihres 2009er Explorer auffüllen ließen?»

72

«As Angelina Santri an die Scheibe klopfte, brauchte sie Hilfe, weil Sie sie angefahren hatten, weil Sie ihr das Bein und das Handgelenk gebrochen sowie die Schulter ausgerenkt hatten und Sie versuchten, Fahrerflucht zu begehen, war es nicht so?», fragte Hartwick. Jetzt hatte er Fotos von Angelinas Obduktion. Scheußliche Fotos von ihrem Bein, ihren Händen, ihrer Schulter.

«Nein! Der Unfall war früher, draußen in den Zuckerrohrfeldern», rief Faith. «Aber da war nichts, das schwöre ich.»

«Und als Sie wegfahren wollten, war sie verzweifelt, nicht wahr?»

«Ja, aber nicht meinetwegen. Seinetwegen!», schrie sie und zeigte auf Poole.

«Sie hatte einen gebrochenen Oberschenkel. *Sie* haben ihr den Oberschenkel gebrochen mit Ihrem zwei Tonnen schweren Geländewagen, und Sie wollten sie einfach dort zurücklassen. Verletzt, mitten in der Pampa.»

«Nein ...», wimmerte Faith.

«Sie haben nicht mal einen Krankenwagen gerufen oder den Unfall anonym gemeldet. War der Grund dafür, dass sie Ihr Nummernschild gesehen hatte und Sie hätte anzeigen können?»

«Nein!»

«Kein Wunder, dass sie schrie und weinte.»

«So war es nicht.» Faith sah hilfesuchend zum Tisch der Anklage, aber Elisabetta erhob keinen Einspruch mehr.

«Nicht, soweit Sie sich erinnern können, oder? Nach all dem Alkohol, den Sie zugegebenermaßen intus hatten ...»

«Nein! Nein! Ich habe sie nicht angefahren. Da war nichts.»

«Und dieses *Nichts* hat einen Schaden im Wert von 1200 Dollar an Ihrem Wagen verursacht, den Sie nicht über die Versicherung laufen lassen wollten, wie wir von Lou Metorini wissen? Tatsächlich haben Sie noch etwas draufgelegt, damit er den Wagen noch am gleichen Tag repariert und Ihr Mann nichts erfährt, nicht wahr?»

Sie sah sich im Gerichtssaal um. Der Tornado hatte sie mitgerissen und wirbelte sie durch die Luft. Sie war kein Zeuge am Rand des Geschehens mehr: Sie war Teil des Irrsinns. Sie wurde beschuldigt.

«Im Dezember wurden Sie ins Krankenhaus eingeliefert, Mrs. Saunders, nachdem Sie vor einer Bar in Fort Lauderdale zusammengebrochen waren. Sie haben das Bewusstsein verloren und bekamen den Magen ausgepumpt?»

Sie schüttelte den Kopf. «Ja.»

«Sie verlieren häufig das Bewusstsein. Es ist ganz praktisch, sich an manches nicht zu erinnern, oder?»

Und so stürzten die Fragen über sie herein, eine provozierender als die andere, eine persönlicher als die nächste, nahmen sie Stück für Stück auseinander, bis von ihrer Glaubwürdigkeit nichts mehr übrig war. Der Saal drehte sich, alles drehte sich im Sog des Tornados. Im Gerichtssaal herrschte vollkommenes, konzertiertes Chaos, und sie befand sich genau im Zentrum. Sie war die Einzige, die wollte, dass es aufhörte.

Sie konnte nicht mehr rehabilitiert werden. Elisabetta und Gareth lasen die Scherben auf, so gut sie konnten, aber die Geschworenen merkten, dass auch die Anklage überrascht worden war, und jede Wirkung der «Lance-Armstrong»-Therapie war verpufft. Sie war nach hinten losgegangen. Die Geschworenen glaubten der Staatsanwaltschaft wahrscheinlich kein Wort mehr. Dabei hatten sie noch den ganzen Fall vor sich.

Am Ende des zweiten Tages wurde Faith endlich aus dem Zeugenstand entlassen, auch wenn sie sich weiter zur Verfügung halten musste, falls sie als Zeugin noch gebracht wurde. Sie fühlte sich leer und erschöpft, als sie von der Bank stolperte und sich den Weg bahnte durch den Zuschauerraum voller unfreundlicher Gesichter, die sie ansahen, als wäre *sie* wegen Mordes angeklagt.

Die Verteidigung hatte sie komplett auseinandergenommen, wie angekündigt. Das Problem war nur, dass die Staatsanwaltschaft irgendwann aufgehört hatte, sie zu retten. Sie hatten Faith zur Schlachtbank geführt. Und dann hatten sie sie einfach alleingelassen.

73

Jarrod war während ihrer Aussage nicht im Saal gewesen. Sowohl Verteidigung als auch Anklage hatten sich auf die «Regel» berufen, die besagte, dass potenzielle Zeugen vom Gerichtssaal ausgeschlossen waren. Da er sowohl vom Staat als auch von der Verteidigung als Zeuge gelistet war, durfte er Faiths Aussage nicht mitanhören. Der Richter hatte ihm außerdem untersagt, die Verhandlung live im Fernsehen oder den Newsticker zu verfolgen. Faith und Jarrod durften nicht einmal über ihre Aussagen sprechen.

Faith wusste also nicht, was er wusste, aber sie nahm an, er wusste, dass es nicht gut gelaufen war. Die Bar im Wohnzimmer hatte er schon leer geräumt, als sie von der Entziehungskur zurückkam, doch jetzt fehlte auch das Mundwasser in jedem Bad, und selbst das Listerine-Fläschchen in Reisegröße war aus ihrem Kulturbeutel verschwunden. Das Gleiche galt für Erkältungssäfte. Sogar der Reinigungsalkohol fehlte im Erste-Hilfe-Kästchen. Als käme sie je auf die Idee, Reinigungsalkohol zu trinken ...

Sie vermisste ihre alte Freundin. Nie hatte sie jemanden so sehr vermisst. Sie wollte sie von den Toten aufwecken, eine Bar finden, in der sie ruhig in der Ecke sitzen und sich an ihrer Gesellschaft freuen konnte – die lustigen alten Zeiten aufleben lassen, die lange zurücklagen, lange, lange vor dem Albtraum, in den sich ihr Leben verwandelt hatte. Sie wollte mit niemandem reden, aber sie musste unter Leuten sein, anonym im Hintergrund wie ein Bild an der Wand, um ehrlich zu bleiben. Um sauber zu bleiben. Sie hatte Angst, wenn sie eine Flasche kaufte und ihre alte Freundin zu sich nach Hause einlud, würde sie endgültig abstürzen. Bis jetzt hatte sie sich nie vor «ganz unten» gefürchtet, weil sie nicht glaubte, dass sie eine echte Alkoholikerin war. Der Begriff stand für jemanden, der den Abstieg nicht aufhalten konnte, weil er keine Kontrolle hatte, und sie wusste immer, dass sie Kontrolle hatte. Bis jetzt. Jetzt fürchtete sie, dass ihr jede Kontrolle entglitt, und sie fürchtete, wenn sie in diesem Moment allein eine Flasche öffnete und ansetzte, würde sie sie erst wieder absetzen, wenn sie bis auf den letzten Tropfen leer wäre. Und wenn das passierte, landete sie genau an dem hässlichen Ort, den man «ganz unten» nannte. Ein Ort, an dem Reinigungsalkohol als Getränk in Frage kam.

Im Moment hatte sie noch genug Kontrolle, um den Abstieg zu vermeiden und zu erkennen, dass der Druck, der von allen Seiten kam, das Ergebnis einer *Situation* war. Einer Situation, die nicht ewig andauern konnte. Einer Situation, die irgendwann vorbei wäre, ganz gleich, wie die Geschworenen über das Schicksal von Derrick Poole entscheiden würden. Irgendwann würden die Leute Poole vergessen und den Fall und hoffentlich auch Faith, und die Situation wäre geklärt; dann würde sich auch die verzweifelte Panik in ihrer Brust legen. Sie würde nicht mehr das verdammte Ticken der Zeitbombe hören, die sie umgeschnallt hatte. Wenn die Situation vorbei war, würde sie sich wieder auf sich verlassen können.

Jarrod war bei ihr seit dem Moment, als Detective Minkhaus sie nach ihrer Aussage zu Hause abgesetzt hatte. Als der Detective in die Einfahrt fuhr, hatte er mit einer Dose Cola an der Tür gewartet, während Maggie auf der Straße ihr neues Fahrrad ausprobierte. Es war ein wunderschöner Frühlingstag, der Rasen leuchtete grün, die Sonne steckte mit ihrem Strahlen den Himmel in Brand. Es sah aus wie ein Gemälde von Norman Rockwell: *Mom kommt vom Gericht nach Hause.* In diesem Augenblick war Faith sehr froh, dass sie in einer geschlossenen Wohnanlage lebte, geschützt vor den Kameras und der Presse, die sonst ihre Zelte auf der Straße aufgeschlagen hätte.

Als Maggie rief, «Schau mal, Mommy!», war Faith so überwältigt von der scheinbaren Normalität der Szene, dass ihr die Tränen kamen. Zum tausendsten Mal an diesem Tag weinte sie – über das, was sie hatte und was sie vielleicht bald nicht mehr haben würde. Sie war sich nicht sicher, ob Jarrod schon alles wusste, als er da auf der Treppe stand und ihr lächelnd zuwinkte, aber früher oder später würde er von ihrer letzten Lüge erfahren. Die richterliche Anordnung hatte nicht ewig Bestand.

Jedenfalls fragte er nicht nach der Verhandlung, und sie erzählte ihm von sich aus auch nichts. Sie aßen zu Abend und sahen Videos an, holten die letzten Folgen von *Breaking Bad* und *The Walking Dead* nach. Zwei Tage lang blieb er mit ihr zu Hause. Sie kochten, sahen fern oder backten Kuchen, während Maggie im Garten spielte. Sie sahen keine Nachrichten und gingen nichts ans Telefon. Und Faith kletterte nicht aus dem Fenster und über den Zaun in der Hoffnung, die nächste Tränke zu finden.

Dann kam Nachricht von Elisabetta: Jarrod war an der Reihe.

Als die Tür hinter ihm zufiel, saß Faith auf der Couch und hatte nur einen einzigen Gedanken: wie dringend sie einen Drink brauchte. Sie versuchte sich zu erinnern, was die Therapeuten gesagt hatten. Wie sie mit diesen Gefühlen umgehen sollte, wie sie ihre Energie von dem überwältigenden Drang ablenken konnte, der jeden vernünftigen Gedanken auslöschte. Sie rauchte eine Zigarette nach der anderen und tigerte durch den Garten, bis sie einen Pfad ausgetreten hatte.

Es ist sowieso vorbei, flüsterte eine traurige Stimme in ihrem Hinterkopf. Es war ihre alte Freundin. *Er wird von dem Unfall erfahren. Er wird rausfinden, dass du wieder gelogen hast. Er vertraut dir nicht. Er hat dir nur aus schlechtem Gewissen beigestanden. Bis du wieder auf den Beinen bist, damit er dich verlassen kann. Du hast es ihm leicht gemacht, Faith. Du machst es ihm leicht, dich sitzenzulassen. Du hast ihm den Grund geliefert, und genau das wird er tun, sobald der Prozess vorbei ist: Er wird gehen, so oder so.*

Sie schrie die Stimme an, den Mund zu halten. Sie lief durch die Zimmer ihres hübschen Hauses. Sie ging wieder im Garten auf und ab. Sie stellte den Fernseher an, nur um zu sehen, dass sich alles um Poole drehte. Dass sich alles um sie drehte. Wie ihr Ehemann dabei war, in den Zeugenstand zu treten. Wie der Staatsanwaltschaft der Fall durch die Finger glitt ...

Dann packte sie Maggie ein und fuhr los.

74

«Ich glaube, es ist Zeit, dass wir über Medikamente nachdenken, Mrs. Saunders», sagte Dr. Michelson leise und streichelte Maggies Kopf, während er sich etwas auf dem kinderfreundlichen Schreibtisch in seinem Sprechzimmer notierte. «Sie ist jetzt fünf und kommt im Herbst in die Vorschule. Es wäre gut, wenn wir bis dahin das richtige Mittel finden, damit sie mit den bevorstehenden Veränderungen gut zurechtkommt. Ich kenne Ihre Vorbehalte, und ich teile sie, aber ich glaube, wenn wir jetzt die Ängste und die Hyperaktivität angehen, werden die Aggressionen und Wutanfälle vielleicht weniger. Die Wutanfälle werden durch Frustration ausgelöst, wie Sie wissen. In bestimmten Situationen fühlt sie sich hilflos und dreht durch. Die Hilflosigkeit hat wiederum zum Teil mit ihrer Hyperaktivität zu tun. Sie versteht nicht, was von ihr verlangt wird, oder sie hat nicht zugehört oder sich nicht konzentriert. Mit Adderall kann sie sich besser konzentrieren, sie ist nicht so leicht abgelenkt, und deshalb ist sie auch nicht so schnell frustriert.»

Faith nickte. «Ja. Ich will, was für Maggie das Beste ist. Wenn Sie sagen, dass Medikamente ihr helfen, dann bin ich einverstanden.» Was ihr an dem netten Arzt in diesem Moment am besten gefiel, war, dass er mit keinem Wort den Fall Poole erwähnte, außer um zu fragen, wie es Maggie nach der Anhörung zu ihrer Zeugnisfähigkeit ergangen war. Er fragte Faith nicht nach der Entziehungskur, oder warum sie Angelina Santri nicht geholfen hatte oder warum sie im Zeugenstand gelogen hatte. Er lächelte sie an, und seine sanften blauen Augen hinter der Brille schienen sie nicht zu verurteilen.

«Gut. Ich schreibe Ihnen ein Rezept und hole Ihnen ein paar Muster, dann komme ich raus zu Ihnen», sagte er, als er sie und Maggie ins Wartezimmer brachte.

Maggie lief sofort zur Spielecke, und Faith setzte sich. Sie hatte den Termin bei Dr. Michelson völlig vergessen. Mit dem festen Entschluss, das paranoide Geflüster in ihrem Hinterkopf irgendwie zum Schweigen zu bringen, hatte sie Maggie in den Autositz geschnallt und sich ans Steuer gesetzt, als der Handy-Alarm anging und sie an den Termin um drei erinnerte. Es war ein Zeichen, das wusste sie. Eine Nachricht von Gott. Sie war nicht religiös, aber im Moment hatte sie das Bedürfnis nach einer höheren Macht. Sie musste an Zeichen glauben. Sie war an Lefty's Taverne, der Falafel-Weinbar und am Weinladen vorbeigefahren, auf direktem Weg zu Dr. Michelson, und hatte die wütende, durstige Kreatur ignoriert, die immer noch rief, sie möge umkehren und sich einen gottverdammten Drink gönnen.

«Mrs. Saunders?»

Sie ging zum Empfangstresen. Janet, die Sprechstundenhilfe, reichte ihr eine Tüte voller Muster und zwei Rezepte. «Der Doktor möchte Maggie in zehn Tagen wiedersehen. Befolgen Sie die Anweisungen und rufen Sie an, wenn es irgendwelche Probleme gibt.»

Faith nickte. Sie dankte Janet, steckte die Rezepte und die Muster ein und holte Maggie vom Tisch mit der Motorikschleife.

«Kein Wunder, dass das Kind Probleme hat», sagte eine andere Mutter, die zum Tresen ging. Sie versuchte nicht einmal zu flüstern. «Ihre Mutter ist eine verlogene Säuferin.»

«Mrs. Opitz», gab Janet gedämpft zurück. «Bitte.»

«Haben Sie den Prozess gesehen? Es ist unglaublich. Haben Sie sie gehört? Sie sollten ihr das Kind wegnehmen. Sie ist ein schreckliches Beispiel für ...»

Faith nahm Maggie und eilte aus der Praxis. Zehn Minuten später waren sie am Westview Park. Maggie war überrascht. Und glücklich.

«Yippie! Der Park! Ich will auf den Spielplatz, Mommy!», rief sie und drückte das Gesicht an die Scheibe. «Und du guckst zu, wie ich rutsche!»

Auf dem Weg zum Spielplatz ließ Faith Maggies Hand los und sah ihr hinterher, wie sie sich ins Getümmel der Kinder stürzte. Wenig später kam Maggie allein wieder heraus, rutschte, dann kroch sie durch die Röhren des Spieldschungels. Faith ging zu den Bänken, weit weg von den anderen Müttern und Kinderfrauen.

Die Kreatur in ihr hatte eine neue Komplizin gefunden. Die Frau beim Arzt. Außerdem waren da Loni Hart und Sunny Hostin. Einhundert Stimmen schlossen sich dem Chor an. Auf der anderen Straßenseite befand sich Evan's Fine Wine and Liquors. War es Zufall, dass sie auf einem Spielplatz mit einem Weinladen gegenüber gelandet war, oder Schicksal?

Sie war so müde. So, so müde. Müde vom Kämpfen. Müde vom sich Zusammenreißen. Müde davon, so zu tun, als täten die Worte nicht weh, als hätten die wertenden Blicke keine Wirkung. Sie sah zu, wie Maggie durch das Labyrinth der Tunnel kletterte, allein im Gewimmel.

Dann stand Faith auf und überquerte die Straße.

75

Ed starrte aus dem Fenster des gestohlenen Ford Minivan und sah den kleinen Kindern auf dem Spielplatz zu. Er hatte vorsorglich vor der Ladenzeile geparkt, damit ihn keiner für einen Pädophilen hielt und die Polizei rief. Und er würde nicht lange bleiben. Er wollte sie nur kurz sehen.

Sie. *El problema.* Er zog an seiner Zigarette. Das hatte Derrick, der Blödmann, so richtig verbockt. Sie hätten sich vor langer Zeit um Blondie und ihr gestörtes Kind kümmern sollen. Sie hätten die zwei nie aus dem Kaff entkommen lassen dürfen, aber nein, Derrick hatte ihnen praktisch noch hinterhergewinkt, als der Explorer davongebraust war. Er hätte sich von Derrick nicht dazu überreden lassen dürfen, die beiden in Ruhe zu lassen, und er bereute es seitdem – schon bevor Derricks Bild in der Zeitung und den Nachrichten aufgetaucht war; als der Blödmann ihm noch selbstgefällig erklärt hatte, er habe recht gehabt.

Nein, nein, Scheiße, nein. Er war der Lehrer, und Derrick war sein verdammter Schüler. So war es immer gewesen, und so würde es immer sein. Sobald sich ein Schüler für schlauer als seinen Lehrer hielt, konnte man den Unterricht vergessen. Auch wenn Ed stinksauer war, dass Blondie bei der Polizei gesungen hatte, hatte er sich doch über Derricks blödes, verdutztes Gesicht gefreut, als er versuchte zu begreifen, warum sein brillanter Plan schiefgegangen war. Wie Eds tote Mutter zu sagen pflegte: «Es bringt zwar nichts zu sagen ‹Ich hab's ja gewusst›, aber es fühlt sich verdammt gut an.» Natürlich musste der Professor einspringen und die Lage retten, Derrick ein Alibi besorgen und ihm die Bullen vom Hals schaffen. Sich die kleine, scharfe Tänzerin aus dem Sugar Daddy zu holen, hatte Spaß gemacht, aber nicht so viel Spaß wie die anderen, die er und Derrick zusammen bearbeitet hatten.

«Sieh mal einer an», murmelte Ed laut, während er an der Zigarette zog und zusah, wie Blondie den Spielplatz verließ und über die Straße lief, direkt auf ihn zu. Sie wirkte verdammt müde. Verbraucht war das richtige Wort. Ausgezehrt. Verwelkt. Ein zartes kleines Ding, dessen Inneres ausgesaugt war, in schicken Kleidern, die nicht mehr richtig passten. Als er sie auf sich zukommen sah, dachte er, er müsste bloß die Tür aufmachen, und es wäre angerichtet. Einfacher ging es nicht. Er leckte sich die Lippen. *Komm zu Papa, Baby. Komm her, Blondie.* Doch sie bog rechts ab – und marschierte geradewegs in den Schnapsladen.

Obwohl Blondie von allen gehasst wurde und in allen Zeitungen stand, dass sie eine schlechte Mutter und ein schlechter Mensch war, und obwohl Derricks Anwalt im Gerichtssaal ein Feuerwerk abzog, das dem Blödmann am Ende wohl noch eine Entschuldigung der Geschworenen und der großkotzigen Staatsanwältin einbringen würde – trotz allem wollte Ed die ausgemergelte Schlampe umbringen. Einfach nur aus Prinzip. Weil sie in jener Nacht da draußen war. Weil sie abgehauen war. Weil sie nicht zugehört hatte. Weil sie die zweite Chance zu leben, die ihr das Schicksal geschenkt hatte, verschwendet hatte. Ed hatte zwar seit Monaten nicht mit Derrick geredet, seit die Scheiße passiert war, aber er wusste, was der Blödmann zu ihm sagen würde: «Lass gut sein, Prof. Das regelt sich von allein. Das wird noch ein spannendes Ende nehmen.» Aber Ed war von der alten Schule. Ed wollte Rache, so sehr, dass er sie schmeckte, wenn er sich mit der Zunge über die trockenen Lippen fuhr. Er wollte, dass jemand für die vergeudeten sechs Monate zahlte und für das Scheißleben, das er führte, seit sein Gesicht in den Nachrichten war. In Zelten und unter Brücken pennen. Sich in verlassenen Häusern verkriechen und die ganze Warterei, bis Derrick rauskäme und das Leben wieder das wäre, was es mal war. Außer dass er jetzt dank Blondie ein gesuchter Mann war. Noch ein guter Grund, ihr die Zunge abzuschneiden, weil sie die Klappe nicht halten konnte.

Ed schnippte die Kippe aus dem Fenster, als die Tür des Schnapsladens aufging und sie mit einer Tüte in der Hand herauskam. Niemand wird sie vermissen, dachte er, als er sie im Rückspiegel betrachtete. Nein. Sie war eine hoffnungslose Säuferin, er hatte es selbst gesehen. Es gab nichts Widerlicheres und Unweiblicheres als eine Frau, die nicht weiß, wie viel sie verträgt. Ihre Tage im Zeugenstand waren endgültig gezählt. Sie würde niemanden mehr identifizieren.

Als sie über die Straße hastete, zurück zu ihrem Gör, ließ er den Motor an. Die Kleine stand vorm Klettergerüst und sah sich verzweifelt nach ihrer Mommy um, die sie allein gelassen hatte, um sich Schnaps zu kaufen. Was für ein Anblick. Wenn der Prozess vorbei war, würde er zur Tat schreiten – er würde sie in ihrem schicken Haus besuchen oder vielleicht einfach abwarten, bis ihr der Schnaps ausging und sie wieder durch die Kneipen zog. Das nächste Mal würde er keine Fehler machen.

Er beobachtete das rührende Wiedersehen auf dem Spielplatz. Mommy auf Knien, die ihr Kind mit den traurigen Augen umarmte. Bu-hu. Er fuhr vom Parkplatz. Scheiß auf Derrick mit seinem sprunghaften Gewissen, das sie in die Scheiße reingeritten hatte. Man konnte sich kein Gewissen leisten, wenn man tat, was sie taten.

Na ja, so ganz stimmte das nicht, dachte Ed mit einem trockenen Lächeln, als er auf die Straße fuhr und im Rückspiegel die herzerweichende Mutter-Tochter-Szene weiterverfolgte, die immer kleiner wurde, bis sie ganz verschwand.

Schließlich würde er diesmal das Kind am Leben lassen.

76

«Wo hast du das Zeug?», wollte Jarrod wissen, als er ins Wohnzimmer kam. Er riss die Kissen von der Couch und zog die Schubladen des Couchtischs auf. «Wo ist es?» Er ging in die Küche, sah unter der Spüle und in den Küchenschränken nach. Dann nahm er sich das Bad vor.

«Wovon redest du?», fragte Faith und sprang von der Couch.

«Du begreifst es nicht, oder? Du begreifst es einfach nicht. Du stehst unter permanenter Beobachtung. Überall, wo du bist, sind Kameras auf dich gerichtet. So was kommt in alle Nachrichten! Wo ist die Flasche?»

Sie wich zur Terrassentür zurück. «Es ist nichts da.»

«Du hast Maggie allein auf dem Spielplatz gelassen, um dir eine Flasche Schnaps zu kaufen. Wo hast du sie hingetan?»

«Ich habe sie nicht getrunken, Jarrod. Wirklich nicht. Ich habe sie gekauft, das stimmt, aber ich habe sie nicht getrunken.» Sie lief zu ihm, nahm sein Gesicht in die Hände, hauchte ihn an, dann küsste sie ihn fest auf die Lippen. «Siehst du? Ich habe nichts getrunken! Ich schwöre! Du würdest es riechen!»

Er wich zurück, die Finger an den Lippen. «Ich kann das nicht mehr. Ich kann nicht den Babysitter für dich spielen. Du hast Maggie allein gelassen. Sie ist fünf!»

«Aber ich habe nichts getrunken! Ich schwöre es!»

«Schwör lieber nicht. Darin bist du nicht gut.» Er lief nach oben. Sie hörte, wie er im Schrank herumräumte. Dann ging er über den Flur in Maggies Zimmer.

«Nicht streiten, Daddy», hörte sie Maggie oben sagen.

Faith lief wie ein wildes Tier auf und ab und überlegte fieberhaft, was sie tun sollte. Alles passierte so schnell – sie hatte keine Zeit zum Nachdenken. Sie hörte ihn, wie er die Treppe herunterkam, und sah auf. Er hatte eine große Reisetasche und Maggie auf dem Arm.

«Nein! Nein! Bitte nicht!», flehte sie und lief zu ihm. «Ich habe nichts getrunken! Es tut mir leid!»

«Nicht vor Maggie. Nicht mehr. Bitte, Faith», sagte er, als er an ihr vorbei zur Garage ging.

Er setzte Maggie in den Autositz, während Faith in der Tür stand und zusah. Sie hielt sich am Türrahmen fest und überlegte, was sie tun sollte. Sie hörte Maggie weinen. Es fühlte sich an, als rammte ihr jemand ein Messer ins Herz.

«Bitte nicht, Jarrod! Bitte nicht!», flehte sie. «Ich tue alles! Ich trinke nie mehr! Nie mehr!»

«Alles wird gut, mein Schatz», sagte Jarrod beruhigend zu Maggie und reichte ihr den Tablet-Computer. «Ich rede noch mal kurz mit Mommy. Du kannst die Kopfhörer aufsetzen und den Film schauen.» Er schloss die Wagentür und kam zurück.

«Bitte nicht ...»

«Wenn du wirklich bereit bist, clean zu werden, kommen wir zurück. Es tut mir leid, Faith, ehrlich.»

«Jarrod, nein!»

«Du hast sie im Park allein gelassen», sagte er ausdruckslos. «Du bist eine erwachsene Frau und triffst deine eigenen Entscheidungen. Maggie ist fünf – sie hat diesen Luxus nicht, und ich werde sie davor beschützen, dass jemand falsche Entscheidungen für sie trifft. Ich liebe dich, Faith, ich liebe dich wirklich. Denk darüber nach. Ich weiß nicht, ob du mir glaubst, ob du mir je wieder glaubst. Ich weiß nur, dass ich dich nicht zwingen kann, mir zu glauben, und dass es keine Rolle spielt. Du tust, was du willst. Aber ich kann nicht weiter zusehen. Ich kann nicht zusehen, wie du dich zugrunde richtest.» Dann drehte er sich um und stieg in den Wagen.

«Aber ich habe nichts getrunken!», schrie sie. Sie rannte die Treppe hoch, zwei Stufen auf einmal, stolperte auf der letzten Stufe und schürfte sich das Kinn am Teppich auf. Im Schlafzimmer tastete sie hektisch unter dem Boxspring-Bett herum, bis sie die ungeöffnete Wodkaflasche fand, die sie im Federrahmen versteckt hatte. Sie rannte wieder nach unten, stürmte durch die Garagentür und lief mit erhobener Flasche durch das sich schließende Garagentor auf die Wiese, um sie Jarrod zu zeigen, doch er war schon lange weg.

77

«Meine Damen und Herren Geschworenen, sind Sie zu einem Urteil gekommen?»

Jarrod saß in seinem dunklen Büro und starrte den Bildschirm an. Auf dem Flur waren Feierabendgeräusche zu hören. Es war Freitagabend um sechs. Die meisten Kollegen waren schon gegangen, und die, die noch da waren, hatten sich bei seiner Sekretärin Annalee um den Schreibtisch versammelt, um genau das zu sehen, was auch er verfolgte – die Live-Übertragung aus Gerichtssaal 10F.

«Ist er da?», fragte jemand im Flur, worauf wahrscheinlich ein Nicken und der Hinweis auf die geschlossene Bürotür folgten.

«Puh! Was für ein verrückter Fall. Sind sie noch zusammen?», fragte eine andere Stimme.

Wahrscheinlich folgte ein Kopfschütteln. Er hatte Annalee zwar noch nicht erzählt, dass er und Faith sich getrennt hatten, aber die Frau hatte eine gute Intuition. Sie hatte lange vor allen anderen von seiner Affäre gewusst, auch vor Faith.

«Ja, Euer Ehren, wir sind zu einem Urteil gekommen», sagte eine leise Stimme aus dem Off.

«Dann verlesen Sie bitte das Urteil», sagte der Richter zur Gerichtsschreiberin.

Im vollen Saal wurde es still.

«Wir, die Geschworenen des County Palm Beach im Staat Florida sind am fünfzehnten Tag des Monats Mai im Jahr 2015 zu dem Urteil gekommen, dass der Beschuldigte Derrick Alan Poole im Fall des Mordes an Angelina Santri nicht schuldig ist ...»

Die Aufregung brach sich Bahn, im ganzen Gerichtssaal explodierte Gemurmel, und nicht sonderlich schockierte «O Gott»-Rufe waren zu hören.

Jarrod rieb sich im dunklen Büro die Augen. Es war vorbei. Es war endlich vorbei. Doch er spürte keine Erleichterung. Auch keine Wut oder Empörung, weil die Geschworenen zum falschen Urteil gekommen waren. Was er spürte, war Angst.

Er nahm den Hörer ab und rief Vivian an, um ihr zu sagen, dass er Maggie etwas später abholen würde. Er hatte noch etwas zu erledigen.

«Hast du mit ihr gesprochen?», fragte Vivian.

«Nein. Ich habe angerufen und SMS geschickt, aber ich habe noch nicht mit ihr gesprochen. Du?»

«Nicht heute. Ich habe gestern mit ihr telefoniert, Jarrod. Sie klang nicht gut. Sie war, also ...»

«Betrunken?»

«Eigentlich wollte ich es dir nicht erzählen. Ich weiß, sie hat es wirklich schwer, aber sie hat ein Problem, und ich weiß nicht, wie man ihr das klarmachen kann. Sie geht Charity und mir aus dem Weg. Sie kommt nicht in die Bäckerei. Sie geht nicht ans Telefon, wenn die Wachleute ihr Bescheid sagen wollen, dass ich am Tor stehe.»

«Ich habe in der Entzugsklinik angerufen. Sie sagen, Faith muss die Entscheidung selbst treffen. Wenn sie es immer noch nicht begreift, ist sie noch nicht ganz unten. Sie meinen, manche kommen nie dahin. Und schaffen es nie wieder auf die Beine. Wie lange soll das noch dauern, Vivian? Muss ich warten, bis sie sich ins Koma säuft? Oder bis sie an ihrem Erbrochenen erstickt?» Jetzt, da Poole freigesprochen war, hatte der wenigstens kein Motiv mehr, Zeugen aus dem Weg zu räumen.

«Es tut mir so leid, Jarrod.»

«Ich kann es nicht länger mitansehen.» Seine Stimme war rau, und seine Fassung bröckelte. «Es ist so schwer. So unerträglich schwer.»

«Weiß sie von dem Urteil?»

«Ich weiß es nicht. Ich nehme an, sie hat es gesehen. Ich habe ihr eine Nachricht geschickt, dass sie mich anrufen soll, aber sie meldet sich nicht. Wahrscheinlich ist sie inzwischen sternhagelvoll, oder auf dem Weg dahin. Vielleicht hat sie sogar vergessen fernzusehen.»

«Fährst du zu ihr?»

«Ich glaube nicht, Viv. Ich weiß nicht. Wahrscheinlich. Vielleicht. Nein. Ich weiß nicht. Mal sehen.»

Er legte auf und starrte durchs Fenster auf den fast leeren Parkplatz. Zwanzig Minuten später klopfte Annalee, um ihm zu sagen, dass sie jetzt ging, und zu fragen, ob er eine Schulter zum Anlehnen brauchte.

«Nein», sagte er leise durch die geschlossene Tür, während er den Autos auf dem Weg zum Sawgrass Expressway hinterhersah: die Massen auf dem Weg ins Wochenende, das sie mit ihren Lieben verbringen würden. «Ich werde nicht ...»

In diesem Moment überwältigten ihn Neid und Trauer, und er ließ den Satz unbeendet.

78

Faith sah zu, wie das Chaos im Gerichtssaal ausbrach. Die Experten redeten durcheinander, gaben Voice-over-Kommentare ab, und am unteren Bildrand liefen die Breaking News: DERRICK POOLE NICHT SCHULDIG IM MORDFALL SANTRI.

Sie stellte den Fernseher ab. Sie hatte genug gesehen.

Ihr Handy begann zu vibrieren und zu klingeln. Sie stellte es ebenfalls ab. Dann klingelte das Festnetztelefon. Und klingelte. Und klingelte. Sie zog den Stecker aus der Wand.

Sie wollte mit niemandem sprechen.

Sie schloss alle Jalousien im Erdgeschoss, zog die Vorhänge zu und machte das Licht aus. Dann ging sie oben von Zimmer zu Zimmer und tat das Gleiche.

Sie wollte niemanden sehen.

Sie ging ins Schlafzimmer und schloss die Tür. Die Tür des begehbaren Kleiderschranks stand offen, die Koffer lagen noch am Boden, die aus dem Regal gefallen waren, als Jarrod seine Reisetasche geholt hatte. Seine Seite des Schranks wirkte noch voll – er hatte nicht viel mitgenommen, als er gegangen war.

Den Rest holt er auch bald, flüsterte die Stimme der alten Freundin in ihrem Kopf. *Jetzt, da der Prozess vorbei ist, kann er dich sitzenlassen. Bald holt er den Rest seiner Sachen. Und Maggies Sachen. Und dann bist du ganz allein. Dann hast du nur noch mich.*

Sie hielt sich die Ohren zu, um die Stimme nicht hören zu müssen, aber es half nichts. Dann kroch sie auf allen vieren in den Schrank, zog die Anzüge herunter, die Jarrod nicht mitgenommen hatte, und machte sich daraus ein Kissen. Sie öffnete die Kiste mit den Dingen ihres Vaters, nahm Sullys alte Uhr heraus, die er ihr hinterlassen hatte, und zog sie an. Jetzt musste sie keine Flasche mehr in der Kiste verstecken – es gab niemanden mehr, vor dem sie etwas verbergen musste. Sie musste sich nicht mehr verstellen. Sie zog eine von Jarrods Sportjacken über und schloss die Augen. In einer Hand hielt sie die halbleere Flasche, die sie mit nach oben gebracht hatte. In der anderen hielt sie die Pistole, die Jarrod im obersten Schrankfach im Waffensafe zurückgelassen hatte. Sie betastete den Abzug. Vielleicht hatte er sie mit Absicht dagelassen. *Jetzt sind wir allein, Faith*, flüsterte ihre alte Freundin, als sie sich in die Ecke des dunklen Wandschranks zurückzog und die Flasche ansetzte. *Ich bin immer für dich da, Schwester.*

79

Derrick bedankte sich mit einem Nicken bei der Sprecherin der Geschworenen. Er umarmte seinen Anwalt. Gemma beugte sich über das Geländer und küsste ihn.
«Wie geht es Ihnen?»
«Wie fühlt es sich an, wieder ein freier Mann zu sein?»
«Wo ist Ed Carbone? Haben Sie von ihm gehört?»
«Sind Sie wütend auf die Staatsanwaltschaft und die Polizei?»
«Und auf die Zeugin, Faith Saunders? Sind Sie wütend auf sie?»
Der Gerichtsdiener rief: «Ruhe im Saal!», und die Menge beruhigte sich für einen Moment.
«Mr. Poole», sagte der Richter finster, «die Geschworenen haben Sie für nicht schuldig befunden. Sie sind von allen Vorwürfen freigesprochen. Sie können gehen, Sir.»
«Danke, Euer Ehren. Danke», antwortete Derrick bescheiden. «Danke.» Er wusste nicht, ob die Leute ihm seine Unschuld tatsächlich abnahmen, aber die Reporter lächelten kumpelhaft. Ihre Loyalität änderte sich schnell. Sie wollten alle ein Zitat oder ein schnelles Interview mit ihm. Die Sendung *Im Fadenkreuz* hatte Kontakt aufgenommen, und sie drehten heute hier im Saal. Richard Hartwick sagte, der Kabelsender Lifetime habe auch schon mehrmals angerufen, um sich die Spielfilmrechte zu sichern.
Das war ein neuer Anfang. Er würde nicht abhauen, auch wenn der Prof wahrscheinlich genau das wollte. Abhauen, untertauchen und irgendwo weit, weit weg, in Kalifornien vielleicht, zusammen von vorn anfangen. Aber Derrick würde sich seine fünfzehn Minuten Ruhm vergolden, bevor er die Stadt verließ. Vielleicht ein Buch schreiben. Vielleicht käme der Blutdurst gar nicht wieder. Schließlich war es immer der Prof gewesen, der angefangen hatte. Ed hatte das Beste und das Schlimmste in Derrick

hervorgebracht. Sie hatten seit Monaten nicht miteinander gesprochen, und sie hatten keinen Plan B, wo und wie sie sich treffen würden, falls etwas schiefging, weil Fehler nicht vorgesehen waren. Nichts hätte je schiefgehen dürfen. Und mit Ed war auch nie was schiefgegangen. Er war der Erfahrene. Aber Derrick hatte es verbockt – indem er die verzweifelte Hausfrau und ihr Kind hatte ziehen lassen. Und das würde ihm Ed für immer vorhalten.

Er wusste, der Prof würde zusammen weitermachen wollen, und es war nur eine Frage der Zeit, bis er Kontakt aufnehmen würde. Der Typ war komplett verrückt. Er stand auf echt kranke Scheiße, dachte sich kranke Scheiße aus, auf die sonst niemand kam. Und zuerst würde er Rache wollen. Der Mann kannte keine Gnade, auch nicht mit der Tänzerin aus Miami, in die er verknallt gewesen war. Sie hatte den Fehler begangen, ihn Versager zu nennen, und das hatte er ihr nie vergessen. Sie war die Erste gewesen, die über die Klinge hatte springen müssen, und Ed war voll darauf abgefahren. Er hatte ihre Schreie aufgenommen, sie sich immer wieder angehört, hatte Songs damit komponiert, sie als Background-Track benutzt und so was. Derrick war kein Heiliger, aber er war lange nicht so schlimm wie Ed. Er wollte auch gar nicht so schlimm sein wie Ed.

Jedenfalls war die Erste, auf die Ed es jetzt wahrscheinlich abgesehen hatte, Blondie mit ihrem kleinen Kind, und Derrick vergriff sich nicht an kleinen Kindern. Irgendwo war Schluss.

Vielleicht käme der Blutdurst ja wirklich nicht wieder. Er war jetzt schon seit sechs Monaten clean. Wer sagte, dass er nicht für den Rest seines Lebens normal sein könnte? Dass er das unglaubliche High, das er erlebte, wenn er jemandem beim Sterben zusah, nicht auch in anderen Dingen finden konnte?

«Werden Sie sie verklagen?»

«Bleiben Sie in Florida?»

Derrick lächelte die hübschen Reporterinnen an. Frauen, die ihn vor einem Jahr keines Blickes gewürdigt hätten. Heute war nicht der Tag, um an morgen zu denken. Heute war der Tag zum Feiern.

«Kommen Sie, Derrick», sagte Rich Hartwick und führte ihn durch den Mob in den vollen Korridor. Dann mit dem Fahrstuhl nach unten in die Lobby. Derrick hielt Gemmas Hand, als er seinem Anwalt durch die Menge folgte, und ignorierte die Rufe und Fragen, mit denen er bestürmt wurde. Er sah, wie selbst Unbeteiligte stehen blieben und neugierig auf ihn zeigten. Er fühlte sich wie ein Star. Er fühlte sich *gut*. Zwei uniformierte Polizisten halfen ihnen auf dem Weg durch die begeisterte Menge – in der sich zugegebenermaßen auch ein paar weniger Begeisterte befanden. Derrick kam die Sache rasend komisch vor: Hätten die Geschworenen ihn schuldig gesprochen, hätten dieselben Polizisten ihn in diesem Moment nach Starke in die Todeszelle gebracht.

Ein Blitz zuckte über den Himmel, als er das Gerichtsgebäude verließ. Draußen war es windig und kühl. Ein Sturm zog auf. Auf der anderen Seite der Plaza, etwa fünfzig Meter entfernt, fuhr eine schwarze Limousine vor.

«Das ist unsere», erklärte Hartwick.

Jemand öffnete die Tür zum Fond. Die Polizisten drängten die Presse zurück.

«Derrick!», rief eine Frau in der Menge.

«Derrick! Ich bin Kathleen Hodge von der *New Times*. Geben Sie uns ein Interview?»

«Derrick!», quiekte ein Mädchen. «Kann ich ein Autogramm haben?»

«Hier entlang, Derrick», rief sein Anwalt, während ein gewaltiger Donner über sie hinwegrollte. «Bevor es zu schütten anfängt.»

Er fühlte sich unbeschreiblich. Es war ein High, wie er es noch nie erlebt hatte.

Eigentlich, dachte er, während er und Gemma auf die wartende Limousine zugingen und der Himmel seine Schleusen öffnete, waren die Bewunderungsschreie einer Frau sogar noch geiler als die Schreie ihrer Todesangst.

80

Im hinteren Teil des Gerichtssaals stand Bryan Nill mit offenem Mund. Er war wie vor den Kopf gestoßen. Zwar hatte er früh gemerkt, dass es nicht gut lief – seit Faith Saunders' Kreuzverhör. Elisabetta strampelte sich jeden Tag ab, doch der Gegner wurde immer stärker. Die Puzzleteile passten nicht mehr – sie lagen einfach nur herum –, und mehr brauchten die Geschworenen nicht, um berechtigten Zweifel anzumelden.

Doch freigesprochen war nicht gleich unschuldig. «Nicht schuldig», hieß nicht «Er hat es nicht getan». Nill schockierte weniger das Urteil als die Reaktion der Medien. In null Komma nichts waren sie umgeschwenkt und schleimten sich bei einem Serienmörder ein, um sich ein Exklusivinterview zu sichern. Selbst die Zuschauer wirkten zufrieden, als kämen sie gerade aus dem Kino und sprächen noch einmal kurz über den Film, bevor sie sich dem nächsten Thema widmeten. Die Szene war surreal.

Sein Handy vibrierte, als eine SMS ankam. Sie war von Maldonado, die vor ein paar Tagen ihr Kind entbunden hatte.

> TM: Geschworene sind doof. Geht's dir gut?

Er schickte eine simple Antwort zurück: Nein.

> TM: Komm und sieh dir an, was ich inzwischen gemacht habe. Er bringt dich zum Lächeln. Bis er heult ... LOL

Und so drehte sich die Welt weiter. Tatiana hatte ein Baby bekommen. Er hatte einen neuen Gang-Mord auf dem Tisch. Sein Bruder hatte ihn zum Memorial Day nach New Jersey eingeladen, und er musste heute den Flug buchen. Die Zwillinge wollten wissen, in welchem Restaurant sie ihren Schulabschluss feiern dürften. In wenigen Tagen wäre der Freispruch wieder aus den Schlagzeilen verschwunden. In einer Woche würde kein Hahn mehr danach krähen. In ein paar Monaten würden sich nur noch die Familien der Opfer und Faith Sanders an Derrick Poole erinnern. Die Welt drehte sich weiter.

Bryan ignorierte verschiedene Interview-Anfragen, die an ihn gerichtet wurden, und durchquerte den Gerichtssaal. Der Tisch der Verteidigung war leer. Elisabetta packte gerade ihre Unterlagen in einen Karton. «Alles klar?», fragte er.

«Nein», antwortete sie, ohne aufzublicken.

Ihr Kollege Gareth Williams war vorsorglich in Deckung gegangen. Er stand am anderen Ende des Tischs.

«Wird wieder alles klar?»

«Nein», antwortete sie wieder.

«Das Urteil heißt nicht, dass die Jury nicht weiß, dass er schuldig ist ...», versuchte es Bryan.

«Nur, dass ich seine Schuld nicht nachweisen konnte. Danke, Detective. Jetzt fühle ich mich schon viel besser.»

«Wir finden Carbone. Sie bekommen eine zweite Chance bei Poole, wenn wir die anderen Opfer haben.»

Sie schüttelte den Kopf. «Viel Glück, Detective. Ich hoffe, Sie finden ihn, bevor die zwei einander finden. Ich habe keine Lust, noch einer Mutter zu sagen, wie leid es mir tut, dass Sie Mist gebaut haben.»

Mit diesen Worten nahm sie den Karton und verließ den Gerichtssaal. Zum ersten Mal, seit er sie kannte, lehnte sie jede einzelne Interview-Anfrage ab.

81

URTEIL IM SCHLACHTHAUS-PROZESS: DERRICK POOLE DES MORDES AN TÄNZERIN AUS PALM BEACH FÜR NICHT SCHULDIG BEFUNDEN

Ed riss die Faust in die Luft, als er die Breaking News am unteren Bildschirmrand las. «YES!», rief er, wahrscheinlich ein wenig zu laut. Die anderen vier Penner in der feuchten stinkenden Alt-Männer-Bar blickten auf.

Zeit zum Abhauen. Er sah zwar kein bisschen aus wie er selbst, aber wenn er eins aus diesem beschissenen Fall gelernt hatte, dann, dass man bei neugierigen Leuten kein Risiko eingehen durfte. Eh man sichs versieht, ruft jemand die Cops, will eine Belohnung einheimsen oder als Zeuge ins Fernsehen. Trotzdem, ein toller Tag. Ein verdammt toller Tag! Bald wären er und Derrick wieder zusammen. Es war so scheißlange her – Mann, das würde ein Fest geben. Sie würden ihre Show einpacken und weiterziehen. Dem verdammten Kaff den Rücken kehren. Die Band ging wieder auf Tournee!

Den Blick auf den Fernseher gerichtet, stürzte er das Bier herunter. Die Nachrichtensendung, die ohne Ton lief, zeigte Videoszenen aus dem Gerichtsgebäude. Derrick sah aus, als amüsierte er sich prächtig da vorne mit den Reportern, und die hässliche Ziege von Freundin neben ihm grinste sich einen ab. Das Letzte, was der Blödmann zu ihm gesagt hatte, bevor sie beschlossen hatten, eine Weile getrennte Wege zu gehen, war: «Ich glaube, die Schlampe von der Arbeit hat die Cops gerufen.» Eifersucht wallte in Ed auf wie Fieber. Er spürte es bis in die Fingerspitzen und presste die Flasche in seiner Hand, bis er glaubte, sie würde zerspringen. Die Tussi würde als Nächste über den Jordan ge-

hen – Derricks *Freundin*. Gleich nach Blondie. Sie waren hier nicht Butch und Sundance und die Schlampe in *Banditen*. Ein Dreier war nicht drin. Derrick und er, sie waren für Höheres bestimmt. Er knallte die Flasche auf den Tresen.
Er hielt ihre Hand.
Ed musste sich vom Fernseher abwenden, so wütend war er. Was sollte der Scheiß? Er brauchte nicht mehr den sabbernden Freund spielen, der Blödmann. Er brauchte sich nicht mehr verstellen, denn Derrick Alan Poole war *nicht schuldig*, verflucht noch mal!

«Zeit für den Vorhang», murmelte Ed, als er einen Fünfer auf den Tresen warf. «Die Vorstellung ist zu Ende.» Vielleicht würde er sogar die Reihenfolge ändern und sich die Tussi noch vor Blondie vorknöpfen. Die letzten vier Monate hatte Ed damit verbracht, eine Hütte in den Everglades auszubauen. Der perfekte Unterschlupf für jemanden, der untertauchen musste, weit weg von Neugierigen, Campern, Touristen, Rangern und abgewrackten Käffern. Und dann hatte er so viel mehr daraus gemacht als ein Versteck, um sein müdes Haupt zu betten. Vielleicht würden er und Derrick die beiden glücklichen Damen zusammen in das neue Nest bringen und ihnen alles zeigen. Bei dem Gedanken musste er lächeln. Er hoffte, es würde Derrick dort gefallen. Auch wenn sie nicht mehr lange in Florida blieben, konnten sie immerhin reinen Tisch machen, bevor sie weiterzogen.

Ed steckte sich eine Zigarette in den Mund und zündete sie auf dem Weg zur Tür an, ohne sich darum zu kümmern, ob irgendein Arschloch ihn anmachte, weil er drinnen rauchte. Grinsend verließ er die Bar. Er freute sich auf Derrick. Vielleicht könnten sie sich noch heute Abend treffen. Was für ein süßes Wiedersehen. Er konnte es kaum abwarten. Er hatte so viel vor. Er fühlte sich, als hätte er eine Handvoll XTC geschluckt, nur besser. Er fühlte sich, als wäre alles möglich.

«YES!», rief Ed, als er aus der Bar auf den immer noch sonnigen Parkplatz trat. Verdammt, er hasste den Sommer. Lächelnd hob er die Faust zum Himmel. «Auf geht's!»

82

Hatte sie richtig gehört?

Faith richtete sich im stockfinsteren Wandschrank auf und spitzte die Ohren. Sie hörte den Regen, der aufs Dach trommelte. Der Wind pfiff durch die Belüftungsschlitze. Aber das war es nicht, was sie gehört hatte.

Sie sah sich im Schrank um und versuchte, etwas zu erkennen, versuchte, sich zu konzentrieren. Wie viel Uhr war es? Was war heute für ein Tag? Ihre Gedanken schleppten sich schwerfällig durch ihr Gehirn, als wateten sie durch dicken, zähen Matsch. Alle paar Synapsen blieb der Gedanke hängen und sah sich um, voller Angst, sich zu verirren. Und wenn er sein Ziel endlich erreichte, hatte er vergessen, warum er da war – der Matsch war so weich, dass der Gedanke darin ausrutschte. Und dann sauste er plötzlich wie eine Flipperkugel durch ihr Gehirn. Sie schüttelte den Kopf, um wieder klar zu werden. Keine gute Idee. In ihrem Kopf drehte sich ohnehin schon alles, und jetzt wurde ihr schlecht. Furchtbar schlecht. Sie musste aufs Klo. Auf allen vieren kroch sie aus dem Wandschrank ins Schlafzimmer und von dort ins Bad. Der Marmor war kühl unter ihren Händen. Sie drückte das Gesicht an den Boden. Er war so kalt. Vielleicht blieb sie einfach eine Weile liegen, bis der Schwindel aufhörte. Gönnte den Gedanken die wohlverdiente Ruhe. Sie schloss die Augen.

Dann hörte sie es wieder: das Geräusch, das sie im Schrank gehört hatte. Es war nicht der Regen oder der Wind im Kamin. Es kam von unten.

Sie konnte sich nicht auf ihre Beine verlassen, also kroch sie auf allen vieren zurück ins Schlafzimmer und zur Tür. Sie öffnete einen kleinen Spalt und lauschte.

Es donnerte grollend, und sie fiel rückwärts auf den Hintern.

Von unten kam ein quietschendes, kratzendes Geräusch. Ein Geräusch, das sie noch nie gehört hatte. Es waren weder die Palmwedel, die das Fenster streiften, noch das Knarren der Balken oder der Wind in den Belüftungsschlitzen. Diese Geräusche hörte sie auch, aber dazu noch dieses neue. Es klang, als wäre unten ein Fenster kaputt gegangen, und der Wind und der Regen drangen ins Haus.

Ihr wurde wieder schlecht.

Dann hörte sie ein Knirschen, als würde jemand auf Glasscherben treten.

Es war jemand im Haus.

83

«Derrick Poole?» Eine Frau bahnte sich den Weg durch die Kamerateams. Er drehte sich um, als er in die Limousine stieg. Sie war Ende dreißig und trug ein schickes Kostüm. Sie sah aus wie eine Journalistin.

«Ich habe auch eine Frage: Wie fühlt es sich an, dem Teufel gegenüberzustehen?», fragte sie mit einem breiten Lächeln. «Sind Sie aufgeregt?»

Erst hörte er den Schuss, dann spürte er den Schmerz im Bauch. Er starrte in ihre dunklen Augen, während die Menge um ihn herum aufschrie.

«Eine Pistole! Eine Pistole! Sie hat eine Pistole!»

«O Gott!»

«Sie schießt!»

«Sie hat ihn getroffen!»

Die Leute rannten in alle Richtungen. Die Menge, die sich um ihn geschart hatte, löste sich auf. Auch Gemma rannte. Er sah ihr hinterher. Sie drehte sich nicht einmal um. Die einzige Person, die noch da war, war die Frau. Selbst die Cops hatten sich aus dem Staub gemacht.

Derrick sah an sich herunter, wo das Blut durch sein weißes Hemd sickerte. Es war ein ganz neuer Anzug. Er hatte ihn extra für den Prozess gekauft. Er streckte der Frau die Hände entgegen und sah, dass sie voll Blut waren. Er hatte ein Loch im Bauch.

«Das war für Noelle», sagte die Frau, noch genauso ruhig wie zuvor. Er sank auf die Knie. «Aber du wirst sie nicht wiedersehen, du Dreckschwein, weil Noelle im Himmel ist.»

Dann zielte sie mit der Pistole auf seine Stirn und schoss noch einmal.

84

Sie sind da!, flüsterte die Stimme. *Sie sind da, um dich zu holen!*

Faith zitterte am ganzen Körper. Er war unten, ging in ihrem Haus herum, suchte sie.

Erinnerst du dich an die Gerichtsverhandlung? Erinnerst du dich, wie er dich gewarnt hat, den Mund aufzumachen, aber du hast nicht auf ihn gehört? Jetzt ist er frei! Und sein Partner auch. Es sind zwei, Faith. Einer hat dir was in den Drink getan und versucht, dich zu töten. Er hat dir schon wieder was in den Drink gemischt. Deswegen ist dir so schlecht. Du kannst nicht gerade denken, weil er dir was in den Drink gemischt hat. Gift. Und jetzt kommen sie hoch und holen dich und schlachten dich ab. Schlachten. Dich. Ab.

Sie hörte die Schritte auf der Treppe. Sie hielt sich den Mund zu, um nicht zu schreien.

Sie kroch zurück in den Schrank und schloss die Tür. Sie rutschte in die Ecke zurück, zu Jarrods Kleidern. *Die Polizei! Ruf die Polizei!* Endlich schaffte es der Gedanke durch den Matsch. Aber sie hatte kein Telefon. Es war zu spät, um Hilfe zu rufen. Sie kroch unter Jarrods Kleider und versuchte, sich zu verstecken.

Wussten die Mörder, dass Jarrod sie verlassen hatte? Wussten sie, dass sie ganz allein war?

Ja, deswegen sind sie hier!, antwortete die Stimme.

Was hatten sie vor? Würden sie sie aus dem Schrank zerren und gleich hier im Schlafzimmer töten?

Sie schlachten dich ab, sagte die Stimme. *Weißt du noch, was die Frau über ihre Tochter gesagt hat? «Ich habe nicht mal ihre ganze Leiche ...»*

Die Tür zum Schlafzimmer ging auf. Sie hörte es. Jemand rief ihren Namen. Sie riefen nach ihr.

Dann ging die Tür des Wandschranks auf. Sie blinzelte ins Licht, das aus dem Schlafzimmer hereinfiel. Eine große gesichtslose Gestalt stand in der Tür.

«Wo zum Teufel ...»

Sie drückte ab. Es blitzte auf, und der ganze Schrank schien zu explodieren. Sie wurde gegen die Wand geschleudert. In ihren Ohren klingelte es. Sie hörte nichts, nur das schreckliche Klingeln, wie tausend Kirchenglocken in ihrem Kopf. Sie setzte sich auf.

Sie sind zu zweit!, schrie die Stimme in ihrem Kopf.

Sie sah sich panisch um, versuchte, sich von Jarrods Anzügen und den Kleidern zu befreien, die heruntergefallen waren. Sie hob die Pistole auf und zielte.

Maggie stand über der Gestalt, die regungslos auf dem Boden lag.

Faith konnte sie nicht hören, aber sie brauchte keinen Ton, um zu begreifen, dass Maggie schrie.

85

«Es ist mir immer noch schleierhaft, warum sie nicht gesehen hat, dass es ihr Mann war», sagte Mike Derdin, einer der beiden Detectives aus Parkland, zu Chuck Bennett, dem Chief Felony Assistant der Staatsanwaltschaft von Broward County. Sie saßen mit Bryan Nill im Konferenzraum der Staatsanwaltschaft im Zentrum von Fort Lauderdale. Vor ihnen auf dem Tisch lagen Fotos vom Tatort.

Bryan nahm eines der Fotos in die Hand. Es stammte aus Faith Saunders' Schlafzimmer. Am Boden waren Zeitungen, Zeitschriften, Kleider und Spielzeug verstreut. Auch Decken, Laken und Kissen lagen auf dem Boden, als wäre das Bett explodiert. Auf der Kommode standen eine leere Flasche Ron Rico, ein Karton Orangensaft und ein Plastikkrug. Er dachte an seine früheren Besuche bei den Saunders – alles war immer ordentlich und gepflegt gewesen, picobello. Das hier war dagegen ein regelrechter Saustall. Bryans jüngerer Bruder hatte ein Alkoholproblem gehabt. Genauso hatte seine Wohnung in Whitestone in Queens ausgesehen, als die Polizei ihn fand. Nachdem er sich im Wandschrank erhängt hatte. Er nahm ein anderes Foto in die Hand. Es zeigte das Innere des Wandschranks. Die Kleider waren heruntergefallen oder von den Bügeln gerissen worden und lagen in Haufen auf dem Boden. Überall waren Koffer und Schuhe. Blut klebte am beigen Teppich. Daneben lag mit einer Spurentafel die Sig Sauer, die auf Jarrod Saunders registriert war. Daneben eine leere Flasche Smirnoff und noch eine Spurentafel.

«Sie hatten Probleme, sie und ihr Mann», erklärte der andere Detective, der sich als Tom Dunleavy vorgestellt hatte.

«Was Sie nicht sagen», gab Chuck Bennett sarkastisch zurück. Er sah Bryan an. «Danke, dass Sie gekommen sind, Detective Nill. Ich weiß, dass es nicht in Ihre Zuständigkeit fällt, aber Sie kennen die Frau und ihren Mann, und es gibt definitiv einen Zusammenhang mit dem Poole-Fall. Ich habe auch die Staatsanwältin eingeladen, die den Prozess geführt hat, aber sie ...?»

«Sie hat das Amt niedergelegt», antwortete Bryan.

«Das ging schnell.»

«Sie ist noch am Tag des Urteils zurückgetreten. Jetzt versucht sie ihr Glück woanders. Sie hat jetzt eine eigene Gerichts-Show. Sie können sie fünf Abende die Woche in Ihrem Wohnzimmer haben, wenn Sie wollen», sagte Bryan.

«Wow», antwortete der Staatsanwalt. «Was wäre erst aus ihr geworden, wenn sie den Fall gewonnen hätte? Aber im Ernst, können Sie mir was über Faith Saunders erzählen? Ich bereite gerade die Vorverhandlung vor. Ich muss entscheiden, weswegen ich sie anklage.»

«Ich habe eng mit Faith zusammengearbeitet», sagte Bryan. «Ich habe auch viel mit Jarrod gesprochen. Wenn Sie sich die Verhandlung angesehen oder Zeitung gelesen haben, wissen Sie, dass sie ein gravierendes Alkoholproblem hat.»

«So viel Alkohol, wie sie im Blut hatte, muss sie tagelang betrunken gewesen sein», bemerkte Dunleavy.

«Sie hat den Fall an die Wand gefahren», sagte Derdin grimmig. «Kein Wunder, dass sie in der Öffentlichkeit zerrissen wurde. Ihretwegen wurde ein Serienmörder freigesprochen.»

Bryan sah Faiths Verhaftungsfoto an, das vor dem Staatsanwalt auf dem Tisch lag. Von der schönen, gut gekleideten Frau, die vor sieben Monaten mit ihrem attraktiven Mann und dem süßen Kind aufs Polizeirevier gekommen war, war nur noch ein Schatten übrig. Ungesund dünn, ausgemergelt, bleich, mit dunklen Augenringen und ungewaschenem Haar. Aber es waren die Augen, die am meisten verrieten: Das Licht darin war erloschen. Abgestumpft wäre zu schwach ausgedrückt. Sie sah aus, als hätte sie ein Dutzend Leben gelebt. Er dachte daran, was ihr Mann am Tag der Voruntersuchung bei der Staatsanwaltschaft gesagt hatte: *Sie hat es sich nicht ausgesucht, Zeugin eines Verbrechens zu werden.*

Schon damals war die Frau ein Wrack gewesen und hatte ihre Familie für vier Monate verlassen müssen, um auf Entzug zu gehen. Und obwohl sie mehr als angeschlagen war, verlangte man immer mehr von ihr, päppelte sie kurz hoch und schickte zurück sie in die Arena, wohl wissend, wie schwach sie war. Wohl wissend, dass sie das Ganze wahrscheinlich nicht überstehen würde. Und wenn alles vor die Hunde ging – was dann ja auch passierte –, konnte man ihr bequem alles in die Schuhe schieben. Aber Bryan machte das Spiel nicht mehr mit. «Lassen Sie die Frau in Ruhe», sagte er leise, aber in einem Ton, den jeder klar verstand. «Der Fall war hart. Geben Sie mir die Schuld. *Ich* habe es verbockt. *Ich* hatte nicht genug in der Hand.»

«Als die Polizei kam, behauptete sie, sie hätte geglaubt, Poole und sein Partner Carbone wären eingebrochen, um sie zu holen», sagte Dunleavy.

«Aber Poole war zu diesem Zeitpunkt schon tot!», warf Derdin ein.

«Das wusste sie nicht, bis sie es von den Polizisten erfuhr», sagte Dunleavy.

«Behauptet sie zumindest», bemerkte der Staatsanwalt.

Dunleavy zuckte die Schultern. «Sie hatte alle Rollläden und Vorhänge geschlossen und die Haustür verbarrikadiert. Ihr Ehemann kam nicht ins Haus. Er wollte nach der Urteilsverkündung nach ihr sehen, und nachdem Poole von Langtrys Mutter vor dem Gericht erschossen worden war. Er kam nicht rein, also hat er ein Fenster eingeschlagen. Sie hat es gehört, dachte, es wären Poole und Carbone, und hat sich im Schrank versteckt. Dort blieb sie, bis der Ehemann die Tür aufmachte.»

Derdin klopfte auf den Tisch. «Aber das verstehe ich eben nicht. Wie konnte sie ihren eigenen Mann nicht erkennen?»

«Wie hoch war ihr Blutalkoholspiegel?», fragte Bryan.

«1,87 Promille.»

«Deswegen hat sie ihn nicht erkannt», antwortete Bryan. «Er hat die Tür aufgemacht, das Licht kam von hinten, ihre Pupillen waren geweitet, sie konnte sein Gesicht nicht sehen und hat abgedrückt.»

«Aber er hatte sie verlassen», wandte Derdin ein. «Eine Woche vorher – nach ihrer Aussage vor Gericht. Das ist ein Motiv. Er hatte vor einer Weile eine Affäre. Das wissen wir von seiner Sekretärin.»

Bryan spürte die Wut in ihm aufsteigen. «Anscheinend haben Sie Ihr Urteil über Faith Saunders schon gefällt, Detective Derdin. Jetzt erzähle ich Ihnen mal, wie ich die Sache sehe, ob Sie es hören wollen oder nicht. Faith Saunders hat ein Alkoholproblem, das sich verschlimmert hat, als ihr Mann einen Seitensprung hatte. Dann wurde sie in diesen Fall verwickelt, bei dem alles schiefging. Sie hat ein paar Lügen erzählt, um ihren Hals zu retten, und wurde erwischt. Dann hat sie noch mehr getrunken, was ihre Ehe noch mehr belastet hat. Ihr Mann hat sie in eine teure Entzugsklinik gesteckt. Er hat sie jeden Tag angerufen, als sie dort war. Überprüfen Sie die Anruflisten. Aber dieser Fall, der Super-GAU im Zeugenstand, war einfach zu viel. Sie ist rückfällig geworden, hat ihre Tochter auf dem Spielplatz allein gelassen, worauf sich die Presse gestürzt hat, weil Faith ohnehin die Zielscheibe des öffentlichen Zorns war, seit sie Angelina Santri in der Gesellschaft von zwei Serienmördern hat sterben lassen. Der Mann erfährt von der Geschichte im Park, schnappt sich das Kind und geht. Das Ganze ist tragisch. Es wundert mich nur, dass sie die Waffe nicht gegen sich selbst gerichtet hat.»

«Wie geht es ihr? Und dem Kind?», fragte Chuck.

«Was meinen Sie wohl? Die Kleine musste zusehen, wie ihre Mutter auf ihren Vater schoss», erwiderte Derdin. «Sie ist schwer traumatisiert. Und das nach allem, was sie im Herbst erlebt hat. Laut der Familie hatte sie schon vorher Probleme. Im Moment wohnt sie bei der Tante, und anscheinend spricht sie nicht. Kein Wort.»

«Ich habe mit der Tante gesprochen, Charity Lavecki, und ich habe versucht, mit Maggie zu sprechen», sagte Bryan. «Detective Maldonado, meine Partnerin, auch. Die beiden haben sich während der Ermittlungen gut verstanden. Aber Maggie weigert sich zu reden.»

Der Staatsanwalt tippte mit dem Stift auf den Tisch. «Also kann sie nicht erzählen, was passiert ist.»

«Wie sieht die Rechtslage aus, Chuck?», fragte Dunleavy. «Hat die Frau eine Chance, da rauszukommen?»

Der Staatsanwalt nickte nachdenklich. «Wenn sie in ihrem eigenen Haus ist und Grund zu der Annahme hat, dass sie angegriffen wird, ja, in dem Fall hat sie das Recht, sich selbst zu verteidigen und auch tödliche Gewalt anzuwenden, um ihr Leben zu schützen. Das wäre Notwehr.»

«Aber Poole war schon tot, Chuck», beharrte Derdin. «Es gab keinen Grund zu der Annahme, dass er bei ihr einbrechen würde.»

«Wenn sie nicht wusste, dass Poole tot ist, hatte sie durchaus Grund zu der Annahme, dass er sie verfolgt», gab Bryan zurück. «Außerdem ist Carbone, sein Partner, nicht tot. Wir wissen nicht, wo er sich aufhält. Er hat schon einmal versucht, sie zu entführen. Und er hat ein Motiv: Sie ist die Einzige, die ihn identifizieren kann.»

Chuck nickte. «Das stimmt. Wie knapp war es?»

«Sie hat das Herz um ein paar Zentimeter verfehlt, sagt der Arzt», antwortete Dunleavy.

Chuck nickte nachdenklich.

«Sie soll ungestraft davonkommen?», fragte Derdin ungläubig. «Sie schießt den armen Kerl über den Haufen, der in sein eigenes Haus kommt, um nach ihr zu sehen, und behauptet, sie war zu blau, um durchzublicken, und das soll dann Notwehr sein?»

«Ich habe nicht gesagt, dass sie nicht belangt wird, Detective Derdin», knurrte Chuck. «Ich versuche hier nur festzustellen, ob ich auf versuchten Mord plädieren soll. Oder versuchten Totschlag. Sie hat Glück, dass ihr Mann noch atmet, darin sind wir uns wohl alle einig. Er sagt, es sei ein Unfall gewesen. Er will nicht, dass sie vor Gericht kommt. Auch das müssen wir in unseren Erwägungen berücksichtigen.»

«Das behaupten die Leute bei häuslicher Gewalt immer, Chuck», widersprach Derdin. «‹Er hat es nicht so gemeint›, oder ‹Ich war selbst schuld, dass er mich geschlagen hat›. Tut mir leid, wenn ich ihm das nicht abnehme.»

«Was will denn Jarrod Saunders?», fragte Chuck, der Derdin ignorierte und stattdessen Bryan ansah. «Lebenslanges Kontaktverbot? Was wär ihm am liebsten? Wissen Sie das?»

«Er will, dass sie mit dem Trinken aufhört», antwortete Bryan. «Ich war gestern bei ihm im Krankenhaus. Das war kein Familiendrama, Chuck. Es war einfach nur ein Drama. Ich habe Faith Saunders' Zusammenbruch live miterlebt. Sie hat sich körperlich und mental aufgelöst. Viele profitieren von ihr und diesem Fall. Die Staatsanwältin hat ihre Fernsehkarriere gestartet, Talkshow-Moderatoren haben ihre Zitate verwurstet, und Reporter haben jeden Aspekt ihres Lebens durchleuchtet, vor allem, was für eine Art Mutter sie ist – als hätte sich jeder Einzelne von ihnen mustergültig verhalten, wäre er in derselben Situation gewesen. Wir alle sind schnell mit unseren Urteilen, aber diese Frau hat nicht darum gebeten, Zeugin zu werden, sie wollte nicht ins Rampenlicht. Der Fall hat ihr Leben zerstört. Die Presse hat sie zerrissen, hat aus ihr die wahre Übeltäterin gemacht, schlimmer als die Mörder, die die Frauen abgeschlachtet haben. Und Millionen von Zuschauern haben mitgemacht. Der einzige Freund, der ihr am Ende geblieben war, war die Flasche, und auch die hat sie reingelegt. Sie tut mir leid. Sie tut ihrem Mann leid. Sie sollte uns allen leidtun.»

Es wurde still im Raum. Die anderen drei Männer wechselten Blicke.

«Was ist mit der Mutter, die Selbstjustiz verübt hat? Sie hieß Langtry, oder?», fragte Dunleavy.

Bryan fuhr sich durchs Haar. «Sie wird wegen Mordes angeklagt, weil man den Vorsatz nicht wegdiskutieren kann. Aber sie bekommt mildernde Umstände, glaube ich. Und sie ist krank; sie hat Diabetes und irgendwas anderes. Wahrscheinlich plädiert sie auf Totschlag und bekommt zehn Jahre oder so. Falls die

Staatsanwaltschaft sich nicht darauf einlässt, legt sie wahrscheinlich noch Unzurechnungsfähigkeit darauf, und die Geschworenen sprechen sie frei, weil wir alle genau wissen, dass wir an ihrer Stelle das Gleiche getan hätten, hätten wir die Pistole in der Handtasche gehabt.» Bryan stand auf. «Ich muss los, Jungs. Meine Zwillinge feiern heute ihren Schulabschluss, und ich muss rechtzeitig da sein, damit ich noch einen Platz bekomme.»

«Sie müssen ein stolzer Papa sein», sagte Chuck. «Bald haben Sie zwei Mäuler weniger zu stopfen.»

«Der stolzeste Papa, den es gibt. Aber auch bald der ärmste: Das College wird teuer. Die Mäuler werde ich noch ein paar Jahre stopfen müssen.»

«Und danach machen sie ihren Doktor», sagte Dunleavy glucksend.

Bryan verdrehte die Augen. «Danke. Das tröstet mich.»

Alle lachten und standen auf.

«Sie haben mich hergebeten, um sich meine Meinung anzuhören, Chuck», sagte Bryan nachdenklich, als er das Sakko anzog. «Das ist meine Meinung: Der Fall hat schon zu viele Opfer gefordert. In der Zitrone ist kein Saft mehr, Jungs, keiner macht damit noch Karriere. Tun Sie das Richtige, Chuck: Geben Sie Faith Saunders Bewährung. Lassen Sie sie die Hilfe in Anspruch nehmen, die sie braucht. Sie muss nicht hinter Gitter. Davon hat keiner etwas.»

«Danke, Detective», sagte der Staatsanwalt. «Ich weiß Ihre Sicht zu schätzen.»

«Wie mein Vater mir vor langer Zeit gesagt hat», gab Bryan zurück, als er zur Tür ging, «ein reines Gewissen ist ein sanftes Ruhekissen. Schlafen Sie gut. Sie alle.»

86

«Du siehst toll aus», sagte Tatiana, als sie und Bryan ihre Plätze in der Aula der Boynton Beach Highschool einnahmen. «Habe ich dir das schon gesagt?»

«Ja, danke. Aber ich höre es immer wieder gern», antwortete er mit einem stolzen Lächeln. «Der Anzug ist neu. Ich habe heute Morgen erst das Preisschild abgemacht.»

«Sieht man. Sehr schnittig. Welche Größe hat das Jackett?»

«Zweiundfünfzig.»

«Unglaublich.»

«Ich weiß. Ich wiege nur noch 75,5 Kilo, frisch von der Waage.»

Sie schüttelte den Kopf. «Verdammt! Du bist mir ein Vorbild. Ich muss noch das hier loswerden», sagte sie mit Blick auf ihren Bauch. «Ist alles noch da, wie eine Fettschürze.»

«Sie haben dir gerade einen Menschen aus dem Bauch geholt. Sei gnädig mit dir – iss mal einen Donut. Außerdem bist du rattenscharf, verlass dich drauf. Siehst du meine Exfrau da drüben? Sie ist stinksauer. Lass mich mal das Baby halten. Das macht sie noch wütender.»

Tatiana lachte und reichte ihm Oscar. «Pass auf sein Köpfchen auf.»

«Verdammt, ich weiß noch, wie es ist, zwei von der Sorte zu halten, als wäre es gestern gewesen.» Er sah sich nach Hilary und Hailey um, die auf ihren großen Auftritt warteten. Diesen Sommer würden sie kellnern und Eis verkaufen. Im August ging Hilary an die Penn State University in Pennsylvania und Hailey zur St. John's University in New York. Hilary sah herüber und lachte. Dann knipste sie mit ihrem Handy ein Foto von ihm. Bryan schnüffelte an Oscars kahlem Kopf. «Ich habe ganz vergessen, wie gut sie riechen.»

«Ich glaube, er hat die Windeln voll», sagte Tatiana lachend. «Er ist ganz rot im Gesicht. Das riechst du wahrscheinlich.»

«Sogar sein Baby-Kacka ist cool. Der Kleine hier hat das coolste Kacka der Welt.»

Tatiana beugte sich rüber und gab ihm einen Kuss auf die Wange. Ihre Lippen verharrten ein bisschen länger, als er erwartet hatte, und Bryan spürte, dass er rot wurde. «Bringen wir sie zur Weißglut», flüsterte sie.

Bryan wusste nicht, wo das hinführte oder ob es überhaupt irgendwohin führte. Tatiana hatte in den letzten sechs Monaten viel Zeit bei ihm verbracht, und er hatte sich sogar ein paar neue Möbelstücke zugelegt. Die Wohnung fühlte sich nicht mehr so leer an, es war auch nicht mehr so still, wenn sie Oscar mitbrachte. Bryan hatte bei der Geburt vor dem Kreißsaal gewartet, und er hatte Tatiana auf dem Revier den Rücken freigehalten und dafür gesorgt, dass niemand Bemerkungen über ihre Auszeit machte. Im Moment zumindest wurde er als Experte für Serienmörder angesehen, was ihm – trotz des Freispruchs – ein wenig Starruhm verschaffte. Den kostete er aus, weil er wusste, wie flüchtig und launisch Ruhm war. Und er war glücklich. Zum ersten Mal seit langer Zeit war er glücklich. Auch darüber, dass der Platz neben Audrey leer war. «John Dingsda» würde ihm diesen Tag nicht verderben, von dem er selbst kaum glauben konnte, dass er schon da war. Die letzten achtzehn Jahre waren wie im Flug vergangen.

Bryans Telefon piepte. Er hatte eine Nachricht bekommen. Es war ein Instagram-Post von Hilary. Er lächelte. Das Foto zeigte ihn und Oscar beim Schmusen. Darunter stand: *Dad und der Junge, den er nie hatte.*

Die Kapelle begann, *Pomp and Circumstance* zu spielen, was ihm immer die Tränen in die Augen trieb. Bryan grinste und klopfte Oscar auf den Rücken, während die ganze Aula aufstand und seine zwei wunderschönen Töchter durch den Gang an ihm vorbeischritten, um ihre Plätze auf der Bühne einzunehmen.

87

Ed saß auf einer Parkbank und starrte das verwitterte schwarze Holzportal der First Lutheran Church auf der anderen Straßenseite an. Mit zitternden, schmutzigen Fingern rollte er das Ticket auf, als würde er einen Joint drehen. Es war fast halb acht, doch die Sonne stand noch am Himmel, und im Park waren Spaziergänger unterwegs – manche führten ihre Hunde aus, anderen stopften sich mit dem Gratisessen voll, das die Nachbarschaftshilfe an die Obdachlosen verteilte. Irgendwo in der Nähe hörte er kleine Kinder lachen.

Er fühlte sich ... leer. Das war das Wort. Ausgehöhlt. Es waren ein paar Wochen vergangen, seit Derrick tot war, und er hatte immer noch kein ... *Ziel*. Jeden Morgen stand er auf und sagte sich, dies wäre der Tag, an dem er sich aufraffte. Dies wäre der Tag, an dem ihm was einfallen würde, und das würde er dann tun. Irgendwas. Irgendwas, außer ziellos durch die Gegend zu wandern, als hätte ihm jemand ein Messer in den Frontallappen gerammt, in Autos oder Obdachlosenheimen zu übernachten oder am Strand aufzuwachen und voller Wut zuzusehen, wie die hübsche Sonne wieder am Himmel emporkletterte. Fast war es, als hoffte er, endlich geschnappt zu werden, als forderte er die Polizisten heraus, ihm Fragen zu stellen, wenn sie ihn vom Strand scheuchten oder dabei erwischten, wie er in die Büsche pisste oder die Müllhalde durchstöberte. Dann wäre endlich alles vorbei. Irgendein Bulle würde ihn erkennen, wenn sie ihm endlich die Dreckschicht abspritzten, nach all den Wochen, die er nun auf der Straße lebte. Oder sie würden seine Fingerabdrücke nehmen. Oder eine Blutprobe. Oder eine Speichelprobe. Sie würden eine Probe von ihm nehmen, sie ins System eingeben, und zack, würde er mit einem Dutzend Pistolen am Kopf auf dem Boden liegen. Und falls einem der Bullen der Finger juckte, würde Ed zusehen, wie sein Hirn aufs Pflaster rann.

So wie Derrick.

Er wischte sich eine wütende Träne weg, bevor sie ihm über das Gesicht lief. Es ärgerte ihn, wie sehr ihm Derricks Tod zusetzte. Es ärgerte ihn, dass er sich so verloren und leer und ausgehöhlt fühlte. Es ärgerte ihn, dass er seine Verhaftung herausforderte. Und am meisten ärgerte ihn, dass ihm der Tod erstrebenswerter vorkam als diese emotionale Verzweiflung. Er fühlte sich schwach wie ein heulender Schwanzlutscher – und Ed war kein Schwanzlutscher. Er hasste dieses Gefühl so sehr, dass es tief in ihm brannte. Was er tun musste, war, den Wutausbruch anzuheizen, bis er sich zu einem Inferno ausbreitete. Dann konnte er die Wut lenken und sie benutzen, um endlich den Arsch von der Parkbank hochzukriegen und zu tun, was er tun musste, um endlich wieder sein Leben zu leben.

Das Stück Papier entrollte sich, und er rollte es wieder eng zusammen, während er wartete. Allmählich fanden sich Leute in der Kirche ein. Jeder für sich, nie in Gruppen, die gesellig schwatzten, einander die Tür aufhielten und Nettigkeiten austauschten wie am Sonntag vor der Messe. Nein. Nicht heute. Jeder, der kam, blickte sich misstrauisch um, bevor er die große Tür aufzog, um bloß nicht gesehen zu werden, wenn er hineinging, um seine Geheimnisse auszupacken.

Ed warf einen Blick auf das zusammengerollte Busticket nach Houston, das sich in seinen schmutzigen Fingern kringelte. Er hatte es einer der Betreuerinnen im Obdachlosenheim abgeschwatzt, nachdem er ihr erzählt hatte, dass ihn seine alte Mutter zu Hause im East End in eine Entzugsklinik stecken würde. Dass ein Job auf ihn wartete, wenn er den Entzug hinter sich hatte, und dann konnte er wieder bei seiner Familie sein, bei seiner Abuela. Das Busticket würde ihm das Leben retten, weil er nur so endlich von der Straße runterkäme. Bu-hu. Ed war immer gut im Geschichtenerfinden gewesen – fast hätte er selbst geheult, als er der alten Dame die Geschichte erzählt hatte, deren Haar die Farbe von Margarine hatte. Fast glaubte er selbst, dass es Menschen in Houston gab, die ihn liebten. Dass es einen Ort gab, an dem er zu Hause war. Doch die alte Dame sah ihn seltsam an, als sie ihm das Ticket reichte – als würde sie ihm entweder nicht glauben oder als hätte sie ihn erkannt. Nachdenklich strich er über das Ticket. Er wusste nicht, ob er es benutzen durfte. Wieder blickte er zur Kirchentür.

Oder ob er es überhaupt benutzen wollte.

Er war schon viel zu lange in dieser Stadt, in dieser Gegend. Florida sollte nur ein Zwischenhalt sein, aber dann war so viel passiert. Derrick war hier gewesen. Derrick war hier gestorben. Wieder wurden seine Augen feucht, und er wischte sich die Tränen weg, schlug sich mit beiden Händen ins Gesicht.

Wie sollte er es schaffen, einfach fortzugehen? Würde er je Ersatz für Derrick finden? *Deswegen* heulte er wie ein Waschlappen. Ersatz für Derrick? Nein. Niemals. Keine Chance. Es hatte ein Leben gedauert, bis er *ihn* gefunden hatte. Den Richtigen. Den perfekten Schüler. Den perfekten Partner. Wie sollte ihm das noch einmal gelingen? Jemanden finden, der so dachte wie er, so handelte wie er, der alles von ihm lernen wollte? Einen Menschen, mit dem er *wachsen* konnte? Ihre Beziehung hätte nie enden dürfen. Das war nicht irgendeine Ehe, deren Versprechen man brach, sobald ein Besserer daherkam. Ihre Beziehung war viel mehr als das. Sie fand auf einer anderen Ebene statt. Es war eine wahrhaftige Partnerschaft. Gedanken, die seine Mutter «pervers» genannt hatte, als er ihr erzählte, was er mit dem Hund getan hatte. Er vermisste Derrick, wie er in seinem ganzen Leben niemanden vermisst hatte. Und jetzt war es vorbei, Derrick war weg, und Ed fühlte sich vollkommen ... *verloren*.

Er schlug sich gegen den Kopf, um die trüben Gedanken zu vertreiben. Dann beobachtete er wieder die Süchtigen, die zur Kirche wankten, so vertieft in ihre Sorgen, und Hilfe suchten, die sie eigentlich gar nicht wollten, hätten sie die Wahl. Ed wettete, dass jeder Einzelne von ihnen nichts lieber täte, als sich volllaufen zu lassen, ohne Ärger dafür zu bekommen. Doch sie bekämen Ärger. Ed sah auf die Uhr. Das Meeting begann um Viertel vor acht. Die meisten kamen früher. Sie fieberten den Meetings entgegen, klammerten sich an die ermutigenden Geschichten und Gebete, die hinter dem verwitterten Portal verkündet wurden, wie an ein Schlauchboot, das sie über den nächsten Tag retten würde oder bis zum nächsten Meeting, und redeten sich ein, ihr Leben würde besser, wenn sie «einen Tag nach dem anderen» angingen. Und irgendwann käme der Tag, an dem sie sich nicht mehr ein Bein für einen Drink ausreißen würden. Aber Ed hatte gesehen, wie sich sein eigener Vater zu Tode gesoffen hatte, und er wusste, dass dieser Tag nie kommen würde. Die mythische Insel, auf die das Schlauchboot zusteuerte, existierte nicht, die ganze Reise war ein Märchen.

Die rachsüchtige Mutter, die Derrick umgelegt hatte, saß hinter Gittern. Er hatte keine Chance, sie in die Finger zu kriegen.

Wer noch?

Die Freundin war über alle Berge. An dem Tag, als sie Derrick vor dem Gericht verrecken ließ – noch bevor der Putztrupp sein Blut von der Straße gespritzt hatte –, stand ein Möbelwagen vor ihrem Haus, und sie verließ die Stadt.

Wer noch?

Die Staatsanwältin war in New York, um ein Star zu werden. Auch wenn sie mit ihrem Versuch, Derrick zu töten, gescheitert war, hatte sie am Ende doch alles erreicht, oder? Derrick war tot, und sie war im Fernsehen, so stand es in der Zeitung. Wie gern hätte Ed sie mit in sein Haus genommen und ihr gezeigt, was genau er mit den Schlampen getan hatte. Ihr gezeigt, wie falsch sie und der Detective lagen – dass das, was er und Derrick getan hatten, viel, viel schlimmer war als alles, was sie den Geschworenen erzählt hatte.

Die Wut war wieder da. Die glühenden Kohlen füllten seine innere Leere. Ohne Derrick war er einfach nur hier. Hier auf der Erde. Hier in Florida. Hier in diesem Park. Er zog durch die Straßen wie ein Zombie und phantasierte von Rache, die er nie nehmen konnte, weil niemand mehr da war. Die Staatsanwältin. Die Freundin. Die Mörderin.

Bis auf eine, dachte er, als er sah, wie die schmale, hagere Gestalt mit der Sonnenbrille die Straße heraufkam und die Kirche betrat. Sie war keine Verkleidungskünstlerin – er hatte sie sofort erkannt.

Doch auch sie würde bald verschwinden.

Er hatte in der Zeitung gelesen, dass sie wegziehen würde, dass ihr Haus zum Verkauf stand. Und wenn Blondie erst mal weg war, würde er sie vielleicht nie wieder finden. Und dann hätte niemand für Derricks Tod bezahlt.

Er sah sich um. Vielleicht war es auch für ihn Zeit weiterzuziehen. Blondie lebte so zurückgezogen, dass es fast unmöglich war, sie in die Finger zu bekommen. Die Meetings waren seine einzige Chance. Und gleichzeitig war ihm schmerzlich bewusst, dass er nie zur Legende würde, wenn er sich jetzt erwischen ließ, bei irgendeiner schlecht durchdachten Dummheit. Dann wäre alles vorbei. Damit wäre jede Chance auf einen zweiten Akt dahin, falls es vielleicht doch noch einen Menschen für ihn da draußen gab. Fünf tote Schlampen brachten ihn kaum ins Lexikon des Grauens.

Das Busticket war für morgen früh. Er hatte eine Nacht, sich zu entscheiden. Zwölf Stunden. Er summte den Song von The Clash vor sich hin: *Should I stay or should I go?*

Dann schob er das Ticket in die Tasche seiner schäbigen Jacke und überquerte die Straße. Er wusste, dass sie ihm bei der Entscheidung helfen würde.

88

Im Raum, in dem sonst der Bibelkreis der First Lutheran Church in Fort Lauderdale stattfand, war es sehr, sehr heiß. Faith wischte sich mit dem trockenen Waschlappen, den sie mitgebracht hatte, über die Stirn und sah sich um. Manche der anderen trugen Pullover. Im hinteren Teil stand ein Mann, der wie ein Obdachloser aussah und einen zu großen Mantel anhatte. Er tippte sich an den Lockenkopf, als sich ihre Blicke trafen, und sie bekam eine Gänsehaut. Irgendwie kam er ihr bekannt vor; wahrscheinlich hatte sie ihn schon bei anderen Meetings gesehen. Sie sah weg. Offensichtlich lag es an ihr. Sie rieb sich die schwitzenden Hände. Sie war so nervös. Mit dem Waschlappen trocknete sie sich die Hände ab und steckte ihn wieder ein. Dann holte sie ihn wieder heraus. Es roch nach frischem Kaffee. So roch es bei diesen Meetings immer.

Sie sah Jarrod an, der neben ihr auf dem Metall-Klappstuhl saß. Er streichelte ihren Rücken.

«Das schaffst du schon», sagte er beruhigend. «Wenn du dich bereit fühlst.»

Sie waren schon öfters hier gewesen, er und sie. Sie waren gekommen, hatten sich etwas abseits gesetzt und hatten den zum Teil tragischen, zum Teil inspirierenden Geschichten der anderen gelauscht. Bei manchen Meetings waren viele Leute da, bei anderen nur ein paar. Sie gingen jedes Mal an einen anderen Ort, und Faith besuchte dasselbe Meeting nie zweimal, weil sie nicht erkannt oder angesprochen werden wollte. Das Ganze war erst sechs Wochen her. Irgendwann würden die Menschen sie vergessen und zur Tagesordnung übergehen. Und auch wenn nicht, würden sie, Jarrod und Maggie es tun. Es war Zeit, Florida zu verlassen und an einem anderen Ort neu anzufangen, zu dritt. Jarrod gefiel New York. Er musste erst noch die Zulassungsprüfung in New York bestehen, aber er hatte bereits verschiedene Kanzleien angesprochen, und sie waren sehr interessiert. Ein neues Heim zu finden, sollte nicht schwer sein. Faith hatte sich Schulen in Long Island angesehen; sie schienen gute Programme für emotional auffällige und entwicklungsverzögerte Kinder zu haben. Was Sweet Sisters anging, so war es ebenfalls Zeit für einen Neuanfang. Jarrod versicherte ihr, dass New Yorker gern Cupcakes aßen, und sobald sie wieder auf den Beinen war, würde sie vielleicht einen neuen Laden aufmachen. Oder sie würde das Manuskript aus der Schublade holen und es überarbeiten. Jetzt, da sie Erfahrung mit der Justiz gemacht hatte, würden ihre Krimis vielleicht authentischer klingen. Oder vielleicht würde sie einfach nur Mutter sein. Maggie brauchte sie mehr denn je. Und Faith brauchte es, gebraucht zu werden.

In der Bewährungszeit musste sie fünf Jahre lang zweimal in der Woche Meetings der Anonymen Alkoholiker besuchen. Wenn man bedachte, dass sie eigentlich ins Gefängnis gehörte, war sie dankbar. Das mindeste, was sie tun konnte, war, hier zu sitzen und zuzuhören. Seltsamerweise waren ihr in Arizona die Worte, die von ihr verlangt wurden, ganz einfach über die Lippen gekommen, weil sie sie nicht geglaubt hatte. Aber jetzt, da sie sie ernst meinte, schaffte sie es kaum, sie auszusprechen.

Eigentlich sollte Jarrod nicht hier sein. Nur Süchtige waren bei AA-Meetings erlaubt. Aber niemand stellte Fragen, und sie hatte bemerkt, dass auch andere emotionale Unterstützung mitbrachten. Die Wahrheit war: Sie schaffte es nicht ohne ihn. Eines Tages vielleicht, aber im Moment brauchte sie ihn an ihrer Seite. Sie musste wissen, dass sie nicht allein war. Und dass er es wirklich ernst meinte, wenn er sagte, er würde sie nicht verlassen.

«Wie geht es dir?», flüsterte sie ihm ins Ohr. «Willst du gehen?»

Er schüttelte den Kopf, lächelte sie an und hielt den Daumen hoch. Sie wusste, dass er erschöpft war, dass ihm wahrscheinlich die Brust weh tat, doch er würde es nie zugeben. Sie versuchte, alles hinter sich zu lassen, was sie durchgemacht hatten, doch wenn sie ihn ansah, fiel es ihr manchmal schwer. Ihre Schuldgefühle übermannten sie regelmäßig und brachten sie zum Weinen. Aber jeder Tag war ein kleiner Schritt, und am Ende jeden Tages war Jarrod noch da. Jetzt konnten sie sich auf das Abenteuer New York freuen, auf eine Zukunft voller neuer Erinnerungen. Das half ihr über die Durststrecken. Und davon gab es viele.

Heute hatten sich etwa fünfunddreißig Menschen im Raum versammelt. Niemand kannte Faith. Niemand erkannte sie aus den Nachrichten, und falls doch, war es den Leuten hier egal. Sie waren hier, weil sie größere Probleme hatten. Weil sie versuchten, an ihren eigenen Problemen zu arbeiten. Faith sah niemanden länger an, und keiner sah sie an. Sie hießen nicht umsonst Anonyme Alkoholiker.

Der Meeting-Leiter betrat den Raum und ging an den Stuhlreihen vorbei nach vorne zu einem kleinen Tisch. Dort standen Wasserkrüge und Plastikbecher. Und Kaffee. Immer jede Menge frischer Kaffee.

Er hieß Vernon. Er war ein gutmütig wirkender Afroamerikaner Mitte fünfzig mit einem sanften Gesicht und einem zögerlichen Lächeln. Er begann die Sitzung mit dem Gelassenheitsgebet: «Gott, gib mir die Gelassenheit, Dinge hinzunehmen, die ich nicht ändern kann, den Mut, Dinge zu ändern, die ich ändern kann, und die Weisheit, das eine vom anderen zu unterscheiden.»

Sie griff nach Jarrods Hand. Er drückte sie fest.

Dann stellte Vernon die Frage, wegen der sie die Luft angehalten hatte. «Ist heute jemand hier, der uns seine Geschichte erzählen möchte?»

Es war Zeit, und sie wusste es. Jarrod forderte sie nicht auf, sagte nichts. Er saß einfach nur da und blickte regungslos nach vorn.

Sie stand auf. Ihre Knie zitterten, doch sie stand auf.

«Komm nach vorn», sagte Vernon und zeigte zum Podium. Es

erinnerte sie an den Gerichtssaal, eine Erinnerung, die sie gern vergessen würde.

Schüchtern ging sie nach vorn und blickte in die Menge. Der Obdachlose mit den Locken war weg. Sie war seltsam erleichtert.

«Ich heiße Faith», begann sie mit leiser, zitternder Stimme, die hoffentlich irgendwann wieder voll klingen würde. Sie sah Jarrod an. «Und ich bin Alkoholikerin ...»

EPILOG

Miami – sechs Monate später

«Counselor? Hast du eine Minute?», fragte Detective Manny Alvarez vom Morddezernat des City of Miami Police Department.

C.J. Townsend, Assistant State Attorney der Staatsanwaltschaft Miami-Dade County, blickte von ihrem Schreibtisch auf und musterte den kräftigen, kahlen braun gebrannten Detective in der Tür, der eine verblüffende Ähnlichkeit mit einem kubanischen Meister Proper aufwies. Er nahm fast den ganzen Türrahmen ein. «Für dich, Manny, habe ich auch zehn», sagte sie mit einem zurückhaltenden Lächeln.

«Du sagst immer die nettesten Sachen», antwortete er und zog sich einen Stuhl heran.

«Was machst du hier um ... was?» Sie warf einen Blick auf die Uhr. «Fünf am Freitagnachmittag? Himmel, wo ist die Zeit geblieben? Wahrscheinlich ist kein Mensch mehr da.» Das Personal der Staatsanwaltschaft räumte die Flure bekanntlich spätestens um halb fünf. Um Viertel nach fünf an einem Freitag war es gut möglich, dass Manny und sie die einzigen lebenden Wesen im ganzen Gebäude waren.

«Ich war auf der anderen Straßenseite bei einem Verfahrensantrag vor Richter Shapiro, der bis drei gedauert hat. Danach habe ich mir in der Cafeteria einen Café con leche gegönnt, als das FDLE-Labor in Tallahassee anrief. Sieht aus, als machen da oben heute noch andere Leute Überstunden. Oder vielleicht liegt es an dem Fall», sagte Manny nachdenklich. «Ich weiß nicht, ob dir die vermisste Cabaret-Tänzerin aus dem Tootsie's was sagt, die vor fünf Wochen verschwunden ist. Sie war die Tochter eines hohen Tiers vom Miami-Dade PD; Papa hatte keine Ahnung, dass seine Tochter nebenher als Stripperin arbeitete?»

«Ja, ich kenne den Fall. Sie haben letzten Monat ihre Leiche gefunden, oder?»

«Teilweise. Draußen in den Everglades, in der Nähe des Mikasuki-Reservats. Das Land gehört den Mikasuki, aber die Indianer wollten den Fall nicht, und weil die Vermissten-Anzeige schon vom City of Miami PD bearbeitet wurde, haben wir den Mord übernommen und arbeiten mit dem FDLE zusammen, um uns an deren Zuständigkeit zu hängen. Die Kleine – sie hieß Meghan – wurde nicht am Fundort ermordet, so viel ist sicher. Deswegen war das FBI auch nicht scharf auf den Fall, wobei ich meinen Arsch drauf verwette, dass er sie jetzt doch interessieren wird. Nach dem Zustand der Leiche und der nicht fortgeschrittenen Verwesung gehen wir davon aus, dass das Mädchen eine Zeitlang festgehalten wurde, bevor sie starb, was ziemlich beunruhigend ist. Am Anfang hatte man ihren Freund im Visier, aber der ist aus dem Schneider. In der Gerichtsmedizin haben sie was unter ihren Fingernägeln gefunden und ein DNA-Profil erstellt. So weit, so gut, was? Ich habe das Profil ins System eingegeben, und die Kollegen beim FDLE haben es durch ihre Datenbank gejagt. Außerdem habe ich es beim FBI durch CODIS laufen lassen.»

«Und jetzt hat dich das FDLE angerufen? Das heißt, es gibt einen Treffer?», fragte C.J.

«O ja.»

«Das ist gut. Wer ist es? Du wirkst irgendwie aufgekratzt, also schätze ich, du lässt gleich einen großen Namen fallen, Manny. Es war doch nicht Papa Police Commissioner selbst?»

«Nein, nein. Das Interessante ist, ich habe keinen Namen. Aber ich habe eine Übereinstimmung mit einem anderen Fall. Und der Typ, um den es geht, steht bereits unter Anklage. Zumindest seine DNA.»

Sie beugte sich vor. «Was?»

«Und ich dachte, der Fall würde wahrscheinlich sowieso auf deinem Tisch landen, Counselor, aus einer Reihe von Gründen: Erstens, weil es um den Mord an der Tochter eines Commissioners geht – der kurz davor ist, für den US-Senat zu kandidieren. Allein deswegen ist der Fall von öffentlichem Interesse. Zweitens, du bist die Serienmörder-Expertin hier bei der Staatsanwaltschaft. Du hast mehr von ihnen angeklagt als sonst jemand hier.»

C.J. bekam Herzklopfen. «Woher willst du wissen, dass hier ein Serienmörder am Werk ist, Manny?»

«Die DNA stimmt überein mit dem flüchtigen Partner des freigesprochenen, aber toten Mordangeklagten Derrick Alan Poole aus Palm Beach. Der Name des Partners ist wahrscheinlich Eduardo ...»

«Carbone», beendete sie den Satz. «Ich dachte, der wäre in Mexiko.»

«Alle dachten, er wäre in Mexiko, selbst der leitende Ermittler Bryan Nill, der genauso schockiert und besorgt geklungen hat, als ich ihn vor zwanzig Minuten anrief, um ihm Bescheid zu geben.»

«Das heißt, Carbone ist noch in Florida?»

Manny lehnte sich im Stuhl zurück und rieb sich über den Schädel. «Sieht so aus. Und ich schätze, dein Boss wird dir sagen, dass der Kerl dir gehört, Counselor. Falls wir ihn kriegen.»

«Davon bin ich überzeugt, Manny.»

«Und ich bin überzeugt, dass du die Sache besser machst als diese Möchtegern-Talkshow-Moderatorin, die das letzte Mal weit ausgeholt und voll danebengehauen hat. Wie ich höre, ist sie eine Scheiß-Juristin.»

«Danke, Manny. Sei nicht so hart. Es war ein schwieriger Fall. Die Hauptzeugin hatte irgendwelche Probleme.»

Er zuckte die Schultern. «Ich sage nur, was wahr ist. Jedenfalls haben wir eine dreiundzwanzigjährige Hostess aus Brickell, die nicht mehr gesehen wurde, seit sie sich vor einer Woche mit einem Inserats-Kunden traf. Sie heißt Valerie Brinley, und ihre Mutter dreht durch, macht die Presse verrückt und so weiter. Jetzt, wo wir die DNA von diesem Zuckerrohrfritzen unter der Fingernägeln einer zerstückelten Stripperin hier unten in Miami haben, habe ich das ungute Gefühl, das Verschwinden der Hostess könnte mit dem Fall zusammenhängen.» Er atmete aus. «Ich muss dir nicht sagen, wie viele Tänzerinnen und Prostituierte jedes Jahr allein in Miami-Dade verschwinden. Ich habe also einen ziemlichen Haufen von Vermisstenanzeigen durchzuarbeiten, wenn ich rausfinden will, wer nicht nach Hause gekommen ist und ob ihre Beschreibung zu dem Typ passt, auf den dieser Carbone zu stehen scheint. Dann muss ich mit dem County telefonieren, und mit Palm Beach, und hören, was die haben. Oje.»

C.J. nickte. «Also ein Serienmörder, und er ist noch auf der Jagd. Und er ist in den Everglades und lädt seine Opfer bei den Mikasuki ab ...»

Manny zwirbelte sich den dichten schwarzen Schnurrbart, der genauso überdimensioniert war wie sein Unterarm, und wippte im Stuhl. «Von dem Fall in Palm Beach wissen wir, dass die Täter die Frauen in Käfigen in einem verlassenen Gebäude hielten, mindestens ein paar Tage, bevor sie sie umbrachten. Das Grundstück war perfekt: verwildert und abgelegen. Laut Nill ist Carbone eine Art Aussteiger. Das heißt, er kann über längere Zeit unter extremen Bedingungen in den Everglades leben. Es gibt einige Gebäude draußen im Westen, die in Frage kämen. Letztes Jahr wurde ein Meth-Labor in der Nähe vom Tamiami Trail ausgehoben, ein Trailer mitten im Nirgendwo. Und ich erinnere mich an diese Fischerhütte, wo wir eines von Cupidos Opfern gefunden haben. Das ist nur ein paar Kilometer vom Reservat entfernt. Es gibt bestimmt noch viele solcher Orte – verlassene Häuser, Läden, Lagerräume. Aber ich glaube, die zwei sollten wir als Erstes unter die Lupe nehmen.» Manny war bei der Taskforce der Cupido-Morde gewesen, zu der Kollegen verschiedener Police Departments gehört hatten. C.J. war die zuständige Staatsanwältin gewesen.

«Ich erinnere mich an die Hütte und an das Mädchen.» Bei der Erinnerung lief ihr ein Schauer über den Rücken. «Es war dem Schlachthaus von Palm Beach ziemlich ähnlich. Die Hütte würde Carbone sicher reizen, wenn er sie finden würde. Ich hatte gedacht, das Gebäude wäre längst abgerissen.»

Manny schüttelte den Kopf. «Nein. Zumindest war es letztes Jahr noch da, als ich in einem anderen Fall draußen im Reservat mit ein paar Leuten reden musste. Jedenfalls ist es die Fahrt wert. Vielleicht frage ich deinen Mann, ob er mitkommt.» C.J. war mit Dominick Falconetti verheiratet, dem Special Agent des FDLE, der die Cupido-Taskforce geleitet hatte. «Er kennt sich ziemlich gut aus da draußen. Ich versuche auch, ein paar Jungs von der Forstbehörde mit ins Boot zu holen. Die wissen sicher genau, wo man sich gut verstecken könnte. Aber ich will den Typ nicht aufscheuchen. Wenn Carbone seine Opfer am Leben hält, bevor er sie tötet, und die kleine Brinley bei ihm ist – oder andere Mädchen –, können wir sie vielleicht retten. Ich will so unauffällig wie möglich vorgehen und trotzdem so viel Gelände durchkämmen, wie es geht. Wenn er noch da ist und wir ihn verlieren, haut er diesmal wahrscheinlich wirklich nach Mexiko ab, und wir sind am Arsch.»

C. J. hatte in ihrer langen Karriere genug Fälle bearbeitet und genug Mörder zur Strecke gebracht, um dem Instinkt zu vertrauen, der ihr jetzt die Haare zu Berge stehen ließ. Es war der sechste Sinn jedes Ordnungshüters, der ihm nach Hunderten von Spuren, die ins Nichts geführt hatten, plötzlich sagte, dass an der nächsten etwas dran war. Der Instinkt, der, mit Intelligenz gepaart, Admiral McRaven dazu gebracht hatte, eine Spezialeinheit und zwei Black-Hawk-Helikopter zu jenem abgelegenen Haus in Abbottabad zu schicken. Vielleicht entpuppten sich der verlassene Trailer und die Fischerhütte nicht als Tatort, aber Manny und Dominick würden Carbone finden. Es war nur eine Frage der Zeit. Und ihr Instinkt sagte ihr, dass es vielleicht schon heute Nacht so weit war. Sie griff nach dem Telefon. «Ruf Dominick an», sagte sie aufgeregt. «Er ist bestimmt dabei.»

Manny stand auf. Sein glänzender kahler Schädel berührte fast die Neonröhren, die C. J.s unscheinbares graues Büro beleuchteten. «Und wen rufst du an, Counselor?»

«Diesen Detective aus Palm Beach», antwortete sie, während sie wählte. «Ich habe das Gefühl, er muss seine Akten abstauben und uns hier unten in Miami einen Besuch abstatten.»

DANKSAGUNGEN

Ich möchte allen danken, die bei der Entstehung dieses Buchs geholfen haben. Auch wenn *Samariter* ein fiktives Werk ist, war eine ganze Reihe von Recherchen notwendig. Seit ich 2001 das erste Mal zum Stift gegriffen habe, danke ich wahrscheinlich denselben Menschen, und es ist kein Wunder, dass viele von ihnen zu meinen besten Freunden gehören. FDLE Special Agent Larry Masterson, der immer ans Telefon geht, egal um wie viel Uhr es klingelt, und FDLE Special Agent Chris Vastine, der dabei meistens neben ihm steht. Deputy Statewide Prosecutor Julie Hogan, die ein Genie vor Gericht ist und meine Quelle für Expertenkontakte. Marie Perikles, Assistant Legal Counsel im Office of the Inspector General, und ihrem Mann John Perikles, Miami-Dade Assistant State Attorney und Leiter der Geldwäsche-Taskforce in South Florida, die gemeinsam keine Mühe scheuen, meine Fragen zu beantworten, und mich außerdem mit Fallrecht und relevanten juristischen Schriftstücken versorgen. Reinhard Motte, M. D., Associate Medical Examiner von Palm Beach County, der mir mit Begeisterung hilft, auf die abartigsten und trotzdem realistischen Mordmethoden zu kommen. Denise Seminara Pellman, begeisterte Thriller-Leserin, wohlwollende Kritikerin und wunderbare Schwägerin, die immer bereit ist, meine Bücher zu lesen und mir ihr Feedback zu geben, auch wenn das ein gefährliches Unterfangen sein kann, wie jeder Autor weiß. Meine auf so einfühlsame Art ehrliche Tochter Katarina und mein sanft diplomatischer Ehemann Rich, die beide die Geduld hatten, nicht nur das gleiche Kapitel, sondern den gleichen Satz mehrmals zu lesen. Wie immer danke ich meinem Agenten Luke Janklow und seiner Assistentin Claire Dippel, Rebecca Folland für ihre große Unterstützung und die Ermutigung und last but not least meiner begnadeten Lektorin Julia Wisdom, deren Vision und Führung dabei geholfen haben, aus *Samariter* eine stürmische Achterbahnfahrt von einem Buch zu machen.